El canto del cuco

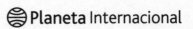

El canto del cuco

Robert Galbraith

 Planeta

Obra editada en colaboración con Espasa Libros, S.L.U. - España

Título original: *The Cuckoo's Calling*

© 2013, Robert Galbraith Limited

Los derechos morales del autor han sido reservados

© 2013, Espasa Libros S.L.U. – Barcelona, España
© 2013, Jesús de la Torre Olid, por la traducción

Derechos reservados

© 2013, Editorial Planeta Mexicana, S.A. de C.V.
Bajo el sello editorial PLANETA M.R.
Avenida Presidente Masarik núm. 111, 2o. piso
Colonia Chapultepec Morales
C.P. 11570, México, D.F.
www.editorialplaneta.com.mx

Primera edición impresa en Gran Bretaña en 2013 por Sphere

Primera edición impresa en México: noviembre de 2013
ISBN: 978-607-07-1928-8

Impreso en los talleres de Litográfica Ingramex, S.A. de C.V.
Centeno núm. 162, colonia Granjas Esmeralda, México, D.F.
Impreso en México - *Printed in Mexico*

¿Por qué naciste cuando la nieve caía?
Debiste haber nacido con la llamada del cuco,
o cuando las uvas están verdes en el racimo
o, al menos, cuando las ágiles golondrinas se reúnen
para su lejano vuelo
desde el verano agonizante.

¿Por qué has muerto cuando los corderos están paciendo?
Deberías haber muerto con la caída de las manzanas,
cuando el saltamontes se encuentra en apuros,
y los trigales son rastrojos empapados
y los vientos suspiran
por las cosas buenas que han muerto.

CHRISTINA G. ROSSETTI, *Canción fúnebre.*

PRÓLOGO

Is demum miser est, cuius nobilitas miserias nobilitat.
«Infeliz es aquel cuya fama hace famosos sus infortunios».

Lucio Accio, *Telephus.*

La agitación en la calle era como el zumbido de las moscas. Los fotógrafos se apiñaban tras las vallas vigiladas por la policía, con sus grandes cámaras preparadas y el aliento elevándose como el vapor. La nieve caía ininterrumpidamente sobre gorros y hombros; los dedos enguantados limpiaban las lentes. De vez en cuando, se oían arranques de esporádicos chasquidos: los observadores ocupaban el tiempo de espera sacando fotos a la carpa de lona blanca que estaba en medio de la calle, a la entrada del alto edificio de departamentos de ladrillo rojo que había detrás y al balcón del piso superior desde donde había caído el cuerpo.

Tras los apretujados *paparazzi* había camionetas blancas con enormes antenas parabólicas sobre el techo y periodistas hablando, algunos en idiomas extranjeros, mientras alrededor merodeaban técnicos de sonido con los audífonos puestos. En los descansos de las grabaciones, los reporteros pateaban el suelo y se calentaban las manos con tazas de café caliente de la rebosante cafetería que estaba a pocas calles de distancia. Para matar el tiempo, los camarógrafos, cubiertos con gorros de lana, grababan las espaldas de los fotógrafos, el balcón, la carpa donde se ocultaba el cuerpo y, después, buscaban otra ubicación para planos generales que abarcaran el caos que se había desatado en aquella tranquila calle de Mayfair cubierta de nieve, con sus filas de brillantes puertas negras enmarcadas en portales de piedra blanca flanqueados por arbustos podados de forma ornamental. La entrada del número 18 estaba acordonada. Se entreveían a oficiales de la policía, algunos de ellos expertos forenses vestidos de blanco en el vestíbulo.

Los canales de televisión llevaban dando la noticia desde hacía varias horas. Había espectadores que se agolpaban en cada extremo de la calle, retenidos por más policías. Algunos habían llegado a propósito, para mirar, otros se habían detenido de camino al trabajo. Muchos sostenían en alto sus teléfonos celulares para sacar fotografías antes de seguir su camino. Un joven, que no sabía cuál era el balcón en concreto, hizo fotografías de cada uno de ellos, pese a que el de en medio estaba lleno de árboles podados, tres perfectas y frondosas esferas que apenas dejaban espacio para un ser humano.

Un grupo de chicas había llevado flores y las habían grabado mientras se las entregaban a la policía, que aún no había decidido dónde colocarlas. Las dejaron en la parte trasera de la camioneta de la policía, conscientes de que las cámaras seguían cada uno de sus movimientos.

Los corresponsales enviados por los canales de noticias de veinticuatro horas mantenían un flujo continuo de comentarios y especulaciones sobre los pocos datos sensacionalistas que conocían.

—… desde su ático alrededor de las dos de la mañana. El guardia de seguridad del edificio alertó a la policía…

—… aún no hay indicios de que se hayan llevado el cuerpo, lo cual ha dado lugar a especulaciones…

—… no se sabe si estaba sola cuando cayó…

—… varios equipos han entrado en el edificio para llevar a cabo una investigación meticulosa.

Una fría luz invadía el interior de la carpa. Había dos hombres agachados junto al cadáver, listos para meterlo, por fin, dentro de un saco para transportarlo. La cabeza había sangrado un poco en la nieve. El rostro estaba destrozado e hinchado, un ojo reducido a una arruga y el otro mostrando una línea blanca grisácea entre los párpados dilatados. Cuando la camisa de lentejuelas que llevaba puesta relucía con los ligeros cambios de luz, provocaba una inquietante impresión de movimiento, como si volviera a respirar o estuviera tensando los músculos, dispuesta a levantarse. La nieve caía con un ruido seco sobre la lona.

—¿Dónde está la maldita ambulancia?

El mal genio del inspector de policía Roy Carver iba en aumento. Era un hombre barrigón, con el rostro del color de la carne en salmuera, cuyas camisas estaban normalmente manchadas de sudor alrededor de las axilas y cuya poca paciencia se había agotado horas antes. Llevaba allí casi tanto tiempo como el cadáver. Tenía los pies tan fríos que ya no los sentía y sufría mareos provocados por el hambre.

–La ambulancia está a dos minutos –dijo el oficial de policía Eric Wardle, respondiendo sin querer a la pregunta de su superior cuando entró en la carpa con el celular apretado a su oído–. Acabo de dejar libre un espacio para que pase.

Carver refunfuñó. Su mal humor se agravaba por la convicción de que a Wardle le emocionaba la presencia de los fotógrafos. De aspecto juvenil y atractivo, con pelo abundante y ondulado de color castaño ahora cubierto de nieve, Wardle había estado, según la opinión de Carver, perdiendo el tiempo en sus pocas incursiones fuera de la carpa.

–Al menos, todos esos se irán cuando se lleven el cuerpo –dijo Wardle todavía mirando hacia los fotógrafos.

–No se van a ir mientras sigamos tratando este lugar como una maldita escena de un crimen –espetó Carver.

Wardle no respondió a aquel desafío tácito. Carver explotó de todos modos.

–La pobre estúpida saltó. No había nadie más allí. Tu supuesta testigo estaba hasta el gorro de cocaína.

–Ya viene –anunció Wardle y, para disgusto de Carver, salió de la carpa para esperar a la ambulancia a la vista de las cámaras.

Aquella historia dejó a un lado las noticias de política, guerras y desastres y todas sus versiones centelleaban con imágenes del rostro perfecto de la mujer muerta y su cuerpo ágil y escultural. En pocas horas, los pocos datos que se conocían se habían extendido como un virus a millones de personas. La discusión en público con su famoso novio, el trayecto a casa sola, los gritos que se oyeron y, finalmente, la fatídica caída.

El novio entró rápidamente en un centro de rehabilitación, pero la policía seguía mostrándose hermética. Se había perseguido a todos los que habían estado con ella la noche de su muerte. Se habían dedicado miles de columnas en la prensa y horas en las noticias de la televisión, y la mujer que juraba haber oído una segunda discusión momentos antes de que el cuerpo cayera se hizo también famosa en poco tiempo y fue recompensada con fotografías de menor tamaño junto a las imágenes de la hermosa chica muerta.

Pero entonces, ante un casi audible gemido de decepción, se demostró que la testigo había mentido y esta se retiró a un centro de rehabilitación, saliendo a la palestra a continuación el famoso sospechoso principal, igual que el hombre y la mujer de una estación meteorológica casera, que nunca pueden salir al mismo tiempo.

Así que, al final, había sido un suicidio, y tras una breve interrupción de sorpresa, la historia adquirió una segunda y débil versión. Se escribió que la joven estaba desequilibrada, que era inestable, que no llevaba bien el enorme estrellato que habían alcanzado su extravagancia y su belleza; que había ingresado en una clase inmoral y adinerada que la había corrompido; que la decadencia de su nueva vida había trastornado una personalidad ya de por sí frágil. Se había convertido en una dura moraleja de alegría por el mal ajeno y hubo tantos columnistas que hicieron alusión a Ícaro que la revista *Private Eye* le dedicó una columna especial.

Y después, por fin, el histerismo se fue pasando y ni siquiera a los periodistas les quedó nada que decir, salvo que ya se había dicho demasiado.

TRES MESES DESPUÉS

PRIMERA PARTE

*Nam in omni adversitate fortunae infelicissimum est
genus infortunii, fuisse felicem.*

«Pues en toda adversidad de la fortuna
el más infeliz entre los desafortunados
es el que ha sido feliz».

Boecio, *De Consolatione Philosophiae.*

1

Aunque los veinticinco años de vida de Robin Ellacott habían tenido sus momentos de dramatismo y sus incidentes, nunca antes se había despertado sabiendo con seguridad que recordaría mientras viviera el día que empezaba.

Poco después de la medianoche, Matthew, su novio desde hacía tiempo, le había propuesto matrimonio bajo la estatua de Eros en pleno Piccadilly Circus. En medio de la sensación de vértigo y alivio que siguió a su aceptación, él le confesó que había planeado hacerle la pregunta en el restaurante tailandés en el que acababan de cenar, pero que se lo había pensado mejor al ver a la pareja silenciosa que estaba a su lado escuchando con disimulo toda la conversación. Por tanto, había propuesto dar un paseo por las oscuras calles a pesar de las quejas de Robin, porque los dos tenían que levantarse temprano y, por fin, le vino la inspiración y la llevó, confundida, a los pies de la estatua. Allí, lanzándose de cabeza en esa noche fría –algo muy poco propio de Matthew– se había declarado, apoyado en una rodilla, delante de tres vagabundos que estaban acurrucados en los escalones compartiendo lo que parecía una botella de metanol.

A los ojos de Robin, había sido la declaración de matrimonio más perfecta de toda la historia de los matrimonios. Él incluso guardaba en el bolsillo un anillo que ahora llevaba ella puesto. Un zafiro con dos diamantes que le ajustaba a la perfección. Y durante el trayecto de vuelta no dejó de mirarlo en su mano, que descansaba sobre su regazo. Ahora Matthew y ella tenían una historia que contar, una divertida historia familiar de las que se cuentan a los hijos y en la que los planes de él –a Robin le encantaba que lo tuviese planeado– se habían torcido y se habían convertido en algo espontáneo. Le encantaba lo de los vagabundos, y la luna, y Matthew, nervioso y aturullado, apoyado en una rodilla. Le encantaba Eros, el viejo y sucio Piccadilly y el taxi negro que los había llevado a su casa de Clapham. En realidad, incluso le gustaba Londres, que hasta ahora no le había entusiasmado demasiado durante el mes que llevaba viviendo allí. Los pálidos y beligerantes viajeros que se apretujaban en el vagón del metro a su alrededor de camino al trabajo tenían el reflejo dorado que irradiaba el anillo. Y cuando salió a la luz del frío día de marzo en la estación de Tottenham Court Road, se acarició la parte inferior del anillo de platino con el dedo pulgar y experimentó una explosión de felicidad al pensar que a la hora de la comida podría acercarse a comprar alguna revista de novias.

Los ojos de los hombres se detenían en ella mientras se abría paso entre las obras al principio de Oxford Street. Consultaba un papel que llevaba en la mano derecha. Bajo cualquier punto de vista, Robin era una chica guapa: alta, con curvas y con un pelo largo de color rubio rojizo que ondeaba cuando caminaba con paso enérgico mientras el frío le daba color a sus pálidas mejillas. Era su primer día de trabajo como secretaria durante una semana. Había tenido trabajos eventuales desde que había llegado a Londres para vivir con Matthew, aunque no seguiría así mucho tiempo más. Tenía ya programadas lo que calificaba de entrevistas «de verdad».

Lo más desafiante de aquellos trabajos tan poco sistemáticos y estimulantes era a menudo encontrar las oficinas. Londres, después de salir de su pequeña ciudad de Yorkshire, le parecía enorme, complicada, impenetrable. Matthew le había dicho que no fuera caminando con la nariz pegada a un mapa, pues la haría parecer una turista vulnerable. Por tanto, la mayoría de las veces, dependía de planos mal dibujados a mano que alguien de la agencia de trabajo temporal le había dado. No estaba convencida de que aquello le hiciera parecer más una londinense de nacimiento.

Las vallas de metal y los muros de plástico azul Corimec que rodeaban las obras hacían mucho más difícil ver por dónde tenía que ir, pues ocultaban la mitad de los puntos de referencia dibujados en el papel que llevaba en la mano. Cruzó la destrozada calle delante de un alto edificio de oficinas que en su plano llevaba el nombre de «Centre Point» y que parecía un gigantesco *waffle* de concreto con su opaca cuadrícula de ventanas cuadradas y uniformes y se dirigió como pudo hacia Denmark Street.

La encontró casi por casualidad, siguiendo un estrecho callejón llamado Denmark Place que desembocaba en una calle corta llena de coloridas fachadas de tiendas, con escaparates llenos de guitarras, teclados y todo tipo de objetos musicales. Unas vallas rojas y blancas rodeaban otro agujero abierto en la calle y unos obreros con chalecos fluorescentes la saludaron con silbidos de admiración de primera hora de la mañana que Robin fingió no oír.

Miró el reloj. Se había concedido su habitual margen de tiempo para perderse, por lo que llegaba un cuarto de hora antes. La anodina puerta pintada de negro de la oficina que buscaba se encontraba a la izquierda del 12 Bar Café. El nombre del propietario del despacho estaba escrito en un trozo de papel rayado pegado con cinta adhesiva al timbre de la segunda planta. Un día normal, sin el reluciente anillo nuevo en su dedo, aquello podría haberle parecido desagradable. Sin embargo, ese día, el papel sucio y la pintura descascarada de la puerta eran, como los vagabundos de la noche anterior, simples detalles pintorescos que servían de telón de fondo para su maravillosa historia de amor. Volvió a mirar el reloj –el zafiro resplandeció y el corazón le dio un brinco: vería relucir aquella piedra el resto de su vida– y, a continuación, decidió, en un brote de euforia, llegar temprano y mostrarse entusiasta por un trabajo que no le importaba lo más mínimo.

Acababa de poner la mano junto al timbre cuando la puerta negra se abrió desde dentro y una mujer salió a la calle. Durante un segundo curiosamente estático, ambas se miraron a los ojos mientras se preparaban para aguantar una colisión. Los sentidos de Robin estaban inusualmente receptivos aquella mañana encantada. La visión de medio segundo de aquel rostro blanco le causó tanta impresión que, momentos después, cuando habían conseguido esquivarse sin tocarse por un centímetro, una vez que la mujer había avanzado a toda prisa por la calle, había doblado la esquina y se había perdido de su vista, pensó que podría dibujarla a la perfección de memoria. No fue solo la extraordinaria belleza de su rostro lo que había hecho que se le quedara grabada en su memoria, sino la expresión de su cara: furiosa pero curiosamente alegre.

Robin agarró la puerta antes de que se cerrara en el lóbrego hueco de la escalera. Una escalera vieja y metálica ascendía en espiral alrededor de un elevador igualmente antiguo. Concentrada en evitar que sus altos tacones se atascaran en las escaleras de metal, subió al primer piso, pasó junto a una puerta que tenía un cartel laminado y enmarcado que decía «Gráficas Crowdy» y siguió subiendo. Solo cuando llegó a la puerta de cristal del piso de arriba, Robin fue consciente por primera vez del tipo de empresa que era aquella a la que la habían enviado para ayudar. En la agencia, nadie se lo había dicho. El nombre que había en el papel junto al timbre de fuera estaba grabado en el cristal: «C. B. Strike» y, debajo, «Detective privado».

Robin se quedó inmóvil, con la boca ligeramente abierta, experimentando un momento de asombro que nadie que la conociera habría comprendido. Nunca había confiado a ningún ser humano –ni siquiera a Matthew– su perenne, secreto e infantil deseo. ¡Y que aquello ocurriera precisamente ese día! Parecía un guiño de Dios. Y esto lo relacionó también en cierto modo con la magia de ese día, con Mathew y el anillo, pese a que, si lo pensaba detenidamente, no tenían relación ninguna.

Saboreando aquel momento, se acercó muy despacio a la puerta con el nombre grabado. Levantó la mano izquierda –zafiro oscuro ahora, bajo la tenue luz– hacia el pomo. Pero antes de tocarlo, la puerta de cristal se abrió.

Esta vez no pudo esquivarlo. Cien kilos de masculinidad desaliñada y sin mirar chocaron contra ella. Robin recibió tal golpe que la levantó del suelo y la catapultó hacia atrás, con la bolsa volando, moviendo los brazos en el aire, hacia el vacío que había sobre el letal hueco de la escalera.

2

Strike amortiguó el impacto, oyó el agudo grito y reaccionó de manera instintiva. Extendió su largo brazo y agarró con el puño un trozo de ropa y carne. Un segundo alarido de dolor retumbó entre las paredes de piedra y, después, con un giro y un forcejeo, consiguió arrastrar de nuevo a la chica hasta suelo firme. Los gritos de ella seguían resonando en las paredes y después se dio cuenta de que él mismo había gritado también un: «¡Dios mío!».

La muchacha estaba doblada por el dolor sobre la puerta de la oficina, gimoteando. A juzgar por la forma en que estaba encorvada, con una mano enterrada bajo la solapa de su abrigo, Strike dedujo que la había salvado agarrándola de una parte sustanciosa de su pecho izquierdo. Una cortina espesa y ondulada de pelo rubio y brillante ocultaba la mayor parte del rostro encendido de la chica, pero Strike vio lágrimas de dolor derramándose por el ojo que no estaba oculto.

—¡Mierda…! ¡Lo siento! —Su voz fuerte reverberó por toda la escalera—. No te había visto. No esperaba que hubiera nadie ahí.

Bajo sus pies, el extraño y solitario diseñador gráfico que ocupaba la oficina de abajo gritó:

—¿Qué está pasando ahí arriba? —Y un segundo después, una queja amortiguada desde arriba indicó que al dueño del bar de abajo, que dormía en un ático por encima de la oficina de Strike, el ruido también le había molestado, quizás despertado.

—Entra aquí.

Strike abrió la puerta con los dedos, para no tener ningún contacto fortuito con la chica mientras permanecía apoyada en ella, y la guio hacia el despacho.

23

–¿Está todo bien? –gritó el diseñador gráfico con tono quejumbroso. Strike cerró la puerta de golpe.

–Estoy bien –mintió Robin con voz temblorosa, aún doblada con la mano sobre el pecho y dándole la espalda. Tras un segundo o dos, se irguió y se dio la vuelta, con el rostro escarlata y los ojos aún húmedos.

Su agresor accidental era enorme. Su altura, el pelo por todo el cuerpo, sumado a un vientre en ligera expansión, le recordaron a un oso pardo. Tenía un ojo hinchado y amoratado y un corte en la piel por debajo de la ceja. Había sangre coagulada en unos arañazos en relieve de filo blanco en su mejilla izquierda y en el lado derecho de su grueso cuello, que se veía por el cuello abierto y arrugado de su camisa.

–¿Es usted el s… señor Strike?

–Sí.

–Yo… soy la temporal.

–¿La qué?

–La empleada temporal. De Soluciones Temporales.

El nombre de la agencia no borró la mirada incrédula de su rostro magullado. Se quedaron mirándose el uno al otro, desconcertados y antagónicos.

Al igual que Robin, Cormoran Strike sabía que siempre recordaría las últimas doce horas como una noche crucial en su vida. Ahora parecía que las parcas le habían enviado a una emisaria con una gabardina de color beige para burlarse de que su vida se dirigía hacia la catástrofe. Se suponía que no debía haber ninguna trabajadora temporal. Su intención era que el despido de la predecesora de Robin supusiera el fin de su contrato.

–¿Para cuánto tiempo te han enviado?

–Una… una semana, para empezar –contestó Robin, que nunca había recibido una bienvenida con tal falta de entusiasmo.

Strike hizo un rápido cálculo mental. Una semana al precio exorbitante de la agencia haría que su déficit aumentara hasta llegar al nivel de lo irreparable. Incluso podía representar la gota que colmaba el vaso y que su acreedor no dejaba de insinuar que estaba esperando.

–Disculpa un momento.

Salió de la habitación por la puerta de cristal y giró inmediatamente después hacia la derecha, entrando en un diminuto, frío y húmedo baño. Allí, cerró la puerta con pasador y se quedó mirando el espejo agrietado y manchado que había sobre el lavabo.

El reflejo que le devolvía la mirada no era atractivo. Strike tenía la frente alta y abultada, una nariz ancha y las cejas densas de un joven Beethoven que hubiera estado boxeando, una impresión que acentuaba el ojo hinchado y ennegrecido. Su abundante pelo rizado, mullido como una alfombra, le había supuesto que entre sus muchos apodos de la juventud se incluyera el de «cabeza de vello público». Parecía mayor que sus treinta y cinco años de edad.

Metió el tapón en el desagüe y llenó el lavabo agrietado y mugriento con agua fría, respiró hondo y sumergió del todo su palpitante cabeza. El agua derramada le cayó en los zapatos, pero no hizo caso durante los diez segundos de alivio de aquella tranquilidad helada y a ciegas.

Imágenes disparatadas de la noche anterior parpadearon en su mente: vaciando tres cajones de sus cosas en una mochila mientras Charlotte le gritaba; el cenicero que le alcanzaba en la ceja cuando él volvía la vista hacia ella desde la puerta; el camino a pie atravesando la oscura ciudad hasta su oficina, donde había dormido una o dos horas en el sillón de su escritorio. Después, la última y asquerosa escena, luego de que Charlotte diera con su paradero a primera hora para clavarle las últimas banderillas[1] que no había podido hincarle antes de que saliera de su casa; su decisión de dejarla partir cuando, tras arañarle la cara, ella había salido corriendo por la puerta; y a continuación, ese momento de locura en el que se había lanzado detrás de ella… Una persecución que había terminado con la misma rapidez que había empezado, con la intervención involuntaria de aquella chica ignorante que estaba de más y a la que se había visto obligado a salvar y, después, apaciguar.

Salió del agua fría con un jadeo y un gruñido, con el rostro y la cabeza agradablemente adormecidos y con una sensación de hormigueo. Se secó con la toalla de tacto acartonado que colgaba de la parte de atrás de la puerta y volvió a mirar su macabro reflejo. Los rasguños, ahora sin sangre, no parecían más que las marcas de un almohadón arrugado. Charlotte habría llegado ya al metro. Una de

[1] En español en el original. *[Esta nota, al igual que el resto, es del traductor].*

las locas ideas que le habían hecho salir detrás de ella había sido el miedo a que se lanzara a las vías. Una vez, después de una bronca especialmente brutal cuando tenían veintitantos años, ella se había subido a una azotea y se había balanceado borracha jurando tirarse. Quizá debía alegrarse de que Soluciones Temporales le hubiera obligado a abandonar la persecución. No había vuelta atrás después de esa escena a primera hora de la mañana. Esta vez tenía que terminar.

Strike jaló el cuello mojado de su camisa, abrió el cerrojo oxidado y salió del baño. Cruzó de nuevo la puerta de cristal.

Habían encendido un taladro neumático en la calle. Robin estaba de pie delante de la mesa, de espaldas a la puerta. Volvió a sacarse la mano de la parte delantera de su abrigo cuando él entró en la habitación y Strike se dio cuenta de que había estado masajeándose el pecho otra vez.

–¿Está… estás bien? –preguntó Strike con cuidado de no mirar al sitio de la lesión.

–Estoy bien. Oiga, si no me necesita, me voy –dijo Robin con dignidad.

–No… No, nada de eso –contestó una voz que salió de la boca de Strike, aunque él la escuchó con aversión–. Una semana… sí, eso estará bien. Eh… aquí está el correo. –Lo levantó del tapete mientras hablaba y lo esparció sobre la mesa vacía delante de ella, un ofrecimiento conciliador–. Sí, puede abrirlo, contestar el teléfono, ordenar un poco… La contraseña de la computadora es Hatherill23, te la escribo… –Y así hizo, bajo la mirada recelosa y dubitativa de ella–. Ahí tienes. Yo estaré aquí.

Entró en su despacho, cerró la puerta con cuidado y, a continuación, se quedó quieto, mirando la mochila que había debajo de su mesa vacía. Contenía todo lo que poseía, pues dudaba que volviese a ver de nuevo las pertenencias de su propiedad que había dejado en casa de Charlotte. Probablemente, para la hora de comer se las habría llevado. Estarían quemándose, tiradas en la calle, rajadas y machacadas, empapadas en cloro. El taladro sonaba sin cesar en la calle, debajo del despacho.

Y ahora la imposibilidad de devolver sus numerosísimas deudas, las desastrosas consecuencias que acarrearía el inminente fracaso de su negocio, la acechante, desconocida pero inevitable continuación terrible tras haber dejado a Charlotte. En pleno agotamiento, la tristeza de todo aquello parecía levantarse frente a él en una especie de caleidoscopio de horror.

Apenas sin darse cuenta de que se había movido, se vio de vuelta en el sillón en el que había pasado la última parte de la noche. Desde el otro lado del poco sólido muro de separación llegaban sonidos de movimientos. Sin duda, la solución temporal había encendido la computadora y, en poco tiempo, descubriría que no había recibido ningún correo electrónico relacionado con el trabajo en tres semanas. Después, a petición suya, empezaría a abrir sus últimos avisos. Agotado, dolorido y hambriento, Strike apoyó de nuevo la cara sobre el escritorio y rodeó sus ojos y oídos con los brazos para no tener que escuchar mientras su humillación quedaba revelada ante una desconocida en la habitación de al lado.

3

Cinco minutos después llamaron a la puerta y Strike, que había caído en un duermevela, se irguió de un brinco en el sillón.

–Perdone.

Su subconsciente se había enredado de nuevo con Charlotte. Fue una sorpresa ver a la chica desconocida entrar en el despacho. Se había quitado la gabardina, dejando ver un ajustado e incluso seductor suéter ceñido de color crema. Strike le miró el pelo y se dirigió a ella.

–¿Sí?

–Hay un cliente que lo busca. ¿Lo hago pasar?

–¿Que hay un qué?

–Un cliente, señor Strike.

Se quedó mirándola unos segundos tratando de procesar la información.

–Bien, de acuerdo… No, dame un par de minutos, por favor, Sandra. Y hazlo pasar después.

Ella se retiró sin hacer ningún comentario.

Strike tardó apenas un segundo en preguntarse por qué la había llamado Sandra antes de ponerse de pie de un salto para disponerse a tener un aspecto y un olor menos parecido al de un hombre que ha dormido con la ropa puesta. Se agachó debajo de la mesa para buscar la mochila, tomó un tubo de pasta de dientes y se metió ocho centímetros en la boca abierta. Después, se dio cuenta de que tenía la corbata empapada por el agua del lavabo y que la parte delantera de la camisa estaba llena de salpicaduras de sangre, así que se quitó las dos cosas, ansioso, casi saltando los botones en las paredes y el archivero, y sacó una camisa limpia, aunque muy arrugada, de

28

la mochila y se la puso, abrochándose torpemente. Tras ocultar la mochila detrás del archivero vacío, volvió a sentarse apresuradamente y se tocó el rabillo de los ojos en busca de legañas mientras se preguntaba si aquel supuesto cliente sería real y si debería prepararse para recibir dinero de verdad por sus servicios de detective. A lo largo de una espiral de dieciocho meses que lo había llevado a la ruina económica, Strike se había dado cuenta de que ninguna de esas cosas podían darse por sentadas. Aún seguía detrás de dos clientes para que le pagaran el total de sus facturas; un tercero se había negado a desembolsar un solo penique porque lo que Strike había descubierto no era de su agrado y, puesto que él se estaba endeudando aún más y que una revisión de los alquileres de la zona amenazaba su arrendamiento de la oficina del centro de Londres que tan encantado había estado de conseguir, Strike no se encontraba en situación de poder contratar a un abogado. Unos métodos más duros y groseros de cobrar sus deudas se habían convertido en parte esencial de sus fantasías más recientes. Le habría proporcionado un enorme placer ver a sus morosos más petulantes encogiéndose de miedo bajo la sombra de un bate de beisbol.

La puerta se volvió a abrir. Strike se sacó rápidamente el dedo de la nariz y puso la espalda recta, tratando de parecer inteligente y alerta en su sillón.

—Señor Strike, este es el señor Bristow.

El cliente potencial siguió a Robin y entró en el despacho. La primera impresión fue favorable. El desconocido podría tener un marcado parecido a un conejo, con un labio superior pequeño que no conseguía ocultar sus enormes dientes delanteros. Tenía un color rojizo y sus ojos, a juzgar por el grosor de sus lentes, eran miopes. Pero su traje gris oscuro le quedaba bien entallado y la reluciente corbata azul claro, el reloj y los zapatos parecían caros.

La blanca tersura de la camisa de aquel extraño hizo que Strike fuera doblemente consciente de las alrededor de mil arrugas que tenía su ropa. Se puso de pie para mostrar su metro noventa de estatura, extendió una mano peluda y trató de contrarrestar la superioridad de su visitante en materia de sastrería proyectando un aire de hombre demasiado ocupado como para tener que preocuparse por el estado de la ropa.

—Cormoran Strike. Encantado.

–John Bristow –contestó el otro con un apretón de manos. Su voz era agradable, educada e insegura. Detuvo la mirada en el ojo hinchado de Strike.

–¿Puedo ofrecerles un té o un café, caballeros? –preguntó Robin.

Bristow pidió un café solo, pero Strike no contestó. Acababa de ver a una joven de cejas espesas con un desaliñado traje de *tweed* sentada en el raído sofá que había junto a la puerta del despacho. Resultaba del todo increíble que dos clientes en potencia hubieran podido llegar a la vez. ¿Seguro que no le habían enviado a una segunda trabajadora eventual?

–¿Y usted, señor Strike? –preguntó Robin.

–¿Qué? Ah... café solo, con dos de azúcar, por favor, Sandra –contestó antes de poder detenerse. Vio cómo ella retorcía la boca mientras cerraba la puerta y fue entonces cuando recordó que no tenía café, ni azúcar y ni tan siquiera tazas.

Sentándose tras la invitación de Strike, Bristow echó un vistazo al descuidado despacho con lo que Strike temió que fuera decepción. Aquel cliente potencial parecía nervioso, en un sentido que el detective había aprendido a detectar en maridos sospechosos de ser culpables, pero había en él un ligero aire de autoridad, transmitido sobre todo por el evidente precio del traje. Strike se preguntó cómo Bristow lo habría encontrado. Era difícil conseguir encargos por el boca a boca cuando tu única clienta –tal y como esta solía lloriquearle al teléfono– no tenía amigos.

–¿En qué puedo ayudarle, señor Bristow? –preguntó, volviendo de nuevo a su sillón.

–Pues... eh... la verdad es que me preguntaba si me puede decir... Creo que ya nos conocemos.

–¿De verdad?

–No se acordará de mí. Fue hace muchos años... Pero creo que usted era amigo de mi hermano Charlie. Charlie Bristow. Murió... en un accidente... cuando tenía nueve años.

–¡Por todos los santos! –exclamó Strike–. Charlie... sí, me acuerdo de él.

Se acordaba de él perfectamente. Charlie Bristow había sido uno de los muchos amigos que Strike había hecho durante una infancia complicada e itinerante. Un chico carismático, alocado e imprudente, líder de la pandilla de los más presumidos del nuevo colegio de

Strike en Londres, Charlie había mirado a aquel chico nuevo y enorme con marcado acento de Cornualles y lo nombró su mejor amigo y lugarteniente. A eso lo siguieron dos meses intensos de entrañable amistad y mal comportamiento. Strike, que siempre se había sentido fascinado por el funcionamiento tranquilo de los hogares de los demás niños, con sus familias cuerdas y metódicas y los dormitorios que podían conservar durante años y años, tenía un recuerdo muy vivo de la casa de Charlie, que era grande y lujosa. Tenía un gran jardín iluminado por el sol, una casa en un árbol y limonada fría que la madre de Charlie les servía.

Y entonces llegó el inaudito primer día de colegio después de las vacaciones de Semana Santa en que su maestra les contó que Charlie no volvería, que había muerto, que se había caído con la bicicleta por una cantera cuando estaba de vacaciones en Gales. Aquella maestra había sido una bruja vieja y mala y no había sido capaz de resistirse a contarle a la clase que a Charlie, que como ellos recordarían «desobedecía a menudo a los mayores», le habían «prohibido expresamente» acercarse con la bicicleta a la cantera, pero él de todos modos se había acercado, «quizá para fanfarronear». Pero se vio obligada a dejarlo ahí cuando dos niñas de la primera fila empezaron a llorar.

A partir de ese día, Strike había visto el rostro de un risueño chico rubio despedazándose cada vez que veía una cantera o se la imaginaba. No le habría sorprendido que cada miembro de la clase de Charlie Bristow se hubiera quedado con el mismo miedo a los grandes fosos oscuros, a los descensos escarpados y a las rocas implacables.

—Sí, me acuerdo de Charlie —repitió.

La nuez del cuello de Bristow se movió un poco.

—Sí. Bueno, es por su apellido, ¿sabe? Recuerdo con toda claridad a Charlie hablando de usted durante las vacaciones, los días anteriores a su muerte: «Mi amigo Strike», «Cormoran Strike». No es habitual, ¿verdad? ¿De dónde viene Strike? ¿Lo sabe? Nunca lo he oído en ningún otro sitio.

Bristow no era la primera persona que Strike conocía que sacaba cualquier tema de conversación —el tiempo, el peaje urbano, sus preferencias en las bebidas calientes— para posponer la conversación de lo que les había llevado a su despacho.

–Me han dicho que tiene que ver con el cereal –contestó–. Con las medidas de los cereales.

–¿Ah, sí? Nada que ver con golpes ni con huelgas… je, je… no.[2] Pues verá usted, cuando yo buscaba a alguien para que me ayudara con este asunto vi su nombre en la guía. –La rodilla de Bristow empezó a moverse arriba y abajo–. Podrá imaginarse que… en fin, que sentí… que era una señal. Una señal que me enviaba Charlie. Diciéndome que yo tenía razón.

Su nuez subía y bajaba al tragar.

–Muy bien –dijo Strike con recelo, esperando que no le hubieran tomado por un médium.

–Se trata de mi hermana, ¿sabe? –continuó Bristow.

–De acuerdo. ¿Tiene algún tipo de problema?

–Está muerta.

Strike se detuvo antes de contestar: «¿Qué? ¿También ella?».

–Lo siento –dijo con cautela.

Bristow le agradeció las condolencias con una brusca inclinación de cabeza.

–Yo… Esto no es fácil. En primer lugar, debería saber que mi hermana es… era… Lula Landry.

Durante un breve momento volvió a resurgir la esperanza de que podía tratarse de un cliente, pero fue decayendo poco a poco como una losa de granito que aterrizó con un golpe atroz sobre el vientre de Strike. El hombre que tenía sentado enfrente estaba delirando, si es que no era un verdadero trastornado. Era igual de imposible que encontrar dos copos de nieve idénticos que aquel hombre de cara pálida y aspecto de conejo pudiera haber salido del mismo acervo genético que la belleza de corte de diamante, piel bronceada y piernas largas que había sido Lula Landry.

–Mis padres la adoptaron –dijo Bristow con voz sumisa, como si supiera lo que estaba pensando Strike–. Todos somos adoptados.

–Ajá –contestó Strike. Tenía una memoria excepcionalmente precisa. Volviendo a recordar aquella enorme casa tranquila y ordenada y su resplandeciente y extenso jardín, recordó a una lánguida madre rubia presidiendo la mesa en la merienda, la voz distante y estruendosa de un padre intimidatorio, un hermano arisco que co-

---

[2] *Strike* en español puede significar tanto "golpe" como "huelga", de ahí el comentario del detective.

mía sin ganas la tarta de frutas, el mismo Charlie haciendo reír a su madre con sus payasadas, pero a ninguna chica.

–Usted no llegó a conocer a Lula –continuó Bristow, de nuevo como si Strike hubiera dicho en voz alta lo que estaba pensando–. Mis padres la adoptaron después de morir Charlie. Tenía cuatro años cuando vino con nosotros. Había estado en un orfanato durante un par de años. Yo casi tenía quince. Aún recuerdo estar de pie en la puerta de casa y ver a mi padre trayéndola por el camino de entrada. Llevaba un gorrito rojo de lana. Mi madre aún lo conserva.

Y de repente, John Bristow estalló en lágrimas de una forma escandalosa. Lloraba con las manos en la cara, con los hombros encorvados, temblando, mientras las lágrimas y los mocos empezaron a deslizarse entre sus dedos. Cada vez que parecía controlarse, volvían a estallar más sollozos.

–Lo siento… perdone… Dios mío…

Respirando entrecortadamente y con hipo, se dio toquecitos por debajo de los lentes con un pañuelo arrugado, tratando de recuperar el control.

La puerta del despacho se abrió y entró Robin con una bandeja. Bristow miró hacia otro lado, con sus hombros temblorosos moviéndose arriba y abajo. A través de la puerta abierta, Strike entrevió de nuevo a la mujer del traje en la habitación de fuera. Ahora lo miraba frunciendo el ceño por encima de un ejemplar del *Daily Express.*

Robin colocó dos tazas, una jarrita de leche, un azucarero y un plato con galletas de chocolate, nada que Strike hubiera visto antes, contestó con una sonrisa a las gracias que él le dio y se dispuso a salir.

–Espera un momento, Sandra –dijo Strike–. ¿Podrías…?

Tomó un papel de su escritorio y se lo llevó a la rodilla. Mientras Bristow emitía leves sonidos tragando saliva, Strike escribió de la forma más rápida y clara que pudo:

«Por favor, busca en Google a Lula Landry y comprueba si fue adoptada y, de ser así, quién la adoptó. No hables de lo que estás haciendo con la mujer que está fuera (¿qué hace aquí?). Escríbeme las respuestas a las preguntas de arriba y tráemelas aquí sin decir qué has descubierto».

Le entregó el papel a Robin, que lo tomó sin decir palabra y salió de la habitación.

–Lo siento… Lo siento mucho –se disculpó Bristow entre jadeos cuando la puerta se cerró–. Esto es… Normalmente no soy… He vuelto al trabajo, estoy viendo a clientes… –Respiró hondo varias veces. Con sus ojos rosados, su parecido con un conejo albino aumentó. La rodilla derecha seguía moviéndose arriba y abajo.

»Ha sido una época espantosa –susurró mientras respiraba hondo–. Lula… y mi madre moribunda…

A Strike se le estaba haciendo agua la boca ante las galletas de chocolate, pues no había comido nada desde lo que a él le parecían días. Pero pensó que sería poco compasivo empezar a comer mientras Bristow se sacudía, lloriqueaba y se secaba los ojos. El taladro neumático seguía sonando como una ametralladora en la calle.

–Se ha abandonado por completo desde que Lula murió. Eso la ha destrozado. Se suponía que su cáncer estaba remitiendo, pero ha recaído, y dicen que no se puede hacer nada más. Es decir, es la segunda vez. Tuvo una especie de depresión tras lo de Charlie. Mi padre pensó que otro hijo mejoraría las cosas. Siempre habían querido una niña. No les resultó fácil ser aceptados, pero Lula era mestiza y más difícil de colocar, así que… consiguieron llevársela –terminó sofocando un sollozo.

»Siempre fue gu-guapa. La descubrieron en Oxford Street, de compras con mi madre. La descubrieron en Athena. Es una de las agencias más prestigiosas. Trabajaba como modelo a ti-tiempo completo a los diecisiete años. Cuando murió, su valor rondaba los diez millones. No sé por qué le cuento todo esto. Probablemente ya lo sepa. Todo el mundo lo sabía todo sobre Lula… o pensaba que lo sabía.

Tomó su taza con torpeza. Las manos le temblaban tanto que el café se le derramó y cayó sobre sus bien planchados pantalones.

–¿Qué es exactamente lo que desea que haga por usted? –preguntó Strike.

Bristow, temblando, volvió a dejar la taza sobre la mesa y después se agarró las manos con fuerza.

–Dicen que mi hermana se suicidó. Yo no lo creo.

Strike recordó las imágenes de la televisión: la bolsa negra del cadáver sobre una camilla, parpadeando bajo una tormenta de *flashes* mientras la introducían en una ambulancia, los fotógrafos amontonándose a su alrededor mientras esta empezaba a moverse, acercando las cámaras a las oscuras ventanillas mientras las luces rebotaban contra el cristal negro. Sabía más sobre la muerte de Lula Landry de lo que hubiera deseado. Lo mismo podía decirse de cualquier persona sensible de Gran Bretaña. A base de ser bombardeado con aquella historia, uno llegaba a interesarse en contra de su voluntad y, antes de darse cuenta, estaba tan al tanto, tenía una información tan sesgada sobre los hechos del caso que no le habrían dejado formar parte del jurado.

—Hubo una investigación, ¿no?

—Sí, pero el inspector encargado del caso estaba convencido desde el principio de que había sido un suicidio, simplemente porque Lula había tomado litio. Los datos que pasó por alto… algunos incluso se han visto en internet.

Bristow golpeó absurdamente con un dedo sobre la mesa vacía de Strike, donde se habría esperado que hubiera una computadora.

Se oyó una leve llamada a la puerta y se abrió. Robin entró, le pasó a Strike una nota doblada y salió.

—Perdone, ¿le importa? —se excusó Strike—. Estaba esperando este mensaje.

Desdobló la nota sobre su rodilla, de modo que Bristow no pudiera ver a través del papel, y leyó:

«Lula Landry fue adoptada por sir Alec y lady Yvette Bristow a la edad de cuatro años. Se crio como Lula Bristow, pero tomó el apellido de soltera de su madre cuando empezó a trabajar de modelo. Tiene un hermano mayor llamado John que es abogado. La chica que espera fuera es la novia del señor Bristow y secretaria de su bufete. Trabajan para Landry, May y Patterson, el bufete que fundó el abuelo materno de Lula y John. La fotografía de John Bristow en la página web de LMP es idéntica al hombre con el que está hablando».

Strike arrugó la nota y la lanzó a la papelera que tenía a sus pies. Estaba pasmado. John Bristow no era ningún fantaseador. Y a él, a Strike, parecía que le habían enviado a una trabajadora eventual con más iniciativa y mejor caligrafía que ninguna de las que había conocido nunca.

—Lo siento. Continúe —le dijo a Bristow—. Estaba hablando… ¿de la investigación?

—Sí —confirmó Bristow dándose golpecitos en la punta de la nariz con el pañuelo mojado—. Bueno, yo no niego que Lula tuviera problemas. De hecho, le hizo pasar un infierno a mamá. Empezó más o menos en la época en la que murió nuestro padre. Probablemente usted ya sepa todo esto. Dios sabe que se habló mucho de ello en la prensa... pero la echaron del colegio por coquetear con las drogas. Se fue a Londres. Mamá la encontró malviviendo con drogadictos. Las drogas aumentaron sus problemas mentales. Se fugó del centro de tratamiento. Hubo un sinfín de escenas y dramas. Pero al final, se dieron cuenta de que tenía un desorden bipolar y le recetaron la medicación adecuada y, desde entonces, mientras ella tomara sus pastillas, estaba bien. Nunca habría adivinado que le pasaba nada malo. Incluso el forense admitió que había estado tomando su medicación, la autopsia lo demostró.

»Pero ni la policía ni el forense supieron ver más allá de que se trataba de una chica con un historial de débil salud mental. Insistieron en que estaba deprimida, pero le aseguro que Lula no estaba deprimida en absoluto. La vi la mañana anterior a su muerte y estaba perfectamente. Las cosas le estaban yendo muy bien, especialmente en lo que concierne a su carrera. Acababa de firmar un contrato con el que iba a ganar cinco millones en dos años. Me pidió que le echara un vistazo y se trataba de un acuerdo estupendo. El diseñador era un gran amigo suyo, Somé. Supongo que habrá oído hablar de él. Y tenía la agenda llena para los próximos meses. Tenía pronto una sesión fotográfica en Marruecos y a ella le encantaba viajar. Así que, como ve, no había razón alguna para que se quitara la vida.

Strike asintió cortésmente, poco impresionado para sus adentros. Según su experiencia, los suicidas eran perfectamente capaces de fingir un interés por un futuro que no tenían intención de vivir. El estado halagüeño y de tonos dorados de Landry podría haberse convertido fácilmente en oscuridad y desesperación durante el día y la mitad de la noche que había precedido a su muerte. Sabía que esas cosas pasaban. Recordó al teniente del Cuerpo de Fusileros Reales que se había levantado la noche posterior a su cumpleaños, una celebración en la que, según decían todos, había sido el alma de la fiesta. Había escrito una nota a su familia en la que les decía que llamaran a la policía y que no entraran en el garaje. Quien encontró el cuerpo colgado del techo del garaje fue su hijo de quince años, que no había visto la nota y atravesó corriendo la cocina para ir por su bicicleta.

–Eso no es todo –dijo Bristow–. Hay pruebas, pruebas contundentes. Tansy Bestigui, para empezar.

–¿La vecina que dijo haber oído una discusión?

–¡Exacto! ¡Oyó los gritos de un hombre, justo antes de que Lula se tirara por el balcón! La policía menospreció su testimonio simplemente porque… en fin, porque había tomado cocaína. Pero eso no significa que no supiera lo que había oído. Tansy mantiene hasta el día de hoy que Lula estaba discutiendo con un hombre segundos antes de caer. Lo sé, porque he hablado de esto con ella muy recientemente. Nuestro bufete está llevando su divorcio. Estoy seguro de que podría convencerla para que hable con usted.

»Y luego –continuó Bristow mientras observaba nerviosamente a Strike y trataba de calibrar su reacción–, están las grabaciones del circuito cerrado de televisión. Un hombre camina hacia Kentigern Gardens unos veinte minutos antes de que Lula cayera y después está la grabación del mismo hombre alejándose a toda velocidad de Kentigern Gardens después de que ella hubiera muerto. Nunca descubrieron quién era. No consiguieron identificarlo.

Con una especie de entusiasmo furtivo, Bristow se sacó entonces del bolsillo interior de su saco un sobre ligeramente arrugado y lo sostuvo en el aire.

–Lo he escrito todo. Con horarios y demás. Está todo aquí. Verá cómo encaja.

La aparición del sobre no consiguió aumentar la confianza de Strike en el juicio de Bristow. Ya le habían entregado cosas así antes. Los frutos por escrito de obsesiones solitarias y desacertadas; divagaciones maniáticas sobre teorías; complejos horarios distorsionados para encajar con contingencias fantásticas. El párpado izquierdo del abogado palpitaba, una de sus rodillas se agitaba arriba y abajo y los dedos que sujetaban el sobre temblaban.

Durante unos segundos, Strike sopesó aquellas señales contraponiéndolas con los zapatos claramente fabricados a mano de Bristow y el reloj Vacheron Constantin que asomaba sobre su pálida muñeca al gesticular. Era un hombre que podía pagar y que así haría. Quizá el tiempo suficiente como para permitirle a Strike abonar una cuota del préstamo, que era la más apremiante de sus deudas. Con un suspiro y una reprimenda a su propia conciencia, Strike dijo:

–Señor Bristow…

–Llámeme John.

–John... Voy a ser sincero con usted. No creo que esté bien aceptar su dinero.

Unas manchas rojas aparecieron en el pálido cuello de Bristow y en su ordinario rostro mientras seguía sosteniendo el sobre.

–¿A qué se refiere con que no estaría bien?

–La muerte de su hermana fue probablemente objeto de una investigación extremadamente exhaustiva. Millones de personas y los medios de comunicación de todo el mundo siguieron cada movimiento de la policía. Debieron de ser el doble de exhaustivos de lo habitual. El suicidio es algo difícil de aceptar.

–Yo no lo acepto. Nunca lo aceptaré. Ella no se mató. Alguien la empujó por ese balcón.

De repente, el taladro de la calle se detuvo, de modo que la voz de Bristow sonó fuertemente en la habitación y su irritación fue la de un hombre dócil al que presionan al límite.

–Ya veo. Lo entiendo. Usted es otro más, ¿no? ¿Otro pinche psicólogo de sillón? La muerte de Charlie, la muerte de mi padre, la muerte de Lula y la inminente muerte de mi madre. Los he perdido a todos y necesito un consejero para sobrellevar el duelo, no un detective. ¿Cree que no he oído ya esto otras cien malditas veces?

Bristow se puso de pie, impresionante con sus dientes de conejo y su piel enrojecida.

–Soy un hombre bastante rico, Strike. Siento ser tan vulgar al decirlo, pero es así. Mi padre me dejó un fondo fiduciario bastante cuantioso. He consultado la tarifa vigente para este tipo de cosas y habría estado encantado de pagarle el doble.

El doble de honorarios. La conciencia de Strike, antes firme e inflexible, se había debilitado por los repetidos golpes del destino. Este de ahora lo dejaba fuera de combate. Su yo más vil estaba retozando ya en el reino de la más feliz especulación: un mes de trabajo le proporcionaría lo suficiente como para pagarle a la trabajadora eventual y parte de los atrasos del alquiler; dos meses, las deudas más acuciantes... tres meses, harían desaparecer una cantidad considerable de su déficit... cuatro meses...

Pero John Bristow hablaba mirando hacia atrás mientras se dirigía hacia la puerta, apretando y estrujando el sobre que Strike se había negado a agarrar.

–Quería que se ocupara usted del caso por Charlie, pero he averiguado cosas suyas. No soy idiota del todo. División de investigaciones especiales de la policía militar, ¿verdad? También condecorado. No puedo decir que me impresionara su cargo. –Bristow ahora casi gritaba y Strike fue consciente de que las amortiguadas voces femeninas que se escuchaban en la sala de fuera se habían quedado en silencio–. Pero al parecer me equivocaba y puede permitirse rechazar un trabajo. ¡Bien! Olvídelo. Estoy seguro de que encontraré a otro que se encargue de este trabajo. ¡Siento haberlo molestado!

4

La conversación de los dos hombres se había oído, cada vez con mayor claridad, a través de la delgada pared divisoria durante un par de minutos. Ahora, en el repentino silencio que siguió al cese del taladro, las palabras de Bristow eran del todo perceptibles.

Por pura diversión, siguiendo con el buen ánimo de ese feliz día, Robin había tratado de interpretar de manera convincente el papel de secretaria habitual de Strike y no revelar ante la novia de Bristow que solamente llevaba trabajando media hora para un detective privado. Ocultó lo mejor que pudo cualquier muestra de sorpresa o emoción ante el arranque de gritos, pero, de manera instintiva, se puso del lado de Bristow, cualquiera que fuera la causa del conflicto. El trabajo de Strike y su ojo morado tenían cierto glamur desgastado, pero su actitud hacia ella había sido deplorable y aún le dolía el pecho izquierdo.

La novia de Bristow había fijado la mirada en la puerta cerrada desde el primer momento en que las voces de los dos hombres se empezaron a oír por encima del ruido del taladro. Rechoncha y muy oscura, con pelo lacio y muy corto y lo que podría haber sido el rastro de un poblado entrecejo de no habérselo arrancado, parecía enojada por naturaleza. Robin había notado con frecuencia cómo las parejas solían tener un atractivo personal bastante equivalente, aunque, por supuesto, había factores como el dinero que a menudo parecían garantizar conseguir una pareja de un aspecto significativamente mejor que el de uno mismo. A Robin le parecía adorable que Bristow, que a la vista de su elegante traje y su prestigioso bufete podía haber puesto los ojos en una mujer mucho más guapa, hubiera elegido a esa chica, de la que suponía que sería más agradable y simpática de lo que su apariencia indicaba.

–¿Está segura de que no quiere un café, Alison? –le preguntó.

La chica miró a su alrededor como si le sorprendiera que le hablaran, como si hubiera olvidado que Robin estaba allí.

–No, gracias –dijo, con una voz profunda que sonó sorprendentemente melodiosa–. Sabía que se iba a molestar –añadió con una extraña especie de satisfacción–. He tratado de hablar con él sobre esto, pero no me escucha. Parece que este supuesto detective lo está rechazando. Hace bien.

La sorpresa de Robin debió de quedar patente, pues Alison continuó con cierto tono de impaciencia:

–Sería mejor para John que aceptara la verdad. Ella se mató. El resto de la familia lo ha asimilado. No sé por qué él no puede hacerlo.

No tenía sentido fingir que no sabía de qué hablaba aquella mujer. Todo el mundo sabía lo que le había pasado a Lula Landry. Robin recordaba exactamente dónde estaba cuando oyó que la modelo se había tirado y había muerto una noche de enero de temperatura bajo cero: de pie junto al fregadero de la cocina de la casa de sus padres. La noticia había llegado a través de la radio y ella había lanzado un pequeño grito de sorpresa y salió corriendo de la cocina en camisón para decírselo a Matthew, que estaba pasando allí el fin de semana. ¿Cómo podía afectar tanto la muerte de alguien a quien no se ha conocido nunca? Robin admiraba enormemente la belleza de Lula Landry. No le gustaba mucho su propia tez lechosa. La de la modelo era oscura, luminosa, intensa y con una fina estructura ósea.

–No ha pasado mucho tiempo desde que murió.

–Tres meses –aclaró Alison, sacudiendo su *Daily Express*–. ¿Este hombre es bueno?

Robin había notado la expresión desdeñosa de Alison mientras contemplaba el estado deteriorado y la evidente suciedad de la pequeña sala de espera y acababa de ver por internet el despacho impoluto y palaciego donde trabajaba la otra mujer. Su respuesta, por tanto, fue motivada más por el amor propio que por ningún deseo de proteger a Strike.

–Ah, sí –contestó con frialdad–. Es uno de los mejores.

Abrió un sobre rosa adornado con gatitos con la actitud de una mujer que se enfrenta a diario a exigencias mucho más complejas e intrigantes de lo que Alison pudiera imaginar.

Mientras tanto, Strike y Bristow se enfrentaban el uno al otro en la habitación de dentro, uno furioso y el otro tratando de buscar el modo de dar la vuelta a su situación sin abandonar su dignidad.

–Lo único que quiero, Strike, es «justicia» –dijo Bristow con voz ronca mientras el color iba volviéndose más intenso en su enjuto rostro.

Parecía haber golpeado un diapasón divino. Aquella palabra sonó en la desvencijada habitación provocando una inaudible pero lastimera nota en el pecho de Strike. Bristow había localizado la luz de aviso que Strike protegía para cuando todo lo demás hubiera quedado reducido a cenizas. Necesitaba dinero con desesperación, pero Bristow le había dado otra razón mejor para tirar por la borda sus escrúpulos.

–De acuerdo. Lo entiendo. Lo digo de verdad, John. Lo entiendo. Vuelva aquí y siéntese. Si aún quiere mi ayuda, me gustaría brindársela.

Bristow le lanzó una mirada asesina. No había más ruido en el despacho que los lejanos gritos de los obreros de abajo.

–¿Quiere que entre su… eh… esposa?

–No –contestó Bristow, aún tenso, con la mano en el pomo de la puerta–. Alison cree que no debería estar haciendo esto. Lo cierto es que no sé por qué ha querido acompañarme. Probablemente porque espera que usted me rechace.

–Por favor… siéntese. Tratemos esto de la forma adecuada.

Bristow vaciló y, a continuación, se acercó de nuevo a la silla que había dejado libre.

Su autocontrol se derrumbó por fin. Strike tomó una galleta de chocolate y se la metió, entera, en la boca. Sacó un cuaderno sin usar del cajón de su escritorio, lo abrió, tomó un bolígrafo y trató de tragarse la galleta durante el tiempo en que Bristow tardó en volver a su asiento.

–¿Quiere que lo tome? –propuso apuntando al sobre que Bristow aún agarraba.

El abogado se lo pasó como si no estuviera seguro de poder confiárselo a Strike. Éste, que no deseaba estudiar con minuciosidad su contenido delante de Bristow, lo dejó a un lado con un pequeño golpecito con el que pretendía mostrar que se trataba ahora de un valioso componente de la investigación y preparó su bolígrafo.

–John, si pudiera hacerme un breve resumen de lo que ocurrió el día en que murió su hermana, sería de mucha ayuda.

Metódico y meticuloso por naturaleza, a Strike le habían enseñado a investigar de acuerdo con el más alto nivel de exigencia y rigor. En primer lugar, dejar que el testigo cuente su historia a su modo: el torrente de palabras sin interrupciones ofrecía a veces detalles, aparentemente intrascendentes, que después resultaban ser pruebas de un valor incalculable. Una vez que se había recopilado esa primera oleada de impresiones, llegaba el momento de pedir y ordenar los datos de forma rigurosa y precisa: personas, lugares, pertenencias.

–Ah –dijo Bristow, quien, tras toda su vehemencia, parecía no saber por dónde empezar–. La verdad es que no… A ver…

–¿Cuándo fue la última vez que la vio? –preguntó Strike para animarlo.

–Sería… Sí, la mañana anterior a su muerte. Nosotros… la verdad es que discutimos, aunque, gracias a Dios, hicimos las paces.

–¿A qué hora fue?

–Era temprano. Antes de las nueve. Yo iba de camino al despacho. Quizá fueran cuarto para las nueve.

–¿Y sobre qué discutieron?

–Ah, sobre su novio, Evan Duffield. Acababan de volver a juntarse. En la familia pensábamos que habían terminado y estábamos encantados. Es una persona horrible, un drogadicto y una persona que se autopromociona continuamente. La peor influencia sobre Lula que se pueda imaginar.

»Puede que yo haya sido un poco severo. Me… me doy cuenta ahora. Tenía once años más que Lula. Sentía que tenía que protegerla, ¿sabe? Quizá fuera algo mandón a veces. Ella siempre me decía que yo no entendía…

–¿Que no entendía qué?

–Pues… nada. Ella tenía muchos problemas. Problemas por ser adoptada. Problemas por ser negra en una familia de blancos. Solía decir que yo lo tenía fácil… no sé. Quizá tuviera razón. –Parpadeó rápidamente por debajo de sus lentes–. Aquella discusión fue en realidad la continuación de otra que habíamos tenido por teléfono la noche anterior. No podía creer que fuera tan estúpida como para volver con Duffield. El alivio que sentimos todos cuando rompieron… Es decir, dado el historial de ella con las drogas, salir con un drogadicto…

–Exhaló–. No quería escucharme. Nunca lo hacía. Estaba furiosa conmigo. De hecho, a la mañana siguiente le dio instrucciones al guardia de seguridad del edificio para que no me dejara pasar más allá de la recepción, pero… bueno, Wilson me dejó pasar de todos modos.

Humillante tener que contar con la compasión del portero.

–Yo no habría subido –continuó Bristow con voz triste mientras unas manchas de color teñían de nuevo su delgado cuello–, pero llevaba el contrato con Somé para devolvérselo. Me había pedido que le echara un vistazo y tenía que firmarlo. Podía ser muy displicente con ese tipo de cosas. De todos modos, no se mostró muy conforme con que me dejaran subir y volvimos a discutir, pero terminamos enseguida. Se calmó.

»Entonces, le dije que a mamá le gustaría que le hiciera una visita. Mamá acababa de salir del hospital, ¿sabe? Le habían hecho una histerectomía. Lula dijo que quizá iría a verla después a su casa, pero que no estaba segura. Tenía cosas que hacer.

Bristow respiró hondo. La rodilla derecha empezó a moverse arriba y abajo otra vez y comenzó a frotarse sus huesudas manos como si se las estuviera lavando.

–No quiero que piense mal de ella. La gente creía que era egoísta, pero era la más joven de la familia y estaba bastante consentida. Luego se puso enferma y, lógicamente, se convirtió en el centro de atención. Y después, se enfrascó en esta vida extraordinaria en la que las cosas y la gente daban vueltas a su alrededor y los *paparazzi* la perseguían por todas partes. No era una vida normal.

–No –confirmó Strike.

–En fin, le conté a Lula lo aturdida y dolorida que estaba mamá y ella me dijo que quizá se daría una vuelta más tarde. Me retiré. Fui a mi despacho para pedirle a Alison unos expedientes, porque quería trabajar desde la casa de mamá ese día para hacerle compañía. Volví a ver a Lula en casa de mamá, a media mañana. Se sentó un rato con ella en el dormitorio hasta que llegó mi tío de visita y, después, entró en el estudio donde yo estaba trabajando para despedirse. Me dio un abrazo antes de…

La voz de Bristow se entrecortó y bajó la mirada a su regazo.

–¿Más café? –le ofreció Strike. Bristow negó con la cabeza sin subir los ojos. Para darle un momento para recuperarse, Strike tomó la bandeja y se dirigió al despacho de fuera.

La novia de Bristow levantó la mirada de su periódico con el ceño fruncido cuando apareció Strike.

–¿No han terminado? –preguntó.

–Es evidente que no –respondió Strike sin ninguna intención de sonreír. Ella le lanzó una mirada furiosa mientras él se dirigía hacia Robin.

–¿Puedes servirme otra taza de café, eh…?

Robin se puso de pie y tomó la bandeja en silencio.

–John tiene que estar de vuelta en el despacho a las diez y media –le informó Alison a Strike con voz ligeramente más alta–. Debemos irnos en diez minutos como muy tarde.

–Lo tendré en cuenta –le aseguró Strike con tono anodino antes de regresar al despacho, donde Bristow estaba sentado como si estuviera rezando, con la cabeza agachada sobre sus manos entrelazadas.

–Lo siento –murmuró mientras Strike volvía a su asiento–. Sigue resultándome difícil hablar de ello.

–No hay problema –contestó Strike tomando de nuevo su cuaderno–. Así que Lula fue a ver a su madre. ¿A qué hora fue eso?

–Sobre las once. Todo salió en la investigación, también lo que hizo después. Le pidió a su chofer que la llevara a una *boutique* que le gustaba y, después, regresó a su casa. Tenía una cita allí con una maquillista a la que conocía y su amiga Ciara Porter fue también. Debe de haber visto a Ciara Porter, es modelo. Muy rubia. Las fotografiaron juntas como si fueran ángeles, es probable que lo haya visto: desnudas, salvo por los bolsos y las alas. Somé utilizó la fotografía en su campaña de publicidad después de que Lula muriera. La gente dijo que había sido de mal gusto.

»Así que Lula y Ciara pasaron la tarde juntas en el departamento de Lula y después salieron a cenar y se juntaron con Duffield y otras personas. Fueron a Uzi, la discoteca, y estuvieron allí hasta después de la medianoche.

»Después, Duffield y Lula discutieron. Mucha gente lo vio. Él la trató con malos modos, intentó obligarla a que se quedara, pero se fue sola de la discoteca. Todos pensaron luego que lo había hecho él, pero resultó tener una coartada irrebatible.

–Demostrada con la prueba de su *dealer*, ¿no? –preguntó Strike sin dejar de escribir.

–Sí, exacto. Así que… así que Lula volvió a su departamento alrededor de la una y veinte. La fotografiaron cuando entraba. Es probable que usted recuerde esa foto. Salió después en todas partes.

Strike se acordaba de ella: una de las mujeres más fotografiadas del mundo con la cabeza agachada, los hombros encorvados, los ojos pesados y los brazos cruzados con fuerza alrededor de su torso, apartando la cara de los fotógrafos. Una vez que el veredicto de suicidio había quedado claramente demostrado, había cobrado un tono macabro: la joven rica y guapa a menos de una hora de su muerte, tratando de ocultar su desdicha de las lentes a las que había seducido y que tanto la habían adorado.

–¿Era normal la presencia de fotógrafos en la puerta de su casa?

–Sí, sobre todo si sabían que estaba con Duffield o si querían conseguir una fotografía suya regresando a casa borracha. Pero esa noche no estaban allí solo por ella. Se suponía que iba a llegar un rapero americano que se quedaría en el mismo edificio esa noche. Se llama Deeby Macc. Su compañía de discos había alquilado el departamento de debajo del suyo. Al final resultó que no se quedó allí, porque con la policía dando vueltas por todo el edificio le fue más fácil irse a un hotel. Pero los fotógrafos que habían seguido al coche de Lula cuando salió de Uzi se unieron a los que estaban esperando a Macc en la puerta de los departamentos, así que formaban un grupo bastante grande en la entrada del edificio, aunque todos se fueron yendo después de que ella entrara. Les habían dado el soplo de que Macc no aparecería por allí en las siguientes horas.

»Era una noche desagradable y fría. Nevaba. Temperaturas bajo cero. Así que la calle estaba vacía cuando ella cayó.

Bristow parpadeó y dio otro sorbo al café, ya frío, y Strike pensó en los *paparazzi* que se habían ido antes de que Lula Landry cayera desde su balcón. «Imagínate lo que habría valido la fotografía de Landry lanzándose hacia su muerte», pensó Strike. Quizá lo suficiente como para retirarse.

–John, su novia dice que tiene que estar en no sé dónde a las 10:30.

–¿Qué?

Bristow pareció volver en sí. Miró su caro reloj y ahogó un grito.

–Dios mío, no tenía ni idea de que llevaba aquí tanto rato. ¿Qué…? ¿Qué pasará ahora? –preguntó un poco desconcertado–. ¿Va a leer mis notas?

–Sí, por supuesto –aseguró Strike–. Y le llamaré en un par de días cuando haya terminado los trabajos preliminares. Espero tener para entonces muchas más preguntas.

–De acuerdo –contestó Bristow, poniéndose de pie algo aturdido–. Tome… mi tarjeta. ¿Y cómo quiere que le pague?

–Los honorarios de un mes por adelantado estarían muy bien –respondió Strike. Sofocando un leve acceso de timidez y recordando que el mismo Bristow se había ofrecido a pagar el doble, dijo una cantidad exorbitante y, encantado, vio cómo Bristow no ponía objeciones ni preguntaba si aceptaba tarjetas de crédito ni tampoco prometía pagar más adelante, sino que sacaba una chequera de verdad y un bolígrafo.

–Sí, digamos una cuarta parte en efectivo… –añadió Strike, poniendo a prueba su suerte. Y por segunda vez esa mañana, se quedó pasmado cuando Bristow contestó:

–Me preguntaba si usted preferiría… –Y empezó a contar un montón de billetes de cincuenta además del cheque.

Salieron a la sala de fuera en el mismo momento en que Robin estaba a punto de entrar con el otro café de Strike. La novia de Bristow se puso de pie cuando se abrió la puerta y dobló el periódico con la actitud de quien ha estado esperando demasiado tiempo. Era casi tan alta como Bristow, de gran corpulencia, con una expresión arisca y unas manos grandes y varoniles.

–Así que ha aceptado hacerlo, ¿no? –le preguntó a Strike. Este tuvo la impresión de que la mujer pensaba que se estaba aprovechando de su novio rico. Era muy posible que tuviera razón.

–Sí. John me ha contratado –contestó.

–De acuerdo –dijo ella sin ninguna cortesía–. Espero que estés contento, John.

El abogado le sonrió y ella suspiró dándole unos toques en el brazo, como una madre ligeramente exasperada a su hijo. John Bristow levantó la mano para despedirse y después siguió a su novia saliendo de la habitación. Sus pasos se alejaron por las escaleras de metal.

5

Strike miró a Robin, que había vuelto a sentarse delante de la computadora. Su café descansaba junto a montones de cartas clasificadas y alineadas encima de la mesa.

–Gracias –dijo dando un sorbo–. Y también por la nota. ¿Por qué eres trabajadora temporal?

–¿A qué se refiere? –preguntó ella con mirada recelosa.

–Sabes escribir y utilizar los signos de puntuación. Entiendes las cosas a la primera. Demuestras iniciativa… ¿De dónde han salido las tazas y la bandeja? ¿Y el café y las galletas?

–Se lo he pedido todo prestado al señor Crowdy. Le he dicho que se lo devolveríamos a la hora de comer.

–¿Al señor qué?

–Al señor Crowdy, el hombre de abajo. El diseñador gráfico.

–¿Y te lo ha dado sin más?

–Sí –contestó ella, un poco a la defensiva–. Pensé que tras ofrecerle café al cliente, deberíamos dárselo.

Su utilización del verbo en plural fue como una suave palmadita a su estado de ánimo.

–Pues ese tipo de eficiencia va mucho más allá de lo que han enviado antes de Soluciones Temporales, créeme. Siento haber estado llamándote Sandra. Era el nombre de la última chica. ¿Cuál es tu verdadero nombre?

–Robin.

–Robin –repitió él–. Será fácil recordarlo.

Se le ocurrió la idea de hacer una divertida alusión a Batman y a su formal compinche, pero aquel chiste malo murió en sus labios cuando el rostro de ella se volvió de un rosa brillante. Demasiado tarde, fue consciente de que sus inocentes palabras podrían ser entendidas de la forma más desafortunada. Robin giró su silla de nuevo hacia la pantalla de la computadora, de modo que lo único que Strike vio fue una mejilla encendida de refilón. Durante un momento de mutua humillación, la habitación pareció encogerse hasta adoptar el tamaño de una caseta telefónica.

—Voy a salir un rato —dijo Strike, dejando su café prácticamente sin tocar y caminando lateralmente hacia la puerta. Tomó el abrigo que colgaba al lado de esta—. Si llama alguien...

—Señor Strike, antes de que se vaya creo que debería ver esto.

Aún sonrojada, Robin tomó del montón de cartas abiertas que había junto a su computadora una hoja de papel rosa fuerte y un sobre del mismo color, los cuales había metido en una carpeta de plástico transparente. Strike se fijó en su anillo de compromiso mientras ella sostenía las cosas en alto.

—Es una amenaza de muerte —dijo ella.

—Ah, sí —contestó Strike—. Nada de lo cual preocuparse. Suelo recibir una casi todas las semanas.

—Pero...

—Es un antiguo cliente insatisfecho. Un poco trastornado. Cree que utilizando ese papel me va a despistar.

—Seguramente, pero... ¿no debería verlo la policía?

—¿Para que se rían, quieres decir?

—No es gracioso. ¡Es una amenaza de muerte! —exclamó ella. Y Strike se dio cuenta de por qué Robin lo había colocado, con el sobre, dentro de una carpeta de plástico. Se sintió ligeramente conmovido.

—Guárdala con las demás —dijo, apuntando a los archiveros del rincón—. Si fuera a matarme, ya lo habría hecho. Encontrarás por ahí dentro seis meses de cartas. ¿Estarás bien si te quedas al mando mientras estoy fuera?

—Me las arreglaré —respondió, y a él le hizo gracia el tono amargo de su voz y su evidente decepción al darse cuenta de que nadie tomaría las huellas digitales de la amenaza de muerte adornada con gatitos.

—Si me necesitas, el número de mi celular está en las tarjetas del cajón de arriba.

—Muy bien —contestó ella sin mirar ni al cajón ni a él.

–Si quieres salir a comer, hazlo. Hay una llave de repuesto en algún sitio del escritorio.

–Okey.

–Hasta luego.

Se detuvo justo al cruzar la puerta de cristal, en el umbral del diminuto y frío baño. La presión en las tripas empezaba a doler, pero pensó que la eficacia de Robin y su preocupación desinteresada por su seguridad merecían cierta consideración. Tras decidir esperar hasta llegar al bar, Strike empezó a bajar las escaleras.

En la calle, encendió un cigarro, giró a la izquierda y pasó junto al 12 Bar Café, siguió por la estrecha pasarela de Denmark Place y pasó junto a un escaparate lleno de guitarras de colores y paredes cubiertas de folletos expuestos, lejos del incesante golpeteo del taladro neumático. Rodeó los escombros y restos de la calle al pie del edificio Centre Point. Una estatua dorada gigante de Freddie Mercury adornaba la entrada del Dominion Theatre al otro lado de la calle, con la cabeza agachada y un puño elevado en el aire, como un dios pagano del caos.

La elaborada fachada del pub Tottenham se levantaba detrás de los escombros y las obras y Strike, con el agradable pensamiento de la gran cantidad de dinero que llevaba en el bolsillo, franqueó sus puertas y se sumergió en una tranquila atmósfera victoriana de resplandecientes volutas de madera oscura y accesorios de latón. Sus divisiones de cristal esmerilado, los viejos asientos de piel, los espejos de la barra cubiertos de oro, querubines y cuernos de la abundancia hablaban de un mundo seguro y ordenado que suponía un agradable contraste con el estado ruinoso de la calle. Strike pidió una pinta de Doom Bar y se la llevó hasta la parte de atrás del pub casi desierto. Dejó su vaso sobre una mesa alta y circular bajo la llamativa cúpula de cristal del techo y fue directo al baño de caballeros, que desprendía un fuerte olor a orina.

Diez minutos después, y sintiéndose considerablemente más a gusto, Strike llevaba bebido un tercio de la bebida, lo cual intensificó el efecto anestésico de su agotamiento. La cerveza de Cornualles le sabía a hogar, a paz y a una seguridad no experimentada desde hacía mucho tiempo. Había un cuadro grande y borroso de una doncella victoriana bailando con unas rosas en la mano justo delante de él. Jugueteando coqueta mientras lo miraba a través de una lluvia de pétalos, con sus enormes pechos cubiertos de blanco, tenía un aspecto tan poco parecido al de una mujer real como la mesa sobre la que yacía su pinta o el hombre obeso con el pelo recogido en una coleta que estaba manejando los surtidores de la barra.

Y entonces, los pensamientos de Strike pulularon de nuevo hacia Charlotte, que era indudablemente real. Guapa, peligrosa como una víbora arrinconada, lista, a veces divertida y, según decía el amigo más antiguo de Strike, «pirada hasta la médula». ¿Habían terminado esta vez? ¿Terminado de verdad? Cobijado en su extenuación, Strike recordó las escenas de la noche anterior y de esa mañana. Por fin ella había hecho algo que él no podría perdonar y, sin duda, el dolor sería intenso una vez que la anestesia desapareciera. Pero, mientras tanto, había ciertos aspectos prácticos a los que había que enfrentarse. El departamento en el que habían estado viviendo era de Charlotte: su elegante y lujosa casa de Holland Park Avenue. Esto significaba que desde las dos de esa madrugada, él era un indigente voluntario.

«Bluey, vente a vivir conmigo.[3] Por el amor de Dios, sabes que es lo más lógico. Puedes ahorrar dinero mientras montas tu negocio y yo cuidaré de ti. No deberías estar solo mientras te recuperas. Bluey, no seas tonto…».

Nadie más volvería a llamarle Bluey. Bluey había muerto.

Era la primera vez en su larga y turbulenta relación que él se había ido. En tres ocasiones anteriores había sido Charlotte la que había dicho basta. Siempre había existido entre ellos un acuerdo tácito de que si alguna vez se iba él, si decidía que no podía más, la separación sería completamente distinta a todas las que ella había iniciado, ninguna de las cuales, por muy dolorosa y turbulenta que fuera, había parecido definitiva.

Charlotte no descansaría hasta hacerle tanto daño como pudiera como represalia. La escena de aquella mañana, cuando lo siguió hasta su despacho, no había sido más que un simple anticipo de lo que podría ocurrir en los meses e incluso años venideros. Él no había conocido nunca a nadie con tal sed de venganza.

Strike fue renqueando a la barra, pidió una segunda pinta y volvió a la mesa para seguir con sus sombrías reflexiones. Haber aban-

---

[3] Bluey era el nombre de un conocido detective que protagonizaba la serie de televisión australiana homónima de los años setenta.

donado a Charlotte lo había dejado al borde de la total indigencia. Estaba tan ahogado por las deudas que lo único que se interponía entre él y un *sleeping bag* en un portal era John Bristow. De hecho, si Gillespie le pedía la devolución del préstamo que había sido el anticipo de su despacho, no tendría más remedio que dormir a la intemperie.

«Solo llamo para ver cómo va todo, señor Strike, porque no nos ha llegado la cuota de este mes... ¿La recibiremos en los próximos días?».

Y por último, estaba su reciente aumento de peso. Ya que había empezado a considerar las deficiencias de su vida, ¿por qué no hacer una evaluación completa? Diez kilos. De modo que no solo se sentía gordo y en baja forma, sino que estaba ejerciendo más presión en la prótesis de la parte inferior de la pierna que ahora tenía apoyada sobre la barra metálica que había bajo la mesa. Strike estaba empezando a cojear simplemente porque el peso adicional le estaba causando rozaduras. La larga caminata por Londres a altas horas de la madrugada con la mochila al hombro no había ayudado. Consciente de que se dirigía hacia la pobreza, había decidido ir hasta allí de la forma más barata.

Volvió a la barra a pedir una tercera pinta. De vuelta en su mesa bajo la cúpula, sacó su celular y llamó a un amigo de la Policía Metropolitana cuya amistad, aunque era solo de pocos años, se había forjado en circunstancias especiales.

Al igual que Charlotte era la única persona que lo podía llamar «Bluey», el inspector Richard Anstis era la única persona que lo llamaba «Bob el místico», apodo que gritaba al oír la voz de su amigo.

—Necesito un favor —le dijo Strike a Anstis.

—Dime.

—¿Quién se encargó del caso de Lula Landry?

Mientras Anstis buscaba la información, le preguntó por su negocio, por su pierna derecha y por su prometida. Strike mintió sobre el estado de las tres cosas.

—Me alegra oírlo —contestó Anstis con tono animado—. Bien, aquí tienes el número de Wardle. Es buen tipo. Enamorado de sí mismo, pero te llevarás mejor con él que con Carver, que es un cabrón. Puedo interceder por ti con Wardle. Lo llamo ahora, si quieres.

Strike rompió un folleto turístico que había en un expositor de la pared y apuntó el número de Wardle en el espacio que había junto a una foto de la guardia montada.

–¿Cuándo vas a venir por casa? –preguntó Anstis–. Tráete a Charlotte alguna noche.

–Sí, eso sería estupendo. Te llamaré. Ahora tengo mucho lío.

Después de colgar, Strike se puso a cavilar durante un rato y, a continuación, llamó a un conocido muy anterior a Anstis y cuya vida había ido en una dirección diametralmente opuesta.

–Te llamo para pedirte un favor, amigo –dijo Strike–. Necesito información.

–¿Sobre qué?

–Dímelo tú. Necesito algo que pueda utilizar para conseguir algo de un poli.

La conversación se prolongó durante veinticinco minutos y tuvo muchas pausas, que se fueron haciendo más largas y elocuentes hasta que, por fin, Strike consiguió una dirección aproximada y dos nombres, que también apuntó junto a la guardia montada, y un aviso, que no anotó, pero que captó con el espíritu que sabía que pretendía tener. La conversación terminó con un tono amistoso y Strike, que ahora bostezaba enormemente, marcó el número de Wardle, que contestó casi de inmediato con una voz fuerte y cortante.

–Aquí Wardle.

–Sí, hola. Me llamo Cormoran Strike y...

–¿Quién es?

–Cormoran Strike –contestó–. Así me llamo.

–Ah, sí –dijo Wardle–. Anstis acaba de llamarme. ¿Es detective privado? Anstis me dijo que estaba interesado en hablar de Lula Landry.

–Sí, así es –confirmó Strike, conteniendo otro bostezo mientras examinaba los paneles pintados del techo. Bacanales que se convertían, según parecía, en fiestas de hadas: *Sueño de una noche de verano*, un hombre con cabeza de burro–. Pero lo que de verdad quisiera es el expediente.

Wardle se rio.

–Órale, ni que me hubiera salvado la vida, amigo.

–Tengo información que podría interesarle. He pensado que podríamos hacer un intercambio.

Hubo una breve pausa.

–¿Debo entender que no quiere hacerlo por teléfono?

–Exacto –contestó Strike–. ¿Hay algún lugar al que le gustaría ir para tomar una cerveza tras un duro día de trabajo?

Después de apuntar el nombre de un bar cerca de Scotland Yard y acordar que en el plazo de una semana –pues no podía ser antes– a él también le venía bien, Strike colgó.

No siempre había sido así. Un par de años antes había podido contar con la sumisión de testigos y sospechosos. Había sido como Wardle, un hombre cuyo tiempo tenía más valor que el de la mayoría de aquellos con los que se juntaba, un hombre que podía decidir cuándo y dónde se entrevistaría y durante cuánto tiempo. Como Wardle, no había necesitado uniforme. Estaba constantemente embozado en burocracia y prestigio. Ahora era un hombre que cojeaba vestido con una camisa arrugada que se aprovechaba de los viejos conocidos, intentando hacer tratos con policías que antiguamente se alegraban de recibir sus llamadas.

–Idiotas –dijo Strike en voz alta bajo el resonante cristal. La tercera cerveza le había entrado con tanta facilidad que apenas le quedaban un par de centímetros.

Sonó su celular. Miró la pantalla y vio el número de su despacho. Era evidente que Robin estaba tratando de decirle que Peter Gillespie había ido en busca de dinero. Dejó que pasara al buzón de voz, vació el vaso y se fue.

La calle estaba luminosa y fría, la acera mojada y los charcos con intervalos plateados a medida que las nubes se desplazaban rápidamente atravesando el sol. Strike encendió otro cigarro al salir y se quedó fumando en la puerta del Tottenham, viendo cómo los obreros se movían por el foso de la calle. Terminado el cigarro, caminó sin prisa por Oxford Street para hacer tiempo hasta que la Solución Temporal se hubiera ido y así poder dormir en paz.

6

Robin había esperado diez minutos para asegurarse de que Strike no iba a volver antes de hacer varias llamadas telefónicas agradables desde su celular. La noticia de su compromiso fue recibida por sus amigos tanto con gritos de emoción como con comentarios envidiosos, provocando ambas cosas en Robin idéntico placer. A la hora de comer, se regaló una hora libre, compró tres revistas de novias y un paquete de galletas dietéticas –lo cual dejaba una deuda en la caja de las monedas, una lata de galletitas, de alrededor de cuarenta y dos peniques– y volvió a la oficina vacía, donde pasó cuarenta felices minutos examinando ramos y vestidos de novia y sintiendo un hormigueo por todo el cuerpo por la emoción.

Cuando pasó la hora que se había dedicado para comer, Robin se lavó y devolvió al señor Crowdy sus tazas, su bandeja y sus galletas. Al darse cuenta de que él trataba de entretenerla con la conversación esa segunda vez, paseando la vista distraídamente desde su boca hasta sus pechos, decidió evitarlo durante el resto de la semana.

Strike siguió sin regresar. Deseando tener algo más que hacer, Robin ordenó los contenidos de los cajones del escritorio, deshaciéndose de lo que identificó como desperdicios acumulados de las otras trabajadoras eventuales: dos trozos de chocolate polvorientos, una lima de uñas desgastada y muchos trozos de papel con números de teléfono anónimos y garabatos. Había una caja de viejos sujetapapeles de metal que nunca había visto antes y un número considerable de pequeños cuadernos azules sin usar que, aunque no lucían ningún distintivo, tenían aspecto de cosa de la burocracia. Robin, con experiencia en el mundo de los despachos, tenía la sensación de que debían de haberse sacado de algún almacén institucional.

El teléfono de la oficina sonó de vez en cuando. Su nuevo jefe parecía ser una persona con muchos nombres. Un hombre preguntó por «Oggy», otro por «Trasto», mientras que una voz seca y entrecortada pidió que «el señor Strike» le devolviera la llamada al señor Peter Gillespie cuanto antes. Cada una de esas veces, Robin llamó al teléfono de Strike y solo consiguió que entrara el buzón de voz. Dejó, por tanto, mensajes de voz, escribió el nombre y el número de cada uno de los que habían llamado en una nota adhesiva, las llevó al despacho de Strike y las dejó ordenadamente sobre su mesa.

El taladro neumático seguía retumbando en la calle. A eso de las dos, el techo empezó a crujir cuando el ocupante del piso de arriba se volvió más activo. Por lo demás, Robin podría haber estado sola en todo el edificio. La gradual soledad, junto con la sensación de puro placer que amenazaba con hacer estallar su caja torácica cada vez que sus ojos se posaban en el anillo de su mano izquierda, la animaron. Empezó a limpiar y a ordenar la diminuta habitación que estaba bajo su control temporal.

A pesar de su general desaliño y de una excesiva suciedad, Robin descubrió enseguida una estructura organizativa firme que agradaba a su carácter de persona ordenada y limpia. Clasificó por fechas las carpetas de cartón café –algo anticuadas en esta época de plástico y neón– alineadas sobre los estantes que había detrás de su mesa, cada una con un número de serie escrito a mano en el lomo. Abrió una de ellas y vio que los sujetapapeles se habían utilizado para asegurar las hojas sueltas en cada expediente. Buena parte del material que había dentro estaba escrito a mano con letra difícil de leer. Quizá era así como trabajaba la policía. Quizá Strike fuera un antiguo policía.

Robin descubrió el montón de amenazas de muerte rosas al que Strike se había referido en el cajón de en medio del archivero, junto a un pequeño fajo de acuerdos de confidencialidad. Tomó uno de ellos y lo leyó: un formulario sencillo que exigía que el abajo firmante se abstuviera de hablar fuera del horario de trabajo de ninguno de los nombres ni de la información de la que pudieran tener conocimiento durante la jornada laboral. Robin se quedó pensativa un momento y, después, firmó y puso la fecha cuidadosamente en uno de los documentos, lo llevó al despacho de Strike y lo colocó en su escritorio, de modo que él pudiera añadir su propio nombre en la línea de puntos de la que disponía. Hacer ese voto de silencio unilateral le devolvió de nuevo parte de la mística e incluso del glamur que había imaginado que habría tras la puerta de cristal grabado antes de que se abriera y Strike casi la tirara por el hueco de la escalera.

Después de dejar el formulario en la mesa de Strike vio la mochila escondida en un rincón tras el archivero. El filo de su camisa sucia, un reloj de alarma y una bolsa de jabón asomaban entre los dientes abiertos del cierre de la mochila. Robin cerró la puerta que separaba ambos despachos como si hubiera presenciado sin querer algo embarazoso y privado. Sumó a la belleza de pelo moreno que había salido corriendo del edificio esa mañana con las diversas heridas de Strike y lo que parecía haber sido, ahora que lo pensaba, una persecución retardada pero decidida. Con su nueva y alegre condición de mujer comprometida, Robin estaba predispuesta a sentir una enorme lástima por cualquiera con una vida amorosa menos afortunada que la suya, si se podía calificar como enorme lástima el placer exquisito que en realidad sentía al pensar en su propio paraíso en comparación con los demás.

A las cinco, y ante la continuada ausencia de su jefe temporal, Robin decidió que podía irse a casa. Tarareó mientras rellenaba su hoja de asistencia, estallando en una canción mientras se abotonaba la gabardina. Después, cerró con llave la puerta de la oficina, deslizó la llave de repuesto por el buzón y empezó a bajar de nuevo las escaleras, con cierta precaución, en dirección a Matthew y a su casa.

7

Strike había pasado el principio de la tarde en el edificio de la Universidad de la London Union donde, pasando con determinación junto a la recepción con el ceño fruncido, había llegado a las regaderas sin que le dieran el alto ni le pidieran la credencial de estudiante. Luego, se comió un sándwich de jamón viejo y un chocolate en la cafetería. Después, se puso a caminar con los ojos en blanco por el cansancio y fumando y se acercó a unas tiendas baratas para comprar, con el dinero de Bristow, algunos artículos de primera necesidad que tenía que adquirir ahora que su pensión completa se había acabado. Más tarde se vio encerrado en un restaurante italiano con varias cajas grandes en la parte de atrás, junto a la barra, estirando la cerveza hasta que casi olvidó por qué estaba haciendo tiempo.

Eran casi las ocho cuando regresó a la oficina. Aquella era la hora en que más le gustaba Londres. Con la jornada laboral terminada, los escaparates de los pubs se volvían cálidos, como si fueran joyas, con sus calles palpitando y llenas de vida y la infatigable permanencia de sus edificios antiguos suavizada por los faroles, la ciudad se volvía curiosamente reconfortante. «Hemos visto a muchos como tú», parecen murmurar con tono tranquilizador mientras él cojea por Oxford Street acarreando una caja con un catre. Siete millones y medio de corazones latiendo con gran cercanía en la abarrotada y vieja ciudad y, a pesar de todo, muchos de ellos estarían sufriendo muchísimo más que el suyo. Caminando cansinamente junto a tiendas a punto de cerrar, mientras el cielo se volvía añil por encima de su cabeza, Strike encontraba consuelo en la inmensidad y el anonimato de aquella ciudad.

Fue una proeza subir a la fuerza el catre por las escaleras metálicas hasta la segunda planta y cuando llegó a la puerta que tenía su nombre, el dolor en el extremo de su pierna derecha era insoportable. Por un momento, se inclinó para apoyar todo su peso en el pie izquierdo, jadeando sobre la puerta de cristal y viendo cómo se nublaba todo.

–Gordo cabrón –dijo en voz alta–. Viejo dinosaurio achacoso.

Se limpió el sudor de la frente, abrió la puerta con llave y arrojó sus diversas compras al suelo, junto a la puerta. Entró en el despacho, empujó a un lado su mesa y colocó la cama, desenrolló el *sleeping bag* y rellenó el hervidor barato en el lavabo que había junto a la puerta de la oficina.

Su cena seguía en el bote de pasta preparada que había escogido porque le recordaba a la comida que solía llevar en su bolsa de víveres: una asociación bien arraigada entre la comida calentada rápidamente y rehidratada y las viviendas improvisadas habían hecho que lo recordara de forma mecánica. Cuando la tetera hirvió, añadió el agua al bote y se comió la pasta rehidratada con un tenedor de plástico que había agarrado en la cafetería de la universidad, sentado en el sillón de su despacho y mirando hacia la calle casi desierta, mientras el tráfico pasaba retumbando bajo la luz del crepúsculo al final de la calle y escuchando el ruido sordo de un contrabajo dos plantas más abajo, en el 12 Bar Café.

Había dormido en lugares peores. Como en el suelo de piedra de un estacionamiento de varios pisos en Angola y en una fábrica de metales seriamente dañada donde habían colocado tiendas de campaña y se habían despertado tosiendo hollín negro por las mañanas; y, lo peor de todo, el frío y húmedo dormitorio de la comuna de Norfolk a la que su madre los había arrastrado a él y a una de sus hermanastras cuando tenían ocho y seis años, respectivamente. Recordó el incómodo reposo en camas de hospital en las que había estado echado algunos meses y varias casas ocupadas –también con su madre–, y los bosques helados donde había acampado durante las prácticas en el ejército. Por muy básico y poco acogedor que pareciera el catre bajo un foco desnudo, era un lujo comparado con todo aquello.

El hecho de ir a comprar todo lo que necesitaba y de colocar esos artículos imprescindibles lo había devuelto a la familiar condición marcial de hacer lo que se tiene que hacer sin preguntar ni quejarse.

Tiró el bote de fideos, encendió la lámpara y se sentó en la mesa en la que Robin había pasado la mayor parte del día.

Mientras reunía los componentes básicos para un nuevo expediente –la carpeta de cartón, el papel en blanco y un clip, el cuaderno en el que había tomado nota de la entrevista con Bristow, el folleto del Tottenham y la tarjeta de Bristow–, se dio cuenta del nuevo orden de los cajones, la ausencia de polvo en el monitor de la computadora, la falta de tazas y restos y un ligero olor a producto de limpieza. Algo intrigado, abrió la caja de las monedas y vio, con la letra redonda y limpia de Robin, la nota en la que informaba de su deuda: cuarenta y dos peniques tomados para galletas de chocolate. Strike sacó de su cartera cuarenta libras de lo que Bristow le había dado y las dejó en la lata. Después, tras pensarlo bien, contó cuarenta y dos peniques en monedas y los puso encima.

A continuación, con uno de los bolígrafos que Robin había dispuesto ordenadamente en el cajón de arriba, Strike empezó a escribir, con fluidez y rapidez, empezando por la fecha: las notas de la entrevista con Bristow que había arrancado y adjuntado al expediente, los pasos que había dado hasta ese momento, incluidas las llamadas a Anstis y a Wardle, sus números privados; pero los detalles de su otro amigo, el que le proporcionaba los nombres y direcciones útiles, no los incluyó en el expediente.

Finalmente, Strike le adjudicó al nuevo caso un número de serie, que escribió junto con la inscripción «Muerte repentina: Lula Landry» en el lomo, antes de guardar el expediente en su sitio, en el extremo derecho del estante.

Después, abrió por fin el sobre que, según Bristow, contenía las claves esenciales que la policía había pasado por alto. La letra del abogado, clara y fluida, se inclinaba hacia atrás con líneas densamente escritas. Tal y como Bristow había prometido, su contenido trataba sobre todo de los actos de un hombre a quien llamaba «el Corredor».

El Corredor era un hombre alto y negro cuyo rostro quedaba oculto bajo una bufanda y que aparecía en las grabaciones de una cámara en un autobús nocturno que iba desde Islington hacia el West End. Había subido al autobús unos cincuenta minutos antes de que Lula Landry muriera. Después, se le veía en la grabación del circuito cerrado de televisión que se había tomado en Mayfair, caminando en dirección a la casa de Landry a la 1:39 de la noche. Se había detenido ante la cámara y parecía consultar un papel –«¿posible dirección o instrucciones?», había añadido convenientemente Bristow en sus notas–, antes de salir del campo de visión.

La grabación tomada por la misma cámara del circuito cerrado de televisión mostraba poco después al Corredor corriendo de vuelta y pasando junto a la cámara a las 2:12 y salir del campo de visión. «Segundo hombre negro corriendo también... ¿posible centinela? ¿Interrumpido en el robo de un coche? Salta la alarma de un coche en ese momento a la vuelta de la esquina», había escrito Bristow.

Finalmente, estaba la grabación del circuito de televisión de «un hombre muy parecido al Corredor» caminando por una calle cerca de Gray's Inn Square, a varios kilómetros de distancia, la mañana tras la muerte de Landry. «Rostro aún oculto», había escrito Bristow.

Strike hizo una pausa para frotarse los ojos, haciendo una mueca de dolor porque había olvidado que uno de ellos lo tenía amoratado. Se encontraba en ese estado delirante y nervioso que indicaba el verdadero agotamiento. Con un largo suspiro y un gruñido, pensó en las notas de Bristow, sosteniendo el bolígrafo en su puño lleno de pelos, listo para hacer sus propias anotaciones.

Bristow podía interpretar la ley con templanza y objetividad en el despacho que aparecía en su tarjeta de visita elegantemente impresa, pero el contenido de aquel sobre simplemente confirmaba la opinión de Strike de que la vida personal de su cliente estaba dominada por una obsesión injustificable. Cualquiera que fuera el origen de la obcecación de Bristow por aquel Corredor –ya fuera porque albergaba un miedo secreto por este hombre del saco urbano, el delincuente negro o por algún otro motivo más personal y profundo–, era impensable que la policía no hubiera investigado al Corredor y a su acompañante –posible centinela o posible ladrón de coches– y estaba seguro de que habían tenido un buen motivo para excluirlo de toda sospecha.

Bostezó con más fuerza y Strike pasó a la segunda página de las notas de Bristow.

«A la 1:45, Derrick Wilson, el guardia de seguridad que estaba trabajando en su caseta esa noche, se sintió indispuesto y fue al baño de atrás, donde permaneció aproximadamente un cuarto de hora. Por lo tanto, durante quince minutos antes de la muerte de Lula, el vestíbulo del edificio estuvo vacío y podría haber entrado y salido cualquiera sin ser visto. Wilson no salió del baño hasta después de que Lula cayera, cuando oyó los gritos de Tansy Bestigui.

»Este margen de maniobra coincide exactamente con el momento en que el Corredor habría llegado al número 18 de Kentigern Gardens si pasó junto a la cámara de seguridad del cruce de Alderbrook con Bellamy Road a la 1:39».

−¿Y cómo? −murmuró Strike masajeándose la frente−. ¿Vio a través de la puerta de la calle que el guardia estaba en el baño?

«He hablado con Derrick Wilson, que se muestra dispuesto a ser entrevistado».

«Y apuesto a que le has pagado para que lo haga», pensó Strike, viendo también el número de teléfono del guardia de seguridad bajo estas últimas palabras.

Dejó el bolígrafo con el que había tenido la intención de añadir sus propias notas y adjuntó las de Bristow al expediente. Después, apagó la lámpara del escritorio y fue renqueando a orinar en el frío baño del rellano. Tras cepillarse los dientes sobre el lavabo agrietado, cerró con llave la puerta de cristal, puso la alarma del reloj y se desnudó.

Bajo el resplandor del neón del farol de la calle, Strike desató las correas de la prótesis de su pierna y la separó del dolorido muñón, quitándose el revestimiento de gel que se había convertido en un protector poco efectivo contra el dolor. Dejó la falsa pierna junto al celular, que se estaba cargando, se metió en el *sleeping bag* y se acostó con las manos por detrás de la cabeza mirando al techo. Entonces, tal y como había temido, la pesada fatiga de su cuerpo no fue suficiente para calmar su mente encasquillada. La vieja infección se había vuelto a activar, atormentándolo, arrastrándolo.

¿Qué estaría haciendo ella ahora?

El día anterior por la noche, en un universo paralelo, había vivido en un bonito departamento de la parte más deseada de Londres con una mujer que hacía que cualquier hombre que posase los ojos sobre ella tratara a Strike con una especie de envidia incrédula.

«¿Por qué no te vienes a vivir conmigo? Por el amor de Dios, Bluey, ¿no es lo más lógico? ¿Por qué no?».

Había sabido desde el principio que aquello era un error. Lo habían intentado antes y cada vez había sido más desastrosa que la anterior.

–Estamos comprometidos, por el amor de Dios, ¿por qué no te vienes a vivir conmigo?

Había dicho cosas que se suponía que demostraban que, durante el tiempo en que casi la había perdido, ella había cambiado de forma tan irrevocable como él, con su pierna y media.

–No necesito ningún anillo. No seas ridículo, Bluey. Necesitas todo el dinero para el nuevo negocio.

Cerró los ojos. Puede que no hubiera vuelta atrás desde esa mañana. Ella le había mentido en demasiadas ocasiones con cosas demasiado serias. Pero él volvió a repasarlo todo de nuevo, como una suma que había resuelto desde hacía tiempo, temeroso de haber cometido algún error básico. Combinó meticulosamente los cambios de fechas, la negativa a consultar a un farmacéutico o al médico, la rabia con la que ella había rebatido cualquier petición de aclaración y, después, el repentino anuncio de que se había acabado sin la más mínima prueba de que había sido real. Junto a cualquier otra sospecha, estaba el conocimiento que Strike había adquirido con mucho esfuerzo sobre la mitomanía de ella, su necesidad de provocar, de burlarse, de ponerlo a prueba.

–¡No te atrevas a investigarme, carajo! No te atrevas a tratarme como a una recluta drogadicta. No soy un maldito caso que tengas que resolver. Se supone que me quieres y no me crees ni siquiera con esto.

Pero las mentiras que ella le había contado se entrelazaban en lo más hondo de su ser, de su vida, de tal modo que vivir con ella y amarla significaba quedar enredado poco a poco en esas mentiras, enfrentarse a ella en busca de la verdad, luchar por mantener un punto de apoyo con la realidad. ¿Cómo podía haber ocurrido que él, que desde su más extrema juventud había necesitado investigar, estar seguro, extraer la verdad de los enigmas más pequeños, se hubiera enamorado tan intensamente y durante tanto tiempo de una chica que soltaba mentiras con la misma facilidad con que otras mujeres respiraban?

–Se ha terminado –se dijo a sí mismo–. Tenía que ocurrir.

Pero no había querido decírselo a Anstis y no podía soportar decírselo a nadie más; todavía no. Había amigos por todo Londres que le darían gustosos la bienvenida a sus casas, que abrirían de par en par sus dormitorios de invitados y sus refrigeradores, deseosos de compadecerlo y ayudarlo. El precio de todas aquellas confortables camas y comidas caseras, sin embargo, sería sentarse en mesas de cocina una vez que los niños vestidos con sus limpios piyamas se hubieran acostado y revivir la horrenda batalla final con Charlotte, entregándose a la indignada compasión y pena de las novias y esposas de sus amigos. Antes que eso, prefería la triste soledad, un bote de pasta recalentado y un *sleeping bag*.

Aún podía sentir el pie que le faltaba, arrancado de su pierna dos años antes. Estaba ahí, bajo el *sleeping bag*. Podía doblar los dedos ya desaparecidos si quería. De lo agotado que estaba, Strike tardó un rato en dormirse y, cuando lo hizo, Charlotte entró y salió de cada sueño, preciosa, injuriosa y obsesionada.

SEGUNDA PARTE

Non ignara mali miseris succurrere disco.

«Sin ignorar lo que son las desgracias aprendo
a socorrer a los infelices».

Virgilio, *La Eneida,* Libro I.

1

−«A pesar de todos los ríos de tinta corridos en los periódicos y las horas de charlas televisadas que habían pregonado el asunto de la muerte de Lula Landry, en pocas ocasiones se había planteado la pregunta de: ¿por qué nos importa?

»Era guapa, por supuesto, y las chicas guapas han ayudado a vender periódicos desde las sirenas sombreadas con rayas y con ojos entrecerrados que creó Charles Dana Gibson para el *New Yorker*.

»También era negra, o más bien de un delicioso tono de café con leche y constantemente se nos decía que esto representaba una evolución dentro de una industria preocupada simplemente por lo superficial. (Tengo dudas: ¿no podría ser que esta temporada el café con leche fuera el tono de moda?) ¿Hemos asistido a una afluencia de mujeres negras en la industria siguiendo los pasos de Landry? ¿Nuestra idea de la belleza femenina ha sufrido una revolución tras su éxito? ¿Las Barbis negras están vendiendo más que las blancas?

»La familia y los amigos de la misma Landry estarán consternados, claro, y cuentan con mi más sentido pésame. Sin embargo, nosotros, el público lector y televidente, no tenemos un pesar personal que justifique nuestros excesos. Hay mujeres jóvenes que mueren todos los días en circunstancias "trágicas" (por no decir antinaturales): en accidentes de coche, por sobredosis y, en ocasiones, porque tratan de morirse de hambre para ceñirse a la figura corporal ostentada por Landry y las que son de su clase. ¿Les dedicamos a estas chicas muertas algo más que un pensamiento pasajero tras pasar a otra página y ocultar sus rostros comunes?».

Robin hizo una pausa para dar un sorbo a su café y aclararse la garganta.

–Por ahora, muy mojigato –murmuró Strike.

Estaba sentado en un extremo de la mesa de Robin, metiendo fotografías en una carpeta abierta, numerándolas y escribiendo una descripción del asunto de cada una en un índice por la parte de atrás. Robin continuó por donde lo había dejado, leyendo en la pantalla de la computadora.

–«Nuestro desproporcionado interés, incluso pesar, se presta a examen. Hasta el momento en que Landry tuvo su caída fatídica, es una apuesta segura decir que decenas de miles de mujeres se habrían intercambiado con ella. Jóvenes sollozantes pusieron flores bajo el balcón del ático de cuatro millones y medio de libras de Landry después de que se llevaran su cuerpo destrozado. ¿Ha habido alguna aspirante a modelo que se haya desanimado en su búsqueda de fama en las revistas por el ascenso y la brutal caída de Lula Landry?».

–Anda pues –dijo Strike–. Tú no, ella –añadió rápidamente–. Es una mujer la que escribe, ¿no?

–Sí, una tal Melanie Telford –contestó Robin, retrocediendo a la parte superior de la pantalla para ver el retrato de una rubia de mediana edad con papada–. ¿Quiere que me salte el resto?

–No, no, continúa.

Robin se aclaró la garganta una vez más y continuó:

–«La respuesta seguramente sea no». Eso es lo de si las aspirantes a modelos se han desanimado.

–Sí, lo he entendido.

–Okey, bueno… «Cien años después de Emmeline Pankhurst, una generación de féminas adolescentes no pretende nada más que ser reducidas a muñecas de papel recortable, avatares planos cuyas aventuras noveladas enmascaran tal desajuste y angustia que terminan tirándose por la ventana de un tercer piso. La apariencia lo es todo: el diseñador Guy Somé se apresuró a informar a la prensa de que ella saltó llevando puesto uno de sus vestidos, que se agotó veinticuatro horas después de su muerte. ¿Qué mejor publicidad podría haber que el hecho de que Lula Landry eligiera irse a la tumba con un Somé?

»No, no es la pérdida de la joven lo que lamentamos, pues ella no era más real para la mayoría de nosotros que las chicas Gibson que salían de la pluma de Dana. Lo que lloramos es la imagen física que parpadea en una multitud de titulares y revistas de famosos; una imagen que nos vendía ropa y bolsas y una idea de celebridad que, con su muerte, demostró ser vacía y efímera como una burbuja de jabón. Lo que de verdad añoramos, si fuéramos lo suficientemente sinceros como para admitirlo, son las bufonerías de esa chica alegre y transparente cuya existencia de historietas de abuso de drogas, vida desenfrenada, ropa extravagante y peligroso novio de ida y vuelta ya no podremos disfrutar.

»El funeral de Landry fue cubierto con el mismo derroche que la boda de alguna celebridad en las revistas amarillistas que dan de comer a los famosos y cuyos editores lloran seguramente su defunción durante más tiempo que la mayoría. Se nos permitió vislumbrar a varios famosos llorando, pero a su familia se le dedicó la más diminuta de todas las fotografías. Componían un grupo sorprendentemente poco fotogénico.

»Sin embargo, el relato de una de las dolientes me emocionó de verdad. En respuesta a la pregunta de un hombre de quien quizá no se dio cuenta de que se trataba de un reportero, contó que había conocido a Landry en un centro de desintoxicación y que se habían hecho amigas. Había ocupado su asiento en uno de los bancos de atrás para despedirse y volvió a salir en silencio. No ha vendido su historia, al contrario que tantos otros que se juntaron con Landry en vida. Puede que esto nos esté diciendo algo conmovedor sobre la verdadera Lula Landry, que despertó cariño de verdad en una chica normal. Y para el resto de nosotros...

–¿No pone nombre a esta chica normal del centro de desintoxicación? –interrumpió Strike.

Robin echó un vistazo al artículo en silencio.

–No.

Strike se rascó su mentón mal afeitado.

–Bristow no mencionó a ninguna amiga de ningún centro de desintoxicación.

–¿Cree que podría ser alguien importante? –preguntó Robin con impaciencia, girándose en su silla para mirarlo.

–Podría ser interesante hablar con alguien que conociera a Landry en la terapia en lugar de en una discoteca.

Strike solo le había pedido a Robin que buscara contactos de Landry porque no tenía otra cosa que encargarle. Ella ya había llamado por teléfono a Derrick Wilson, el guardia de seguridad, y le había concertado una cita con Strike para el viernes por la mañana en el Phoenix Café, en Brixton. El correo del día había consistido en dos boletines y un ultimátum. No había habido llamadas y ella ya había organizado todo lo que en la oficina se podía poner por orden alfabético, apilado o dispuesto según tipo y color.

Así que, inspirado por el dominio de Robin de Google el día anterior, le había impuesto aquella tarea casi sin sentido. Durante la última hora más o menos, la joven había estado leyendo algún que otro fragmento y artículo sobre Landry y sus conocidos mientras Strike ordenaba un montón de recibos, facturas de teléfono y fotografías relacionadas con el único caso que actualmente tenía aparte de este.

–¿Quiere entonces que mire a ver si encuentro más cosas sobre esa chica? –preguntó Robin.

–Sí –contestó Strike distraídamente mientras examinaba la fotografía de un hombre corpulento y algo calvo vestido con un traje y una pelirroja de apariencia madura ataviada con jeans ajustados. El hombre del traje era el señor Geoffrey Hook; la pelirroja, sin embargo, no guardaba parecido alguno con la señora Hook, que, antes de la llegada de Bristow a su despacho, había sido la única cliente de Strike. Metió la fotografía en el expediente de la señora Hook y lo etiquetó con el número 12. Robin volvió a la computadora.

Durante unos momentos hubo silencio, excepto por el movimiento de fotografías y el golpeteo de las cortas uñas de Robin sobre el teclado. La puerta del despacho estaba cerrada para ocultar el catre y otros indicios de que aquello era una vivienda y el ambiente estaba cargado con el olor a lima artificial debido al uso indiscriminado de ambientadores baratos por parte de Strike antes de que Robin llegara. Por si ella había percibido cualquier indicio de interés sexual en la decisión de él de sentarse en el otro lado de su mesa, Strike fingió ver por primera vez su anillo de compromiso antes de sentarse. Después, empezó una conversación cortés y cuidadosamente impersonal sobre su prometido durante cinco minutos. Supo que era un contador recién licenciado llamado Matthew, que había sido para vivir con Matthew por lo que Robin se había mudado a Londres desde Yorkshire el mes anterior y que lo del trabajo temporal era una medida provisional antes de buscar un trabajo permanente.

–¿Cree que la chica del centro de desintoxicación podría estar en alguna de estas fotos? –preguntó Robin un rato después.

Había abierto una pantalla llena de fotografías de idéntico tamaño, cada una de ellas mostrando a una o más personas vestidas con ropa oscura, todos dirigiéndose de izquierda a derecha al funeral. Unas vallas protectoras y los rostros borrosos de un grupo de gente formaban el fondo de cada fotografía.

La más llamativa de todas era una imagen de una muchacha muy alta y pálida con el pelo dorado peinado hacia atrás en una cola y sobre cuya cabeza se posaba una creación de redecilla negra y plumas. Strike la reconoció porque todo el mundo sabía quién era: Ciara Porter, la modelo con la que Lula había pasado buena parte de su último día en el mundo; la amiga con la que Landry había sido fotografiada en una de las instantáneas más famosas de su carrera. Porter estaba guapa y seria mientras caminaba hacia el funeral de Lula. Parecía haber asistido sola, pues no había ninguna mano sin cuerpo sobre la que apoyara su brazo ni colocada sobre su larga espalda.

Junto a la fotografía de Porter estaba la de una pareja con el pie de foto: «El productor cinematográfico Freddie Bestigui y su esposa Tansy». Bestigui tenía la corpulencia de un toro, con piernas cortas, un pecho ancho de tonel y un cuello grueso. Tenía el pelo gris y cortado casi a rape. Su rostro era una masa arrugada de pliegues, bolsas y verrugas, de las que salía una nariz carnosa como un tumor. A pesar de ello, tenía una imponente figura con su caro abrigo negro y con su esquelética y joven esposa del brazo. No podía discernirse casi nada de la verdadera apariencia de Tansy tras la piel vuelta del cuello de su abrigo y sus enormes lentes redondos de sol.

La última de la primera fila de fotos era de «Guy Somé, el diseñador de moda». Se trataba de un hombre negro y delgado que llevaba una levita azul oscuro de corte exagerado. Tenía la cara inclinada hacia abajo y no podía distinguirse su expresión debido al modo en que la luz caía sobre su oscura cabeza, aunque tres grandes aretes de diamante en el lóbulo que daba a la cámara habían reflejado los *flashes* y brillaban como estrellas. Al igual que Porter, parecía haber llegado sin compañía, aunque un pequeño grupo de asistentes, indignos de un pie de foto propio, habían entrado en el encuadre.

Strike acercó su silla, aunque manteniendo aún cierta distancia entre él y Robin. Uno de los rostros sin identificar, medio cortado por el filo de la fotografía, era John Bristow, reconocible por su corto labio superior y sus dientes de ratoncillo. Tenía el brazo sobre una mujer mayor de aspecto afligido y pelo blanco; el rostro de ella estaba demacrado y pálido y la desnudez de su pena era conmovedora. Detrás de ellos había un hombre alto de aspecto arrogante que daba la impresión de no aprobar el entorno en el que se encontraba.

–No veo a nadie que pueda ser esa chica normal –dijo Robin moviendo la pantalla hacia abajo para examinar más fotos de gente famosa y guapa con aspecto triste y serio–. Ah, mire… Evan Duffield.

Iba vestido con una camiseta negra, jeans negros y un abrigo negro de estilo militar. Su pelo era también negro. Su rostro era todo planos y huecos afilados. Sus fríos ojos azules miraban directamente a la cámara. Aunque más alto que los dos, parecía frágil en comparación con los acompañantes que lo flanqueaban. Un hombre grande vestido con un traje y una mujer mayor de apariencia nerviosa cuya boca estaba abierta y que tenía un gesto como si quisiera dejar un camino libre por delante de ellos. Aquel trío le recordó a Strike a los padres que se llevan a un niño mareado de una fiesta. Strike se dio cuenta de que, a pesar del aspecto de desorientación y aflicción de Duffield, había hecho un buen trabajo aplicándose el contorno de ojos.

–¡Mire esas flores!

Duffield se deslizó por la parte superior de la pantalla y desapareció. Robin se había detenido en la fotografía de una enorme corona con forma de lo que, al principio, a Strike le pareció que era un corazón, antes de darse cuenta de que representaba dos alas de ángel curvadas y que estaban compuestas por rosas blancas. Una fotografía en el recuadro mostraba un primer plano de la tarjeta que las acompañaba.

–«Descansa en paz, ángel Lula. Deeby Macc» –leyó Strike en voz alta.

–¿Deeby Macc? ¿El rapero? Así que se conocían, ¿no?

–No, no lo creo. Pero estaba todo eso de que él había alquilado un departamento en su mismo edificio. A ella la mencionaba en un par de canciones, ¿no? Había mucha excitación en la prensa por el hecho de que él se quedara allí.

–Estás muy informada sobre el tema.

–Ah, ya sabe, solo revistas –respondió Robin vagamente mientras volvía a desplazar la pantalla de las fotografías.

–¿Qué clase de nombre es Deeby? –se preguntó Strike en voz alta.

–Viene de sus iniciales. Es «D. B.», en realidad –le aclaró–. Su verdadero nombre es Daryl Brandon Macdonald.

–¿Te gusta el rap?

–No –contestó Robin, aún pendiente de la pantalla–. Simplemente recuerdo cosas así.

Cerró las fotos que estaba examinando detenidamente y volvió a golpetear el teclado. Strike volvió a sus fotografías. La siguiente mostraba al señor Geoffrey Hook besando a su acompañante de pelo anaranjado con la mano palpando un trasero grande y cubierto de lona en la salida de la estación de metro de Ealing Broadway.

–Aquí tengo un video de YouTube, mire –dijo Robin–. Deeby Macc hablando sobre Lula después de su muerte.

–Vamos a verlo –propuso Strike haciendo rodar su silla hacia delante medio metro más y después, tras pensarlo mejor, retirándose unos centímetros.

El pequeño y granulado video de siete centímetros y medio por diez cobró vida. Un hombre negro y grande vestido con una especie de suéter con gorro y un puño tachonado en el pecho estaba sentado en un sillón de cuero negro mirando a un entrevistador que no podía ver. Tenía el pelo casi afeitado y llevaba puestos unos lentes de sol.

–¿… el suicidio de Lula Landry? –preguntó el periodista, que era inglés.

–Eso estuvo pinche, muy pinche –respondió Deeby pasándose la mano por su cabeza afeitada. Hablaba con voz baja, profunda y ronca, con un ligero ceceo–. Es lo que hacen para tener éxito: te persiguen, te destrozan. Eso es lo que hace la envidia, amigo mío. La puta prensa la tiró por esa ventana. Yo digo que la dejen descansar en paz. Ahora está en paz.

–Una bienvenida a Londres bastante impactante –dijo el entrevistador–, con ella, ya sabe, cayendo por delante de su ventana.

Deeby Macc no respondió de inmediato. Se quedó sentado e inmóvil, mirando al entrevistador a través de sus lentes opacos.

–Yo no estaba allí –dijo después–. ¿O es que hay alguien que le haya dicho que sí?

Se oyó el aullido de la risa nerviosa del entrevistador rápidamente sofocada.

–Dios mío, no. En absoluto.

Deeby giró la cabeza y se dirigió a alguien que estaba detrás de la cámara.

–¿Crees que debería haber traído a mis abogados?

El entrevistador se rio con una carcajada servil. Deeby volvió a mirarlo, aún sin sonreír.

–Deeby Macc –dijo el entrevistador con voz entrecortada–, muchas gracias por dedicarnos su tiempo.

Una mano blanca extendida se deslizó hacia delante en la pantalla. Deeby levantó su puño. La mano blanca cambió de postura y los dos chocaron sus nudillos. Alguien detrás de la cámara se rio burlonamente. El video terminó.

–La puta prensa la tiró por esa ventana –repitió Strike moviendo su silla hacia atrás para devolverla a su lugar inicial–. Un punto de vista interesante.

Sintió que el celular le vibraba en el bolsillo del pantalón y lo sacó. Al ver el nombre de Charlotte unido a un nuevo mensaje de texto hizo que una oleada de adrenalina le recorriera el cuerpo, como si acabara de ver a un animal de presa agazapado.

«Estaré fuera el viernes por la mañana entre las nueve y las doce por si quieres recoger tus cosas».

–¿Qué? –Tuvo la impresión de que Robin acababa de decir algo.

–He dicho que aquí hay un artículo terrible sobre su madre biológica.

–Okey. Léelo.

Se metió el celular en el pantalón. Mientras volvía a inclinar su gran cabeza sobre el expediente de la señora Hook, sus pensamientos parecieron reverberar como si hubieran golpeado un gong dentro de su cráneo.

Charlotte se estaba comportando con una sensatez siniestra, fingiendo una calma adulta. Había llevado aquel incesante y elaborado duelo de los dos a un nuevo nivel nunca antes alcanzado ni probado: «Vamos a comportarnos como adultos». Quizá se clavara un cuchillo entre los omóplatos cuando atravesara la puerta de su departamento; quizá él entraría en el dormitorio y encontraría su cadáver con las muñecas cortadas tirado sobre un charco de sangre coagulada delante de la chimenea.

La voz de Robin sonaba como el zumbido de fondo de una aspiradora. Haciendo un esfuerzo, volvió a centrar su atención en ella.

–«... vendió la romántica historia de su relación con un joven negro a todo periodista de la prensa amarilla que estuviera dispuesto a pagar. Sin embargo, no hay nada romántico en la historia de Marlene Higson, tal y como recuerdan sus viejos vecinos.

»"Vendía su cuerpo", dice Vivian Cranfield, que vivía en el departamento de arriba de Higson cuando quedó embarazada de Landry. "Había hombres que entraban y salían de su casa a todas horas del día y la noche. Ella nunca supo quién era el padre de ese bebé, podría haber sido cualquiera de ellos. Nunca quiso el bebé. Aún la recuerdo saliendo al pasillo, llorando, sola, mientras su madre estaba ocupada con un cliente. Esa cosita tan pequeña con su pañal, apenas sin caminar... Alguien debió de llamar a los servicios sociales, y mucho tardaron. Lo mejor que le ha pasado nunca a esa niña, que la adoptaran".

»Sin duda, la verdad sorprenderá a Landry, que ha hablado largo y tendido con la prensa sobre su reencuentro con su madre biológica, a la que no veía desde hacía mucho tiempo...». Esto se escribió antes de que Lula muriera –explicó Robin.

–Sí –respondió Strike cerrando su archivo de repente–. ¿Quieres ir a dar una vuelta?

2

Las cámaras parecían malévolas cajas de zapatos, cada una sobre su soporte y con un único ojo negro. Apuntaban en diferentes direcciones a lo largo de toda Alderbrook Road, que bullía de peatones y tráfico. Las dos aceras estaban llenas de tiendas, bares y cafeterías. Los autobuses de dos pisos pasaban en una y otra dirección por su correspondiente carril.

–Aquí es donde se grabó al Corredor de Bristow –comentó Strike dando la espalda a Alderbrook Road para mirar hacia la mucho más tranquila Bellamy Road, que, flanqueada por altas y suntuosas casas, llevaba hasta el corazón residencial de Mayfair–. Pasó por aquí doce minutos después de que ella cayera. Este sería el camino más corto desde Kentigern Gardens. Los autobuses nocturnos pasan por aquí. Mejor tomar un taxi. Aunque no hay ningún movimiento inteligente si acabas de asesinar a una mujer.

Volvió a concentrarse de nuevo en un plano de la ciudad. A Strike no parecía preocuparle que cualquiera pudiera confundirlo con un turista. Sin duda, pensó Robin, no importaría aunque así fuera, dado su tamaño.

A Robin le habían pedido que hiciera distintas cosas a lo largo de su breve carrera como trabajadora temporal que quedaban fuera de las condiciones de su contrato como secretaria, por lo que no se sintió muy desconcertada cuando Strike le propuso salir a pasear. Se mostró encantada, sin embargo, de absolverlo de cualquier intento de flirteo. El largo camino hasta aquel lugar lo habían hecho en un silencio casi absoluto, con Strike aparentemente inmerso en sus pensamientos y, de vez en cuando, consultando el plano.

Sin embargo, al llegar a Alderbrook Road, dijo:

–Si ves algo o se te ocurre algo que a mí se me ha pasado, dímelo, ¿de acuerdo?

Aquello era bastante emocionante: Robin se jactaba de su capacidad de observación. Era uno de los motivos por los que había logrado cumplir el deseo de la infancia que el hombre grande que se encontraba a su lado estaba haciendo realidad. Miró con atención a un lado y a otro de la calle y trató de visualizar lo que habría podido ver alguien en una noche de nieve con temperaturas bajo cero a las dos de la madrugada.

–Por aquí –dijo Strike antes de que a ella se le ocurriera algo, y siguieron caminando, uno al lado del otro, por Bellamy Road. Se curvaba ligeramente a la izquierda y continuaba a lo largo de unas sesenta casas casi idénticas, con sus relucientes puertas negras, sus cortos barandales a cada lado de los limpios y blancos escalones y sus maceteros llenos de arbustos podados de forma ornamental. Por todas partes se veían leones de mármol y placas de metal con nombres y credenciales profesionales; en las ventanas superiores se veía el reflejo de lámparas de araña y había una puerta abierta que dejaba ver un suelo de ajedrez, cuadros antiguos con marcos dorados y una escalera de estilo georgiano.

Mientras caminaba, Strike pensó en parte de la información que Robin había conseguido encontrar en internet esa mañana. Tal y como sospechaba, Bristow no había sido sincero cuando aseguró que la policía no se había esforzado en identificar al Corredor y a su compinche. Enterrados en una voluminosa y rabiosa cobertura de prensa que había sobrevivido en internet, había llamamientos para que esos hombres se presentaran ante la policía, pero parecía ser que no habían dado resultados.

Al contrario que Bristow, Strike no vio que nada de eso indicara una incompetencia por parte de la policía ni tampoco que se hubiera dejado sin investigar a ningún sospechoso del asesinato. El repentino sonido de la alarma de un coche más o menos en el momento en que los dos hombres habían huido de la zona era un buen motivo para su reticencia a hablar con la policía. Además, Strike no sabía si Bristow estaba al tanto de la variable calidad de las grabaciones del circuito cerrado de televisión, pero él mismo tenía mucha experiencia con frustrantes y borrosas imágenes en blanco y negro de las que era imposible sacar un verdadero retrato.

Strike había notado también que Bristow no había dicho nada ni en persona ni en sus notas sobre la prueba de ADN que se recogió dentro del departamento de su hermana. Tenía la fuerte sospecha, por el hecho de que la policía se mostrara dispuesta a excluir al Corredor y a su amigo de más investigaciones, de que no había indicios de que se hubiera encontrado allí ningún ADN extraño. Sin embargo, Strike sabía que los más ingenuos subestimarían banalidades como las pruebas de ADN, la contaminación de las declaraciones o la conspiración. Veían lo que querían ver, cerrando los ojos ante la verdad incómoda e implacable.

Las búsquedas en Google de esa mañana habían indicado una posible explicación a la obsesión de Bristow por el Corredor. Su hermana había estado investigando sus raíces biológicas y había conseguido encontrar a su verdadera madre, que parecía, incluso teniendo en cuenta a la prensa sensacionalista, una mujer despreciable. Sin duda, revelaciones como las que Robin había encontrado en internet habrían sido desagradables no solo para Landry, sino para toda su familia de adopción. ¿Formaba parte de la inestabilidad de Bristow –pues Strike no podía engañarse a sí mismo con que su cliente diera la impresión de ser un hombre equilibrado– que creyera que Lula, tan afortunada en algunos aspectos, hubiera tentado al destino? ¿Que había buscado problemas al tratar de investigar a fondo los secretos de sus orígenes? ¿Que había despertado a un demonio que había sacado de un pasado lejano y la había matado? ¿Era ese el motivo por el que un hombre negro que rondara por su zona le perturbaba tanto?

Strike y Robin se fueron internando cada vez más en el barrio de los ricos hasta que llegaron a la esquina de Kentigern Gardens. Al igual que Bellamy Road, proyectaba un aura de prosperidad intimidante y autosuficiente. Las de aquí eran casas altas de estilo victoriano y ladrillo rojo con fachada de piedra y ventanas de frontones pesados en cuatro plantas, con sus propios balconcitos de piedra. Pórticos de mármol blanco enmarcaban cada entrada y tres escalones blancos conducían desde la acera a las relucientes puertas negras. Todo estaba en buen estado y sin reparar en gastos, limpio y perfecto. Solo había unos cuantos coches estacionados. Una pequeña señal decía que se necesitaba un permiso especial para disfrutar de ese privilegio.

Sin diferenciarse por la cinta policial ni la multitud de periodistas, el número 18 había vuelto a confundirse elegantemente entre sus vecinos.

—El balcón desde el que cayó estaba en la planta de arriba —dijo Strike—, a unos doce metros de alto, diría yo.

Contempló la elegante fachada. Robin vio que los balcones de las tres plantas superiores eran poco profundos, con apenas espacio entre la balaustrada y los ventanales.

—La cuestión es que empujar a alguien desde esa altura no garantiza su muerte —le explicó Strike a Robin mientras echaba una mirada al balcón que estaba encima de ellos.

—Ah... ¿seguro? —protestó Robin considerando la terrible caída entre el balcón superior y la dureza de la calle.

—Te sorprenderías. Pasé un mes en una cama junto a un tipo de Gales que había salido volando de un edificio desde esa altura, más o menos. Se destrozó las piernas y la pelvis y tuvo muchas hemorragias internas, pero sigue entre nosotros.

Robin se quedó mirando a Strike preguntándose por qué habría estado un mes en una cama, pero el detective era ajeno a aquello mientras miraba con el ceño fruncido la puerta de la calle.

—Teclado numérico —murmuró al ver el cuadro metálico lleno de botones— y una cámara encima de la puerta. Bristow no mencionó que hubiera una cámara. Puede que sea nueva.

Pasó unos minutos contrastando teorías sobre la intimidante fachada de ladrillo rojo de aquellas fortalezas tan extraordinariamente caras. Para empezar, ¿por qué Lula había escogido vivir allí? Tranquilo, tradicional y aburrido, Kentigern Gardens era seguramente el reino natural de un tipo diferente de ricos: oligarcas rusos y árabes, grandes empresarios que dividen su tiempo entre la ciudad y sus casas en el campo; solteronas acaudaladas que se descomponen poco a poco en medio de sus colecciones de arte. Le parecía una extraña elección de domicilio para una chica de veintitrés años que se relacionaba, según los artículos que Robin había leído esa mañana, con gente moderna y creativa cuyo famoso estilo se debía más a la calle que a los salones de belleza.

—Parece muy bien protegido, ¿verdad? —preguntó Robin.

—Sí. Y eso sin la multitud de *paparazzi* que hacían guardia aquí esa noche.

Strike se inclinó hacia atrás sobre la reja del número 23 mirando hacia el 18. Las ventanas de la antigua residencia de Landry eran más altas que las de los departamentos más bajos y su balcón, al contrario que los otros dos, no estaba adornado con arbustos ornamentales. Strike sacó un paquete de cigarros del bolsillo y le ofreció uno a Robin. Ella negó con la cabeza, sorprendida, pues no lo había visto fumar en la oficina.

—Bristow cree que alguien entró y salió aquella noche sin que lo vieran —dijo él después de encender el cigarro e inhalar el humo profundamente y con los ojos puestos en la puerta de la calle.

Robin, que ya había decidido que el edificio era impenetrable, pensó que Strike estaba a punto de echar por tierra esa teoría, pero se equivocaba.

—Si fue así, estuvo planeado. Y muy bien planeado —dijo Strike con los ojos aún puestos en la puerta—. Nadie pudo haber pasado al lado de los fotógrafos, el teclado numérico, un guardia de seguridad y una puerta interior cerrada y salir de nuevo solo por buena suerte. —Se rascó el mentón—. La cuestión es que ese grado de premeditación no concuerda con un asesinato tan burdo.

A Robin le pareció cruel la elección del adjetivo.

—Empujar a alguien por un balcón es una cosa impulsiva —continuó Strike, como si hubiera notado la mueca de dolor de ella—. Provocado por la irascibilidad. Una reacción a ciegas.

A Strike la compañía de Robin le parecía agradable y relajada, no solo porque prestara atención a todo lo que él decía y no le costara romper sus silencios, sino porque aquel pequeño anillo de zafiros en su tercer dedo era como un claro punto y aparte: hasta aquí, no más. Se amoldaba a él a la perfección. Le daba libertad para lucirse, de un modo muy moderado, lo cual era uno de los pocos placeres que le quedaban.

—Pero ¿y si el asesino estaba ya dentro?

—Eso es mucho más plausible —contestó Strike, y Robin se sintió encantada consigo misma—. Y si ya había un asesino dentro, tenemos la opción del propio guardia de seguridad, uno de los Bestigui o los dos o algún desconocido oculto en el edificio sin que nadie lo supiera. Si fue alguno de los Bestigui o Wilson, no tendríamos el problema de la salida y la entrada. Lo único que tuvieron que hacer fue regresar al lugar donde se suponía que debían estar. Existía aún el riesgo de que ella hubiera sobrevivido, herida, y que pudiera contar la verdad, pero un crimen cometido en caliente y sin premeditar tiene mucho más sentido si lo hizo alguno de ellos. Una pelea y un empujón cegado por la rabia.

Strike, mientras fumaba, continuó examinando la fachada del edificio, sobre todo, el espacio entre las ventanas de la primera planta y las de la tercera. Estaba pensando fundamentalmente en Freddie Bestigui, el productor de cine. Según lo que había encontrado Robin en internet, Bestigui estaba durmiendo cuando Lula Landry cayó del balcón de dos plantas más arriba. El hecho de que fuera la propia mujer de Bestigui la que había dado la alarma insistiendo en que el asesino seguía arriba mientras su marido estaba a su lado, implicaba que ella, al menos, no lo creía culpable. De todos modos, Freddie Bestigui había sido el hombre que más cercanía había tenido con la joven muerta en el momento de su fallecimiento. Los profanos, según la experiencia de Strike, estaban obsesionados con el móvil del crimen: la oportunidad ocupaba el primer puesto en la lista de un profesional.

–Pero ¿por qué iba a querer nadie discutir con ella en plena noche? –preguntó Robin confirmando inconscientemente su estatus de miembro de la población civil–. Nunca se dijo nada de que ella no se llevara bien con sus vecinos, ¿no? Y desde luego, Tansy Bestigui no pudo haberlo hecho, ¿no es así? ¿Por qué iba a bajar corriendo para decirle al guardia de seguridad que acababa de empujar a Lula por el balcón?

Strike no respondió inmediatamente. Parecía estar siguiendo sus propios pensamientos y contestó un momento después:

–Bristow se obsesionó con el cuarto de hora siguiente a que su hermana entrara, después de que los fotógrafos se hubieran ido y el guardia de seguridad hubiera abandonado la caseta porque estaba indispuesto. Eso significa que el vestíbulo fue transitable durante un breve espacio de tiempo, pero ¿cómo iba a saber nadie que no estuviera fuera del edificio que Wilson no estaba en su puesto? La puerta de la calle no es de cristal.

–Además –intervino Robin inteligentemente–, tendrían que haber sabido el código para abrir la puerta.

–La gente habla mucho. A menos que los encargados de la seguridad lo cambien con regularidad, hay montones de indeseables que podrían saber el código. Vamos a echar un vistazo aquí.

Caminaron en silencio hasta el final de Kentigern Gardens, donde encontraron un callejón estrecho que avanzaba en un ángulo ligeramente oblicuo a lo largo de la trasera del bloque de viviendas de Landry. Strike se sorprendió al ver que el callejón se llamaba Camino del Siervo. Suficientemente ancho como para permitir que pasara un coche, tenía abundante iluminación y carecía de sitios para esconderse, con muros largos, altos y lisos a cada lado del pasaje de adoquines. Llegaron en su debido momento hasta un par de puertas de garaje grandes que funcionaban por electricidad y con un enorme cartel de «PRIVADO» pegado a la pared que tenían al lado y que impedían la entrada al sótano de estacionamientos de los habitantes de Kentigern Gardens.

Cuando consideró que habían llegado aproximadamente a la trasera del número 18, Strike dio un salto, se agarró a la parte superior del muro y se elevó para mirar hacia una fila de pequeños jardines bien cuidados. Entre cada parcela de suave y cuidado césped y la casa a la que pertenecía había una escalera sombría que descendía al sótano. En opinión de Strike, cualquiera que quisiera subir por la parte de atrás de la casa necesitaría una escalera de mano o un compañero sobre el que apoyarse y unas cuerdas resistentes.

Se dejó caer de nuevo por el muro y emitió un gruñido de dolor al aterrizar sobre la prótesis de su pierna.

–No es nada –dijo cuando Robin emitió un ruido de preocupación. Había intuido cierta cojera y se preguntó si se habría torcido el tobillo.

A la rozadura en el extremo del muñón no le ayudaba ir renqueando por los adoquines. Era mucho más difícil, dada la estructura de su falso tobillo, moverse por superficies irregulares. Strike se preguntó con pesar si de verdad había sido necesario subirse al muro. Robin podía ser una chica guapa, pero no estaba a la altura de la mujer a la que acababa de dejar.

3

–Y estás segura de que es un detective, ¿no? Porque cualquiera puede hacer eso. Cualquiera puede buscar a otra persona en Google.

Matthew estaba irascible después de un largo día, un cliente insatisfecho y una reunión poco satisfactoria con su nuevo jefe. No le gustaba lo que le parecía una admiración ingenua e inapropiada por parte de su prometida hacia otro hombre.

–Él no ha buscado a la gente en Google –dijo Robin–. Fui yo quien lo hice mientras él trabajaba en otro caso.

–Pues a mí no me gusta cómo suena todo eso. Está durmiendo en su despacho, Robin. ¿No crees que ahí hay algo que huele un poco mal?

–Te lo he dicho. Creo que acaba de romper con su pareja.

–Sí, apuesto a que es así –dijo Matthew.

Robin dejó caer el plato de él sobre el suyo y se dirigió airada hacia la cocina. Estaba enojada con Matthew y algo molesta con Strike. Le había gustado buscar a los conocidos de Lula Landry por el ciberespacio ese día, pero al verlo ahora a través de los ojos de Matthew le parecía que Strike le había dado un trabajo sin sentido y para pasar el rato.

–Mira, yo no digo nada –insistió Matthew desde la puerta de la cocina–. Solo que me parece raro. ¿Y qué es eso de los paseítos para disfrutar de la tarde?

–No fue un paseíto para disfrutar de la tarde, Matt. Fuimos a ver la escena del... Fuimos a ver el lugar donde un cliente cree que ocurrió algo.

–Robin, no es necesario andarse con tanto maldito misterio –dijo Matthew riéndose.

–He firmado un contrato de confidencialidad –espetó, mirando hacia atrás–. No puedo hablarte del caso.

–El caso.

Soltó otra pequeña carcajada burlona.

Robin se movía por la cocina, apartando ingredientes y cerrando de golpe las puertas de la alacena. Un rato después, observando cómo se movía, Matthew pensó que quizá había sido poco razonable. Se acercó por detrás mientras ella echaba las sobras a la basura, la rodeó con los brazos, enterró la cara en su cuello y colocó las manos sobre su pecho, aún magullado por el golpe que Strike le había dado accidentalmente. Esto había influido irrevocablemente en la opinión de Matthew sobre aquel hombre. Murmuró unas frases reconciliadoras entre el cabello de color miel de Robin, pero la joven se apartó y dejó los platos en el fregadero.

Robin se sentía como si se estuviera cuestionando su propia valía. Strike parecía interesado en las cosas que ella había encontrado en internet. Había expresado su gratitud por su eficiencia y su iniciativa.

–¿Cuántas entrevistas de las de verdad tienes la semana que viene? –preguntó Matthew mientras ella abría la llave del agua fría.

–Tres –gritó por encima del ruido del fuerte chorro de agua y fregando de forma agresiva el plato de arriba.

Esperó a que él se fuera al comedor antes de cerrar la llave. Había visto que había un trozo de chícharo congelado en el engarce de su anillo de compromiso.

4

Strike llegó al departamento de Charlotte el viernes por la mañana a las nueve y media. Pensó que así le daba a ella media hora para haber salido de casa antes de que él llegara, suponiendo que tuviera verdadera intención de irse y no esperarlo a escondidas. Los magníficos y elegantes edificios blancos que se alineaban en la amplia calle, los platanales, la carnicería que podría haberse quedado en los años cincuenta, las cafeterías con el bullicio de las clases medias altas y los elegantes restaurantes siempre le habían parecido ligeramente irreales y teatrales. Quizá, en el fondo, siempre había sabido que no se quedaría allí, que no era su lugar.

Hasta el momento en que abrió la puerta esperó que ella estuviera allí, pero nada más franquear el umbral se dio cuenta de que la casa estaba vacía. El silencio tenía el cariz laxo que solo indica la indiferencia de las habitaciones vacías y sus pasos sonaron extraños y exageradamente fuertes mientras avanzaba por el vestíbulo.

Había cuatro cajas de cartón en medio de la sala, abiertas para que él las inspeccionara. Allí estaban sus baratas y útiles pertenencias, apiladas, como objetos de mercadito. Levantó unas cuantas cosas para mirar por debajo, pero nada parecía roto, arrancado ni cubierto de pintura. Otras personas de su edad tenían casas y lavadoras, coches y televisiones, muebles, jardines, bicicletas de montaña y podadoras de césped. Él tenía cuatro cajas de mierda y una colección de recuerdos incomparables.

La habitación silenciosa en la que estaba hablaba de buen gusto y seguridad, con su alfombra antigua y sus paredes de un color rosado pálido, su elegante mobiliario y sus rebosantes libreros. El único cambio que vio desde el domingo por la noche estaba en la mesita de cristal que había junto al sofá. El sábado por la noche había una fotografía suya con Charlotte, riéndose en la playa de Saint Mawes. Ahora, un retrato de estudio en blanco y negro del fallecido padre de Charlotte sonreía benévolamente a Strike desde su marco de plata.

Sobre la repisa de la chimenea colgaba un retrato en óleo de una Charlotte de dieciocho años. Mostraba el rostro de un ángel florentino en una nube de pelo largo y oscuro. La familia de Charlotte era de las que encargaban a pintores que inmortalizaran a sus hijos: un pasado del todo extraño para Strike y que había llegado a conocer como un país extranjero y peligroso. Con Charlotte había conocido el tipo de dinero que él nunca había sabido que coexistía con la desgracia y el salvajismo. La familia de ella, con todos sus modales elegantes, su finura y estilo, su erudición y su ocasional extravagancia, estaba aún más loca que la suya. Esa había sido una poderosa conexión entre ellos, la primera vez que él y Charlotte se sintieron unidos.

Un extraño y aislado pensamiento rondó su cabeza mientras levantaba la vista hacia el retrato: que aquel era el motivo por el que lo habían pintado, para que algún día sus grandes ojos de color verde avellana lo vieran irse. ¿Había sabido Charlotte lo que se sentía al merodear por el departamento vacío bajo los ojos de su deslumbrante yo de dieciocho años? ¿Se había dado cuenta de que el cuadro haría un trabajo mejor que su presencia física?

Apartó la mirada y paseó por las otras habitaciones, pero Charlotte no le había dejado nada por hacer. Cada rastro suyo, desde su hilo dental hasta sus botas militares, se habían recogido y metido en las cajas. Estudió con especial atención el dormitorio y la habitación le devolvió la mirada con sus suelos de madera oscuros, sus cortinas blancas y su delicado tocador, tranquilo y sosegado. La cama, al igual que el retrato, parecía una presencia que estaba viva y que respiraba. «Recuerda lo que ocurrió aquí y lo que nunca más puede volver a pasar».

Llevó las cuatro cajas, una a una, hasta el escalón de la puerta y en el último viaje se dio de bruces con el sonriente vecino de al lado, que estaba cerrando con llave su propia puerta. Llevaba habitualmente camisetas de rugby con el cuello vuelto hacia arriba y siempre se reía a carcajadas a la menor ocurrencia de Charlotte.

–¿Haciendo limpieza? –preguntó.

Strike le cerró en la cara y con firmeza la puerta de Charlotte.

Sacó las llaves de la puerta de su llavero delante del espejo de la entrada y las dejó con cuidado sobre la mesa de media luna junto al cuenco de flores secas. El rostro de Strike en el cristal parecía agrietado y sucio, con el ojo derecho aún hinchado, amarillo y malva. Una voz de diecisiete años atrás llegó hasta él en el silencio: «¿Cómo carajos un troglodita con cabeza de vello púbico como tú ha estado enredado con una mujer así, Strike?». Y le pareció increíble que así hubiera sido mientras estaba allí de pie, en el vestíbulo que nunca más volvería a ver.

Un último momento de locura, el que transcurre entre dos latidos del corazón, como el que le había hecho lanzarse detrás de ella cinco días antes: al final, se quedaría allí, esperando a que ella volviera. Después, tomaría entre sus manos su rostro perfecto y le diría: «Vamos a intentarlo otra vez».

Pero ya lo habían intentado una vez, y otra y otra; y siempre, cuando desaparecía la primera oleada de deseo mutuo, el desagradable fracaso del pasado volvía a revelarse y su sombra se aposentaba oscura sobre todo lo que trataban de reconstruir.

Cerró la puerta de la calle al salir por última vez. El vecino de las carcajadas había desaparecido. Strike levantó las cuatro cajas para bajar los escalones hasta la acera y esperó a que pasara un taxi negro.

5

Strike le había dicho a Robin que llegaría tarde a la oficina en la última mañana de ella. Le había dado un juego de llaves y le había dicho que entrara sola.

La joven se había sentido un poco dolida por la utilización despreocupada de la palabra «última». Fue un indicativo para ella de que, por muy bien que se hubieran llevado, aunque de un modo cauteloso y profesional, por mucho más organizada que estuviera ahora la oficina y lo mucho más limpio que estuviera el terrible baño que había tras la puerta de cristal, por mucho mejor aspecto que tuviera el timbre de abajo, sin el trozo de papel, sino con un nombre bien escrito dentro de un contenedor de plástico limpio –había tardado media hora y le había costado dos uñas rotas levantar la tapita–, por muy eficaz que se hubiera mostrado tomando mensajes, por muy inteligente que hubiera sido su forma de hablar del casi inexistente asesino de Lula Landry, Strike había estado contando los días para deshacerse de ella.

Que no podía permitirse una secretaria eventual era del todo evidente. Solo tenía dos clientes. Parecía no tener casa, tal y como Matthew no paraba de decir, como si dormir en una oficina fuera indicativo de una depravación terrible. Por supuesto, Robin veía que desde el punto de vista de Strike no tenía sentido seguir conservándola. Pero ella no estaba deseando que llegara el lunes. Habría una oficina nueva y desconocida –Soluciones Temporales ya la había llamado por teléfono para darle la dirección–, un lugar limpio, iluminado y bullicioso que seguramente estaría lleno de mujeres chismosas, como la mayoría de las oficinas, todas ocupadas en actividades que no le interesaban nada. Puede que Robin no creyera que hubiera un asesino. Sabía que Strike tampoco lo creía, pero el proceso de demostrar su inexistencia la fascinaba.

A Robin toda esa semana le había parecido más emocionante de lo que nunca estaría dispuesta a confesarle a Matthew. Todo, incluso llamar a la productora de Freddie Bestigui, BestFilms, dos veces al día y recibir continuas negativas a su petición de que la pasaran con el productor, le había proporcionado una sensación de importancia que rara vez experimentaba en su vida laboral. Robin estaba fascinada por cómo funcionaba el interior de las mentes de otras personas. Se había quedado a medias de una licenciatura en psicología cuando un incidente imprevisto había acabado con su vida universitaria.

Las diez y media y Strike aún no había vuelto a la oficina, pero una mujer grande de sonrisa nerviosa, con un abrigo naranja y una boina tejida de color púrpura sí había llegado. Se trataba de la señora Hook, un nombre familiar para Robin porque era la otra cliente de Strike. Robin instaló a la señora Hook en el raído sofá, al lado de su mesa, y le llevó una taza de té –a partir de la descripción del lascivo señor Crody del departamento de abajo, Strike había decidido comprar unas tazas baratas y una caja de bolsitas de té.

–Sé que llego temprano –dijo la señora Hook por tercera vez dando vanos y pequeños sorbos al té hirviendo–. No la he visto antes. ¿Es usted nueva?

–Soy temporal –contestó Robin.

–Como supongo que habrá adivinado, se trata de mi esposo –le explicó la señora Hook sin escucharla–. Imagino que ve a mujeres como yo a todas horas, ¿verdad? Deseosas de saber lo peor. He estado muchísimo tiempo indecisa. Pero es mejor saber, ¿verdad? Es mejor saber. Pensé que Cormoran estaría aquí. ¿Ha salido por otro caso?

–Así es –respondió Robin, que sospechaba que Strike estaba en realidad haciendo algo relacionado con su misteriosa vida privada. Se mostró muy cauteloso cuando le dijo que llegaría tarde.

–¿Sabe quién es su padre? –preguntó la señora Hook.

–No –contestó Robin pensando que estaban hablando del marido de la pobre mujer.

–Jonny Rokeby –dijo la señora Hook con una especie de deleite dramático.

–Jonny Rok…

A Robin se le cortó la respiración cuando se dio cuenta de que la señora Hook se refería a Strike y justo en ese momento el cuerpo corpulento del detective apareció al otro lado de la puerta de cristal. Observó que llevaba en las manos algo muy grande.

–Un momento, señora Hook –dijo ella.

–¿Qué? –preguntó Strike asomando la cabeza por el borde de la caja de cartón cuando Robin salió corriendo por la puerta de cristal y la cerró inmediatamente.

–Vino la señora Hook –susurró.

–¡No, carajo! Llega con una hora de adelanto.

–Lo sé. He pensado que usted querría… eh… organizar su despacho un poco antes de que ella entre.

Strike soltó la caja de cartón sobre el suelo de metal.

–Tengo que subir estas cosas de la calle –dijo.

–Yo le ayudaré –se ofreció Robin.

–No. Tú ve y mantén una conversación cordial con ella. Está asistiendo a clases de cerámica y cree que su marido se acuesta con su contadora.

Strike se fue renqueando escaleras abajo, dejando la caja junto a la puerta de cristal.

Jonny Rokeby. ¿Sería verdad?

–Está de camino. Llegará enseguida –le dijo Robin a la señora Hook con tono alegre mientras volvía a sentarse en su mesa–. El señor Strike me dijo que hace usted cerámica. Siempre he querido probar…

Durante cinco minutos Robin estuvo haciendo como que escuchaba las proezas de la clase de cerámica y del dulce y comprensivo joven que las impartía. Después, la puerta de cristal se abrió y entró Strike, libre de la carga de las cajas y sonriendo educadamente a la señora Hook, que se levantó de un brinco para saludarlo.

–¡Oh, Cormoran, su ojo! –exclamó–. ¿Le dieron un puñetazo?

–No –contestó Strike–. Si me permite un momento, señora Hook, voy a sacar su expediente.

–Sé que llegué antes, Cormoran, y lo siento terriblemente… Anoche no pude dormir nada.

–Deje que recoja su taza, señora Hook –dijo Robin consiguiendo distraer a la clienta para que, durante los segundos que Strike tardó en atravesar la puerta de dentro, no viera el catre, el *sleeping bag* y el hervidor de agua.

Unos minutos después, Strike volvió a salir entre un olor a limas artificiales y la señora Hook desapareció dentro de su despacho mirando aterrorizada a Robin. La puerta se cerró cuando los dos entraron.

Robin volvió a sentarse en su mesa. Había abierto el correo de la mañana. Se balanceó de un lado a otro en su silla giratoria y después se acercó a la computadora y abrió la Wikipedia con indiferencia. A continuación, con aire desocupado, como si no fuera consciente de lo que sus dedos hacían, escribió los dos nombres: Rokeby Strike.

La entrada apareció de inmediato, encabezada por una fotografía en blanco y negro de un hombre que reconoció al instante, famoso durante cuatro décadas. Su rostro estrecho de arlequín y ojos saltones hacía que fuera fácil de caricaturizar, el izquierdo ligeramente torcido debido a una pequeña bizquera divergente. Tenía la boca muy abierta y le caía sudor por la cara y el pelo moviéndose al viento mientras bramaba sobre un micrófono.

«Jonathan Leonard *Jonny* Rokeby, nacido el 1 de agosto de 1948, es el cantante del grupo de rock de los setenta The Deadbeats, miembro del Salón de la Fama del Rock and Roll, ganador en varias ocasiones de un premio Grammy...».

Strike no se parecía en nada a él. El único y ligero parecido estaba en la desigualdad de sus ojos, que, al fin y al cabo, en Strike era algo transitorio.

Robin bajó el ratón a lo largo de la entrada:

«... álbum multiplatino *Contente* en 1975. Su gira por Estados Unidos que batió récords se vio interrumpida por una redada antidroga en Los Ángeles y el arresto del nuevo guitarrista David Carr, con el que...».

Hasta que llegó a «Vida personal»:

«Rokeby se ha casado tres veces: con su novia de la escuela de arte, Shirley Mullens (1969-1973), con la que tuvo una hija, Maimie; con la modelo, actriz y activista de derechos humanos <u>Carla Astolfi</u> (1975-1979), con la que tuvo dos hijas, la <u>presentadora de televisión Gabriella Rokeby</u> y la diseñadora de joyas <u>Daniella Rokeby</u>, y (desde 1981 hasta el presente) la productora de cine <u>Jenny Graham</u>, con la que ha tenido dos hijos, Edward y Al. Rokeby tiene también una hija, <u>Prudence Donleavy</u>, de su relación con la actriz <u>Lindsay Fanthrope</u>, y un hijo, Cormoran, con <u>la supergrupi</u> de los años setenta <u>Leda Strike</u>».

Un grito ensordecedor se elevó por detrás de Robin en el despacho. Se puso de pie de un salto mientras la silla se alejaba de ella rápidamente sobre sus ruedas. El grito se volvió más fuerte y estridente. Robin atravesó corriendo la oficina para abrir la puerta.

La señora Hook, despojada del abrigo naranja y la boina púrpura y vestida con lo que parecía un delantal de flores para hacer cerámica por encima de sus jeans, se había lanzado sobre el pecho de Strike y le daba puñetazos mientras emitía un sonido parecido a una tetera hirviendo. El grito monótono continuó hasta que pareció que debía tomar aire o se ahogaría.

—¡Señora Hook! —exclamó Robin agarrando desde atrás los flácidos brazos de la mujer en un intento de liberar a Strike de la obligación de tener que quitársela de encima. Sin embargo, la señora Hook era mucho más fuerte de lo que parecía. Aunque había dejado de respirar, continuó dándole puñetazos al detective hasta que, al no tener más opción, él la agarró de ambas muñecas y la sostuvo al vuelo.

En ese momento, la señora Hook se retorció para soltarse y después se lanzó sobre Robin, aullando como un perro.

Dando golpecitos en la espalda de la mujer, Robin la movió muy poco a poco hasta llevarla de nuevo a la sala.

—Está bien, señora Hook. Ya está —dijo con voz tranquilizadora, dejándola sollozante en el sofá—. Deje que le traiga una taza de té. No pasa nada.

—Lo siento mucho, señora Hook —dijo Strike con voz ceremoniosa desde la puerta de su despacho—. Nunca es fácil escuchar noticias así.

—Yo cre-creía que era Valerie —gimoteó la señora Hook con la cabeza despeinada entre las manos, balanceándose adelante y atrás sobre el sofá, que no paraba de crujir—. Yo cre-creía que era Valerie, n-no mi propia... n-no mi propia hermana.

–¡Voy a preparar té! –susurró Robin horrorizada.

Casi había salido por la puerta con el hervidor cuando recordó que había dejado la biografía de Jonny Rokeby en la pantalla de la computadora. Quedaría un poco raro volver corriendo para cerrarla en mitad de aquella crisis, así que se apresuró a salir de la habitación con la esperanza de que Strike estuviera demasiado ocupado con la señora Hook como para darse cuenta.

Hicieron falta cuarenta minutos más para que la señora Hook se tomara su segunda taza de té y lloriqueara sobre medio rollo de papel que Robin había traído del baño del descanso. Por fin, se fue, agarrando la carpeta llena de fotos incriminatorias y con la lista que detallaba la hora y el lugar en que se habían hecho, con el pecho jadeante y aún secándose los ojos.

Strike esperó a que desapareciera por la esquina de la calle y después salió, tarareando alegremente, a comprar unos sándwiches para él y para Robin que disfrutaron juntos en la mesa de ella. Fue el gesto más amistoso que él había tenido durante su semana juntos y Robin estuvo segura de que se debía a que pronto se libraría de ella.

–¿Sabes que voy a ir esta tarde a entrevistar a Derrick Wilson? –preguntó.

–El guardia de seguridad que tenía diarrea –contestó Robin–. Sí.

–Te habrás ido para cuando yo vuelva, así que voy a firmar tu hoja de asistencia antes de irme. Oye, y muchas gracias por…

Strike hizo una señal hacia el sofá ahora vacío.

–Ah, no es nada. Pobre mujer.

–Sí. De todos modos, ya tiene todas las pruebas contra él –continuó–. Y gracias por todo lo que has hecho esta semana.

–Es mi trabajo –respondió Robin sin darle importancia.

–Si pudiera permitirme una secretaria… pero espero que termines consiguiendo un salario serio como asistente personal de algún pez gordo.

Robin se sintió algo ofendida.

–Ese no es el tipo de trabajo que quiero –dijo.

Se instaló un silencio ligeramente tenso.

Strike estaba sufriendo una pequeña lucha en su fuero interno. La perspectiva de ver la mesa de Robin vacía la semana siguiente era triste. Su compañía le parecía agradable y poco exigente y su eficacia refrescante, pero seguramente sería vergonzoso, por no decir despilfarrador, pagar por tener compañía, como si fuera un enfermizo magnate rico de la época victoriana. Los de Soluciones Temporales eran unos usureros en sus comisiones. Robin suponía un lujo que no podía permitirse. El hecho de que no hubiera dicho nada de su padre –pues Strike había visto la entrada de Wikipedia sobre Jonny Rokeby en la pantalla de la computadora– le había dado una mejor impresión de ella, pues demostraba una moderación poco habitual y se trataba de un criterio por el que él juzgaba a las personas a las que conocía por primera vez. Pero aquello no cambiaba la realidad de la situación: ella tenía que irse.

Y sin embargo, sentía hacia la joven algo parecido a lo que había sentido hacia la culebra que había conseguido atrapar en el bosque de Trevaylor cuando tenía once años y sobre la cual tuvo una larga discusión llena de súplicas con su tía Joan: «Por favor, deja que me la quede... por favor...».

–Más vale que me vaya –dijo él después de firmar la hoja de asistencia y tirar la envoltura de su sándwich y su botella de agua vacía a la papelera que había debajo de la mesa de ella–. Gracias por todo, Robin. Buena suerte con tu búsqueda de empleo.

Tomó la gabardina y desapareció por la puerta de cristal.

En lo alto de las escaleras, justo en el lugar donde casi la había matado y después salvado, se detuvo. El instinto se aferraba a él como un perro molesto.

La puerta de cristal se abrió de pronto detrás de él y se giró. Robin tenía la cara colorada.

–Oiga –dijo–. Podríamos llegar a un acuerdo privado. Podríamos excluir a Soluciones Temporales y usted me podría pagar a mí directamente.

Él vaciló.

–A las agencias de trabajo temporal no les gusta eso. Te van a expulsar.

–No importa. Tengo tres entrevistas de trabajos permanentes la semana que viene. Si a usted le parece bien que me tome un tiempo libre para ir a hacerlas...

–Sí, no hay problema –contestó antes de poder contenerse.

–Bueno, entonces, me puedo quedar una o dos semanas más.

Una pausa. El sentido común se enredó en una corta y violenta escaramuza con el instinto y la disposición y quedó anulado.

–Sí… de acuerdo. En fin, en ese caso, ¿puedes volver a intentar hablar con Freddie Bestigui?

–Sí, claro –contestó Robin ocultando su regocijo bajo una demostración de calma y eficacia.

–Entonces, nos vemos el lunes por la tarde.

Fue la primera sonrisa que Strike se había atrevido a ofrecerle. Suponía que debería estar enojado consigo mismo y, sin embargo, salió al frío de la primera hora de la tarde sin ninguna sensación de arrepentimiento, todo lo contrario, más bien con una curiosa emoción de optimismo renovado.

6

Strike había intentado una vez contar el número de colegios a los que había asistido durante su juventud y había llegado a la cantidad de diecisiete con la sospecha de que se había olvidado de un par de ellos. No incluyó un breve periodo de supuesta educación en casa que había tenido lugar durante los dos meses que había vivido con su madre y su hermanastra en una casa tomada de Atlantic Road, en Brixton. El novio de entonces de su madre, un músico rastafari blanco que se había rebautizado con el nombre de Shumba, pensaba que el sistema escolar reforzaba los valores patriarcales y materialistas con los que sus hijastros no deberían contaminarse. La lección principal que Strike había aprendido durante sus dos meses de educación en casa fue que el cannabis, aunque fuera administrado por cuestiones espirituales, podía volver lerdo y paranoide al que lo tomaba.

Dio un rodeo innecesario por el mercado de Brixton de camino a la cafetería donde había quedado con Derrick Wilson. El mal olor de las galerías cubiertas, las puertas abiertas de los supermercados abarrotados de frutas y verduras desconocidas procedentes de África y las Antillas, las carnicerías regidas por los preceptos islámicos y las peluquerías, con grandes fotografías de trenzas y rizos vistosos, y filas y filas de cabezas de poliestireno blanco con pelucas en los escaparates… Todo ello hizo que Strike volviera veintiséis años atrás, a los meses que había pasado caminando por las calles de Brixton con Lucy, su joven hermanastra, mientras su madre y Shumba yacían adormilados sobre unos cojines sucios en la casa tomada, hablando vagamente sobre los importantes conceptos espirituales en los que los niños deberían instruirse.

La Lucy de siete años había deseado tener un pelo como las chicas del Caribe. Durante el largo camino de vuelta a Saint Mawes que había acabado con su vida en Brixton, ella había expresado un ferviente deseo por tener trenzas adornadas con cuentas desde el asiento trasero del Morris Minor del tío Ted y la tía Joan. Strike recordó la confirmación calmada de la tía Joan de que se trataba de un estilo muy bonito con su ceño fruncido reflejado en el espejo retrovisor. Joan había intentado, con cada vez menos éxito a lo largo de los años, no desacreditar a la madre de los niños delante de estos. Strike no supo nunca cómo había descubierto el tío Ted dónde vivían. Lo único que sabía era que él y Lucy habían entrado una tarde en una casa tomada y se habían encontrado con el enorme hermano de su madre en mitad de la habitación, amenazando a Shumba con la nariz sangrando. Dos días después, él y Lucy estaban de vuelta en Saint Mawes, en el colegio de primaria al que asistieron de forma intermitente durante varios años, juntándose con sus viejos amigos como si nunca se hubieran ido y perdiendo rápidamente los acentos que habían adquirido como camuflaje allí donde Leda los hubiera llevado.

No necesitaba saber las instrucciones que Derrick Wilson le había dado a Robin, pues conocía desde hacía tiempo el Phoenix Café de Coldharbour Lane. En algunas ocasiones, Shumba y su madre los habían llevado allí. Un lugar diminuto pintado de café y con aspecto de cobertizo donde podías tomar, si no eras vegetariano, como Shumba y su madre, enormes y deliciosos desayunos de huevos con grandes montones de tocino y tazas de té del color de la madera. Estaba casi exactamente como lo recordaba: íntimo, acogedor y lúgubre, con sus paredes de espejos reflejando las mesas de formica, las manchadas baldosas de color rojo oscuro y blanco y un techo de color tapioca cubierto de papel enmohecido. La mesera rechoncha de mediana edad tenía el pelo corto y lacio y llevaba aretes largos de plástico naranja. Se apartó para dejar pasar a Strike junto al mostrador.

Un hombre caribeño de complexión fuerte estaba sentado solo en una mesa leyendo un ejemplar del *Sun* bajo un reloj de pared de plástico que tenía un letrero de Pukka Pies.

–¿Derrick?

–Sí… ¿es usted Strike?

Strike estrechó la mano grande y seca de Wilson y se sentó. Calculó que Wilson sería casi de su misma altura. Los músculos y la grasa llenaban las mangas de la sudadera del guardia de seguridad. Llevaba el pelo casi rapado, estaba bien afeitado y tenía unos ojos pequeños con forma almendrada. Strike pidió pastel de carne con puré de papas del menú garabateado en la pared de atrás, encantado al pensar que podía cargar las cuatro libras con setenta y cinco a los gastos.

–Sí, el pastel de carne con puré lo hacen bien aquí –dijo Wilson.

Una leve cadencia caribeña acompañaba a su acento londinense. Su voz era profunda, calmada y comedida. Strike pensó que su presencia sería tranquilizadora vestido con su uniforme de guardia de seguridad.

–Le agradezco mucho que se haya reunido conmigo. John Bristow no está satisfecho con los resultados de la investigación de su hermana. Me contrató para que le eche otro vistazo a las pruebas.

–Sí –dijo Wilson–. Lo sé.

–¿Cuánto le ha dado por hablar conmigo? –preguntó Strike con tono despreocupado.

Wilson parpadeó y, a continuación, soltó una profunda risa entre dientes con cierta sensación de culpa.

–Veinticinco libras –contestó–. Pero si eso lo hace feliz… No va a cambiar nada. Ella se suicidó. Pero pregunte. No me importa.

Cerró el periódico. La portada llevaba una fotografía de Gordon Brown con aspecto ojeroso y agotado.

–Ya lo habrá revisado todo con la policía –dijo Strike abriendo su cuaderno y dejándolo junto a su plato–, pero estaría bien escuchar de primera mano lo que ocurrió esa noche.

–Sí, sin problema. Y es probable que venga Kieran Kolovas-Jones –añadió Wilson.

Parecía esperar que Strike supiera quién era.

–¿Quién? –preguntó.

–Kieran Kolovas-Jones. El chofer habitual de Lula. También quiere hablar con usted.

–Bueno, estupendo –dijo Strike–. ¿Cuándo viene?

–No sé. Tiene un trabajo. Vendrá si puede.

La mesera dejó una taza de té delante de Strike. Este le dio las gracias y escondió con un clic la punta del bolígrafo.

–El señor Bristow me dijo que es usted exmilitar –dijo Wilson antes de que Strike pudiera preguntar nada.

–Sí –respondió.

–Mi sobrino está en Afganistán –dijo Wilson dando un sorbo a su té–. En la provincia de Helmand.

–¿En qué regimiento?

–El cuerpo de señales –contestó Wilson.

–¿Cuánto tiempo lleva allí?

–Cuatro meses. Su madre no puede dormir –dijo Wilson–. ¿Cómo es que lo dejó?

–Me arrancaron la pierna –le explicó Strike con una sinceridad que no era habitual.

Aquello era solamente una parte de la verdad, pero la más fácil de contar a un desconocido. Podía haberse quedado. Se habían mostrado dispuestos a mantenerlo allí, pero la pérdida de la pantorrilla y del pie no había hecho más que precipitar una decisión que sintió que llevaba rehuyendo un par de años. Sabía que su momento crítico personal se estaba acercando, ese momento en el que, a menos que se fuera, le sería muy difícil retirarse y rehacer su vida como civil. El ejército te determinaba, casi de manera imperceptible, a lo largo de los años. Te desgastaba hasta dejarte con una superficie de conformidad que hacía más fácil dejarse llevar por la fuerza de la marea de la vida militar. Strike no había llegado nunca a hundirse del todo y había preferido retirarse antes de que ocurriera. Aun así, recordaba la División de Investigaciones Especiales con un cariño que no había mermado la pérdida de la mitad de la pierna. Le habría alegrado recordar a Charlotte con el mismo afecto sencillo.

Wilson agradeció la explicación de Strike con un lento asentimiento de la cabeza.

–Muy duro –dijo con voz profunda.

–Yo salí bien comparado con otros.

–Sí. Un tipo del pelotón de mi sobrino salió por los aires hace un par de semanas.

Wilson le dio otro sorbo a su té.

–¿Cómo se llevaba con Lula Landry? –preguntó Strike con el bolígrafo preparado–. ¿La veía mucho?

–Solo cuando pasaba por mi mesa al salir o entrar. Siempre saludaba y decía «por favor» y «gracias», lo cual es mucho más de lo que consiguen decir estos jodidos ricos –dijo Wilson lacónicamente–. La conversación más larga que tuvimos fue sobre Jamaica. Estaba pensando aceptar un trabajo allí. Me preguntó dónde se podría quedar, cómo era. Y me dio un autógrafo para mi sobrino Jason, por su cumpleaños. Conseguí que me firmara una tarjeta y se la envié a Afganistán. Solo tres semanas antes de que ella muriera. Después de aquello, me preguntaba por Jason, acordándose siempre de su nombre, cada vez que la veía y me gustó esa chica por eso, ¿sabe? Llevo mucho tiempo dedicándome a la seguridad. Hay gente que espera que recibas una bala que va dirigida a ellos y no se molesta en recordar ni cómo te llamas. Sí, ella era buena gente.

Llegó el pastel con puré de papas de Strike, muy caliente. Los dos hombres guardaron un momento de respetuoso silencio mientras contemplaban el plato colmado. A Strike se le hizo la boca agua y tomó el cuchillo y el tenedor.

–¿Me puede contar lo que ocurrió la noche en que Lula murió? –preguntó–. Ella salió a la calle. ¿A qué hora?

El vigilante se rascó el antebrazo, pensativo, y se levantó la manga de la sudadera. Strike vio unos tatuajes. Cruces e iniciales.

–Debían de ser las siete de la tarde pasadas. Iba con su amiga Ciara Porter. Recuerdo que cuando salían por la puerta entraba el señor Bestigui. Me acuerdo porque le dijo algo a Lula. Yo no lo oí. Pero a ella no le gustó. Estoy seguro por la mirada que vi en su cara.

–¿Qué tipo de mirada?

–De ofendida –contestó Wilson con su respuesta ya preparada–. Y después, vi a las dos por el monitor, a Lula y a Porter, entrando en su coche. Tenemos una cámara encima de la puerta. Está conectada a la pantalla de la mesa, así podemos ver quién está llamando para entrar.

–¿Conservan las grabaciones? ¿Puedo verla?

Wilson negó con la cabeza.

–El señor Bestigui no quería que hubiera una cosa así en la puerta. Ningún aparato de grabación. Él fue el primero en comprar un departamento antes de que los hubieran terminado, así que hizo aportaciones con respecto a los acabados.

–Entonces, ¿la cámara no es más que una mirilla de alta tecnología?

Wilson asintió. Tenía una cicatriz fina que iba justo desde debajo del ojo izquierdo hasta la mitad de la mejilla.

—Sí. Así que vi cómo las chicas subían al coche. Kieran, el hombre que va a reunirse aquí con nosotros, no la llevaba esa noche. Se suponía que tenía que recoger a Deeby Macc.

—¿Quién era el chofer entonces esa noche?

—Un tipo llamado Mick, de Execars. Ya lo había tenido antes. Vi a todos los fotógrafos amontonándose alrededor del coche cuando se iba. Llevaban husmeando por allí toda la semana porque sabían que ella había vuelto con Evan Duffield.

—¿Qué hizo Bestigui después de que Lula y Ciara se fueran?

—Recogió el correo de mi mostrador y subió las escaleras en dirección a su casa.

Strike dejaba el tenedor cada vez que se metía un bocado para tomar notas.

—¿Entró o salió alguien después de aquello?

—Sí, los de la empresa de *catering*. Habían estado en casa de los Bestigui porque iban a tener invitados esa noche. Llegó una pareja de americanos a las ocho pasadas y subió a la primera planta y no entró ni salió nadie hasta que volvieron a retirarse, casi a medianoche. No vi a nadie más hasta que Lula llegó a casa, alrededor de la una y media.

»Oí que los *paparazzi* gritaban su nombre en la puerta. Una gran multitud a esas horas. Algunos de ellos la habían seguido desde la discoteca y había muchos otros ya esperándola, pendientes de Deeby Macc. Se suponía que él iba a llegar sobre las doce y media. Lula pulsó el timbre y yo apreté el botón de la puerta para que entrara.

—¿No introdujo el código del teclado de la puerta?

—No con todos aquellos alrededor. Quería entrar rápido. Estaban gritando, agobiándola.

—¿No podía haber entrado por el garaje del sótano para evitarlos?

—Sí, lo hacía a veces cuando Kieran iba con ella porque le había dado un control remoto para las puertas del estacionamiento. Pero Mick no tenía el control, así que tenía que ser por la puerta principal.

»La saludé y le pregunté por la nieve, porque tenía un poco en el pelo y estaba temblando, con un vestido pequeño y muy corto. Me respondió que estábamos muy por debajo de los cero grados o algo así. Y después dijo: "Ojalá se fueran todos a la mierda. ¿Van a quedarse ahí toda la noche?", refiriéndose a los *paparazzi*. Yo le dije que estaban esperando todavía a Deeby Macc, que se estaba retrasando.

Ella parecía estar mal. Después, entró en el elevador y subió a su departamento.

–¿Parecía estar mal?

–Sí, muy mal.

–¿Mal como para suicidarse?

–No –contestó Wilson–. Mal como enojada.

–¿Qué pasó después?

–Después, tuve que entrar al cuarto de dentro –respondió Wilson–. Empecé a sentirme muy mal del estómago. Con urgencia, ya sabe. Había pescado lo mismo que Robson. Se encontraba de baja porque estaba enfermo del estómago. Estuve ausente unos quince minutos. No tenía otra opción. Nunca había tenido una cagalera así.

»Seguía en el escusado cuando empezaron los gritos. No –se corrigió–. Lo primero que oí fue un golpe. Un gran golpe a lo lejos. Después, me di cuenta de que debió de ser el cuerpo... Lula, quiero decir... Al caer.

»Después, empezaron los gritos, cada vez más fuertes, desde las escaleras. Así que me subí los pantalones y salí corriendo al vestíbulo. Y allí estaba la señora Bestigui, temblando, gritando y actuando como una bruja loca y en paños menores. Me dice que Lula está muerta, que la ha empujado desde su balcón un hombre que está en su departamento.

»Yo le digo que se quede donde está y salgo corriendo por el portal. Y allí estaba ella. Tirada en medio de la calle, con la cara vuelta sobre la nieve.

Wilson le dio un trago a su té y siguió moviendo en el aire la taza con su gran mano.

–Tenía media cabeza destrozada. Sangre en la nieve. Estaba seguro de que se había roto el cuello. Y había... sí.

El olor dulce e inconfundible a sesos humanos pareció inundar las fosas nasales de Strike. Lo había olido muchas veces. Nunca se olvida.

–Volví a entrar corriendo –continuó Wilson–. Los dos Bestigui estaban en el vestíbulo. Él trataba de llevársela arriba, para que se pusiera algo de ropa, y ella seguía gritando. Les dije que llamaran a la policía y que vigilaran el elevador, por si él trataba de bajar por ahí.

»Tomé la llave maestra del cuarto de servicio y subí corriendo. Nadie en la escalera. Abrí la puerta del departamento de Lula...

–¿No pensó en llevar algo con usted, para defenderse? –le interrumpió Strike–. Si pensaba que había alguien allí... alguien que acababa de matar a una mujer...

Hizo una pausa larga. La más larga hasta ese momento.

–¿Cree que iba a necesitar algo? –preguntó Wilson–. Pensé que podría con él sin problema.

–¿Con quién?

–Con Duffield –respondió Wilson en voz baja–. Creí que Duffield estaba allí arriba.

–¿Por qué?

–Pensé que habría entrado mientras yo estaba en el baño. Conocía el código para entrar. Pensé que habría subido y que ella le habría abierto la puerta. Ya los había oído pelearse antes. Lo había oído enojándose. Sí. Pensé que él la había empujado.

»Pero cuando subí al departamento, estaba vacío. Miré por todas las habitaciones y no había nadie. Incluso abrí los clósets, pero nada.

»La ventana de la sala estaba abierta de par en par. Esa noche había una temperatura bajo cero. No la cerré, no toqué nada. Salí y llamé al elevador. Las puertas se abrieron de inmediato. Seguía en su planta. Estaba vacío.

»Bajé corriendo. Los Bestigui estaban en su piso cuando pasé por su puerta. Los oí. Ella seguía gritando y él seguía gritándole a ella. No sabía si habían llamado ya a la policía. Tomé mi celular de la mesa de seguridad y volví a salir a la calle, junto a Lula, porque... bueno, no quería dejarla allí sola. Iba a llamar a la policía desde la calle, asegurarme de que vendrían. Pero oí la sirena antes de marcar el número. Habían llegado rápido.

–Uno de los Bestigui los había llamado, ¿no?

–Sí. Él. Dos policías de uniforme en una patrulla.

–De acuerdo –dijo Strike–. Quiero que sea muy claro en este punto: ¿usted le creyó a la señora Bestigui cuando dijo que había oído a un hombre en el departamento de arriba?

–Sí –contestó Wilson.

–¿Por qué?

Wilson frunció ligeramente el ceño, pensando, con la mirada hacia la calle, por encima del hombro derecho de Strike.

–En ese momento, ella no le dio ningún detalle, ¿no? –preguntó Strike–. ¿No dijo nada sobre lo que ella estaba haciendo cuando oyó al hombre? ¿Nada que explicara por qué estaba despierta a las dos de la mañana?

–No –respondió Wilson–. No me dio explicaciones de ningún tipo. Fue por su modo de actuar, ¿sabe? Histérica. Temblaba como un perro empapado. No dejaba de decir: «Hay un hombre ahí arriba. Él la tiró». Estaba asustada de verdad.

»Pero allí no había nadie. Eso se lo puedo jurar por la vida de mis hijos. El departamento estaba vacío, el elevador estaba vacío, la escalera estaba vacía. Si estaba allí, ¿adónde había ido?

–Llegó la policía –dijo Strike, volviendo mentalmente a la calle oscura y llena de nieve y al cadáver destrozado–. ¿Qué pasó después?

–Cuando la señora Bestigui vio el coche de la policía por la ventana, bajó directamente en camisón y su marido corriendo detrás de ella. Ella sale a la calle, a la nieve, y empieza a gritarles que hay un asesino en el edificio.

»Entonces, se empiezan a encender luces por todas partes. Caras en las ventanas. Media calle se ha despertado. La gente sale a las aceras.

»Uno de los policías se queda con el cadáver pidiendo refuerzos por su radio mientras el otro entra con nosotros, los Bestigui y yo. Subimos otra vez. Abrí la puerta de la casa de Lula, le enseñé el departamento, la ventana abierta. Él revisó todo. Le enseñé el elevador, aún en su piso. Volvimos a bajar por las escaleras. Me preguntó por el departamento del piso de en medio, así que lo abrí con la llave maestra.

»Estaba a oscuras y saltó la alarma cuando entramos. Antes de que yo pudiera encontrar el interruptor de la luz o llegar al panel de la alarma, el policía fue directamente hasta la mesa que había en medio de la entrada y le dio un golpe a un jarrón enorme con rosas. Se rompió y salió desparramado por todas partes, cristales, agua y flores por todo el suelo. Eso fue motivo de muchos problemas. Luego… revisamos el departamento. Vacío, clósets y habitaciones. Las ventanas estaban cerradas con pasador. Volvimos al vestíbulo.

»Para entonces, ya habían llegado policías de civiles. Querían las llaves del gimnasio del sótano, la piscina y el estacionamiento. Uno de ellos fue a tomar declaración a la señora Bestigui y otro fue a la puerta y pidió más refuerzos, porque ahora había más vecinos saliendo a la calle y la mitad estaban hablando por teléfono y algunos haciendo fotos. Los policías de uniforme intentaron que volvieran a sus casas. Estaba nevando con fuerza.

»Cuando llegaron los forenses, levantaron una carpa encima del cuerpo. La prensa llegó más o menos a la misma hora. La policía acordonó la mitad de la calle y la bloqueó con las patrullas.

Strike ya había dejado su plato limpio. Lo apartó a un lado, pidió té para los dos y volvió a tomar su bolígrafo.

–¿Cuántas personas trabajan en el número 18?

–Hay tres guardias. Yo, Colin McLeod e Ian Robson. Trabajamos por turnos y siempre hay alguno de guardia las veinticuatro horas. Yo debería haber estado descansando esa noche, pero Robson me llamó a eso de las cuatro de la tarde para decirme que tenía ese virus en el estómago y que estaba muy mal. Así que le dije que yo me quedaría trabajando hasta el siguiente turno. Me había cambiado el turno el mes anterior para que yo pudiera solucionar un asunto familiar. Se lo debía.

»Así que no debía ser yo quien estuviera allí –dijo Wilson y, por un momento, se quedó en silencio, pensando en cómo debería haber sido todo.

–¿Los demás guardias se llevaban bien con Lula?

–Sí. Dirían lo mismo que yo. Una chica simpática.

–¿Trabaja alguien más allí?

–Tenemos un par de limpiadoras polacas. Las dos hablan mal nuestro idioma. No les sacará mucho.

El testimonio de Wilson, pensó Strike mientras escribía en uno de los cuadernos de la División de Investigaciones Especiales que había tomado en una de sus últimas visitas a Aldershot, era de una calidad inusualmente buena: conciso, preciso y detallado. Muy pocas personas respondían a la pregunta que les hacían. Aún menos sabían cómo organizar sus ideas para que no fueran necesarias preguntas posteriores para sacarles más información. Strike estaba acostumbrado a jugar a los arqueólogos entre las ruinas de los recuerdos traumatizados de la gente. Él mismo se había convertido en confidente de matones, había acosado a los asustados, provocado a los peligrosos y tendido trampas a los astutos. Ninguna de estas destrezas fue necesaria con Wilson, que casi parecía estar desaprovechado en un rastreo sin sentido por culpa de la paranoia de John Bristow.

De todos modos, Strike tenía el hábito incurable de la minuciosidad. No se le habría ocurrido escatimar en la entrevista para pasarse el día acostado en calzoncillos en su catre, fumando. Tanto por antojo como por formación, pues se respetaba a sí mismo tanto como al cliente, procedía con meticulosidad, por lo que en el ejército había sido tan ensalzado como detestado.

—¿Podemos dar un poco de marcha atrás y repasar el día anterior a la muerte? ¿A qué hora llegó usted al trabajo?

—A las nueve, como siempre. Tomé el mando después de Colin.

—¿Tienen un registro de quién entra y sale del edificio?

—Sí, anotamos a todos los que entran y salen, excepto los residentes. Hay un libro en el mostrador.

—¿Recuerda quién entró y salió ese día?

Wilson vaciló.

—John Bristow vino a ver a su hermana a primera hora de la mañana, ¿no? —le recordó Strike—. Pero ella le había dicho a usted que no lo dejara pasar.

—Eso se lo contó él, ¿verdad? —preguntó Wilson con aspecto algo aliviado—. Sí, así fue. Pero ese hombre me dio lástima, ¿sabe? Tenía que devolverle a Lula un contrato. Era un tema que le preocupaba, así que lo dejé subir.

—¿Sabe de alguien más que entrara en el edificio?

—Sí. Lechsinka ya estaba allí. Es una de las limpiadoras. Siempre llega a las siete. Estaba trapeando la escalera cuando yo llegué. No vino nadie más hasta el tipo de la compañía de seguridad, el del mantenimiento de las alarmas. Se hace cada seis meses. Debió de llegar sobre veinte para las diez o algo así.

—¿Esa persona de la empresa de seguridad era alguien a quien usted ya conocía?

—No, era un tipo nuevo. Muy joven. Siempre envían a alguien distinto. La señora Bestigui y Lula estaban en casa, así que lo dejé subir al departamento del piso de en medio, le enseñé dónde estaba el panel de control y se puso manos a la obra. Lula salió mientras yo seguía allí enseñándole a aquel tipo la caja de los fusibles y los botones de alarma.

—Usted la vio salir, ¿no?

—Sí, pasó junto a la puerta abierta.

—¿Lo saludó?

–No.

–Dijo que normalmente lo hacía.

–Creo que no me vio. Parecía que iba con prisa. Iba a ver a su madre enferma.

–¿Cómo lo sabe si no habló con usted?

–La investigación –respondió Wilson de manera sucinta–. Cuando le enseñé al tipo de seguridad dónde estaba todo, bajé, y después de que se fuera la señora Bestigui, lo llevé a su piso para que viera también el sistema de ellos. No necesitaba que yo me quedara con él allí. Las cajas de fusibles y los botones de alarma son iguales en todas las casas.

–¿Dónde estaba el señor Bestigui?

–Ya se había ido a trabajar. Se va a las ocho todos los días.

Tres hombres con cascos de albañil y chamarras amarillas reflectantes entraron en la cafetería y se sentaron en la mesa de al lado, con periódicos bajo el brazo y botas llenas de mugre.

–¿Cuánto tiempo diría que se ausentó de su puesto cada vez que estuvo con el de la empresa de seguridad?

–Quizá cinco minutos en el piso de la planta intermedia –respondió Wilson–. Un minuto para cada uno de los otros.

–¿Cuándo se fue el de la seguridad?

–A última hora de la mañana. No recuerdo exactamente.

–Pero ¿está seguro de que se fue?

–Sí, desde luego.

–¿Alguna otra visita?

–Hubo unas cuantas entregas, pero fue un día tranquilo comparado con cómo había sido el resto de la semana.

–¿Los días anteriores habían sido ajetreados?

–Sí, hubo muchas idas y venidas, porque Deeby Macc llegaba de Los Ángeles. La gente de la productora estuvo entrando y saliendo del piso 2, comprobando que la casa estaba lista, llenándole el refrigerador y esas cosas.

–¿Recuerda qué entregas hubo ese día?

–Paquetes para Macc y Lula. Y rosas. Ayudé a subirlas al tipo que las traía, porque llegaron a montones. –Wilson separó sus grandes manos para mostrar el tamaño–. Un jarrón enorme. Y lo colocamos en una mesa en la entrada del piso 2. Esas son las rosas que se cayeron.

–Dijo que causaron problemas. ¿A qué se refería?

–Se las había enviado el señor Bestigui a Deeby Macc y cuando se enteró de que se habían arruinado, se enojó. Gritó como un loco.

–¿Cuándo fue eso?

–Mientras estaba allí la policía. Cuando estaban tratando de entrevistar a su mujer.

–¿Una mujer se había matado cayendo por delante de sus ventanas y él se enojó porque alguien ha destrozado sus flores?

–Sí –respondió Wilson, encogiéndose ligeramente de hombros–. Él es así.

–¿Conoce él a Deeby Macc?

Wilson volvió a encogerse de hombros.

–¿Llegó a ir el rapero al departamento?

Wilson negó con la cabeza.

–Después de que tuviéramos todo aquel lío, se fue a un hotel.

–¿Cuánto tiempo estuvo usted fuera de su puesto cuando fue a dejar las flores al piso 2?

–Puede que unos cinco minutos, diez como mucho. Después de aquello, no me moví en todo el día.

–Ha hablado de paquetes para Macc y para Lula.

–Sí, de un diseñador. Pero se los di a Lechsinka para que los dejara en sus casas. Eran ropa para él y bolsas para ella.

–Y por lo que usted sabe, ¿todo el que entró ese día volvió a salir?

–Sí –respondió Wilson–. Todos quedaron registrados en el libro de recepción.

–¿Con qué frecuencia se cambia el código del panel numérico de fuera?

–Se ha cambiado dos veces desde que ella murió, porque medio departamento de la policía metropolitana lo conocía cuando terminaron –dijo Wilson–. Pero no cambió en los tres meses que Lula vivió allí.

–¿Le importaría decirme cuál era?

–Diecinueve sesenta y seis –contestó Wilson.

–¿El año de «Creen que ya ha acabado»?[4]

---

[4] Se refiere a un famoso incidente que ocurrió en el Mundial de Futbol de 1966, cuando Inglaterra ganó a Alemania proclamándose campeona en medio de cierta confusión y escándalo. El comentarista de la BBC que retransmitía el partido pronunció aquella frase, «Creen que ya ha acabado», al ver cómo el público empezaba a lanzar-

–Sí –confirmó Wilson–. McLeod siempre se quejaba de ello. Quería que lo cambiaran.

–¿Cuánta gente cree que sabía el código de la puerta antes de que Lula muriera?

–No mucha.

–¿Repartidores? ¿Carteros? ¿El tipo que lee los medidores de gas?

–La gente así entraba porque nosotros les dábamos paso desde la recepción. Los residentes no utilizan normalmente el teclado numérico porque podemos verlos por la cámara, así que nosotros les abrimos. El teclado está allí solo por si no hay nadie en la recepción. A veces, podemos estar en el cuarto de atrás o ayudando a subir algo.

–¿Y todos los departamentos tienen llaves individuales?

–Sí, y sistemas de alarma individuales.

–¿Estaba conectado el de Lula?

–No.

–¿Y la piscina y el gimnasio? ¿Tienen alarma?

–Solo llaves. A todo el que va a vivir en el edificio se le da un juego de llaves de la piscina y del gimnasio junto con las llaves de su departamento. Y una llave de la puerta que va al estacionamiento de abajo. Esa puerta tiene alarma.

–¿Estaba conectada?

–No lo sé. Yo no estaba cuando fueron a comprobarla. Debía de estarlo. El tipo de la empresa de seguridad había comprobado todas las alarmas esa mañana.

–¿Todas estas puertas estaban cerradas con llave esa noche?

Wilson se quedó pensando.

–No todas. La puerta de la piscina estaba abierta.

–¿Sabe si la había utilizado alguien ese día?

–No recuerdo que nadie lo hiciera.

–¿Y cuánto tiempo llevaba abierta?

–No lo sé. Colin estuvo la noche anterior. Él debió de comprobarlo.

–De acuerdo –dijo Strike–. Dijo que creyó que el hombre que la señora Bestigui había oído era Duffield porque usted los había escuchado discutir antes. ¿Cuándo?

–No mucho tiempo antes de que cortaran, unos dos meses antes de que ella muriera. Lo había echado de su departamento y él

---

se al campo pensando que el partido había terminado. No era así y segundos después Inglaterra metió otro gol. A continuación, el árbitro anunció el final del partido.

estaba golpeando la puerta y dándole patadas, tratando de echarla abajo e insultándola con palabras obscenas. Yo subí para echarlo.

–¿Utilizó usted la fuerza?

–No fue necesario. Cuando me vio llegar, tomó sus cosas. Ella le había tirado el saco y los zapatos después de echarlo y se limitó a pasar por mi lado. Estaba drogado –explicó Wilson–. Ojos vidriosos, ya sabe. Sudoroso. Una camiseta asquerosa llena de mugre. Nunca supe qué carajo veía ella en él.

»Y aquí llega Kieran –añadió, con tono más alegre–. El chofer de Lula.

7

Un hombre de unos veinticinco años estaba entrando en la diminuta cafetería. Era bajito, delgado y muy atractivo.

–Hola, Derrick –dijo, y el conductor y el guardia de seguridad intercambiaron un saludo agarrándose las manos el uno al otro y chocándose los nudillos antes de que Kolovas-Jones tomara asiento al lado de Wilson.

Una obra de arte producto de un indescifrable coctel de razas, la piel de Kolovas-Jones era de un bronce aceituna, sus mejillas estaban cinceladas y su nariz era ligeramente aguileña, sus ojos de pestañas negras eran de color avellana oscuro y llevaba su pelo lacio engominado y apartado de la cara. Sus deslumbrantes rasgos destacaban por encima de la camisa clásica y la corbata que llevaba puestas y su sonrisa era conscientemente pudorosa, como si tratara de desarmar a los demás hombres y adelantarse a su animadversión.

–¿Dónde tienes el coche? –preguntó Derrick.

–En Electric Lane –Kolovas-Jones apuntó hacia atrás con su dedo pulgar–. Tengo unos veinte minutos. Debo estar de vuelta en el West End a las cuatro. ¿Qué tal? –añadió , tendiéndole la mano a Strike, quien se la estrechó–. Soy Kieran Kolovas-Jones. ¿Usted es…?

–Cormoran Strike. Derrick dice que tiene…

–Sí, sí –le interrumpió Kolovan-Jones–. No sé si es importante, probablemente no, pero a la policía no le interesó un carajo. Yo solo quiero contárselo a alguien, ¿okey? No digo que no fuera un suicidio, entiéndame –añadió–. Solo digo que me gustaría que se aclarara esto. Café, por favor, guapa –le dijo a la mesera de mediana edad que permanecía impasible, impermeable al encanto de él.

–¿Qué es lo que le preocupa? –le preguntó Strike.

–Yo siempre la llevaba en el coche, ¿okey? –dijo Kolovas-Jones lanzándose a contar su historia de tal modo que Strike supuso que lo había ensayado–. Siempre me pedía que fuera yo.

–¿Tenía ella un contrato con su empresa?

–Sí. Bueno…

–Es a través de la recepción –le explicó Derrick–. Uno de los servicios que se prestan. Si alguien quiere un coche, llamamos a Execars, la empresa de Kieran.

–Sí, pero siempre pedía que fuera yo –insistió con firmeza Kolovas-Jones.

–Se llevaba bien con ella, ¿verdad?

–Sí, nos llevábamos bien –confirmó Kolovas-Jones–. Teníamos… ya sabe… No digo que fuéramos íntimos… Bueno, íntimos, sí, algo así. Éramos amigos. La relación había ido más allá que la que hay entre chofer y cliente, ¿okey?

–¿Sí? ¿Cuánto más allá?

–No, nada de eso –dijo Kolovan-Jones con una sonrisa–. Nada de eso.

Pero Strike vio que al conductor no le disgustaba en absoluto la idea que se había propuesto, que se trataba de un pensamiento plausible.

–La estuve llevando durante un año. Hablábamos mucho, ¿sabe? Teníamos muchas cosas en común. Un pasado similar, ¿sabe?

–¿En qué sentido?

–Mezcla de razas –respondió Kolovas-Jones–. Y mi familia era un poco disfuncional, ¿okey? Así que comprendía de dónde venía ella. No conocía a mucha gente como ella, no desde que se hizo famosa. Poca gente con la que hablar de verdad.

–¿Ser de raza mixta suponía un problema para ella?

–Se crio en una familia blanca siendo negra, ¿qué cree usted?

–¿Y usted tuvo una infancia similar?

–Mi padre era medio caribeño, medio galés. Mi madre medio de Liverpool, medio griega. Lula decía que me tenía envidia –dijo incorporándose un poco en su asiento–: «Sabes de dónde vienes, aunque sea un poco de todas partes», me decía. Y por mi cumpleaños –añadió, como si no hubiera causado suficiente impresión en Strike con algo que él consideraba importante–, me regaló una chamarra de Guy Somé que vale como novecientas libras, ¿okey?

Como era evidente que se esperaba que mostrara alguna reacción, Strike asintió, preguntándose si Kolovas-Jones había ido hasta allí simplemente para contarle lo amigo que había sido de Lula Landry. Satisfecho, el chofer continuó:

—Y bueno, el día que murió... el día anterior, debería decir... La llevé a casa de su madre por la mañana, ¿okey? Y ella no estaba contenta. Nunca le gustaba ir a ver a su madre.

—¿Por qué no?

—Porque esa mujer es rara a morir —contestó Kolovas-Jones—. La llevé a las dos un día, creo que era el cumpleaños de su madre. Lady Yvette es súper repulsiva. «Cariño, cariño mío», le decía a Lula cada tres palabras. Siempre se le pegaba como lapa. Rara de verdad y posesiva y exagerada, ¿okey?

»A lo que vamos. Ese día, ¿okey? Su madre acababa de salir del hospital, así que no iba a ser nada divertido, ¿no? Lula no estaba deseando verla. Estaba más tensa de lo que yo la había visto nunca. Y entonces, le dije que yo no podría llevarla esa noche porque tenía una reserva para Deeby Macc y a ella tampoco le gustó aquello.

—¿Por qué no?

—Porque le gustaba que la llevara yo, ¿okey? —dijo Kolovas-Jones como si Strike fuera estúpido—. Yo la ayudaba con los *paparazzi* y esas cosas, hacía un poco de guardaespaldas para que entrara y saliera de los lugares.

Por el simple movimiento de los músculos faciales, Wilson se las arregló para expresar lo que pensaba de aquella idea de que Kolovas-Jones actuara de guardaespaldas.

—¿No podrías haberte intercambiado con otro conductor y haberla llevado a ella en vez de a Macc?

—Podría, pero no quise —confesó Kolovas-Jones—. Soy un gran admirador de Deeby. Quería conocerlo. Eso es lo que enojó a Lula. En fin —continuó—, que la llevé a casa de su madre y esperé y, después, esta es la parte de la que quería hablarle, ¿okey?

»Salió de casa de su madre y estaba rara. Nunca la había visto así, ¿okey? Callada, muy callada. Como si estuviera impresionada o algo así. Entonces, me pidió un bolígrafo y empezó a escribir algo en un papel azul. No me hablaba. No decía nada. Solo escribía.

»Así que, la llevé a Vashti, porque se suponía que iba a comer allí con su amiga, ¿okey?

–¿Qué es Vashti? ¿Y qué amiga?

–Vashti... es una tienda... *boutique,* la llaman. Hay una cafetería dentro. Un sitio de moda. Y la amiga era... –Kolovas-Jones chasqueó los dedos varias veces con el ceño fruncido–. Era esa amiga que había hecho cuando estuvo en el hospital por sus problemas mentales. ¿Cómo se llamaba, carajo? Yo las solía llevar a las dos por ahí. Dios... ¿Ruby? ¿Roxy? ¿Raquelle? Algo así. Vivía en el albergue de Saint Elmo, en Hammersmith. Era una indigente.

»Bueno, pues Lula entra en la tienda, ¿okey? Y de camino a casa de su madre me había dicho que iba a comer allí, ¿okey? Pero solo estuvo allí un cuarto de hora o algo así. Después, sale sola y me dice que la lleve a casa. Y eso fue muy raro, ¿okey? Y Raquelle, o como sea que se llame... luego me acordaré... no iba con ella. Normalmente solíamos llevar a Raquelle a su casa cuando salían juntas. Y el papel azul ya no estaba. Y Lula no me dijo una sola palabra durante todo el camino a casa.

–¿Mencionó este papel azul a la policía?

–Sí. No creyeron que importara un carajo –contestó Kolovas-Jones–. Dijeron que probablemente sería la lista del supermercado.

–¿Recuerda cómo era?

–Solo era azul. Como un papel de correo aéreo.

Miró su reloj.

–Tengo que irme en diez minutos.

–¿Y esa fue la última vez que vio a Lula?

–Sí.

Se mordió la esquina de una uña.

–¿Qué fue lo primero que pensó cuando le dijeron que estaba muerta?

–No lo sé –contestó Kolovas-Jones masticando el padrastro que había mordido–. Me quedé encabronadamente impresionado. Uno no se espera eso, ¿no? No cuando acabas de ver a esa persona unas horas antes. Toda la prensa decía que era Duffield porque tuvieron una pelea en esa discoteca y cosas así. Yo pensé que podría haber sido él, si le digo la verdad. Un cabrón.

–¿Lo conocía?

–Lo llevé un par de veces –respondió Kolovas-Jones. Sus fosas nasales se abrieron y una tensión alrededor de las líneas de su boca indicaron que algo le olía mal.

–¿Qué pensaba de él?

–Pensaba que era un idiota sin talento. –Con un virtuosismo inesperado adoptó de repente una voz plana y cansina–: «¿Lo vamos a necesitar después, Lules? Mejor que espere, ¿no?» –dijo Kolovas-Jones lleno de crispación–. Ni una sola vez me habló directamente. Ignorante gorrón de mierda.

–Kieran es actor –intervino Derrick en voz baja.

–Solo papeles pequeños –aclaró él–. Hasta ahora.

Y se desvió de la conversación con una breve exposición de las películas de televisión en las que había aparecido, exhibiendo, por lo que Strike pudo suponer, un fuerte deseo de que le tuvieran más consideración de la que él pensaba que le tenían, que pudiera dotarse, de hecho, de esa cualidad impredecible, peligrosa y transformadora que es la fama. El haberla tenido con tanta asiduidad en el asiento de atrás de su coche y aún no haberla adquirido de sus pasajeros debía ser, en opinión de Strike, tentador y, quizá, exasperante.

–Kieran hizo una prueba para Freddie Bestigui –dijo Wilson–. ¿Verdad?

–Sí –confirmó Kolovas-Jones con una falta de entusiasmo que indicaba claramente cuál había sido el resultado.

–¿Cómo lo consiguió? –preguntó Strike.

–Como siempre –dijo Kolovas-Jones con un atisbo de arrogancia–. A través de mi agente.

–¿No salió nada?

–Decidieron ir en otra dirección –explicó Kolovas-Jones–. Eliminaron al personaje.

–Bueno, y recogió a Deeby Macc, ¿de dónde? ¿De Heathrow? ¿Esa noche?

–Terminal cinco, sí –contestó Kolovas-Jones, al parecer volviendo a la tediosa realidad y mirando su reloj–. Oiga, será mejor que me vaya.

–¿Le parece bien si lo acompaño al coche? –preguntó Strike.

Wilson se mostró contento de poder ir también. Strike pagó la cuenta de los tres y salieron. En la acera, Strike les ofreció un cigarro a sus dos acompañantes. Wilson dijo que no. Kolovas-Jones aceptó.

Había un Mercedes plateado a poca distancia, a la vuelta de la esquina con Electric Lane.

–¿Adónde llevó a Deeby cuando llegó? –le preguntó Strike a Kolovas-Jones mientras se acercaban al coche.

–Quería ir a una discoteca, así que lo llevé a Barrack.

–¿A qué hora lo llevó allí?

–No sé… ¿A las once y media? ¿Al cuarto para las doce? Estaba prendido. Dijo que no quería irse a dormir.

–¿Por qué a Barrack?

–El viernes por la noche en el Barrack suena el mejor hip-hop de la noche de Londres –contestó Kolovas-Jones con una pequeña carcajada, como si aquello fuera algo que todos supieran–. Y debió gustarle, porque habían pasado las tres cuando volvió a salir.

–Entonces, ¿lo llevaste a Kentigern Gardens y vieron allí a la policía o…?

–Yo ya había oído en la radio del coche lo que había pasado –dijo Kolovas-Jones–. Se lo conté a Deeby cuando subió de nuevo al coche. Los de su séquito empezaron a hacer llamadas para despertar a la gente de la compañía discográfica, tratando de cambiar los planes. Le consiguieron una suite en el Claridges. Lo llevé allí. Yo no llegué a casa hasta después de las cinco. Puse las noticias y lo vi todo por Sky News. Increíble.

–Me pregunto quién le dijo a los *paparazzi* apostados en el número 18 sabiendo que Deeby no iba a estar allí durante varias horas. Alguien los puso sobre aviso. Por eso se habían ido antes de que Lula cayera.

–¿Sí? No lo sé –dijo Kolovas-Jones.

Aligeró un poco el paso, llegó al coche antes que los otros dos y lo abrió.

–¿No trajo Macc un montón de equipaje? ¿Lo llevaba usted en el coche?

–No. Se lo habían llevado los de la compañía de discos unos días antes. Él salió del avión solamente con un bolso de mano… y unas diez personas de seguridad.

–Entonces, ¿no fue usted el único coche que fue a buscarlo?

–Había cuatro coches, pero Deeby iba conmigo.

–¿Dónde lo esperó mientras estaba en la discoteca?

–Estacioné el coche y esperé –contestó Kolovas-Jones–. Al lado de Glasshouse Street.

–¿Con los otros tres coches? ¿Estaban todos juntos?

–No se encuentran cuatro espacios para estacionar uno al lado del otro en el centro de Londres –dijo Kolovas-Jones–. No sé dónde estaban estacionados los demás.

Aún con la puerta del conductor abierta, miró a Wilson y, después, de nuevo a Strike.

–¿Es que importa algo de esto? –preguntó.

–Solo me interesa saber cómo funciona todo cuando está con un cliente –respondió Strike.

–Es encabronadamente tedioso –dijo Kolovas-Jones con un repentino viso de irritación–. Así es. Ser chofer consiste sobre todo en tener que esperar.

–¿Sigue teniendo el control remoto de las puertas del estacionamiento de abajo que Lula le dio? –preguntó Strike.

–¿Qué? –dijo Kolovas-Jones, aunque Strike habría jurado que el conductor lo había oído. El destello de hostilidad era ya evidente y parecía extenderse no solo a Strike, sino también a Wilson, que había estado escuchando sin decir nada desde que había apuntado que Kolovan-Jones era actor.

–¿Sigue teniendo…?

–Sí, aún lo tengo. Sigo llevando al señor Bestigui, ¿no? –dijo Kolovas-Jones–. Bueno, tengo que irme. Hasta luego, Derrick.

Tiró al suelo su cigarro a medio fumar y entró en el coche.

–Si recuerda algo más –dijo Strike–, como el nombre de la amiga con la que Lula estuvo en Vashti, ¿me podría llamar?

Le pasó una tarjeta a Kolovas-Jones. El chofer, jalando ya el cinturón de seguridad, la tomó sin mirarla.

–Voy a llegar tarde.

Wilson levantó la mano para despedirse. Kolovas-Jones cerró con un golpe la puerta del coche, dio un acelerón al coche y salió del estacionamiento con el ceño fruncido.

–Le gustan mucho los famosos –dijo Wilson cuando el coche se alejó. Era una especie de disculpa por el más joven–. Le encantaba llevarla. Siempre intenta llevar a las celebridades. Lleva dos años esperando a que Bestigui lo contrate para algo. Se enojó bastante cuando no le dieron aquel papel.

–¿De qué era?

–De *dealer*. Para una película.

Se fueron juntos en dirección a la estación de metro de Brixton pasando junto a un grupo de colegialas negras con uniformes de faldas azules de cuadros escoceses. Una de las chicas con una larga trenza hizo que Strike se acordara, otra vez, de su hermana Lucy.

–Bestigui sigue viviendo en el número 18, ¿no? –preguntó Strike.

–Sí –respondió Wilson.

–¿Y los otros dos departamentos?

–Están un comerciante de productos ucranianos y su mujer, que han alquilado el departamento 2. Hay un ruso interesado en el 3, pero aún no ha presentado ninguna oferta.

–¿Existe alguna posibilidad de que pueda entrar a echar un vistazo alguna vez? –preguntó Strike mientras les obstaculizaba el paso un hombre bajito con barba y gorro, como si fuera un profeta del Antiguo Testamento, que se había detenido delante de ellos y que les sacaba la lengua despacio.

–Sí, de acuerdo –dijo Wilson tras una pausa en la que bajó la mirada disimuladamente a la parte inferior de las piernas de Strike–. Llámeme. Pero tendrá que ser cuando Bestigui no esté, ¿entiende? Es un hombre peleonero y yo necesito mi trabajo.

8

Saber que estaría compartiendo de nuevo su oficina el lunes añadió cierta chispa a la soledad del fin de semana de Strike, haciendo
que fuera menos irritante, más valioso. El catre podía estar fuera.
La puerta que dividía los dos despachos podía permanecer abierta,
podía hacer sus necesidades sin miedo a molestar. Harto del olor
a lima artificial, consiguió abrir la ventana atascada por la pintura
que había tras su mesa, lo que permitió que una brisa fría y fresca
limpiara los rancios rincones de las dos pequeñas habitaciones. Evitando cualquier CD, cualquier canción que lo transportara de vuelta a aquella época intensa y estimulante que había compartido con
Charlotte, eligió a Tom Waits para escucharlo a todo volumen en el
pequeño reproductor que pensó que nunca más volvería a ver y que
había encontrado en el fondo de una de las cajas que había traído
de casa de Charlotte. Se entretuvo instalando su televisión portátil,
con su irrisoria antena de interior. Metió su ropa desgastada en una
bolsa de basura negra y fue a la lavandería que estaba a menos de
un kilómetro de distancia. De vuelta en la oficina, colgó sus camisas
y su ropa interior en una cuerda que ató de un lado a otro del despacho de dentro y, después, vio el partido de las tres entre el Arsenal
y el Spurs.

Mientras realizaba todas estas rutinas, se sintió como si estuviera
acompañado del espectro que lo había poseído durante los meses
pasados en el hospital. Merodeaba por los rincones de su pobre oficina. Podía oír cómo le murmuraba cuando disminuía su atención
en la tarea que estuviera realizando. Le instaba a considerar lo bajo
que había caído; su edad, su penuria; su destrozada vida amorosa;
su condición de persona sin hogar. «Treinta y cinco», susurraba. «Y

nada que demuestre todos los años que llevas de trabajo duro, excepto unas cuantas cajas de cartón y una enorme deuda». El espectro le hizo dirigir sus ojos a las latas de cerveza del supermercado, donde compró más botes de pasta precocinada. Se burlaba de él mientras planchaba las camisas en el suelo, como si siguiera en el ejército, como si su insignificante autodisciplina pudiera dar forma y orden a aquel presente amorfo y desastroso. Empezó a fumar en su mesa, amontonando las colillas en el cenicero de latón barato que había robado hacía tiempo en un bar de Alemania.

Pero tenía un trabajo, se recordaba a sí mismo. Un trabajo remunerado. El Arsenal venció al Spurs. Apagó la televisión y, desafiando al espectro, fue directamente a su escritorio y retomó el trabajo.

Con libertad ahora para recopilar y cotejar pruebas de lo que él prefiriera, Strike continuó ajustándose a los protocolos de la Ley de Procedimientos e Investigaciones en materia Penal. El hecho de que él creyera que estaba persiguiendo un producto de la imaginación trastornada de John Bristow no cambiaba la meticulosidad y la precisión con la que había tomado notas durante sus entrevistas con Bristow, Wilson y Kolovas-Jones.

Lucy llamó a las seis de la tarde mientras estaba concentrado en el trabajo. Aunque su hermana era dos años más joven que Strike, parecía sentirse mayor. Abrumada, tan joven, por culpa de una hipoteca, un marido impasible, tres hijos y un trabajo pesado, Lucy parecía tener ansia de obligaciones, como si nunca tuviera suficiente seguridad. Strike siempre había sospechado que quería demostrarse a sí misma y al mundo que no era una madre desobligada, que los había arrastrado a los dos por todo el país, de colegio en colegio, de una casa a una comuna o a un campamento, en busca del siguiente estímulo o del siguiente hombre. Lucy era la única de sus ocho hermanastros con la que Strike compartía una infancia. Le tenía más cariño a ella que a casi nadie más en su vida y, sin embargo, sus interacciones eran a menudo poco satisfactorias, cargadas de preocupaciones familiares y discusiones. Lucy no podía disimular el hecho de que su hermano la preocupaba y la decepcionaba. Como consecuencia, Strike se mostraba menos propenso a ser sincero con ella en lo referente a su situación actual de lo que habría estado con la mayoría de sus amigos.

–Sí, va estupendamente –le dijo, fumando en la ventana abierta, viendo a la gente saliendo y entrando a las tiendas de abajo–. El trabajo se ha multiplicado por dos últimamente.

–¿Dónde estás? Oigo coches.

–En el despacho. Tengo papeleo que hacer.

–¿Un sábado? ¿Qué opina Charlotte de eso?

–No está. Fue a visitar a su madre.

–¿Cómo va todo entre ustedes?

–Genial –contestó.

–¿Seguro?

–Sí, seguro. ¿Qué tal está Greg?

Ella le hizo un breve resumen de la cantidad de trabajo de su marido y, a continuación, volvió al ataque.

–¿Gillespie sigue detrás de ti para que le devuelvas el dinero?

–No.

–Porque, ¿sabes una cosa, Strick? –Aquel apodo de la infancia presagiaba algo malo. Estaba intentando ablandarlo–. He estado informándome de esto y podrías pedir a la Legión Británica…

–Carajo, Lucy –dijo antes de poder contenerse.

–¿Qué?

El dolor y la indignación en la voz de ella eran demasiado familiares. Cerró los ojos.

–No necesito ayuda de la Legión Británica, ¿de acuerdo?

–No hay necesidad de ponerse tan orgulloso…

–¿Cómo están los niños?

–Están bien. Oye, Strick, yo solo creo que es escandaloso que Rokeby le haya ordenado a su abogado que te fastidie cuando nunca te ha dado un penique en su vida. Debería habértelo regalado, en vista de lo que has sufrido y de lo mucho que él…

–El trabajo va bien. Voy a devolver el préstamo –dijo Strike. Una pareja de adolescentes en la esquina de la calle estaban teniendo una discusión.

–¿Estás seguro de que todo va bien entre Charlotte y tú? ¿Por qué fue a visitar a su madre? Creía que se odiaban.

–Ahora se llevan mejor –respondió él, mientras la adolescente gesticulaba exageradamente, daba una patada con el pie contra el suelo y se iba.

–¿Le compraste ya un anillo? –preguntó Lucy.

–Creía que querías que me quitara a Gillespie de encima.

–¿Le parece bien no tener anillo?

–Le parece estupendamente –contestó Strike–. Dice que no quiere ninguno. Lo que quiere es que dedique todo el dinero al negocio.

–¿De verdad? –preguntó Lucy. Siempre parecía pensar que había hecho un buen trabajo al disimular su profunda aversión por Charlotte–. ¿Vas a venir a la fiesta de cumpleaños de Jack?

–¿Cuándo es?

–¡Te envié una invitación hace más de una semana, Strick!

Se preguntó si Charlotte la habría metido en alguna de las cajas que había dejado sin abrir en el descanso, pues no tenía sitio para todas sus cosas en la oficina.

–Sí, allí estaré –dijo. Había pocas cosas que se le antojaran menos.

La llamada terminó, él volvió a la computadora y continuó trabajando. Sus notas de las entrevistas de Wilson y Kolovas-Jones las acabó pronto, pero seguía teniendo una sensación de frustración. Aquel era el primer caso que había tenido desde que dejó el ejército y que exigiera más trabajo de vigilancia y podría haber sido diseñado para recordarle a diario que lo habían despojado de todo poder y autoridad. El productor de cine Freddie Bestigui, el hombre que había estado más cerca de Lula Landry en el momento de su muerte, seguía siendo inalcanzable tras sus subalternos sin rostro y, a pesar de la aseveración confiada de John Bristow de que él podría convencerla para que hablara con Strike, aún no se había asegurado una entrevista con Tansy Bestigui.

Con una leve sensación de impotencia y casi con el mismo desdén por la ocupación que el prometido de Robin sentía, Strike se deshizo de su plomiza sensación de tristeza recurriendo a más búsquedas por internet relacionadas con el caso. Buscó en internet a Kieran Kolovas-Jones. El conductor le había dicho la verdad sobre el episodio de *The Bill* en el que había tenido dos líneas. «Segundo miembro de la banda de criminales… Kieran Kolovas-Jones.» También tenía un agente teatral, cuya página web mostraba una pequeña fotografía de Kieran y una corta lista de trabajos en la que se incluían papeles de extra en *Eastenders* y en *Casualty*. La fotografía de Kieran en la página de Execars era mucho más grande. Allí, aparecía solo con gorra de visera y uniforme, con aspecto de estrella de cine y claramente el conductor más atractivo de la plantilla.

La tarde pasó a la noche por detrás de las ventanas. Mientras

Tom Waits gruñía y gemía desde el reproductor de CD portátil que estaba en el rincón, Strike persiguió la sombra de Lula Landry en el ciberespacio, haciendo añadidos ocasionalmente a las notas que ya había tomado al hablar con Bristow, Wilson y Kolovas-Jones.

No pudo encontrar ninguna página de Facebook de Landry ni parecía que hubiera estado nunca en Twitter. Su negativa a alimentar el apetito voraz de sus admiradores por información personal parecía haber inspirado a otros para llenar ese vacío. Había innumerables páginas web dedicadas a la reproducción de sus fotografías y para hacer obsesivos comentarios sobre su vida. Si la mitad de la información que había allí era real, Bristow le había dado a Strike solo una versión parcial y saneada del camino de su hermana hacia la autodestrucción, una tendencia que parecía haberse puesto de manifiesto por primera vez al principio de su adolescencia, cuando su padre adoptivo, sir Alec Bristow, un hombre de barba y apariencia simpática que había fundado su propia empresa electrónica, Albris, cayó muerto por un ataque al corazón. Lula se escapó posteriormente de dos colegios y había sido expulsada de un tercero, todos ellos caros centros privados. Se había cortado las venas y había sido encontrada en un charco de sangre por una compañera de dormitorio. Había vivido sin las comodidades más básicas y la policía la había encontrado en una casa tomada. Una página de admiradores llamada LulaMiInspiracionSiempre.com, dirigida por una persona de sexo desconocido, aseguraba que la modelo se había mantenido durante aquella época ejerciendo como prostituta.

Luego había llegado el internamiento en un psiquiátrico en virtud de la Ley de Salud Mental, el centro de prevención contra la delincuencia para jóvenes con enfermedades graves y un diagnóstico de desorden bipolar. Apenas un año después, estando de compras en una tienda de ropa de Oxford Street con su madre, llegó el principio del cuento de hadas de manos de un cazatalentos de una agencia de modelos.

Las primeras fotografías de Landry mostraban a una chica de dieciséis años con cara de Nefertiti que conseguía proyectar a la cámara una extraordinaria combinación de sofisticación y vulnerabilidad, con largas piernas delgadas como las de una jirafa y una cicatriz dentada que le corría por el interior del brazo izquierdo y en la que los editores de moda parecían haber encontrado un complemento interesante para su espectacular rostro, pues a veces, se le daba prominencia en las fotografías. La extrema belleza de Lula rayaba el borde mismo del absurdo, y el encanto por el que era tan celebrada –tanto en necrológicas de periódicos como en blogs histéricos– iba acompañado de una reputación de repentinos ataques de mal genio y unos arranques peligrosos. La prensa y el público parecía amarla tanto como detestarla. Una periodista la encontraba «curiosamente dulce, poseedora de una inocencia inesperada»; y otra decía que era «en el fondo, una pequeña diva calculadora, astuta y dura».

A las nueve, Strike fue al barrio chino a comprarse la cena. Después, volvió a la oficina, cambió a Tom Waits por Elbow y buscó artículos en internet sobre Evan Duffield, el hombre que, según todos decían, incluso Bristow, no había matado a su novia.

Hasta que Kieran Kolovas-Jones no mostró sus celos profesionales, Strike no habría podido decir por qué era Duffield famoso. Ahora descubría que Duffield había salido de la oscuridad por su participación en una película independiente aclamada por la crítica en la que había interpretado un personaje que sin duda era él mismo: un músico adicto a la heroína que robaba para pagar sus hábitos.

La banda de Duffield había sacado un disco bien recibido por la crítica a raíz de la reciente fama de su cantante principal y se separó con importante disputa más o menos en la época en la que conoció a Lula. Al igual que su novia, Duffield era extraordinariamente fotogénico, incluso en fotografías hechas a distancia y sin retocar subiendo por una calle con ropa asquerosa, incluso en esas fotografías –y había varias– en las que gritaba a pleno pulmón a los fotógrafos. La conjunción de aquellas dos personas dolidas y hermosas parecía haber aumentado la fascinación por los dos. Cada uno reflejaba más interés en el otro, lo cual rebotaba después sobre ellos mismos. Era una especie de movimiento perpetuo.

La muerte de su novia había elevado a Duffield de una forma más segura que nunca en ese firmamento de los idealizados, los vilipendiados y los endiosados. Había en él cierta oscuridad y fatalismo. Tanto sus más fervientes admiradores como sus detractores parecían encontrar placer en la idea de que ya tenía un pie en el otro mundo, que había una previsibilidad de su descenso a la desesperación y al olvido. Parecía hacer verdadera ostentación de sus debilidades y Strike pasó un minuto tras otro con aquellos pequeños y estúpidos videos de YouTube en los que Duffield, claramente drogado, hablaba sin parar, con la voz que Kolovas-Jones había parodiado de una forma tan precisa, sobre morir cuando acabas de dejar la fiesta y haciendo una confusa argumentación sobre que no es necesario llorar si has tenido que irte pronto.

La noche que Lula había muerto, según una multitud de fuentes, Duffield había salido de la discoteca poco después que su novia, llevando –y a Strike le costaba ver aquello como algo que no fuera una teatralidad deliberada– una máscara de lobo. Su relato de lo que había hecho durante el resto de la noche podría no haber satisfecho a los internautas teóricos de la conspiración, pero la policía parecía haber quedado convencida de que no tenía nada que ver con los sucesos posteriores en Kentigern Gardens.

Strike siguió el hilo especulativo de sus propios pensamientos sobre el terreno escabroso de los portales y blogs de noticias. Por un sitio y otro se tropezaba con especulaciones febriles y teorías sobre la muerte de Landry que mencionaban pistas que la policía no había seguido y que parecían haber alimentado la convicción de Bristow de que había sido un asesinato. LulaMiInspiracionSiempre tenía una larga lista de preguntas sin responder, entre las que se incluía, en el número cinco: «¿Quién dijo a los *paparazzi* que se fueran antes de que ella cayera?»; en el nueve: «¿Por qué los hombres con la cara cubierta que salieron corriendo de su departamento a las dos de la madrugada nunca se presentaron? ¿Dónde están y quiénes eran?»; y en el número trece: «¿Por qué Lula vestía una ropa distinta a la que llevaba al llegar a casa cuando cayó por el balcón?».

A medianoche, Strike estaba bebiéndose una lata de cerveza y leyendo sobre la polémica póstuma que había sobre Landry, de la que él había sido consciente cuando se estaba desarrollando, sin mostrar mucho interés. Se había desatado un escándalo una semana después de que la investigación diera el veredicto del suicidio sobre el anuncio de los productos del diseñador Guy Somé. Aparecían dos modelos posando en un callejón sucio, desnudas salvo por unas bolsas, bufandas y joyas estratégicamente colocadas. Landry estaba posada sobre un bote, Ciara Porter estaba tendida en el suelo. Las dos llevaban unas enormes y curvadas alas de ángel. Las de Porter de un blanco parecido al de los cisnes. Las de Landry de un negro verdoso que se va atenuando hacia un bronce brillante.

Strike se quedó mirando la fotografía un largo rato, tratando de analizar con precisión por qué el rostro de la muchacha muerta llamaba tanto la atención, cómo conseguía hacerse con el control de la imagen. De algún modo, hacía que la incongruencia y la teatralidad de la foto se volviera creíble. Realmente parecía como si hubiera sido lanzada desde el cielo porque era demasiado corrupta, porque codiciaba para sí los accesorios que agarraba. Ciara Porter, con toda su belleza de alabastro, no era más que un contrapunto. Con su palidez y su pasividad, parecía una estatua.

El diseñador, Guy Somé, había atraído muchas críticas sobre sí mismo, algunas de ellas despiadadas, por haber decidido utilizar la fotografía. Mucha gente pensaba que estaba capitalizando la reciente muerte de Lula y se burló de las manifestaciones de profundo afecto por Landry que el portavoz de Somé hizo en su nombre. Sin embargo, LulaMiInspiracionSiempre declaró que Lula habría querido que se utilizara la foto, que ella y Guy Somé habían sido amigos íntimos: «Lula quería a Guy como a un hermano y querría que él rindiera este último homenaje a su trabajo y a su belleza. Es una foto icónica y permanecerá por siempre manteniendo viva a Lula en el recuerdo de los que la quisimos».

Strike se bebió lo que le quedaba de cerveza y se quedó mirando las últimas cuatro palabras. Nunca había podido entender la supuesta intimidad que los admiradores sentían por aquellos a quienes nunca habían conocido. A veces, la gente se había referido a su padre como «el viejo Jonny» delante de él, sonriendo, como si estuvieran hablando de un amigo común, repitiendo gastadas historias y anécdotas de la presa como si ellos hubieran estado implicados personalmente. Un hombre en un pub de Trescothick le había dicho una vez a Strike: «Carajo, ¡conozco yo a tu padre mejor que tú!», porque podía decir quién era el músico contratado para tocar en el álbum más conocido de los Deadbeats y del que era famosa la anécdota de que Rokeby le había roto un diente cuando lo golpeó con el extremo de su saxofón con rabia.

Era la una de la mañana, Strike se había quedado casi sordo por el constante ruido del contrabajo dos pisos más abajo y los ocasionales crujidos y murmullos del ático de arriba, donde el gerente del bar disfrutaba de lujos como regaderazos y comida casera. Cansado, pero no aún no dispuesto a meterse en su *sleeping bag*, consiguió saber la dirección aproximada de Guy Somé con una posterior búsqueda en internet y vio la proximidad que había entre Charles Street y Kentigern Gardens. Después, escribió la dirección web www.arrse. co.uk, como un hombre que automáticamente va a su bar después de un largo turno de trabajo.

No había visitado el sitio del Servicio de Rumores del Ejército desde que Charlotte lo había descubierto meses antes mirándolo en la computadora y había reaccionado del modo en que otras mujeres lo habrían hecho si hubieran encontrado a sus parejas viendo pornografía por internet. Habían tenido una pelea, provocada por lo que ella entendía que era el anhelo de él por su anterior vida y su insatisfacción con la nueva.

Allí estaba la mentalidad del ejército con todo detalle, escrita con un lenguaje que él también sabía hablar con fluidez. Allí estaban los acrónimos que se había sabido de memoria, los chistes que los ajenos a aquello no podrían entender, cada asunto de interés de la vida militar, desde el padre a cuyo hijo estaban acosando en su colegio de Chipre hasta el maltrato retroactivo de la actuación del Primer Ministro en la investigación de la guerra de Irak. Strike fue de una entrada a otra, riéndose de vez en cuando pero consciente todo el tiempo de que estaba disminuyendo su resistencia ante el espectro que ahora podía sentir respirando detrás de su cuello.

Aquel había sido su mundo y había sido feliz en él. Pese a todas las incomodidades y privaciones de la vida militar, pese a todo lo que había resultado del ejército excepto la mitad de su pierna, no se arrepentía de un solo día de los que había pasado allí. Y sin embargo, no había sido miembro de aquella gente, ni siquiera cuando estaba entre ellos. Había sido invisible y, después, un uniforme, por el que la media de los soldados había sentido tanto temor como aversión.

«Si alguna vez la División de Investigaciones Especiales habla contigo, debes decir "Nada que comentar, quiero un abogado". O bien, bastará un simple "Gracias por decírmelo"».

Strike soltó una última carcajada y, después, de forma abrupta, salió del sitio y apagó la computadora. Estaba tan cansado que para quitarse la prótesis tardó del doble de tiempo de lo que era habitual.

9

El domingo por la mañana, que hacía un buen día, Strike se dirigió de nuevo a la Universidad de la London Union para darse un regaderazo. Una vez más, ensanchando su pecho y haciendo que sus rasgos pasaran a ser un ceño fruncido, se convirtió en una persona lo suficientemente intimidatoria como para repeler cualquier alto que le dieran al pasar con la mirada baja junto a la recepción. Hizo tiempo en los vestidores esperando a un momento de tranquilidad para no tener que bañarse a la vista de ninguno de los estudiantes que se estaban cambiando, pues la visión de su pierna falsa era un rasgo distintivo que no quería que quedara en la memoria de nadie.

Limpio y afeitado, tomó el metro hasta Hammersmith Broadway disfrutando del reflejo de la tentadora luz del sol a través de la cubierta de cristal del centro comercial por la que salió a la calle. Las lejanas tiendas de King Street estaban llenas de gente. Podría haberse tratado de un sábado. Aquella era una zona comercial bulliciosa e impersonal y, sin embargo, Strike sabía que estaba a solo diez minutos andando de una extensión tranquila y rural a la orilla del Támesis.

Mientras caminaban, con los coches retumbando a su lado, recordó los domingos de su infancia en Cornwall, cuando todo cerraba excepto la iglesia y la playa. El domingo había tenido en aquella época un sabor especial. Una tranquilidad que resonaba susurrante, el suave tintineo de la porcelana y el olor a salsa, la televisión tan aburrida como la vacía calle principal, y el incesante torrente de las olas de la playa cuando él y Lucy bajaban corriendo a la playa de guijarros y les obligaban a volver a sus rudimentarios recursos.

–Si Joan tiene razón y termino en el infierno, será siempre domingo en el maldito Saint Mawes –le había dicho su madre una vez.

Strike, que se alejaba del centro comercial en dirección al Támesis, llamó por teléfono a su cliente mientras caminaba.

–Aquí John Bristow.

–Sí, siento molestarlo durante el fin de semana, John...

–¿Cormoran? –preguntó Bristow cambiando inmediatamente a un tono más simpático–. ¡No hay problema! ¿Cómo le fue con Wilson?

–Muy bien, muy útil, gracias. Quería saber si podría ayudarme a encontrar a una amiga de Lula. Es una chica a la que conoció durante la terapia. Su nombre empieza por R, algo como Rachel o Raquelle... y vivía en el albergue de Saint Elmo de Hammersmith cuando Lula murió. ¿Le suena de algo?

Hubo un momento de silencio. Cuando Bristow volvió a hablar, la decepción de su voz rozaba el fastidio.

–¿Para qué quiere hablar con ella? Tansy dejó bastante claro que la voz que oyó arriba era de un hombre.

–No me interesa la chica como sospechosa, sino como testigo. Lula tuvo una cita con ella en una tienda, Vashti, justo después de verlo a usted en casa de su madre.

–Sí, lo sé. Eso ya salió en la investigación. Es decir... bueno, claro que usted sabe cuál es su trabajo, pero... La verdad es que no creo que ella sepa nada sobre lo que ocurrió esa noche. Mire, espere un momento, Cormoran... Estoy en casa de mi madre y hay aquí otras personas. Tengo que buscar un sitio más tranquilo...

Strike oyó sonidos de movimiento, el murmullo de un «disculpa» y Bristow volvió a hablar.

–Perdone, no quería decir todo esto delante de la enfermera. La verdad es que, cuando ha llamado, creía que sería usted otra persona que llamaba para hablarme de Duffield. Todo el mundo que me conoce me ha llamado para contármelo.

–¿Contarle qué?

–Está claro que usted no lee *News of the World*. Está todo ahí, y con fotografías. Resulta que Duffield vino ayer a visitar a mi madre, de repente. Había fotógrafos en la puerta. Ha causado muchas molestias entre mis vecinos. Yo había salido con Alison. De lo contrario, no lo habría dejado entrar.

–¿Qué quería?

–Buena pregunta. Tony, mi tío, cree que se trataba de dinero, pero Tony suele pensar que la gente solo busca dinero. En fin, yo tengo un poder notarial, así que no había nada que hacer. Dios sabe por qué habrá venido. Lo único bueno es que parece que mamá no se ha dado cuenta de quién es. Está bajo analgésicos extremadamente fuertes.

–¿Cómo había sabido la prensa que iba a ir?

–Esa es una muy buena pregunta –contestó Bristow–. Tony cree que él mismo la llamó.

–¿Cómo está su madre?

–Mal, muy mal. Dicen que puede estar así varias semanas o… o que podría pasar en cualquier momento.

–Lo siento –dijo Strike. Levantó la voz al transitar bajo un puente por el que el tráfico pasaba con gran ruido–. Bueno, si por casualidad recuerda el nombre de la amiga de Lula a la que vio en Vashti…

–Me temo que sigo sin comprender por qué tiene tanto interés en ella.

–Lula hizo que esta chica fuera desde Hammersmith hasta Notting Hill, pasó quince minutos con ella y, después, se fue. ¿Por qué no se quedó? ¿Por qué encontrarse para un espacio de tiempo tan corto? ¿Discutieron? Cualquier cosa fuera de lo normal que suceda alrededor de una muerte repentina puede ser relevante.

–Ya entiendo –dijo Bristow con voz vacilante–. Pero… en fin, ese tipo de comportamiento no era raro en Lula. Ya le dije que podía ser un poco… un poco egoísta. Era propio de ella pensar que una simple aparición podría contentar a esa chica. A menudo sentía ese tipo de breves entusiasmos por la gente, ¿sabe? Y después, los dejaba.

Su decepción por la línea de investigación elegida por Strike era tan evidente que el detective pensó que sería mejor intercalar algún tipo de justificación de los inmensos honorarios que su cliente estaba pagando.

–El otro motivo por el que llamaba era para decirle que mañana por la tarde me reúno con uno de los oficiales del Departamento de Investigación Criminal que se encargaron del caso. Eric Wardle. Espero poder hacerme con el expediente policial.

–¡Fantástico! –Bristow parecía impresionado–. ¡Eso es trabajar con rapidez!

–Sí, bueno, tengo contactos en la Policía Metropolitana.

–¡Entonces, podrá conseguir algunas respuestas sobre el Corredor! ¿Ha leído mis notas?

–Sí, muy útiles –contestó Strike.

–Y estoy tratando de concertar un almuerzo con Tansy Bestigui esta semana para que pueda verla y escuchar su testimonio de primera mano. Llamaré a su secretaria, ¿de acuerdo?

–Estupendo.

Para eso servía tener a una secretaria infrautilizada y que no se podía permitir, pensó Strike después de cortar la llamada. Daba una buena impresión de profesionalidad.

El Albergue de Saint Elmo para personas sin hogar resultó estar situado justo detrás del ruidoso paso elevado de concreto. Una sencilla imitación desproporcionada y contemporánea de la casa de Mayfair de Lula, de ladrillo rojo con revestimientos más modestos y sucios. No había escalones de piedra, ni jardín, ni vecinos elegantes. Solo una puerta astillada que se abría directamente a la calle, pintura descascarada sobre los alféizares de las ventanas y un aspecto de abandono. El mundo moderno y funcional lo había invadido hasta dejarlo encogido y deprimente, sin estar sincronizado con lo que le rodeaba, el paso elevado a solo unos metros, de modo que las ventanas superiores daban directamente a las vallas de concreto y a los coches que pasaban sin cesar. Le daba un toque inconfundiblemente institucional el gran interfón plateado que había junto a la puerta y la nada disimulada, fea y negra cámara con los cables colgando que estaba en el dintel dentro de una jaula de alambres.

Una joven demacrada con una úlcera en la comisura de la boca fumaba fuera de la puerta de entrada con un suéter sucio de hombre que le quedaba grande. Estaba apoyada en la pared con la mirada perdida en dirección al centro comercial que quedaba a apenas cinco minutos caminando y, cuando Strike pulsó el timbre para que le dejaran entrar en el albergue, ella le lanzó una mirada calculadora, evaluando al parecer su potencial.

Justo al entrar, había un vestíbulo pequeño, con olor a cerrado, suelo mugriento y paredes forradas de madera desgastada. Había dos puertas de cristal cerradas a izquierda y derecha, permitiéndole entrever una sala vacía y una habitación anexa de aspecto deprimente con una mesa llena de folletos, una vieja diana y una pared salpicada por abundantes agujeros.

Una mujer vulgar que mascaba chicle tras el mostrador leía el periódico. Pareció recelosa y mal predispuesta cuando Strike le preguntó si podría hablar con una chica cuyo nombre era algo parecido a Rachel y que había sido amiga de Lula Landry.

—¿Es usted periodista?

—No. Soy amigo de un amigo.

—En ese caso, debería saber su nombre, ¿no?

—¿Rachel? ¿Raquelle? Algo así.

Un hombre con entradas ingresó en la recepción detrás de la mujer recelosa.

—Soy detective privado —dijo Strike levantando la voz, y el hombre de las entradas lo miró interesado—. Aquí tiene mi tarjeta. Me ha contratado el hermano de Lula Landry y necesito hablar con...

—Ah, ¿está buscando a Rochelle? —preguntó el hombre de las entradas acercándose a la rejilla—. No está aquí, amigo. Se ha ido.

Su compañera, mostrando cierta irritación por la disposición de él para hablar con Strike, le cedió su lugar en el mostrador y desapareció de su vista.

—¿Cuándo?

—Ya hace varias semanas. Incluso un par de meses.

—¿Alguna idea de adónde ha ido?

—Ni idea, hombre. Probablemente esté durmiendo otra vez al aire libre. Ha ido y venido varias veces. Tiene una personalidad difícil. Problemas de salud mental. Pero puede que Carrianne sepa algo, espere. ¡Carrianne! ¡Oye! ¡Carrianne!

La joven pálida con la costra en el labio entró de tomar el sol con los ojos entrecerrados.

—¿Qué?

—Rochelle, ¿la has visto?

—¿Por qué iba yo a querer ver a esa puta de mierda?

—Entonces, ¿no la has visto? —preguntó el hombre medio calvo.

—No. ¿Tienes un cigarro?

Strike le dio uno. Ella se lo colocó detrás de la oreja.

—Sigue estando por aquí. Janine dice que la ha visto —dijo Carrianne—. Rochelle creía que tenía un departamento o algo así. Puta mentirosa de mierda. Y que Lula Landry le dejó todo. No. ¿Para qué quieres a Rochelle? —le preguntó a Strike. Y quedó claro que se estaba preguntando si estaba relacionado con dinero y si ella podría servir.

—Solo para hacerle unas preguntas.

–¿De qué?

–De Lula Landry.

–Ah –dijo Carrianne y sus ojos calculadores parpadearon–. No eran tan jodidamente amigas. No te creas todo lo que dice Rochelle, esa puta mentirosa.

–¿Sobre qué cosas miente?

–De todo, carajo. Creo que robó la mitad de las cosas que dice que le regaló Landry.

–Vamos, Carrianne –dijo el hombre calvo con voz conciliadora–. Sí que eran amigas –le dijo a Strike–. Landry solía venir a recogerla en su coche –explicó con una mirada vacilante a Carrianne y algo de tensión.

–Yo creo que no era así –replicó Carrianne–. Yo creo que Landry era una puta presuntuosa. Ni siquiera era tan guapa.

–Rochelle me dijo que tenía una tía en Kilburn –dijo el hombre.

–Pero no se lleva bien con ella –aclaró la chica.

–¿Tiene el nombre o la dirección de la tía? –preguntó Strike, pero los dos negaron con la cabeza–. ¿Cómo se apellida Rochelle?

–Yo no lo sé. ¿Y tú, Carrianne? A menudo, conocemos a la gente solo por su nombre de pila –le explicó a Strike.

Había poco más que averiguar con ellos. Rochelle había estado por última vez en el albergue más de dos meses antes. El hombre calvo sabía que había estado un tiempo en un hospital de día de Saint Thomas, aunque no tenía ni idea de si seguía yendo allí.

–Ha sufrido episodios psicóticos. Toma mucha medicación.

–Le dio igual cuando Lula murió –dijo Carrianne de repente–. No le importó un comino.

Los dos hombres la miraron. Ella se encogió de hombros, como quien simplemente hubiera expresado una verdad difícil de aceptar.

–Miren, si Rochelle vuelve a aparecer, ¿le pueden dar mis datos y pedirle que me llame?

Strike le dio a los dos su tarjeta, que ellos examinaron con interés. Mientras seguían con la atención puesta en ellas, él jaló hábilmente el ejemplar de *News of the World* de la mujer que mascaba chicle sacándolo por debajo de la rejilla y se lo puso debajo del brazo. A continuación, se despidió alegremente de los dos y se fue.

Era una agradable tarde de primavera. Strike siguió caminando en dirección al puente de Hammersmith, con su pálida pintura de color verde salvia y sus pintorescos dorados que brillaban a la luz del sol. Un cisne se movía por el Támesis junto a la otra orilla. Las oficinas y tiendas parecían estar a kilómetros de distancia. Giró a la derecha y continuó por el paseo que había junto al río y una hilera de edificios bajos del margen, algunos con balcones o cubiertos de glicinias.

Strike se pidió una pinta en el Blue Anchor y se sentó en la puerta en un banco de madera mirando hacia el agua y dando la espalda a la fachada azul marino y blanca. Se encendió un cigarro y abrió la cuarta página del periódico, donde una fotografía de Evan Duffield –cabeza agachada, gran ramo de flores blancas en la mano, abrigo negro que se movía al viento detrás de él– estaba precedida por el titular: «DUFFIELD VISITA A LA MADRE DE LULA EN SU LECHO DE MUERTE».

El artículo era anodino. En realidad, nada más que una leyenda extendida de lo que era la foto. El lápiz de ojos y el gabán que se movía al andar, la expresión de ligera angustia y atontamiento, recordaba al aspecto que había tenido en el funeral de su novia fallecida. Lo describían en unas cuantas líneas más abajo, como «el afligido actor y músico Evan Duffield».

El celular de Strike vibró en su bolsillo y lo sacó. Había recibido un mensaje de texto de un número desconocido.

«*News of the World* página cuatro Evan Duffield. Robin».

Sonrió ante la pequeña pantalla antes de volver a guardarse el teléfono en el bolsillo. El sol le calentaba la cabeza y los hombros. Las gaviotas graznaban y daban vueltas por encima de su cabeza y Strike, feliz por saber que no tenía que ir a ningún sitio y que nadie lo esperaba, se dispuso a leer de principio a fin el periódico sobre aquel banco al sol.

10

Robin estaba de pie balanceándose con el resto de viajeros que iban en el metro de Bakerloo en dirección norte, todos con la expresión tensa y triste propia de un lunes por la mañana. Oyó cómo sonaba el teléfono que llevaba en el bolsillo de su abrigo y lo sacó con dificultad, presionando desagradablemente con el codo sobre alguna parte flácida y sin especificar de un hombre vestido con traje y de mal aliento que iba junto a ella. Cuando vio que el mensaje era de Strike se sintió emocionada por un momento, casi tanto como lo había estado cuando vio a Duffield en el periódico el día anterior. Después, bajó la pantalla y leyó:

«He salido. Llave bajo el tanque del baño. Strike».

No volvió a guardarse el teléfono en el bolsillo, sino que continuó con él en la mano mientras el tren seguía traqueteando por oscuros túneles y ella trataba de no respirar la halitosis del hombre flácido. Estaba contrariada. El día anterior, ella y Matthew habían almorzado en compañía de dos amigos de la universidad de Matthew en su gastrobar favorito, el Windmill on the Common. Cuando Robin vio la foto de Evan Duffield en un ejemplar abierto del *News of the World* en una mesa cercana, se excusó jadeante en medio de una de las historias de Matthew y salió corriendo a mandarle a Strike un mensaje.

Matthew dijo que había hecho muestra de malos modales, cosa que empeoró al no explicar adónde iba, manteniendo así ese absurdo aire de misterio.

Robin se agarró con fuerza al pasamanos y, cuando el tren aminoró la marcha y su pesado vecino se echó sobre ella, se sintió tan estúpida como resentida con los dos hombres, especialmente con el detective, que evidentemente no estaba interesado en los movimientos inusuales del exnovio de Lula Landry.

Después de haber avanzado a través del habitual caos y los escombros de Denmark Street, sacar la llave de detrás del tanque, tal y como le habían dicho, y sufrir de nuevo el desprecio de una chica de la oficina de Freddie Bestigui que le habló con tono de superioridad, Robin estaba de verdadero mal humor.

Aunque él no lo sabía, Strike estaba en ese mismo momento pasando junto al escenario de los momentos más románticos en la vida de Robin. Los escalones de debajo de la estatua de Eros estaban llenos de adolescentes italianos esa mañana cuando Strike pasó por la parte de Saint James en dirección a Glasshouse Street.

La entrada del Barrack, la discoteca que a Deeby Macc le había gustado tanto que había permanecido allí varias horas recién bajado del avión desde Los Ángeles, estaba a un corto paseo desde Piccadilly Circus. La fachada parecía como si estuviera hecha de cemento industrial y el nombre resaltaba con sus brillantes letras negras colocadas en vertical. La discoteca subía más de cuatro plantas. Tal y como Strike había esperado, la puerta tenía encima cámaras de un circuito cerrado de televisión cuyo alcance, pensó, cubriría la mayor parte de la calle. Rodeó el edificio para ver las salidas de emergencia y hacerse una composición aproximada de la zona.

Tras una segunda y larga sesión de internet la tarde anterior, Strike creía tener una idea general sobre el interés en Lula Landry que Deeby Macc había declarado tener públicamente. El rapero había mencionado a la modelo en las letras de tres canciones, en dos álbumes distintos. También había hablado de ella en entrevistas describiéndola como su mujer ideal y su alma gemela. Era difícil calibrar lo en serio que Macc pretendía que lo tomaran cuando hacía ese tipo de comentarios. Se debía dar un margen en todas las entrevistas impresas que Strike había leído, primero por el sentido del humor del rapero, que era tan seco como taimado y, en segundo lugar, por el asombro teñido de miedo que cada entrevistador parecía sentir cuando se enfrentaba a él.

Como antiguo miembro de bandas callejeras que había sido encarcelado por delitos de armas y drogas en su ciudad de Los Ángeles, Macc era ahora multimillonario, con varios negocios lucrativos aparte de su carrera en la música. No había duda de que la prensa se había «emocionado», por usar la expresión de Robin, cuando se había filtrado la noticia de que la compañía de discos de Macc había alquilado el departamento de debajo de Lula. Hubo mucha especulación rabiosa sobre lo que podría pasar cuando Deeby Macc se encontrara a un piso de distancia de su supuesta mujer soñada y cómo este nuevo elemento incendiario podría afectar a la volátil relación entre Landry y Duffield. Todas estas no noticias habían estado llenas de comentarios indudablemente falsos de amigos de los dos –«él ya la ha llamado y le ha pedido que vaya a cenar con él», «ella está preparando una pequeña fiesta para él en su departamento para cuando llegue a Londres». Tales especulaciones casi habían eclipsado el frenesí de comentarios encolerizados de columnistas varios de que el cantante dos veces convicto, cuya música –decían– ensalzaba su pasado criminal, no iba a entrar en el país.

Cuando decidió que las calles que rodeaban el Barrack no tenían más que decirle, Strike continuó a pie, tomando notas de las líneas amarillas de estacionamiento en los alrededores, de las restricciones de estacionamiento los viernes por la noche y de los establecimientos cercanos que también tenían sus propias cámaras de seguridad. Una vez terminadas sus notas, pensó que se había ganado una taza de té y un rollito de tocino que cargaría en los gastos y de las dos cosas disfrutó en una pequeña cafetería mientras leía un ejemplar abandonado del *Daily Mail*.

Le sonó el teléfono cuando comenzaba con su segunda taza de té, a mitad del alegre relato de la metedura de pata del Primer Ministro al llamar «intolerante» a una anciana votante sin darse cuenta de que seguía teniendo el micrófono encendido.

Una semana antes, Strike había dejado que las llamadas de su no deseada trabajadora temporal fueran al buzón de voz. Hoy, contestó.

–Hola, Robin, ¿cómo estás?

–Bien. Solo llamo para darle sus mensajes.

–Dispara –dijo Strike mientras sacaba un bolígrafo.

–Acaba de llamar Alison Cresswell, la secretaria de John Bristow, para decirle que ha reservado una mesa en Cipriani mañana a la una, así podrá presentarle a Tansy Bestigui.

–Estupendo.

–He intentado hablar de nuevo con la productora de Freddie Bestigui. Se están enojando. Dicen que está en Los Ángeles. He dejado otro mensaje pidiendo que lo llame.

–Bien.

–Y volvió a llamar Peter Gillespie.

—Ajá —dijo Strike.

—Dice que es urgente y que si puede devolverle la llamada lo antes posible.

Strike pensó en pedirle que devolviera la llamada a Gillespie para mandarlo a la mierda.

—Sí, lo haré. Oye, ¿podrías enviarme en un mensaje la dirección de la discoteca Uzi?

—De acuerdo.

—Y trata de buscar el número de un tipo llamado Guy Somé. Es un diseñador.

—Se pronuncia «Gui» —lo corrigió Robin.

—¿Qué?

—Su nombre de pila. Se pronuncia como en francés: «Gui».

—Ah, de acuerdo. Bueno, ¿podrías buscarme un número de contacto suyo?

—Bien —contestó Robin.

—Pregúntale si estaría dispuesto a hablar conmigo. Déjale un mensaje diciendo quién soy y quién me ha contratado.

Strike no pasó por alto el hecho de que el tono de Robin era frío. Tras uno o dos segundos, pensó que podría saber el motivo.

—Por cierto, gracias por el mensaje que me enviaste ayer —dijo—. Siento no haberte contestado. Habría parecido raro que me pusiera a escribir un mensaje en el sitio donde me encontraba. Pero si puedes llamar a Nigel Clements, el agente de Duffield, y pedirle una cita, sería también estupendo.

La animadversión de ella desapareció de inmediato, tal y como él pretendía. Su voz se volvió muchos grados más cálida cuando volvió a hablar. De hecho, casi rozaba la excitación.

—Pero Duffield no ha podido tener nada que ver con ello, ¿no? ¡Tiene una coartada irrebatible!

—Sí, bueno. Eso ya lo veremos —contestó Strike deliberadamente siniestro—. Y oye, Robin, si llega otra amenaza de muerte… normalmente llegan los lunes…

—¿Sí?

—Guárdala —dijo Strike.

No podía estar seguro. Parecía poco probable. Él la tenía por una mujer muy remilgada, pero creyó oírla murmurar: «Pues chíngate», al colgar.

Strike pasó el resto del día ocupado con tediosos pero necesarios trabajos preliminares. Cuando Robin le envió la dirección, visitó su segunda discoteca del día, esta vez en South Kensington. El contraste con la de Barrack era tremendo. La discreta entrada de Uzi podría haber sido la de una elegante casa privada. Había cámaras de seguridad encima de sus puertas también. Strike tomó después un autobús hasta Charles Street, donde estaba bastante seguro que vivía Guy Somé y paseó por lo que supuso que era la ruta más directa entre la dirección del diseñador y la casa donde había muerto Landry.

De nuevo la pierna le dolía mucho a última hora de la tarde y se detuvo a descansar y a comer más sandwiches antes de salir para el Feathers, cerca de Scotland Yard, y su cita con Eric Wardle.

Se trataba de otro pub victoriano, esta vez con enormes ventanales que casi llegaban desde el suelo hasta el techo y que daban a un enorme edificio gris de los años veinte decorado con estatuas de Jaco Epstein. La más cercana estaba por encima de las puertas y miraba hacia abajo y hacia las ventanas del pub. Una feroz deidad sentada era abrazada por su hijo pequeño, cuyo cuerpo estaba retorcido de forma extraña hacia atrás mostrando sus genitales. La erosión del tiempo había suavizado cualquier tipo de impacto.

Dentro del Feathers, sonaba el tintineo de las máquinas que reflejaban luces de colores. Las televisiones de plasma colocadas en la pared rodeadas de cuero acolchado emitían un partido del West Bromwich Albion contra el Chelsea sin sonido, mientras Amy Winehouse vibraba y gemía por unos altavoces ocultos. Los nombres de las cervezas estaban pintados en la pared de color crema por encima de la larga barra, que estaba enfrente de la amplia escalera de madera oscura con escalones en curva y un barandal de metal brillante que conducía al primer piso.

Strike tuvo que esperar a que le sirvieran, lo cual le dio tiempo a mirar a su alrededor. El lugar estaba lleno de hombres, la mayoría de los cuales tenía un corte de pelo de estilo militar, pero un trío de chicas con bronceado de color mandarina estaban alrededor de una mesa alta echándose hacia atrás su cabello lacio y oxigenado, cambiando innecesariamente el peso de su cuerpo sobre sus bamboleantes tacones con sus vestidos ajustados de lentejuelas. Fingían no saber que el único bebedor solitario, un hombre atractivo y de aspecto juvenil, las estaba examinando, punto por punto, con ojos expertos. Strike pidió una pinta de Doom Bar y se acercó al valuador de las chicas.

–Cormoran Strike –se presentó al llegar a la mesa de Wardle. Éste tenía el tipo de pelo que Strike envidiaba en otros hombres. Nadie habría llamado nunca a Wardle «Cabeza de vello púbico».

–Sí, pensé que sería usted –contestó el policía estrechando su mano–. Anstis me dijo que era un tipo corpulento.

Strike acercó un taburete de la barra.

–Entonces, ¿qué tiene para mí? –preguntó Wardle sin preámbulos.

–Hubo un asesinato por apuñalamiento en Ealing Broadway el mes pasado. Un tipo llamado Liam Yates, ¿no? Un confidente de la policía.

–Sí, le clavaron un cuchillo en el cuello. Pero sabemos quién lo hizo –dijo Wardle riéndose de modo condescendiente–. La mitad de los delincuentes de Londres lo saben. Si es esa su información…

–Pero no saben dónde está, ¿verdad?

Echando un rápido vistazo a las chicas decididamente inconscientes, Wardle sacó un cuaderno del bolsillo.

–Continúe.

–Hay una chica que trabaja en el Betbusters de Hackney Road llamada Shona Holland. Vive en un departamento alquilado a dos calles de la casa de apuestas. Tiene en este momento un invitado en casa que no es bienvenido y que se llama Brett Fearney y que solía dar palizas a la hermana de ella. Al parecer, no es el tipo de personas que rechaza un favor.

–¿Tiene la dirección completa? –preguntó Wardle, que escribía a toda velocidad.

–Le acabo de dar el nombre de la inquilina y la mitad del distrito postal. ¿Qué tal si prueba a hacer un poco de detective?

–¿Y dónde dice que se enteró de esto? –preguntó Wardle, aún garabateando en el cuaderno que guardaba equilibrio bajo la mesa y sobre su rodilla.

–No se lo he dicho –contestó Strike con ecuanimidad y dando un sorbo a su cerveza.

–Tiene usted amigos interesantes, ¿no?

–Mucho. Ahora, si hacemos un intercambio justo…

Wardle, volviéndose a meter el cuaderno en el bolsillo, soltó una carcajada.

–Lo que me acaba de dar puede ser un montón de mierda.

–No lo es. Juegue limpio, Wardle.

El policía se quedó mirando a Strike un momento, al parecer debatiéndose entre la diversión y el recelo.

–¿Qué está buscando?

–Se lo dije por teléfono. Algo de información privilegiada sobre Lula Landry.

–¿No lee los periódicos?

–He dicho información privilegiada. Mi cliente cree que hubo juego sucio.

La expresión de Wardle se endureció.

–Un enganchado a la prensa sensacionalista, ¿no?

–No –contestó Strike–. Es su hermano.

–¿John Bristow?

Wardle dio un largo trago a su pinta con los ojos fijos en los muslos de la muchacha más cercana y con su anillo de casado reflejando las luces rojas de una máquina de pinball.

–¿Sigue obsesionado con la grabación del circuito cerrado de televisión?

–Lo ha mencionado –admitió Strike.

–Intentamos identificar a esos dos tipos negros –dijo Wardle–. Les enviamos un citatorio. Ninguno de los dos apareció. No fue ninguna sorpresa. Saltó la alarma de un coche en el momento en que pasaban junto a él o cuando trataban de abrirlo. Un Maserati. Muy jugoso.

–Se cree que estaban robando coches, ¿no?

–Yo no digo que fueran allí específicamente a robar coches. Puede que lo consideraran una oportunidad, que lo vieran allí estacionado. ¿Qué idiota deja un Maserati estacionado en la calle? Pero eran casi las dos de la mañana, la temperatura estaba por debajo de los cero grados y no se me ocurren muchas razones inocentes por las que dos hombres decidieran verse a esas horas en una calle de Mayfair donde ninguno de los dos vivía, por lo que pudimos averiguar.

–¿Ninguna idea de dónde venían o adónde fueron después?

–Estamos casi seguros de que el tipo con el que Bristow se ha obsesionado, el que caminaba en dirección al departamento de ella justo antes de que cayera, se bajó del autobús treinta y ocho en Wilson Street a las once y cuarto. No se sabe lo que hizo antes de pasar junto a la cámara que hay al final de Bellamy Road una hora y media después. Volvió a pasar a toda velocidad unos diez minutos después de que Landry saltara, fue corriendo por Bellamy Road y lo más probable es que girara a la derecha en Weldon Street. Hay grabaciones de un tipo que concuerda más o menos con su descripción, alto, negro, con gorro y una bufanda alrededor de la cara, que se tomó en Theobold Road unos veinte minutos después.

—Fue a buen ritmo si llegó a Theobold Road en veinte minutos —observó Strike—. Eso está en dirección a Clerkenwell, ¿no? Deben ser tres o cuatro kilómetros. Y las aceras estaban heladas.

—Sí, bueno, puede que no fuera él. Las imágenes son una mierda. Bristow pensó que era muy sospechoso que llevara la cara cubierta, pero esa noche hacía diez grados bajo cero y yo mismo llevé un pasamontañas para trabajar. De todos modos, estuviera o no en Theobold Road, nunca se presentó nadie para decir que lo había reconocido.

—¿Y el otro?

—Salió corriendo por Halliwell Street y recorrió unos doscientos metros. No tenemos ni idea de adónde fue después.

—¿Ni de cuándo llegó a la zona?

—Podría haber venido de cualquier sitio. No tenemos más grabaciones de él.

—¿No se supone que hay diez mil cámaras de circuito cerrado de televisión en Londres?

—No están todavía por todas partes. Las cámaras no son la respuesta a nuestros problemas, a menos que tengan un buen mantenimiento y se controlen. La que está en Garriman Street no funcionaba y no hay ninguna en Meadowfield Road ni en Hartley Street. Usted es como todos los demás, Strike. Quiere sus libertades civiles cuando le dijo a su mujer que está en la oficina y lo que está es en un local de striptease, pero quiere vigilancia de veinticuatro horas sobre su casa cuando alguien está tratando de entrar por la ventana de su baño. No se puede tener las dos cosas.

—Yo no busco ninguna de las dos —dijo Strike—. Solo le estoy preguntando qué sabe del corredor número dos.

—Cubierto hasta los ojos, como su amigo. Lo único que se le ven son las manos. Si yo hubiera sido él y tuviera cargo de conciencia por lo del Maserati, me habría refugiado en un bar y habría salido con un grupo de gente. Hay un local que se llama Bojo's en Halliwell Street donde podría haber ido y haberse mezclado con los clientes. Lo verificamos –dijo Wardle anticipándose a la pregunta de Strike–. Nadie lo reconoció en las imágenes.

Dieron un trago durante un momento de silencio.

–Aunque lo hubiéramos encontrado, lo más que podíamos haber conseguido de ellos es una declaración como testigos de la caída de ella. No había ningún ADN extraño en su departamento. No ha estado nadie en esa casa que no debiera haberlo hecho.

–No es solo el circuito cerrado de televisión lo que mueve a Bristow –dijo Strike–. Ha estado viéndose con Tansy Bestigui.

–No me hable de la pinche Tansy Bestigui –contestó Wardle con tono irritado.

–Voy a hablarle de ella porque mi cliente cree que dice la verdad.

–Todavía está con eso, ¿no? ¿Aún no se ha rendido? Le voy a hablar yo de la señora Bestigui, ¿de acuerdo?

–Adelante –dijo Strike envolviendo con una mano su cerveza junto a su pecho.

–Carver y yo llegamos al lugar unos veinte o veinticinco minutos después de que Landry cayera. La policía uniformada ya estaba allí. Tansy Bestigui seguía histérica cuando la vi, refunfuñando, temblando y gritando que había un asesino en el edificio.

»Declaró que se levantó de la cama sobre las dos y fue a orinar al baño. Oyó gritos procedentes de dos pisos más arriba y vio por la ventana el cuerpo de Landry cayendo.

»Las ventanas de esos departamentos son de triple acristalamiento o algo así. Están diseñadas para mantener el calor y el aire acondicionado en el interior y el ruido de la chusma fuera. Cuando la estábamos entrevistando, la calle de abajo estaba llena de patrullas y de vecinos, pero no podría saberse desde allí, salvo por el reflejo de las luces azules. Podríamos haber estado dentro de una pinche pirámide de ser por el ruido que se oía desde dentro de esa casa.

»Así que, le dije: "¿Está segura de que ha oído gritos, señora Bestigui? Porque este piso parece bastante bien insonorizado".

»No se desdijo. Juró haber oído cada palabra. Según ella, Landry gritó algo así como: "Llegas demasiado tarde" y la voz de un hombre respondió: "Eres una puta mentirosa". Lo llaman alucinaciones auditivas –dijo Wardle–. Empiezas a oír cosas cuando te metes tanta coca que tu cerebro empieza a gotearte por la nariz.

Dio otro trago largo a su pinta.

–De todos modos, demostramos sin ninguna duda que ella no pudo haberlo oído. Los Bestigui se fueron a casa de un amigo al día siguiente para huir de la prensa, así que dejamos a unos tipos en su departamento y a otro en el balcón de Landry gritando a todo pulmón. Los del primero no pudieron oír una sola palabra de lo que decía y estaban completamente sobrios y esforzándose por oír.

»Pero mientras demostrábamos que lo que ella decía no valía nada, la señora Bestigui llamó a medio Londres para contar que era la única testigo del asesinato de Lula Landry. La prensa ya estaba en ello, porque algunos de los vecinos la habían oído gritar que había un intruso. Los periódicos habían juzgado y condenado a Evan Duffield antes de que pudiéramos volver a contactar con la señora Bestigui.

»Le explicamos que habíamos demostrado que no podía haber oído lo que decía que había oído. Pues nada, ella no estaba dispuesta a admitir que todo había sido cosa de su cabeza. Tenía ya mucha presión, con la prensa arremolinándose en la puerta de su casa como si ella fuera Lula Landry reencarnada. Así que, volvió con su: "Ah, ¿es que no lo dije? Las abrí. Sí, abrí las ventanas para tomar el aire".

Wardle soltó una carcajada mordaz.

–Temperaturas bajo cero en la calle y nevando.

–Y estaba en ropa interior, ¿no?

–Parecía un fideo con dos mandarinas de plástico colgando –dijo Wardle con una sonrisa que le salió tan fácilmente que Strike estuvo seguro de que no era ni mucho menos el primero que escuchaba aquello–. Seguimos adelante y comprobamos la nueva declaración. Buscamos huellas y ciertamente no había abierto las ventanas. No había huellas en los cierres ni en ningún otro sitio. La sirvienta las había limpiado la mañana de antes de la muerte de Landry y no se habían tocado desde entonces. Como las ventanas estaban cerradas con seguro cuando llegamos, solo cabía una conclusión, ¿no? La señora Tansy Bestigui es una puta mentirosa.

Wardle vació su vaso.

–Tómese otra –dijo Strike y se dirigió a la barra sin esperar respuesta.

Vio la mirada de curiosidad de Wardle sobre la parte inferior de sus piernas al volver a la mesa. En otras circunstancias, podría haber golpeado con su prótesis contra la pata de la mesa y haber dicho: «Es esta». En lugar de ello, colocó dos nuevas pintas y unos chicharrones de cerdo que, para fastidio suyo, los habían servido en un pocillo blanco y continuaron por donde lo habían dejado.

–Pero está claro que Tansy Bestigui vio pasar a Landry por su ventana al caer, ¿no? Porque Wilson cree que oyó caer el cuerpo justo antes de que la señora Bestigui empezara a gritar.

–Puede que lo viera, pero no estaba orinando. Se estaba haciendo un par de rayas de coca en el baño. Las encontramos allí, cortadas y listas para metérselas.

–¿Las dejó allí?

–Sí. Supuestamente, el hecho de ver el cuerpo pasar por su ventana la despistó.

–¿La ventana es visible desde el baño?

–Sí. Bueno, bastante.

–Ustedes llegaron bastante rápido, ¿no?

–Los uniformados llevaban allí unos ocho minutos y Carver y yo llegamos en unos veinte –Wardle levantó el vaso, como para brindar por la eficacia del cuerpo de policía.

–He hablado con Wilson, el guardia de seguridad –dijo Strike.

–¿Sí? No lo hizo mal –comentó Wardle con cierta condescendencia–. No fue culpa suya que tuviera diarrea. Pero no tocó nada y realizó un buen registro justo después de que ella saltara. Sí, actuó bien.

–Él y sus compañeros han sido un poco lentos con los códigos de la puerta.

–Todos lo son. Demasiadas claves y códigos para recordar. Sé lo que se siente.

–Bristow está interesado en las posibilidades que brinda el cuarto de hora que Wilson estuvo en el escusado.

–Nosotros también lo estuvimos, durante cinco minutos, antes de que tuviéramos claro que la señora Bestigui era una cocainómana deseando llamar la atención.

–Wilson mencionó que la puerta de la piscina no estaba cerrada con llave.

–¿Puede explicar cómo un asesino pudo entrar en la zona de la piscina sin pasar por su lado? Una pinche piscina –dijo Wardle– casi tan grande como la que hay en mi gimnasio, y todo para que la usen tres putas personas. Y gimnasio en la planta baja detrás del mostrador de seguridad. Un jodido estacionamiento en el sótano. Departamentos con acabados de mármol y mierdas así como si... como si fuera un hotel de cinco estrellas.

El policía negó muy despacio con la cabeza mientras pensaba en la desigual distribución de las riquezas.

–Otro mundo.

–Yo tengo interés por el departamento de la planta intermedia –dijo Strike.

–¿El de Deeby Macc? –preguntó Wardle, y Strike se sorprendió al ver una sonrisa de auténtica cordialidad dibujándose en el rostro del policía–. ¿Qué pasa con él?

–¿Entraron ustedes en él?

–Eché un vistazo, pero Bryant ya lo había registrado. Las ventanas estaban cerradas y la alarma estaba encendida y funcionaba perfectamente.

–¿Es Bryant el que dio un golpe a la mesa y destrozó el enorme ramo de flores?

Wardle soltó un bufido.

–Se enteró, ¿no? El señor Bestigui no se mostró muy contento con eso. Sí. Doscientas rosas blancas en un jarrón de cristal del tamaño de un bote de basura. Al parecer, había leído que Macc pide rosas blancas en su cláusula. Su cláusula –repitió Wardle como si el silencio de Strike indicara la ignorancia del tipo sobre lo que aquella palabra significaba–. Las cosas que piden para sus camerinos. Habría supuesto que usted sabe lo que son esas cosas.

Strike no hizo caso de la insinuación. Había esperado algo mejor de parte de Anstis.

–¿Alguien supo por qué Bestigui quería que Macc tuviera rosas?

–Solo para adularlo. Probablemente quería a Macc para una película. Se enojó mucho cuando supo que Bryant las había destrozado. Se puso a gritar por toda la casa cuando se enteró.

–¿A nadie le parece raro que se molestara por un ramo de flores cuando su vecina estaba tirada en la calle con la cabeza destrozada?

–Es un cabrón repugnante ese Bestigui –dijo Wardle con vehemencia–. Acostumbrado a que la gente dé un brinco cuando él habla. Intentó tratarnos a todos como si fuéramos sus empleados, hasta que se dio cuenta de que eso no era lo más inteligente.

»Pero los gritos no eran en realidad por las flores. Estaba tratando de eclipsar a su mujer, de darle la oportunidad de que se calmara. No paraba de ponerse entre ella y cualquiera que quisiera interrogarla. Un tipo grande también, ese Freddie.

–¿Qué le preocupaba tanto?

–Que cuanto más berreara ella y temblara como un galgo congelado, más evidente era que estaba hasta atrás de coca. Debía saber que se encontraría por algún lugar del departamento. No debía estar muy contento teniendo a la Policía Metropolitana irrumpiendo en su casa. Así que, trató de despistar a todos con un berrinche por su ramo de quinientas libras.

»He leído en algún sitio que se va a divorciar de ella. No me sorprende. Está acostumbrado a que la prensa se ande con pies de plomo con él porque es un cabrón litigante. No debió gustarle atraer tanta atención al ver que Tansy no dejaba el pico cerrado. La prensa se aprovechó todo lo que pudo. Volvió a sacar antiguas historias de él lanzándole los platos a sus subordinados. Puñetazos en reuniones. Dicen que pagó a su anterior mujer una enorme suma de dinero para que no hablara de su vida sexual en el juicio. Es muy conocido por ser una verdadera mierda.

–¿No le pareció que podía ser sospechoso?

–Sí que lo creímos. Estaba en el lugar de los hechos y tenía mala reputación por ser violento. Pero nunca pareció que fuera posible. Si su mujer supiese que lo había hecho él o que no estaba en el departamento en el momento en que Landry cayó, estoy seguro de que nos lo habría dicho. Estaba fuera de control cuando llegamos. Pero dijo que él estaba acostado y la ropa de la cama estaba desarreglada y con aspecto de que habían dormido en ella.

»Además, si él hubiera conseguido salir a escondidas del departamento sin que ella se diera cuenta y hubiera subido a casa de Landry, nos vemos con el problema de cómo pasó al lado de Wilson. No pudo tomar el elevador, así que se habría cruzado con Wilson al bajar por la escalera.

–¿Así que queda excluido por una cuestión de tiempo?

Wardle vaciló.

–Bueno, hay una pequeña posibilidad. Pequeña. Suponiendo que Bestigui pueda moverse más rápido que la mayoría de los hombres de su edad y peso y que empezara a correr en el momento en que la empujó. Pero sigue estando el hecho de que no encontramos su ADN en ninguna parte del departamento, la pregunta de cómo salió de casa sin que su mujer supiera que se había ido, y el pequeño asunto de por qué Landry iba a dejarlo pasar. Todos sus amigos coinciden en que a ella no le gustaba. –Wardle se terminó lo que le quedaba de cerveza–. De todos modos, Bestigui es del tipo de hombres que contratarían a un asesino si quisieran eliminar a alguien. No se mancharía las manos.

–¿Y otro?

Wardle miró su reloj.

–Me toca pagar –dijo, y se acercó a la barra. Las tres jóvenes que estaban alrededor de la mesa alta se quedaron en silencio, mirándolo con avidez. Wardle les lanzó una sonrisa de suficiencia cuando volvía con las bebidas y ellas lo miraron de arriba abajo cuando regresó al taburete que había al lado de Strike.

–¿Qué le parecería Wilson como posible asesino? –le preguntó Strike al policía.

–Mal –contestó Wardle–. No podría haber subido y bajado lo suficientemente rápido como para encontrarse con Tansy Bestigui en la planta baja. Eso sí, su currículum es un disparate. Lo contrataron basándose en que era un expolicía, pero nunca estuvo en el cuerpo.

–Interesante. ¿Dónde estuvo?

–Lleva años dando vueltas por el sector de la seguridad. Admitió haber mentido para conseguir su primer trabajo, hace unos diez años, y lo ha dejado en su currículum.

–Parece que le gustaba Landry.

–Sí. Es mayor de lo que parece –respondió Wardle sin una intención seria–. Es abuelo. Los caribeños no aparentan la edad como nosotros. No diría que es mayor que usted –Strike se preguntó inútilmente qué edad pensaba Wardle que tenía.

–¿Mandó a los forenses a que vieran su departamento?

–Sí –respondió Wardle–, pero solamente fue porque los superiores querían que todo quedara fuera de ninguna duda. En menos de veinticuatro horas supimos que tenía que haber sido un suicidio. Pero fuimos más allá, mientras todo el mundo nos observaba.

Hablaba con un orgullo mal disimulado.

–La sirvienta había estado por toda la casa esa mañana… una polaca atractiva que habla muy mal nuestro idioma pero que es tremendamente meticulosa con el plumero. Así que las huellas de ese día resaltaban claramente. Nada fuera de lo normal.

—Las huellas de Wilson estaban allí. ¿Se supone que es porque fue a registrar la casa después de que ella cayera?

—Sí, pero en ningún sitio que fuera sospechoso.

—Entonces, por lo que a usted respecta, solo había tres personas en todo el edificio cuando ella cayó. Deeby Macc debería haber estado allí, pero…

—… fue directo desde el aeropuerto hasta una discoteca, sí —le interrumpió Wardle. De nuevo, una amplia sonrisa, al parecer involuntaria, le iluminó el rostro—. Interrogué a Deeby en el Claridges al día siguiente de que ella muriera. Un tipo enorme. Como usted —dijo echando un vistazo al corpulento torso de Strike—, pero más en forma —Strike acusó el golpe sin objeción—. Todo un exmafioso. Ha estado entrando y saliendo de la cárcel en Los Ángeles. Casi no le dan la visa para entrar en el Reino Unido.

»Llevaba un séquito con él —continuó Wardle—. Todos dando vueltas por la habitación, con anillos en todos los dedos y tatuajes en el cuello. Pero él era el más grande. Deeby daría bastante miedo si te lo encontraras en un callejón. Diez mil veces más educado que Bestigui. Me preguntó cómo demonios yo podía hacer mi trabajo sin pistola.

El policía sonreía. Strike no puedo evitar llegar a la conclusión de que Eric Wardle, del Departamento de Investigación Criminal, era en este caso tan admirador de las estrellas como Kieran Kolovas-Jones.

—No fue una entrevista muy larga, dado que él acababa de bajar de un avión y no había puesto un pie en Kentigern Gardens. Lo normal. Le pedí que me firmara su último CD al final —añadió Wardle, como si no pudiera evitarlo—. Eso hizo que todos se pusieran a reír. Le encantó. Mi señora quería ponerlo en venta en eBay, pero lo he guardado.

Wardle se calló con actitud de haber hablado más de lo que quería. Divertido, Strike tomó un puñado de chicharrones.

—¿Y Evan Duffield?

—Ese —dijo Wardle. El encanto que había mostrado el policía mientras hablaba de Deeby Macc había desaparecido. Ahora fruncía el ceño—. Ese pequeño yonqui de mierda jugó con nosotros desde el principio hasta el final. Fue directo a rehabilitación al día siguiente de que ella muriera.

–Ya lo vi. ¿Dónde?

–Al Priory. ¿Dónde si no? A una pinche cura de descanso.

–¿Y cuándo lo entrevistó?

–Al día siguiente, pero tuvimos que buscarlo. Su gente nos puso todos los obstáculos que les fue posible. Lo mismo que con Bestigui, ¿eh? No querían que supiéramos lo que había estado haciendo de verdad. Mi mujer piensa que es atractivo –añadió frunciendo aún más el ceño–. ¿Está usted casado?

–No –contestó Strike.

–Anstis me contó que dejó el ejército para casarse con una mujer con pinta de supermodelo.

–¿Qué fue lo que Duffield le dijo después de que diera con él?

–Tuvieron una buena pelea en la discoteca, en Uzi. Hay varios testigos de ello. Ella se fue y dice que él la siguió unos cinco minutos después con esa mierda de máscara de lobo. Le cubre toda la cabeza. Muy realista y con pelos. Nos dijo que se la habían dado en una sesión de fotos de moda.

La expresión de Wardle era de verdadero desprecio.

–Le gustaba ponerse esa cosa para entrar y salir de los sitios, para hacer enojar a los *paparazzi*. Así que, después de que Landry saliera de Uzi, se metió en su coche, pues tenía un chofer en la puerta esperándolo, y fue a Kentigern Gardens. El chofer lo confirmó todo. Sí, bueno –se corrigió Wardle de inmediato–, confirmó que llevó a un hombre con una cabeza de lobo, que supuso que era Duffield, pues era de la estatura y complexión de Duffield, llevaba puesto lo que le pareció que era la ropa de Duffield y hablaba con la voz de Duffield, hasta Kentigern Gardens.

–Pero, ¿no se quitó la cabeza de lobo durante el trayecto?

–Se tarda solo unos quince minutos hasta el departamento de ella desde Uzi. No, no se la quitó. Es un idiota infantil.

»Entonces, según lo que dijo Duffield, vio a los *paparazzi* en la puerta de la casa de ella y decidió no entrar al final. Le dijo al chofer que lo llevara al Soho, donde lo dejó. Duffield fue al departamento de su *dealer* a la vuelta de la esquina, en d'Arblay Street, y allí se drogó.

–¿Todavía con la máscara de lobo?

–No. Allí se la quitó –respondió Wardle–. El *dealer*, que se llama Whycliff, es un antiguo alumno de colegio privado con hábitos mucho peores que los de Duffield. Hizo una declaración completa y confirmó que Duffield había ido a su casa sobre las dos y media. Allí estuvieron los dos solos. Y sí, yo diría que es bastante probable que Whycliff mintiera por Duffield, pero una mujer de la planta baja oyó el timbre y dice que vio a Duffield en la escalera.

–En fin, Duffield salió de casa de Whycliff sobre las cuatro, con la pinche cabeza de lobo otra vez puesta, y fue deambulando hacia el lugar donde pensaba que le esperarían su coche y su chofer, pero el chofer se había ido. El conductor aseguró que se trató de un malentendido. Creía que Duffield era un idiota. Lo dejó muy claro cuando prestó declaración. Duffield no le pagaba. El coche era a costa de Landry.

»Así que Duffield, que no lleva dinero, hace caminando todo el trayecto hasta la casa de Ciara Porter en Notting Hill. Encontramos a unas cuantas personas que habían visto a un hombre con una cabeza de lobo paseando por algunas calles principales y hay una grabación de él gorroneando una caja de cerillos a una mujer de un estacionamiento nocturno.

–¿Se le puede ver la cara?

–No, porque solo se levantó la cabeza de lobo para hablar con ella y lo único que se ve es el hocico. Pero ella dijo que se trataba de Duffield.

»Llegó a casa de Porter alrededor de las cuatro y media. Ella lo dejó dormir en el sofá y, como una hora después, Porter recibió la noticia de que Landry había muerto y lo despertó para contárselo. Eso dio pie al histrionismo y al centro de rehabilitación.

–¿Buscaron si había alguna nota de suicidio?

–Sí. No había nada en el departamento, nada en su *laptop*, pero eso no sorprendió a nadie. Lo hizo de improviso. Era bipolar, acababa de discutir con ese imbécil y eso fue lo que la empujó… bueno, ya sabe a qué me refiero.

Wardle miró su reloj y se bebió lo que le quedaba de cerveza.

–Voy a tener que irme. Mi mujer se va a enojar. Le he dicho que solo sería media hora.

Las chicas bronceadas se habían ido sin que ninguno de los dos hombres se diera cuenta. En la acera, los dos se encendieron un cigarro.

–Odio esta mierda de prohibición de fumar –se quejó Wardle subiéndose el cierre de su chamarra hasta el cuello.

–Entonces, ¿tenemos un trato? –preguntó Strike.

Con el cigarro entre los labios, Wardle se puso un par de guantes.

–No sé nada de eso.

–Vamos, Wardle –dijo Strike pasándole al policía una tarjeta que Wardle aceptó como si se tratara de un artículo de broma–. Yo le he dado a Brett Fearney.

Wardle se rio abiertamente.

–No, aún no.

Se metió la tarjeta de Strike en un bolsillo, dio una fumada, echó el humo hacia arriba y, a continuación, lanzó al hombre más grande una mirada mezcla de curiosidad y valoración.

–Sí, de acuerdo. Si cazamos a Fearney tendrá el expediente.

11

–El agente de Evan Duffield dice que su cliente no acepta más llamadas ni da más entrevistas sobre Lula Landry –dijo Robin la mañana siguiente–. Yo le he dejado claro que usted no es periodista,
pero ha sido inflexible. Y los de la oficina de Guy Somé son más
maleducados que los de Freddie Bestigui. Ni que estuviera pidiendo audiencia con el Papa.

–Okey, veré si puedo llegar hasta él a través de Bristow –dijo Strike.

Era la primera vez que Robin había visto a Strike de traje. Pensó
que se parecía a un jugador de rugby de camino a un encuentro
internacional: grande, de una elegancia convencional con su saco
oscuro y su corbata de tono más apagado. Estaba de rodillas, rebus-
cando en una de las cajas de cartón que había traído del departamento de Charlotte. Robin estaba evitando mirar las pertenencias
que había en las cajas. Seguían obviando cualquier mención al hecho de que Strike estuviera viviendo en su oficina.

–¡Ajá! –exclamó al localizar por fin, en medio de un montón de
cartas, un sobre de color azul fuerte. La invitación para la fiesta de su
sobrino–. Mierda.

–¿Qué pasa?

–No dice cuántos años cumple –respondió Strike–. Mi sobrino.

Robin sentía curiosidad por la relación de Strike con su familia.
Sin embargo, como nunca le habían informado oficialmente de que
Strike tenía muchos hermanastros y hermanastras, un padre famoso
y una madre tristemente conocida, se guardó todas sus preguntas y
siguió abriendo el exiguo correo del día.

Strike se levantó del suelo, volvió a dejar la caja en un rincón del
despacho de dentro y volvió con Robin.

–¿Qué es eso? –preguntó él al ver una fotocopia de un papel de periódico sobre la mesa.

–Lo guardé para usted –respondió ella tímidamente–. Dijo que se había alegrado de haber visto aquel artículo sobre Evan Duffield... Pensé que quizá le interesaría este, si es que aún no lo ha visto.

Se trataba de un artículo bien recortado sobre el productor de cine Freddie Bestigui tomado del *Evening Standard* del día anterior.

–Estupendo. Lo leeré de camino al almuerzo con su mujer.

–Que pronto será su ex –aclaró Robin–. Está todo en el artículo. El señor Bestigui no es un hombre muy afortunado en el amor.

–Por lo que me contó Wardle, no es un hombre al que se le antoje amar –dijo Strike.

–¿Cómo consiguió que el policía hablara con usted? –preguntó Robin, incapaz de ocultar su curiosidad al respecto. Estaba deseando saber más cosas sobre el proceso y el avance de la investigación.

–Tenemos un amigo en común –contestó Strike–. Un tipo al que conocí en Afganistán. Oficial de la Policía Metropolitana en el ejército de reserva.

–¿Estuvo usted en Afganistán?

–Sí –Strike se estaba poniendo el abrigo con el artículo doblado sobre Freddie Bestigui y la invitación a la fiesta de Jack entre los dientes.

–¿Qué hizo en Afganistán?

–Investigar a un caído en combate –respondió Strike–. Policía militar.

–Ah.

La policía militar no encajaba con la idea de Matthew de un charlatán o un vago.

–¿Por qué se fue?

–Me hirieron –contestó Strike.

Le había descrito aquella herida a Wilson en los términos más crudos, pero no quería ser igual de franco con Robin. Podía imaginarse la expresión de susto de ella y no necesitaba su compasión.

–No olvide llamar a Peter Gillespie –le recordó Robin cuando salía por la puerta.

Strike leyó el artículo fotocopiado mientras iba en el metro hasta Bond Street. Freddie Bestigui había heredado su primera fortuna de un padre que había hecho una gran cantidad de dinero con transportes terrestres. La segunda la había conseguido produciendo películas muy comerciales que la crítica seria trató con irrisión. El productor había acudido ahora a los juzgados para rebatir las declaraciones de dos periodistas sobre que se había comportado de una forma grosera e indecorosa con una joven empleada, cuyo silencio compró posteriormente. Las acusaciones, cuidadosamente redactadas con rodeos y con muchos «supuestamente» y «según se dice», incluían fuertes insinuaciones sexuales y cierto acoso físico. Habían sido presentadas «por una fuente cercana a la supuesta víctima» y la chica en cuestión se había negado a presentar cargos o a hablar con la prensa. El hecho de que Freddie se estuviera divorciando en ese momento de su última esposa, Tansy, se mencionaba en el último párrafo, que terminaba recordando que la infeliz pareja estaba en el edificio la noche en que Lula Landry se quitó la vida. El lector se quedaba con la extraña impresión de que la mutua infelicidad de los Bestigui podría estar influida por Landry y su decisión de tirarse.

Strike no se había movido nunca en los círculos que cenaban en Cipriani. Hasta que empezó a avanzar por Davies Street, con el sol calentándole la espalda y dando un brillo rubicundo al edificio de ladrillo rojo que tenía delante, no pensó en lo extraño que sería, si no improbable, encontrarse con alguno de sus hermanastros allí. Restaurantes como Cipriani formaban parte de la vida habitual de los hijos legítimos del padre de Strike. La última vez que tuvo noticias de ellos fue mientras estaba en el Selly Oak Hospital, donde se sometía a fisioterapia. Gabi y Danni le habían enviado unas flores de parte de los dos. Al lo visitó una vez, riéndose muy escandalosamente y temeroso de mirar a la parte inferior de la cama. Después, Charlotte había imitado a Al rebuznando y haciendo muecas. Era una buena imitadora. Nadie esperaba nunca que una chica tan guapa fuera divertida, pero ella sí lo era.

El interior del restaurante daba una sensación de art decó, la barra y las sillas de madera suave y pulida con manteles de color amarillo claro sobre mesas circulares y meseros con saco blanco y corbata de moño. Strike localizó a su cliente de inmediato entre el ruido y el parloteo de los comensales, sentado en una mesa para cuatro y hablando, para sorpresa de Strike, con dos mujeres en lugar de una, las dos con un largo cabello castaño y lustroso. La cara de conejo de Bristow se mostraba ansiosa por agradar o, quizá, aplacar. Hablaba rápido y nerviosamente.

El abogado se puso de pie de un brinco para saludar a Strike cuando lo vio y le presentó a Tansy Bestigui, que extendió una mano delgada y fría, pero no sonrió, y la hermana de esta, Ursula May, que ni siquiera extendió la mano. Durante los preliminares para pedir las bebidas y ver los menús, con Bristow mostrándose nervioso y parlanchín todo el tiempo, las hermanas sometieron a Strike a las miradas descaradamente críticas que solo las personas de cierta clase se sienten con derecho a ejercer.

Las dos tenían un aspecto tan inmaculado y refinado como muñecas de tamaño natural que recientemente hubieran sido sacadas de sus cajas de celofán. Con la delgadez de las chicas ricas, casi sin caderas dentro de sus ajustados jeans, con unas caras bronceadas que les daban un lustre encerado especialmente visible en sus frentes, con sus largas y relucientes melenas oscuras peinadas con la raya en medio y con las puntas recortadas con gran precisión.

Cuando Strike decidió por fin mirar por encima de su menú, Tansy habló sin más preámbulos.

–¿Es usted realmente –pronunció *ralmente*– hijo de Jonny Rokeby?

–Eso dijo la prueba de ADN –contestó.

Ella pareció no saber si él estaba siendo gracioso o antipático. Sus ojos oscuros estaban demasiado cerca el uno del otro y el bótox y los rellenos no podían hacer desaparecer la irritabilidad de su expresión.

–Mire –dijo con tono seco–, acabo de decírselo a John. No voy a volver a hablar en público otra vez, ¿de acuerdo? Estaré absolutamente encantada de contarle lo que oí, porque me encantaría demostrar que tengo razón, pero no debe decirle a nadie que he hablado con usted.

El cuello desabotonado de su camisa de seda dejaba ver un poco de piel de caramelo estirado por encima de su huesudo esternón, produciendo un efecto de protuberancia poco atractivo. Pero sus dos pechos firmes y grandes sobresalían de su estrecha caja torácica, como si se los hubiera dejado para ese día alguna amiga de complexión más grande.

–Podríamos habernos reunido en algún lugar más discreto –comentó Strike.

–No, está bien, porque nadie de aquí sabe quién es usted. No se parece en nada a su padre, ¿verdad? Lo conocí el verano pasado en casa de Elton. Freddie lo conoce. ¿Ve mucho a Jonny?

–Lo he visto dos veces –contestó Strike.

–Ah –dijo Tansy.

Aquel monosílabo contenía a partes iguales sorpresa y desdén.

Charlotte había tenido amigas como ella, de cabello acicalado y educación y ropa caras, todo ello paralizado por su extraña ansia por el enorme Strike de aspecto maltrecho. Él se las había visto con ellas durante años, por teléfono o en persona, con su forma de hablar entrecortada, sus esposos corredores de bolsa y la dureza crispada que Charlotte nunca había podido fingir.

–Yo creo que no debería hablar nada con usted –dijo Ursula de pronto. Su tono y su expresión habría sido apropiada si Strike hubiera sido un mesero que acabara de quitarse el delantal y se hubiera sentado con ella en la mesa sin ser invitado–. Creo que estás cometiendo un gran error, Tanz.

–Ursula, Tansy simplemente… –dijo Bristow casi retorciéndose de los nervios.

–Yo decidiré lo que hago –espetó Tansy a su hermana, como si Bristow no hubiera hablado, como si su silla estuviera vacía–. Solo voy a decir lo que oí. Sin que conste en ningún sitio. John está de acuerdo con ello.

Era evidente que ella también consideraba a Strike como del servicio. Él estaba molesto no solo por el tono de las dos, sino también por el hecho de que Bristow estaba haciendo promesas a sus testigos sin su aprobación. ¿Cómo iba a no constar en ningún sitio el testimonio de Tansy si no podía proceder de nadie más que de ella?

Durante unos breves momentos, los cuatro miraron en silencio las opciones culinarias. Ursula fue la primera en dejar la carta. Ya se había terminado una copa de vino. Se sirvió otra y echó un vistazo inquieta por el restaurante, deteniendo la mirada durante un segundo en una aristócrata rubia antes de continuar.

–Este lugar solía llenarse de gente fabulosa, incluso a la hora del almuerzo. Cyprian solo quiere ir siempre al maldito Wiltons, con todos esos estirados con traje…

–¿Cyprian es su esposo, señora May? –preguntó Strike.

Supuso que la provocaría si cruzaba lo que evidentemente ella veía como una línea invisible que los separaba. Ursula no pensaba que sentarse en una mesa con ella le diera derecho a mantener una conversación con ella. Frunció el ceño y Bristow se apresuró a interrumpir aquella incómoda pausa.

–Sí, Ursula está casada con Cyprian May, uno de nuestros socios mayoritarios.

–Así que me van a hacer un descuento en mi divorcio por ser familia –dijo Tansy con una sonrisa ligeramente amarga.

–Y su ex se va a poner completamente furioso si ella empieza a meter de nuevo a la prensa en sus vidas –dijo Ursula clavando sus oscuros ojos en los de Strike–. Están intentando alcanzar un acuerdo. Esto podría perjudicar seriamente a su pensión alimenticia si todo eso vuelve a empezar. Así que, más vale que sea discreto.

Con una sonrisa insulsa, Strike se dirigió a Tansy.

–Entonces, ¿tenía usted relación con Lula Landry, señora Bestigui? ¿Su cuñado trabaja con John?

–Nunca lo hablamos –dijo ella con aspecto de estar aburrida.

El mesero regresó para tomar nota de la comanda. Cuando se fue, Strike sacó su cuaderno y su bolígrafo.

–¿Qué va a hacer con eso? –preguntó Tansy con un repentino pánico–. ¡No quiero nada por escrito! ¿John? –apeló a Bristow, quien miró a Strike con expresión de confusión y disculpa.

–¿Cree que podría limitarse a escuchar, Cormoran, y saltarse lo de tomar notas?

–No hay problema –contestó Strike con calma, sacando el teléfono celular del bolsillo y guardando el cuaderno y el bolígrafo.

–Señora Bestigui…

–Puede llamarme Tansy –respondió ella, como si aquella concesión compensara su objeción a lo del cuaderno.

–Muchas gracias –dijo Strike con un levísimo indicio de ironía–. ¿Conocía bien a Lula?

–Casi nada. Solo llevaba allí tres meses. Solo era de «hola» y «que tengas un buen día». No estaba interesada en nosotros, no éramos suficientemente modernos para ella. Si le soy sincera, era un fastidio tenerla allí. *Paparazzi* en la puerta todo el tiempo. Me tenía que maquillar incluso para ir al gimnasio.

–¿No hay un gimnasio en el edificio? –preguntó Strike.

–Hago pilates con Lindsey Parr –contestó Tansy con tono de enojo–. Parece usted Freddie. Siempre se quejaba de que no utilizara las instalaciones de la casa.

–¿Y Freddie conocía bien a Lula?

–Muy poco, pero no era porque no lo intentara. Tenía la idea de tentarla para que se convirtiera en actriz. No paraba de invitarla para que bajara. Pero nunca vino. Y él la siguió hasta la casa de Dickie Carbury el fin de semana anterior a su muerte, mientras yo estaba fuera con Ursula.

–No sabía eso –dijo Bristow pareciendo sorprendido.

Strike notó que Ursula lanzaba a su hermana una sonrisa de suficiencia. Tuvo la impresión de que trataba de buscar un intercambio de miradas de complicidad, pero Tansy no le correspondió.

–Yo no lo supe hasta después –le explicó Tansy a Bristow–. Sí, Freddie le pidió a Dickie que lo invitara. Había un buen grupo de gente allí: Lula, Evan Duffield, Ciara Porter... toda esa pandilla de modernos drogadictos de las revistas. Freddie debió destacar como un pulpo en un garaje. Sé que no es mucho mayor que Dickie, pero parece un anciano –añadió con malicia.

–¿Qué le contó su marido de ese fin de semana?

–Nada. Yo supe que había estado allí tres semanas después, porque Dickie se fue de la lengua. Estoy segura de que Freddie fue para tratar de ganarse a Lula.

–¿Se refiere a que estaba interesado en Lula sexualmente o...? –preguntó Strike.

–Oh, sí. Estoy segura de que era así. Siempre le han gustado más las chicas morenas que las rubias. Pero lo que de verdad le encanta es meter en sus películas a celebridades. Vuelve loco a los directores intentando meterles a la fuerza a los famosos para conseguir más prensa. Apuesto a que esperaba que ella entrara en una película. Y no me sorprendería nada que tuviera algo planeado para ella y Deeby Macc –añadió Tansy con inesperada perspicacia–. Imagínese la prensa con el lío que había ya en torno a los dos. Freddie es un genio para esas cosas. Le encanta la publicidad para sus películas tanto como la odia para sí mismo.

–¿Conoce él a Deeby Macc?

–No, a menos que se hayan conocido después de que nos hayamos separado. No conocía a Macc antes de que Lula muriera. Dios mío, estaba emocionado con que Macc fuera a quedarse en el edificio. Empezó a hablar de contratarlo desde el mismo momento en que se enteró.

–¿Contratarlo para qué?

–No sé –contestó con tono de irritación–. Para lo que fuera. Macc tiene muchísimos seguidores. Freddie no iba a dejar pasar esa oportunidad. Probablemente tendría un papel escrito especialmente para él por si le interesaba. Concentraría toda su atención en él. Le hablaría de su abuela negra. –La voz de Tansy sonaba despectiva–. Es lo que siempre hace cuando conoce a negros famosos. Les dice que la cuarta parte de su sangre es malaya. Sí, lo que tú digas, Freddie.

–¿No lo es? –preguntó Strike.

Ella soltó una carcajada sarcástica.

–No lo sé. Nunca conocí a ningún abuelo de Freddie. Tiene ya como cien años. Sé que dirá lo que sea si cree que hay dinero de por medio.

–Que usted sepa, ¿alguna vez dijo algo de esos planes de meter a Lula y a Macc en una película?

–Bueno, estoy segura de que Lula se sentiría halagada de que se lo pidieran. La mayoría de esas modelos se mueren por demostrar que saben hacer algo más que mirar a la cámara, pero nunca firmó nada, ¿no es así, John?

–No, que yo sepa –contestó Bristow–. Aunque… pero eso fue distinto –masculló enrojeciendo de nuevo. Vaciló y, a continuación, respondiendo a la mirada inquisitiva de Strike, continuó–: El señor Bestigui visitó a mi madre hace un par de semanas, de repente. Ella se encuentra extremadamente mal y… bueno, no querría…

Miró a Tansy incómodo.

–Di lo que quieras, no me importa –dijo ella con lo que parecía verdadera indiferencia.

Bristow hizo un extraño movimiento, como sorbiendo hacia arriba, que por un momento ocultó sus dientes de ratón.

–Bueno, él quería hablar con mi madre de una película sobre la vida de Lula. Planteó su visita como un gesto considerado y sensible. Pidiendo la bendición de la familia, su autorización oficial, ya sabe. Lula había muerto apenas tres meses antes… Mamá estaba profundamente consternada. Por desgracia, yo no estaba allí cuando fue. –El tono de Bristow indicaba que habitualmente se le podría encontrar haciendo guardia junto a su madre–. En cierto sentido, desearía haber estado. Ojalá hubiera escuchado lo que tenía que decir. O sea, si cuenta con investigadores que están indagando en la biografía de Lula, por mucho que yo desapruebe la idea, es posible que él supiera alguna cosa, ¿no?

–¿Qué tipo de cosa? –preguntó Strike.

–No sé. ¿Algo sobre su vida anterior, quizá? ¿Antes de que se viniera a vivir con nosotros?

El mesero llegó para colocar las entradas delante de ellos. Strike esperó a que se hubiera ido y, a continuación, le preguntó a Bristow.

–¿Ha intentado hablar con el señor Bestigui en persona para saber si conoce algo sobre Lula que la familia no sepa?

–Es muy difícil –respondió Bristow–. Cuando Tony, mi tío, supo lo que había pasado, se puso en contacto con el señor Bestigui para quejarse de que hubiera ido a importunar a mi madre y, por lo que he oído, tuvieron una discusión muy acalorada. No creo que el señor Bestigui tenga ganas de tener más contacto con mi familia. Por supuesto, la situación se complica más por el hecho de que Tansy haya acudido a nuestra firma para el divorcio. Es decir, no hay nada de malo en ello... Somos uno de los mejores bufetes especializado en derecho de familia, y estando Ursula casada con Cyprian, es lógico que acuda a nosotros... Pero estoy seguro de que no habrá servido para que el señor Bestigui nos tenga más aprecio.

Aunque había mantenido la mirada en el abogado durante todo el tiempo que Bristow estuvo hablando, la visión periférica de Strike era excelente. Ursula le había lanzado otra sonrisita a su hermana. Se preguntó qué sería lo que le hacía tanta gracia. Sin duda, a su buen humor no le venía mal el hecho de que fuera ya por su cuarta copa de vino.

Strike terminó su entrada y miró a Tansy, que estaba removiendo su comida por el plato prácticamente sin haberla probado.

–¿Cuánto tiempo llevaban usted y su marido en el número 18 antes de que Lula se mudara?

–Alrededor de un año.

–¿Había alguien en el departamento del piso intermedio cuando llegó ella?

–Sí –contestó–. Estuvo una pareja estadounidense con un niño pequeño durante seis meses, pero volvieron a los Estados Unidos no mucho después de que ella llegara. Después, la inmobiliaria no consiguió que nadie mostrara interés alguno. Por la recesión, ya sabe. Esos departamentos cuestan un ojo de la cara. Así que estuvo vacío hasta que la compañía discográfica lo alquiló para Deeby Macc.

Tanto ella como Ursula se distrajeron al ver a una mujer que pasó junto a la mesa con lo que a Strike le pareció que era un abrigo de ganchillo de llamativo diseño.

–Es un abrigo de Daumier-Cross –comentó Ursula entrecerrando ligeramente los ojos por encima de su copa de vino–. Tiene una lista de espera de unos seis meses…

–Es Pansy Marks-Dillon –dijo Tansy–. Qué fácil es estar en la lista de las mejores vestidas si tu marido tiene cincuenta millones. Freddie es el rico más barato del mundo. Tenía que ocultarle las cosas nuevas o fingir que eran falsas. A veces, podía ponerse muy pesado.

–Tú siempre vas maravillosa –dijo Bristow con el rostro enrojecido.

–Eres un encanto –contestó Tansy Bestigui con tono aburrido.

Llegó el mesero para llevarse sus platos.

–¿Qué decía usted? –le preguntó a Strike–. Ah, sí, los departamentos. Que Deeby Macc iba a venir… pero que no lo hizo. Freddie estaba furioso porque no se quedara allí, pues había puesto rosas en su departamento. Freddie es un cabrón muy tacaño.

–¿Conoce bien a Derrick Wilson? –preguntó Strike.

Ella parpadeó.

–Bueno… es el guardia de seguridad. No lo conozco. Parece un buen tipo. Freddie siempre decía que era el mejor de todos.

–¿De verdad? ¿Por qué?

Ella se encogió de hombros.

–No sé. Tendrá que preguntárselo a Freddie. Le deseo buena suerte –añadió con una pequeña carcajada–. Freddie hablará con usted cuando el infierno se congele.

–Tansy –dijo Bristow inclinándose un poco hacia delante–, ¿por qué no le cuentas a Cormoran lo que escuchaste de verdad aquella noche?

Strike habría preferido que Bristow no interviniera.

–Bien –contestó Tansy–. Eran cerca de las dos de la mañana y yo quería un vaso de agua.

Su tono era apagado e inexpresivo. Strike notó que, incluso con aquel breve comienzo, ella había alterado la declaración que había hecho a la policía.

–Así que, fui al baño por uno y, cuando volvía por la sala en dirección al dormitorio, oí unos gritos. Ella, Lula, decía: «Es demasiado tarde. Ya lo he hecho» y, después, el hombre: «Eres una puta mentirosa», y luego… y luego él la tiró. Yo la vi caer.

Y Tansy hizo un pequeño y brusco movimiento con la mano que Strike entendió que indicaba el agitar de brazos.

Bristow dejó su copa y pareció sentir náuseas. Llegaron los platos principales. Ursula bebió más vino. Ni Tansy ni Bristow tocaron su comida. Strike tomó su tenedor y empezó a comer, tratando de no aparentar que estuviera disfrutando de su *puntarelle* con anchoas.

–Grité –susurró Tansy–. No podía dejar de gritar. Salí corriendo del departamento, pasé junto a Freddie y fui abajo. Solo quería decirle al guardia de seguridad que había un hombre ahí arriba para que pudieran atraparlo.

»Wilson salió rápidamente del cuarto de detrás de la recepción. Le conté lo que había pasado y fue directo a la calle para verla en lugar de subir. Maldito estúpido. ¡Si hubiera subido primero podría haberlo atrapado! Entonces, bajó Freddie por mí y empezó a decirme que subiera a nuestra casa, yo no estaba vestida.

»Luego, volvió Wilson y nos dijo que estaba muerta y le pidió a Freddie que llamara a la policía. Freddie prácticamente me arrastró hasta arriba. Yo estaba completamente histérica… y él llamó al 999 desde nuestra sala. Y después, llegó la policía. Y nadie se creía una sola palabra de lo que yo decía.

Le dio otro sorbo a su vino, dejó la copa en la mesa y continuó:

–Si Freddie se enterara de que estoy hablando con usted se volvería loco.

–Pero estás segura de que oíste al hombre arriba, ¿no, Tansy? –intervino Bristow.

–Sí, claro que lo estoy –respondió Tansy–. Te lo acabo de decir, ¿no? No tengo ninguna duda de que había alguien allí.

Sonó el teléfono celular de Bristow.

–Perdón –murmuró con aspecto nervioso–. ¿Sí, Alison? –dijo al descolgar.

Strike pudo oír la profunda voz de la secretaria sin ser capaz de distinguir sus palabras.

–Disculpen un momento –dijo Bristow con voz preocupada y se alejó de la mesa.

En los rostros suaves y relucientes de las dos hermanas apareció una mirada maliciosa. Se miraron de nuevo la una a la otra. Después, para sorpresa de él, Ursula le preguntó a Strike:

–¿Ha conocido a Alison?

–Brevemente.

–¿Sabe que están juntos?

–Sí.

–Las verdad es que es un poco patético –dijo Tansy–. Ella está con John pero, en realidad, está obsesionada por Tony. ¿Ha conocido a Tony?

–No –contestó Strike.

–Es uno de los socios mayoritarios. Tío de John, ¿sabe?

–Sí.

–Muy atractivo. No estaría con Alison ni en un millón de años. Supongo que se ha conformado con John como premio de consolación.

La idea del encaprichamiento condenado al fracaso parecía proporcionar una enorme satisfacción a las hermanas.

–Todo el mundo habla de ello en el bufete, ¿no? –preguntó Strike.

–Oh, sí –respondió Ursula deleitándose–. Cyprian dice que es vergonzoso. Está todo el tiempo alrededor de Tony como un perrito faldero.

Su antipatía hacia Strike parecía haber desaparecido. A él no le sorprendió. Había visto ese fenómeno muchas veces. A la gente le gustaba hablar. Había muy pocas excepciones. La cuestión estaba en cómo conseguir que lo hicieran. Algunos, y Ursula era claramente una de ellos, eran susceptibles al alcohol. A otros les gustaba ser el centro de atención. Y luego estaban los que simplemente necesitaban estar junto a otro ser humano consciente. Una subdivisión de la humanidad se volvía locuaz solamente con un único tema: podía ser su propia inocencia o la culpa de otra persona; podía ser su colección de cajas de galletas de antes de la guerra; o quizá, como era el caso de Ursula May, la desesperada pasión de una simple secretaria.

Ursula estaba viendo a Bristow a través de la ventana. Estaba en la acera, hablando con vehemencia por el celular mientras caminaba de un lado a otro.

–Apuesto a que sé qué pasa –dijo Ursula, con la lengua ahora más suelta–. Los albaceas de Conway Oates están enojados por cómo ha llevado el bufete sus asuntos. Era un financiero americano, ¿sabe? Cyprian y Tony se están cebando con ello, haciendo que John ande revoloteando tratando de limar asperezas. A John siempre le toca la peor parte.

Su tono era más mordaz que compasivo.

Bristow volvió a la mesa y parecía nervioso.

–Lo siento, perdón –se excusó–. Alison solo quería pasarme algunos mensajes.

El mesero fue a llevarse sus platos. Strike era el único que había acabado el suyo.

–Tansy, la policía no tuvo en cuenta su testimonio porque creían que usted no podía haber oído lo que aseguró oír –dijo Strike cuando el mesero no los podía escuchar.

–Pues se equivocan, ¿no? –espetó, y su buen humor había desaparecido en un momento–. Sí que lo oí.

–¿A través de una ventana cerrada?

–Estaba abierta –dijo, sin mirar a los ojos de ninguno de sus acompañantes–. El aire estaba cargado. Abrí una de las ventanas cuando iba por agua.

Strike estaba seguro de que insistir en ese tema solo llevaría a que ella se negara a responder más preguntas.

–También alegan que había tomado usted cocaína.

Tansy emitió un pequeño ruido de impaciencia, un suave «uf».

–Mire –dijo–. Tomé un poco antes, durante la cena, de acuerdo, y la encontraron en el baño cuando registraron el departamento. El jodido aburrimiento de los Dunne. Cualquiera se haría un par de rayas para soportar las malditas anécdotas de Benjy Dunne. Pero no me imaginé aquella voz de arriba. Había un hombre allí, y la mató. La mató –repitió Tansy lanzando a Strike una mirada furiosa.

–¿Y adónde cree que fue después?

–No lo sé. Para eso le paga John a usted, para que lo descubra. Se escabulló de algún modo. Quizá salió por la ventana de atrás. Quizá se escondió en el elevador. O puede que saliera por el estacionamiento de abajo. No sé cómo diablos salió. Solo sé que estaba allí.

–Nosotros te creemos –intervino Bristow con tono nervioso–. Nosotros te creemos, Tansy. Cormoran tiene que hacerte estas preguntas para… tener una imagen clara de cómo pasó todo.

–La policía hizo todo lo posible por desacreditarme –dijo Tansy sin hacer caso a lo que Bristow decía y dirigiéndose a Strike–. Llegaron demasiado tarde y él ya se había ido y, por supuesto, lo encubrieron. Nadie que no haya pasado por lo que yo pasé con la prensa podrá entender cómo fue. Un verdadero infierno. Entré en la clínica simplemente por huir de todo aquello. No puedo creer que sea legal lo que se le permite hacer a la prensa en este país. Y todo por decir la verdad, eso es lo que tiene más gracia. Debería haber mantenido la boca cerrada, ¿no? Lo habría hecho de saber lo que se me venía después.

Dio vueltas a su ancho anillo de diamantes alrededor del dedo.

—Freddie estaba durmiendo en la cama cuando Lula cayó, ¿es así? —le preguntó Strike a Tansy.

—Así, así es —respondió.

Levantó la mano hasta su cara para apartarse de la frente un fleco inexistente. El mesero regresó de nuevo con las cartas y Strike se vio obligado a guardarse sus preguntas hasta que hubieron pedido. Él fue el único que pidió pastel. Los demás, café.

—¿Cuándo se levantó Freddie de la cama? —le preguntó a Tansy cuando el mesero se fue.

—¿A qué se refiere?

—Usted dice que él estaba en la cama cuando Lula cayó. ¿Cuándo se levantó?

—Cuando me oyó gritar —contestó, como si fuera evidente—. Yo lo desperté.

—Debió ser muy rápido.

—¿Por qué?

—Dijo: «Salí corriendo del departamento, pasé junto a Freddie y bajé». Entonces, ¿estaba él ya en la sala antes de que usted saliera corriendo para decirle a Derrick lo que había pasado?

Hubo un pequeño silencio.

—Así es —contestó ella apartándose el pelo de la frente, cubriéndose la cara por un momento.

—Entonces, ¿pasó de estar profundamente dormido en la cama a estar despierto y en la sala en pocos segundos? Porque usted empezó a gritar y a correr casi al instante, según dijo.

Otra pausa infinitesimal.

—Sí —respondió—. Bueno… no sé. Creo que grité… Grité mientras me quedé inmóvil en el sitio… quizá por un momento… Estaba muy asustada… y Freddie salió corriendo del dormitorio y yo pasé corriendo por su lado.

—¿Se detuvo para contarle lo que había visto?

—No lo recuerdo.

Bristow parecía estar a punto de hacer otra vez una de sus inoportunas intervenciones. Strike levantó una mano para impedirlo; pero

Tansy se apresuró a cambiar de conversación deseando, supuso él, apartarse del tema de su marido.

–He pensado mucho en cómo entró el asesino y estoy segura de que debió seguirla al entrar cuando llegó esa noche, porque Derrick Wilson había dejado su puesto y estaba en el baño. Lo cierto es que pensé que deberían haber despedido a Wilson por aquello. Si quiere saber mi opinión, él estaba echando una siesta en la habitación de atrás. No sé cómo podría saber el asesino el código de la puerta, pero estoy segura de que fue entonces cuando debió entrar.

–¿Cree que podría reconocer otra vez la voz del hombre? ¿Al que oyó gritar?

–Lo dudo –respondió–. Era simplemente una voz de hombre. Es decir, después pensé si sería la de Duffield –dijo mirándolo fijamente–. Porque ya había oído los gritos de Duffield arriba en una ocasión anterior, desde el pasillo de arriba. Wilson tuvo que echarlo a la calle. Duffield estaba tratando de derribar a patadas la puerta de Lula. Nunca entendí qué hacía una chica tan guapa con alguien como Duffield –añadió en un paréntesis.

–Hay mujeres que dicen que es atractivo –confirmó Ursula vaciando la botella de vino en su copa–, pero yo no le veo el encanto. En un hombre mugriento y horrible.

–Y ni siquiera puede decirse que tenga dinero –dijo Tansy retorciendo de nuevo el anillo de diamantes.

–Pero, usted no cree que fue su voz la que oyó aquella noche.

–Bueno, como siempre digo, podría haberlo sido –contestó con impaciencia y encogiendo brevemente sus finos hombros–. Pero tiene una coartada, ¿no? Hay mucha gente que dice que no estaba cerca de Kentigern Gardens la noche en que mataron a Lula. Pasó una parte de ella en casa de Ciara Porter, ¿verdad? Una fulana –añadió Tansy con una pequeña y apretada sonrisa–. Acostándose con el novio de su mejor amiga.

–¿Se acostaban? –preguntó Strike.

–¿Qué cree usted? –respondió Ursula con una carcajada, como si aquella pregunta fuera demasiado ingenua como para contestarla–. Conozco a Ciara Porter, participó en un desfile de moda que yo organicé. Es una cabeza hueca y una puta.

Los cafés habían llegado, junto con el viscoso pastel de caramelo tostado de Strike.

—Lo siento, John, pero Lula no tenía muy buen gusto para las amistades —dijo Tansy dando un sorbo a su café—. Estaba Ciara y también Bryony Radford. No es que fuera una amiga exactamente, pero yo no confiaría en ella ni aunque me pagaran.

—¿Quién es Bryony? —preguntó Strike fingiendo no saber, pues sí que recordaba quién era.

—Una maquillista. Cobra una fortuna y es una maldita zorra —contestó Ursula—. Yo fui a ella una vez, antes de uno de los bailes de la Fundación Gorbachov, y luego le contó a tod...

Ursula se detuvo de repente, bajó su copa y tomó el café. Strike, que a pesar de su indudable irrelevancia para el asunto que les ocupaba, estaba bastante interesado en lo que Bryony le había contado a todo el mundo, empezó a hablar, pero Tansy habló más alto que él.

—Ah, y estaba también aquella chica horrible a la que Lula solía llevar a casa. ¿Te acuerdas, John?

Volvió a preguntarle a Bristow, pero él parecía no caer.

—Ya sabes, aquella tan fea... aquella chica de color a la que a veces llevaba, una especie de indigente. O sea... literalmente olía mal. Cuando se subía en el elevador... podías olerla. Y la llevó a la piscina también. Yo no sabía que los negros supieran nadar.

Bristow parpadeaba a gran velocidad con el rostro sonrojado.

—Dios sabrá qué hacía Lula con ella —insistió Tansy—. Tienes que acordarte, John. Era gorda. Desaliñada. Parecía un poco subnormal.

—Yo no... —farfulló Bristow.

—¿Está hablando de Rochelle? —preguntó Strike.

—Ah, sí. Creo que se llamaba así. Estuvo en el funeral —dijo Tansy—. La vi. Estaba sentada justo al fondo.

»Pero recuerde una cosa —dirigió toda la fuerza de sus oscuros ojos hacia Strike—. Que todo esto queda entre nosotros. Es decir, no puedo permitir que Freddie descubra que estoy hablando con usted. No voy a volver a pasar por toda esa mierda con la prensa. La cuenta, por favor —llamó al mesero.

Cuando llegó, se la pasó a Bristow sin hacer ningún comentario.

Cuando las hermanas se preparaban para salir echándose su lustroso pelo castaño por encima de los hombros y poniéndose sus caras chamarras, la puerta del restaurante se abrió y entró un hombre de unos sesenta años, alto, delgado y vestido con traje, miró a su alrededor y fue directo a la mesa de ellos. Con el pelo canoso, un aspecto distinguido y vestido de manera impecable, había cierta frialdad en sus ojos azul claro. Caminaba con brío y determinación.

–Menuda sorpresa –dijo con voz suave deteniéndose en el espacio que había entre las sillas de las dos mujeres.

Ninguno de los tres había visto que aquel hombre se acercaba y todos menos Strike mostraron tanta sorpresa como algo más que desagrado al verlo. Durante una fracción de segundo, Tansy y Ursula se quedaron inmóviles, Ursula en el acto de sacar los lentes de sol de su bolsa.

Tansy fue la primera en recobrar la compostura.

–Cyprian –dijo ofreciéndole la cara para que la besara–. ¡Sí, es una verdadera sorpresa!

–Creía que iban de compras, querida Ursula –dijo con la mirada puesta en su esposa mientras daba a Tansy el clásico beso en cada mejilla.

–Hemos parado para almorzar, Cyps –contestó ella, pero el color de su rostro se intensificó y Strike notó que había cierta incomodidad en el ambiente.

Los ojos claros del anciano pasaron deliberadamente por Strike y fueron a posarse en Bristow.

–¿No era Tony quien estaba encargándose de tu divorcio, Tansy? –preguntó.

–Así es –respondió Tansy–. Este no ha sido un almuerzo de negocios, Cyps. Una reunión meramente social.

Él sonrió fríamente.

–Entonces, dejen que las acompañe a la calle, queridas –dijo.

Con una rápida despedida a Bristow y sin dirigir palabra alguna a Strike, las dos hermanas dejaron que el marido de Ursula las sacara del restaurante.

–¿Qué ha pasado aquí? –preguntó Strike a Bristow cuando la puerta se cerró al salir los tres.

–Ese era Cyprian –contestó Bristow. Parecía nervioso mientras movía torpemente la tarjeta de crédito y la cuenta–. Cyprian May, el marido de Ursula. Socio mayoritario del bufete. No le gusta que Tansy hable con usted. Me pregunto cómo ha sabido dónde estábamos. Probablemente se lo haya sonsacado a Alison.

–¿Por qué no quiere que hable conmigo?

—Tansy es su cuñada —dijo Bristow poniéndose su abrigo—. No quiere que quede otra vez como una estúpida, que es como él la ve. Probablemente me caiga una buena bronca por haberla convencido de que se reúna con usted. Seguro que está llamando ahora mismo a mi tío, para quejarse de mí.

Strike vio que a Bristow le temblaban las manos.

El abogado se fue en un taxi que pidió al encargado. Strike se retiró del Cipriani a pie, aflojándose la corbata mientras caminaba y tan concentrado en sus pensamientos que solo salió de su ensimismamiento por el fuerte pitido de un coche al que no había visto avanzando hacia él mientras cruzaba Grosvenor Street.

Con aquel recuerdo saludable de que su seguridad podría correr peligro, Strike se dirigió a un muro que pertenecía al Elizabeth Arden Red Door Spa, se echó en él para apartarse del paso de los peatones y sacó el teléfono celular. Tras escuchar y pasar adelante, consiguió localizar la parte del testimonio grabado de Tansy en el que hablaba de los momentos inmediatamente anteriores a la caída de Lula Landry por delante de su ventana.

«… en dirección al dormitorio, oí unos gritos. Ella, Lula, decía: "Es demasiado tarde. Ya lo he hecho" y, después, el hombre dijo: "Eres una puta mentirosa", y luego… y luego él la tiró. Yo la vi caer».

Pudo distinguir el pequeño tintineo de la copa de Bristow al golpear la mesa. Strike retrocedió y escuchó:

«… decía: "Es demasiado tarde. Ya lo he hecho" y, después, el hombre dijo: "Eres una puta mentirosa", y luego… y luego él la tiró. Yo la vi caer».

Recordó la imitación de Tansy de los brazos de Lula agitándose y el horror en su rostro congelado al hacerlo. Volvió a meterse el celular en el bolsillo, sacó su cuaderno y empezó a tomar notas.

Strike había conocido a infinidad de mentirosos. Podía olerlos y sabía perfectamente bien que Tansy era una de ellos. No podía haber oído lo que aseguraba haber escuchado desde su departamento. Por tanto, la policía había deducido que no había oído nada. Sin embargo, en contra de lo que Strike esperaba, y a pesar del hecho de que cada prueba de la que había tenido noticia hasta ese momento indicaba que Lula Landry se había suicidado, estaba convencido de que Tansy Bestigui creía de verdad que había oído una discusión antes de que Landry cayera. Aquella era la única parte de su declaración que sonaba a real, una realidad que lanzaba una luz llamativa sobre la mentira con la que ella la adornaba.

Strike se apartó de la pared y empezó a caminar hacia el este a lo largo de Grosvenor Street, prestando algo más de atención al tráfico pero recordando la expresión de Tansy, su tono, sus gestos mientras hablaba de los últimos momentos de Lula Landry.

¿Por qué decía la verdad en los puntos más esenciales pero la rodeaba de falsedades fácilmente refutables? ¿Por qué mentía sobre lo que había estado haciendo cuando oyó los gritos del departamento de Landry? Strike recordó a Adler: «Una mentira no tendría sentido si la verdad no fuera percibida como algo peligroso». Tansy se había presentado ese día en un último intento por encontrar a alguien que le creyera y que se tragara las mentiras con las que insistía en envolver su testimonio.

Caminó deprisa, apenas sin ser consciente de las punzadas de su rodilla derecha. Por fin, se dio cuenta de que había recorrido todo Maddox Street y que había llegado a Regent Street. Los toldos rojos de la juguetería Hamleys se agitaban un poco en la distancia y Strike recordó que quería comprar un regalo de cumpleaños para la próxima fiesta de su sobrino de camino a la oficina.

Fue levemente consciente de la vorágine multicolor, chirriante y parpadeante en la que entró. Se movió a ciegas de una planta a otra, sin preocuparse de los chillidos, el zumbido de helicópteros de juguete suspendidos en el aire, los gruñidos de cerdos mecánicos que se atravesaban en su camino. Por fin, unos veinte minutos después, llegó cerca de los muñecos de las Fuerzas Militares de Su Majestad. Se quedó allí, casi inmóvil, contemplando las filas de soldados de Marina y de paracaidistas, pero apenas sin ser consciente de ellas, sordo ante los susurros de padres que trataban de pasar con sus hijos alrededor de él, demasiado intimidados como para pedirle a aquel hombre extraño, enorme y con la mirada fija que se apartara.

TERCERA PARTE

Forsan et haec olim meminisse iuvabit.
«Quizá algún día nos será grato recordar estas cosas».

Virgilio, *La Eneida*, Libro I.

1

Empezó a llover el miércoles. El tiempo de Londres, frío, húmedo y gris, con el que toda la ciudad presentaba una fachada impasible: rostros pálidos bajo paraguas negros, el eterno olor de la ropa húmeda, el constante golpeteo sobre la ventana del despacho de Strike por la noche.

La lluvia era diferente en Cornwall, si es que llovía. Strike recordó cómo azotaba, como latigazos contra los cristales de la habitación de invitados de la tía Joan y el tío Ted durante aquellos meses en aquella casita ordenada que olía a flores y a pan recién hecho mientras él asistía a la escuela rural en Saint Mawes. Aquellos recuerdos navegaban hasta el frente de su mente siempre que estaba a punto de ver a Lucy.

Las gotas de lluvia seguían danzando exuberantes por fuera de los alféizares el viernes por la tarde, mientras en el extremo opuesto de su mesa, Robin envolvía el nuevo muñeco paracaidista de Jack y Strike extendía un cheque para ella por la suma del trabajo de una semana menos la comisión de Soluciones Temporales. Robin estaba a punto de asistir a la tercera entrevista «de las de verdad» de esa semana y tenía un aspecto pulcro y acicalado con su traje negro y con su cabello dorado y brillante recogido en un chongo.

—Ya está —dijeron los dos a la vez cuando Robin empujó por encima de la mesa un paquete perfecto estampado con pequeñas naves espaciales y Strike levantó en el aire el cheque.

—Muchas gracias —dijo Strike tomando el regalo—. Yo no sé hacer envoltorios.

—Espero que a él le guste —respondió ella guardando el cheque en su bolsa negra.

–Sí. Y buena suerte con la entrevista. ¿Quieres ese trabajo?

–Pues… es bastante bueno. Recursos humanos en una consultora de medios de comunicación en el West End –dijo ella con poco entusiasmo–. Disfrute de la fiesta. Nos vemos el lunes.

La penitencia autoimpuesta de caminar por Denmark Street para fumar se volvió aún más pesada bajo la incesante lluvia. Strike estaba refugiado mínimamente bajo el saliente de la entrada de su oficina y se preguntó cuándo iba a dejar ese hábito y ponerse a trabajar por recuperar la forma que había perdido junto con su solvencia y su comodidad doméstica. Sonó su teléfono mientras estaba allí.

–He pensado que le gustaría saber cuáles han sido los dividendos de su información –anunció Eric Wardle, que parecía victorioso. Strike pudo oír el ruido de un motor y el sonido de hombres hablando de fondo.

–Un trabajo rápido –comentó Strike.

–Sí, bueno, no perdemos el tiempo.

–¿Significa esto que me va a dar lo que busco?

–Por eso le llamo. Hoy es un poco tarde, pero se lo enviaré el lunes por mensajero.

–Prefiero que sea cuanto antes. Esperaré en la oficina.

Wardle se rio de forma un poco desagradable.

–Le pagan por horas, ¿no? Creí que preferiría espaciarlo un poco en el tiempo.

–Hoy me viene mejor. Si puede hacérmelo llegar esta tarde, me aseguraré de que sea el primero en saber si mi viejo amigo nos da más información.

En la pequeña pausa que siguió, Strike oyó hablar a uno de los hombres que iba con Wardle en el coche.

–… la jodida cara de Fearney…

–Sí, de acuerdo –accedió Wardle–. Se lo envío luego. Quizá no pueda hasta las siete. ¿Seguirá allí?

–Me aseguraré de estar –respondió Strike.

El expediente llegó tres horas después mientras comía pescado con papas de una pequeña bandeja de poliestireno que tenía en el regazo y veía las noticias de la noche de Londres en su televisión portátil. El mensajero llamó al timbre de la puerta de fuera y Strike firmó la recogida del voluminoso paquete que le enviaban desde Scotland Yard. Una vez abierto, apareció una gruesa carpeta gris de material fotocopiado. Strike la llevó a la mesa de Robin y empezó el largo proceso de digerir su contenido.

Allí estaban las declaraciones de quienes habían visto a Lula Landry durante la última tarde y noche de su vida, un informe de la prueba de ADN que se hizo en su departamento, las páginas fotocopiadas del libro de visitas recogido por los guardias de seguridad del número 18 de Kentigern Gardens, información sobre la medicación que se le había recetado a Lula para controlar su desorden bipolar, el informe de la autopsia, los informes médicos del año anterior, los registros de sus teléfonos celular y fijo y un resumen de lo encontrado en la computadora de la modelo. Había también un DVD en el que Wardle había escrito «Corredores del circuito cerrado de televisión».

La unidad de DVD de la computadora de segunda mano de Strike no funcionaba desde que la compró. Así que, metió el disco en el bolsillo del abrigo que colgaba junto a la puerta de cristal y continuó revisando el material impreso que había dentro de una carpeta de aros con su cuaderno abierto a su lado.

La noche cayó fuera del despacho y un charco de luz dorada descendía de la lámpara del escritorio sobre cada página mientras Strike leía atentamente los documentos que habían llevado a la conclusión del suicidio. Allí, en medio de las declaraciones esquiladas de cosas superfluas, horarios detallados al minuto y las etiquetas de los botes de medicamentos encontrados en el mueble del baño de Landry, Strike siguió el rastro de la verdad que él creía que había detrás de las mentiras de Tansy Bestigui.

La autopsia indicaba que a Lula la había matado el impacto contra el suelo y que había muerto por rotura de cuello y hemorragia interna. Había algunas magulladuras en la parte superior de los brazos. Había caído llevando solamente un zapato. Las fotografías del cadáver confirmaban la afirmación de LulaMiInpiracionSiempre de que Landry se había cambiado de ropa al llegar a casa desde la discoteca. En lugar del vestido con el que la habían fotografiado al entrar en el edificio, el cadáver llevaba un corpiño de lentejuelas y pantalones.

Strike pasó a las cambiantes declaraciones que Tansy había hecho a la policía. En la primera simplemente aseguraba un viaje al baño desde el dormitorio. En la segunda añadía que había abierto la ventana de su sala. Según ella, Freddie había estado en la cama todo ese tiempo. La policía había descubierto media raya de cocaína en el borde de mármol liso de su tina y una bolsita de plástico con la droga escondida en el interior de una caja de Tampax en el mueble que había sobre el lavabo.

La declaración de Freddie confirmaba que estaba durmiendo cuando Landry cayó y que se despertó con los gritos de su mujer. Dijo que había ido corriendo a la sala a tiempo de ver a Tansy pasar corriendo por su lado vestida con su ropa interior. Con el jarrón de rosas que le había enviado a Macc y que un policía torpe había destrozado, tenía la intención, según admitió, de tener un gesto de bienvenida y de presentación. Sí, estaría encantado de empezar una relación de amistad con el rapero y, sí, le había pasado por su mente que Macc estaría perfecto en una película de miedo que se estaba preparando. Sin duda, su conmoción por la muerte de Landry había hecho que actuara de forma exagerada por el destrozo de su regalo floral. Al principio, había creído a su esposa cuando dijo haber oído la discusión de arriba. Después, aceptó a regañadientes la opinión de la policía de que el relato de Tansy era indicativo de su consumo de cocaína. Su hábito de tomar drogas había causado una enorme mella en su matrimonio y él confesó a la policía que era conocedor de que su esposa consumía de manera habitual ese estimulante, aunque no sabía que tenía reservas en el departamento esa noche.

Bestigui declaró después que él y Landry nunca habían visitado el departamento de uno y otro y que su aparición simultánea en casa de Dickie Carbury —de lo que al parecer la policía se había enterado posteriormente, pues habían vuelto a interrogar a Freddie tras su declaración inicial— apenas había supuesto un avance en su relación de amistad. «Ella estuvo sobre todo con los invitados más jóvenes mientras que yo pasé la mayor parte del fin de semana con Dickie, que es de mi edad». La declaración de Bestigui presentaba el inexpugnable frente de una pared de roca sin garfios.

Tras leer el informe de la policía sobre lo acontecido dentro del departamento de los Bestigui, Strike añadió varias frases a sus propias notas. Estaba interesado en la media raya de cocaína del borde de la tina y, aún más, en los pocos segundos transcurridos después de que Tansy hubiera visto el cuerpo de Lula Landry cayendo por delante de su ventana. Buena parte dependería de la distribución del departamento de los Bestigui —no había plano ni diagrama en el archivo–, pero a Strike le fastidiaba un aspecto importante de los relatos cambiantes de Tansy: ella insistía continuamente en que su esposo estaba en la cama, dormido, cuando Landry cayó. Recordó el modo en que ella se tapó la cara fingiendo apartarse el pelo cuando él la presionó preguntándole por ese asunto. En conjunto, y a pesar de la opinión de la policía, Strike pensó que la situación exacta de los dos Bestigui en el momento en que Lula Landry cayó de su balcón no estaba para nada probada.

Retomó su escrutinio sistemático del expediente. La declaración de Evan Duffield coincidía en la mayoría de los aspectos con el relato anterior de Wardle. Admitió haber intentado evitar que su novia se fuera de Uzi sujetándola de los brazos. Que ella se había soltado y se había ido. Él la siguió poco después. Había una mención a la máscara de lobo, expresada con el lenguaje indiferente del policía que lo había interrogado. «Estoy acostumbrado a llevar una máscara de lobo cuando deseo evitar la atención de los fotógrafos.» Una breve declaración tomada al chofer que había llevado a Duffield desde Uzi confirmaba el relato de éste de que había ido a Kentigern Gardens y que había seguido hasta d'Arblay Street, donde dejó a su pasajero y se fue. La antipatía que Wardle había asegurado que sentía el chofer hacia Duffield no se ocultaba en el escueto relato de los hechos que el policía había redactado para que él lo firmara.

Había un par de declaraciones más que respaldaban la de Duffield. Una de una mujer que aseguraba haberle visto subir las escaleras de su *dealer*. Otra del mismo *dealer*, Whycliff. Strike recordó la opinión expresada por Wardle de que Whycliff mentiría por Duffield. La mujer de abajo podría haber recibido algún pago. El resto de los testigos que aseguraban haber visto a Duffield rondando por las calles de Londres solo podían decir sinceramente que habían visto a un hombre con una máscara de lobo.

Strike se encendió un cigarro y volvió a leer la declaración de Duffield. Era un hombre de carácter violento que había admitido haber tratado de obligar a Lula a quedarse en la discoteca. El moretón de los brazos en el cadáver había sido casi con toda seguridad obra suya. Sin embargo, si se había metido heroína con Whycliff, Strike sabía que las posibilidades de que se encontrara en buen estado como para infiltrarse en el número 18 de Kentigern Gardens o de que se excitara hasta alcanzar una rabia asesina eran insignificantes.

Strike estaba familiarizado con el comportamiento de los adictos a la heroína. Había conocido a bastantes en la última casa tomada en la que había vivido su madre. La droga dejaba a sus esclavos pasivos y dóciles. La absoluta antítesis de los alcohólicos violentos y gritones o de los cocainómanos paranoides y nerviosos. Strike había conocido a adictos de todo tipo de sustancias, tanto dentro del ejército como fuera. La glorificación del hábito de Duffield por parte de los medios de comunicación le desagradaba. No había glamur ninguno en la heroína. La madre de Strike había muerto en un colchón mugriento en el rincón de una habitación y durante seis horas, nadie se había dado cuenta de que estaba muerta.

Se levantó, atravesó la habitación y abrió la ventana oscura salpicada de gotas de lluvia, de modo que el ruido sordo del contrabajo del 12 Bar Café se escuchó más fuerte que nunca. Aún fumando, miró hacia Charing Cross Road, reluciente con los faros de los coches y los charcos, donde los juerguistas del viernes por la noche caminaban y se tambaleaban por el final de Denmark Street con sus temblorosos paraguas y sus carcajadas oyéndose por encima del tráfico. Strike se preguntó cuándo volvería a disfrutar de una cerveza un viernes con los amigos. Aquella idea parecía pertenecer a un universo diferente, a una vida que había quedado atrás. El extraño limbo en el que vivía, con Robin como su único contacto humano real, no podía durar, pero aún no estaba preparado para retomar una vida social de verdad. Había perdido al ejército, a Charlotte y media pierna. Sintió la necesidad de acostumbrarse del todo al hombre en el que se había convertido antes de sentirse dispuesto a exponerse a la sorpresa y la compasión de los demás. La colilla naranja fuerte del cigarro salió volando hacia la oscura calle y se apagó en la cuneta llena de agua. Strike bajó la ventana, regresó a su mesa y jaló con firmeza del expediente para acercárselo.

La declaración de Derrick Wilson no le descubrió nada que no supiera ya. No había mención en el expediente a Kieran Kolovas-Jones ni a su misterioso papel azul. Strike pasó a continuación, con cierto interés, a las declaraciones de las dos mujeres con las que Lula había pasado su última tarde. Ciara Porter y Bryony Radford.

La maquillista recordaba que Lula estaba contenta y excitada ante la inminente llegada de Deeby Macc. Porter, sin embargo, declaró que Landry «no había estado como siempre», que parecía «baja de ánimos y nerviosa» y que se había negado a hablar de lo que le pasaba. La modelo aseguró que Landry había hecho mención específica esa tarde a su intención de dejárselo «todo» a su hermano. No se expresaba ningún contexto, pero la impresión que daba era la de una chica de talante morboso.

Strike se preguntó por qué su cliente no había dicho que su hermana había declarado su intención de dejárselo todo. Por supuesto, Bristow ya tenía un fondo fiduciario. Quizá la posible adquisición de enormes sumas de dinero no le parecería tan digna de ser tenida en cuenta como a Strike, que nunca había heredado ni un penique.

Bostezando, Strike se encendió otro cigarro para mantenerse despierto y empezó a leer la declaración de la madre de Lula. Según lo que contaba lady Yvette Bristow, había estado soñolienta e indispuesta después de su operación, pero insistió en que su hija se había mostrado «absolutamente feliz» cuando fue a visitarla aquella mañana y que no había evidenciado nada más que preocupación por el estado de su madre y por las perspectivas de recuperación. Quizá la prosa directa y sin matices del oficial que tomaba la declaración tuviera la culpa, pero Strike tuvo la impresión de que los recuerdos de lady Bristow eran una negación deliberada. Ella sola había sugerido que la muerte de Lula había sido un accidente, que de algún modo se habría resbalado por el balcón sin tener la intención de tirarse. Aquella noche había helado, dijo lady Bristow.

Strike leyó por encima la declaración de Bristow, que coincidía en todos los aspectos con el relato que le había contado en persona y pasó al de Tony Landry, el tío de John y de Lula. Había estado visitando a Yvette Bristow a la vez que Lula el día anterior a la muerte de esta y aseguraba que su sobrina había estado «normal». Landry fue después a Oxford, donde asistió a una conferencia sobre las novedades en el derecho de familia a nivel internacional y se quedó a pasar la noche en el hotel Malmaison. Su relato de su paradero iba seguido por algunos comentarios incomprensibles de llamadas de teléfono. Strike dirigió su atención a las copias de los registros telefónicos en busca de una aclaración.

Lula apenas había utilizado su teléfono fijo la semana anterior a su muerte y en ningún momento del día anterior a su muerte. Sin embargo, desde su teléfono celular había hecho no menos de sesenta y seis llamadas durante su último día de vida. La primera, a las

9:15 de la mañana, había sido a Evan Duffield; la segunda, a las 9:35,
a Ciara Porter. A eso le siguió un intervalo de varias horas en las que
no había hablado con nadie por el celular y, después, a la 1:21 había
dado comienzo a un verdadero frenesí de llamadas a dos números,
casi alternativamente. Uno de ellos era el de Duffield. El otro pertenecía, según la letra que había escrita junto a la primera aparición
del número, a Tony Landry. Una vez tras otra había llamado a aquellos dos hombres. Había de vez en cuando intervalos de alrededor
de veinte minutos durante los cuales no hizo llamadas. Después,
empezaba a llamar de nuevo, pulsando indudablemente la tecla de
redial. Todo aquel frenesí de llamadas, según dedujo Strike, debía
haber tenido lugar cuando ya estaba de vuelta en su casa con Bryony
Radford y Ciara Porter, aunque ninguna de las dos mujeres hacía
mención en sus declaraciones al repetido uso del celular.

Strike volvió a la declaración de Tony Landry, que no aclaraba
nada sobre el motivo por el que su sobrina se había mostrado tan
ansiosa por ponerse en contacto con él. Había apagado el sonido de
su celular durante la conferencia, dijo, y no se había dado cuenta
hasta mucho más tarde de que su sobrina le había estado llamando
repetidamente esa tarde. No tenía ni idea de por qué lo había hecho
ni había contestado a sus llamadas, dando como excusa el hecho de
que para cuando se dio cuenta de que ella había estado tratando
de contactar con él, ya había dejado de llamar, y él supuso, como
luego resultó ser, que estaría en alguna discoteca.

Strike bostezaba ahora cada pocos minutos. Consideró la posibilidad de prepararse un café, pero no tuvo la suficiente energía. Deseaba acostarse, pero llevado por su costumbre de terminar el trabajo que tenía entre manos, dirigió su atención a las copias del registro
de seguridad que mostraban las entradas y salidas de visitantes al
número 18 el día anterior a la muerte de Lula. Una lectura atenta
de las firmas y las iniciales revelaba que Wilson no había sido tan
meticuloso en sus registros como sus jefes habrían esperado. Como
Wilson le dijo a Strike, los movimientos de los residentes del edificio
no se reflejaban en el libro. Así que, las entradas y salidas de Landry
y de los Bestigui no estaban. La primera entrada que Wilson había
anotado era del cartero, a las 9:10. Luego, a las 9:22, estaba la «entrega de flores para el piso 2». Finalmente, a las 9:50, «Securibell». No
se había registrado la hora de partida del técnico de la alarma.

Por lo demás, como Wilson dijo, había sido un día tranquilo. Ciara Porter había llegado a las 12:50; Bryony Radford a la 1:20. Mientras la salida de Radford se había registrado con su propia firma a las 4:40, Wilson había añadido la entrada de los de la empresa de *catering* al departamento de los Bestigui a las 7, la salida de Ciara con Lula a las 7:15 y la salida de los del *catering* a las 9:15.

A Strike le frustraba que la única página que la policía había fotocopiado era la del día anterior a la muerte de Landry, porque esperaba que pudiera encontrar el apellido de la escurridiza Rochelle en alguna página del registro de entradas.

Era casi medianoche cuando Strike dirigió su atención al informe de la policía sobre el contenido de la *laptop* de Landry. Parecía que habían estado registrando principalmente correos electrónicos que indicaran un estado de ánimo suicida o una intención de hacerlo y en este aspecto no habían tenido éxito. Strike examinó los correos que Landry había enviado y recibido las dos últimas semanas de su vida.

Era extraño, pero no por ello menos cierto, que las innumerables fotografías de su belleza sobrenatural habían hecho que a Strike le pareciera difícil creer que Landry hubiera existido de verdad. La omnipresencia de sus rasgos hacía que parecieran abstractos, generales, pese a que su rostro había sido único y hermoso.

Sin embargo, ahora, a partir de aquellas marcas negras en papel, de los mensajes escritos de forma irregular llenos de bromas privadas y apodos, el espectro de la chica muerta se levantaba ante él en la oscura oficina. Sus correos electrónicos le aportaban lo que la multitud de fotografías no habían conseguido: el darse cuenta de una forma más visceral que mental de que un ser humano real, vivo, que reía y lloraba, había muerto destrozado en aquella calle nevada de Londres. Había esperado encontrar la parpadeante sombra de un asesino al pasar las páginas del expediente, pero en lugar de ello, era el fantasma de la misma Lula el que se aparecía, mirándolo, tal y como hacían a veces las víctimas de delitos de violencia, a través del desgaste de sus vidas interrumpidas.

Entendía ahora por qué Bristow insistía en que su hermana no tenía pensamiento de morir. La chica que había escrito aquellas palabras aparecía como una amiga cariñosa, sociable, impulsiva, ocupada y contenta de estarlo, entusiasmada con su trabajo, emocionada, como había dicho Bristow, ante la perspectiva de un viaje a Marruecos.

La mayoría de los correos los había enviado al diseñador Guy Somé. No tenían nada de interés, salvo un tono de alegre confidencialidad y, en una ocasión, una mención a su amistad más incongruente: «Geegee, ¿me harías el favor de hacerle a Rochelle algo por su cumpleaños, por favoooooor? Te lo pagaré. Algo bonito (no seas malo). Es para el 21 de febrero. Porfa, porfa, porfa. Te quiero. Cuco».

Strike recordó que LulaMiInspiracionSiempre había afirmado que Lula quería a Guy Somé «como a un hermano». Su declaración a la policía era la más corta del expediente. Había estado en Japón una semana y había llegado a casa la noche de la muerte de ella. Strike sabía que Somé vivía a un corto paseo de Kentigern Gardens, pero parecía que la policía se había quedado satisfecha cuando declaró que, al llegar a casa, simplemente se había acostado. Strike había notado ya el hecho de que cualquiera que fuera caminando desde Charles Street habría llegado a Kentigern Gardens desde la dirección opuesta al circuito cerrado de televisión de Alderbrook Road.

Strike cerró el expediente por fin. Mientras se movía pesadamente por su despacho, desvistiéndose, quitándose la prótesis y abriendo el catre, no pensó en otra cosa que en su propio agotamiento. Se quedó dormido rápidamente, apaciguado por los sonidos del zumbido del tráfico, el golpeteo de la lluvia y la incesante respiración de la ciudad.

2

Había un gran árbol de magnolias en el jardín delantero de la casa de Lucy en Bromley. Más adentrada la primavera, cubriría el césped de delante con algo que parecerían pañuelos arrugados. Ahora, en abril, era una espumosa nube blanca, con sus pétalos cerosos como virutas de coco. Strike solo había visitado aquel lugar unas cuantas veces, pues prefería encontrarse con Lucy lejos de su casa, donde siempre parecía estar con prisas, y evitar los encuentros con su cuñado, hacia quien sus sentimientos estaban en el lado más frío de lo que se calificaba como poco entusiasta.

Unos globos inflados con helio se movían con la brisa ligera atados a la valla. Cuando Strike avanzó por la pronunciada cuesta del camino delantero que llevaba a la puerta, con el paquete que Robin había envuelto bajo el brazo, se dijo a sí mismo que pronto habría terminado.

–¿Dónde está Charlotte? –preguntó Lucy, bajita, rubia y de rostro redondeado justo después de abrir la puerta.

Más globos grandes y dorados, esta vez en forma del número siete, llenaban la entrada que había detrás de ella. De alguna zona no visible de la casa salían gritos que podrían haber denotado excitación o dolor perturbando la paz de las afueras de la ciudad.

–Ha tenido que volver a Ayr a pasar el fin de semana –mintió Strike.

–¿Por qué? –preguntó Lucy apartándose para dejarlo entrar.

–Otra crisis con su hermana. ¿Dónde está Jack?

–Están todos por aquí. Gracias a Dios que ha parado de llover o tendríamos que haberlos tenido dentro de la casa –le explicó Lucy llevándolo al jardín de atrás.

Encontró a sus tres sobrinos moviéndose rápidamente por el gran césped con otros veinte niños y niñas vestidos con ropa de fiesta que gritaban mientras realizaban algún juego que implicaba correr hasta varios palos de criquet sobre los que habían pegado dibujos de frutas. Había otros padres bajo la débil luz del sol, bebiendo vino en vasos de plástico mientras el marido de Lucy, Greg, manipulaba un iPod colocado en una base sobre una mesa de caballetes. Lucy le pasó a Strike una cerveza y a continuación se alejó de él casi de inmediato para recoger al más pequeño de sus tres hijos, que había sufrido una fuerte caída y berreaba a todo pulmón.

Strike no había querido nunca tener hijos. Era una de las cosas en las que siempre habían estado de acuerdo él y Charlotte y una de las razones por las que a lo largo de los años habían fracasado otras relaciones.

Lucy deploraba su actitud y los motivos que él daba. Ella siempre se ofendía cuando él hablaba de unos objetivos en la vida diferentes a los suyos, como si estuvieran atacando sus decisiones y opciones.

–¿Todo bien, Corm? –preguntó Greg, que le había dejado el control de la música a otro padre. El cuñado de Strike era maestro albañil y parecía que nunca estaba seguro de qué tono utilizar con Strike. Normalmente optaba por una mezcla de irritación y agresión que a Strike le parecía tediosa–. ¿Dónde está la guapa Charlotte? No se han separado otra vez, ¿no? Ja, ja, ja. Es difícil saberlo con ustedes.

Habían empujado a una de las niñas. Greg fue corriendo para ayudar a una de las otras madres a enfrentarse a más lágrimas y manchas de hierba. El juego continuó con su ruido ensordecedor hasta convertirse en un caos. Por fin, se había declarado un vencedor. Hubo más lágrimas del segundo, que tuvieron que apaciguarse con un premio de consolación sacado de la bolsa negra para la basura que había junto a las hortensias. Se anunció entonces una segunda ronda del mismo juego.

–¡Hola! –exclamó una matrona de mediana edad acercándose a Strike–. ¡Tú debes ser el hermano de Lucy!

–Sí –contestó.

–Nos enteramos de lo de tu pobre pierna –dijo bajando la mirada hacia los zapatos de él–. Lucy nos mantuvo a todos bien informados. Dios, nadie lo diría. Ni siquiera te he visto cojear cuando has llegado. ¿No es sorprendente lo que se puede hacer hoy en día? ¡Espero que ahora puedas correr más rápido que antes!

Quizá ella se imaginaba que lo que él tenía era un poste de fibra de carbono bajo los pantalones, como si fuera un paralímpico. Strike le dio un sorbo a su cerveza y forzó una sonrisa arisca.

–¿Es verdad? –preguntó ella comiéndoselo con los ojos, con el rostro de repente inundado de pura curiosidad–. ¿Eres de verdad hijo de Jonny Rokeby?

Un hilo de paciencia que Strike no se había dado cuenta de que estaba a punto de romperse, se partió.

–Ni puta idea –contestó–. ¿Por qué no lo llamas tú y le preguntas?

Ella pareció sorprendida. Unos segundos después, se fue de su lado en silencio. Strike la vio hablar con otra mujer, que miró a Strike. Otro niño se cayó y se golpeó la cabeza con el palo de criquet adornado con una fresa gigante, emitiendo a continuación un grito que hacía explotar los oídos. Con toda la atención puesta en la reciente caída, Strike se deslizó hacia el interior de la casa.

La habitación de delante era sosa y cómoda, con un sofá de tres piezas, un póster impresionista sobre la chimenea y fotos enmarcadas de sus tres sobrinos vestidos con su uniforme verde botella del colegio dispuestas por las estanterías. Strike cerró la puerta con cuidado para aplacar el ruido del jardín, sacó de su bolsillo el DVD que Wardle le había enviado, lo insertó en el reproductor y encendió la televisión.

Había una fotografía sobre el aparato tomada en la fiesta del décimo tercer cumpleaños de Lucy. El padre de Lucy, Rick, estaba allí con su segunda esposa. Strike estaba al fondo, donde lo habían colocado en todas las fotografías de grupo desde que tenía cinco años. En aquel entonces, tenía sus dos piernas. Tracey, compañera de la División de Investigaciones Especiales y la chica con la que Lucy había esperado que su hermano se casara, estaba a su lado. Tracey se había casado posteriormente con uno de sus amigos en común y recientemente había dado a luz a una hija. Strike había querido enviarle flores, pero nunca encontró el momento para hacerlo.

Bajó la mirada a la pantalla y pulsó el *play*.

La granulosa grabación en blanco y negro empezó de inmediato. Una calle blanca, grandes grumos de nieve cayendo por delante de la cámara. La visión de ciento ochenta grados mostraba el cruce de Bellamy con Alderbrook Road.

Un hombre entraba en el campo visual caminando solo desde el lado derecho de la pantalla. Alto, con las manos bien metidas en los bolsillos, envuelto en varias capas y con un gorro sobre la cabeza. Su rostro parecía extraño en aquella grabación en blanco y negro. Engañaba a la vista. Strike creyó estar mirando una cara blanca desnuda más abajo y una venda oscura en los ojos antes de que la lógica le dijera que en realidad estaba viendo una cara oscura más arriba y una bufanda atada por encima de la nariz, la boca y el mentón. Había una especie de marca, quizá un logotipo borroso, en su chamarra. Por lo demás, su ropa era imposible de identificar.

Cuando el caminante se fue acercando a la cámara, agachó la cabeza y pareció mirar algo que había sacado del bolsillo. Segundos después, giraba por Bellamy Road y desaparecía del campo de la cámara. El reloj digital de la parte inferior derecha de la pantalla registraba la 01:39.

La grabación saltó. Una vez más estaba la imagen borrosa del mismo cruce, al parecer sin nadie, los mismos copos de nieve que obstaculizaban la visión, pero ahora el reloj de la esquina inferior daba las 02:12.

Los dos corredores aparecieron en la imagen. El de delante podía reconocerse como el hombre que había salido del campo de visión con su bufanda blanca sobre la boca. De largas y poderosas piernas, corría moviendo los brazos de nuevo por Alderbrook Road. El segundo hombre era más pequeño, más menudo, con un gorro y una cachucha. Strike vio sus puños oscuros, apretados mientras corría a toda velocidad detrás del primero aumentando la distancia con el más alto. Bajo un farol, un dibujo en la parte posterior de su sudadera quedó iluminado brevemente. A mitad de Alderbrook Road, giró de repente a la izquierda y se metió por una calle lateral.

Strike volvió a reproducir de nuevo los pocos segundos de la grabación. Y otra vez más. No vio indicios de comunicación entre los dos corredores. Ninguna señal de que se llamaran el uno al otro ni que siquiera se miraran mientras se alejaban de la cámara corriendo. Podría haberse tratado de dos hombres cualquiera.

Volvió a reproducir las imágenes una cuarta vez y las detuvo, tras varios intentos, en el segundo en que se iluminaba el dibujo de la espalda de la sudadera del hombre más lento. Mirando la pantalla con los ojos entrecerrados, se fue acercando a la imagen borrosa.

Tras un minuto mirándola, casi estaba seguro de que la primera palabra terminaba en «ch», pero la segunda, que parecía que empezaba por «J», era indescifrable.

Pulsó el *play* y dejó que la grabación continuara avanzando, tratando de distinguir qué calle había tomado el segundo hombre. Tres veces lo vio Strike separarse de su compañero y, aunque su nombre era indescifrable en la pantalla, sabía, por lo que había dicho Wardle, que debía ser Halliwell Street.

La policía había creído que el hecho de que el primer hombre hubiera recogido a un amigo fuera del campo de la cámara hacía que disminuyera su plausible consideración como asesino. Eso era asumiendo que los dos fueran, en realidad, amigos. Strike tenía que reconocer que el hecho de que hubieran sido grabados juntos con un tiempo así, y a esas horas, actuando casi de un modo idéntico, indicaba que había una complicidad.

Dejando avanzar la grabación, vio cómo se cortaban casi de una forma sobrecogedora, pasando al interior de un autobús. Se subió una chica. Grabada desde una posición por encima del conductor, su rostro se veía en escorzo y con muchas sombras, aunque podía distinguirse su cabello rubio recogido en una coleta. El hombre que la siguió al interior del autobús guardaba, hasta lo que podía verse, un fuerte parecido con el que después había caminado por Bellamy Street en dirección a Kentigern Gardens. Era alto y llevaba un gorro, con una bufanda blanca sobre la cara y la parte superior del rostro perdido en las sombras. Lo único que se veía claro era el logotipo del pecho, las letras GS con un trazo muy elaborado.

La grabación saltaba a Theobold Road. Si el individuo que caminaba rápido por ella era la misma persona del autobús, se había quitado la bufanda blanca, aunque su complexión y su forma de caminar guardaban mucha semejanza. Esta vez, Strike creyó que el hombre estaba haciendo un esfuerzo consciente por mantener la cabeza agachada.

La grabación terminaba con la pantalla en negro. Strike se quedó sentado mirándola muy concentrado. Cuando recordó dónde estaba, descubrió con ligera sorpresa que lo que le rodeaba era multicolor y que estaba iluminado por el sol.

Sacó su celular del bolsillo y llamó a John Bristow, pero solo consiguió que entrara el buzón de voz. Dejó un mensaje en el que le decía a Bristow que ya había visto las imágenes del circuito cerrado de televisión y que había leído el expediente de la policía, que había algunas cosas más que quería preguntarle y que si sería posible verlo en algún momento a la semana siguiente.

Después, llamó a Derrick Wilson, cuyo teléfono le dirigió igualmente al buzón de voz, donde reiteró su petición de ir a ver el interior del número 18 de Kentigern Gardens.

Strike acababa de colgar cuando la puerta de la sala se abrió y entró su sobrino mediano, Jack. Estaba ruborizado y alterado.

–Te he oído hablar –dijo Jack. Cerró la puerta con el mismo cuidado que lo había hecho su tío.

–¿No se supone que debes estar en el jardín, Jack?

–He ido a hacer pipí –contestó su sobrino–. Tío Cormoran, ¿me has traído un regalo?

Strike, que no había dejado el paquete envuelto desde que llegó, se lo entregó y vio cómo el cuidadoso trabajo de Robin era destruido por unos dedos pequeños y ansiosos.

–¡Genial! –exclamó Jack feliz–. Un soldado.

–Eso es –dijo Strike.

–Tiene una pistola y todo.

–Sí que la tiene.

–¿Tú tenías pistola cuando fuiste soldado? –preguntó Jack dándole la vuelta a la caja para mirar la foto de su contenido.

–Tenía dos –respondió Strike.

–¿Las sigues teniendo?

–No, tuve que devolverlas.

–Qué lástima –dijo Jack como si tal cosa.

–¿No se supone que deberías estar jugando? –preguntó Strike mientras del jardín llegaban nuevos gritos.

–No quiero –contestó Jack–. ¿Puedo sacarlo?

–Sí, claro.

Mientras Jack destrozaba la caja febrilmente, Strike sacó el DVD de Wardle del reproductor y se lo guardó en el bolsillo. Después, ayudó a Jack a sacar al paracaidista de plástico de las sujeciones que lo ataban al cartón y a colocarle el arma en la mano.

Lucy los encontró a los dos sentados allí diez minutos después. Jack hacía disparar a su soldado por la parte de atrás del sofá y Strike fingía haber recibido una bala en el estómago.

–¡Por el amor de Dios, Corm, es su fiesta! ¡Se supone que debe estar jugando con los demás! Jack, te he dicho que no se te permitía abrir todavía los regalos. Recógelo... No, tendrá que quedarse aquí dentro... No, Jack, puedes jugar después con él. Además, ya es casi la hora de merendar.

Nerviosa e irascible, Lucy sacó de la habitación a su reacio hijo lanzando una mirada oscura a su hermano. Cuando Lucy apretaba los labios, guardaba un fuerte parecido con su tía Joan, que no tenía parentesco de consanguinidad con ninguno de los dos.

La breve similitud provocó en Strike un espíritu de colaboración inusitado. Siguiendo las normas de Lucy, se comportó bien durante el resto de la fiesta, dedicándose sobre todo a apaciguar discusiones entre varios niños sobreexcitados y, después, atrincherándose tras una mesa con caballetes cubierta de gelatina y helados, evitando así el interés indiscreto de las madres que por allí merodeaban.

3

Strike se despertó el domingo por la mañana temprano con el sonido de su celular, que se estaba recargando en el suelo junto al catre. Era Bristow quien llamaba. Parecía tenso.

–Recibí ayer su mensaje, pero mamá se encuentra mal y no tenemos enfermera para esta tarde. Alison va a venir para hacerme compañía. Podría reunirme con usted mañana, durante mi hora del almuerzo, si está libre. ¿Ha habido algún avance? –preguntó esperanzado.

–Alguno –respondió Strike con cautela–. Oiga, ¿dónde está la *laptop* de su hermana?

–Está aquí, en casa de mi madre. ¿Por qué?

–¿Le parecería bien si le echo un vistazo?

–De acuerdo –contestó Bristow–. Se la llevaré mañana, ¿quiere?

Strike dijo que le parecía una buena idea. Después de que Bristow le diera el nombre y la dirección de su restaurante favorito para comer cerca de su bufete y colgara, Strike tomó sus cigarros y se quedó recostado un rato fumando y contemplando el dibujo que en el techo provocaba el sol a través de las persianas, saboreando el silencio y la soledad, la ausencia de niños gritando, los intentos de Lucy por interrogarlo por encima de los escandalosos gritos de su hijo pequeño. Con una sensación casi de cariño por su tranquila oficina, apagó el cigarro, se levantó y se preparó para ir a darse su regaderazo habitual en la universidad de la London Union.

Consiguió por fin contactar con Derrick Wilson tras varios intentos más en domingo por la tarde.

–No puede venir esta semana –le informó Wilson–. El señor Bestigui está mucho por aquí últimamente. Tengo que pensar en mi trabajo, ya me entiende. Lo llamaré si se presenta alguna ocasión buena, ¿de acuerdo?

Strike oyó un timbre a lo lejos.

–¿Está ahora en el trabajo? –preguntó Strike antes de que Wilson pudiera colgar.

Oyó que el guardia de seguridad hablaba apartado del auricular.

–(Firma el libro, amigo.) ¿Qué? –añadió, dirigiéndose a Strike.

–Si está ahí ahora, ¿podría buscar en el registro el nombre de una amiga que solía visitar a Lula a veces?

–¿Qué amiga? –preguntó Wilson–. (Sí, hasta luego.)

–La chica de la que hablaba Kieran, la amiga del centro de rehabilitación. Rochelle. Quiero saber su apellido.

–Ah, esa. Sí –contestó Wilson–. Sí, echaré un vistazo y le llamo...

–¿Puede hacerlo ahora?

Oyó un suspiro de Wilson.

–Sí, de acuerdo. Espere.

Oyó sonidos de movimientos, golpes sordos y chirridos, después, el movimiento rápido de páginas. Mientras Strike esperaba, vio varias prendas de ropa diseñadas por Guy Somé que aparecía en la pantalla de su computadora.

–Sí, aquí está –dijo la voz de Wilson en su oído–. Se llama Rochelle... no puedo leer... parece Onifade.

–¿Puede deletrearlo?

Wilson lo hizo y Strike tomó nota.

–¿Cuándo fue la última vez que estuvo allí, Derrick?

–A primeros de noviembre –respondió Wilson–. (Sí, buenas tardes.) Tengo que colgar.

Colgó el auricular después de que Strike le diera las gracias y el detective volvió a su lata de cerveza Tennets y a su contemplación de la ropa moderna creada por Guy Somé, en concreto, una chamarra con gorro y cierre con unas letras GS en dorado en el lado superior izquierdo. Aquel logotipo era muy visible en toda la ropa *prêt-à-porter* de la sección de hombre de la página web del diseñador. Strike no tenía claro del todo la definición del *prêt-à-porter*. Le parecía una expresión obvia, aunque cualquiera que fuera la connotación que pudiera tener, significaba «más barata». La segunda sección de la página se llamaba simplemente «Guy Somé» y contenía ropa que, por lo común, se elevaba a varios miles de libras.

A pesar de todos los esfuerzos de Robin, el diseñador de aquellos trajes bermellón, aquellas corbatas tejidas, aquellos minivestidos bordados con fragmentos de espejo, aquellos sombreros de piel, seguía haciendo oídos sordos en su empresa a todas las peticiones de celebrar una entrevista concerniente a la muerte de su modelo preferida.

4

«Crees que no voy a chingarte pero voy a ir tras de ti cabrón. Confiaba en ti carajo y me hiciste esto. Voy a arrancarte la verga y te la voy a meter en la garganta Te encontrarán asfixiado con tu propia verga Cuando termine contigo ni tu propia madre te va a reconocer voy a matarte Strike pedazo de mierda».[5]

–Hace un bonito día en la calle.

–¿Puede leer esto, por favor?

Era lunes por la mañana y Strike acababa de volver de fumar bajo el sol de la calle y de charlar con la chica de la tienda de discos de enfrente. Robin volvía a llevar el pelo suelto. Estaba claro que no tendría más entrevistas ese día. Aquella deducción y los efectos del sol tras la lluvia levantaron juntos el ánimo de Strike. Sin embargo, Robin parecía tensa, de pie tras su mesa y sosteniendo en el aire un papel rosa adornado con los habituales gatitos.

–¿Todavía sigue mandándome esas cosas?

Strike tomó la carta y la leyó, sonriendo.

–No entiendo por qué no va a la policía –protestó Robin–. Las cosas que dice que quiere hacerle…

–Guárdala –dijo Strike con desdén, lanzando la carta a la mesa y revolviendo el resto del exiguo montón de cartas.

–Sí, bueno. Eso no es todo –comentó Robin claramente molesta por la actitud de él–. Acaban de llamar de Soluciones Temporales.

–¿Sí? ¿Qué querían?

[5] Las faltas de puntuación aparecen tal cual en el original en inglés.

195

–Preguntaban por mí –respondió Robin–. Claramente sospechan que sigo aquí.

–¿Y qué les has dicho?

–He fingido que soy otra persona.

–Muy ágil. ¿Quién?

–He dicho que me llamo Annabel.

–Cuando a la gente se le pide que diga un nombre falso en el acto, normalmente elige uno que empieza por «A», ¿lo sabías?

–Pero, ¿y si envían a alguien para comprobarlo?

–¿Qué?

–¡Es a usted a quien le van a pedir dinero, no a mí! ¡Tratarán de hacerle pagar una tarifa de contratación!

Sonrió ante la auténtica preocupación de ella de que tuviera que pagar un dinero que no podía permitirse. Tenía la intención de pedirle que llamara al despacho de Freddie Bestigui otra vez y que empezara a buscar por los directorios de teléfonos de internet el número de la tía de Rochelle Onifade que vivía en Kilburn.

–Okey, pues desalojemos la oficina –dijo en su lugar–. Iba a ver un lugar llamado Vashti esta mañana antes de reunirme con Bristow. Quizá parecería más natural si fuéramos los dos.

–¿Vashti? ¿La boutique? –dijo Robin de inmediato.

–Sí. La conoces, ¿no?

Ahora era Robin la que sonreía. Había leído sobre ese lugar en las revistas. Para ella, ese sitio encarnaba el glamur de Londres, un lugar donde los editores de moda encontraban ropas fabulosas para mostrar a sus lectores, prendas que costarían el salario de Robin de seis meses.

–He oído hablar de ella –dijo.

Él tomó el abrigo de ella y se lo dio.

–Fingiremos que eres mi hermana Annabel. Puedes estar ayudándome a escoger un regalo para mi mujer.

–¿Qué problema tiene el hombre de las amenazas de muerte? –preguntó Robin mientras se sentaban el uno al lado del otro en el metro–. ¿Quién es?

Había contenido su curiosidad sobre Jonny Rokeby y sobre la guapa de piel oscura que había salido corriendo del edificio de Strike su primer día de trabajo y nunca habían hablado del catre. Pero ciertamente, se sentía con derecho a hacer preguntas sobre las amenazas de muerte. Al fin y al cabo, era ella la que hasta ahora había abierto tres sobres rosas y había leído las desagradables y violentas efusiones garabateadas entre gatitos retozones. Strike nunca las miraba.

—Se llama Brian Mahers —le explicó Strike—. Vino a verme el mes de junio pasado porque creía que su mujer se acostaba con otro. Quería que la siguiera, así que la tuve bajo vigilancia durante un mes. Una mujer muy normal: del montón, desaliñada y con una base mal hecha. Trabajaba en el departamento de contabilidad de un almacén grande de alfombras. Pasaba los días laborables en una oficina diminuta con tres compañeras, iba al bingo todos los jueves, hacía la compra semanal los viernes en Tesco y los sábados iba con su marido al club filantrópico de su barrio.

—¿Cuándo pensaba él que se acostaba ella con otro? —preguntó Robin.

Sus reflejos pálidos se balanceaban en la ventana opaca. Carente de color bajo la severa luz de arriba, Robin parecía mayor, pero etérea, y Strike tenía las facciones más marcadas y estaba más feo.

—Los jueves por la noche.

—¿Y lo estaba haciendo?

—No. En realidad, iba al bingo con su amiga Maggie, pero los cuatro jueves que yo la vigilé llegó tarde a casa de forma deliberada. Daba unas cuantas vueltas con el coche después de dejar a Maggie. Una noche entró en un bar y se tomó un jugo de tomate ella sola, sentada en un rincón, con aspecto de tímida. Otra noche esperó en su coche al fondo de su calle durante cuarenta y cinco minutos antes de doblar la esquina.

—¿Por qué? —preguntó Robin mientras el metro traqueteaba con fuerza por un largo túnel.

—Pues ahí está la cuestión, ¿no? ¿Trataba de alterarlo? ¿Lo provocaba? ¿Lo estaba castigando? ¿Intentaba inyectar un poco de emoción en su aburrido matrimonio? Todos los jueves, solo un poco de tiempo no justificado.

»Él es un retorcido imbécil y ha mordido bien el anzuelo. Estaba seguro de que ella se veía con un amante una vez a la semana, que su amiga Maggie la encubría. Él mismo había intentado seguirla, pero estaba convencido de que iba al bingo en esas ocasiones porque sabía que él la vigilaba.

—¿Y usted le dijo la verdad?

—Sí. Él no me creyó. Se alteró mucho y empezó berrear y a gritar que todos teníamos una conspiración contra él. Se negó a pagarme la factura.

»A mí me preocupaba que él terminara haciéndole daño a ella, y es ahí donde cometí mi gran error. La llamé y le dije que su marido me había pagado para que la vigilara, que yo sabía lo que ella hacía y que su marido estaba llegando al límite. Por su bien, debía tener cuidado de no provocarlo mucho más. Ella no dijo nada, solo colgó.

»Y bueno, él le miraba el celular con regularidad. Vio mi número y llegó a la conclusión más obvia.

—¿Que usted le había contado que él había hecho que la vigilara?

—No. Que yo había sido seducido por sus encantos y que era su nuevo amante.

Robin dio una palmada delante de su boca. Strike se rio.

—¿Sus clientes están normalmente un poco locos? —preguntó Robin cuando volvió a liberar su boca.

—Este sí. Pero normalmente lo que están es estresados.

—Estaba pensando en Bristow —dijo Robin dubitativa—. Su novia cree que alucina. Y usted pensaba que podía estar… ya sabe… ¿no? —y añadió con cierta vergüenza—: Oímos a través de la puerta. Lo de «psicólogo de sillón».

—Ya —dijo Strike—. Bueno, puede que yo haya cambiado de opinión.

—¿A qué se refiere? —preguntó Robin abriendo de par en par sus claros ojos azul grisáceos. El tren estaba deteniéndose. Por las ventanas se reflejaban figuras, volviéndose menos borrosas a cada segundo—. ¿Usted… quiere decir que no… que él podría tener razón, que de verdad fue un…?

—Es nuestra parada.

La boutique pintada de blanco que buscaban estaba en una de las zonas más caras de Londres, en Conduit Street, cerca del cruce con New Bond Street. Para Strike, sus coloridos escaparates exhibían un numeroso revoltijo de cosas innecesarias. Había cojines bordados con cuentas y velas aromáticas en botes de plata, telas de gasa caída, llamativos caftanes puestos sobre maniquíes sin rostro, grandes bolsas de una fealdad ostentosa… todo ello dispuesto sobre un fondo de pop-art a modo de burda celebración de un consumismo que a él le parecía molesto para la vista y para el espíritu. Pudo imaginarse a Tansy Bestigui y a Ursula May allí, examinando las etiquetas de los precios con ojos expertos, eligiendo bolsas de cuatro cifras de piel de cocodrilo con una determinación nada placentera para hacer valer el dinero de sus matrimonios carentes de amor.

Al lado de él, Robin también miraba el escaparate, pero asimilando solo a medias lo que estaba mirando. Esa mañana le habían hecho una oferta de trabajo, mientras Strike fumaba abajo, justo antes de que llamaran de la empresa de trabajo temporal. Cada vez que pensaba en la oferta, que tendría que aceptar o rechazar en los próximos dos días, sentía una punzada de intensa emoción en el estómago que ella trataba de convencerse de que era por placer. Pero empezaba a sospechar que era por miedo.

Debía aceptarlo. Tenía muchas cosas a su favor. Le pagaban exactamente lo que ella y Mathew habían acordado que tenía que pedir. Las oficinas eran elegantes y estaban bien situadas en el West End. Ella y Matthew podrían comer juntos. El mercado de empleo estaba flojo. Debería estar encantada.

—¿Cómo fue la entrevista del viernes? —preguntó Strike mirando con los ojos entrecerrados un abrigo de lentejuelas que le parecía obsceno y feo.

—Creo que bastante bien —contestó Robin con tono ligero.

Recordó la emoción que había sentido hacía tan solo unos momentos cuando Strike había dado a entender que, al final, podría haber un asesino. ¿Lo decía en serio? Robin se dio cuenta de que ahora él estaba mirando un montaje de accesorios como si pudieran estar diciéndole algo importante y que seguramente —vio por un momento a través de los ojos de Matthew y pensó con la voz de él— aquello era una pose adoptada para provocar un efecto o para lucirse. Strike parecía pensar que ser detective privado era un trabajo disparatado, como el de astronauta o domador de leones. Que la gente de verdad no hacía esas cosas.

Robin pensó que si aceptaba el trabajo de recursos humanos, quizá no sabría nunca —a menos que lo viera algún día en las noticias— cómo terminaría aquella investigación. Demostrar, resolver, cazar, proteger. Eran cosas que valía la pena hacer. Importantes y fascinantes. Robin sabía que Matthew la consideraba en cierto modo como una mujer infantil e ingenua por pensar así, pero no podía evitarlo.

Strike le había dado la espalda a Vashti y estaba mirando hacia algo que había en New Bond Street. Vio que tenía la mirada fija en el buzón rojo que había en la puerta de la zapatería Russell and Bromley, con su boca oscura y rectangular mirándoles de forma lasciva desde el otro lado de la calle.

–Bueno, vamos –dijo Strike mirándola de nuevo–. No olvides que eres mi hermana y que vamos a comprar algo para mi mujer.

–Pero, ¿qué es lo que estamos intentando descubrir?

–Lo que hicieron Lula Landry y su amiga Rochelle Onifade aquí dentro el día de antes a la muerte de Landry. Se vieron aquí durante quince minutos y, después, se separaron. No tengo muchas esperanzas. Fue hace tres meses y puede que no vieran nada. Pero vale la pena intentarlo.

La planta baja de Vashti estaba dedicada a la ropa. Un letrero que apuntaba hacia las escaleras de madera indicaba que arriba había una cafetería y «estilo de vida». Había unas cuantas mujeres mirando los estantes de metal brillante con la ropa. Todas eran delgadas y bronceadas, con el pelo largo, limpio y recién secado con secadora. Las empleadas componían un grupo ecléctico. Su ropa excéntrica, sus peinados estrafalarios. Una de ellas llevaba un tutú y medias de malla. Estaba arreglando un estante de sombreros.

Para sorpresa de Strike, Robin se acercó descaradamente a esta chica.

–Hola –dijo con tono alegre–. Hay un abrigo de lentejuelas fabuloso en el escaparate de en medio. Me preguntaba si podría probármelo.

La empleada tenía una masa de pelo blanco y mullido con textura de algodón de azúcar, unos ojos pintados con colores chillones y sin cejas.

–Sí, no hay problema –contestó.

Sin embargo, resultó que mentía. Retirar el abrigo del escaparate era un buen problema. Tenía que quitárselo al maniquí que lo llevaba puesto y quitarle la etiqueta electrónica. Diez minutos después, el abrigo no había salido todavía y la empleada había llamado a dos de sus compañeras para que fueran al escaparate a ayudarla. Mientras tanto, Robin daba vueltas alrededor sin hablar con Strike, escogiendo unos cuantos vestidos y cinturones. Cuando las tres chicas sacaron en procesión el abrigo de lentejuelas del escaparate, todas las empleadas implicadas en su retirada parecían estar dedicadas al abrigo y acompañaron a Robin al probador, ofreciéndose una de ellas a llevarle el montón de ropa adicional que había elegido y las otras dos sujetando el abrigo.

Los probadores de cortina eran unas estructuras metálicas envueltas en una gruesa seda de color crema, como si fueran tiendas de campaña. Mientras se colocaba bastante cerca para escuchar lo que ocurría dentro, Strike sintió que ahora empezaba a apreciar la variedad de talentos que escondía su secretaria temporal.

Robin se había llevado al probador prendas por valor de más de diez mil libras, de las cuales, el abrigo de lentejuelas costaba la mitad. Ella nunca habría tenido agallas de hacer algo así en circunstancias normales, pero esa mañana algo se había metido dentro de ella. Osadía y bravuconería. Se estaba demostrando algo a sí misma, a Matthew e incluso a Strike. Las tres empleadas revoloteaban alrededor de ella, colgando vestidos y alisando los pesados pliegues del abrigo y Robin no sintió ninguna vergüenza por no poder permitirse ni siquiera el más barato de los cinturones que colgaban de la pelirroja con tatuajes en ambos brazos y porque ninguna de las chicas recibiría jamás la comisión por la que, sin duda, estaban compitiendo. Incluso permitió que la empleada de pelo rosa fuera a buscar una chamarra dorada que le había asegurado a Robin que le quedaría estupenda y que iba maravillosamente con el vestido verde que ella había escogido.

Robin era más alta que cualquiera de las empleadas y cuando intercambió su gabardina por el abrigo de lentejuelas, lanzaron murmullos de admiración y gritos entrecortados.

—Tengo que enseñárselo a mi hermano —les dijo después de contemplar su reflejo con ojo crítico—. No es para mí, ¿saben? Es para su mujer.

Y volvió a salir por las cortinas del probador con las tres empleadas merodeando detrás de ella. Las chicas ricas que estaban junto a los estantes de ropa se giraron para mirar a Robin con los ojos entrecerrados mientras ella preguntaba con descaro:

—¿Qué opinas?

Strike tuvo que admitir que el abrigo que había creído que era tan repugnante quedaba mejor en Robin que en el maniquí. Ella se giró sobre sí misma y aquella cosa brilló como la piel de un lagarto.

—Está bien —contestó él mostrándose masculinamente precavido, y las empleadas sonrieron con indulgencia—. Sí, es una buena elección. ¿Cuánto cuesta?

—No mucho, para lo que sueles gastar —contestó Robin con una mirada pícara a sus sirvientas—. Pero a Sandra le va a encantar —le dijo con determinación a Strike, quien, sorprendido con la guardia baja, sonrió—. Y es por su cuarenta cumpleaños.

—Puede ponérselo con todo —le aseguró a Strike con impaciencia la chica del algodón de azúcar—. Es muy versátil.

—Bueno, voy a probarme ese vestido de Cavalli —dijo Robin con despreocupación volviendo al probador.

—Sandra me ha pedido que venga yo con él —le contó a las empleadas mientras la ayudaban a quitarse el abrigo y le bajaban el cierre al vestido que ella había dicho—. Para asegurarse de que no vuelva a cometer otro error estúpido. Para su treinta cumpleaños le regaló los aretes más feos del mundo. Le costaron un riñón y nunca los ha sacado de la caja fuerte.

Robin no sabía de dónde le venía esa inventiva. Se sentía inspirada. Se quitó el suéter y la falda y empezó a retorcerse dentro de un vestido ajustado de color verde chillón. Sandra empezaba a convertirse en alguien real para ella a medida que hablaba: un poco mimada, algo aburrida, que confiaba en su cuñada sabiendo que el hermano de esta —un banquero, pensó Robin, aunque Strike no correspondía en realidad a la idea que ella tenía de un banquero— no tenía ningún gusto.

—Así que me dijo «Llévalo a Vashti y haz que abra en dos la cartera». Ay, sí, este está bien.

Estaba más que bien. Robin se quedó mirando su propio reflejo. Nunca se había puesto en su vida algo tan bonito. El vestido verde estaba confeccionado de forma mágica para encogerle la cintura a la nada, para esculpir su figura dándole unas curvas fluidas, alargándole el pálido cuello. Era una diosa serpentina vestida de un reluciente verde veronés y las empleadas empezaron a murmurar y ahogar gritos de gusto.

—¿Cuánto? —preguntó Robin a la pelirroja.

—Dos mil ochocientas con noventa y nueve —contestó la chica.

—No es nada para él —dijo Robin frívolamente, saliendo por las cortinas para mostrarse ante Strike, a quien encontró mirando un montón de guantes en una mesa circular.

Su único comentario ante el vestido verde fue «Sí». Apenas la miró.

–Bueno, puede que no sea un buen color para Sandra –admitió Robin con una repentina sensación de vergüenza. Al fin y al cabo, Strike no era su hermano ni su novio. Quizá había llevado su invención demasiado lejos, desfilando delante de él con un vestido muy ceñido. Se retiró al probador.

–La última vez que estuvo Sandra aquí, Lula Landry estaba en su cafetería –dijo desnuda otra vez en calzones y brasier–. Sandra dijo que era preciosa en persona. Incluso más que en las fotos.

–Oh, sí que lo era –confirmó la chica del pelo rosa, que tenía apretada contra el pecho la chamarra dorada que había ido a buscar–. Solía venir continuamente, la veíamos todas las semanas. ¿Quieres probarte esto?

–Estuvo aquí el día antes de su muerte –intervino la chica del pelo de algodón de azúcar ayudando a Robin a meterse en la chamarra dorada–. En este probador, justo en este mismo.

–¿De verdad? –preguntó Robin.

–No va a cerrarse por encima del pecho, pero queda genial abierta –dijo la pelirroja.

–No. Eso no puede ser. Sandra es un poco más grande que yo –dijo Robin sacrificando sin compasión la figura de su cuñada ficticia–. Voy a probarme ese vestido negro. ¿Has dicho que Lula Landry estuvo aquí de verdad el día antes de su muerte?

–Sí –contestó la chica del pelo rosa–. Fue muy triste, realmente triste. Tú la oíste, ¿no, Mel?

La pelirroja de los tatuajes, que sostenía un vestido negro con inserciones de encaje, emitió un ruido indeterminado. Mirándola en el espejo, Robin no vio disposición alguna a contar lo que de forma deliberada o accidental había oído.

–Estaba hablando con Duffield, ¿verdad, Mel? –insistió la chismosa del pelo rosa.

Robin vio que Mel fruncía el ceño. A pesar de los tatuajes, Robin tuvo la impresión de que Mel podría tener un rango superior al de las otras dos chicas. Parecía pensar que la discreción sobre lo que ocurría en aquellos probadores de seda de color crema formaba parte de su trabajo, mientras que las otras dos estaban deseando retomar el chisme, especialmente con una mujer que parecía tan ansiosa por gastar el dinero de su hermano rico.

–Debe ser imposible no escuchar lo que pasa dentro de estas… de estas tiendas de campaña –comentó Robin, algo jadeante mientras se metía dentro del vestido negro de encaje gracias a los esfuerzos conjuntos de las tres empleadas.

Mel se fue relajando ligeramente.

–Sí que lo es. Y la gente entra aquí y empieza a hablar de lo que se les antoja. No puedes evitar escucharlo todo a través de esto –dijo señalando la rígida cortina de seda salvaje.

–Una se imaginaría que Lula Landry sería un poco más cautelosa con la prensa siguiéndola allá donde fuera –arguyó Robin tremendamente oprimida dentro de una camisa de fuerza de encaje y piel.

–Sí –respondió la pelirroja–. Es decir, yo nunca comento nada de lo que oigo. Pero hay gente que podría hacerlo.

Sin tener en cuenta el hecho de que era evidente que había compartido con sus compañeras lo que fuera que había escuchado, Robin se sintió agradecida por aquel extraño sentido de la decencia.

–Pero supongo que tuviste que decírselo a la policía –dijo poniéndose el vestido derecho y abrazándose para subirse el cierre.

–La policía no vino aquí nunca –respondió la chica del pelo de algodón de azúcar con resentimiento en su voz–. Yo le dije a Mel que debía ir a contarles lo que había oído, pero no quiso.

–No fue nada –se excusó Mel rápidamente–. No habría cambiado nada. O sea, él no estaba allí, ¿no? Quedó demostrado.

Strike se había acercado a las cortinas de seda todo lo que fue capaz de atreverse, sin levantar miradas sospechosas de las clientes y del resto de empleadas.

Dentro del cubículo del probador, la chica del pelo rosa estaba subiendo el cierre. Poco a poco, la caja torácica de Robin quedó comprimida por un gran corsé oculto. El Strike que las escuchaba se quedó desconcertado al ver que su siguiente pregunta era casi un gruñido.

–¿Te refieres a que Evan Duffield no estaba en el departamento de ella cuando murió?

–Sí –confirmó Mel–. Así que, no importaba lo que le hubiera dicho ella antes, ¿no? Él no estaba allí.

Las cuatro mujeres miraron el reflejo de Robin durante un momento.

–Creo que Sandra no va a caber aquí dentro –dijo Robin observando el modo en que dos terceras partes de sus pechos quedaban aplastados por aquel tejido que la apretaba mientras la parte superior se desbordaba por el escote–. Pero, ¿no crees que deberías haberle contado a la policía lo que dijo y dejar que ellos decidieran si era importante? –preguntó respirando con más facilidad cuando la chica del pelo de algodón de azúcar le abrió el cierre.

–Eso mismo dije yo, ¿verdad, Mel? –se pavoneó la chica del pelo rosa–. Se lo dije.

Mel se puso de inmediato a la defensiva.

–¡Pero si él no estaba allí! ¡No fue a su casa! Él debió decirle que tenía algo y que no quería verla, porque ella le contestó: «Entonces, ven luego, yo te espero. No importa. De todos modos, es probable que no llegue a casa hasta la una. Por favor, ven. Por favor». Como si le estuviera suplicando. De todos modos estaba con su amiga en el probador. Su amiga lo oyó todo. Se lo contaría a la policía, ¿no?

Robin se estaba poniendo de nuevo el abrigo brillante, para tener algo que hacer.

–Y es seguro que estaba hablando con Evan Duffield, ¿no? –preguntó, casi como si se le hubiera ocurrido en el último momento, mientras se giraba delante del espejo.

–Claro que sí –contestó Mel, como si Robin hubiera insultado su inteligencia–. ¿A quién si no le iba a estar pidiendo que se pasara por su casa a esas horas de la noche? Parecía desesperada por verlo.

–Dios, qué ojos –dijo la chica con el pelo de algodón de azúcar–. Es tan endiabladamente guapo… Y tiene un gran carisma en persona. Vino una vez aquí con ella. Dios, es atractivo a morir.

Diez minutos después, habiendo desfilado Robin con otros dos vestidos delante de Strike, y tras acordar con él delante de las empleadas que el abrigo de lentejuelas era el mejor de todos, decidieron, con el visto bueno de las empleadas, que ella llevaría a Sandra al día siguiente para que le echara un vistazo antes de comprometerse a nada. Strike reservó el abrigo de cinco mil libras a nombre de Andrew Atkinson, dio un número de teléfono inventado y salió de la boutique con Robin en medio de una lluvia de buenos y cariñosos deseos, como si ya se hubieran gastado el dinero.

Recorrieron en silencio cincuenta metros y Strike encendió un cigarro antes de decir nada.

–Muy impresionante.

Robin se ruborizó orgullosa.

5

Strike y Robin se separaron en la estación de New Bond Street. Robin tomó el metro de vuelta a la oficina para llamar a BestFilms, buscar en los directorios telefónicos a la tía de Rochelle Onifade y evitar a los de Soluciones Temporales. «Mantén la puerta cerrada con llave», fue el consejo de Strike.

Strike se compró el periódico y tomó el metro hasta Knightsbridge y, a continuación, como le sobraba bastante tiempo, fue caminando hasta el Serpentine Bar and Kitchen, el sitio que Bristow había elegido para que almorzaran.

El viaje lo llevó a través de Hyde Park, por paseos llenos de hojas y el sendero de arena de Rotten Row. Había tomado unas pequeñas notas del testimonio de la chica llamada Mel en el metro y ahora, en aquel follaje teñido de manchas de sol, su mente se puso a divagar, deteniéndose en el recuerdo de Robin con el aspecto que tenía con aquel vestido verde ceñido.

Él la había desconcertado con su reacción, eso lo sabía. Pero hubo en aquel momento una extraña intimidad y precisamente era intimidad lo que él menos deseaba en ese momento, sobre todo, con Robin, con lo brillante, profesional y considerada que era. A él le gustaba su compañía y agradecía el modo en que ella respetaba su privacidad, controlando su curiosidad. Dios sabía que a lo largo de su vida se había encontrado en pocas ocasiones con aquella cualidad en concreto, sobre todo procedente de mujeres, pensó Strike apartándose para esquivar a un ciclista. Pero el hecho de que pronto se quedaría sin Robin era una parte confusa dentro del placer que le provocaba su presencia. El hecho de que ella se fuera a ir suponía, al igual que su anillo de compromiso, una frontera feliz. Le gustaba Robin, le estaba agradecido, incluso, después de lo de esa mañana, estaba impresionado por ella, pero al disfrutar de una buena visión y de una libido perfecta, se acordaba cada día que ella se inclinaba sobre el monitor de su computadora que era una chica muy atractiva. No guapa. No como Charlotte. Pero aun así, atractiva. Ese factor no había sido nunca tan evidente como cuando salió del probador con el ajustado vestido verde y él tuvo literalmente que apartar los ojos. Strike la absolvió de cualquier provocación deliberada pero, aun así, era realista en cuanto al precario equilibrio que debía mantener por su propia salud mental. Ella era el único ser humano con quien estaba en contacto de forma habitual y no desestimó su actual vulnerabilidad. También dedujo, a raíz de ciertas evasivas y vacilaciones, que a su prometido no le gustaba el hecho de haber dejado la agencia de trabajo temporal por aquel acuerdo específico. Lo mejor en todos los sentidos era no permitir que aquella creciente amistad fuera demasiado estrecha. Mejor no admirar abiertamente la visión de su figura envuelta en un suéter.

Strike no había estado nunca en el Serpentine Bar and Kitchen. Estaba situado sobre el lago de las barcas, un edificio llamativo que era más parecido a una pagoda futurista que cualquier otra cosa que hubiera visto nunca. El grueso techo blanco parecía un libro gigante que hubiera sido puesto del revés, sobre sus páginas abiertas, y estaba sujeto por unos cristales en forma de acordeón. Un enorme sauce llorón acariciaba el lateral del restaurante y rozaba la superficie del agua.

Aunque era un día fresco y ventoso, la vista sobre el lago era espléndida bajo la luz del sol. Strike eligió una mesa en el exterior junto al agua, pidió una pinta de Doom Bar y leyó el periódico.

Bristow llevaba ya un retraso de diez minutos cuando un hombre alto, fornido y vestido con un traje caro de bonitos colores se detuvo junto a la mesa de Strike.

–¿Señor Strike?

De cincuenta y muchos años, con la cabeza llena de pelo, una mandíbula fuerte y unos pómulos pronunciados, parecía un actor de segunda contratado para interpretar a un rico hombre de negocios en una miniserie. Strike, cuya memoria visual estaba bien entrenada, lo reconoció de inmediato de las fotografías que Robin había encontrado en internet en las que aquel hombre alto parecía como si deplorara todo lo que le rodeaba en el funeral de Lula Landry.

—Tony Landry, el tío de John y Lula. ¿Me puedo sentar?

Su sonrisa era quizá el ejemplo más perfecto de una mueca de cortesía hipócrita que Strike había visto nunca. Una simple muestra de dientes blancos y uniformes. Landry se quitó su abrigo, lo colocó sobre el respaldo de la silla de enfrente de Strike y se sentó.

—John se ha retrasado en el despacho —dijo. La brisa lo despeinó, mostrando cómo se le había alejado el pelo de las sienes—. Le ha pedido a Alison que le llame usted para decírselo. Por casualidad, yo pasaba junto a su mesa en ese momento, así que pensé que podría venir a darle el mensaje en persona. Así tengo la oportunidad de tener una charla en privado con usted. He estado esperando que se pusiera en contacto conmigo. Sé que está tomándose su tiempo en hablar con todos los contactos de mi sobrina.

Sacó unos lentes de armazón metálico del bolsillo superior, se los puso y dedicó un momento a consultar la carta. Strike bebió un poco de cerveza y esperó.

—He oído que ha estado hablando con la señora Bestigui —dijo Landry dejando la carta en la mesa, quitándose de nuevo los lentes y volviendo a guardarlos en el bolsillo de su traje.

—Así es —contestó Strike.

—Sí. Bueno, no me cabe duda de que las intenciones de Tansy son buenas, pero no se está haciendo ningún favor repitiendo una historia que la policía ha demostrado de forma concluyente que no podía ser cierta. Ningún favor en absoluto —repitió Landry pomposamente—. Y así se lo he dicho a John. La primera obligación de él debería ser con la cliente del bufete y con lo que más le convenga a ella.

»Tomaré la terrina de cerdo ahumado —añadió en dirección a la mesera que pasaba por su lado— y agua. En botella. —Y continuó—: En fin, probablemente sea mejor ser directos, señor Strike.

»Por muchos motivos, todos ellos buenos, no estoy a favor de remover las circunstancias de la muerte de Lula. No espero que usted esté de acuerdo conmigo. Usted gana dinero hurgando en los aspectos sórdidos de las tragedias familiares.

Volvió a lanzar su sonrisa agresiva y seca.

—No soy del todo insensible en esto. Todos tenemos que ganarnos el pan y, sin duda, hay mucha gente que diría que mi profesión es tan de parásito como la suya. Pero sería de provecho para los dos si yo le planteo ciertas verdades, datos que dudo que John haya decidido revelar.

—Antes de entrar en ello —contestó Strike—, ¿qué es exactamente lo que ha retrasado a John en el bufete? Si no va a venir, puedo concertar otra cita con él. Tengo que ver a más gente esta tarde. ¿Sigue tratando de solucionar el asunto de Conway Oates?

Sabía solamente lo que Ursula le había contado, que Conway Oates había sido un financiero americano, pero aquella mención al cliente fallecido del bufete tuvo el efecto deseado. La pomposidad de Landry, su deseo de tener el control de aquel encuentro, su cómodo aire de superioridad, desaparecieron por completo, dejándole tan solo con mal humor y sorpresa.

—John no ha… No ha podido ser tan… ¡Es un asunto del bufete del todo confidencial!

—No ha sido John —replicó Strike—. La señora Ursula May mencionó que ha habido algún problema con el patrimonio del señor Oates.

—Estoy muy sorprendido —espetó Landry claramente desconcertado—. No me esperaba que Ursula… que la señora May…

—Entonces, ¿va a venir John? ¿O le ha dado algo que lo va a mantener ocupado durante toda la hora del almuerzo?

Disfrutaba viendo a Landry lidiar con su mal humor, tratando de recuperar el control de sí mismo y de la reunión.

—John llegará en un momento —dijo por fin—. Como le he dicho, yo esperaba poder exponerle ciertos datos en privado.

—De acuerdo. Pues en ese caso, voy a necesitar esto —contestó Strike sacando un cuaderno y un bolígrafo de su bolsillo.

Landry pareció tan incómodo al ver aquellos objetos como Tansy.

—No hace falta tomar notas —dijo—. Lo que voy a contarle no tiene relación, o al menos de una forma directa, con la muerte de Lula. Es decir —añadió con pedantería—, no va a añadir nada a ninguna teoría más que a la del suicidio.

—Aun así, me gusta tener un memorándum —contestó Strike.

Parecía que Landry iba a protestar, pero lo pensó mejor.

—Muy bien. En primer lugar, debería saber que mi sobrino John quedó profundamente afectado por la muerte de su hermana adoptiva.

–Comprensible –comentó Strike, ladeando el cuaderno para que el abogado no pudiera leerlo y escribiendo las palabras «profundamente afectado», simplemente por incomodar a Landry.

–Sí, es lógico. Y aunque yo no iría tan lejos como para sugerir que un detective privado deba rechazar un cliente con base en que sufre estrés o depresión, pues ya le he dicho que todos tenemos que ganarnos nuestra vida, en este caso…

–¿Cree que está todo en su cabeza?

–Yo no lo expresaría así pero, francamente, sí. John ha sufrido ya más dolor de lo que mucha gente sufre en toda una vida. Probablemente usted no sepa que perdió a un hermano…

–Sí que lo sabía. Charlie era un viejo compañero mío de colegio. Por eso es por lo que John me ha contratado.

Landry se quedó mirando a Strike con lo que parecía ser sorpresa y aversión.

–¿Fue usted al colegio Blakkeyfield?

–Poco tiempo. Antes de que mi madre se diera cuenta de que no podía permitirse pagar las colegiaturas.

–Entiendo. No lo sabía. Aun así, puede que no sea del todo consciente de que… John siempre ha sido… utilizaré la expresión que siempre usa mi hermana… muy nervioso. Sus padres tuvieron que llevarlo a psicólogos tras la muerte de Charlie, ¿sabe? No digo que yo sea un experto en salud mental, pero me parece que el fallecimiento de Lula ha hecho que termine cayendo del todo…

–Desafortunada elección de palabras, pero entiendo lo que dice –dijo Strike escribiendo «Bristow está loco»–. ¿Exactamente en qué ve que John está fuera de sí?

–Bueno, muchos dirían que provocar esta nueva investigación es irracional y no tiene sentido –contestó Landry.

Strike mantuvo el bolígrafo levantado sobre el cuaderno. Por un momento, Landry movió la mandíbula como si estuviera masticando.

–Lula era una maníaco depresiva que saltó por la ventana después de una pelea con su novio yonqui –dijo con contundencia–. No hay más misterio. Fue terriblemente espantoso para todos nosotros, sobre todo para su pobre madre, pero esa es la desagradable verdad. Me veo obligado a llegar a la conclusión de que John está teniendo una especie de crisis nerviosa y, si me permite que le hable con franqueza…

–Como quiera.

–Su connivencia está perpetuando el insano rechazo de él a asumir la verdad.

–Que es que Lula se suicidó.

–Un punto de vista que comparte la policía, el forense y el juez de instrucción. John, por motivos que desconozco, está decidido a demostrar que fue un asesinato. Lo que no puedo decirle es cómo piensa él que eso va a hacer que alguno de nosotros se sienta mejor.

–Bueno, hay gente relacionada con suicidas que a menudo se sienten culpables. Creen, aunque estúpidamente, que podrían haber hecho algo más por ayudar. Un veredicto de asesinato exonera a la familia de cualquier culpa, ¿no?

–Ninguno de nosotros tiene por qué sentirse culpable de nada –dijo Landry con tono frío–. Lula recibió la mejor atención médica desde su adolescencia y todos los bienes materiales que su familia adoptiva pudo darle. «Malcriada» podría ser la expresión que mejor se adecuaba a mi sobrina adoptiva, señor Strike. Su madre habría dado literalmente la vida por ella y a cambio recibió bien poco.

–¿Pensaba usted que Lula era una desagradecida?

–No es necesario escribir eso, maldita sea. ¿O es que esas notas están destinadas a algún sórdido periodicucho?

A Strike le interesaba ver cómo Landry se había deshecho por completo de la finura que había llevado a la mesa. La mesera llegó con la comida de Landry. Él no le dio las gracias, sino que se quedó mirando a Strike con furia hasta que ella se fue.

–Está usted hurgando en algo que solo puede provocar dolor. Francamente, me sorprendí al saber qué se disponía a hacer John. Me quedé asombrado.

–¿No le había expresado él sus dudas sobre la teoría del suicidio?

–Había mostrado consternación, naturalmente, como todos nosotros. Pero lo cierto es que no recuerdo ninguna sugerencia de asesinato.

–¿Tiene usted una relación cercana con su sobrino, señor Landry?

–¿Qué tiene eso que ver?

–Eso podría explicar por qué él no le contó lo que pensaba.

–John y yo tenemos una relación laboral perfectamente amistosa.

–¿Relación laboral?

–Sí, señor Strike. Trabajamos juntos. ¿Está usted siempre con la gente de su oficina? No. Pero los dos nos ocupamos del cuidado de mi hermana, la señora Bristow, la madre de John, que se encuentra ahora en un estado terminal. Nuestras conversaciones fuera del trabajo son normalmente sobre Yvette.

—John me parece un hijo obediente.

—Yvette es lo único que le queda ya y el hecho de que se esté muriendo no ayuda tampoco a su estado mental.

—Ella no es lo único que le queda. También está Alison, ¿no?

—No me consta que sea esa una relación muy seria.

—Quizá una de las motivaciones de John al contratarme sea el deseo de darle a su madre la verdad antes de que muera.

—La verdad no va a ayudar a Yvette. A nadie le gusta aceptar que uno recoge lo que ha sembrado.

Strike no dijo nada. Tal y como esperaba, el abogado no pudo resistir la tentación de aclarar lo que había dicho y continuó poco después:

—Yvette siempre ha sido patológicamente maternal. Adora a los bebés —dijo como si aquello fuera ligeramente desagradable, una especie de perversión—. Era una de esas mujeres bochornosas que habrían tenido veinte hijos de haber encontrado a un hombre con la suficiente virilidad. Gracias a Dios, Alec era estéril. ¿O no le ha mencionado eso John?

—Me dijo que sir Alec Bristow no era su padre biológico, si es eso a lo que se refiere.

Si Landry quedó decepcionado por no ser el primero que le daba la noticia, se recuperó de inmediato.

—Yvette y Alec adoptaron a los dos niños, pero ella no tenía ni idea de cómo tratarlos. Por decirlo de una forma simple, se trata de una madre espantosa. Sin control ni disciplina, una indulgencia excesiva y un rechazo rotundo a ver lo que está ocurriendo delante de sus narices. No digo que todo se deba a su forma de criar a sus hijos. Quién sabe lo que pudo influir la genética. Pero John era llorón, histriónico y pegajoso y Charlie era un verdadero delincuente, y terminó…

Landry dejó de hablar de repente y unas manchas de color aparecieron en sus mejillas.

—¿Y terminó cayéndose por el filo de una cantera? —sugirió Strike.

Dijo aquello para ver la reacción de Landry y no quedó decepcionado. Daba la impresión de estar en un túnel que se contrae, una puerta lejana que se cierra. Del todo.

–Hablando claro, sí. Y en aquel entonces, ya era un poco tarde para que Yvette empezara a gritar y atormentar a Alec y a caer al suelo desmayada. Si hubiera tenido una pizca de control, ese niño no se habría propuesto desafiarla. Yo estaba allí –dijo Landry con un tono terrible–. Estaba visitándolos el fin de semana. El domingo de Pascua. Yo había ido a dar un paseo por el pueblo y cuando volví vi que todos lo andaban buscando. Fui directo a la cantera. Me lo imaginé, ¿sabe? Era el sitio al que le habían prohibido ir... y allí estaba.

–Usted encontró el cadáver, ¿no?

–Sí.

–Debió ser tremendamente desolador.

–Sí –contestó Landry sin apenas mover los labios–. Lo fue.

–Y fue tras la muerte de Charlie cuando su hermana y sir Alec adoptaron a Lula, ¿no?

–Lo cual fue probablemente lo más estúpido que Alec Bristow consintió hacer –dijo Landry–. Yvette ya había demostrado ser una madre desastrosa. ¿Había alguna probabilidad de que fuera a tener más éxito encontrándose en un estado de abandono y aflicción? Por supuesto, ella siempre había querido una hija, una bebé para vestirla de rosa, y Alec pensó que eso la haría feliz. Siempre le daba a Yvette todo lo que quería. Estuvo perdidamente enamorado de ella desde el momento en que entró a trabajar como secretaria y él era todo oriundo del East End. Yvette siempre había tenido predilección por los que eran un poco rudos.

Strike se preguntó cuál podría ser la verdadera fuente de la rabia de Landry.

–¿No se lleva usted muy bien con su hermana, señor Landry? –preguntó Strike.

–Nos llevamos perfectamente bien. Simplemente no estoy ciego pero Yvette sí, señor Strike, y sé cuánta de su desgracia ha sido culpa suya.

–¿Les resultó difícil que les concedieran otra adopción después de que Charlie muriera? –preguntó Strike.

–Me atrevería a decir que habría sido difícil de no ser porque Alec era multimillonario –espetó Landry–. Sé que las autoridades estaban preocupadas por la salud mental de Yvette y los dos eran ya un poco mayores. Es una lástima que no los rechazaran. Pero Alec era un hombre de infinitos recursos y tenía todo tipo de contactos extraños de su época como vendedor ambulante. No conozco los detalles, pero no me extrañaría que hubiera habido un intercambio de dinero. Aun así, no pudo permitirse a una niña de rasgos caucásicos. Metió en su familia a otra niña de procedencia completamente desconocida para que la criara una mujer deprimida e histérica sin ningún sentido común. No me sorprendió apenas que el resultado fuera catastrófico. Lula era tan inestable como John y tan salvaje como Charlie. Yvette seguía sin tener ni idea de cómo tratarla.

Haciendo garabatos en homenaje a Landry, Strike se preguntó si su creencia en la predeterminación genética explicaba en parte la preocupación de Bristow por los parientes negros de Lula. Sin duda, Bristow había estado al tanto de las opiniones de su tío a lo largo de los años. Los niños absorben los puntos de vista de sus familiares de una forma profunda y visceral. Él, Strike, sabía en lo más profundo de su ser, mucho antes de que se pronunciaran aquellas palabras delante de él, que su madre no era como las demás, que había –si es que creía en el código secreto que unía al resto de adultos que lo rodeaban– algo vergonzoso en ella.

–Creo que usted vio a Lula el día en que murió –dijo Strike.

Las pestañas de Landry eran tan rubias que parecían canosas.

–¿Perdón?

–Sí... –Strike pasó las páginas de su cuaderno ostentosamente deteniéndose en una página en blanco–. Usted la vio en casa de su hermana, ¿no es así? Cuando Lula pasó a ver a su madre.

–¿Quién le dijo eso? ¿John?

–Está en el informe de la policía. ¿No es verdad?

–Sí, es del todo cierto, pero no veo qué relevancia puede tener con nada de lo que hemos hablado.

–Lo siento. Cuando usted llegó dijo que había estado esperando tener noticias mías. Tuve la impresión de que usted estaba dispuesto a responder a unas preguntas.

Landry tomó el aspecto de ser un hombre al que hubieran puesto en un aprieto de forma inesperada.

–No tengo más que añadir a lo que declaré ante la policía –dijo por fin.

–Que es... –dijo Strike mientras pasaba hacia atrás hojas en blanco– que usted se pasó a visitar a su hermana esa mañana, que vio allí a su sobrina, y que después viajó en coche a Oxford para asistir a una conferencia sobre novedades a nivel internacional en el campo del Derecho de Familia.

Landry empezó de nuevo a morder aire.

–Correcto –dijo.

–¿A qué hora diría usted que llegó al departamento de su hermana?

–Debía ser alrededor de las diez –contestó Landry tras una breve pausa.

–¿Y cuánto tiempo se quedó?

–Quizá media hora. Puede que más. La verdad es que no me acuerdo.

–¿Y se fue desde allí directamente a la conferencia de Oxford?

Por detrás de Landry, Strike vio a John Bristow preguntando a una mesera. Parecía llegar sin aliento y un poco despeinado, como si hubiera llegado corriendo. Un portafolio de piel rectangular colgaba de su mano. Miró a su alrededor dando ligeras patadas sobre el suelo y, cuando localizó la parte posterior de la cabeza de Landry, Strike pensó que pareció asustarse.

6

–John –dijo Strike cuando su cliente se acercó a ellos.

–Hola, Cormoran.

Landry no miró a su sobrino, sino que tomó su cuchillo y su tenedor y dio un primer bocado a su terrina. Strike se movió en la mesa para dejar espacio para que Bristow se sentara delante de su tío.

–¿Hablaste con Reuben? –preguntó Landry a Bristow con frialdad después de tragarse el bocado de terrina.

–Sí. Le dije que iré esta tarde y que repasaré con él todos los depósitos y los planos.

–Acabo de preguntarle a su tío sobre la mañana anterior a la muerte de Lula, cuando fue al departamento de su madre –dijo Strike.

Bristow lanzó una mirada a Landry.

–Me interesa lo que se dijo y se hizo allí –continuó Strike– porque, según el chofer que la llevó de vuelta desde la casa de su madre, Lula parecía consternada.

–Por supuesto que estaba consternada –espetó Landry–. Su madre tenía cáncer.

–Se suponía que la operación que acababan de hacerle la había curado, ¿no?

–A Yvette acababan de hacerle una histerectomía. Estaba dolorida. No me extraña que Lula estuviera angustiada por ver a su madre en ese estado.

–¿Habló mucho tiempo con Lula cuando la vio?

Hubo una pequeñísima vacilación.

–Solo una conversación sin importancia.

–¿Y ustedes dos? ¿Se hablaron?

Bristow y Landry no se miraron. Una pausa más larga, de varios segundos, antes de que Bristow contestara:

–Yo estaba trabajando en el despacho de casa. Oí a Tony llegar, lo oí hablar con mamá y con Lula.

–¿No entró a saludarlo? –le preguntó Strike a Landry.

Landry lo miró con ojos ligeramente saltones, pálidos entre las claras pestañas.

–¿Sabe? Aquí nadie está obligado a responder a sus preguntas, señor Strike –dijo Landry.

–Por supuesto que no –confirmó Strike, y tomó una pequeña e incomprensible nota en su cuaderno. Bristow estaba mirando a su tío. Landry pareció pensarlo mejor.

–Pude ver a través de la puerta abierta del estudio que John estaba concentrado en el trabajo y no quise molestarlo. Me senté con Yvette en su dormitorio un rato, pero ella estaba atontada por los analgésicos, así que la dejé con Lula. –Y continuó hablando con un levísimo tono de rencor–. Sabía que no había nadie a quien Yvette prefiriera antes que a Lula.

–El registro de llamadas de Lula muestra que llamó a su teléfono celular repetidamente después de que ella se fuera de la casa de lady Bristow, señor Landry.

Landry se ruborizó.

–¿Habló con ella por teléfono?

–No. Tenía el celular en silencio. Llegaba tarde a la conferencia.

–Pero vibra, ¿no?

Se preguntó qué haría falta para hacer que Landry se fuera. Estaba seguro de que el abogado estaba a punto de hacerlo.

–Eché un vistazo al teléfono. Vi que era Lula y decidí que podía esperar –contestó secamente.

–¿No le devolvió la llamada?

–No.

–¿No dejó ella ningún mensaje para decirle de qué quería hablar con usted?

–No.

–Parece extraño, ¿no? Acababa de verla en casa de su madre y dice que no se dijeron nada importante, pero ella pasó buena parte del resto de la tarde tratando de ponerse en contacto con usted. ¿No parece como si tuviera algo urgente que decirle? ¿O como si quisiera continuar una conversación que habían mantenido en la casa?

–Lula era del tipo de chicas que podía llamar a cualquiera treinta veces seguidas con el más tonto de los pretextos. Estaba muy consentida. Esperaba que la gente diera un brinco al oír su nombre.

Strike miró a Bristow.

–A veces… era… un poco así –murmuró su hermano.

–¿Cree que su hermana estaba molesta simplemente porque su madre estaba débil por la operación, John? –le preguntó Strike a Bristow–. Su conductor, Kieran Kolovas-Jones, insiste en que salió del departamento con un humor muy alterado.

Antes de que Bristow pudiera responder, Landry, abandonando su comida, se puso de pie y empezó a ponerse el abrigo.

–¿Kolovas-Jones es ese chico de color de aspecto extraño? –preguntó mirando a Strike y a Bristow–. ¿El que quería que Lula le encontrara un trabajo de modelo y actor?

–Sí, es actor –respondió Strike.

–Sí. El día del cumpleaños de Yvette, el último antes de que enfermara, tuve un problema con mi coche. Lula y ese hombre vinieron para llevarme a la cena de cumpleaños. Kolovas-Jones se pasó la mayor parte del viaje dándole lata a Lula para que usara su influencia con Freddie Bestigui para que le hiciera una prueba. Un joven que no sabe dónde están los límites. Muy familiar en su comportamiento. –Y añadió–: Por supuesto, en lo que a mí respecta, cuanto menos supiera sobre la vida amorosa de mi sobrina, mejor.

Landry lanzó un billete de diez libras sobre la mesa.

–Espero que vuelvas pronto al bufete, John.

Se puso de pie, claramente esperando una respuesta, pero Bristow no le prestaba atención. Estaba mirando con los ojos abiertos de par en par la fotografía del artículo que Strike estaba leyendo cuando llegó Landry. Mostraba a un soldado negro y joven con el uniforme del segundo Batallón del Regimiento Real de Fusileros.

–¿Qué? Sí. Vuelvo enseguida –le contestó con tono distraído a su tío, que lo miraba con frialdad–. Lo siento –añadió Bristow mirando a Strike cuando Landry se fue–. Es que Wilson, Derrick Wilson, ya sabe, el guardia de seguridad… tiene un sobrino en Afganistán. Por un momento, Dios no lo quiera… pero no es él. Es otro nombre. Esta guerra es espantosa, ¿verdad? ¿Y vale la pena tantas vidas perdidas?

Strike dejó de apoyarse en su prótesis, pues la caminata por el parque no ayudó al dolor que tenía en la pierna, e hizo un pequeño ruido.

–Volvamos caminando –propuso Bristow cuando terminó de comer–. Se me antoja un poco de aire fresco.

Bristow eligió el recorrido más directo, que implicaba recorrer partes de césped por las que Strike habría preferido no caminar de haber ido solo, pues exigían mucha más energía que el asfalto. Cuando pasaron por la fuente en memoria de Diana, la princesa de Gales, con el susurro, tintineo y los torrentes de agua por su largo canal de granito de Cornualles, Bristow hizo un repentino anuncio, como si Strike se lo hubiera pedido.

–Nunca le he gustado mucho a Tony. Prefería a Charlie. La gente decía que Charlie se parecía a Tony cuando éste era pequeño.

–No puedo decir que haya hablado de Charlie con mucho cariño antes de que usted llegara y no parece que dedicara tampoco mucho tiempo a Lula.

–¿No le ha dado su opinión sobre la heredad?

–Como deducción.

–No, bueno, normalmente no se muestra tímido al respecto. Entre Lula y yo creció un vínculo más fuerte por el hecho de que el tío Tony nos considerara monas vestidas de seda. Era peor para Lula pues, al menos, mis padres biológicos debieron ser blancos. Tony no es precisamente un hombre sin prejuicios. El año pasado tuvimos una pasante paquistaní. Era una de las mejores que hayamos tenido nunca, pero Tony la despidió.

–¿Qué es lo que hizo que usted se pusiera a trabajar con él?

–Me hicieron una buena oferta. Es el bufete familiar. Mi abuelo lo fundó, y no es que eso sea un aliciente. Nadie quiere que se le acuse de nepotismo. Pero es uno de los mejores bufetes especializados en Derecho de Familia de Londres y a mi madre le hacía feliz pensar que yo estaba siguiendo los pasos de su padre. ¿Ha hablado mal de mi padre?

–La verdad es que no. Ha dado a entender que sir Alec podría haber hecho un negocio sucio para conseguir tener a Lula.

–¿En serio? –Bristow parecía sorprendido–. No creo que eso sea cierto. Lula estaba en un orfanato. Estoy seguro de que se siguió el procedimiento habitual.

Hubo un breve silencio, después del cual, Bristow habló tímidamente:

–Usted... eh... no se parece mucho a su padre.

Era la primera vez que reconocía abiertamente que podrían haberlo conducido hasta Wikipedia cuando lo estaba buscando entre los detectives privados.

–No –confirmó Strike–. Soy la viva imagen de mi tío Ted.

–Tengo entendido que usted y su padre no... eh... es decir, usted no usa su apellido.

A Strike no le molestaba la curiosidad que venía de un hombre cuyo pasado familiar era casi tan poco convencional y con tantas bajas como el suyo.

–Nunca lo he usado –contestó–. Soy el accidente extramarital que le costó a Jonny una esposa y varios millones de libras en pensión alimenticia. No tenemos una relación estrecha.

–Lo admiro a usted –dijo Bristow– por haberse hecho a sí mismo. Por no haberse apoyado en él. –Y como Strike no respondió, añadió nervioso–: Espero que no le importe que le haya dicho a Tansy quién es su padre. Eso... me sirvió para que ella hablara con usted. Le impresiona la gente famosa.

–Todo vale con tal de garantizar la declaración de un testigo –dijo Strike–. Dice que a Lula no le gustaba Tony y, sin embargo, ella utilizó su apellido en su carrera.

–No. Eligió Landry porque era el apellido de soltera de mamá, nada que ver con Tony. Mamá estaba encantada. Creo que había otra modelo que se apellidaba Bristow. A Lula le gustaba destacar.

Fueron serpenteando al pasar junto a ciclistas, gente que comía en los bancos, otros que paseaban perros y otros que iban en patines mientras Strike trataba de disimular su paso cada vez más desigual.

–Creo que Tony no ha estado enamorado ni una sola vez en su vida, ¿sabe? –dijo Bristow de repente mientras se apartaban para dejar pasar a un niño con casco que se tambaleaba en una patineta–. Y sin embargo, mi madre es una persona muy cariñosa. Quiso mucho a sus tres hijos. A veces creo que a Tony no le gustaba eso. No sé por qué. Es algo que tiene que ver con su carácter.

»Hubo una ruptura en la relación entre él y mis padres después de que Charlie muriera. Se supone que yo no sabía lo que se dijo, pero oí lo suficiente. Él llegó a decirle a mamá que el accidente de

Charlie había sido culpa de ella, que Charlie estaba fuera de control. Mi padre echó a Tony de casa. Mamá y Tony no se reconciliaron de verdad hasta que papá murió.

Para alivio de Strike, habían llegado a Exhibition Road y su pierna le empezó a causar menos dolor.

–¿Cree que alguna vez pasó algo entre Lula y Kieran Kolovas-Jones? –preguntó mientras cruzaban la calle.

–No. Eso no es más que el salto de Tony a la conclusión más desagradable que se le ha podido ocurrir. Siempre piensa lo peor en lo referente a Lula. Estoy seguro de que Kieran había estado más que dispuesto, pero Lula estaba enamorada de Duffield… por desgracia.

Siguieron caminando por Kensington Road dejando el parque lleno de hojas a su izquierda y, a continuación, se adentraron en el territorio de tirol blanco de las embajadas y los colegios reales.

–¿Por qué cree que su tío no entró a saludarlo cuando fue a casa de su madre el día que ella salió del hospital?

Bristow parecía tremendamente incómodo.

–¿Había entre ustedes alguna discrepancia?

–No… no exactamente –respondió Bristow–. Estábamos en medio de una época muy estresante en el trabajo. Yo… no debería hablar de ello. Confidencialidad con los clientes.

–¿Tenía que ver con el patrimonio de Conway Oates?

–¿Cómo lo sabe? –preguntó Bristow bruscamente–. ¿Se lo dijo Ursula?

–Algo mencionó.

–Dios todopoderoso. No tiene ninguna discreción. Ninguna.

–A su tío le costó creer que la señora May pudiera haber sido indiscreta.

–Apuesto a que sí –repuso Bristow con una carcajada desdeñosa–. Es que… bueno, estoy seguro de que puedo confiar en usted. Es el tipo de cosas por las que un bufete como el nuestro se muestra susceptible, porque con el tipo de clientes que atraemos, de alto poder adquisitivo, cualquier indicio de incorrección financiera significa la muerte. Conway Oates suponía una considerable cuenta de cliente para nosotros. Todo su dinero estaba claro y correcto, pero sus herederos son un grupo de avaros y están diciendo que no estaba bien administrado. Considerando lo volátil que ha estado el mercado y lo incoherentes que se volvieron las instrucciones de Conway al final, deberían estar agradecidos de que les quede algo. Tony está muy molesto con todo este asunto y… bueno, es un hombre al que le gusta echar las culpas a los demás. Ha habido alguna escena desagradable. Yo he sufrido mi buen puñado de críticas. Con Tony suele pasarme.

Strike estuvo seguro, por la casi visible pesadez que parecía caer sobre Bristow mientras caminaba, de que se estaban acercando a sus oficinas.

—Estoy teniendo dificultades para contactar con un par de testigos, John. ¿Hay alguna posibilidad de que pueda ponerme en contacto con Guy Somé? Su gente no parece dispuesta a dejar que nadie se le acerque.

—Puedo intentarlo. Lo llamaré esta tarde. Adoraba a Lula. Debería estar deseando ayudar.

—Y también está la madre biológica de Lula.

—Ah, sí —dijo Bristow con un suspiro—. Tengo sus datos en algún sitio. Es una mujer terrible.

—¿La conoció?

—No. Lo que sé es lo que Lula me contó y todo lo que apareció en los periódicos. Lula estaba decidida a saber de dónde venía y creo que Duffield la animó a ello. Sospecho de verdad que él le filtró la historia a la prensa, aunque ella siempre lo negó. De todos modos, trató de localizar a esta tal Higson, que le dijo que su padre era un estudiante africano. No sé si era verdad o no. Era sin duda lo que Lula quería escuchar. Su imaginación volaba rápido. Creo que se imaginaba siendo la hija perdida de un político importante o la princesa de una tribu.

—¿Pero nunca localizó a su padre?

—No lo sé —contestó Bristow mostrando su habitual entusiasmo ante cualquier línea de investigación que pudiera explicar la presencia del hombre negro que aparecía en la grabación cerca de su casa—, pero de ser así, yo habría sido la última persona a la que ella se lo hubiera contado.

—¿Por qué?

—Porque tuvimos algunas feas discusiones al respecto. A mi madre le acababan de diagnosticar cáncer de útero cuando Lula se puso a buscar a Marlene Higson. Le dije a Lula que no podía haber elegido un momento menos adecuado para empezar a buscar sus raíces, pero ella… bueno, francamente, no veía otra cosa cuando tenía un capricho. Nos queríamos –dijo Bristow pasándose una mano cansada por encima de la cara–, aunque la diferencia de edad se interponía. Pero estoy seguro de que trató de buscar a su padre, porque eso era lo que deseaba más que nada: encontrar sus raíces negras, encontrar esa sensación de identidad.

–¿Seguía en contacto con Marlene Higson cuando murió?

–De manera intermitente. Yo tenía la sensación de que Lula estaba tratando de cortar la relación. Higson es una persona abominable. Una mercenaria sin pudor. Vendía su historia a quien quisiera pagarla, que, por desgracia, eran muchos. Mi madre quedó destrozada con todo aquello.

–Hay un par de cosas más que quería preguntarle.

El abogado disminuyó el paso de buen grado.

–Cuando usted fue a ver a Lula esa mañana para devolverle el contrato con Somé, ¿por casualidad vio a alguien que pareciera que podía ser de una empresa de seguridad que hubiera ido a revisar las alarmas?

–¿Un técnico?

–O un electricista. ¿Quizá vestido con un overol?

Cuando Bristow apretó el rostro para pensar, sus dientes de conejo asomaron más que nunca.

–No recuerdo… déjeme pensar… Cuando pasé por el departamento de la segunda planta, sí… había un hombre allí toqueteando algo de la pared… ¿Podría haber sido él?

–Probablemente. ¿Qué aspecto tenía?

–Bueno, estaba de espaldas a mí. No pude verlo.

–¿Estaba Wilson con él?

Bristow se detuvo en la acera, con aspecto de estar un poco perplejo. Tres hombres y mujeres vestidos con traje pasaron por su lado con prisas, alguno de ellos con carpetas.

–Creo… –dijo con voz vacilante–, creo que estaban los dos allí, de espaldas a mí, cuando bajé andando por las escaleras. ¿Por qué lo pregunta? ¿Importa eso?

–Puede que no –respondió Strike–. Pero, ¿recuerda algo? El pelo o el color de la piel.

Bristow respondió aún más perplejo:

–Me temo que no me fijé. Supongo… –Hizo una mueca de concentración–. Recuerdo que iba vestido de azul. Es decir, si me insiste, diría que era blanco. Pero no puedo jurarlo.

–Dudo que tenga que hacerlo, pero aun así, es una ayuda.

Sacó su cuaderno para recordar las preguntas que quería hacerle a Bristow.

–Ah, sí. Según la declaración de Ciara Porter a la policía, Lula le había contado que quería dejárselo todo a usted.

–Ah, eso –respondió Bristow con poco entusiasmo.

Empezó a caminar de nuevo y Strike se movió con él.

–Uno de los detectives encargados del caso me dijo que Ciara había dicho eso. Un tal inspector Carver. Desde el principio, estuvo convencido de que había sido un suicidio y parecía creer que esa supuesta conversación con Ciara demostraba la intención de Lula de quitarse la vida. A mí me pareció un razonamiento extraño. ¿Los suicidas se toman la molestia de hacer testamento?

–Entonces, ¿cree que Ciara Porter se lo inventó?

–No que se lo inventara –contestó Bristow–. Que lo exagerara, quizá. Creo que es mucho más probable que Lula dijera algo agradable de mí porque nos acabábamos de reconciliar tras nuestra discusión y, Ciara, a posteriori, suponiendo que Lula ya pensaba en suicidarse, convirtió lo que fuera aquello en un legado. Es una chica… un poco cursi.

–Se hizo un registro para buscar algún testamento, ¿no?

–Sí. La policía fue muy minuciosa. Nosotros, la familia, no creíamos que Lula hubiera redactado ninguno. Sus abogados no tenían noticia de ello pero, como es lógico, se hizo un registro. No encontraron nada, y miraron por todas partes.

–Si por un momento suponemos que fue real lo que Ciara Porter recuerda sobre lo que dijo su hermana…

–Pero Lula nunca me habría dejado todo a mí solo. Nunca.

–¿Por qué no?

–Porque eso habría sido excluir a mi madre de manera explícita, lo cual le habría producido un daño inmenso –respondió Bristow con gran seriedad–. No se trata del dinero. Papá dejó a mamá una buena fortuna… Se trataría más del mensaje que Lula habría enviado con ello al excluirla de esa forma. En los testamentos se puede hacer muchos tipos de daño. He visto cómo ocurría infinidad de veces.

–¿Su madre ha hecho testamento? –preguntó Strike.

Bristow parecía asombrado.

–Yo… sí, creo que sí.

–¿Puedo preguntarle quiénes son sus herederos?

–No lo he visto –contestó Bristow con cierta frialdad–. ¿Qué tiene esto…?

–Es importante, John. Diez millones de libras es muchísimo dinero.

Bristow parecía estar tratando de decidir si Strike se estaba mostrando insensible u ofensivo.

–Dado que no hay más familia, imagino que Tony y yo somos los principales beneficiarios –dijo por fin–. Posiblemente se acordará de una o dos organizaciones de beneficencia. Mi madre siempre ha sido generosa en las obras de beneficencia. –Unas manchas rosadas empezaron a aparecer de nuevo en el cuello de Bristow–. Sin embargo, como usted comprenderá, no tengo ninguna prisa por descubrir cuáles son los últimos deseos de mi madre, dado lo que tiene que suceder antes de que se sepa.

–Claro que no –dijo Strike.

Habían llegado al bufete de Bristow, un austero edificio de ocho plantas al que se entraba por un oscuro pasaje abovedado. Bristow se detuvo junto a la puerta y miró a Strike.

–¿Sigue creyendo que estoy loco? –preguntó mientras dos mujeres con trajes oscuros pasaban a su lado.

–No –contestó Strike con sinceridad–. No lo creo.

El rostro inexpresivo de Bristow se iluminó un poco.

–Me pondré en contacto con usted para lo de Somé y Marlene Higson. Ah, casi me olvido. La *laptop* de Lula. La he traído para usted, pero está protegida con contraseña. Los de la policía descubrieron la contraseña y se la dijeron a mi madre, pero ella no recuerda cuál era y a mí nunca me la dijeron. Quizá se encuentre en el expediente de la policía –añadió esperanzado.

–No, que yo recuerde –contestó Strike–. Pero eso no debe suponer gran problema. ¿Dónde ha estado desde que Lula murió?

–Bajo custodia de la policía y, después, en casa de mi madre. Casi todas las cosas de Lula están en casa de mamá. No tuvo fuerzas para decidir qué hacer con ellas.

Bristow le entregó el portafolios a Strike y se despidió. Después, con un pequeño movimiento tonificante de hombros, subió los escalones y desapareció por las puertas del bufete de su familia.

7

La fricción entre el extremo de la pierna amputada de Strike y la prótesis se estaba volviendo más dolorosa a cada paso mientras se dirigía hacia Kensington Gore. Sudando un poco dentro de su pesado abrigo, mientras un sol débil hacía centellear el parque a lo lejos, Strike se preguntó si la extraña sospecha que le tenía absorbido era algo más que una sombra que se movía en las profundidades de un estanque turbio, una trampa de la luz, un efecto ilusorio de la superficie agitada por el viento. ¿Esos diminutos movimientos del cieno negro habían sido producto de una cola viscosa o no eran más que insignificantes ráfagas de gas producidas por las algas? ¿Podía haber algo merodeando, oculto, enterrado en el lodo y que otras redes habían rastreado en vano?

Dirigiéndose a la estación de metro de Kensington, pasó por la Puerta de la Reina de Hyde Park, ornamentada, oxidada y decorada con las insignias reales. Observador incurable, se fijó en la escultura de la gama y el cervatillo que había sobre un pilar y en el venado que había en el otro. A menudo, los humanos suponíamos la simetría y la igualdad donde no existía ninguna de las dos cosas. Iguales pero en el fondo diferentes... La computadora de Lula Landry le iba golpeando cada vez con más fuerza sobre la pierna y la cojera fue empeorando.

En su estado dolorido, impedido y frustrado, había una previsibilidad gris en el anuncio que le hizo Robin cuando por fin llegó al despacho al diez para las cinco sobre que aún era incapaz de traspasar a la que atendía el teléfono en la productora de Freddie Bestigui, y que no había conseguido encontrar a nadie con el apellido Onifade con un número de teléfono de la British Telecom en la zona de Kilburn.

–Claro que si es tía de Rochelle, podría tener un apellido diferente, ¿no? –apuntó Robin mientras se abotonaba el abrigo y se preparaba para irse.

Strike mostró estar de acuerdo con actitud de agotamiento. Se había dejado caer sobre el sofá hundido en el momento en que atravesó la puerta de la oficina, algo que Robin no le había visto hacer antes. Tenía el rostro comprimido.

–¿Se encuentra bien?

–Sí. ¿Alguna noticia de Soluciones Temporales esta tarde?

–No –contestó Robin apretándose el cinturón–. Quizá me creyeron cuando les dije que me llamaba Annabel. Traté de parecer australiana.

Él sonrió. Robin cerró el informe provisional que había estado leyendo mientras esperaba a que Strike regresara, lo colocó ordenadamente en su estante, se despidió de Strike y lo dejó allí sentado, con la *laptop* a su lado sobre los cojines deshilachados.

Cuando dejó de oír el sonido de los pasos de Robin, Strike extendió un brazo hacia un lado para cerrar la llave de la puerta de cristal. A continuación, incumplió su propia prohibición de no fumar en el despacho los días laborables. Metiéndose el cigarro encendido entre los dientes, se levantó la pernera del pantalón y se desató la correa que sujetaba la prótesis a su muslo. Después, se sacó el revestimiento de gel del muñón de la pierna y examinó el extremo de su tibia amputada.

Se suponía que tenía que examinar la piel todos los días para ver si tenía irritación. Entonces, vio que el tejido de la cicatriz estaba inflamado y caliente. Había tenido diferentes cremas y polvos en el mueble del baño de Charlotte dedicados al cuidado de esa parte de la piel para cuando hacía esfuerzos como los de esos días para los cuales no estaba preparada. ¿Habría metido ella los polvos para callos y la crema Oilatum en alguna de las cajas que aún no había abierto? Pero no consiguió reunir las energías para ir a descubrirlo ni quiso volver a ponerse la prótesis todavía. Así que se quedó fumando en el sofá con la pernera inferior del pantalón colgando vacía sobre el suelo y ensimismado en sus pensamientos.

Su mente empezó a divagar. Pensó en familias, en apellidos, en cómo su infancia y la de John Bristow, tan diferentes por fuera, habían sido similares. En la historia de la familia de Strike había personas que habían desaparecido también. Por ejemplo, el primer marido de su madre, de quien rara vez había hablado, excepto para decir que había odiado haberse casado con él desde el principio. La tía Joan, cuyo recuerdo siempre era más nítido mientras el de Leda era más confuso, decía que Leda, con dieciocho años, había abandonado a su marido después de dos semanas tan solo, que su única motivación para casarse con el Strike mayor –quien, según la tía Joan, había llegado a Saint Mawes con la feria– había sido un vestido nuevo y un cambio de apellido. En realidad, Leda había sido más fiel a su inusual nombre de casada que a ningún hombre. Se lo había puesto a su hijo, que nunca había conocido a su primer poseedor, mucho tiempo antes de su nacimiento con el que no guardaba relación.

Strike fumó perdido en sus pensamientos hasta que la luz del día dentro de su oficina empezó a suavizarse y volverse más tenue. Entonces, por fin, se esforzó por levantarse sobre un pie y, utilizando el pomo de la puerta y la moldura de la pared que había tras la puerta de cristal para mantener el equilibrio, fue dando saltos para ir a ver las cajas que aún seguían apiladas en el rellano junto a la puerta de su oficina. En el fondo de una de ellas encontró aquellos productos dermatológicos diseñados para aliviar el ardor y el picor en el extremo de su muñón y se dispuso a tratar de arreglar el daño sufrido por el largo paseo por Londres con la mochila al hombro.

Ahora había más luz que a las ocho de la tarde de dos semanas atrás. Era aún de día cuando Strike se sentó por segunda vez en diez días en Wong Kei, el restaurante chino de alta y blanca fachada con una ventana que daba a un salón recreativo que se llamaba Play to Win. Había sido extremadamente doloroso volver a ponerse la prótesis de la pierna y aún más caminar por Charing Cross Road con ella puesta, pero desdeñó utilizar los bastones de metal gris que también había encontrado en la caja, reliquias de su salida del hospital Selly Oak.

Mientras Strike comía pasta Singapore con una mano, examinaba la *laptop* de Lula Landry, que estaba abierta sobre la mesa al lado de su cerveza. La carcasa de la computadora de color rosa oscuro estaba adornada con flores de cerezo. A Strike no se le ocurrió que daba una apariencia incongruente ante los demás mientras se encorvaba, grande y peludo, sobre aquel aparato tan adornado, rosa y claramente femenino, pero aquella visión provocó la sonrisa de dos de los meseros de camisetas negras.

–¿Cómo te va, Federico? –preguntó un joven pálido y de pelo desaliñado a las ocho y media. El recién llegado, que se dejó caer en el asiento de enfrente de Strike, iba vestido con jeans, una camiseta psicodélica, tenis Converse y un bolso de piel que le colgaba en diagonal sobre el pecho.

–He estado peor –gruñó Strike–. ¿Qué tal estás tú? ¿Quieres beber algo?

–Sí, tomaré una cerveza.

Strike pidió la bebida para su invitado, a quien estaba acostumbrado por razones ya olvidadas a llamar Tuercas. Tuercas se había graduado con honores en informática y le pagaban mucho mejor de lo que su ropa podía sugerir.

–No tengo hambre. Me comí una hamburguesa después del trabajo –dijo Tuercas mirando la carta–. Me tomaré una sopa. Sopa wontón, por favor –pidió después al mesero–. Interesante tu elección de computadora, Fed.

–No es mía –contestó Strike.

–Este es el trabajo, ¿no?

–Sí.

Strike dio la vuelta a la computadora para ponerla frente a Tuercas, quien examinó el equipo con una mezcla de interés y desprecio característico de aquellos para los que la tecnología no es un mal necesario, sino la esencia de la vida.

–Una basura –dijo Tuercas con tono alegre–. ¿Dónde has estado escondiéndote, Fed? La gente estaba preocupada.

–Qué considerados –contestó Strike con la boca llena de espaguetis–. Pero no es necesario.

–Estuve en casa de Ilsa y Nick hace un par de noches y tú fuiste el único tema de conversación. Decían que te habías escondido. Ah, gracias –dijo cuando llegó su sopa–. Sí, dice que han estado llamando por teléfono a tu casa y que no para de entrar la contestadora. Ilsa cree que es un problema de faldas.

Entonces, se le ocurrió a Strike que el mejor modo de informar a sus amigos de su ruptura podría ser a través del despreocupado Tuercas. Al ser el hermano pequeño de uno de los viejos amigos de Strike, Tuercas desconocía en gran parte la larga y tortuosa historia de Strike y Charlotte, y tampoco le importaba. Dado que eran la compasión y los pésames cara a cara lo que Strike quería evitar, y que no tenía intención de fingir eternamente que él y Charlotte no se habían separado, decidió que Ilsa había adivinado correctamente su principal problema y que sería mejor que sus amigos evitaran llamar a casa de Charlotte a partir de ese momento.

–Vaya mierda –dijo Tuercas y, a continuación, con su falta de curiosidad con respecto al dolor humano ante los desafíos tecnológicos tan característica de él, apuntó con un dedo a la Dell y preguntó–: Entonces, ¿qué quieres hacer con esto?

–La policía ya le ha echado un vistazo –le explicó Strike bajando la voz aunque él y Tuercas eran los únicos que había cerca que no hablaran en cantonés–, pero quiero una segunda opinión.

–La policía tiene buenos técnicos. Dudo que yo vaya a encontrar nada que ellos no hayan hecho ya.

–Puede que no hayan estado buscando lo que debían –dijo Strike– y quizá no se hayan dado cuenta de lo que significa aunque lo hayan encontrado. Parecían más interesados en sus correos electrónicos recientes y yo ya los he visto.

–¿Qué busco, entonces?

–Toda la actividad que hubiera el ocho de enero o los días anteriores. Las búsquedas más recientes en internet, cosas así. No tengo la contraseña y prefiero no volver a la policía para preguntarle, a menos que tenga que hacerlo.

–No debe suponer ningún problema –contestó Tuercas. No estaba escribiendo aquellas instrucciones, sino apuntándolas en su teléfono celular. Tuercas era diez años más joven que Strike y apenas hacía uso de un bolígrafo por elección propia–. ¿Y de quién es?

Cuando Strike se lo dijo, Tuercas preguntó:

–¿La modelo? ¡Órale!

Pero el interés de Tuercas por los seres humanos, aunque estuvieran muertos y fueran famosos, seguía siendo algo secundario comparado con su debilidad por los cómics raros, las innovaciones tecnológicas y las bandas de música de las que Strike nunca había oído hablar. Tras tomar varias cucharadas de sopa, Tuercas rompió su silencio para preguntar con tono animado cuánto tenía pensado pagarle Strike por el trabajo.

Cuando Tuercas se fue con la computadora rosa bajo el brazo,

Strike volvió cojeando a su despacho. Se lavó con cuidado el extremo de su pierna derecha esa noche y, a continuación, se aplicó crema en el tejido irritado e inflamado de la cicatriz. Por primera vez en muchos meses, tomó analgésicos antes de acomodarse en el interior del *sleeping bag*. Acostado allí, esperando a que el fuerte dolor desapareciera, se preguntó si debería pedir una cita con el especialista de la rehabilitación bajo cuyos cuidados se suponía que debía estar. Le habían descrito en repetidas ocasiones los síntomas del síndrome de la obstrucción, la pesadilla de los amputados: supuración e hinchazón de la piel. Se preguntó si estaría mostrando los primeros indicios, pero tenía miedo de pensar en volver a los pasillos apestando a desinfectante, médicos con su interés distante en aquella pequeña parte de su cuerpo mutilada, más pequeños ajustes de la prótesis que necesitarían aún más visitas a aquel mundo reducido y cubierto de blanco que esperaba haber dejado para siempre. Tenía miedo de que le aconsejaran que descansara la pierna, que desistiera de moverse de una forma normal, que le obligaran a volver a las muletas, de las miradas de los viandantes hacia la pernera de su pantalón recogida con un alfiler y de las estridentes preguntas de los niños pequeños.

Su celular, que se estaba cargando como era habitual junto al catre, hizo el sonido de la vibración que anunciaba la llegada de un mensaje. Encantado ante cualquier pequeña distracción para olvidarse de su pierna punzante, Strike buscó a tientas en la oscuridad y tomó el teléfono del suelo.

«Por favor, ¿puedes hacerme una llamada rápida cuando puedas? Charlotte».

Strike no creía en la clarividencia ni en las capacidades psíquicas, pero su inmediato e irracional pensamiento fue que, de algún modo, Charlotte había sentido lo que él le acababa de contar a Tuercas, que había retorcido la cuerda tensa e invisible que seguía uniéndolos al dar un carácter oficial a su ruptura.

Se quedó mirando el mensaje como si fuera la cara de ella, como si pudiera leer su expresión en la diminuta pantalla gris.

«Por favor.» (Sé que no tienes por qué hacerlo, Te estoy pidiendo que lo hagas, de buenas maneras.) «Una llamada rápida.» (Tengo una buena razón para desear hablar contigo, así que podemos hacerlo rápida y relajadamente, sin peleas.) «Cuando puedas.» (Tengo la gentileza de suponer que tienes una vida ocupada sin mí.)

O quizá: «Por favor.» (Negarse es de cabrones, Strike, y ya me has hecho suficiente daño.) «Una llamada rápida.» (Sé que estás esperando una escena. Pues no te preocupes, aquella última, en la que te comportaste como un increíble mierda, ha terminado conmigo para siempre.) «Cuando puedas.» (Porque, seamos sinceros, yo siempre he tenido que sacar tiempo para las cosas del ejército y todas las demás malditas cosas que había que anteponer.)

¿Podía ahora?, se preguntó, acostado y sintiendo un dolor que las pastillas aún no habían solucionado. Miró la hora. Las once y diez. Estaba claro que ella seguía despierta.

Volvió a dejar el celular en el suelo, a su lado, donde se estaba cargando en silencio, y levantó un brazo grande y peludo por encima de sus ojos, tapando incluso las franjas de luz del techo proyectadas por los faroles a través de las persianas de la ventana. En contra de su voluntad, vio a Charlotte tal y como la vio por primera vez en su vida, sentada en el alféizar de una ventana en una fiesta de estudiantes de Oxford. Nunca en su vida había visto nada más bello y tampoco ninguno de los demás, a juzgar por las miradas de soslayo de innumerables ojos masculinos, las fuertes risas y voces, los gestos exagerados e intencionados dirigidos hacia su silenciosa figura.

Echando un vistazo a la habitación, a aquel Strike de diecinueve años le había ido a visitar precisamente el mismo deseo que le invadía de niño cada vez que la nieve había caído por la noche sobre el jardín de la tía Joan y el tío Ted. Quería que las huellas de sus pies fueran las primeras en hacer unos agujeros profundos y oscuros en aquella superficie tan tentadoramente suave. Quería alterarla y desbaratarla.

—Estás borracho —le advirtió su amigo cuando Strike le anunció su intención de ir a hablar con ella.

Strike estuvo de acuerdo, se acabó lo que quedaba de su séptima cerveza y se acercó con determinación al alféizar donde ella estaba sentada. Era vagamente consciente de que había gente cerca que lo miraba, quizá a punto de reírse, porque era muy grande y parecía un Beethoven boxeador y tenía salsa de curry por toda la camiseta.

Ella levantó la vista hacia él cuando se acercó, con sus ojos grandes, un cabello largo y negro y un escote suave y pálido que se asomaba por la camisa abierta.

La infancia extraña y nómada de Strike con sus continuos desplazamientos y su inserción en diversos grupos de niños y adolescentes le había forjado un don de gentes muy desarrollado. Sabía cómo integrarse, cómo hacer reír a los demás, cómo resultar grato a casi todos. Esa noche, su lengua se había vuelto insensible y correosa. Pareció recordar haber estado balanceándose ligeramente.

–¿Querías algo? –preguntó ella.

–Sí –respondió. Se apartó la camiseta del torso y le enseñó la salsa de curry–. ¿Cuál crees que es la mejor manera de quitar esto?

Contra su voluntad, pues él vio cómo ella se esforzaba por controlarse, ella se rio.

Un tiempo después, un adonis llamado honorable Jago Ross, al que Strike conocía de vista y por su reputación, entró en la habitación con una pandilla de amigos igual de bien educados y descubrió a Strike y a Charlotte sentados uno al lado del otro en el alféizar concentrados en su conversación.

–Te has confundido de habitación, Char, querida –dijo Ross reclamando sus derechos con la arrogancia de su voz–. La fiesta de Ritchie es arriba.

–No voy a ir –contestó ella mirándolo con una sonrisa–. Tengo que ayudar a Cormoran a poner en remojo su camiseta.

Así es como había dejado públicamente a su novio del colegio Harrow por Cormoran Strike. Había sido el momento más glorioso en los diecinueve años de Strike. Delante de todos, había apartado de Paris a Helena de Troya y, sorprendido y encantado, no había puesto en duda aquel milagro. Simplemente lo aceptó.

Fue después cuando se dio cuenta de que lo que había parecido suerte o destino, había estado completamente orquestado por ella. Meses más tarde, ella se lo confesó: que para castigar a Ross por alguna falta, había entrado deliberadamente en la habitación equivocada y esperó a que un hombre, cualquiera, se le acercara. Que él, Strike, había sido un mero instrumento para torturar a Ross. Que se había acostado con él en la madrugada de la mañana siguiente con un ánimo de venganza y rabia que él había tomado por pasión.

Allí, en aquella primera noche, había estado todo lo que posteriormente los había separado y los había vuelto a unir. La autodestrucción de ella, su insensatez, su determinación para hacer daño, su involuntaria pero auténtica atracción por Strike y su lugar seguro de retiro en el mundo aislado donde se había criado, cuyos valores despreciaba tanto como abrazaba. Así había empezado la relación que había llevado a Strike a estar allí echado, en un catre, quince años después, retorciéndose por algo más que dolor físico y deseando poder deshacerse del recuerdo de ella.

8

Cuando Robin llegó a la mañana siguiente, se encontró, por segunda vez, con una puerta de cristal cerrada con llave. Entró con la llave de repuesto que Strike le había confiado, se acercó a la puerta de dentro que estaba cerrada y se quedó en silencio, escuchando. Tras unos segundos, oyó el ligeramente amortiguado pero inconfundible sonido de unos ronquidos profundos.

Aquello le planteaba un problema delicado por el acuerdo tácito de los dos de no hablar del catre de Strike ni de los demás indicios que había por la oficina de que estaba viviendo allí. Por otra parte, Robin tenía que comunicarle a su jefe temporal una cosa que tenía carácter de urgencia. Dudó, considerando cuáles eran sus opciones. El camino más fácil era el de tratar de despertar a Strike haciendo ruido en el despacho de fuera y, así, darle tiempo para recomponerse él y el despacho, pero eso podría suponer demasiado tiempo. Su noticia no podía esperar. Por tanto, Robin respiró hondo y tocó en la puerta.

Strike se despertó al instante. Durante un momento de desorientación se quedó echado, asimilando la acusadora luz del día que entraba por la ventana. Entonces, recordó que había dejado el celular después de leer el mensaje de Charlotte y supo que se había olvidado de conectar la alarma.

–¡No entres! –bramó.

–¿Quiere una taza de té? –gritó Robin desde el otro lado de la puerta.

–Sí… sí, eso sería estupendo. Ahora salgo por ella –añadió Strike en voz alta, deseando por primera vez haber puesto un seguro en la puerta de dentro. Su pie y su pantorrilla falsos estaban apoyados en la pared y él no llevaba puesto más que sus calzoncillos.

Robin fue corriendo a llenar el hervidor de agua y Strike salió a duras penas del *sleeping bag*. Se vistió a toda velocidad poniéndose torpemente la prótesis, dobló el catre y lo dejó en su rincón y volvió a poner la mesa en su sitio. Diez minutos después, ella llamó a la puerta, él salió cojeando al despacho de fuera con un fuerte olor a desodorante y vio a Robin en la mesa, con aspecto de estar muy excitada por algo.

—Su té —le ofreció ella señalando una taza humeante.

—Estupendo, gracias. Pero permíteme un momento —dijo, y salió a orinar en el baño del descanso. Al subirse el cierre, se vio en el espejo, con el rostro arrugado y sin afeitar. No era la primera vez que se consolaba pensando que su pelo tenía el mismo aspecto peinado que sin peinar.

—Tengo noticias —anunció Robin cuando él volvió a entrar en la oficina por la puerta de cristal y, dando de nuevo las gracias, tomaba su taza de té.

—¿Sí?

—He encontrado a Rochelle Onifade.

Bajó la taza.

—Estás bromeando. ¿Cómo diablos…?

—Vi en el expediente que se suponía que tenía que asistir a una clínica de día en Saint Thomas —respondió Robin excitada, ruborizada y hablando rápido—. Así que llamé al hospital ayer por la noche fingiendo ser ella y le dije que había olvidado la hora de mi cita y me dijeron que es a las diez y media de la mañana del jueves. —Miró la pantalla de su computadora—. Tiene cincuenta y cinco minutos.

¿Por qué no se le había ocurrido decirle a ella que lo hiciera?

—Eres un genio, un maldito genio…

Derramó té caliente sobre su mano y dejó la taza en la mesa.

—¿Sabes exactamente…?

—Está en la unidad de psiquiatría a espaldas del edificio principal —contestó Robin, entusiasmada—. Verá, tiene que entrar por Grantley Road, allí hay un segundo estacionamiento…

Dio la vuelta a la pantalla para que él la viera y enseñarle el plano de Saint Thomas. Strike se miró la muñeca, pero su reloj seguía en el despacho de dentro.

—Le dará tiempo si sale ya —lo exhortó Robin.

—Sí… Voy a recoger mis cosas.

Strike se apresuró a tomar su reloj, su cartera, los cigarros y el teléfono. Casi había salido por la puerta de cristal metiéndose la cartera en el bolsillo de atrás cuando Robin dijo:

–Eh... Cormoran...

Nunca antes lo había llamado por su nombre. Strike supuso que ese era el motivo de su ligero aire de timidez. Después, se dio cuenta de que ella estaba apuntando con insistencia a su ombligo. Bajó la mirada y se dio cuenta de que se había abrochado mal los botones de la camisa y que iba enseñando una parte de su barriga tan peluda que parecía una estera de pelo de coco.

–Ah... okey... gracias...

Robin dirigió su atención cortésmente a su monitor mientras él se desabrochaba y volvía a abrocharse los botones.

–Hasta luego.

–Sí, adiós –contestó ella sonriéndole mientras él salía a toda velocidad. Pero pocos segundos después, volvió jadeando ligeramente.

–Robin, necesito que compruebes una cosa.

Ella ya tenía un bolígrafo en la mano, esperando.

–Hubo una conferencia sobre asuntos jurídicos en Oxford el siete de enero. Tony, el tío de Lula Landry, asistió a ella. Derecho de Familia internacional. Cualquier cosa que puedas encontrar. Especialmente, saber si él estuvo allí.

–De acuerdo –respondió Robin tomando nota.

–Gracias. Eres una genio.

Y se fue, con pasos irregulares, escaleras abajo.

Aunque tarareaba mientras se acomodaba en su mesa, una parte de la alegría de Robin desapareció mientras se tomaba su té. Casi había esperado que Strike la invitara a acompañarle a encontrarse con Rochelle Onifade, cuya sombra había estado buscando desde hacía dos semanas.

Después de la hora pico, la multitud del metro era menor. Strike estaba encantado de poder encontrar asiento fácilmente, pues el extremo del muñón seguía doliéndole. Se había comprado un paquete de caramelos de menta ultra fuertes en el quiosco de la estación antes de subir a su tren y ahora estaba chupando cuatro de ellos a la vez, tratando de ocultar el hecho de que no había tenido tiempo de lavarse los dientes. Su cepillo y su pasta de dientes estaban escondidos en su mochila, aunque habría sido más cómodo haberlos dejado en el lavabo descascarado del baño. Volviéndose a mirar en la ventanilla oscura del tren, con su pesada barba de varios días y su aspecto en general descuidado, se preguntó por qué, cuando estaba absolutamente claro que Robin sabía que dormía allí, él actuaba como si tuviera algún otro hogar.

La memoria de Strike y su sentido de la orientación fueron más que adecuados para la tarea de localizar la entrada a la unidad de psiquiatría del Saint Thomas y entró sin ningún contratiempo, llegando poco después de las diez. Pasó cinco minutos comprobando que las puertas automáticas eran la única entrada de Grantley Road antes de colocarse en un muro de piedra del estacionamiento, a unos veinte metros de la entrada, permitiéndole tener una clara visión de todo el que entraba y salía.

Teniendo solamente claro que la chica a la que buscaba era probablemente una vagabunda y, sin duda, negra, repasó en el metro su estrategia para encontrarla y concluyó que solo tenía una opción. A las diez y veinte, cuando vio a una chica alta, delgada y negra dirigiéndose con paso enérgico a la entrada, aunque tenía un aspecto bien acicalado e iba bien vestida, gritó:

–¡Rochelle!

Ella levantó los ojos para ver quién había gritado, pero siguió caminando sin dar muestra alguna de que el nombre tenía una aplicación personal y desapareció en el interior del edificio. Después, llegó una pareja, los dos blancos; luego, un grupo de personas de distintas edades y razas de quienes Strike supuso que serían trabajadores del hospital. Pero, por si acaso, volvió a gritar:

–¡Rochelle!

Algunos lo miraron, pero volvieron de inmediato a su conversación. Consolándose con que quienes frecuentaban aquella entrada estaban probablemente acostumbrados a cierto grado de excentricidad entre quienes andaban por los alrededores, Strike se encendió un cigarro y esperó.

Pasaron las diez y media y ninguna chica negra había atravesado las puertas. O bien había olvidado su cita o había utilizado una entrada distinta. Una brisa ligera sopló por la parte posterior de su cuello mientras se sentaba a fumar, vigilando, esperando. El edificio del hospital era enorme, una vasta caja de concreto con ventanas rectangulares. Seguramente, tendría numerosas entradas a cada lado.

Strike estiró su pierna herida, que aún le dolía y pensó de nuevo en la posibilidad de que tendría que volver a ver a su especialista. Incluso aquella proximidad a un hospital ya le parecía algo deprimente. El estómago le sonó. Había pasado por un McDonald's cuando iba de camino. Si no la había encontrado para mediodía, iría allí a comer.

Gritó «¡Rochelle!» dos veces más a mujeres negras que entraron y salieron del edificio y en ambas ocasiones ellas le devolvieron la mirada, solo para ver quién había gritado y, en uno de los casos, lanzándole una mirada de desprecio.

Después, a las once pasadas, una chica bajita y corpulenta salió del hospital con unos andares algo raros, balanceándose de un lado a otro. Sabía muy bien que no se le había pasado al entrar, no solo por su caminar tan característico, sino porque llevaba una llamativa chamarra de piel sintética de color magenta que no le favorecía ni por su altura ni por su anchura.

–¡Rochelle!

La chica se detuvo, se dio la vuelta y empezó a mirar, con el ceño fruncido, buscando a la persona que había gritado su nombre. Strike fue renqueando hacia ella y esta le lanzó una mirada de comprensible desconfianza.

–¿Rochelle? ¿Rochelle Onifade? Hola, me llamo Cormoran Strike. ¿Puedo hablar contigo?

–Siempre entro por Redbourne Street –le dijo ella cinco minutos después, cuando él ya le había hecho un resumen confuso e inventado de cómo la había encontrado–. Salgo por aquí porque iba al McDonald's.

Así que allí es donde fueron. Strike compró dos cafés con galletas grandes y los llevó a la mesa junto a la ventana donde Rochelle lo esperaba, curiosa y recelosa.

Era una chica del montón. Su piel grasienta, que era del color de la tierra quemada, estaba cubierta de pústulas y marcas de acné. Sus pequeños ojos eran profundos y tenía los dientes torcidos y bastante amarillos. El pelo alisado con productos químicos mostraba diez centímetros de raíces negras sobre quince centímetros de estridente pelo rojo cobrizo. Sus jeans ajustados y demasiado cortos, su bolsa de piel gris y sus tenis blancos parecían baratos. Sin embargo, la mullida chamarra de piel sintética, por muy llamativa y poco favorecedora que le pareciera a Strike, era de una calidad diferente. Forrada por completo de seda con dibujos, tal y como él vio cuando se la quitó, y con una etiqueta que no era de Guy Somé –como había esperado, al recordar el correo de Lula Landry al diseñador–, sino de un italiano del que hasta Strike había oído hablar.

–¿Seguro que no eres periodista? –preguntó ella con su voz baja y ronca.

Strike ya había pasado un rato en la puerta del hospital tratando de dejar clara su buena fe al respecto.

–No. No soy ningún periodista. Como te he dicho, conozco al hermano de Lula.

–¿Eres amigo suyo?

–Sí. Bueno, no exactamente amigo. Él me ha contratado. Soy detective privado.

Ella se mostró al instante claramente asustada.

–¿Para qué quieres hablar conmigo?

–No hay nada de qué preocuparse...

–Pero, ¿para qué quieres hablar conmigo?

–No es nada malo. John no está seguro de si Lula se suicidó, eso es todo.

Supuso que lo único que la estaba manteniendo en su asiento era su terror de cómo podría interpretar él una huida inmediata. Su miedo era desproporcionado comparado con el comportamiento o las palabras de él.

–No tienes de qué preocuparte –le volvió a asegurar–. John quiere que vuelva a revisar las circunstancias, eso es...

–¿Es que dijo que yo tengo algo que ver con su muerte?

–No, claro que no. Solo espero que puedas contarme cuál era el estado de ánimo de ella, qué estuvo haciendo antes de su muerte. Tú la veías con regularidad, ¿no? Pensé que podrías contarme qué estaba pasando en su vida.

Rochelle hizo como si fuera a hablar y, a continuación, cambió de idea y, en lugar de ello, trató de beberse su café hirviendo.

–¿Y qué pasa? ¿Que su hermano está tratando de fingir que ella no se mató? ¿Qué la empujaron desde la ventana?

–Cree que es posible.

Ella parecía estar intentando descifrar algo, resolverlo dentro de su cabeza.

–No tengo por qué hablar contigo. No eres un poli de verdad.

–Sí, eso es cierto. Pero no te gustaría ayudar a saber qué…

–Se tiró –afirmó Rochelle Onifade con voz firme.

–¿Qué te hace estar tan segura? –preguntó Strike.

–Lo sé y eso es todo.

–Parece que ha supuesto una sorpresa para todos los demás que la conocían.

–Estaba deprimida. Sí, se metía cosas para eso. Como yo. A veces, se apodera de ti. Es una enfermedad –dijo, aunque pronunció las palabras como si dijera «Es la nada».

«La nada», pensó Strike, distraído por un segundo. Había dormido mal. «La nada» era donde Lula Landry había ido y adonde todos ellos, él y Rochelle incluidos, se dirigían. A veces, la enfermedad se convertía poco a poco en la nada, tal y como le estaba ocurriendo a la madre de Bristow… a veces, la nada llegaba hasta ti de repente, como una calle de concreto que te parte el cráneo en dos.

Estaba seguro de que si sacaba el cuaderno, ella cerraría el pico o se iría. Por tanto, siguió haciéndole preguntas del modo más despreocupado del que fue capaz, preguntándole cómo había llegado a tener que asistir a la clínica y cómo conoció a Lula.

Con enorme recelo, ella respondió al principio con monosílabos pero, despacio, poco a poco, se fue volviendo más comunicativa. Su historia era lamentable. Malos tratos desde muy pronto, tratamientos, enfermedad mental severa, orfanatos y violentos ataques que culminaron, a los dieciséis años, con la indigencia. Había obtenido un buen tratamiento como resultado indirecto al ser atropellada por un coche. Cuando la hospitalizaron, un psiquiatra fue a verla por fin cuando su extraña conducta hizo que tratarle sus daños físicos fuera casi imposible. Ahora estaba medicándose, y cuando lo hacía, se aliviaban enormemente los síntomas. A Strike le parecía penoso y conmovedor que la clínica ambulatoria donde había conocido a Lula Landry parecía haberse convertido, para Rochelle, en el mejor momento de la semana. Hablaba con cierto cariño del joven psiquiatra que dirigía el grupo.

–Entonces, ¿es ahí donde conociste a Lula?

–¿No te lo dijo su hermano?

–No ha sido muy preciso en sus informaciones.

–Sí, ella venía a nuestro grupo. La enviaron aquí.

–¿Y empezaron a hablar?

–Sí.

–¿Se hicieron amigas?

–Sí.

–¿Ibas a visitarla a su casa? ¿A bañarte en la piscina?

–¿Por qué no iba a hacerlo?

–Por nada. Solo estoy preguntando.

Se relajó un poco.

–No me gusta nadar. No me gusta que me dé el agua en la cara. Iba al jacuzzi. Y también íbamos de compras y cosas así.

–¿Alguna vez te habló de sus vecinos, del resto de la gente del edificio?

–¿De los Bestigui? Un poco. No le gustaban. Esa mujer era un bruja –dijo Rochelle con una rabia repentina.

–¿Por qué dices eso?

–¿La conociste? Me miraba como si yo fuera la mugre.

–¿Qué pensaba Lula de ella?

–No le gustaba ella ni tampoco el marido. Es un asqueroso.

–¿En qué sentido?

–Simplemente lo es –contestó Rochelle con impaciencia. Pero después, cuando vio que Strike no hablaba, continuó–: Siempre estaba intentando hacer que ella bajara cuando su mujer había salido.

–¿Alguna vez bajó Lula?

–Ni una vez –respondió Rochelle.

–Supongo que Lula y tú hablaban mucho, ¿no?

–Sí… Sí, hablábamos.

Ella miró por la ventana. Una repentina llovizna pescó por sorpresa a los peatones. Unas elipsis transparentes salpicaron el cristal que tenían al lado.

–¿Al principio? –preguntó Strike–. ¿Hablaban menos a medida que fue pasando el tiempo?

–Voy a tener que irme pronto –contestó Rochelle dándose importancia–. Tengo cosas que hacer.

–Las personas como Lula pueden ser unas malcriadas –dijo Strike tanteando el terreno–. Tratar mal a la gente. Están acostumbrados a hacer lo que…

–Yo no soy la criada de nadie –interrumpió Rochelle con virulencia.

–Quizá fuera por eso por lo que le gustabas. Quizá te viera como una igual, no como alguien que se aprovechaba de ella.

–Sí, exacto –confirmó Rochelle apaciguándose–. A mí no me impresionaba.

–Por eso te quería como amiga, alguien con los pies más en la tierra...

–Sí.

–... y tenían su enfermedad en común, ¿no? Así que la comprendías a un nivel al que la mayoría de la gente no llegaba.

–Y soy negra –añadió Rochelle–. Y ella quería sentirse negra de verdad.

–¿Te habló de eso?

–Sí, claro –respondió–. Quería saber de dónde venía, cuál era su sitio.

–¿Te dijo si estaba tratando de buscar a la rama negra de su familia?

–Sí, desde luego. Y... sí.

Se contuvo de un modo casi visible.

–¿Alguna vez encontró a alguien? ¿A su padre?

–No. Nunca lo encontró. Ni de broma.

–¿De verdad?

–Sí, de verdad.

Empezó a comer rápido. Strike temió que se fuera en el momento en que terminara.

–¿Lula estaba deprimida cuando la viste en Vashti el día antes de su muerte?

–Sí que lo estaba.

–¿Te dijo por qué?

–No tiene por qué haber un motivo. Es una enfermedad.

–Pero ella te dijo que se sentía mal, ¿verdad?

–Sí –contestó tras un momento de vacilación.

–Se suponía que iban a comer juntas, ¿no? –preguntó él–. Kieran me dijo que la llevó a reunirse contigo. Sabes quién es Kieran, ¿no? ¿Kieran Kolovas-Jones?

Su expresión se suavizó. Las comisuras de su boca se elevaron.

–Sí, conozco a Kieran. Sí, ella vino a verme a Vashti.

–¿Pero no se quedó a comer?

–No. Tenía prisa –contestó Rochelle.

Inclinó la cabeza para beber más café, ocultando su rostro.

–¿No te llamó? Tienes teléfono, ¿no?

–Sí, tengo teléfono –respondió bruscamente y sacó de la chamarra de piel un Nokia de aspecto básico, lleno de llamativos cristales rosas.

–¿Y por qué crees que no te llamó para decirte que no podía verte?

Rochelle lo miró con el ceño fruncido.

–Porque no le gustaba usar el teléfono, porque la escuchaban.

–¿Los periodistas?

–Sí.

Casi se había terminado la galleta.

–Pero los periodistas no habrían mostrado mucho interés en que ella dijera que no iba a ir a Vashti, ¿no?

–No sé.

–¿No te pareció raro en ese momento que fuera hasta allí para decirte que no podía quedarse a comer?

–Sí. No –respondió Rochelle. Y a continuación, con un repentino arranque de fluidez–: Cuando se tiene chofer no importa, ¿no? Vas adonde quieres ir, no te cuesta nada, solo le dices que te lleven, ¿no? Ella iba de paso y entró para decir que que no se iba a quedar porque tenía que ir a casa para ver a la mierda de Ciara Porter.

Rochelle pareció arrepentirse de aquel traicionero «mierda» en cuanto lo dijo y apretó los labios como para asegurarse de que no iban a salir de su boca más groserías.

–¿Y eso fue lo que hizo? ¿Entró en la tienda, dijo «No puedo quedarme. Tengo que ir a casa a ver a Ciara» y se fue?

–Sí. Más o menos –respondió Rochelle.

–Kieran dice que normalmente te llevaban a casa después de que salieran juntas.

–Sí. Pero ese día estaba muy ocupada, ¿no?

Rochelle no consiguió ocultar su resentimiento.

–Háblame de lo que pasó en la tienda. ¿Alguna de las dos se probó algo?

–Sí –contestó Rochelle después de una pausa–. Ella. –Volvió a vacilar–. Un vestido largo de Alexander McQueen. Ese que se mató –añadió con frialdad.

–¿Entraste con ella al probador?

–Sí.

–¿Qué pasó en el probador?

Sus ojos le recordaron a Strike a los de un toro cuando se encuentra cara a cara con un muchacho: hundidos, aparentemente estoicos, indescifrables.

–Se probó el vestido –contestó Rochelle.

–¿No hizo nada más? ¿No llamó a nadie?

–No. Bueno, sí. Puede ser.

–¿Sabes a quién llamó?

–No me acuerdo.

Bebió, ocultando de nuevo su rostro con el vaso de papel.

–¿A Evan Duffield?

–Puede que sí.

–¿Te acuerdas de lo que dijo ella?

–No.

–Una de las empleadas la oyó mientras hablaba por teléfono. Parecía estar concertando una cita para encontrarse con alguien en su casa mucho más tarde. De madrugada, pensó la chica.

–¿Sí?

–Así que no parece que pudiera ser Duffield, ¿no? Puesto que ya había quedado con él en Uzi.

–Sabes mucho, ¿no? –dijo ella.

–Todo el mundo sabe que esa noche se vieron en Uzi –se justificó Strike–. Salió en todos los periódicos.

Era imposible ver la dilatación o la contracción de las pupilas de Rochelle pues las rodeaban unos iris prácticamente negros.

–Sí, supongo.

–¿Era Deeby Macc?

–¡No! –exclamó ella con una carcajada–. No tenía su número.

–Los famosos casi siempre pueden conseguir los números de los otros –insistió Strike.

La expresión de Rochelle se nubló. Bajó la mirada a la pantalla en blanco de su llamativo teléfono rosa.

–No creo que ella tuviera el suyo –dijo.

–Pero, ¿tú la oíste tratando de concertar una cita con alguien de madrugada?

–No –contestó evitando mirarle a los ojos, bebiéndose los restos de su café del vaso de papel–. No recuerdo nada de eso.

—¿Entiendes lo importante que podría ser eso si Lula acordó verse con alguien a la hora en la que murió? —preguntó Strike, cuidando de mantener el mismo tono carente de amenaza—. La policía no tenía noticia de esto, ¿verdad? Nunca se lo dijiste.

—Tengo que irme —dijo soltando el último bocado de su galleta, agarrando el asa de su bolsa barata y mirándolo con furia.

—Es casi la hora de comer. ¿Te invito a algo más? —le ofreció Strike.

—No.

Pero no se movió. Él se preguntó si sería muy pobre, si comía o no con regularidad. Había algo en ella, bajo su hosquedad, que le parecía conmovedor: un fuerte orgullo, una vulnerabilidad.

—Sí, okey —dijo ella dejando caer la bolsa y volviendo a desplomarse sobre la silla—. Pediré una Big Mac.

Él temió que ella se pudiera ir mientras iba al mostrador, pero cuando volvió con dos bandejas, seguía allí e incluso le dio las gracias de mala gana. Strike probó a ir por otro lado.

—Conoces muy bien a Kieran, ¿no? —preguntó tratando de buscar el resplandor que la había iluminado al pronunciar su nombre.

—Sí —respondió conteniéndose—. Lo he visto muchas veces con ella. Siempre la llevaba en el coche.

—Dice que Lula iba escribiendo algo en el asiento de atrás antes de llegar a Vashti. ¿Te enseñó o te dio algo que había escrito?

—No. —Se metió unas papas fritas en la boca y, a continuación, dijo—: No vi nada de eso. ¿Por qué? ¿Qué era?

—No lo sé.

—Quizá fuera la lista del supermercado o algo así.

—Sí, eso es lo que pensó la policía. ¿Estás segura de que no la viste con un papel, una carta, un sobre?

—Sí, estoy segura. ¿Sabe Kieran que te ibas a reunir conmigo? —preguntó Rochelle.

—Sí. Le dije que estabas en mi lista. Él me contó que antes vivías en Saint Elmo.

Eso pareció agradarla.

—¿Dónde vives ahora?

—¿A ti qué te importa? —preguntó con una rabia repentina.

—No es que me importe. Solo estoy teniendo una conversación educada.

Aquello hizo que Rochelle soltara un pequeño resoplido.

–Ahora vivo en mi propia casa, en Hammersmith.

Masticó un poco y, después, por primera vez, le ofreció una información que no le había pedido.

–Solíamos escuchar a Deeby Macc en su coche. Yo, Kieran y Lula.

Y empezó a rapear:

> *Jacko, deja la hidroquinona,*
> *Que te mata las neuronas,*
> *Cómprate como Sly*
> *Un Panerai.*
> *A la mierda tus medicinas y a la mierda Johari.*
> *Mejor un traje de Gucci, y un coche Ferrari,*
> *todo de primera, de Deeby es el dinero.*
> *Mira la American Express, negra brillante, así la quiero.*
> *La tira echa el ojo a ese vejete mamón*
> *¿No me vuelve eso blanco, cabrón?*

Ella pareció sentirse orgullosa, como si lo hubiera puesto en su sitio sin ninguna réplica posible.

–Es de «Hidroquinona» –dijo–. De *La tira va por mi dinero.*

–¿Qué es la hidroquinona? –preguntó Strike.

–Un blanqueador de la piel. Lo rapeábamos con las ventanas del coche bajadas –dijo Rochelle con una cálida y evocadora sonrisa que iluminó claramente su rostro.

–Entonces, Lula estaba deseando conocer a Deeby Macc, ¿no?

–Sí –contestó Rochelle–. Sabía que a él le gustaba, eso le encantaba. Kieran estaba muy emocionado. No paraba de pedirle a Lula que se lo presentara. Quería conocer a Deeby.

Su sonrisa desapareció. Picoteó su hamburguesa malhumoradamente.

–Entonces, ¿es eso todo lo que quieres saber? –preguntó después–. Porque me tengo que ir.

Empezó a devorar lo que le quedaba de comida metiéndosela en la boca.

–Lula ha debido llevarte a un montón de sitios, ¿verdad?

–Sí –contestó con la boca llena de hamburguesa.

–¿Fuiste a Uzi con ella?

–Sí, una vez.

Se tragó la comida y empezó a hablar de otros lugares que había visto durante la primera etapa de su amistad con Lula que, a pesar de los decididos intentos de Rochelle por rechazar cualquier sugerencia de que se sentía deslumbrada por el estilo de vida de una multimillonaria, tenía todo el romanticismo de un cuento de hadas. Lula apartó a Rochelle del deprimente mundo del albergue y de la terapia de grupo y, una vez a la semana, la metía en un torbellino de cara diversión. Strike se dio cuenta de lo poco que Rochelle le había hablado de Lula la persona, en contraposición a la Lula que poseía mágicas tarjetas de crédito con las que comprar bolsas, chamarras y joyas y los medios necesarios gracias a los cuales aparecía Kieran con regularidad, como un genio, para sacar a Rochelle del albergue. Describió con todo detalle los regalos que Lula le había hecho, las tiendas a las que Lula la había llevado, los restaurantes y bares a los que habían entrado juntas, lugares llenos de famosos. Sin embargo, nada de aquello parecía haber impresionado a Rochelle lo más mínimo. Por cada nombre que pronunciaba, hacía un comentario despreciativo. «Era un imbécil.» «Es toda de plástico.» «No tienen nada de especial.»

–¿Conociste a Evan Duffield? –preguntó Strike.

–Sí. –Aquel monosílabo estaba lleno de desdén–. Es un mamonazo.

–¿De verdad?

–Sí. Pregúntale a Kieran.

Daba la impresión de que ella y Kieran estaban unidos observando, sensatos e impasibles, a los idiotas que poblaban el mundo de Lula.

–¿En qué sentido era un mamonazo?

–La trataba de la chingada.

–¿Cómo?

–Vendía historias –contestó Rochelle tomando las últimas papas fritas–. Una vez, ella nos puso a todos a prueba. Nos contó una historia distinta a cada uno para ver cuál de ellas salía en los periódicos. Yo fui la única que mantuvo la boca cerrada. Todos los demás se fueron de la lengua.

–¿A quién puso a prueba?

–A Ciara Porter. A él, a Duffield. A ese Guy Summy –Rochelle pronunció su apellido como si rimara con «hay»–, pero luego pensó que él no había sido. Lo excusó. Pero él la utilizaba más que nadie.

–¿En qué sentido?

–No quería que ella trabajara para nadie más. Quería que lo hiciera todo para su firma, que él se llevara toda la publicidad.

–Entonces, después de que ella descubriera que podía confiar en ti...

–Sí, me regaló el teléfono.

Hubo un pequeño silencio.

–Para poder ponerse en contacto conmigo siempre que quisiera.

Tomó de repente el centelleante Nokia color rosa de la mesa y lo guardó en el fondo de su mullido abrigo magenta.

–Supongo que ahora tendrás que pagarlo tú –dijo Strike.

Pensó que ella iba a decirle que se ocupara de sus asuntos, pero su contestación fue distinta:

–Su familia no se ha dado cuenta de que siguen pagándolo.

Y esa idea pareció producirle un placer ligeramente malicioso.

–¿Te regaló Lula esa chamarra? –preguntó Strike.

–No –espetó poniéndose a la defensiva con furia–. Me la compré yo. Ahora estoy trabajando.

–¿Ah, sí? ¿Dónde trabajas?

–¿A ti qué te importa? –volvió a protestar.

–Solo estoy mostrando interés de forma educada.

Una breve y diminuta sonrisa apareció en su gran boca y volvió a tranquilizarse.

–Estoy por las tardes en una tienda de la misma calle donde vivo ahora.

–¿Estás en otro albergue?

–No –contestó, y él volvió a notar que se atrincheraba, que se negaba a continuar y que si él insistía correría peligro. Cambió de dirección.

–Para ti debió ser un duro golpe cuando Lula murió, ¿no?

–Sí –contestó sin pensar. Después, dándose cuenta de lo que había dicho, reculó–: Sabía que estaba deprimida, pero nunca te esperas que nadie haga eso.

–Entonces, no dirías que ella estaba dispuesta a suicidarse cuando la viste ese día.

–No sé. Nunca la vi durante mucho tiempo.

–¿Dónde estabas cuando te enteraste de que había muerto?

–Estaba en el albergue. Mucha gente sabía que yo la conocía. Janine me despertó para decírmelo.

–¿Y tu primer pensamiento fue que se había suicidado?

–Sí. Y me tengo que ir ya. Tengo que irme.

Ella ya lo había decidido y él se dio cuenta de que no iba a poder retenerla. Después de volver a meterse dentro de su absurda chamarra de piel, se colocó la bolsa en el hombro.

–Saluda a Kieran de mi parte.

–Sí, lo haré.

–Hasta luego.

Salió del restaurante con sus andares de pato sin mirar atrás.

Strike la vio pasar por la ventana, con la cabeza agachada y el ceño fruncido hasta que la perdió de vista. Había dejado de llover. Él se acercó perezosamente la bandeja y se terminó las papas fritas que ella había dejado.

Después, se puso de pie de forma tan abrupta que una chica con gorra de beisbol que se estaba acercando a su mesa para vaciarla y limpiarla, dio un brinco hacia atrás con un pequeño grito de sorpresa. Strike salió rápidamente del McDonald's hacia Grantley Road.

Rochelle estaba en la esquina, claramente visible con su abrigo de piel magenta, junto a otro grupo de gente que esperaba a que el semáforo cambiara para que pasaran los peatones. Estaba refunfuñando en su Nokia rosa. Strike la alcanzó, se introdujo entre el grupo que había detrás de ella utilizando su corpulencia como arma para que la gente se apartara para evitarlo.

–… quería saber con quién tenía planeado verse esa noche… sí, y…

Rochelle giró la cabeza para ver el tráfico y se dio cuenta de que Strike estaba justo detrás de ella. Se apartó el celular de la oreja y pulsó un botón para cortar la llamada.

–¿Qué? –le preguntó con tono agresivo.

–¿A quién estabas llamando?

–¡Métete en tus putos asuntos! –exclamó furiosa. Los peatones que esperaban se quedaron mirando–. ¿Me estás siguiendo?

–Sí –contestó Strike–. Oye.

El semáforo cambió. Fueron las dos únicas personas que no empezaron a caminar para cruzar la calle y sufrieron los empujones de los que pasaban.

–¿Me das tu número de celular?

Los implacables ojos de toro le devolvieron la mirada, ilegible, inexpresiva, reservada.

–¿Para qué?

–Kieran me lo ha pedido –mintió–. Se me había olvidado.

Él no creyó haberla convencido pero, un momento después, ella le dictó un número que él escribió en la parte de atrás de una de sus tarjetas.

–¿Eso es todo? –preguntó ella con agresividad disponiéndose a cruzar la calle hasta un camellón, donde el semáforo volvió a cambiar. Strike fue cojeando tras ella. Rochelle parecía tan enojada como inquieta por su continua presencia–. ¿Qué?

–Creo que sabes algo que no me has dicho, Rochelle.

Ella le lanzó una mirada de furia.

–Toma esto –dijo Strike sacando una segunda tarjeta del bolsillo de su abrigo–. Si se te ocurre algo de lo que te gustaría hablarme, llámame, ¿de acuerdo? Llama a ese número de celular.

Ella no respondió.

–Si alguien mató a Lula y tú sabes algo, podrías estar en peligro por el asesino también –dijo Strike mientras los coches pasaban por su lado con un zumbido y el agua de la lluvia relucía en las canaletas de sus pies.

Aquello provocó una pequeña sonrisa, complaciente y mordaz. Rochelle no creía estar en peligro. Pensaba que estaba a salvo.

El hombre del semáforo cambió a verde. Rochelle movió su pelo seco y tieso y se dispuso a cruzar la calle, una chica normal, bajita y del montón, agarrando aún su teléfono celular en una mano y la tarjeta de Strike en la otra. Strike se quedó solo en el camellón, observándola con una sensación de impotencia e inquietud. Quizá no había vendido nunca su historia a los periódicos, pero no podía creer que se hubiera comprado esa chamarra de marca, por muy fea que a él le pareciera, con lo que sacaba de un trabajo en una tienda.

9

El cruce de Tottenham Court Road con Charing Cross seguía siendo el escenario de una devastación, con anchos agujeros en la calle, túneles de aglomerado blanco y constructores con casco. Strike cruzó los estrechos pasillos cerrados con vallas de metal, pasó junto a las ruidosas excavadoras que sacaban los escombros, los obreros que gritaban y más taladros, fumando mientras caminaba.

Se sentía cansado y dolorido, muy consciente del dolor de su pierna, de su cuerpo sin asear, de la comida grasienta que se asentaba pesadamente en su estómago. Siguiendo un impulso, tomó un desvío por Sutton Row, alejándose del ruido estrepitoso de las obras, y llamó a Rochelle. Entró el buzón de voz, pero fue la voz ronca de ella la que contestó. No le había dado un número falso. No dejó mensaje. Ya le había dicho todo lo que se le había ocurrido. Y, sin embargo, estaba preocupado. Casi deseó haberla seguido para saber dónde vivía.

De vuelta en Charing Cross Road, cojeando hasta la oficina y pasando por la sombra temporal del túnel para peatones, recordó el modo en que Robin lo había despertado esa mañana: la discreta llamada a la puerta, la taza de té, la estudiada no mención del tema del catre. No debería haber dejado que aquello ocurriera. Había otras formas de intimar aparte de la de admirar la figura de una mujer con un vestido ajustado. No quería explicarle por qué estaba durmiendo en el trabajo, temía las preguntas personales. Y había dejado que se diera la ocasión en la que ella le había llamado Cormoran y le había dicho que se pusiera bien los botones. Nunca debería haberse quedado dormido.

Mientras subía las escaleras de metal y pasaba por la puerta cerrada de Gráficas Crowdy, Strike decidió tratar a Robin con un tono de autoridad más frío durante el resto del día, para contrarrestar aquel atisbo de barriga peluda.

Acababa de tomar aquella decisión cuando oyó unas fuertes carcajadas y dos voces femeninas hablando a la vez que procedían de su oficina.

Strike se quedó inmóvil, aterrado. No le había devuelto la llamada a Charlotte. Trató de distinguir su tono y su inflexión. Sería muy propio de ella presentarse en persona para abrumar a su secretaria con un comportamiento encantador, para hacer de la aliada de él una amiga, para saturar a su propia trabajadora con su versión de los hechos. Las dos voces volvieron a mezclarse entre carcajadas y él no estuvo seguro de quién podría ser.

–Hola, Stick –dijo una voz alegre mientras él abría la puerta de cristal.

Su hermana Lucy estaba sentada en el raído sofá con las manos alrededor de una taza de café, y bolsas de Marks & Spencer y John Lewis apiñadas alrededor de ella.

La primera sensación de alivio porque no fuera Charlotte estuvo teñida de todos modos por un temor menor a lo que ella y Robin habían estado hablando y a lo mucho que ahora las dos sabían de su vida privada. Mientras abrazaba a Lucy se fijó en que Robin había cerrado de nuevo la puerta de dentro para que no se vieran el catre y la mochila.

–Robin dice que has salido a hacer de detective –Lucy parecía de buen ánimo, tal y como solía pasarle cuando salía sola, sin la carga de Greg y los niños.

–Sí, es algo que hacemos a veces los detectives –respondió Strike–. ¿Has estado de compras?

–Sí, Sherlock, así es.

–¿Quieres salir a tomar un café?

–Ya tengo uno, Stick –dijo ella levantando la taza–. Hoy no estás muy agudo. ¿Estás cojeando un poco?

–No, que yo me haya dado cuenta.

–¿Has visto últimamente al señor Chakrabati?

–Hace poco –mintió Strike.

–Si le parece bien, voy a ir a comer, señor Strike –dijo Robin, que se estaba poniendo la gabardina–. Aún no lo he hecho.

La decisión de unos momentos antes de tratarla con frialdad profesional ahora no solo parecía innecesaria, sino también desagradable.

–Sí, está bien, Robin –contestó.

–Encantada de conocerte, Lucy –dijo Robin desapareciendo tras despedirse con la mano y cerrando la puerta de cristal al salir.

–Me gusta mucho –comentó Lucy con tono entusiasta mientras los pasos de Robin se iban alejando–. Es estupenda. Deberías tratar de mantenerla de forma permanente.

–Sí, es buena –confirmó Strike–. ¿De qué se reían tanto las dos?

–Ah, de su prometido. Parece un poco como Greg. Robin dice que tienes ahora un caso importante. Eso está bien. Ha sido muy discreta. Dice que se trata de un suicidio sospechoso. Eso no puede ser bueno.

Le lanzó una mirada cómplice que él prefirió no entender.

–No es la primera vez. También tuve un par de ellos en el ejército.

Pero dudó que Lucy lo estuviera escuchando. Había respirado hondo. Strike supo lo que venía a continuación.

–Stick, ¿se separaron Charlotte y tú?

Mejor sería sacarse aquello de encima.

–Sí.

–¡Stick!

–No pasa nada, Luce. Estoy bien.

Pero el buen humor de ella había quedado anulado por un enorme torrente de furia y decepción. Strike esperó con paciencia, agotado y dolorido, mientras ella se encolerizaba: lo había sabido desde el principio, sabía que Charlotte lo volvería a hacer; lo había alejado de Tracey y de su fantástica carrera en el ejército, volviéndolo todo lo inseguro que pudo, convenciéndolo de que se fuera a vivir con ella, para luego echarlo...

–Fui yo quien rompió, Luce –dijo–. Y Tracey y yo habíamos terminado antes... –Pero también podría haber contado con que la lava fuera hacia atrás. ¿Por qué no se había dado cuenta de que Charlotte nunca cambiaría, que solo había vuelto con él por lo dramático de la situación, atraída por su herida y su medalla? Esa bruja había interpretado al ángel de la guarda y, después, se había aburrido. Era peligrosa y retorcida; medía su valía por el caos que causaba, jactándose del dolor que infligía...–. Yo la he dejado. Ha sido decisión mía.

–¿Dónde has estado viviendo? ¿Cuándo ha sido? Esa maldita

bruja… No. Lo siento, Stick. Ya no voy a seguir fingiendo. Tantos años de mierda que te ha hecho pasar. Dios mío, Stick, ¿por qué no te casaste con Tracey?

—Luce, no entremos en eso, por favor.

Apartó alguna de las bolsas de John Lewis, llenas, según vio, de pequeños pantalones y calcetines para sus hijos y se sentó pesadamente en el sofá. Sabía que su aspecto era sucio y desaliñado. Lucy parecía estar al borde de las lágrimas. Su día de paseo por la ciudad se había echado a perder.

—Supongo que no me lo has contado porque sabías que haría esto —dijo por fin con un nudo en la garganta.

—Puede que se me haya pasado por la cabeza.

—De acuerdo, lo siento —contestó ella con rabia y con los ojos brillantes por las lágrimas—. Pero esa bruja, Stick… Dios, dime que nunca más vas a volver con ella. Por favor, solo dime eso.

—No voy a volver con ella.

—¿Dónde estás quedándote? ¿En casa de Ilsa y Nick?

—No. Tengo un departamento pequeño en Hammersmith. —El primer lugar que se le ocurrió relacionado, ahora, con la indigencia—. Un estudio.

—Oh, Stick… ¡Ven a quedarte con nosotros!

Tuvo una visión fugaz de la habitación de invitados toda de azul y de la sonrisa forzada de Greg.

—Luce, estoy bien donde estoy. Solo quiero seguir con el trabajo y estar un tiempo solo.

Tardó otra media hora en hacer que se fuera de la oficina. Ella se sentía culpable por haber perdido los estribos. Disculpándose, trató de justificarse, lo cual provocó otra diatriba sobre Charlotte. Cuando por fin decidió retirarse, él la ayudó a bajar con las bolsas, consiguiendo distraerla de las cajas con todas sus pertenencias que seguían en el descanso, y finalmente dejándola dentro de un taxi negro al final de Denmark Street.

La cara de ella, redonda y manchada de rímel, se volvió hacia él desde la ventana de atrás. Strike se obligó a sonreír y la despidió con la mano antes de encender otro cigarro, pensando que la idea que Lucy tenía de la compasión era peor que algunas de las técnicas de interrogatorio que él había usado en Guantánamo.

10

Robin había tomado el hábito de comprarle a Strike un paquete de sándwiches además del de ella, por si daba la casualidad de que él estaba en la oficina a la hora de comer, y tomaba el dinero de la caja de las monedas.

Ese día, sin embargo, Robin no se dio prisa en volver. Aunque Lucy parecía no haberse dado cuenta, ella sí había notado lo poco que a Strike le había gustado verlas manteniendo una conversación. Su expresión al entrar en la oficina había sido casi tan seria como la primera vez que se vieron.

Robin esperaba no haberle dicho nada a Lucy que a Strike no le gustara. Lucy no había estado fisgoneando exactamente, sino haciendo preguntas para las cuales era difícil saber la respuesta.

−¿Has conocido ya a Charlotte?

Robin supuso que se refería a la deslumbrante exesposa o exnovia cuya salida había presenciado en su primera mañana. Sin embargo, haber estado a punto de colisionar apenas equivalía a haberse conocido, así que respondió:

−No.

−Qué curioso −Lucy adoptó una sonrisa falsa−. Suponía que ella habría querido conocerte.

−Solo soy una trabajadora temporal −se apresuró a contestar Robin por algún motivo.

−Aun así −insistió Lucy, que pareció entender la respuesta mejor que la misma Robin.

Era ahora, mientras caminaba de un lado a otro del pasillo de las papas fritas sin prestarles verdadera atención, cuando las implicaciones de lo que Lucy había dicho cobraban forma. Robin había supuesto que la intención de Lucy era la de halagarla, solo que la simple posibilidad de que Strike se insinuara de alguna forma le parecía a Robin absolutamente desagradable.

«Matt, en serio, si lo vieras... Es enorme, tiene la cara de un boxeador al que le han dado una paliza. No es ni remotamente atractivo, estoy segura de que tiene más de cuarenta años y... –Trató de buscar más comentarios despectivos sobre el aspecto de Strike–... su pelo es como el vello púbico.»

A Matthew no le había parecido bien que ella continuara trabajando con Strike hasta ahora que Robin había aceptado el trabajo en la consultora de medios de comunicación.

Robin tomó al azar dos paquetes de papas con sabor a sal y vinagre y se dirigió a la caja. Aún no le había dicho a Strike que se iría dentro de dos semanas y media.

Lucy había dejado el tema de Charlotte para interrogar a Robin sobre el volumen de trabajo que estaba entrando en aquella oficina pequeña y cochambrosa. Robin había sido todo lo vaga que fue capaz, intuyendo que si Lucy no sabía lo mal que estaban las finanzas de Strike era porque él no quería que ella lo supiera. Esperando que él se mostrara encantado con que su hermana pensara que el negocio iba bien, mencionó que su último cliente era rico.

–¿Un caso de divorcio? –preguntó Lucy.

–No –respondió Robin–. Se trata de un... bueno, he firmado un acuerdo de confidencialidad... Le han pedido que vuelva a investigar un suicidio.

–Dios mío, eso no va a ser nada agradable para Cormoran –dijo Lucy con un extraño tono en la voz.

Robin la miró confusa.

–¿No te lo ha contado? Es que la gente suele saberlo sin que tengamos que contarlo. Nuestra madre fue una famosa... grupi. Así las llaman, ¿no? –De repente, la sonrisa de Lucy se volvió forzada y su voz, aunque se afanaba en mostrar indiferencia y despreocupación, se había vuelto quebradiza–. Está todo en internet. Como todo hoy en día, ¿no? Murió de una sobredosis y dijeron que fue un suicidio, pero Stick siempre ha creído que fue su exmarido quien lo hizo. No se pudo demostrar nada. Stick estaba furioso. De todos modos, fue todo muy sórdido y terrible. Quizá sea por eso por lo que ese cliente ha elegido a Stick. Entiendo que este suicidio ha sido por sobredosis.

Robin no contestó, pero no importó. Lucy continuó sin detenerse para que le diera una respuesta.

–Fue entonces cuando Stick dejó la universidad y entró en la policía militar. En la familia nos sentimos decepcionados. Él era realmente brillante, ¿sabes? Nadie de nuestra familia había estado nunca en Oxford, pero él se limitó a hacer las maletas, lo dejó y entró en el ejército. Y parecía que encajaba bien. Lo hizo muy bien allí. Si te soy sincera, creo que es una pena que lo dejara. Podría haber continuado, incluso con... ya sabes, su pierna...

Robin no reveló, excepto por un pequeño parpadeo, que no sabía nada.

Lucy dio un sorbo a su té.

–¿Y de qué parte de Yorkshire eres?

La conversación fluyó agradablemente después de aquello, justo hasta el momento en que Strike entró y las encontró riéndose de la descripción que Robin había hecho sobre la última incursión de Matthew en el mundo del «hágalo usted mismo».

Pero Robin, mientras caminaba de vuelta a la oficina con sándwiches y papas fritas, sentía aún más pena por Strike de la que ya sentía. Su matrimonio –o si no habían estado casados, su convivencia con su pareja– había fracasado; estaba durmiendo en su despacho, le habían herido en la guerra; y ahora descubría que su madre había muerto en extrañas y sórdidas circunstancias.

No fingió pensando que aquella compasión no estuviera teñida de curiosidad. Ella ya sabía que, en un futuro cercano, trataría de encontrar en internet los detalles de la muerte de Leda Strike. Al mismo tiempo, se sentía culpable por haber tenido acceso de nuevo a una parte de Strike que se suponía que no debía ver, como el trozo de barriga prácticamente cubierta de pelo que él había mostrado accidentalmente esa mañana. Ella sabía que era un hombre orgulloso y autosuficiente. Aquellas eran las cosas que le gustaban y que admiraba de él, aunque el modo en que esas cualidades se mostraban –el catre, las cajas con sus cosas en el rellano, los botes de pasta precocinada en el bote de basura...– despertaban burlas como las de Matthew, que pensaba que cualquiera que viviera en circunstancias incómodas debía haber sido un despilfarrador y un inútil.

Robin no estaba segura de si se había imaginado o no aquella atmósfera ligeramente cargada en la oficina cuando llegó. Strike es-

taba sentado delante de la pantalla de la computadora de ella, golpeteando el teclado y, aunque le dio las gracias por los sándwiches,
no dejó el trabajo durante diez minutos, como era habitual, para
hablar sobre el caso Landry.

–Necesito esto un par de minutos. ¿Te importa quedarte en el
sofá? –le preguntó a ella mientras seguía tecleando.

Robin se preguntó si Lucy le habría contado a Strike de qué habían hablado. Esperaba que no. Entonces, se resintió por haberse
sentido culpable. Al fin y al cabo, no había hecho nada malo. Su
exasperación constituyó una pausa temporal en su enorme deseo
por saber si había encontrado a Rochelle Onifade.

–Ajá –dijo Strike.

Había encontrado en la página web del diseñador el abrigo magenta de piel sintética que Rochelle llevaba puesto esa mañana.
Llevaba en venta solamente dos semanas y costaba mil quinientas
libras.

Robin esperó a que Strike le explicara aquella exclamación, pero
no lo hizo.

–¿La encontró? –preguntó ella por fin cuando Strike dejó de mirar la computadora para desenvolver los sándwiches.

Él le contó cómo había sido el encuentro, pero todo el entusiasmo
y gratitud de esa mañana, cuando él la había llamado «genio» una
y otra vez, había desaparecido. El tono de Robin, mientras le daba
los resultados de sus gestiones telefónicas fue, por tanto, de similar
frialdad.

–He llamado al Colegio de Abogados para preguntar por la conferencia de Oxford del 7 de enero –le explicó–. Tony Landry asistió.
He fingido ser alguien que lo conoció allí y que había perdido su
tarjeta.

Él no pareció especialmente interesado en aquella información
que él mismo había pedido ni la felicitó por su iniciativa. La conversación se desinfló con una mutua insatisfacción.

La confrontación con Lucy había agotado a Strike. Quería estar
solo. También sospechaba que Lucy podría haberle hablado a Robin
de Leda. Su hermana deploraba el hecho de que su madre hubiera
vivido y muerto en condiciones de cierta mala reputación pero, en
ciertos momentos, parecía que se apoderaba de ella un paradójico
deseo de contarlo todo, sobre todo con desconocidos. Quizá fue-

ra una válvula de escape, por el secretismo que guardaba sobre su pasado con sus amigos de las afueras, o quizá estuviera tratando de llevar la batalla al territorio enemigo, tan preocupada por que pudieran saberlo que trataba de anticiparse a su interés morboso antes de que apareciera. Pero él no había querido que Robin supiera lo de su madre, lo de su pierna, lo de Charlotte ni nada del resto de asuntos dolorosos que Lucy insistía en sondear siempre que se acercaba lo suficiente.

En medio de su agotamiento y su mal humor, Strike extendió injustamente a Robin la irritación que sentía hacia las mujeres en general, que parecían no ser capaces de dejar en paz a un hombre. Pensó que esa tarde podría llevarse sus notas al Tottenham, donde podría sentarse a pensar sin interrupciones y sin que le importunaran pidiéndole explicaciones.

Robin sintió el cambio de ambiente. Comprendiendo el mensaje que le daban los silenciosos bocados de Strike al comer, se quitó las migas y, a continuación, le dio los mensajes de esa mañana con una voz dinámica e impersonal.

—John Bristow ha llamado para dar el número del celular de Marlene Higson. También se ha puesto en contacto con Guy Somé, que se reunirá con usted el jueves a las diez de la mañana en su estudio de Blunkett Street, si le parece bien. Está a las afueras, en Chiswick, cerca de Strand-on-the-Green.

—Estupendo. Gracias.

Se dijeron poco más el uno al otro ese día. Strike pasó una buena parte de la tarde en el pub y no volvió hasta el diez para las cinco. El ambiente entre los dos seguía siendo incómodo y, por primera vez, él se sintió encantado cuando vio a Robin retirarse.

CUARTA PARTE

Optimumque est, ut volgo dixere, aliena insania frui.

«Y lo mejor es, como reza el dicho popular, beneficiarse de los disparates de los demás».

PLINIO EL VIEJO, *Historia Naturalis.*

1

Strike fue temprano a la Universidad de la London Union para darse un regaderazo y vestirse con un esmero poco habitual la mañana de su visita al estudio de Guy Somé. Por lo que había visto en la página web del diseñador, sabía que Somé defendía que la gente comprara y vistiera prendas como chaparreras de cuero degradado, corbatas de malla metálica y diademas con borde negro que parecían hechas tras haber cortado la parte superior de los antiguos sombreros de hongo. Con una leve sensación de desafío, Strike se puso su cómodo y convencional traje azul que se había puesto para ir a Cipriani.

El estudio que buscaba había sido un antiguo almacén del siglo XIX en desuso y que estaba en la orilla norte del Támesis. El brillo del río le deslumbró en los ojos mientras trataba de encontrar la entrada, que no estaba claramente señalizada. Nada en su exterior indicaba el uso que se le estaba dando a ese edificio.

Por fin, descubrió un timbre discreto y sin distintivos y la puerta se abrió desde dentro electrónicamente. El austero pero espacioso vestíbulo estaba frío por el aire acondicionado. Un ruido de tintineo y repiqueteo precedió a la entrada en el vestíbulo de una chica con el pelo de color rojo tomate vestida de negro de pies a cabeza y con muchas pulseras plateadas.

–Ah –dijo al ver a Strike.

–Tengo una cita con el señor Somé a las diez –anunció él–. Cormoran Strike.

–Ah –repitió ella–. Okey.

Desapareció por donde había venido. Strike se sirvió de la espera para llamar al teléfono celular de Rochelle Onifade, tal y como había estado haciendo diez veces al día desde que la había conocido. No hubo respuesta.

Pasó otro minuto y, a continuación, atravesó de repente la sala un hombre pequeño y negro para dirigirse a Strike, con andar gatuno y silencioso sobre sus suelas de goma. Caminaba con un exagerado balanceo de caderas y la parte superior de su cuerpo bastante inmóvil salvo por un pequeño movimiento de contrapeso de los hombros, con sus brazos casi rígidos.

Guy Somé era casi treinta centímetros más bajito que Strike y tenía quizá la centésima parte de grasa. La parte delantera de la camiseta ajustada del diseñador estaba decorada con cientos de tachones diminutos y plateados que formaban lo que parecía una imagen en tres dimensiones de la cara de Elvis, como si su pecho fuera un juego de clavos de Pin Art para formar figuras. El ojo quedaba confuso por el hecho de que un torso definido y de abdominales marcados se movía bajo la licra ajustada. Los ceñidos jeans grises de Somé tenían un suave dibujo de raya diplomática oscura y sus tenis parecían estar hechos de gamuza negra y charol.

Su rostro contrastaba curiosamente con su cuerpo firme y delgado, pues estaba lleno de curvas exageradas: ojos prominentes, algo saltones, de modo que se parecían a los de un pez que mira a los lados de su cabeza. Las mejillas eran manzanas redondas y brillantes y la boca de labios carnosos era de forma ovalada y ancha. Su pequeña cabeza formaba una esfera casi perfecta. Somé parecía como si hubiera sido tallado en ébano oscuro y suave por una mano experta que se hubiera aburrido de su pericia y hubiera empezado a girar hacia lo grotesco.

Levantó una mano con un encorvamiento de la muñeca.

–Sí, veo un poco de Jonny –dijo levantando la vista hacia la cara de Strike. Su voz tenía un acento afectado y ligeramente londinense–. Pero mucho mejor.

Strike le estrechó la mano. Notó en sus dedos una fuerza que le sorprendió. La chica pelirroja volvió con su tintineo.

–Voy a estar ocupado durante una hora, Trudie. Nada de llamadas –le ordenó Somé–. Tráenos un poco de té y galletas, querida.

Ejecutó un giro de bailarín haciéndole una seña a Strike para que lo siguiera.

Recorrieron un pasillo de cal blanca y pasaron junto a una puerta abierta. Una mujer oriental de rostro plano le devolvió a Strike la mirada a través de la capa de color dorado transparente que estaba lanzando sobre un maniquí. La habitación que la rodeaba estaba tan iluminada como una sala de operaciones, pero llena de mesas de trabajo abarrotadas de rollos de tela y las paredes eran un collage de dibujos, fotografías y notas que se agitaban con el aire. Una mujer diminuta y rubia vestida con lo que a Strike le pareció un vendaje tubular gigante y negro, abrió una puerta y cruzó el pasillo delante de ellos. Le lanzó exactamente la misma mirada fría e inexpresiva que la pelirroja Trudie. Strike se sentía extraordinariamente grande y peludo, un mamut de peluche que trataba de mezclarse entre unos monos capuchinos.

Siguió al presumido diseñador hasta el final del pasillo y subió por una escalera de caracol de hierro y caucho sobre la cual había un enorme despacho rectangular. Ventanales desde el suelo hasta el techo en todo el lateral derecho mostraban una asombrosa vista del Támesis y de la orilla sur. Del resto de las paredes blancas colgaban fotografías. Lo que llamó la atención de Strike fue una enorme ampliación de tres metros y medio de los tristemente conocidos Ángeles Caídos en la pared de enfrente del escritorio de Somé. Observándolo con detalle, sin embargo, se dio cuenta de que no era la fotografía que todo el mundo conocía. En esta versión, Lula había echado la cabeza hacia atrás riéndose. La fuerte columna de su cuello se levantaba en vertical desde su larga melena, que se le había despeinado con la risa, de forma que le sobresalía un pezón oscuro. Ciara Porter levantaba los ojos hacia Lula y en su rostro se veía el comienzo de una carcajada pero más lenta para entender la broma. La atención del espectador se dirigía de inmediato, al igual que en la versión de la imagen más famosa, hacia Lula.

Estaba por todas partes. Por todas. A la izquierda, entre un grupo de modelos que llevaban vestidos de tubo transparentes de los colores del arco iris. Más allá, de perfil, con brillo dorado en los labios y en los párpados. ¿Había aprendido a componer en el rostro su expresión más fotogénica para proyectar las emociones de una forma tan hermosa? ¿O simplemente no había sido más que una superficie traslúcida a través de la cual sobresalían sus sentimientos de forma natural?

–Coloque el trasero donde quiera –dijo Somé dejándose caer en un asiento detrás de la mesa de madera oscura y de acero cubierta de dibujos. Strike acercó una silla de una sola pieza de acrílico retorcido. Había una camiseta sobre el escritorio con una imagen de la princesa Diana como una virgen mexicana de colores llamativos que relucía con pequeños cristales y cuentas y que estaba completada con un ardiente corazón escarlata de satín brillante sobre el que se había bordado una corona ladeada–. ¿Le gusta? –preguntó Somé al ver la dirección en la que Strike dirigía sus ojos.

–Sí –mintió.

–Agotada casi en todas partes. Cartas de mal gusto de católicos. Joe Mancura la usó en el programa de Jools Holland. Estoy pensando hacer una con el príncipe Guillermo y Jesucristo de manga larga para el invierno. O de Enrique con un AK47 para ocultarle el pene, ¿le parece?

Strike sonrió vagamente. Somé cruzó las piernas con un gesto algo más dramático del necesario.

–Bueno, parece que el Contador cree que Cuco fue asesinada –dijo con sorprendente bravuconería–. Siempre llamé Cuco a Lula –añadió sin que fuera necesario.

–Sí, pero John Bristow es abogado.

–Ya lo sé, pero Cuco y yo siempre le llamábamos el Contador. Bueno, yo y, a veces, Cuco también, cuando tenía un malvado sentido del humor. Siempre estaba metiendo las narices en los porcentajes y tratando de sacarle a todos hasta el último céntimo. Supongo que le está pagando a usted los honorarios mínimos de detective.

–Lo cierto es que me paga el doble de los honorarios.

–Ah. Bueno, probablemente sea un poco más generoso ahora que cuenta con el dinero de Cuco para poder jugar.

Somé se mordió una uña y Strike se acordó de Kieran Kolovas-Jones. El diseñador y el chofer eran también de similar complexión, pequeños pero bien proporcionados.

–Muy bien, soy una bruja –dijo Somé sacándose la uña de la boca–. Nunca me ha gustado John Bristow. Siempre estaba regañando a Cuco por algo. Vive tu vida. Sal del clóset. ¿Lo ha oído hablando con tanta pasión de su mami? ¿Ha conocido a su novia? Si hablamos de barbas, hay que fijarse en la de ella.

Soltó todo aquel rosario en un único discurso nervioso y vengativo, deteniéndose para abrir un cajón oculto de su mesa del que sacó un paquete de cigarros mentolados. Strike ya había notado que Somé se había mordido las uñas hasta dejárselas en carne viva.

–Su familia era el único motivo por el que estaba tan jodida. Yo le decía: «Déjalos, corazón, pasa la página». Pero no lo hacía. Así era Cuco, siempre pidiendo peras al olmo.

Le ofreció a Strike uno de sus cigarrillos blancos, que el detective rechazó, antes de encenderse uno con un Zippo con incrustaciones.

–Ojalá se me hubiera ocurrido a mí llamar a un detective privado –dijo Somé cuando cerró la tapa del encendedor–. Nunca se me ocurrió. Me alegra saber que hay alguien que lo ha hecho. No puedo creer que se haya suicidado. Mi terapeuta dice que estoy en una fase de negación. Voy a terapia dos veces por semana, y no es que esté notando alguna jodida diferencia. Estaría tomando Valium como lady Bristow si pudiera diseñar cuando lo tomo, pero lo intenté la semana posterior a la muerte de Cuco y estuve como un zombi. Supongo que me sirvió para soportar el funeral.

Un tintineo y repiqueteo procedente de la escalera de caracol anunció la nueva aparición de Trudie, que emergió del suelo con movimientos bruscos. Dejó sobre la mesa una bandeja negra lacada sobre la que había dos tazas de té de plata rusa con filigranas, en cada una de las cuales había un brebaje verde claro humeante con hojas marchitas flotando en su interior. Había también un plato con galletas finísimas que parecían estar hechas de carbón vegetal. Strike recordó con nostalgia su pastel de carne con papas y su té de color caoba.

–Gracias, Trudie. Y tráeme un cenicero, querida.

La chica vaciló, claramente a punto de protestar.

–Hazlo –rugió Somé–. Soy el puto jefe. Puedo quemar el edificio si quiero. Quítale las pinches pilas a las alarmas contra incendios, pero antes tráeme el cenicero. Las alarmas se dispararon la semana pasada y encendieron todos los irrigadores de abajo –le explicó Somé a Strike–. Así que ahora los patrocinadores no quieren que fume nadie en el edificio. Que les metan un palo por sus culos apretados.

Inhaló con fuerza. Después, echó el aire a través de sus fosas nasales.

–¿No hace preguntas? ¿O simplemente se queda ahí sentado con pinta de asustado hasta que alguien desembucha una confesión?

–Podemos hacer preguntas –contestó Strike, sacando su cuaderno y su bolígrafo–. Usted estaba en el extranjero cuando Lula murió, ¿verdad?

–Acababa de regresar, un par de horas antes –los dedos de Somé se retorcieron un poco alrededor del cigarro–. Había estado en Tokio, apenas había dormido en ocho días. Aterrizamos en Heathrow a eso de las diez y media con un desfase horario terrible. No puedo dormir en los aviones. Quiero estar despierto si voy a chocar.

–¿Cómo fue a casa desde el aeropuerto?

–En taxi. Elsa la había cagado con la reserva de un coche para mí. Debía haber un chofer que me recogiera.

–¿Quién es Elsa?

–La chica a la que despedí por cagarla con la reserva de mi coche. Era lo último que me hacía falta, tener que buscar un taxi a esas horas de la noche.

–¿Vive usted solo?

–No. A medianoche me metí en la cama con Viktor y Rolf. Mis gatos –añadió con un destello de sonrisa–. Me tomé un Ambien, dormí unas horas y luego me desperté a las cinco de la mañana. Puse las noticias de Sky News desde la cama y había un hombre con un terrible gorro de piel de carnero en mitad de la nieve en la calle de Cuco. El cintillo con el teletipo en la parte inferior de la pantalla también lo decía.

Somé dio una fuerte fumada al cigarro y un humo blanco salió de su boca con las siguientes palabras.

–Casi me muero, carajo. Creí que seguía dormido o que me había despertado en una dimensión equivocada o algo así... Empecé a llamar a todo el mundo... A Ciara, a Bryony... Todos sus teléfonos estaban ocupados. Y durante todo ese rato seguí mirando a la pantalla, pensando que dirían algo de que había sido un error, que no era ella. No dejé de rezar porque fuera la chica de la bolsa. Rochelle.

Hizo una pausa, como si esperara algún comentario de Strike. Éste, que había estado tomando notas mientras Somé hablaba, preguntó sin dejar de escribir:

–Conoce a Rochelle, ¿no?

–Sí. Cuco la trajo aquí una vez. A ver qué podía sacar.

–¿Qué le hace decir eso?

–Odiaba a Cuco. Una celosa de mierda. Yo podía verlo, aunque Cuco no. Estaba con ella por los regalos. Le importaba un pimiento que Cuco viviera o se muriera. Por suerte para ella, como resultó...

»Y cuanto más veía las noticias, más convencido estaba de que no era un error. Carajo, me derrumbé.

Los dedos le temblaron un poco sobre el cigarro blanco como la nieve que estaba chupando.

–Dijeron que una vecina había oído una discusión, así que, por supuesto, pensé que había sido Duffield. Creía que la había lanzado por la ventana. Estaba dispuesto a contarle a la policía lo cabrón que era. Estaba listo para subir al estrado a testificar contra ese hijo de puta. Y como se me caiga esta ceniza del cigarro –continuó exactamente con el mismo tono– le prendo fuego a esa zorra.

Como si lo hubiera oído, las rápidas pisadas de Trudie se oyeron cada vez con más fuerza hasta que volvió a entrar en la habitación, jadeando y con un pesado cenicero de cristal en las manos.

–Gracias –dijo Somé con un tono incisivo mientras ella lo colocaba delante de él y volvía a bajar.

–¿Por qué creyó que era Duffield? –preguntó Strike cuando supuso que Trudie ya no los oía.

–¿A quién más habría dejado entrar Cuco a las dos de la mañana?

–¿Lo conoce bien?

–Lo suficiente, un don nadie –Somé tomó su té de menta–. ¿Por qué hacen eso las mujeres? También Cuco… No era ninguna estúpida. De hecho, era muy audaz. Así que, ¿qué veía en Evan Duffield? Yo se lo diré –dijo sin dejar una pausa para la respuesta–. Es esa mierda del poeta herido, del dolor del alma, las idioteces de soy un genio demasiado torturado como para poder lavarme. Lávate los dientes, cabrón. No eres el puto Byron.

Dejó su taza con un golpe y se colocó la palma de la mano izquierda sobre el codo derecho, sujetándose el antebrazo para seguir dando largas fumadas a su cigarro.

–Ningún hombre aguantaría a alguien como Duffield. Solo las mujeres. Un retorcido instinto maternal, si quiere saber mi opinión.

–Usted cree que él podría haber sido capaz de matarla, ¿verdad?

–Por supuesto que sí –contestó Somé con tono despectivo–. Y todavía puede. Todos somos capaces, de algún modo, de matar. ¿Por qué iba a ser Duffield una excepción? Tiene la mentalidad de un niño despiadado de doce años. Me lo imagino en uno de sus ataques de rabia haciendo un berrinche y…

Con la mano en la que no tenía el cigarro, hizo un movimiento violento como si empujara.

–Una vez vi cómo le gritaba. En mi fiesta después del desfile del año pasado. Me interpuse. Le dije que primero me tendría que insultar a mí. Puede que yo hubiera bebido un poco –dijo Somé tensando su rostro de mejillas redondas–, pero yo apostaría por mí antes que por ese drogadicto de mierda en cualquier momento. También se portó como un imbécil en el funeral.

–¿En serio?

–Sí. Tambaleándose, con la cara desencajada. Sin ningún puto respeto. Porque iba hasta arriba de tranquilizantes que, si no, le habría dicho lo que pensaba de él. Fingiendo estar destrozado, hipócrita de mierda.

–¿Nunca pensó usted que fuera un suicidio?

Los extraños y saltones ojos de Somé se posaron en Strike.

–Nunca. Duffield dice que estaba en casa de su *dealer*, disfrazado de lobo. ¿Qué tipo de coartada es esa? Espero que lo esté investigando. Que no se sienta deslumbrado porque es una puta celebridad, igual que la policía.

Strike recordó los comentarios de Wardle sobre Duffield.

–No creo que Duffield los deslumbrara.

–Entonces, tienen mejor gusto del que yo les suponía –contestó Somé.

–¿Por qué está tan seguro de que no fue suicidio? Lula había sufrido problemas mentales, ¿no?

–Sí, pero teníamos un pacto, como Marilyn con Montgomery Clift. Nos juramos que si alguno de los dos pensaba seriamente en matarse, llamaríamos al otro. Ella me habría llamado.

–¿Cuándo fue la última vez que tuvo noticias de ella?

–Me llamó el miércoles, mientras seguía en Tokio –respondió Somé–. La muy tonta siempre olvidaba que allí era ocho horas más tarde. Tenía mi teléfono en silencio a las dos de la mañana, así que no respondí. Pero dejó un mensaje. Y no era de una suicida. Escuche esto.

Volvió a meter la mano en el cajón, pulsó varios botones y levantó su celular hacia Strike.

Y Lula Landry habló cercana y real al oído de Strike, con voz un poco áspera y ronca, imitando deliberadamente y con burla el acento londinense.

«¿Todo bien, querido? Tengo que contarte una cosa. No estoy segura de que te vaya a gustar, pero es un bombazo y estoy muy feliz. ¡Carajo! Tengo que contárselo a alguien, así que llámame cuando puedas, ¿okey? Estoy deseando. Muá, muá.»

Strike le devolvió el teléfono.

–¿Le devolvió la llamada? ¿Supo cuál era la gran noticia?

–No –Somé apagó su cigarro y tomó otro de inmediato–. Los japoneses me tuvieron de reunión en reunión. Cada vez que pensaba en llamarla, la diferencia horaria se interponía. En fin... si le digo la verdad, creía que sabía lo que me iba a decir y no estaba para nada contento. Creía que estaba embarazada.

Somé asintió varias veces con el cigarro nuevo agarrado entre los dientes. Después, se lo sacó para seguir hablando.

–Sí, creía que estaba embarazada.

–¿De Duffield?

–Esperaba que no, carajo. En ese momento, yo no sabía que habían vuelto a estar juntos. Ella no se habría atrevido a salir con él si yo hubiera estado en el país. No, esperó a que yo estuviera en Japón, la muy zorra. Sabía que yo lo odiaba y le importaba mi opinión. Éramos como una familia. Cuco y yo.

–¿Por qué pensó que podría estar embarazada?

–Por el modo en que habló. Ya lo ha oído... estaba muy emocionada. Y yo tuve esa sensación. Era el tipo de cosas que Cuco habría hecho. Y esperaría que yo estuviera tan contento como ella y que mandara a la mierda su carrera y a mí, que contaba con ella para lanzar mi nueva línea de accesorios...

–¿Era ese el contrato de cinco millones de libras del que su hermano me ha hablado?

–Sí. Y apuesto también a que el Contador la presionó para que ella insistiera en sacar lo máximo que pudiera –dijo Somé con otro ataque de mal humor–. No era propio de Cuco tratar de sacarme hasta el último penique. Sabía que iba a ser fabuloso y que la iba a llevar a otro nivel si se ponía al frente de mi campaña. No solo habría sido el dinero. Todo el mundo la relacionaba con mis cosas. Su gran oportunidad llegó con una sesión para *Vogue* en la que llevaba mi vestido de picos. A Cuco le encantaba mi ropa, le encantaba yo, pero la gente llega a cierto nivel y todos les dicen que valen más y se olvidan de quién los llevó hasta ahí y, de repente, todo depende del balance final.

–Usted pensaría que ella lo valía como para comprometerse a un contrato de cinco millones de libras.

–Sí, bueno, casi se puede decir que diseñé la gama para ella, así que tener que estar haciendo fotos con un jodido embarazo no habría sido nada divertido. Y podía imaginarme a Cuco poniéndose tonta después, vomitándolo todo, sin querer deshacerse del bebé. Era de ese tipo de personas. Siempre buscaba gente a la que querer, una familia suplente. Esos Bristow la habían jodido bien. Solo la adoptaron como si fuera un juguete para Yvette, que es la bruja más siniestra del mundo.

–¿En qué sentido?

–Posesiva. Malsana. No quería perder de vista a Cuco por si se moría, como el niño por el que la compraron para sustituirlo. Lady Bristow solía venir a todos los desfiles, estorbando a todo el mundo, hasta que ya estuvo muy enferma. Y había un tío suyo que trataba a Cuco como la escoria, hasta que ella empezó a ganar mucho dinero. Entonces, se volvió más respetuoso. Todos los Bristow se mueven por el dinero.

–Son una familia rica, ¿no?

–Alec Bristow no dejó tanto, en términos relativos. No comparado con el dinero de verdad. No como su viejo de usted –dijo Somé, cambiando de repente de conversación–. ¿Cómo es que el hijo de Jonny Rokeby está trabajando de detective privado?

–Porque esa es su profesión –contestó Strike–. Continúe con los Bristow.

Somé no pareció ofenderse por que le dieran órdenes. Más bien pareció gustarle, posiblemente porque se trataba de una experiencia poco habitual.

–Solo recuerdo que Cuco me dijo que la mayor parte de lo que Alec Bristow había dejado eran acciones de su antigua compañía y Albris se había ido al hoyo con la recesión. No es como la puta Apple. Cuco ganaba más que todos los demás juntos antes de cumplir los veinte.

–¿Esa foto formaba parte de la campaña de los cinco millones? –preguntó Strike señalando la enorme imagen de los Ángeles Caídos de la pared que había detrás de él.

–Sí –respondió Somé–. Esas cuatro bolsas eran el principio. Ella está ahí agarrando el Cashile. Les di a todos nombres africanos, por ella. Estaba obsesionada con África. Esa puta que es su verdadera madre le dijo cuando la encontró que su padre era africano, así que Cuco se volvió loca con el tema. Hablaba de estudiar allí, de hacer labores de voluntariado… No importaba que esa vieja zorra se hubiera estado acostando con unos cincuenta jamaiquinos. Africano. ¡Seguro! –exclamó Guy Somé apagando el cigarro en el cenicero de cristal–. Esa puta solo le dijo a Cuco lo que quería oír.

–Y usted decidió seguir adelante y utilizar la fotografía para la campaña, pese a que Lula acababa de…

–Era para hacerle un jodido homenaje –le interrumpió Somé hablando más alto–. Nunca estuvo más guapa. ¡Se suponía que era un homenaje para ella, carajo! Para nosotros. Era mi musa. Si esos cabrones no pueden entenderlo, muy bien. La prensa de este país es peor que la escoria. Juzgan a todo el mundo ellos solitos.

–El día de antes de su muerte, enviaron algunas bolsas a Lula…

–Sí, eran mías. Le envié una de cada cual –le explicó Somé, señalando a la foto con la punta de otro cigarro–. Y le envié algo de ropa a Deeby Macc con el mismo mensajero.

–¿Lo había pedido él o…?

–Regalos, querido –dijo Somé arrastrando las palabras–. No es más que negocios. Un par de suéteres con gorro personalizados y algunos accesorios. El apoyo de las celebridades nunca viene mal.

–¿Alguna vez se puso él alguna de esas cosas?

–No lo sé –contestó Somé con un tono más suave–. Tuve otras cosas de las que preocuparme al día siguiente.

–He visto un video de YouTube de él llevando una sudadera tachonada y con gorro, como esa –dijo Strike señalando al pecho de Somé–. En forma de puño.

–Sí, esa era una de ellas. Alguien debió hacérselo llegar. Una tenía un puño, otra una pistola y parte de sus letras en la espalda.

–¿Le habló Lula de que Deeby Macc se iba a quedar en el departamento de abajo?

–Sí. No es que estuviera muy emocionada. Yo le decía, chica, si ese hubiera escrito tres canciones sobre mí, yo estaría esperándolo tras la puerta desnudo cuando entrara. –Somé echó el humo en dos grandes chorros que salieron de sus fosas nasales, mirando a Strike de soslayo–. Me gustan grandes y duros. Pero a Cuco no. En fin, mire con quién salía. Yo no paraba de decirle que dejara ya ese cuento de sus raíces, que se buscara un buen chico negro y sentara cabeza. Deeby habría sido de huevos, perfecto. ¿Por qué no?

»En el desfile de la temporada pasada hice que desfilara por la pasarela con la canción de "Chica fea con cuerpo de escándalo". "Tú no tienes nada de eso, puta. Cómprate un espejo que no te confunda. Ríndete y baja el tono, porque no eres la pinche Lula". Duffield la odiaba.

Somé fumó un momento en silencio, con la mirada fija en la pared de las fotografías.

–¿Dónde vive usted? ¿Por aquí? –preguntó Strike, aunque ya sabía la respuesta.

–No. En Charles Street, en Kensington –respondió Somé–. Me mudé allí el año pasado. Está muy lejos de Hackney, eso se lo aseguro, pero se estaba volviendo muy absurda esa zona. Tuve que irme. Demasiado lío. Yo me crié en Hackney –explicó–, cuando no era más que Kevin Owusu. Me cambié el nombre cuando me fui de casa. Como usted.

–Yo nunca fui Rokeby –dijo Strike mientras pasaba una página de su cuaderno–. Mis padres no estaban casados.

–Todos lo sabemos, querido –replicó Somé con otro asomo de malicia–. Yo vestí a su padre para un reportaje de la *Rolling Stone* del año pasado. Un traje ajustado y un sombrero de bombín roto. ¿Lo ve mucho?

–No –contestó Strike.

–No, vaya. Usted lo haría parecer encabronadamente viejo, ¿no? –dijo Somé con una risotada. Se movió nerviosamente en su asiento, encendió otro cigarro más, lo agarró entre sus labios y entrecerró los ojos mirando a Strike entre nubes de humo mentolado.

–¿Y por qué hablamos de mí? ¿La gente suele empezar a contarle la historia de su vida cuando usted saca ese cuaderno?

–A veces.

–¿No quiere tomarse su té? No lo culpo. No sé por qué bebo esta mierda. A mi viejo le daría un infarto si pidiera una taza de té y le dieran esto.

–¿Su familia sigue en Hackney?

–No lo he comprobado –contestó Somé–. No nos hablamos. Practico con el ejemplo, ¿ve?

–¿Por qué cree que Lula se cambió de apellido?

–Porque odiaba a su familia de mierda, igual que yo. Ya no quería que la relacionaran con ellos.

–Entonces, ¿por qué eligió el mismo apellido que su tío Tony?

–Él no es famoso. Sonaba bien. Deeby no podría haber escrito «Doble ele sé mía» si hubiera sido Lula Bristow, ¿no?

–Charles Street no está muy lejos de Kentigern Gardens, ¿verdad?

–A unos veinte minutos caminando. Yo quería que Cuco se hubiera mudado a mi casa cuando dijo que no soportaba seguir viviendo en su antigua casa, pero no lo hizo. En vez de eso, eligió esa pinche prisión de cinco estrellas, para escapar de la prensa. Fueron ellos los que la llevaron a ese lugar. Son los culpables.

Strike recordó a Deeby Macc: «La puta prensa la tiró por esa ventana».

–Me llevó a verlo. Mayfair, lleno de rusos y árabes ricos y cabrones como Freddie Bestigui. Le dije, cariño, no puedes vivir aquí. Hay mármol por todas partes. El mármol no es sofisticado en nuestro ambiente… Es como vivir en tu propia tumba…

Vaciló y, después, continuó:

–Estuvo unos meses comiéndose el coco. Había un acosador que le metía cartas por la puerta de su casa a las tres de la mañana. La despertaba el ruido del buzón. Las cosas que decía que quería hacerle la asustaban. Después, cortó con Duffield y tuvo a los *paparazzi* en la puerta de su casa todo el tiempo. Entonces descubre que están rastreándole las llamadas. Y luego tuvo que ir a buscar a esa zorra de madre. Estaba siendo demasiado. Quería alejarse de todo, sentirse segura. Yo le dije que se viniera a mi casa pero, en lugar de hacerlo, va y se compra esa mierda de mausoleo.

»Lo compró porque parecía un fuerte con seguridad las veinticuatro horas del día. Pensó que estaría a salvo de todos, que nadie podría llegar hasta ella.

»Pero lo odió desde el primer momento. Yo sabía que le iba a pasar. Se apartó de todo lo que le gustaba. A Cuco le gustaba el color y el ruido. Le gustaba estar en la calle, le gustaba pasear, ser libre.

»Uno de los motivos por los que la policía dijo que no había sido un asesinato fue por las ventanas abiertas. Ella misma las abrió. En las manillas solo estaban sus huellas. Pero yo sé por qué las abrió. Siempre abría las ventanas, incluso cuando estaba helando en la calle, porque no soportaba el silencio. Le gustaba poder oír la ciudad de Londres.

La voz de Somé perdió toda su malicia y sarcasmo. Se despejó la garganta y continuó.

–Estaba tratando de conectar con algo real. Hablábamos de eso todo el tiempo. Era lo más importante para nosotros. Eso es lo que hizo que se relacionara con la maldita Rochelle. Era un caso de «Esto podría pasarme a mí». Cuco pensaba que ella podría haber estado igual de no haber sido por su belleza, si los Bristow no se la hubieran llevado a su casa para ser el juguete de Yvette.

—Hábleme de ese acosador.

—Un loco. Pensaba que estaban casados o algo así. Le pusieron una orden de alejamiento y tratamiento psiquiátrico obligatorio.

—¿Alguna idea de dónde está ahora?

—Creo que lo devolvieron a Liverpool —respondió Somé—. Pero la policía lo verificó. Me dijeron que estaba en una sala de seguridad de allí la noche en que ella murió.

—¿Conoce usted a los Bestigui?

—Solo lo que Lula me contaba, que él era un asqueroso y ella una figura de cera viviente. No necesito conocerla. Sé cómo son las mujeres como ella. Niñas ricas que se gastan el dinero de sus feos maridos. Vienen a mis desfiles. Quieren ser amigas mías. Prefiero a las putas de verdad.

—Freddie Bestigui estuvo en la misma casa en el campo que Lula el fin de semana anterior a su muerte.

—Sí, eso me dijeron. Estaba enculado con ella —dijo Somé con tono despectivo—. Ella también lo sabía. No era precisamente la primera vez que le pasaba, ¿sabe? Pero, por lo que ella me dijo, él no fue más allá de intentar entrar en el mismo elevador.

—Usted no habló con ella después de ese fin de semana en casa de Dickie Carbury, ¿verdad?

—No. ¿Le hizo él algo allí? No sospechará de Bestigui, ¿no?

Somé se incorporó en su asiento, mirando fijamente a Strike.

—Chingado… ¿Freddie Bestigui? Bueno, es un mierda, eso sí lo sé. Hay una chica a la que conozco… bueno, la amiga de una amiga… que trabajaba en su productora y él trató de violarla. No, no estoy exagerando —dijo Somé—. Literalmente. Violación. La emborrachó un poco después del trabajo y la tiró al suelo. Una ayudante había olvidado el celular, volvió por él y se los encontró. Bestigui las sobornó a las dos. Todos le dijeron a ella que lo denunciara, pero ella tomó el dinero y se fue. Dicen que solía castigar a su segunda esposa con algunos métodos bastante pervertidos. Por eso se fue con sus tres millones. Ella lo amenazó con hablar con la prensa. Pero Cuco nunca habría permitido que Freddie Bestigui entrara en su casa a las dos de la mañana. Como le decía, no era ninguna estúpida.

–¿Qué sabe de Derrick Wilson?

–¿Quién es?

–El guardia de seguridad que estaba de servicio la noche en que ella murió.

–Nada.

–Es un tipo grande con acento jamaiquino.

–Puede que esto le sorprenda, pero en Londres no todos los negros se conocen.

–Me preguntaba si había hablado usted con él o si había oído a Lula hablar de él.

–No. Teníamos cosas más interesantes de las que hablar que del guardia de seguridad.

–¿Se puede decir lo mismo del chofer, Kieran Kolovas-Jones?

–Ah, sí sé quién es Kolovas-Jones –dijo Somé con una sonrisa de superioridad–. Hacía poses siempre que creía que yo podría estar mirando por la ventana. Con su metro y medio es demasiado bajito como para ser modelo.

–¿Alguna vez le habló Lula de él?

–No. ¿Por qué iba a hacerlo? –preguntó Somé nervioso–. Era un chofer.

–Él me dijo que estaban muy unidos. Mencionó que ella le había regalado una chamarra que usted había diseñado. Valorada en novecientas libras.

–Vaya mierda –dijo Somé con desdén–. Mis prendas buenas ascienden a tres mil por abrigo.

–Sí, iba a preguntarle por eso –dijo Strike–. Su línea de *prêt-à-porter*, ¿no?

Somé pareció divertirse.

–Exacto. Son las prendas que no se hacen a medida, ¿entiende? Las compra tomándolas directamente del estante.

–De acuerdo. ¿Se venden mucho esas cosas?

–Están por todas partes. ¿Cuándo fue la última vez que entró en una tienda de ropa? –preguntó Somé recorriendo con sus ojos saltones y maliciosos el saco azul oscuro de Strike–. ¿Qué es eso?¿Su traje de los días de descanso?

–Cuando dice «por todas partes»…

–Grandes almacenes, boutiques, internet… –recitó Somé–. ¿Por qué?

–Uno de los dos hombres que salían en el circuito cerrado de televisión corriendo desde la zona de Lula esa noche llevaba una chamarra con su logotipo.

Somé ladeó la cabeza muy ligeramente, un gesto de rechazo y fastidio.

–Él y un millón de personas más.

–¿No vio usted…?

–No vi nada de esa mierda –contestó Somé furioso–. Toda esa… Toda esa cobertura. No quería leer nada de eso. No quería pensar en ello. Les dije a todos que lo mantuvieran alejado de mí. –Hizo un gesto hacia las escaleras y sus trabajadoras–. Lo único que sabía era que estaba muerta y que Duffield se estaba comportando como si tuviera algo que ocultar. Eso ya era suficiente.

–De acuerdo. Volviendo al asunto de la ropa, en la última fotografía de Lula, en la que estaba entrando en el edificio, parecía llevar un vestido y un abrigo…

–Sí, llevaba el Maribelle y el Faye –explicó Somé–. Ese vestido se llamaba Maribelle.

–Sí, entiendo. Pero cuando murió, llevaba puesta una ropa distinta.

Aquello pareció sorprender a Somé.

–¿Ah, sí?

–Sí. En las fotografías de la policía del cadáver…

Pero Somé levantó el brazo con un gesto involuntario de refutación, de autoprotección. Después, se puso de pie, respirando con fuerza, y se acercó a la pared de la fotografía, donde Lula lo miraba desde varias imágenes, sonriendo, nostálgica o serena. Cuando el diseñador volvió a mirar a Strike, sus extraños y saltones ojos estaban húmedos.

–Chingado –dijo en voz baja–. No hable así de ella. «El cadáver.» Carajo. Es usted un cabrón de sangre fría, ¿no? No me extraña que el viejo Jonny no le tenga cariño.

–No quería molestarlo –respondió Strike con voz calmada–. Solo quiero saber si se le ocurre algún motivo por el que ella se cambiara de ropa al llegar a casa. Cuando cayó, llevaba unos pantalones y una blusa de lentejuelas.

–¿Cómo chingados voy a saber yo por qué se cambió? –preguntó Somé con rabia–. Quizá tuviera frío. Quizá estaba… Esto es ridículo, carajo. ¿Cómo voy a saberlo?

–Solo era una pregunta. He leído en algún sitio que usted le había dicho a la prensa que murió vestida con uno de sus vestidos.

–No fui yo. Nunca lo dije. Alguna periodista zorra llamó a la oficina y preguntó el nombre del vestido. Una de las costureras le respondió y dijeron que hablaba en mi nombre. Se inventaron que yo trataba de hacer publicidad de todo ello, las muy putas. Carajo.

–¿Cree que podría ponerme en contacto con Ciara Porter y Bryony Radford?

Aquello pareció pescar a Somé con la guardia baja, confuso.

–¿Qué? Sí...

Pero había empezado a llorar de verdad. No como Bristow, con fuertes hipidos y sollozos, sino en silencio, con las lágrimas deslizándose por sus suaves mejillas oscuras y cayendo sobre su camiseta. Tragó saliva y cerró los ojos, le dio la espalda a Strike, apoyó la frente contra la pared y empezó a temblar.

Strike esperó en silencio hasta que Somé se hubo limpiado la cara varias veces y volvió a girarse para mirarlo. No hizo mención a sus lágrimas, sino que volvió a su silla, se sentó y encendió un cigarro. Tras dos o tres profundas fumadas, habló con voz pragmática y calmada.

–Si se cambió de ropa fue porque estaba esperando a alguien. Cuco siempre se vestía para la ocasión. Debía estar esperando a alguien.

–Bueno, eso es lo que yo pensaba –confirmó Strike–. Pero no soy ningún experto en mujeres ni en ropa.

–No –convino Somé esbozando su sonrisa maliciosa–. No lo parece. ¿Quiere hablar con Ciara y Bryony?

–Me vendría bien.

–Las dos van a estar en una sesión fotográfica para mí el miércoles. En el número 1 de Arlington Terrace, en Islington. Si viene sobre las cinco, ellas estarán disponibles para poder hablar con usted.

–Es un detalle por su parte. Gracias.

–No es un detalle –dijo Somé en voz baja–. Quiero saber qué ocurrió. ¿Cuándo va a hablar con Duffield?

–En cuanto pueda dar con él.

–Ese mierda se cree que se ha librado. Ella debió cambiarse porque sabía que él iba a ir, ¿no? Aunque hubieran discutido, ella sabía que él la seguiría. Pero nunca hablará con usted.

–Lo hará –lo contradijo Strike con tono relajado mientras se guardaba el cuaderno y miraba el reloj–. Le he robado mucho tiempo. Gracias de nuevo.

Mientras Somé acompañaba a Strike de nuevo por las escaleras de caracol y por el pasillo de paredes blancas, volvió a contonearse un poco. Cuando se estrecharon las manos en el frío vestíbulo de baldosas, no quedaba en él indicio alguno de aflicción.

–Pierda un poco de peso –le dijo a Strike como despedida–. Y yo le enviaré algo de la XXL.

Cuando la puerta del almacén se cerró al salir Strike oyó a Somé hablando a la chica del pelo color tomate.

–Sé lo que estás pensando, Trudie. Estás imaginándotelo cogiéndote con fuerza por detrás, ¿verdad? ¿No es así, querida? Un soldado fuerte. –Y oyó un grito de Trudie riéndose sorprendida.

2

La aceptación del silencio de Strike por parte de Charlotte no tenía precedentes. No hubo más llamadas ni mensajes. Ella estaba fingiendo que su última pelea obscena y explosiva la había cambiado de forma irrevocable, que la había despojado de todo su amor y la había dejado sin rabia. Sin embargo, Strike conocía a Charlotte tanto como un microbio que hubiera estado en su sangre durante quince años. Sabía que su única reacción al dolor era herir al agresor todo lo que pudiera, sin importar el costo que ello supusiera para ella misma. ¿Qué pasaría si él se negaba a recibirla en audiencia una y otra vez? Aquella era la única estrategia que él nunca había probado, y la única que le quedaba.

De vez en cuando, en los momentos en que flaqueaba la resistencia de Strike –a altas horas de la noche, solo en su catre–, la infección volvía a aparecer. Sentía el pinchazo del arrepentimiento y del anhelo y la veía cuerpo a cuerpo, hermosa, desnuda, susurrando palabras de amor, o llorando en silencio, diciéndole que sabía que era mala, que estaba destrozada, que era imposible, pero que él era lo mejor y lo más real que le había pasado. En esos momentos, el ser consciente de que solo hacía falta pulsar unos cuantos botones para hablar con ella parecía ser una barricada demasiado frágil contra la tentación y hubo momentos en los que salió de su *sleeping bag* y dio un brinco a oscuras hasta la mesa vacía de Robin, encendió la lámpara y se puso a estudiar el informe del caso, incluso durante varias horas. En una o dos ocasiones hizo llamadas a primera hora de la mañana al celular de Rochelle Onifade, pero nunca contestó.

El jueves por la mañana, Strike volvió al muro que había junto a la puerta del Saint Thomas y esperó tres horas con la esperanza de ver de nuevo a Rochelle, pero ella no apareció. Había hecho que Robin llamara al hospital, pero esta vez se negaron a hablar sobre la falta de asistencia de Rochelle y bloquearon todo intento de conseguir su dirección.

El viernes por la mañana Strike volvía del Starbucks y se encontró a Tuercas sentado, no en el sofá que estaba junto a la mesa de Robin, sino sobre la misma mesa. Tenía un cigarro sin encender en la boca y estaba inclinado sobre ella, al parecer mostrándose más divertido de lo que Strike lo había visto nunca, pues Robin se estaba riendo con esa desgana con la que las mujeres se ríen cuando se las está divirtiendo, pero que aun así, desea dejar claro que el objetivo está bien defendido.

—Buenos días, Tuercas —lo saludó Strike, pero el tono algo represor de su voz no consiguió moderar el ardiente lenguaje corporal del especialista en informática ni su amplia sonrisa.

—¿Todo bien, Fed? Te traje tu computadora.

—Estupendo. Descafeinado doble con leche —le dijo Strike a Robin dejando el vaso a su lado—. Te invito —añadió cuando ella fue a tomar la bolsa.

Ella era conmovedoramente reacia a cobrar los pequeños caprichos de la caja de las monedas. No puso ninguna objeción delante del invitado, sino que le dio las gracias a Strike y volvió al trabajo, para lo que hizo un pequeño giro con su silla en el sentido de las agujas del reloj apartándose de los dos hombres.

El resplandor de un cerillo hizo que Strike dirigiera la atención desde su café doble hacia su invitado.

—En esta oficina no se puede fumar, Tuercas.

—¿Qué? Pero si tú fumas como una pinche chimenea.

—No. Aquí dentro no. Sígueme.

Strike condujo a Tuercas a su despacho y cerró la puerta con fuerza detrás de él.

—Está comprometida —le anunció tomando su habitual asiento.

—Entonces, ¿estoy desperdiciando mi pólvora? Bueno. Avísame si el compromiso se va a la mierda. Es de las de mi tipo.

—Yo no creo que tú seas del suyo.

Tuercas lanzó una sonrisa cómplice.

—Tú estás en la cola, ¿no?

—No —contestó Strike—. Solo sé que su prometido es un contador que juega al rugby. Un tipo de Yorkshire pulcro y de mentón fuerte.

Se había formado una clara imagen mental de Matthew, aunque nunca había visto ninguna fotografía suya.

–Nunca se sabe. Puede que se le antoje cambiar a algo un poco más provocador –dijo Tuercas poniendo la *laptop* de Lula Landry sobre la mesa y sentándose enfrente de Strike. Llevaba una sudadera un poco andrajosa y sandalias de tiras sobre sus pies desnudos. Era el día más caluroso del año hasta la fecha–. Le he echado un buen vistazo a esta basura. ¿Cuánta información técnica deseas saber?

–Ninguna. Pero sí necesito saber si podrías darla con claridad en un juzgado.

Tuercas, por primera vez, parecía intrigado.

–¿Hablas en serio?

–Mucho. ¿Podrías demostrar ante un abogado defensor que sabes de lo que hablas?

–Claro que sí.

–Entonces, dame solo los detalles más importantes.

Tuercas vaciló un momento, tratando de interpretar la expresión de Strike.

–La contraseña es Agyeman y fue restablecida cinco días antes de su muerte –empezó a decir por fin.

–Deletréalo.

Tuercas lo hizo.

–Es un apellido –añadió para sorpresa de Strike– Es ghanés. Marcó como favorita la página de la Escuela de Estudios Orientales y Africanos y la visitó. Mira esto.

Mientras hablaba, los veloces dedos de Tuercas golpetearon el teclado. Hizo aparecer la página que estaba describiendo, con bordes de color verde brillante y secciones sobre la escuela, noticias, personal, estudiantes, biblioteca y así sucesivamente.

–Pero cuando murió, tenía este aspecto.

Y con otro arranque de pulsación de teclas, recuperó una página casi idéntica que mostraba, como el cursor mostró enseguida, un enlace del obituario de un profesor llamado J. P. Agyeman, profesor emérito de Política Africana.

–Guardó esta versión de la página –continuó Tuercas–. Y su historial de internet muestra que ha buscado sus libros en Amazon durante el mes anterior a su muerte. Estuvo mirando en esa época muchos libros de historia y política africana.

–¿Alguna prueba de que solicitara entrar en esa escuela?

–No aquí.

–¿Algo más que sea de interés?

–Bueno, lo único que he visto ha sido un archivo grande de fotos que fue borrado el 17 de febrero.

–¿Cómo lo sabes?

–Hay un programa que te ayuda a recuperar incluso las cosas que la gente cree que han desaparecido del disco duro –le explicó Tuercas–. ¿Cómo crees que encuentran a todos esos pedófilos?

–¿Lo has recuperado?

–Sí. Lo he guardado aquí. –Le pasó a Strike una tarjeta de memoria–. Creí que no querrías que volviera a colocarlo donde estaba.

–No... Y esas fotografías habían sido...

–Nada especial. Simplemente borradas. Como te digo, tu cliente medio no sabe que tienes que hacer mucho más que dar a «borrar» si de verdad quieres ocultar algo.

–17 de marzo –dijo Strike.

–Sí, el día de San Patricio.

–Seis semanas después de su muerte.

–Pudo haber sido la policía –sugirió Tuercas.

–No fue la policía –dijo Strike.

Después de que Tuercas se fuera, entró corriendo en el despacho de fuera y apartó a Robin para poder ver las fotografías que habían sido sacadas de la *laptop*. Pudo sentir la expectación de Robin mientras él le explicaba lo que había hecho Tuercas y abría el archivo de la tarjeta de memoria.

Por una fracción de segundo, Robin tuvo miedo cuando la primera fotografía aparecía en la pantalla de que estuvieran a punto de ver algo horrible. Pruebas de criminalidad o perversión. Ella solo había oído hablar de ocultación de imágenes en internet en el contexto de espantosos casos de abuso. Sin embargo, varios minutos después, Strike expresó los sentimientos de ella.

–Solo instantáneas de eventos sociales.

No parecía tan decepcionado como Robin, que se sintió un poco avergonzada de sí misma. ¿Había querido ver algo desagradable? Strike fue bajando por la pantalla con el ratón a través de fotografías de grupos de chicas riéndose, modelos compañeras de ella y alguno que otro famoso. Había varias fotos de Lula con Evan Duffield, unas cuantas de ellas habían sido tomadas claramente por uno o por el otro, sosteniendo la cámara a la distancia que daba de sí el brazo, ambos aparentemente drogados o borrachos. Somé aparecía en varias. Lula parecía más formal, más retraída, a su lado. Había muchas de Ciara Porter y Lula abrazándose en barras, bailando en discotecas y riéndose en el sofá de la casa de otra persona abarrotada de gente.

–Esa es Rochelle –dijo de repente Strike apuntando hacia un rostro taciturno que se entreveía bajo la axila de Ciara en una fotografía de grupo. Habían enganchado a Kieran Kolovas-Jones para que saliera en la fotografía. Estaba al fondo, sonriendo.

»Hazme un favor –le pidió Strike cuando terminó de rastrear las doscientas doce fotos–. Revísalas por mí y trata de identificar, al menos, a los famosos, para que podamos empezar por saber quién podría querer que estas fotos desaparecieran de su computadora.

–Pero si no hay nada incriminatorio en ninguna –repuso Robin.

–Tiene que haberlo.

Él volvió al despacho de dentro, donde hizo llamadas a John Bristow –que estaba en una reunión y no podía ser molestado; «Por favor, dígale que me llame en cuanto pueda»–, a Eric Wardle –buzón de voz: «Tengo una pregunta sobre la *laptop* de Lula Landry»– y a Rochelle Onifade –por si acaso; sin respuesta; sin posibilidad de dejar mensaje: «buzón de voz completo».

–Sigo sin tener suerte con el señor Bestigui –le dijo Robin a Strike cuando éste salió de su despacho para ver cómo ella realizaba las búsquedas relacionadas con una morena sin identificar que posaba con Lula en una playa–. He vuelto a llamar esta mañana, pero no me ha devuelto la llamada. Lo he intentado todo. He fingido ser todo tipo de personas, he dicho que es urgente… ¿qué le parece gracioso?

–Me estaba preguntando por qué ninguna de esas personas que te hacen entrevistas no te ha ofrecido un trabajo –respondió Strike.

–Ah –dijo ella ruborizándose levemente–. Sí que lo han hecho. Todos. He aceptado el de recursos humanos.

–Ah. Okey. No me lo habías dicho. Felicidades.

–Lo siento. Creía que se lo había dicho –mintió Robin.

–Así que, te vas… ¿cuándo?

–En dos semanas.

–Y espero que Matthew esté contento. ¿Lo está?

–Sí –respondió ella algo desconcertada–. Sí que lo está.

Fue casi como si Strike supiera lo poco que a Matthew le gustaba que ella trabajara para él. Pero eso era imposible. Había tenido cuidado de no dar la más mínima pista de las tensiones que había en casa.

Sonó el teléfono y Robin contestó.

–¿Despacho de Cormoran Strike...? Sí, ¿de parte de quién, por favor...? Es Derrick Wilson –le dijo pasándole el auricular.

–Hola, Derrick.

–El señor Bestigui se ha ido un par de días –le informó la voz de Wilson–. Si quiere venir a echar un vistazo al edificio.

–Estaré ahí en media hora –contestó Strike.

Estaba de pie, comprobando que llevaba en sus bolsillos la cartera y las llaves, cuando fue consciente del ligero abatimiento que había en el rostro de Robin, aunque continuaba estudiando las fotografías que no incriminaban a nadie.

–¿Quieres venir?

–¡Sí! –exclamó con alegría, tomando su bolsa y apagando la computadora.

3

La pesada puerta de la calle pintada de negro del número 18 de Kentigern Gardens se abría a un vestíbulo cubierto de mármol. Justo enfrente de la puerta había un elegante mostrador de madera de caoba empotrado a la pared, a cuyo lado derecho quedaba la escalera, que giraba inmediatamente perdiéndose de vista –escalones de mármol con un barandal de metal y madera–, la entrada al elevador, con sus puertas de color dorado pulido y una sólida puerta de madera oscura en la pared pintada de blanco. En un expositor blanco de forma cúbica del rincón entre esta y la puerta de entrada había unos enormes lirios orientales de llamativo color rosa metidos en altos jarrones tubulares desprendiendo un fuerte aroma en el cálido vestíbulo. La pared de la izquierda estaba ocupada por un espejo, haciendo que se doblara el tamaño aparente del espacio y reflejando a Strike y a Robin mientras se miraban en él, las puertas doradas del elevador y, encima, la moderna lámpara de araña de la que colgaban dados de cristal y que alargaba el mostrador del guardia de seguridad convirtiéndolo en una vasta extensión de madera pulida.

Strike recordó lo que le dijo Wardle: «Pisos con acabados de mármol y mierdas así como si… como si fuera un hotel de cinco estrellas». A su lado, Robin trataba de no parecer impresionada. Conque era así como vivían los multimillonarios. Matthew y ella vivían en la planta baja de una casa adosada de Clapham. Su sala era del mismo tamaño que la sala designada para los guardias que no estaban de servicio, la primera que les enseñó Wilson. Había espacio suficiente para una mesa y dos sillas. Una caja anclada a la pared contenía todas las llaves maestras y otra puerta conducía a un diminuto baño.

Wilson llevaba un uniforme negro que tenía el diseño del de un agente de policía, con sus botones de metal, una corbata negra y una camisa blanca.

–Monitores –le indicó a Strike cuando salieron de la sala de atrás y se detuvieron tras el mostrador, donde una fila de cuatro pantallas pequeñas en blanco y negro quedaba oculta de las visitas. En una se mostraban las imágenes de la cámara que había sobre la puerta de la calle, ofreciendo una visión limitada de la calle; en otra se mostraba una visión también desolada de un estacionamiento subterráneo; en la tercera, el vacío jardín de atrás del número 18, donde se veía césped, alguna planta llamativa y el alto muro de detrás sobre el que Strike se había subido; la cuarta mostraba el interior del elevador parado. Además de los monitores, había dos paneles de control para las alarmas comunitarias y para las puertas de la piscina y del estacionamiento, y dos teléfonos, uno con una línea exterior y el otro conectado solamente a los tres pisos.

–Por ahí se va al gimnasio, la piscina y el estacionamiento –dijo Wilson señalando a una sólida puerta de madera y, a petición de Strike, los llevó a través de ella.

El gimnasio era pequeño pero estaba lleno de espejos, como el vestíbulo, de modo que parecía el doble de grande. Tenía una ventana que daba a la calle y en ella había cintas para correr, máquinas de remos y de step y un juego de pesas.

Una segunda puerta de color caoba llevaba a una estrecha escalera de mármol iluminada con apliques de forma cúbica que los llevaron a un pequeño descanso inferior donde una puerta sencilla daba al estacionamiento del sótano. Wilson la abrió con dos llaves, una de tipo Chubb y otra de seguridad y, a continuación, encendió el interruptor y el espacio iluminado era casi tan largo como la calle misma, lleno de coches Ferrari, Audi, Bentley, Jaguar y BMW de millones de libras. Cada seis metros a lo largo de la pared de atrás había puertas como la que acababan de atravesar, las entradas a cada una de las casas de Kentigern Gardens. Las puertas eléctricas del estacionamiento que venían del callejón de servicio estaban cerca del número 18, perfiladas por la plateada luz del día.

Robin se preguntó qué estarían pensando los dos hombres silenciosos que estaban a su lado. ¿Estaba Wilson acostumbrado a las extraordinarias vidas de las personas que vivían allí, a los estacionamientos subterráneos, a las piscinas y a los Ferraris? ¿Estaba pensando Strike –igual que ella– que aquella larga fila de puertas representaba un montón de posibilidades que no se habían planteado antes: de vecinos escabulléndose en secreto, escondiéndose y saliendo de tantos modos como casas había en la calle? Pero entonces, se fijó en los numerosos ojos negros que apuntaban desde distintos lugares de las altas paredes en sombra proporcionando imágenes a innumerables monitores. ¿Era posible que ninguno de ellos estuviera bajo vigilancia esa noche?

–De acuerdo –dijo Strike, y Wilson los llevó de vuelta a las escaleras de mármol y cerró con llave la puerta del estacionamiento cuando salieron.

Bajando por otro corto tramo de escaleras, el olor del cloro se volvió más fuerte a cada paso, hasta que Wilson abrió una puerta que había al fondo y les inundó una oleada de aire cargado de calor, humedad y olor a productos químicos.

–¿Es esta la puerta que no estaba cerrada con llave esa noche? –le preguntó Strike a Wilson, quien asintió mientras pulsaba otro interruptor y las luces se encendían.

Pasaron por el ancho borde de mármol de la piscina, que estaba protegida con una gruesa cubierta de plástico. La pared de enfrente era, una vez más, de espejos. Robin vio a los tres allí de pie, una visión incongruente completamente vestidos sobre un mural de plantas tropicales y mariposas revoloteando entre ellas y que se extendía hasta el techo. La piscina era de unos quince metros de larga y en el extremo opuesto tenía un jacuzzi hexagonal, detrás del cual había tres cubículos para cambiarse, con puertas de cerradura.

–¿Aquí no hay cámaras? –preguntó Strike mirando a su alrededor. Wilson negó con la cabeza.

Robin sintió el sudor que empezaba a picarle en la nuca y debajo de los brazos. La zona de la piscina era agobiante y se sintió encantada cuando subió las escaleras por delante de los dos hombres de vuelta al vestíbulo que, en comparación, era agradable y estaba ventilado. Durante su ausencia, había aparecido una joven rubia y pequeña vestida con una bata rosa, jeans y una camiseta y que llevaba una cubeta de plástico llena de productos de limpieza.

–Derrick –dijo con un marcado acento cuando el guardia de seguridad salió de las escaleras–. Necesito la llave del dos.

–Esta es Lechsinka –les explicó Wilson–. La limpiadora.

Ella saludó a Robin y a Strike con una pequeña y dulce sonrisa. Wilson rodeó el mostrador de caoba y le dio una llave que tomó de debajo. Entonces, Lechsinka subió las escaleras balanceando la cubeta y contoneando seductoramente su trasero envuelto en mezclilla ajustada. Strike, consciente de la mirada de soslayo de Robin, apartó de allí los ojos a regañadientes.

Strike y Robin siguieron a Wilson hasta el departamento 1, que abrió con una llave maestra. Strike vio que la puerta que daba a la escalera tenía una mirilla de las antiguas.

–La casa del señor Bestigui –anunció Wilson mientras apagaba la alarma introduciendo el código en un panel que quedaba a la derecha de la puerta–. Lechsinka ya ha estado limpiando esta mañana.

Strike pudo oler el abrillantador y vio las huellas de la aspiradora sobre la alfombra blanca de la entrada, con sus acabados metálicos y sus cinco puertas de un blanco prístino. Vio el discreto panel de la alarma en la pared de la derecha en ángulo recto con un cuadro en el que aparecían unas fantásticas cabras y unos campesinos flotando sobre una aldea de tonos azules. Había unos altos jarrones con orquídeas sobre una mesa negra de estilo japonés debajo del Chagall.

–¿Dónde está Bestigui? –preguntó Strike.

–En Los Ángeles –contestó el guardia de seguridad–. Regresa dentro de dos días.

La luminosa sala tenía tres ventanales, cada uno de ellos con un balcón de piedra poco profundo. Sus paredes eran de un azul inglés y casi todo lo demás era blanco. Todo estaba impoluto, elegante y proporcionado a la perfección. También allí había un único cuadro magnífico. Macabro, surrealista, con un hombre que sostenía una lanza y que llevaba un cáscara de mirlo, agarrado del brazo de un torso femenino y sin cabeza de color gris.

Era desde aquella sala desde donde Tansy Bestigui sostenía que había oído gritos procedentes de dos plantas más arriba. Strike se acercó a los ventanales y vio los cierres modernos y el grosor de los cristales, la total ausencia de ruido de la calle pese a que su oído estaba a apenas un centímetro del frío cristal. El balcón que quedaba detrás era estrecho y estaba lleno de arbustos en macetas, podados en forma de conos.

Strike fue al dormitorio. Robin permaneció en la sala, girando despacio sobre sus pies, contemplando la lámpara de araña de cristal veneciano, la alfombra de tonos apagados de azul y rosa, la enorme televisión de plasma, la moderna mesa de comedor de cristal y hierro y las seis sillas tapizadas con seda; los pequeños adornos de plata sobre las mesitas de cristal y sobre la repisa de la chimenea. Pensó, lamentándose, en el sofá de IKEA del que hasta entonces se había sentido tan orgullosa. Entonces, recordó el catre que Strike tenía en la oficina con una punzada de vergüenza. Al ver que Wilson la miraba repitió sin saberlo lo que Eric Wardle había dicho:

–Es otro mundo, ¿verdad?

–Sí –contestó él–. Aquí no podría haber niños.

–No –confirmó Robin, que no había visto ese lugar desde aquel punto de vista.

Su jefe salió del dormitorio, claramente concentrado en demostrar algún punto que le satisficiera, y desapareció por el pasillo.

De hecho, Strike estaba probando para sí que el camino lógico de los Bestigui desde el dormitorio hasta el baño era el vestíbulo evitando la sala. Además, creía que el único lugar del departamento desde el que Tansy podría haber visto la caída mortal de Lula Landry –y darse cuenta de lo que veía–, era desde la sala. A pesar de lo que Eric Wardle había asegurado, nadie que estuviera en el baño podría haber tenido más que una visión parcial de la ventana por la que Landry pasó al caer. Por la noche, aquello no era suficiente para estar seguro de que lo que había caído era un ser humano, y mucho menos, identificar de qué ser humano se trataba.

Strike regresó al dormitorio. Ahora que era él el único ocupante del hogar conyugal, Bestigui dormía en el lado más cercano a la puerta y al vestíbulo, a juzgar por el revoltijo de pastillas, lentes y libros amontonados en aquel buró. Strike se preguntó si había sido así mientras convivía con su esposa.

Un gran vestidor con puertas de espejos salía del dormitorio. Estaba lleno de trajes italianos y camisas de Turnbull & Asser. Dos cajones poco profundos y con subdivisiones estaban dedicados por completo a las mancuernillas de oro y platino. Había una caja de seguridad tras un panel falso en la parte de atrás de los estantes de los zapatos.

–Creo que hemos terminado aquí –le dijo Strike a Wilson volviendo a reunirse con los otros dos en la sala.

Wilson conectó la alarma cuando salieron del departamento.

–¿Conoce los códigos de los diferentes departamentos?

–Sí –respondió Wilson–. Tengo que hacerlo por si suenan.

Subieron a la segunda planta. La escalera giraba alrededor del hueco del elevador, de modo que había varios rincones ciegos. La puerta del piso 2 era idéntica a la del 1, salvo porque estaba entreabierta. Pudieron oír el ruido de la aspiradora en el interior.

–Ahora tenemos aquí al señor y a la señora Kolchak –les explicó Wilson–. Ucranianos.

La entrada era idéntica en forma a la del número 1, con muchos rasgos iguales, incluyendo el panel de la alarma en la pared en ángulo recto con la puerta de entrada. Pero en lugar de alfombra, estaba embaldosado. Había un gran espejo dorado frente a la puerta en lugar de un cuadro, y dos delicadas mesas altas y delgadas de madera a cada lado sobre las que se apoyaban dos ornamentadas lámparas de Tiffany.

–¿Las rosas de Bestigui estaban sobre una cosa así? –preguntó Strike.

–En una exactamente igual, sí –contestó Wilson–. Ahora está en la sala.

–¿Y usted la colocó aquí, en medio del vestíbulo, con las rosas encima?

–Sí. Bestigui quería que Macc las viera nada más entrar, pero había bastante espacio para pasar alrededor, como puede ver. No es necesario tirarlas. Pero el policía era un chico joven –dijo Wilson con tono indulgente.

–¿Dónde están los botones de alarma de los que me habló? –preguntó Strike.

–Por aquí –respondió Wilson saliendo del vestíbulo y entrando en el dormitorio–. Hay uno junto a la cama y otro en la sala.

–¿Todos los departamentos los tienen?

–Sí.

La distribución de los dormitorios, sala, cocina y baño era idéntica a la del piso 1. Muchos de los acabados eran similares, hasta las puertas de espejos del vestidor que Strike entró a mirar. Mientras abría puertas y revisaba los vestidos y abrigos de mujer de miles de libras, Lechsinka salió del dormitorio con un cinturón, dos corbatas y varios vestidos envueltos en plástico sobre el brazo, recién traídos de la tintorería.

–Hola –la saludó Strike.

–Hola –contestó ella acercándose a la puerta que había detrás de él y sacando un estante para corbatas–. Perdone, por favor.

Él se apartó. Ella era bajita y muy atractiva, por una forma de moverse coqueta y femenina, con un rostro bastante soso, una nariz chata y unos ojos eslavos. Colgó las corbatas con cuidado mientras él la observaba.

–Soy detective –dijo él. Luego recordó que Eric Wardle había descrito su acento como muy malo–. Como un policía –se aventuró a explicarle.

–Ah. Policía.

–Usted estaba aquí el día anterior a la muerte de Lula Landry, ¿verdad?

Hicieron falta unos cuantos intentos para expresar exactamente lo que quería decir. Pero cuando ella lo entendió no mostró objeción alguna en responder a sus preguntas, siempre que pudiera seguir colocando la ropa mientras hablaba.

–Siempre limpio primero escalera –dijo ella–. Señorita Landry habla muy fuerte a su hermano. Él grita que ella da demasiado dinero a novio y ella muy mala con él. Limpio número 2, vacío. Ya está limpio. Rápido.

–¿Estaban allí Derrick y el hombre de la empresa de seguridad mientras usted limpiaba?

–¿Derrick y...?

–El técnico. El hombre de la alarma.

–Sí. Hombre de alarma y Derrick, sí.

Strike oyó a Robin y a Wilson hablando en la entrada, donde los había dejado.

–¿Activa usted las alarmas otra vez después de limpiar?

–¿Poner alarma? Sí –contestó–. Uno-nueve-seis-seis. Igual que puertas. Derrick me dice.

–¿Le dijo el número antes de que se fuera con el técnico de la alarma?

De nuevo, necesitó varios intentos para que le entendiera, y cuando lo consiguió, ella pareció impaciente.

–Sí. Yo ya he dicho. Uno-nueve-seis-seis.

–¿Así que usted conectó la alarma después de terminar de limpiar aquí?

–Poner alarma, sí.

–Y el técnico de la alarma, ¿cómo era?

–¿Técnico de alarma? ¿Aspecto? –Frunció el ceño con una expresión atractiva, arrugando su pequeña nariz y se encogió de hombros–. Yo no veo su cara. Pero azul... Todo azul... –añadió, y con la mano con la que no sostenía los vestidos envueltos en plástico, hizo un gesto recorriendo todo su cuerpo.

–¿Un overol? –sugirió él, pero ella recibió aquella palabra sin entender nada–. De acuerdo, ¿dónde fue a limpiar después?

–Número uno –contestó Lechsinka volviendo a su tarea de colgar los vestidos y moviéndose alrededor de él para encontrar la barra correcta–. Limpio ventanas grandes. Señora Bestigui habla por teléfono. Enojada. Molesta. Dice no quiere mentir más.

–¿Que no quería mentir? –repitió Strike.

Lechsinka asintió poniéndose de puntillas para colgar un vestido que llegaba hasta los pies.

–¿La oyó decir por teléfono que ella no quería seguir mintiendo? –repitió con claridad.

Lechsinka volvió a asentir, con expresión vacía e inocente.

–Después, ella me ve y ella grita «¡Vete, vete!».

–¿De verdad?

Lechsinka asintió y continuó colocando los vestidos.

–¿Dónde estaba el señor Bestigui?

–Allí no.

–¿Sabe con quién estaba hablando ella? ¿Al teléfono?

–No –pero a continuación, con cierto sigilo, añadió–: Mujer.

–¿Una mujer? ¿Cómo lo sabe?

–Gritando, gritando en teléfono. Yo puedo oír mujer.

–¿Era una pelea? ¿Una discusión? ¿Se gritaban la una a la otra? ¿Fuerte? ¿Sí?

Strike se oyó a sí mismo cayendo en el lenguaje absurdo y rebuscado del inglés discapacitado a nivel lingüístico. Lechsinka volvió a asentir mientras abría cajones en busca de un sitio para el cinturón, la única prenda que quedaba ya en sus brazos. Cuando por fin lo enrolló y lo guardó, se incorporó y se apartó de él, entrando en el dormitorio. Él la siguió.

Mientras ella hacía la cama y ordenaba los burós, él verificó que ella había limpiado el departamento de Lula Landry en último lugar aquel día, después de que la modelo se retirara para visitar a su madre. La sirvienta no había visto nada fuera de lo normal ni ningún papel azul, ya fuera escrito o en blanco. Las bolsas de Guy Somé, con las diferentes prendas para Deeby Macc, ya habían sido entregadas en el mostrador de seguridad para cuando ella hubo terminado y lo último que había hecho en el trabajo ese día había sido llevar los regalos del diseñador a los respectivos departamentos de Lula y de Macc.

–¿Y volvió a conectar las alarmas después de dejar allí las cosas?

–Yo pongo alarma, sí.

–¿La de Lula?

–Sí.

–¿Y uno-nueve-seis-seis en el departamento 2?

–Sí.

–¿Recuerda qué es lo que dejó en el departamento de Deeby Macc?

Ella tuvo que explicar por mímica alguna de las prendas, pero consiguió dejar claro que recordaba dos suéteres, un cinturón, un gorro, unos guantes y –hizo un gesto alrededor de sus muñecas– mancuernillas.

Tras guardar estas cosas en los estantes abiertos del vestidor, para que Macc no los pasara por alto, ella volvió a conectar la alarma y se fue a casa.

Strike le dio las gracias y se quedó allí el tiempo suficiente como para admirar una vez más su trasero con los jeans ajustados mientras ella alisaba el edredón, antes de volver a la entrada con Robin y Wilson.

Mientras subían el tercer tramo de escaleras, Strike contrastó la declaración de Lechsinka con Wilson, quien confirmó que le había ordenado al técnico que conectara la alarma pulsando uno-nueve-seis-seis, como en la puerta del edificio.

–Elegí un número que fuera fácil de recordar para Lechsinka, por la puerta de entrada. Macc podría poner otro distinto si quería.

–¿Recuerda cómo era el técnico? Usted dijo que era nuevo.

–Era un tipo muy joven. Con el pelo hasta aquí.

Wilson se señaló la base de la nuca.

–¿Blanco?

–Sí, blanco. Ni siquiera parecía que se afeitara todavía.

Habían llegado a la puerta del departamento 3, la que fuera la casa de Lula Landry. Robin sintió un escalofrío de algo –miedo, excitación– mientras Wilson abría la tercera puerta pintada de blanco con su vidriosa mirilla del tamaño de una bala.

El piso de arriba era arquitectónicamente distinto a los otros dos. Más pequeño pero de espacios más abiertos. Había sido recientemente decorado del todo con tonos crema y cafés. Guy Somé le había dicho a Strike que a la anterior y famosa inquilina del departamento le encantaban los colores. Pero ahora era tan impersonal como cualquier habitación de hotel de alta gama. Strike fue en silencio hasta la sala.

La alfombra de allí no era de rica lana como en el piso de Bestigui, sino de áspero yute de color arenoso. Strike pasó los tacones por encima de ella. No dejaba marcas ni huellas.

–¿El suelo era así cuando Lula vivía aquí? –le preguntó a William.

–Sí. Lo eligió ella. Estaba casi nuevo, así que lo dejaron.

En lugar de las habituales ventanas grandes de los departamentos de abajo, cada uno con tres balcones separados, el ático tenía solamente dos puertas dobles que daban a un balcón ancho. Strike quitó los pestillos y abrió las puertas para salir. A Robin no le gustó ver lo que él hacía. Tras un primer vistazo al rostro impasible de Wilson, ella se giró y miró los cojines y los dibujos en blanco y negro, tratando de no pensar en lo que había ocurrido allí tres meses antes.

Strike bajó la mirada a la calle y Robin podría haberse sorprendido al saber que sus pensamientos no eran tan fríos ni desapasionados como ella suponía.

Se estaba imaginando a alguien que había perdido por completo el control. Alguien que corría hacia Landry mientras ella estaba, guapa y con su bonita complexión, vestida con la ropa que se había puesto para verse con un invitado al que esperaba, un asesino que, perdido por la rabia, casi la arrastró y casi la empujó y que finalmente, con la fuerza bruta de un maníaco entusiasmado, la tiró. Los segundos que ella tardó en caer por el aire hacia el cemento, suavizado con su cubierta de nieve engañosamente esponjosa, debieron parecer una eternidad. Ella había agitado los brazos, tratando de encontrar algún asidero en el aire cruel y vacío. Y después, sin tiempo para cambiar nada, para dar explicaciones, para disculparse, sin ninguno de esos lujos que ofrecen a aquellos a los que se les notifica su inminente fallecimiento, ella terminó destrozada en la calle.

Los muertos solo podrían hablar a través de las bocas de quienes dejan atrás y a través de las señales que dejan esparcidas tras de sí. Strike había sentido a la mujer viva que había tras las palabras que les había escrito a sus amigos. Había oído su voz en un teléfono que había sostenido junto a su oído. Pero ahora, bajando la mirada hacia lo último que la había visto en su vida, se sintió curiosamente cercano a ella. La verdad iba saliendo y se iba definiendo poco a poco a partir de la multitud de datos desconectados. Lo que no tenía eran pruebas.

Sonó su celular cuando estaba allí. Aparecieron en la pantalla el nombre de John Bristow y su número. Descolgó.

–Hola, John. Gracias por devolverme la llamada.

–No hay problema. ¿Alguna novedad? –preguntó el abogado.

–Puede que sí. He hecho que un experto mire la *laptop* de Lula y ha descubierto un archivo de fotografías que había sido borrado tras su muerte. ¿Sabe algo de eso?

Sus palabras fueron recibidas con un absoluto silencio. La única razón por la que Strike supo que la llamada no se había cortado fue porque pudo oír un pequeño ruido de fondo desde donde llamaba Bristow.

–¿Las borraron después de que Lula muriera? –dijo por fin el abogado con la voz alterada.

–Eso es lo que dice el experto.

Strike vio cómo un coche pasaba despacio por la calle de abajo y se detenía a medio camino. Salió una mujer envuelta en pieles.

–Yo… lo siento –dijo Bristow con voz muy conmovida–. Estoy… estoy sorprendido. ¿Puede ser que la policía borrara ese archivo?

–¿Cuándo le devolvieron la *laptop*?

–Pues… en el mes de febrero, supongo. A principios de febrero.

–Este archivo se borró el 17 de marzo.

–Pero… pero eso no tiene sentido. Nadie sabía su contraseña.

–Bueno, es evidente que había alguien que sí. Usted dijo que la policía le contó a su madre cuál era.

–Está claro que mi madre no ha borrado…

–No estoy sugiriendo que lo haya hecho ella. ¿Hay alguna posibilidad de que dejara la *laptop* abierta y encendida? ¿O que le dijera la clave a otra persona?

Pensó que Bristow debía estar en su despacho. Pudo oír ligeras voces de fondo y, a lo lejos, una mujer riéndose.

–Supongo que es posible –dijo Bristow despacio–. Pero, ¿quién iba a borrar las fotografías? A menos… pero Dios mío, eso es terrible…

–¿Qué?

–¿Cree que alguna de las enfermeras robó las fotos para venderlas a un periódico? Es una idea espantosa… una enfermera…

–Lo único que el experto sabe es que las han borrado. No hay pruebas de que hayan sido copiadas ni robadas. Pero, como usted dice… todo es posible.

–Pero, ¿quién si no? Es decir, como es normal, me horroriza pensar que podría tratarse de una enfermera pero, ¿quién más podría ser? La *laptop* ha estado en casa de mi madre desde que la policía la devolvió.

–John, ¿tiene usted constancia de todas las visitas que ha recibido su madre en los últimos tres meses?

–Creo que sí. Es decir, evidentemente, no puedo estar seguro…

–No. Pues ahí está la dificultad.

–Pero, ¿por qué? ¿Por qué iba alguien a hacer eso?

–Se me ocurren unas cuantas razones. Aunque sería de gran ayuda que pudiera preguntar a su madre sobre este asunto, John. Si tuvo la computadora encendida a mediados de marzo. Si alguna de sus visitas expresó algún interés en ella.

–Yo… lo intentaré. –Bristow parecía estresado, casi al borde de las lágrimas–. Ahora está muy débil.

–Lo siento –dijo Strike con seriedad–. Me pondré en contacto con usted muy pronto. Adiós.

Salió del balcón y cerró las puertas. A continuación, se giró hacia Wilson.

–Derrick, ¿me puede decir cómo registró usted el departamento? ¿En qué orden entró en las habitaciones esa noche?

Wilson lo pensó un momento antes de contestar.

–Primero, entré aquí. Eché un vistazo, vi las puertas abiertas. No las toqué. Luego –hizo un gesto para que lo siguieran–, miré aquí dentro…

Mientras seguía a los dos hombres, Robin se fijó en un cambio sutil en el modo en que Strike hablaba con el guardia de seguridad. Estaba haciéndole preguntas sencillas y hábiles, centrándose en lo que Wilson había tocado, visto y oído a cada paso en el interior del departamento.

Siguiendo las instrucciones de Strike, el lenguaje corporal de

Wilson empezó a cambiar. Comenzó a recrear el modo en que había sostenido los quicios de las puertas, se había asomado a las habitaciones, había echado un rápido vistazo. Cuando atravesó el único dormitorio, lo hizo a cámara lenta, mientras Strike lo observaba prestando toda su atención. Se puso de rodillas para mostrar cómo había mirado bajo la cama y, gracias a las indicaciones de Strike, recordó que había un vestido arrugado bajo sus piernas. Los condujo, con el rostro en plena concentración, hasta el baño y les mostró cómo había girado para mirar tras la puerta antes de salir corriendo –casi lo expresó con mímica, moviendo los brazos exageradamente al caminar– de nuevo a la puerta del piso.

–Y luego, salió –dijo Strike abriendo la puerta y continuando con los gestos de Wilson.

–Salí –confirmó Wilson con su voz grave–. Y pulsé el botón del elevador.

Fingió hacerlo y también abrir las puertas empujándolas ansioso por ver lo que había dentro.

–Nada, así que empecé a correr de nuevo escaleras abajo.

–¿Qué pudo oír entonces? –preguntó Strike siguiéndolo. Ninguno de los dos le prestaba atención a Robin, que cerró la puerta del departamento al salir.

–Muy a lo lejos… a los Bestigui gritando… Y doblé por esta esquina y…

Wilson se detuvo en seco en la escalera. Strike, que parecía haberse esperado algo así, también se detuvo. Robin chocó contra él con una disculpa nerviosa que él cortó levantando la mano, como si, según pensó ella, Wilson estuviera en trance.

–Y me resbalé –dijo Wilson. Parecía sorprendido–. Lo había olvidado. Me resbalé. Aquí. Hacia atrás. Me caí de nalgas. Había agua. Aquí. Gotas. Aquí.

Estaba apuntando a las escaleras.

–Gotas de agua –repitió Strike.

–Sí.

–No era nieve.

–No.

–No eran huellas mojadas.

–Gotas. Gotas grandes. Aquí. El pie me patinó y me resbalé. Me limité a levantarme y seguí corriendo.

–¿Le contó a la policía lo de las gotas de agua?

–No. Se me había olvidado. Hasta ahora. Se me había olvidado.

Algo que durante todo aquel tiempo había preocupado a Strike había quedado claro por fin. Lanzó un fuerte suspiro de satisfacción y sonrió. Los otros dos se le quedaron mirando.

4

Ante Strike se extendía un fin de semana cálido y vacío. Se sentó de nuevo ante su ventana abierta, fumando y viendo las hordas de gente que pasaban por Denmark Street para hacer sus compras, con el informe del caso abierto en su regazo y el expediente de la policía en la mesa, haciéndose una lista de los puntos que aún tenía que aclarar y revisando cuidadosamente la montaña de información que había reunido.

Durante un rato estuvo mirando una foto de la fachada del número 18 tal y como estaba la mañana siguiente a la muerte de Lula. Había una pequeña diferencia, aunque importante para Strike, entre el frente tal cual estaba entonces y como estaba ahora. De vez en cuando, iba a la computadora. Una vez para ver quién fue el agente que representaba a Deeby Macc, luego para ver el precio de las acciones de Albris. Su cuaderno yacía abierto a su lado con una página llena de frases y preguntas incompletas, todas con su letra puntiaguda y torpe. Cuando sonó el celular, se lo llevó al oído sin mirar quién estaba al otro lado.

–Ah, señor Strike –dijo la voz de Peter Gillespie–. Qué bien que haya respondido.

–Hola, Peter –contestó Strike–. Ahora lo tienen trabajando los fines de semana, ¿no?

–Algunos no tenemos más remedio que trabajar los fines de semana. No me ha devuelto ninguna de las llamadas que le he hecho durante la semana.

–He estado ocupado. Trabajando.

–Ya veo. ¿Significa eso que podemos esperar pronto la devolución de la deuda?

–Eso espero.

–¿Eso espera?

–Sí –contestó Strike–. Debería estar en situación de darle algo en las próximas semanas.

–Señor Strike, su actitud me deja estupefacto. Usted se comprometió a pagarle la deuda al señor Rokeby mensualmente y ahora tiene deudas por valor de...

–No puedo pagarle lo que no tengo. Si aguanta, podré devolvérselo todo. Quizá de una sola vez.

–Me temo que eso no es suficiente. A menos que se ponga al día en esos pagos...

–Gillespie –dijo Strike con los ojos fijos en el cielo brillante que había al otro lado de la ventana–, los dos sabemos que el viejo Jonny no va a demandar a su hijo héroe de guerra con una sola pierna para que le devuelva un préstamo que no serviría para pagar las jodidas sales de baño de su mayordomo. Voy a devolverle su dinero, con intereses, en los próximos dos meses, y él puede metérselo por el culo y prenderle fuego. Dígale eso de mi parte, y ahora, déjeme en paz de una puta vez.

Strike colgó, interesado en dejar claro que no se había puesto furioso en absoluto, sino que aún se sentía moderadamente contento.

Continuó trabajando en lo que él había llegado a considerar que era la silla de Robin, hasta bien entrada la noche. Lo último que hizo antes de meterse en la cama fue subrayar, tres veces, las palabras «Hotel Malmaison, Oxford» y hacer un círculo de tinta alrededor del nombre «J. P. Agyeman».

El país se dirigía hacia el día de las elecciones. Strike se acostó temprano el domingo y estuvo viendo las meteduras de pata, las contrademandas y las promesas que estaban poniendo en su tele portátil. Había cierta tristeza en cada una de las noticias que salían. La deuda nacional era tan enorme que resultaba difícil de asumir. Se aproximaban recortes, fuera quien fuera el que ganara. Recortes profundos y dolorosos. Y a veces, con sus ambages, los líderes de los partidos le recordaban a Strike a los cirujanos que le habían dicho, con palabras prudentes, que podría experimentar cierto grado de incomodidad, que nunca sentirían en su persona el dolor que estaban a punto de infligir.

El lunes por la mañana, Strike se dispuso a salir a Canning Town, donde tenía que encontrarse con Marlene Higson, la madre biológica de Lula Landry. Había sido difícil concertar aquella entrevista. La secretaria de Bristow, Alison, había telefoneado a Robin para darle el número de Marlene Higson y que Strike la llamara en persona. Aunque claramente decepcionada porque el desconocido que estaba al teléfono no fuera un periodista, había expresado desde el principio su disposición para encontrarse con Strike. Después, ella llamó de nuevo a la oficina, dos veces. Primero para preguntarle a Robin si el detective le iba a pagar los gastos para desplazarse hasta el centro de la ciudad, a lo cual se le dio una respuesta negativa. Después, muy enojada, para cancelar la reunión. Una segunda llamada por parte de Strike consiguió que acordara de forma provisional reunirse en el pub de su barrio. Luego, un mensaje irascible en el buzón de voz volvió a cancelar la cita.

Entonces, Strike la llamó por tercera vez y le dijo que creía que su investigación se encontraba en la fase final, y que después de aquello se presentarían ante la policía nuevas pruebas que tendrían como consecuencia, a él no le cabía duda al respecto, una nueva explosión de publicidad. Ahora que lo pensaba, dijo él, si ella no era capaz de ayudar, le vendría bien protegerse de otra nueva avalancha de preguntas de la prensa. Marlene Higson reclamó de inmediato su derecho a contar todo lo que ella sabía y Strike aceptó reunirse con ella, tal y como Marlene Higson había sugerido ya, en la cervecería del Ordnance Arms el lunes por la mañana.

Tomó el tren hasta la estación de Canning Town. Desde allí se veía el complejo de negocios de Canary Wharf, cuyos edificios elegantes y futuristas parecían una serie de brillantes bloques de metal en el horizonte. Su tamaño, como el de la deuda nacional, era imposible de estimar desde aquella distancia. Pero tras unos minutos de caminata, se había alejado todo lo posible del reluciente mundo empresarial. Embutida a lo largo de aquellas urbanizaciones de los muelles donde muchos de esos financieros vivían en pulcros receptáculos de diseño, Canning Town exhalaba pobreza y privaciones. Strike lo sabía desde hacía mucho tiempo, pues aquello había sido una vez la casa del viejo amigo que le había dado el paradero de Brett Fearney. Caminó por Barking Road, dándole la espalda a Canary Wharf, pasando junto a un edificio con un cartel que anunciaba «Rollo para las comunidades», frunciendo el ceño al verlo antes de darse cuenta de que alguien había borrado las letras «Desar».

El Ordnance Arms estaba junto a la casa de empeños English Pawnbroking Ltd. Se trataba de un pub grande y de techos bajos pintado de color blanco grisáceo. El interior era sencillo y funcional, con una selección de relojes de pared de madera sobre una pared de color terracota y una alfombra roja de dibujos de colores amoratados como única muestra de algo tan frívolo como era la decoración. Por lo demás, había dos mesas grandes de billar, una barra larga y accesible y bastante espacio vacío para los borrachos que se arremolinaran por allí. A esas horas, a las once de la mañana, estaba vacío, salvo por un hombre viejo y bajito en el rincón y una chica alegre sirviendo, que se dirigía a su único cliente como «Joey» y que le hizo una señal a Strike para que fuera a la parte de atrás.

La terraza resultó ser el más triste de los patios de cemento, con dos botes de basura y una única mesa de madera, en la que había sentada una mujer sobre una silla de plástico blanco con sus gordas piernas cruzadas y sosteniendo su cigarro en ángulo recto con su mejilla. Había alambre de púas sobre el alto muro y una bolsa de plástico se había enganchado a él y hacía ruido al moverse con la brisa. Tras el muro se elevaba un enorme bloque de departamentos, pintado de amarillo y con evidencias de mugre sobresaliendo por muchos de sus balcones.

–¿Señora Higson?

–Llámame Marlene, cielo.

Ella lo miró de arriba abajo, con una sonrisa distendida y una mirada cómplice. Llevaba una camiseta de licra sin mangas de color rosa bajo una sudadera de gorro y cierre de color gris y unas mallas que le quedaban varios centímetros por encima de sus desnudas piernas de color grisáceo. En los pies llevaba unas chanclas sucias y en los dedos muchos anillos dorados. Su pelo amarillo, con raíces cafés y canosas de varios centímetros, estaba recogido por detrás con una liga sucia.

–¿Le pido algo de beber?

–Tomaré una pinta de Carlin, si es que insistes.

Por el modo en que inclinaba su cuerpo hacia él, la forma en que se apartaba los pajizos mechones de pelo de sus ojos llenos de bolsas, incluso su forma de sostener el cigarro, eran en conjunto un flirteo grotesco. Quizá no conocía otro modo de relacionarse con los hombres. A Strike le pareció una mujer tan patética como repulsiva.

–¿Conmocionada? –preguntó Marlene Higson después de que Strike trajera las dos cervezas y se sentara con ella en la mesa–. Puedes estar seguro, cuando la di por perdida. Casi se me parte el corazón, pero me aseguré de darle una vida mejor. Si no, no habría tenido el coraje de hacerlo. Le estaba dando todas las cosas que yo nunca tuve. Crecí siendo pobre, muy pobre. No teníamos nada. Nada.

Apartó la mirada de él dando una profunda fumada a su cigarro Rothman's. Cuando arrugó la boca formando pequeñas líneas alrededor del cigarro, se pareció al ano de un gato.

–Y estaba mi novio, ¿sabes? Que no estaba muy conforme… ya sabes, con eso de que fuera de color. Estaba claro que no era de él. Se vuelven más oscuras, ¿sabes? Cuando nació parecía blanca. Pero aun así, no la habría dejado nunca si no hubiera tenido la oportunidad de darle una vida mejor. Pero fui fuerte. No me iba a extrañar, era demasiado pequeña. Le di un buen punto de partida y, quizá, cuando fuera mayor, vendría a buscarme. Y mi sueño se hizo realidad –añadió con un espantoso despliegue de patetismo–. Vino a buscarme.

»Voy a contarle una cosa muy rara –dijo sin pararse a respirar–. Un amigo mío me dijo, tan solo una semana antes de recibir la llamada de ella, "¿Sabes a quién te pareces?", me dice. Y yo le digo "No seas tonto", pero él me dice "En serio. En los ojos y la sombra de las cejas, ya sabes".

Lanzó una mirada de ilusión a Strike, que no fue capaz de responderle. Le parecía imposible que el rostro de Nefertiti pudiera haber salido de esa porquería.

–Se puede ver en mis fotos de cuando era más joven –dijo con un atisbo de resentimiento–. La cuestión es que me aseguré de darle una vida mejor y, luego, van y se la dan a esos cabrones, perdón por la expresión. Si lo llego a saber, me la habría quedado, y se lo dije. Eso la hizo llorar. Me la habría quedado y no la habría dejado nunca.

»Sí, me lo contó. Lo sacó todo. Se llevaba bien con su padre, con sir Alec. Parecía un buen tipo. Pero la madre es una bruja loca de verdad. Sí. Pastillas. Pasada de pastillas. Estas pinches zorras ricas toman pastillas para sus putos nervios. Lula podía hablar conmigo, ¿sabes? En fin, es un vínculo innato. No se puede romper, carajo.

»Tenía miedo de lo que esa zorra podía hacerle si descubría que Lula estaba buscando a su verdadera madre. Le preocupaba mucho lo que esa bruja iba a hacer cuando la prensa supiera lo mío y, ya ves, cuando eres famosa como ella, se descubre todo, ¿no? Pero cuántas mentiras cuentan. Algunas de las cosas que dijeron de mí... Aún sigo pensando en demandarlos.

»¿Qué estaba diciendo? Sí, su madre. Yo se lo dije a Lula. "¿Para qué preocuparse, cariño? De todos modos a mí me parece que estás mejor sin ella. Que se enoje si no quiere que nos veamos." Pero Lula era una buena chica y siguió visitándola porque sentía que era su deber.

»De todas formas, tenía su propia vida, era libre de hacer lo que quisiera, ¿no? Tenía a Evan, un hombre para ella sola. Pero yo le dije que no me gustaba –dijo Marlene Higson con una pantomima de actitud estricta–. Ah, sí. Las drogas. He visto a muchos que han ido por ahí. Pero tengo que admitir que en el fondo es un buen muchacho. Eso lo tengo que admitir. Él no tuvo nada que ver con aquello. Te lo aseguro.

–¿Lo conociste?

–No, pero una vez ella lo llamó cuando estaba conmigo y yo los oí a los dos en el teléfono y formaban una pareja encantadora. No, no tengo nada malo que decir sobre Evan. No tuvo nada que ver con aquello, eso ha quedado demostrado. No, no tengo nada malo que decir de él. Mientras esté limpio, tendrá mi bendición. Yo le dije a Lula «Que venga contigo para que le dé mi visto bueno», pero no lo hizo. Siempre estaba ocupado. Es un chico guapo, por debajo de todo ese «aspecto» –dijo Marlene–. Se ve en todas sus fotos.

–¿Habló ella contigo de sus vecinos?

–¿De ese Fred Bestigui? Sí, me contó todo eso de que le ofrecía papeles en sus películas. Yo le dije que por qué no. Podría ser divertido. Aunque no le gustara, podría ser otro medio millón en el banco.

Sus ojos enrojecidos se entrecerraron con la mirada perdida. Por un momento pareció fascinada, perdida en la contemplación de cifras tan enormes y deslumbrantes que quedaban más allá de lo que podía imaginar, como una imagen del infinito. El simple hecho de hablar de ellas era como saborear el poder del dinero, dar vueltas en su boca a sueños de riqueza.

–¿Alguna vez la oíste hablar de Guy Somé?

–Ah, sí, le gustaba ese Gui. Era bueno con ella. Personalmente, yo prefiero cosas más clásicas. No es mi estilo.

La licra de color rosa chillón se ajustaba sobre las lonjas de grasa que sobresalían por la cintura de sus mallas y se tensaba cuando se inclinaba hacia delante para dar delicados golpes con el cigarro en el cenicero.

–«Para mí es como un hermano», decía ella. Y yo le decía que no había que fingir que tenía hermanos, que por qué no intentábamos juntar a mis chicos. Pero no estaba interesada.

–¿Tus chicos?

–Mis hijos, mis otros hijos. Sí. Tuve dos más después que ella. Uno con Dez y luego vino otro. Los servicios sociales me los quitaron, pero yo le dije a ella «Con tu dinero podemos buscarlos, darles un poco, no mucho. No sé, como un par de miles. Y yo trataría de contratar a alguien para que los buscara, ocultándoselo a la prensa. Yo me encargaría de ello. Tú no te tienes que ocupar». Pero no estaba interesada –repitió Marlene.

–¿Sabes dónde están tus hijos?

–Se los llevaron siendo bebés, no sé dónde están ahora. Yo tenía problemas. No te voy a mentir, he tenido una vida muy difícil.

Y le habló, con todo lujo de detalle, de su dura vida. Fue una historia sórdida sembrada de hombres violentos, adicciones e ignorancia, abandono y pobreza, y un instinto animal de supervivencia que hacía que fuera dejando una estela de bebés, pues exigían unas habilidades que Marlene nunca había desarrollado.

–Entonces, ¿no sabes dónde están ahora tus hijos? –repitió Strike veinte minutos después.

–No. ¿Cómo chingados voy a saberlo? –contestó Marlene, que se había dejado llevar por la amargura–. De todos modos, ella no mostró interés. Ya tenía un hermano blanco, ¿no? Buscaba a su familia negra. Eso es lo que de verdad quería.

–¿Te preguntó por su padre?

–Sí. Y yo le conté todo lo que sabía. Era un estudiante africano. Vivía en el departamento de arriba del mío. En esta misma calle, Barking Road, con otros dos. Ahora hay una casa de apuestas en la planta de abajo. Un chico muy guapo. Me ayudó con la compra un par de veces.

Oyó a Marlene Higson mientras se lo contaba, el cortejo que precedió con una decencia casi victoriana. Ella y el estudiante africano apenas habían pasado de darse la mano durante los primeros meses de conocerse.

–Y luego, como él me había ayudado todas esas veces, un día le dije que entrara en casa, ya sabes, para agradecérselo de verdad. Yo no soy una persona con prejuicios. Para mí todos son iguales. «¿Quieres una taza de té?», le dije. Y eso fue todo. Y luego, descubro que estoy embarazada –dijo Marlene mientras la dura realidad caía en medio de las vagas imágenes de tazas de té y pañitos de adorno.

–¿Se lo dijiste?

–Ah, sí. Y él no paró de decir que iba a ayudar y que iba a asumir su responsabilidad y asegurarse de que yo estaba bien. Y luego, llegaron las vacaciones. Dijo que iba a volver –continuó Marlene con desdén–. Salió corriendo. ¿No lo hacen todos? ¿Y qué iba a hacer yo, ir a África a buscarlo?

»De todos modos, no me importó. No me rompió el corazón. Para entonces, yo ya estaba viéndome con Dez. No le importó lo del bebé. Me fui a vivir con Dez poco después de que Joe se fuera.

–¿Joe?

–Así se llamaba. Joe.

Lo dijo con convicción pero Strike pensó que quizá fuera porque había repetido tanto aquella mentira que ya le salía con facilidad, de forma automática.

–¿Cuál era su apellido?

–Carajo, no me acuerdo. Eres como ella. Fue hace veintitantos años. Mumumba –dijo Marlene Higson con descaro–. O algo así.

–¿Podía ser Agyeman?

–No.

–¿Owusu?

–Ya te lo he dicho –respondió con tono agresivo–. Era Mumumba o algo así.

–¿No MacDonald? ¿Ni Wilson?

–Estás bromeando. ¿MacDonald? ¿Wilson? ¿De África?

Strike llegó a la conclusión de que su relación con el africano no había llegado nunca al intercambio de apellidos.

–Y has dicho que era estudiante. ¿Dónde estudiaba?

–En la universidad –contestó Marlene.

–¿En cuál? ¿Te acuerdas?

–No lo sé, chingado. ¿Te puedo gorronear un cigarro? –añadió con un tono algo más conciliatorio.

–Sí, toma.

Ella prendió el cigarro con su encendedor de plástico, dio una fumada con ganas y, después, continuó ablandada por el tabaco gratis:

—Creo que tenía algo que ver con un museo. Como al lado.

—¿Al lado de un museo?

—Sí, porque recuerdo que dijo «A veces, visito el museo en mis horas libres». — Su imitación hizo que el estudiante africano pareciera un inglés de clase alta. Sonrió, como si aquella recreación fuera absurda, ridícula.

—¿Recuerdas qué museo era el que visitaba?

—El… el Museo de Inglaterra o algo así —respondió. Y después, con tono de enojo—: Eres como ella. ¿Cómo carajo se supone que voy a acordarme después de todo este tiempo?

—¿Y no lo volviste a ver nunca más después de que volvió a su casa?

—No —contestó—. Ni esperaba hacerlo. —Bebió un poco de cerveza—. Probablemente esté muerto.

—¿Por qué dices eso?

—Es África, ¿no? Le pueden haber disparado. O se puede haber muerto de hambre. Cualquier cosa. Ya sabes cómo es aquello.

Strike sí lo sabía. Recordó las pululantes calles de Nairobi, la vista aérea del bosque tropical de Angola, la neblina cerniéndose por encima de las copas de los árboles y la repentina y arrebatadora belleza, cuando el helicóptero giró, de una catarata en medio del exuberante verdor de la ladera de la montaña. Y a la mujer masai con un bebé en el pecho, sentada en una caja mientras Strike la interrogaba meticulosamente sobre una supuesta violación y Tracey grababa con la cámara a su lado.

—¿Sabes si Lula trató de buscar a su padre?

—Sí que lo intentó —contestó Marlene con desprecio.

—¿Cómo?

—Miró en los registros de la universidad —le explicó Marlene.

—Pero si no recuerdas a cuál fue…

—Yo qué sé. Creyó haberla encontrado o algo así, pero no pudo encontrarlo a él, eso no. Puede que yo no recuerde bien su nombre, no sé. Ella no paraba de insistir e insistir, chingado. Que cómo era, que dónde estudiaba. Yo le dije que era alto y delgado y que debía sentirse agradecida de haber sacado mis orejas y no las de él, porque no habría tenido ninguna pinche carrera de modelo si llega a sacar aquellas putas orejotas de elefante.

–¿Alguna vez te habló Lula de sus amigas?

–Sí. Estaba esa zorrita, Raquelle, o como quiera que se llamara. Sacando todo lo que podía de Lula. Se las arregló bien. Vestidos y joyas poca madre y no sé qué chingados más. Yo le dije a Lula una vez «No me importaría tener un abrigo nuevo». Pero yo no era avasalladora. A esa Raquelle no le importaba estar pidiendo.

Aspiró por la nariz y vació su vaso.

–¿Conociste alguna vez a Rochelle?

–Así es como se llama, ¿no? Sí, una vez. Vino en un carrazo con chofer para recoger a Lula en mi casa. Como una señorona asomándose por la ventanilla, mirándome con desprecio. Supongo que ahora estará extrañando todo eso. Estaba con ella por todo lo que le sacaba.

»Y estaba esa Ciara Porter –continuó Marlene con mayor rencor aún, si es que eso era posible–. Acostarse con el novio de Lula la noche en que murió. La muy puta.

–¿Conoces a Ciara Porter?

–La he visto en los putos periódicos. Él fue a su casa, ¿no? Evan. Después de discutir con Lula. Fue a casa de Ciara. La muy zorra.

A medida que Marlene seguía hablando, quedó claro que Lula había mantenido a su madre biológica completamente apartada de sus amigas y que, a excepción de un breve encuentro con Rochelle, las opiniones y deducciones de Marlene sobre la vida social de Lula se basaban por completo en los artículos de la prensa que leía con avidez.

Strike fue por más bebidas y escuchó a Marlene describir el horror y la consternación que había sufrido al saber –por un vecino que había llegado corriendo con la noticia a primera hora de la mañana del día 8– que su hija había muerto al caer de su balcón. Un interrogatorio exhaustivo demostró que Lula no había visto a Marlene desde dos meses antes de que muriera. Strike escuchó después una diatriba sobre el tratamiento que había recibido por parte de la familia adoptiva de Lula tras la muerte de la modelo.

–No me querían por allí, sobre todo el cabrón del tío. Lo conoces, ¿verdad? El mierda de Tony Landry. Me puse en contacto con él para preguntarle por el funeral y lo único que recibí fueron amenazas. Sí. Amenazas de mierda. Yo le dije «Soy su madre. Tengo derecho a estar allí». Y él me dijo que yo no era su madre, que su madre era esa zorra loca, lady Bristow. Curioso, le dije, porque recuerdo cómo empujé para que saliera de mi cola. Perdón por mi rudeza. Y él me dijo que yo estaba causándoles dolor por hablar con la prensa. Vinieron ellos –le dijo a Strike con furia señalando con el dedo el bloque de departamentos que tenían encima–. La prensa vino y me encontró. Claro que les conté mi versión de la puta historia. Claro que lo hice.

»No quería montar un escándalo, no en el funeral. No quería echarlo todo a perder, pero no iba a mantenerme alejada. Fui y me senté atrás. Vi a la mierda de Rochelle allí, lanzándome miradas como si yo fuera una escoria. Pero al final, nadie me impidió ir.

»Esa jodida familia consiguió lo que quería. Yo no saqué nada. Nada. Eso no es lo que Lula hubiera querido. Lo sé. Ella habría querido que yo me quedara con algo. No es que a mí me importe el dinero –dijo Marlene fingiendo dignidad–. No se trataba de dinero. Nada iba a sustituir a mi hija, ni diez ni veinte millones.

»Eso sí, ella se habría puesto furiosa si llega a saber que no me dan nada –continuó–. Con todo ese dinero disponible. La gente no me cree cuando digo que no recibí nada. Me cuesta pagar el alquiler y mi propia hija dejó millones. Pero así son las cosas. Así es como los ricos siguen siendo ricos, ¿no? Ellos no lo necesitaban, pero no les importó. No sé cómo puede dormir ese Landry por las noches, pero eso es asunto suyo.

–¿Te dijo Lula alguna vez que te iba a dejar algo? ¿Mencionó haber hecho un testamento?

De repente, Marlene pareció ponerse alerta ante un soplo de esperanza.

–Sí. Me dijo que cuidaría de mí, sí. Sí. Me dijo que me dejaría bien. ¿Crees que debería habérselo dicho a alguien, haberlo mencionado?

–No creo que hubiera cambiado las cosas, a menos que dejara un testamento y te hubiera dejado algo en él –contestó Strike.

–Probablemente lo destruyeron los muy cabrones, carajo. Podrían haberlo hecho. Esa gente es así. No me extrañaría de ese tío de ella.

5

–Siento mucho que no le haya devuelto la llamada –dijo Robin al teléfono–. El señor Strike está increíblemente ocupado estos días. Déjeme su nombre y su número y me aseguraré de que le telefonee esta tarde.

–Ah, no es necesario –contestó la mujer. Tenía una voz agradable y educada y algo ronca, como si su risa fuera sensual y descarada–. La verdad es que no necesito hablar con él. ¿Podría simplemente dejarle un mensaje de mi parte? Quería avisarle, eso es todo. Dios, esto es... Es un poco embarazoso. No es el modo que yo hubiera preferido... En fin. ¿Podría decirle que ha llamado Charlotte Campbell para decir que me he comprometido con Jago Ross? No quería que se enterara por otra persona. Los padres de Jago lo han publicado en el maldito *Times*. Humillante.

–De acuerdo –dijo Robin con la mente paralizada de repente, al igual que su bolígrafo.

–Muchas gracias... ¿Dijo Robin? Gracias. Adiós.

Charlotte colgó primero. Robin volvió a colocar el auricular a cámara lenta, sintiendo una fuerte ansiedad.

No quería dar aquella noticia. Puede que ella no fuera más que la mensajera, pero se iba a sentir como si estuviera asaltando la determinación de Strike de mantener su vida privada oculta, evitando firmemente el asunto de las cajas con sus pertenencias, el catre y los restos de sus cenas en las papeleras cada mañana.

Robin consideró sus opciones. Podría olvidarse de transmitir el mensaje y simplemente decirle que llamara a Charlotte para que ella hiciera el trabajo sucio –que es como Robin consideraba aquello. Pero, ¿y si Strike se negaba a llamarla y otra persona le contaba

lo del compromiso? Robin no tenía forma de saber si Strike y su ex
–¿novia? ¿prometida? ¿esposa?– tenían montones de amigos en común. Si ella y Matthew se separaban, si él se comprometía con otra
mujer –sintió que algo se retorcía dentro de ella solo con pensarlo–,
todos sus amigos y familiares más cercanos se sentirían implicados
y, sin duda, correrían en estampida a decírselo. Suponía que preferiría que se lo avisaran de la forma más discreta y privada posible.

Cuando oyó que Strike subía por la escalera alrededor de una hora
después, hablando según parecía por el celular y de buen humor, Robin sintió una fuerte punzada de pánico en el estómago, como si estuviera a punto de sentarse para hacer un examen. Cuando él abrió
la puerta de cristal y ella vio que él no llevaba ningún celular en la
mano, sino que estaba rapeando en voz baja, se sintió aún peor.

–A la mierda tus medicinas y a la mierda Johari –murmuró Strike,
que llevaba en los brazos una caja con un ventilador eléctrico–. Buenas tardes.

–Hola.

–He pensado que podríamos usar esto. Aquí hace calor.

–Sí. Puede estar bien.

–Acabo de escuchar a Deeby Macc en la tienda –le informó
Strike, dejando el ventilador en un rincón y quitándose el saco–.
Nananá naná Ferrari, A la mierda tus medicinas a la mierda Johari.
Me pregunto quién era Johari. Algún rapero con el que se habría
enemistado, ¿no crees?

–No –contestó Robin, deseando que él no estuviera tan contento–. Es un concepto de psicología. La ventana de Johari. Tiene que
ver con cómo nos conocemos a nosotros mismos y cómo nos conocen los demás.

Strike se detuvo en mitad de la acción de colgar el saco y se quedó mirándola a ella.

–Eso no lo has sacado de la revista *Heat*.

–No. Estuve estudiando psicología en la universidad. Lo dejé.

Supuso, de forma algo confusa, que podría nivelar el campo de
juego si le hablaba de algún fracaso personal propio antes de darle
la mala noticia.

–¿Dejaste la universidad? –Él pareció curiosamente interesado–.
Qué coincidencia. Yo también. Y entonces, ¿por qué lo de «a la mierda Johari»?

–Deeby Macc recibió terapia en la cárcel. Empezó a interesarse y leyó mucho sobre psicología. Eso sí lo he sacado de los periódicos –añadió.

–Eres una mina de información útil.

Ella sintió de nuevo que algo más se le hundía en el fondo del estómago.

–Han llamado cuando estaba fuera. Una tal Charlotte Campbell.

Él levantó rápidamente la mirada, con el ceño fruncido.

–Me ha pedido que le dé un mensaje. –Los ojos de Robin se deslizaron a los lados posándose por un momento en la oreja de Strike–. Que se ha comprometido con Jago Ross.

Sus ojos volvieron sin poder evitarlo a la cara de él y sintió un terrible escalofrío.

Uno de los primeros recuerdos y de los más vivos de la infancia de Robin era el del día en que el perro de su familia fue enterrado. Ella era demasiado pequeña como para comprender lo que su padre le decía. Daba por sentado la continuada existencia de Bruno, el querido labrador de su hermano mayor. Confundida por la solemnidad de sus padres, acudió a Stephen para saber cómo reaccionar, y toda su seguridad se desmoronó al ver, por primera vez en su corta vida, que la felicidad y el confort desaparecía del rostro pequeño y feliz de él y que sus labios se volvían blancos mientras la boca se le abría. Oyó cómo el olvido rugía en el silencio que precedió al terrible grito de angustia de él y, a continuación, ella empezó a llorar inconsolablemente, no por Bruno, sino por la terrible pena de su hermano.

Strike no habló de forma inmediata.

–Bien. Gracias –dijo después con evidente dificultad.

Entró en el despacho de dentro y cerró la puerta.

Robin volvió a sentarse en su mesa sintiéndose como un verdugo. No sabía qué hacer. Pensó en llamar de nuevo a la puerta y ofrecerle una taza de té, pero decidió no hacerlo. Durante cinco minutos volvió a organizar nerviosamente las cosas de su mesa, echando un vistazo de vez en cuando a la puerta cerrada, hasta que se volvió a abrir, y ella dio un brinco y fingió estar ocupada con el teclado.

–Robin, voy a salir un momento –dijo él.

–Okey.

–Si no he vuelto a las cinco, puedes cerrar tú.

–Sí, claro.

–Hasta mañana.

Strike tomó el saco y salió con un paso firme que no consiguió engañarla.

Las obras de la calle se extendían como una lesión. Cada día había más caos y se ampliaban las estructuras provisionales que protegían a los peatones y les permitían seguir su camino a través de la devastación. Strike no se dio cuenta de nada de aquello. Caminó automáticamente por encima de las tablas temblorosas hasta el Tottenham, el lugar que relacionaba con la huida y el refugio.

Al igual que el Ordnance Arms, estaba vacío salvo por otro cliente, un viejo que estaba nada más cruzar la puerta. Strike se pidió una pinta de Doom Bar y se sentó en uno de los asientos bajos de cuero rojo que había contra la pared, casi debajo de la romántica doncella victoriana que esparcía capullos de rosas con aire dulce, pueril y sencillo. Bebió como si la cerveza fuera una medicina, sin placer, solo concentrado en el resultado.

Jago Ross. Ella debía haber estado en contacto con él, viéndolo, mientras seguían viviendo juntos. Ni siquiera Charlotte, con todo su poder hipnótico sobre los hombres, su impresionante mano firme, podía haber pasado del reencuentro al compromiso en tres semanas. Había estado viendo a Ross a escondidas mientras le juraba amor eterno a Strike.

Aquello daba un cariz diferente al bombazo que le lanzó un mes antes de que acabaran, a su negativa a enseñarle las pruebas y los cambios de fechas y al repentino final de todo.

Jago Ross ya había estado casado antes. Tenía hijos. A Charlotte le habían ido con la noticia de que él estaba bebiendo mucho. Ella se rio con Strike por su afortunada huida tantos años antes. Expresó su pesar por la esposa de él.

Strike se pidió una segunda cerveza y, después, una tercera. Quería ahogar sus impulsos, chisporroteantes como descargas eléctricas, de ir a buscarla, gritarle, volverse loco, partirle la cara a Jago Ross.

No había comido en el Ordnance Arms, ni después, así que hacía mucho tiempo que no tomaba tanto alcohol de una vez. Le hizo falta apenas una hora de consumo de cerveza continuo, en soledad y con determinación para emborracharse de verdad.

Al principio, cuando apareció en su mesa la figura esbelta y pálida, le dijo con voz pastosa que se equivocaba de hombre y de mesa.

–No. No me equivoco –respondió Robin con voz firme–. Voy a pedirme algo para mí también, ¿de acuerdo?

Lo dejó con la mirada confusa en la bolsa que ella había dejado en el taburete. Le resultaba agradablemente familiar con su color café y un poco desgastada. Normalmente, ella la colgaba en un perchero de la oficina. Le dedicó una amistosa sonrisa y bebió por él.

–Creo que ya ha bebido bastante –le dijo en la barra a Robin el mesero, un joven de aspecto tímido.

–Eso no es culpa mía –repuso ella.

Había buscado a Strike en el Intrepid Fox, que estaba al lado de la oficina, en el Molly Moggs, el Spice of Life y el Cambridge. El Tottenham era el último pub donde tenía pensado probar.

–¿*Quéshloquepasa?* –le preguntó Strike cuando ella se sentó.

–No pasa nada –contestó Robin dándole un sorbo a su media pinta–. Solo quería asegurarme de que está bien.

–*Shi, eshtoy* bien –dijo Strike, y a continuación, con un esfuerzo por hablar más claro–. *Eshtoy* muy bien.

–Bien.

–De celebración por el *compromisho* de mi prometida –dijo levantando su vigésima pinta con un brindis tembloroso–. Ella no *deber-ía haberl* dejado –continuó en voz alta y clara–. Nunca. Debió. Dejarlo. El honorable Jago Ross. Que es un verdadero cabrón.

Prácticamente gritó aquella última palabra. Había más personas en el bar que cuando Strike había llegado y la mayoría de ellos parecían haberlo oído. Le habían lanzado miradas incluso antes de que gritara. Su gran complexión, con los párpados caídos y su expresión combativa, le había garantizado una pequeña área de no acceso a su alrededor. La gente bordeaba su mesa cuando iba a los baños como si fuera tres veces más grande.

–¿Vamos a dar un paseo? –sugirió Robin–. ¿Comemos algo?

–¿*Sabesh* qué? –preguntó él inclinándose hacia delante con los codos sobre la mesa, casi tirando su cerveza–. ¿Sabes qué, Robin?

–¿Qué? –repitió ella sujetando su cerveza para que no se cayera. De repente, la invadió un fuerte deseo de reírse. Muchos de los bebedores que les acompañaban los estaban mirando.

–*Eresh* una chica muy simpática –dijo Strike–. *Eresh... Eresh* muy buena *pershona.* Sí. Me he dado cuenta de *esho.*

–Gracias –respondió ella sonriendo y tratando de no reírse.

Él se apoyó en el respaldo de su asiento y cerró los ojos.

–Lo *shiento*. Estoy borracho.

–Sí.

–Últimamente no lo hago.

–No.

–No he comido nada.

–¿Vamos entonces a comer algo?

–Sí, vamos –contestó él con los ojos aún cerrados–. Me dijo que *eshtaba* embarazada.

–Vaya –contestó ella con voz triste.

–Sí. *Esho* me dijo. Y *deshpués,* me dijo que lo había perdido. No podía ser mío. No salían las cuentas.

Robin no contestó. No quería que recordara que había oído aquello. Strike abrió los ojos.

–Lo dejó por mí y ahora lo ha dejado… no, me ha dejado por él.

–Lo siento.

–… dejado por él. No lo *sientash*. Eres una buena *pershona*.

Sacó los cigarros de su bolsillo y se metió uno entre los labios.

–Aquí dentro no se puede fumar –le recordó ella con suavidad, pero el mesero, que parecía haber estado esperando alguna ocasión, vino rápidamente hacia ellos con aspecto tenso.

–Tienes que salir para hacer eso –le dijo a Strike en voz alta.

Strike levantó la mirada hacia el chico con ojos soñolientos y sorprendido.

–Está bien –le dijo Robin al mesero mientras recogía su bolsa–. Vamos, Cormoran.

Él se puso de pie, enorme, torpe, balanceándose, abriéndose en el estrecho espacio que había tras la mesa y mirando con rabia al mesero, a quien Robin no pudo culpar de haber dado un paso atrás.

–No *eshneceshario* gritar –le dijo Strike–. No *esh* necesario. Maleducado de mierda.

–Ay, Dios mío –dijo Robin en voz baja.

–¿Alguna vez has practicado boxeo? –le preguntó Strike al mesero, que parecía aterrorizado.

–Cormoran, vámonos.

–Yo fui *boxheador*. En el ejército, amigo.

–Yo podría haber sido un contrincante –murmuró algún gracioso cerca de la barra.

–Vámonos, Cormoran –dijo Robin. Lo agarró del brazo y, para su alivio y sorpresa, él la acompañó sumiso. Aquello le recordó al enorme Clydesdale, el caballo que su tío tenía en su granja.

En la calle, con el aire fresco, Strike se apoyó contra una de las ventanas del Tottenham y trató, sin conseguirlo, de encenderse un cigarro. Al final, Robin tuvo que hacer funcionar el encendedor.

–Lo que necesitas es comida –le dijo mientras él fumaba con los ojos cerrados, inclinándose ligeramente, de forma que ella temió que se fuera a caer–. Recobrar la sobriedad.

–No quiero estar sobrio –murmuró Strike. Perdió el equilibrio y se salvó de caer dando varios pasos rápidos hacia un lado.

–Vamos –dijo ella, y lo guio por el puente de madera que atravesaba el agujero de la calle, donde el estrépito de las máquinas y los obreros se habían quedado por fin en silencio y se habían retirado hasta el día siguiente.

–Robin, ¿*shabías* que yo había *shido boxheador?*

–No, no lo sabía –respondió ella.

Tenía la intención de llevarlo de vuelta al despacho y darle allí de comer, pero él se detuvo en la tienda de kebabs al final de Denmark Street y atravesó la puerta antes de que ella pudiera detenerlo. En la calle, se sentaron en la única mesa de la acera y se comieron sus kebabs y él le habló de su carrera como boxeador en el ejército, desviándose de vez en cuando para recordarle a ella lo buena persona que era. Robin trató de convencerlo de que hablara en voz baja. El efecto de todo el alcohol que había tomado seguía haciéndose notar y la comida parecía estar sirviendo de poco. Cuando él fue al baño, tardó tanto rato que ella empezó a preocuparse de que se hubiera desmayado.

Miró su reloj y vio que eran ya las siete y diez. Llamó a Matthew y le dijo que estaba con un asunto urgente en la oficina. Él no pareció muy contento.

Strike salió a la calle, rebotando contra el marco de la puerta al salir. Se apoyó firmemente contra la ventana y trató de encender otro cigarro.

–Robin –dijo rindiéndose y mirándola–. Robin, ¿tú *shabes* lo que es un mo… momento *kairós?* –preguntó con un hipido.

–¿Un momento kairós? –repitió ella, esperando con todas sus fuerzas que no se tratara de algo sexual, algo que después no sería capaz de olvidar, sobre todo porque el dueño de la tienda estaba escuchando y sonriendo detrás de ellos–. No, no lo sé. ¿Volvemos a la oficina?

–¿No *shabes* lo que *esh*? –preguntó él escudriñándola.

–No.

–Es griego –le explicó–. *Kairós*. Momento *kairós*. Y significa… –y de algún lugar de su cerebro borracho desenterró unas palabras de sorprendente claridad– el momento revelador. El momento especial. El momento supremo.

«Oh, por favor», pensó ella. «Por favor, no me digas que estamos teniendo uno de ellos.»

–¿Y sabes cuál fue el nuestro, Robin? ¿El mío y de Charlotte? –preguntó con la mirada perdida y con su cigarro sin encender colgándole de la mano–. Fue cuando ella entró en el pabellón. Estuve en el hospital mucho tiempo y llevaba dos años sin verla… sin avisar… y la vi en la puerta y todos los demás se giraron también para verla. Y ella entró por el pabellón sin decir una palabra y… –Se detuvo para tomar aire y volvió a tener un hipido– y me besó dos años después, y volvimos a estar juntos. Sin que nadie hablara. Encabronadamente bonito. La mujer más hermosa que he visto nunca. El mejor momento de toda mi puta… de mi puta vida, probablemente. Lo siento, Robin –añadió–. Por decir puta. Siento haberlo dicho.

Robin sintió las mismas ganas de reír que de llorar, aunque no sabía por qué se tenía que sentir tan triste.

–¿Te enciendo un cigarro?

–*Eresh* una gran persona, Robin. ¿Lo sabes?

Cerca del cruce de Denmark Street él se detuvo en seco, aún balanceándose como un árbol azotado por el viento, y le dijo en voz alta que Charlotte no amaba a Jago Ross, que era todo un juego, un juego para hacerle daño a él, a Strike. Todo el que le fuera posible.

A llegar a la puerta negra de la oficina, se volvió a detener y levantó las dos manos para impedirle que lo siguiera hasta arriba.

–Tienes que irte a casa, Robin.

–Deja solamente que me asegure de que llegas bien arriba.

–No. No. Ya estoy bien. Y puede que vomite. Estoy borracho. No pesques esa mierda de *chitecansino* tan viejo. ¿O sí? Ya lo sabes casi todo. ¿Te lo he contado?

–No sé a qué te refieres.

–Da igual, Robin. Vete a casa ya. Tengo que vomitar.

–¿Estás seguro de que...?

–Siento no haber dejado de soltar las putas palabrotas. Eres una buena persona, Robin. Adiós.

Ella volvió la cabeza hacia Strike cuando llegó a Charing Cross Road. Él iba caminando con la torpe y espantosa determinación de los muy borrachos hacia la lúgubre entrada de Denmark Place para, sin duda, vomitar allí en la oscuridad del callejón antes de subir tambaleándose hasta su catre y su hervidor de agua.

6

No hubo un momento claro de cambio del sueño a la plena conciencia. Al principio, él estaba boca abajo en un paisaje onírico de metales rotos, escombros y gritos, ensangrentado e incapaz de hablar. Después, estaba echado boca abajo, empapado en sudor, con el rostro apretado contra la cama, su cabeza una bola de dolor punzante y su boca abierta, seca y apestosa. El sol que se filtraba por las ventanas sin las persianas bajadas se le metía por las retinas incluso con los párpados cerrados: rojo fuerte, con vasos capilares que se extendían como finas redes negras sobre diminutas luces que explotaban burlonas.

Estaba completamente vestido, con la prótesis aún puesta, acostado sobre el *sleeping bag*, como si hubiera caído allí. Recuerdos punzantes, como fragmentos de cristal que se clavaran en su sien: convencer al mesero de que otra cerveza era una buena idea. Robin al otro lado de la mesa, sonriéndole. ¿De verdad había podido comerse un kebab en el estado en que se encontraba? En algún momento, recordó haber estado luchando contra su bragueta, deseando orinar, pero incapaz de sacarse el filo de la camisa que se le había enganchado al cierre. Deslizó la mano por debajo de su cuerpo –incluso aquel leve movimiento le hizo desear gemir o vomitar– y con cierto alivio, vio que el cierre estaba cerrado.

Despacio, como un hombre que sostiene en equilibrio algún paquete frágil sobre los hombros, Strike se incorporó sentándose y echó un vistazo con los ojos entrecerrados por la habitación espléndidamente iluminada sin tener ni idea de qué hora podría ser ni, incluso, qué día era.

La puerta entre el despacho de dentro y el de fuera estaba cerrada y no oyó ningún movimiento al otro lado. Quizá su secretaria temporal se había ido para siempre. Entonces, vio un rectángulo blanco en el suelo, justo al lado de la puerta, que habían metido por debajo. Strike se apoyó cuidadosamente sobre sus manos y rodillas y tomó lo que enseguida vio que era una nota de Robin.

Querido Cormoran [él supuso que ya no iba a volver a lo de «señor Strike»]:

He leído la lista que tienes al principio del expediente con los puntos que hay que investigar más. He creído que podría seguir la pista de los dos primeros (Agyeman y el Hotel Malmaison). Estaré en mi celular por si prefieres que vuelva a la oficina.

He puesto la alarma junto a tu puerta para las dos de la tarde, para que así tengas tiempo suficiente para prepararte para tu cita de las cinco en el número 1 de Arlington Place para entrevistar a Ciara Porter y Bryony Radford.

Hay agua, paracetamol y Alka-Seltzer en la mesa de fuera.

ROBIN

PD: Por favor, no sientas vergüenza por lo de anoche. No dijiste ni hiciste nada de lo que tengas que arrepentirte.

Se quedó sentado e inmóvil en el catre durante cinco minutos, con la nota en la mano, preguntándose si estaba a punto de vomitar, pero disfrutando del sol caliente sobre su espalda.

Tras cuatro paracetamoles y un vaso de Alka-Seltzer, que casi fue decisivo en la cuestión del vómito, pasó quince minutos en el lóbrego baño, con resultados tan ofensivos para el olfato como para el oído. Pero en todo momento acompañado de una sensación de profundo agradecimiento por la ausencia de Robin. De vuelta en el despacho de fuera, se bebió dos botellas más de agua y apagó la alarma, que había hecho que sus palpitantes sesos se agitaran en su cráneo. Tras un rato de deliberación, eligió ropa limpia, sacó el gel de baño, el desodorante, el rastrillo y la crema de afeitar y la toalla de la mochila, sacó un traje de baño del fondo de una de las cajas de cartón del descanso, un par de muletas de metal de otra y bajó, después, cojeando por la escalera metálica con una bolsa de deporte sobre el hombro y las muletas en la otra mano. Se compró una tableta familiar de chocolate Dairy Milk de camino a Malet Street.

Bernie Coleman, un conocido del Cuerpo Médico del Ejército, le había explicado una vez a Strike que la mayoría de los síntomas relacionados con una resaca fuerte se debían a la deshidratación y a la hipoglucemia, que eran el resultado inevitable de un vómito prolongado. Strike saboreó el chocolate mientras caminaba con las muletas bajo el brazo y notando a cada paso el dolor de cabeza, que sentía como si se la estuvieran apretando con alambres.

Pero el risueño dios de los borrachos no le había abandonado del todo. Agradablemente distanciado de la realidad y de los demás seres humanos, bajó los escalones que llevaban a la piscina de la universidad de la London Union con una genuina sensación de tener derecho a estar allí y, como siempre, nadie lo detuvo, ni siquiera el otro ocupante del vestuario que, tras una mirada de verdadero interés a la prótesis que Strike se estaba desatando, mantuvo los ojos cortésmente apartados. Tras meter la falsa pierna en el casillero junto con la ropa del día anterior y dejando la puerta abierta, pues no tenía monedas, Strike fue hacia la regadera con las muletas, con el vientre sobresaliéndole por el filo del traje de baño.

Mientras se enjabonaba, notó que el chocolate y el paracetamol empezaban a suavizarle las náuseas y el dolor. Entonces, por primera vez, salió hacia la enorme piscina. Había allí solamente dos estudiantes, los dos en el carril más rápido y con goggles, sin hacer caso de nada que no fuera su propia destreza. Strike se dirigió al extremo opuesto, dejó las muletas cuidadosamente junto a las escalerillas y se metió en la calle más lenta.

Estaba en la peor forma que había estado nunca en su vida. Torpemente y ladeándose, fue nadando hasta el borde de la piscina, pero el agua fría y limpia le estaba aliviando el cuerpo y el ánimo. Jadeando, terminó un solo largo y se detuvo a descansar, extendiendo sus gruesos brazos a lo largo del borde de la piscina, compartiendo el peso de su cuerpo con el agua que le acariciaba y mirando hacia el alto y blanco techo.

Las pequeñas olas que provocaban los jóvenes atletas al otro lado de la piscina le hacían cosquillas en el pecho. El terrible dolor de su cabeza se iba alejando, como una intensa luz roja que veía a través de la neblina. Notaba el olor agudo y químico del cloro en sus fosas nasales, pero ya no le daba ganas de vomitar. Deliberadamente, como un hombre que se quita una venda de una herida que se está coagulando, Strike dirigió su atención hacia lo que había tratado de ahogar en el alcohol.

Jago Ross. En todos los aspectos, la antítesis de Strike. Atractivo como un príncipe ario, poseedor de un fondo fiduciario, nacido para ocupar su lugar predestinado en su familia y en el mundo, un hombre con toda la seguridad que puede dar un linaje de doce generaciones documentadas. Había dejado una serie de trabajos prometedores, había desarrollado un persistente problema con la bebida y era violento como lo son los animales sometidos a la cría excesiva y mal disciplinados.

Charlotte y Ross pertenecían a esa red limitada e interrelacionada de los de noble linaje y colegios privados cuyas familias se conocen entre sí, relacionados a través de vínculos endogámicos y de la vieja escuela. Mientras el agua le lamía su peludo pecho, Strike pareció verse a sí mismo, a Charlotte y a Ross a gran distancia, desde el otro extremo del telescopio, de modo que el arco de su historia quedaba claro. Reflejaba el diario comportamiento nervioso de Charlotte, esa ansia de emoción intensa que normalmente se expresaba de una forma destructora. Había conseguido a Jago Ross como un premio a los dieciocho años, el ejemplo más extremo que ella pudo encontrar de ese tipo y el paradigma de la idoneidad, tal y como sus padres lo veían. Quizá aquello había sido demasiado fácil y, desde luego, nada sorprendente, pues luego lo dejó por Strike quien, pese a su inteligencia, resultaba odioso para la familia de Charlotte. Un espécimen imposible de catalogar. ¿Qué podía hacer después de todos estos años una mujer que ansiaba tormentas emocionales, más que dejar una y otra vez a Strike hasta que, al final, el único modo de apartarse con verdadero éxito era cerrar el círculo y volver al punto donde él la había encontrado?

Strike dejó que su cuerpo dolorido flotara en el agua. Los estudiantes más rápidos seguían recorriendo de arriba abajo el otro carril.

Strike conocía a Charlotte. Estaba esperando a que él fuera a rescatarla. Era la prueba final y la más cruel.

No nadó durante el camino de vuelta de la piscina, sino que fue saltando de lado por el agua, usando sus brazos para agarrarse al borde, tal y como había hecho durante su fisioterapia en el hospital.

El segundo regaderazo fue más placentero que el primero. Puso el agua lo más caliente que pudo soportar, se enjabonó todo el cuerpo y, después, giró la llave a «frío» para enjuagarse.

Con la prótesis de nuevo colocada, se afeitó en un lavabo con una toalla atada alrededor de la cintura y, a continuación, se vistió con un esmero poco habitual. Nunca se había puesto el traje y la camisa más caros que tenía. Habían sido regalos de Charlotte por su último cumpleaños. Atuendo apropiado para el prometido de ella. Recordó cómo le sonrió al verlo con un estilo tan moderno y poco usual en su espejo grande. El traje y la corbata habían estado colgados en su gancho desde entonces, porque él y Charlotte no habían salido mucho después del pasado noviembre; porque el cumpleaños de él había sido el último día verdaderamente feliz que habían pasado juntos. Poco después, la relación había empezado a tambalearse y a caer en las viejas quejas ya conocidas, en el mismo lodazal en el que había zozobrado antes pero que, esta vez, habían jurado evitar.

Podría haber quemado aquel traje. En lugar de ello, con un ánimo de desafío, decidió ponérselo, despojarlo de aquello con lo que lo relacionaba y considerarlo como simples prendas de ropa. El corte del saco le hacía parecer más delgado y en forma. Se dejó abierto el cuello de la camisa blanca.

Strike había tenido fama en el ejército de poder recuperarse de un excesivo consumo de alcohol con inusual rapidez. El hombre que le devolvía la mirada en el pequeño espejo estaba pálido y tenía sombras púrpura bajo los ojos, pero con aquel elegante traje italiano tenía mejor aspecto del que había tenido desde hacía semanas. La negrura de su ojo había desaparecido por fin y los arañazos habían cicatrizado.

Un almuerzo cuidadosamente ligero, grandes cantidades de agua, otro viaje al baño del restaurante para evacuar, más analgésicos. Luego, a las cinco, la llegada puntual al número 1 de Arlington Place.

Tras la segunda llamada, abrió la puerta una mujer de aspecto enojado con lentes de armazón negro y pelo corto y gris. Lo dejó pasar con aparente renuencia y, a continuación, se alejó con paso rápido por un vestíbulo de suelo de piedra que incluía una magnífica escalera con un barandal de hierro forjado mientras gritaba: «¡Guy! Un tal Strike».

Había habitaciones a ambos lados de la entrada. A la izquierda, un pequeño grupo de gente, donde todos parecían ir vestidos de negro, miraban hacia alguna fuente de luz poderosa que Strike no pudo ver pero que iluminaba sus rostros extasiados.

Apareció Somé, que entró en el vestíbulo a través de aquella puerta. Él también llevaba lentes, que le hacían parecer mayor. Llevaba jeans holgados y rasgados y su camiseta blanca tenía estampado un ojo que parecía estar llorando una gota de sangre resplandeciente y que, tras un examen más minucioso, resultó ser de lentejuelas rojas.

–Va a tener que esperar –dijo cortésmente–. Bryony está ocupada y Ciara va a tardar horas. Puede ponerse cómodo ahí dentro si quiere –señaló hacia la habitación de la derecha, donde se veía el filo de una mesa cargada de bandejas– o puede quedarse por aquí y ver a estos cabrones inútiles –dijo levantando de repente la voz y mirando con furia al grupo de hombres y mujeres jóvenes que miraban hacia la luz. Se dispersaron de inmediato, sin protestar, algunos de ellos cruzando el vestíbulo para meterse en la habitación de enfrente.

–Mejor traje, por cierto –añadió Somé con un destello de su antiguo aire de superioridad. Volvió a entrar en la habitación de la que había salido.

Strike siguió al diseñador y ocupó el espacio que habían dejado vacío los que tan bruscamente había despachado. La habitación era alargada y estaba casi vacía, salvo por sus cornisas adornadas, con paredes claras y desnudas y ventanas sin cortinas que le daban un aire de triste majestuosidad. Otro grupo de personas, incluido un fotógrafo de pelo largo inclinado sobre su cámara, estaban entre Strike y la escena que se desarrollaba al otro lado de la sala, que estaba deslumbrantemente iluminada por una serie de lámparas de arco y pantallas de luz. Allí se habían dispuesto artísticamente unas sillas viejas y raídas, una de ellas tirada, y tres modelos.

Eran de una raza aparte, con rostros y cuerpos de extrañas proporciones que cabían perfectamente entre las categorías de extraños e impresionantes. De buena complexión y demasiado delgadas, habían sido elegidas, supuso Strike, por el gran contraste de sus colores y sus facciones. Sentada como Christine Keller en una silla con el respaldo hacia delante, con sus largas piernas separadas y embutidas en unas mallas apretadísimas pero aparentemente desnuda de la cintura para arriba, había una chica negra con la piel tan oscura como la del mismo Somé, con pelo afro y unos ojos rasgados y seductores. Por encima de ella, con un chaleco blanco adornado con cadenas que justo le cubría el pubis, había una belleza euroasiática de pelo negro y lacio cortado con un fleco asimétrico. A un lado, inclinada y sola, y sentada de lado sobre el respaldo de otra silla, estaba Ciara Porter, una belleza de alabastro con pelo largo y rubio claro, vestida con un overol semitransparente a través del cual se veían claramente sus claros y puntiagudos pezones.

La maquillista, casi tan alta y delgada como las modelos, estaba inclinada sobre la chica negra presionando con una almohadilla los laterales de su nariz. Las tres modelos esperaban en silencio y en su posición, inmóviles como retratos, con sus tres rostros inexpresivos y vacíos, esperando a que les llamaran la atención. Las demás personas de la sala –el fotógrafo parecía tener dos ayudantes y Somé, que ahora se mordía los padrastros, estaba acompañado por la mujer de aspecto enojado y gafas– hablaban en murmullos, como si tuvieran miedo de perturbar algún delicado equilibrio.

Por fin, la maquillista fue con Somé, que le dijo algo de manera inaudible y rápida, gesticulando. Ella volvió a entrar en la brillante luz y, sin hablar con la modelo, onduló y arregló la larga melena de Ciara Porter. Ciara no dio muestras de saber que la estaban tocando y esperó en paciente silencio. Bryony volvió a retirarse de nuevo a las sombras y le preguntó algo a Somé. Él respondió con una sacudida de hombros y le dio alguna instrucción inaudible que hizo que ella mirara a su alrededor hasta que sus ojos se posaron en Strike.

Se vieron a los pies de la majestuosa escalera.

–Hola –susurró–. Vamos por aquí.

Ella lo condujo por el vestíbulo y lo pasó a la habitación de enfrente, que era un poco más pequeña que la primera y estaba dominada por una gran mesa llena de comida en forma de buffet. Varios estantes de ropa largos y con ruedas, llenos de creaciones con lentejuelas, volantes y plumas estaban dispuestos por colores delante de una chimenea de mármol. Los espectadores a los que habían echado, todos ellos rondando la veintena de edad, se habían reunido allí. Hablaban en voz baja y tomaban aleatoriamente comida de las bandejas medio vacías de mozzarella y jamón de Parma y hablaban por sus teléfonos o jugaban con ellos. Varios de ellos sometieron a Strike a miradas de escrutinio mientras él seguía a Bryony a una pequeña habitación trasera que se había convertido en improvisada sala de maquillaje.

Había dos mesas con grandes espejos portátiles delante de la única y gran ventana, que daba a un cuidado jardín . Las cajas de plástico negro situadas alrededor le recordaron a Strike a las que su tío Ted llevaba a pescar, solo que los cajones de Bryony estaban llenos de polvos y pinturas de colores. Sobre las superficies de las mesas había tubos y cepillos alineados sobre unas toallas extendidas.

–Hola –dijo ella con voz normal–. Dios mío. Se diría que la tensión podría cortarse con un cuchillo, ¿eh? Guy es siempre perfeccionista, pero esta es su primera sesión fotográfica de verdad desde que Lula murió, así que, ya sabe, está bastante tenso.

Tenía el pelo oscuro y revuelto. Su piel era cetrina y sus rasgos, aunque grandes, eran atractivos. Llevaba jeans ajustados sobre sus largas piernas patizambas, un chaleco negro y varias cadenas de oro fino alrededor del cuello, anillos en los dedos y en los pulgares y también lo que parecían zapatillas de ballet de piel negra. Aquel tipo de calzado tenía siempre un efecto ligeramente falto de afrodisíaco en Strike, porque le recordaba a las pantuflas plegadizas que su tía Joan solía llevar en su bolsa y, por tanto, a juanetes y callos.

Strike empezó a explicarle lo que quería de ella, pero Bryony le interrumpió.

–Guy me lo ha contado todo. ¿Quiere un cigarro? Podemos fumar aquí si abrimos esto.

Nada más decirlo, abrió la puerta que daba directamente a una zona embaldosada del jardín.

Hizo un poco de sitio en una de las mesas abarrotadas de maquillaje y se sentó sobre ella. Strike ocupó una de las sillas vacías y sacó su cuaderno.

–De acuerdo. Dispare –dijo ella y, a continuación, sin darle tiempo a él para que hablara–: Lo cierto es que no he dejado de pensar en aquella tarde desde entonces. Es muy triste.

–¿Conocía bien a Lula? –preguntó Strike.

–Sí, bastante bien. La he maquillado para un par de sesiones y también para la gala de beneficencia de Rainforest. Cuando le dije que podía hacerle las cejas con hilo…

–¿Que podía qué?

–Depilarle las cejas con hilo. Es como la depilación, pero con hilos.

Strike no supo imaginar cómo sería.

–De acuerdo…

–… me pidió que se las hiciera en su casa. Los *paparazzi* la rodeaban por todos lados, a todas horas, incluso si iba al salón de belleza. Era de locos. Así que la ayudé.

Bryony tenía la costumbre de echar la cabeza hacia atrás para quitarse el largo fleco de los ojos y una forma de hablar un poco entrecortada. Se echó el pelo a un lado, se lo peinó con los dedos y lo miró a él a través del fleco.

–Llegué allí sobre las tres. Ella y Ciara estaban muy emocionadas por la llegada de Deeby Macc. Chismes de chicas, ya sabe. Nunca habría podido imaginar lo que iba a pasar. Nunca.

–¿Lula estaba emocionada?

–Oh, Dios, sí. ¿Qué cree usted? ¿Cómo se sentiría si alguien que ha escrito canciones sobre…? En fin –dijo con una pequeña carcajada entrecortada–, puede que sean cosas de chicas. Él tiene mucho carisma. Ciara y yo nos estábamos riendo de eso mientras yo le hacía las cejas a Lula. Luego, Ciara me pidió que le hiciera las uñas. Terminé maquillándolas también a las dos durante lo que debieron ser unas tres horas. Sí, me fui sobre las seis.

–Así que, usted diría que el estado de ánimo de Lula era de excitación, ¿no?

–Sí. Bueno, ya sabe, estaba un poco distraída. No dejaba de mirar su teléfono. Lo tenía en el regazo mientras le hacía las cejas. Yo sabía lo que eso significaba. Evan estaba tomándole otra vez el pelo.

–¿Se lo dijo ella?

–No, pero yo sabía que ella estaba muy enojada con él. ¿Por qué cree que le dijo a Ciara aquello de su hermano? ¿Lo de dejárselo todo?

Aquello pareció sorprender a Strike.

–¿La oyó decir eso también?

–¿Qué? No, pero me lo dijeron. Es decir, después. Ciara nos lo contó todo. Creo que yo estaba en el baño cuando ella lo dijo. De todos modos, lo creo del todo. Del todo.

–¿Por qué?

Ella pareció confundida.

–Bueno… quería mucho a su hermano, ¿no? Dios, eso siempre fue obvio. Probablemente fuera él la única persona en la que ella podía confiar. Unos meses antes, más o menos cuando ella y Evan cortaron por primera vez, yo la estaba maquillando para el desfile de Stella y le contó a todos que su hermano la estaba encabronando, sin parar de decirle lo aprovechado que era Evan. Y ya sabe, Evan estaba otra vez andándose con evasivas aquella última tarde, así que ella pensaba que James... ¿Se llama James...? había tenido razón todo el tiempo. Lula sabía que en el fondo él siempre miraba por los intereses de ella, aunque a veces fuera un poco mandón. Este es un negocio realmente explotador, ¿sabe? Todos tienen intenciones oscuras.

—¿Quién cree que tenía intenciones oscuras hacia Lula?

—Dios mío, todos —contestó Bryony haciendo un ancho gesto con la mano que sostenía el cigarro y que incluía todas las habitaciones habitadas que había fuera—. Era la modelo más atractiva. Todos querían un poco de ella. Es decir, Guy... —Pero Bryony se interrumpió—. Bueno, Guy es un empresario, pero la adoraba. Quería que se fuera a vivir con él después de aquel asunto del acoso. Aún no lleva bien lo de su muerte. Tengo entendido que ha tratado de ponerse en contacto con ella a través de algún espiritista. Me lo contó Margo Leiter. Sigue destrozado, apenas puede oír su nombre sin echarse a llorar. En fin, eso es lo único que sé. Nunca me imaginé que aquella tarde sería la última que la viera. O sea, Dios mío.

—¿Dijo algo de Duffield, lo que fuera, mientras usted la estaba... depilando con hilos?

—No —contestó Bryony—, pero nunca lo habría hecho si de verdad él la estaba haciendo pedazos.

—Así que, por lo que recuerda, ella habló sobre todo de Deeby Macc.

—Bueno... fuimos más Ciara y yo las que hablamos de él.

—¿Pero cree que ella estaba emocionada por poder conocerlo?

—Dios, claro que sí.

—Dígame, ¿vio un papel azul con la letra de Lula cuando estuvo en el departamento?

Bryony se movió de nuevo el pelo sobre la cara y se lo peinó con los dedos.

—¿Qué? No. No vi nada de eso. ¿Por qué? ¿Qué era?

—No lo sé —contestó Strike—. Eso es lo que me gustaría descubrir.

—No. No lo vi. ¿Dice que era azul? No.

—¿Vio algún papel escrito con su letra?

—No recuerdo ningún papel. No. —Se agitó el pelo para apartárselo de la cara—. O sea, algo así podría haber habido por allí, pero no necesariamente lo tuve que ver.

La habitación estaba sombría. Quizá solamente se imaginó que el color de ella había cambiado, pero no se inventó el modo en que giró su pie derecho para subírselo hasta la rodilla y examinó la suela de su zapatilla de ballet de piel buscando algo que no estaba allí.

–El conductor de Lula, Kieran Kolovas-Jones...

–Ah, ¿ese tipo tan guapo? –preguntó Bryony–. Solíamos burlarnos de ella por Kieran. Él estaba tremendamente enamorado de ella. Creo que ahora Ciara usa a veces sus servicios –Bryony lanzó una pequeña risita cómplice–. Ciara tiene cierta reputación de chica alegre. O sea, es imposible que no te guste, pero...

–Kolovas-Jones dice que Lula iba escribiendo algo en un papel azul en la parte de atrás de su coche cuando salió ese día de casa de su madre...

–¿Ha hablado ya con la madre de Lula? Es un poco rara.

–... y me gustaría saber qué era.

Bryony lanzó la colilla de su cigarro por la puerta abierta y se movió impaciente en la mesa.

–Podría tratarse de cualquier cosa. –Él esperó la sugerencia inevitable y no quedó decepcionado–. Una lista del supermercado o algo así.

–Sí, eso pudo ser. Pero suponiendo que se trataba de una nota de suicidio...

–Pero no lo era... O sea, sería una estupidez. ¿Cómo iba a ser eso? ¿Quién escribiría una nota de suicidio con tanto tiempo de antelación y, después, ir a que te maquillen y salir a bailar? No tiene ningún sentido.

–No parece probable, estoy de acuerdo. Pero estaría bien saber qué era.

–Quizá no tenga nada que ver con su muerte. ¿Por qué no iba a poder ser una carta para Evan o algo así, diciéndole lo enojada que estaba?

–Parece que no se enojó con él hasta más tarde. De todos modos, ¿por qué iba a escribirle una carta cuando tenía su número de teléfono e iba a verlo esa noche?

–No lo sé –contestó Bryony con impaciencia–. Yo solo digo que podría haber sido algo que no tenía nada que ver.

–¿Y está segura de que no lo vio?

–Sí, bastante segura –respondió. Definitivamente su color se intensificó–. Fui allí a trabajar, no para fisgonear en las cosas de ella. Entonces, ¿eso es todo?

–Sí, creo que es todo lo que tenía que preguntarle de aquella tarde –dijo Strike–. Pero quizá pueda ayudarme con otra cosa. ¿Conoce a Tansy Bestigui?

–No –respondió Bryony–. Solo a su hermana, Ursula. Me contrató para un par de fiestas importantes. Es espantosa.

–¿En qué sentido?

–No es más que una de esas ricas consentidas –contestó Bryony retorciendo la boca–. Bueno, no es tan rica como le gustaría ser. Esas hermanas Chillingham fueron en busca de hombres viejos cargados de dinero. Unos misiles en busca de riqueza son esas dos. Ursula creía que le había caído el gordo cuando se casó con Cyprian May, pero él no tiene suficiente para ella. Ahora está acercándose a los cuarenta. Las oportunidades ya no se presentan como antes. Supongo que por eso no ha podido cambiarlo por algo mejor.

A continuación, claramente pensando que su tono necesitaba de alguna explicación, continuó:

–Lo siento, pero ella me acusó de escuchar sus pinches mensajes del buzón de voz. –La artista cruzó los brazos sobre su pecho y lanzó a Strike una mirada de rabia–. O sea, por favor. Me aventó su celular y me dijo que llamara a un taxi sin un mísero por favor ni un gracias. Yo soy disléxica. Le di al botón equivocado y lo siguiente que sé es que ella estaba hablándome a grito pelado.

–¿Por qué cree que estaba tan enojada?

–Supongo que porque oí a un hombre con el que ella no estaba casada diciéndole que estaba echado en una habitación de hotel fantaseando con ella, supongo –contestó Bryony con frialdad.

–Así que, puede ser que al fin y al cabo sí esté buscando algo mejor.

–No creo –dijo Bryony. Y después, se apresuró a añadir–: O sea, era un mensaje bastante vulgar. En fin, oiga, tengo que volver ahí dentro o Guy se pondrá furioso.

Dejó que se fuera. Después de quedarse solo, tomó un par de páginas más de notas. Bryony Radford había resultado ser una testigo muy poco fiable, muy influenciable y mentirosa, pero le había contado mucho más de lo que ella creía.

7

La sesión fotográfica duró otras tres horas. Strike esperó en el jardín, fumando y tomando más agua embotellada mientras caía la noche. De vez en cuando, volvía al interior del edificio para ver si avanzaban y parecían ir tremendamente lentos. En alguna ocasión entrevió o escuchó a Somé, que parecía estar crispado, espetando órdenes al fotógrafo o a alguno de los subalternos vestidos de negro que revoloteaban entre los percheros de ropa. Por fin, casi a las nueve, después de que Strike se comiera un par de trozos de pizza que había pedido la taciturna y agotada ayudante del estilista, Ciara Porter bajó por las escaleras donde había estado posando con sus dos compañeras y se unió a Strike en la sala de maquillaje que Bryony se apresuraba a vaciar.

Seguía llevando el minivestido plateado y rígido con el que había posado para las últimas fotografías. Débil y angulosa, con su piel lechosa, el pelo casi igual de blanco y los ojos de color azul claro y muy separados, estiró sus infinitas piernas, que llevaban zapatos de plataforma y que tenían atadas largas tiras plateadas por encima de las pantorrillas, y se encendió un Marlboro Light.

—¡Dios, no puedo creer que seas el hijo de Rokers! —dijo sin aliento, con sus ojos claros y sus labios carnosos—. ¡Es superraro! Yo lo conozco. Nos invitó a Looly y a mí al lanzamiento de sus grandes éxitos el año pasado. Y conozco a tus hermanos. ¡Al y Eddie! ¡Me dijeron que tenían un hermano mayor en el ejército! Dios. Es de locos. ¿Has terminado, Bryony? —añadió Ciara directamente.

La maquillista parecía estar muy ocupada recogiendo las cosas de su trabajo. Entonces, se empezó a apurar mientras Ciara fumaba y la observaba en silencio.

–Sí, ya estoy –dijo Bryony por fin con voz alegre echándose una pesada caja sobre el hombro y agarrando más maletines en cada mano–. Hasta luego, Ciara. Adiós –añadió dirigiéndose a Strike. Y se fue.

–Es una maldita entrometida y una chismosa –le dijo Ciara a Strike. Se echó hacia atrás su pelo largo y blanco, volvió a recoger sus piernas retozonas y preguntó–: ¿Sueles ver mucho a Al y a Eddie?

–No –contestó Strike.

–Y tu madre –dijo ella sin inmutarse, echando el humo por la comisura de su boca–. Es decir, ella es algo así como una leyenda. ¿Sabes que Baz Carmichael hizo una colección hace dos temporadas que se llamaba «Supergrupi» y que estuvo totalmente inspirada en Bebe Buell y en tu madre? ¿Con faldas largas, camisas sin botones y botas?

–No lo sabía.

–Fue como... ¿conoces esa estupenda cita sobre los vestidos de Ozzie Clark de que a los hombres les gustaban porque simplemente podían abrirlos con mucha facilidad y cogerse a las chicas? Eso es como de la época de tu madre.

Movió la cabeza de nuevo para apartarse el pelo de los ojos y lo miró, no con la forma escalofriante y ofensiva de mirarlo de Tansy Bestigui, sino con lo que parecía un asombro verdadero y manifiesto. A él le pareció difícil saber si estaba siendo sincera o si estaba interpretando su propio personaje. Su belleza se interponía, como una tela de araña a través de la cual era difícil verla con claridad.

–Bueno, pues si no te importa, me gustaría hacerte unas preguntas sobre Lula.

–Dios, sí. Sí. No, de verdad que quiero ayudar. Cuando me enteré de que alguien lo estaba investigando, yo me puse como... bueno. Por fin.

–¿En serio?

–Dios mío, sí. Todo aquello fue cabronamente espantoso. No lo podía creer. La sigo teniendo en mi teléfono. Mira esto.

Hurgó en una bolsa enorme y sacó por fin un iPhone blanco. Tras recorrer su lista de contactos, se inclinó hacia él para enseñarle el nombre de «Looly». Su perfume era fresco e intenso.

–Siempre estoy esperando a que me llame –dijo Ciara con voz momentáneamente melancólica mientras volvía a meter el teléfono en la bolsa–. No puedo borrarla. Voy a hacerlo y luego, es como que me rajo, ¿sabes?

Se levantó inquieta, dobló una de sus largas piernas por debajo, se volvió a sentar sobre ella y fumó en silencio durante unos segundos.

–Pasaste con ella la mayor parte de su último día, ¿no? –preguntó Strike.

–Carajo, no me lo recuerdes –contestó Ciara cerrando los ojos–. Le he dado vueltas como un millón de veces, tratando de entender cómo se puede pasar de ser como completamente feliz a estar muerta en cosa de horas.

–¿Era completamente feliz?

–Dios, más de lo que nunca la había visto. Esa última semana. Habíamos vuelto de un trabajo en Antigua para *Vogue* y ella y Evan estaban otra vez juntos y celebraron la ceremonia de compromiso. Todo estaba siendo fantástico para ella, estaba en el séptimo cielo.

–¿Estuviste en esa ceremonia de compromiso?

–Sí –respondió Ciara dejando caer la colilla de su cigarro en una lata de Coca Cola, donde se apagó con un pequeño siseo–. Dios, fue de lo más romántico. Evan se lo soltó en la casa de Dickie Carbury. ¿Conoces a Dickie Carbury, el restaurador? Tiene una casa fabulosa en los Cotswolds y pasamos todos allí el fin de semana y Evan hizo un regalo para los dos de unas pulseras a juego de Fergus Keane, preciosas, de plata oxidada. Nos obligó a que bajáramos todos al lago después de la cena, en medio del frío helador y la nieve y, luego, recitó un poema que había escrito para ella y le colocó la pulsera en la muñeca. Looly se partía de la risa pero luego ella le respondió recitando otro poema que conocía. De Walt Whitman –dijo Ciara con repentina seriedad–. Fue, de verdad, impresionante. Era el poema perfecto, simplemente eso. La gente cree que las modelos son tontas, ¿sabes? –Se volvió a echar el pelo hacia atrás y le ofreció a Strike un cigarro antes de tomar otro para ella–. Me aburro de decirle a la gente que he pedido una prórroga de mi plaza para estudiar literatura inglesa en Cambridge.

–¿Sí? –preguntó Strike incapaz de ocultar el tono de sorpresa.

–Sí –contestó echando el humo con elegancia–. Pero, ya sabes, en la carrera de modelo me va tan bien que voy a aplazarlo otro año. Te abre puertas, ¿sabes?

—Así que, esa ceremonia de compromiso fue... ¿cuándo? ¿Una semana antes de que Lula muriera?

—Sí, el sábado anterior.

—¿Y consistió solamente en un intercambio de poemas y pulseras? ¿Sin votos ni oficiante?

—No. No fue vinculante legalmente ni nada de eso. Fue simplemente como un momento encantador y perfecto. Bueno, salvo por Freddie Bestigui, que estuvo un poco pesado. Pero al menos —Ciara dio una fuerte fumada a su cigarro— su condenada esposa no estaba allí.

—¿Tansy?

—Tansy Chillingham, sí. Es una zorra. No me sorprende para nada que se divorcien. Llevaban vidas como totalmente separadas. Nunca se les veía salir juntos.

»Si te digo la verdad, Freddie no estuvo demasiado mal ese fin de semana para la reputación tan mala que tiene. Solo fue un rollero, por el modo en que trataba de hacerle la barba a Looly, pero no fue lo espantoso que dicen que se puede poner. Me contaron una historia de una chica ingenua total a la que él prometió un papel en una película... Bueno, no sé si fue verdad —Ciara entrecerró los ojos un momento desde el otro extremo de su cigarro—. De todos modos, ella nunca lo denunció.

—Has dicho que Freddie estuvo pesado, ¿en qué sentido?

—Dios, no paraba como de acorralar a Looly y de decirle lo estupenda que estaría en la pantalla y que si su padre era un tipo estupendo.

—¿Sir Alec?

—Sí, sir Alec, claro. ¡Dios mío! —exclamó Ciara con los ojos abiertos de par en par—. ¡Si llega a conocer a su verdadero padre, Looly habría alucinado del todo! ¡Habría sido como el sueño de su vida! No, él solo decía que había conocido a sir Alec hace muchísimos años y que eran como del mismo barrio del East End, así que ella tenía que considerarlo como su padrino o algo así. Creo que trataba de parecer gracioso, pero no. De todos modos, todos vieron cómo él trataba de hacer que ella entrara en una película. Fue un imbécil durante la ceremonia de compromiso. No paraba de gritar: «Yo llevo a la novia al altar». Estaba borracho. Bebió como un loco durante toda la cena. Dickie tuvo que hacerlo callar. Luego, después de la ceremonia, todos bebimos champán al volver a la casa y Freddie se tomó como dos botellas más después de todo lo que se había metido ya. No paraba de gritarle a Looly que sería una actriz estupenda, pero a ella no le importó. Simplemente lo ignoró. Estaba acurrucada con Evan en el sofá, como…

Y de repente, las lágrimas brillaron en los ojos de Ciara maquillados con lápiz de ojos y ella las sofocó con las palmas de sus preciosas manos blancas.

–… locamente enamorada. Era muy feliz. Nunca la había visto más contenta.

–Usted vio a Freddie Bestigui otra vez, ¿verdad? La tarde anterior a la muerte de Lula. ¿No pasaron las dos por su lado en el vestíbulo, cuando salían?

–Sí –respondió Ciara dándose todavía toques en los ojos–. ¿Cómo lo sabes?

–Wilson, el guardia de seguridad. Cree que Bestigui le dijo algo a Lula que a ella no le gustó.

–Sí. Es verdad. Se me había olvidado. Freddie dijo algo sobre Deeby Macc, que Looly estaría emocionada por su llegada y que él estaba deseando tenerlos a los dos juntos en una película. No recuerdo exactamente qué dijo, pero hizo que sonara a algo sucio, ¿sabes?

–¿Sabía Lula de antes que Bestigui y su padre adoptivo habían sido amigos?

–Me dijo que fue la primera vez que lo oía. Siempre se mantenía alejada de Freddie en el edificio. No le gustaba Tansy.

–¿Por qué no?

–A Looly no le interesaba nada esa mierda de a ver qué marido tiene el pinche yate más grande. No quería rodearse de esa gente. Ella era mucho mejor que eso. No le gustaban nada las chicas Chillingham.

–De acuerdo –dijo Strike–. ¿Me puedes hablar de la tarde y la velada que pasaste con ella?

Ciara dejó caer su segunda colilla en el interior de la lata de Coca Cola con otro burbujeo e inmediatamente se encendió otro.

–Sí. Okey, déjame pensar. Bueno, la vi en su casa por la tarde. Bryony vino a hacerle las cejas y terminó haciéndonos la manicura a las dos. Fue como pasar juntas una tarde de chicas.

–¿Qué aspecto tenía ella?

–Estaba... –Ciara vaciló–. Bueno, no estaba tan feliz como lo había estado esa semana. Pero no como una suicida. O sea, para nada.

–Su chofer, Kieran, creyó que estaba rara cuando salió de la casa de su madre en Chelsea.

–Dios, sí. Bueno, ¿por qué no iba a estarlo? Su madre tenía cáncer, ¿no?

–¿Te habló Lula de su madre cuando te vio?

–No, la verdad es que no. O sea, ella solo dijo que se había sentado con ella porque estaba, ya sabes, un poco hecha pedazos tras la operación, pero nadie pensaba entonces que lady Bristow se fuera a morir. Se suponía que la operación la había curado, ¿no?

–¿Mencionó Lula alguna otra razón por la que se sentía menos feliz que antes?

–No –contestó Ciara negando despacio con la cabeza mientras su pelo rubio claro le caía por la cara. Volvió a apartárselo y dio una fuerte fumada a su cigarro–. Sí que parecía un poco baja de ánimos, un poco distraída, pero yo lo achaqué al hecho de que había visto a su madre. Tenían una relación extraña. Lady Bristow era como muy sobreprotectora y posesiva. A Looly le parecía un poco claustrofóbico, ¿sabes?

–¿Viste si Lula llamó a alguien por teléfono mientras estaba contigo?

–No –respondió tras una pausa para pensar–. Recuerdo que miraba mucho el teléfono, pero no habló con nadie, por lo que yo recuerdo. Si llamó a alguien, fue en privado. Estuvo un rato saliendo y entrando del dormitorio. No lo sé.

–Bryony cree que parecía emocionada por Deeby Macc.

–¡Oh, por el amor de Dios! –exclamó Ciara con impaciencia–. Eran todos los demás los que estaban emocionados por Deeby Macc. Guy, Bryony y... bueno, incluso yo lo estaba un poco –dijo con una sinceridad adorable–. Pero a Looly le daba igual. Estaba enamorada de Evan. No hay que creer todo lo que dice Bryony.

–¿Tenía Lula algún papel en las manos que puedas recordar? ¿Un papel azul en el que ella había escrito algo?

–No –volvió a responder Ciara–. ¿Por qué? ¿Qué era?

–Aún no lo sé –contestó Strike y Ciara pareció quedarse de repente atónita.

–Dios... ¿No estarás diciendo que dejó una nota? Ay, Dios mío.

Eso sería una pinche locura. Pero... ¡No! Eso significaría como que ya había decidido que lo iba a hacer.

–Puede que fuera otra cosa –dijo Strike–. En la investigación, tú mencionaste que Lula expresó su intención de dejárselo todo a su hermano, ¿no es así?

–Sí, así es –asintió Ciara con gran seriedad–. Sí. Lo que pasó fue que Guy le había enviado a Looly unas bolsas fabulosas de la nueva línea. Yo sabía que a mí no me iba a enviar ninguna pese a que yo estaba también en el anuncio. En fin, desenvolví el blanco, el Cashile, ya sabes, y era como superbonito. Él les pone unos forros desmontables de seda y los había personalizado para ella con unos estampados africanos. Así que le dije: «Looly, ¿me dejarás este cuando te mueras?», en broma. Y ella me contestó como muy seria: «Le voy a dejar todo a mi hermano, pero estoy segura de que él dejará que agarres lo que quieras».

Strike la observaba y la escuchaba tratando de encontrar algún indicio de que estaba mintiendo o exagerando, pero pronunció aquellas palabras de una forma fácil y, según parecía, sincera.

–Es extraño que dijera aquello, ¿no?

–Sí, supongo –respondió Ciara apartándose de nuevo el pelo de la cara–. Pero Looly era así. A veces, podía ponerse un poco oscura y dramática. Guy solía decirle: «Déjate de alucines, Cuco». –Ciara soltó un suspiro–. En fin, ella no pescó la indirecta de la bolsa Cashile. Yo esperaba que me lo regalara sin más. O sea, ella tenía cuatro.

–¿Dirías que tenías una relación estrecha con Lula?

–Dios, sí. Superestrecha. Me lo contaba todo.

–Un par de personas han mencionado que no se abría con demasiada facilidad. Que tenía miedo de que sus confidencias pasaran a la prensa. Me han dicho que ponía a prueba a la gente para ver si podía confiar en ellos.

–Sí. Se puso un poco como paranoica después de que su verdadera madre empezara a vender historias sobre ella –contestó con un ligero movimiento de su cigarro–. La verdad es que me preguntó si yo le había contado a alguien que había vuelto con Evan. O sea, cómo crees. No había forma de que pudiera mantenerse eso en secreto. Todos hablaban de ello. Le dije: «Looly, lo único que hay peor de que hablen de ti es que no hablen de ti». Lo dijo Oscar Wilde –añadió con generosidad–. Pero a Looly no le gustaba ese aspecto de ser famosa.

–Guy Somé cree que Lula no habría vuelto con Duffield si él no hubiera estado fuera del país.

Ciara miró hacia la puerta y bajó la voz.

–Es propio de Guy. Era como muy superprotector con Looly. La adoraba. La quería de verdad. Creía que Evan le hacía mal pero, sinceramente, él no conoce al verdadero Evan. Evan está como hecho una mierda total, pero es una buena persona. Fue a ver a lady Bristow no hace mucho y yo le dije: «¿Por qué, Evan? ¿Por qué diablos has tenido que pasar por esa situación?». Porque la familia de ella lo odiaba, ¿sabes? ¿Y sabes lo que me dijo? «Solo quiero hablar con alguien a quien le importe tanto como a mí el hecho de que ella se haya ido.» O sea, ¿hay algo más triste que eso?

Strike se despejó la garganta.

–La prensa la tiene contra Evan. Es muy injusto. No puede hacer nada abiertamente.

–Duffield fue a tu casa la noche que ella murió, ¿verdad?

–Sí, Dios. ¡Ahí lo tienes! –exclamó Ciara con indignación–. ¡Se inventaron que estuvimos como revolcándonos o algo así! Él no tenía dinero y su chofer había desaparecido así que simplemente fue como dándose una caminata por todo Londres para poder llegar a mi casa. Durmió en el sofá. Así que estábamos juntos cuando se enteró de la noticia.

Levantó el cigarro hacia su boca y dio una profunda fumada con los ojos en el suelo.

–Fue horrible. No te lo imaginas. Horrible. Evan estaba… Dios mío. Y luego –continuó con una voz apenas más fuerte que un susurro–, todos decían que había sido él. Después de que Tansy Chillingham dijera que había oído una pelea. La prensa se volvió loca. Fue espantoso.

Levantó los ojos hacia Strike, manteniéndose el pelo apartado de la cara. La intensa luz del techo iluminó sus pronunciados y perfectos pómulos.

–No te has reunido con Evan, ¿no?

–No.

–¿Quieres hacerlo? Puedes venir ahora conmigo. Me dijo que iba a ir esta noche a Uzi.

–Eso sería estupendo.

–Fabuloso. Espera.

Se puso de pie de un brinco y gritó hacia la puerta abierta:

–Guy, cariño, ¿puedo ponerme esto esta noche? Anda... Para ir a Uzi.

Somé entró en la pequeña habitación. Parecía agotado tras sus lentes.

–De acuerdo. Asegúrate de que te tomen fotos. No se te ocurra arruinarlo o le pongo una demanda a tu esquelético trasero de blanca.

–No voy a arruinarlo. Llevo a Cormoran para que conozca a Evan.

Guardó sus cigarros en su enorme bolsa, que parecía contener también la ropa de ese día y se lo echó al hombro. Con sus tacones quedó a menos de dos centímetros de la altura del detective. Somé miró a Strike con los ojos entrecerrados.

–Asegúrese de que lo hará pasarla de la chingada.

–¡Guy! –exclamó Ciara con una mueca–. No seas tan malo.

–Y tenga cuidado, señor Rokeby –añadió Somé con su habitual tono de resentimiento–. Ciara es una verdadera zorra. ¿No es así, querida? Y es como yo. Le gustan los grandulones.

–¡Guy! –repitió Ciara fingiendo terror–. Vamos, Cormoran. Tengo al chofer en la puerta.

8

Strike, que ya estaba prevenido, no se sorprendió tanto al ver a Kieran Kolovas-Jones como el conductor cuando lo vio a él. Kolovas-Jones mantenía abierta la puerta izquierda del pasajero, ligeramente iluminada por la luz del interior del coche, pero Strike vio su momentáneo cambio de expresión cuando vio al acompañante de Ciara.

–Buenas noches –lo saludó Strike rodeando el coche para abrir su propia puerta y ponerse al lado de Ciara.

–Kieran, ya conoces a Cormoran, ¿verdad? –le preguntó Ciara mientras se ponía el cinturón de seguridad. El vestido se le había subido hasta lo más alto de sus largas piernas. Strike no estaba seguro del todo de que ella llevara nada debajo. Desde luego, no había llevado brasier bajo el overol blanco.

–Hola, Kieran –lo saludó Strike.

El conductor hizo una señal con la cabeza a Strike por el espejo retrovisor, pero no dijo nada. Había asumido una conducta estrictamente profesional que Strike dudó que fuera habitual en ausencia de detectives.

El coche se separó de la banqueta, Ciara empezó otra vez a hurgar en su enorme bolsa. Sacó un espray de perfume y se lanzó un chorro abundante formando un ancho círculo alrededor de su cara y sus hombros. Después, se dio toquecitos con el brillo de labios mientras hablaba.

–¿Qué voy a necesitar? Dinero. Cormoran, ¿serías tan amor de guardarte esto en el bolsillo? No voy a entrar con esta enormidad. –Le dio un fajo arrugado de billetes de veinte libras–. Eres un encanto. Ah, y voy a necesitar mi teléfono. ¿Tienes un bolsillo para mi teléfono? Dios, esta bolsa está hecha un desastre.

La dejó caer sobre el suelo del coche.

—Cuando has dicho que para Lula el sueño de su vida habría sido encontrar a su verdadero padre...

—Dios, sí que lo habría sido. Hablaba de eso a todas horas. Se emocionó mucho cuando aquella zorra, su madre biológica, le dijo que era africano. Guy siempre decía que eso era una idiotez. Pero él odiaba a esa mujer.

—¿Conoció Guy a Marlene Higson?

—No. Solo odiaba como todo lo relacionado con ella. Vio lo mucho que se emocionó Looly y él solo quería protegerla para que no sufriera una decepción.

Demasiada protección, pensó Strike mientras el coche giraba por una calle a oscuras. ¿Tan frágil era Lula? La parte de atrás de la cabeza de Kolovas-Jones estaba rígida, en la posición adecuada. Sus ojos parpadeaban más de lo necesario para posarse sobre el rostro de Strike.

—Y luego Looly pensó haber dado con una pista sobre él, sobre su verdadero padre, pero luego lo perdió del todo. Un callejón sin salida. Sí, fue muy triste. Ella creía de verdad que lo había encontrado pero luego se le escapó entre los dedos.

—¿Qué pista era esa?

—Era algo sobre la universidad en la que estuvo. Algo que le dijo su madre. Looly creía haberla encontrado y fue para buscar en los registros o algo así con esa amiga suya tan rara que se llama...

—¿Rochelle? —sugirió Strike. El Mercedes avanzaba ahora por Oxford Street.

—Sí, Rochelle. Exacto. Looly la conoció durante su rehabilitación o algo así, pobrecita. Looly era como increíblemente dulce con ella. Solía llevarla de compras y cosas así. En fin, nunca lo encontraron. O se trataba del sitio equivocado o algo así. No lo recuerdo.

—¿Buscaba a un hombre que se apellidaba Agyeman?

—Creo que nunca me dijo su nombre.

—¿Y Owusu?

Ciara giró sus preciosos ojos claros hacia él, sorprendida.

—¡Ese es el verdadero apellido de Guy!

—Lo sé.

—Dios mío —suspiró Ciara—. El padre de Guy no fue nunca a la universidad. Era conductor de autobús. Le daba palizas a Guy por dibujar vestidos a todas horas. Por eso se cambió Guy de apellido.

343

El coche fue aminorando la marcha. La larga cola, de cuatro personas de ancho, que se extendía a lo largo de la cuadra, conducía hasta una discreta entrada que podría haber sido la de una casa privada. Un grupo de figuras oscuras se concentraba alrededor de una entrada de columnas blancas.

–*Paparazzi* –dijo Kolovas-Jones hablando por vez primera–. Cuidado al salir del coche, Ciara.

Él salió del asiento del conductor y dio la vuelta hacia la puerta de atrás de la izquierda. Pero los *paparazzi* ya estaba corriendo. Hombres de aspecto siniestro y vestidos de oscuro levantando sus cámaras de largos objetivos a medida que se acercaban.

Ciara y Strike aparecieron entre *flashes* como si fueran balas de fuego. Las retinas de Strike quedaron cegadas de repente. Agachó la cabeza cerrando la mano de manera instintiva alrededor del delgado brazo de Ciara Porter mientras la conducía delante de él a través del rectángulo negro que les daría refugio cuando las puertas se abrieron por arte de magia para dejarlos pasar. Las multitudes que hacían cola empezaron a gritar, protestando por su fácil acceso y vociferando por la emoción. Y a continuación, los *flashes* cesaron y estaban dentro, donde se oía un rugido de ruidos industriales y una insistente música de fondo.

–Vaya, tienes un buen sentido de la orientación –dijo Ciara–. Normalmente yo choco con los gorilas y ellos tienen que empujarme para meterme dentro.

En el campo de visión de Strike seguían apareciendo rayos y resplandores de luz púrpura y amarilla. Soltó el brazo de ella. Era tan pálida que casi parecía brillar en la oscuridad. Los empujaron más adentro de la discoteca cuando entraron otra docena de personas detrás de ellos.

–Vamos –dijo Ciara deslizando una mano de dedos largos y suaves entre la suya para arrastrarlo con ella.

Los rostros se giraban a medida que pasaban entre la multitud abarrotada, los dos mucho más altos que la mayoría de los asistentes. Strike pudo ver algo parecido a largos acuarios de cristal incrustados en las paredes y que contenían lo que parecían ser grandes gotas de cera, recordándole a las viejas lámparas de lava de su madre. A lo largo de las paredes había largos bancos de piel negra y, más adentro, cerca de la pista, reservados. Resultaba difícil saber lo grande que era la discoteca debido a unos espejos inteligentemente colocados. En un momento, Strike pudo verse a sí mismo, de frente, ataviado como un matón elegantemente vestido detrás de la plateada sílfide que era Ciara. La música resonaba en todo su interior, vibrando en su cabeza y en su cuerpo. La gente de la pista de baile era tanta que parecía un milagro que estuvieran pisando el suelo y balanceándose.

Habían llegado a una puerta acolchada vigilada por un gorila calvo que sonrió a Ciara dejando ver dos dientes de oro y abrió la entrada oculta.

Entraron en una zona de bar menos ruidosa pero apenas menos abarrotada y que evidentemente estaba reservada para los famosos y sus amigos. Strike vio a una presentadora de televisión vestida con minifalda, a un actor de series de televisión, a un cómico conocido principalmente por su apetito sexual y, después, en el otro rincón, a Evan Duffield. Llevaba un pañuelo con dibujos de calaveras alrededor del cuello y jeans negros ajustados y estaba sentado entre dos bancos de piel negra con los brazos extendidos en ángulo recto sobre los respaldos de los bancos que tenía a su lado y donde se apretaban sus acompañantes, en su mayoría mujeres. Se había teñido de rubio su pelo oscuro a la altura de los hombros. Tenía la cara pálida y huesuda y alrededor de sus brillantes ojos turquesa tenía manchas moradas oscuras.

El grupo con el que estaba Duffield emanaba una fuerza casi magnética por toda la sala. Strike lo pudo ver en las miradas de soslayo y en el espacio de cortesía que les rodeaba, una órbita más ancha de la que se le concedía a cualquier otro. La aparente indiferencia de Duffield y su séquito, por lo que Strike reconoció, no era más que puro y experto artificio. Todos ellos mostraban la alerta de los animales de presa mezclada con la arrogancia despreocupada de los depredadores. En la cadena de alimentos invertida de la fama, eran las grandes bestias las que eran acosadas y cazadas. Estaban recibiendo su merecido.

Duffield estaba hablando con una atractiva morena. Los labios de ella se mantenían abiertos mientras escuchaba, absorbida por él de una forma casi ridícula. Cuando Ciara y Strike se acercaron, Strike vio que Duffield apartaba los ojos de la morena durante una fracción de segundo, haciendo un rapidísimo reconocimiento, pensó Strike, midiendo la atención de los que estaban en la sala y otras posibilidades que pudieran ofrecer.

–¡Ciara! –exclamó con voz ronca.

La morena pareció desinflarse cuando Duffield se puso de pie dando un ágil brinco. Delgado y, sin embargo, musculoso, salió de detrás de la mesa para abrazar a Ciara, que con sus zapatos de plataforma era veinte centímetros más alta que él. Ella soltó la mano de Strike para devolverle el abrazo. Durante unos momentos rutilantes, todos los presentes en el bar parecieron mirarlos. Después, recobraron la conciencia y volvieron a sus conversaciones y a sus cocteles.

–Evan, este es Cormoran Strike –lo presentó Ciara. Movió la boca junto al oído de Duffield y Strike pudo ver, más que oír, que le decía: «¡Es hijo de Jonny Rokeby!».

–¿Qué tal? –preguntó Duffield extendiendo una mano que Strike estrechó.

Al igual que sucedía con otros mujeriegos empedernidos a los que había conocido Strike, la voz y los gestos de Evan eran ligeramente amanerados. Quizá esos hombres se volvían más afeminados debido a la prolongada inmersión en la compañía de las mujeres, o quizá fuera un modo de desarmar a su presa. Duffield hizo una señal con la mano a los demás para que se movieran en el banco para hacerle lugar a Ciara. La morena parecía alicaída. Dejaron que Strike se buscara un taburete pequeño, lo arrastró junto a la mesa y le preguntó a Ciara qué quería tomar.

–Pídeme un Boozy-Uzy –contestó–. Y toma de mi dinero, cariño.

El coctel de ella olía fuertemente a Pernod. Strike se pidió agua y volvió a la mesa. Ciara y Duffield estaban ahora casi nariz con nariz, hablando. Pero cuando Strike dejó las bebidas, Duffield lo miró.

–¿Y a qué te dedicas, Cormoran? ¿Al negocio de la música?

–No –respondió Strike–. Soy detective.

–No chingues. ¿A quién se supone que he matado esta vez? –preguntó Duffield.

El grupo que los rodeaba sonrió de forma irónica o nerviosa.

–No es broma, Evan –intervino Ciara.

–No estoy bromeando, Ciara. Lo sabrás cuando lo haga porque estaré de lo más gracioso.

La morena soltó una risita.

–Dije que no estoy bromeando –espetó Duffield.

La morena pareció como si le hubieran dado una bofetada. El resto del grupo pareció apartarse de forma imperceptible, incluso en aquel espacio tan apretado. Empezaron a mantener su propia conversación excluyendo temporalmente a Ciara, a Strike y a Duffield.

–Evan, no seas desagradable –dijo Ciara, pero su reproche pareció acariciar más que arder. Y Strike notó que la mirada que ella lanzó a la morena no era de compasión.

Duffield golpeteó con los dedos el filo de la mesa.

–¿Y qué tipo de detective eres, Cormoran?

–Privado.

–Evan, querido, a Cormoran lo ha contratado el hermano de Looly...

Pero, al parecer, Evan había visto algo o a alguien que le interesaba en la barra por el salto que dio para ponerse de pie y por cómo desapareció entre la multitud que allí había.

–Siempre ha sido un poco hiperactivo –lo disculpó Ciara–. Además, está jodido de verdad con lo de Looly. En serio –insistió, entre enojada y divertida mientras Strike levantaba las cejas y miraba en la dirección de la morena voluptuosa, que ahora sostenía contra su pecho un vaso vacío de mojito y parecía malhumorada–. Tienes algo en tu elegante traje –añadió mientras se inclinaba hacia delante para quitarle lo que Strike supuso que serían restos de pizza. Él notó el fuerte olor del perfume dulce e intenso de ella. El tejido plateado de su vestido era tan rígido que se le separaba del cuerpo como una armadura, permitiéndole ver sin dificultad sus pequeños pechos blancos y sus puntiagudos pezones rosados.

–¿Qué perfume llevas?

Ella le puso una muñeca bajo la nariz.

–Es el nuevo de Guy –contestó ella–. Se llama Eprise. En francés significa prendado, ¿sabes?

–Sí –dijo él.

Duffield había vuelto con otra copa, abriéndose paso entre la gente, que giraban el rostro hacia él arrastrados por su aura. Sus piernas, en sus jeans ajustados, eran como popotes negros y con sus ojos de manchas oscuras parecía un Pierrot que se ha vuelto malo.

–Evan, cielo –dijo Ciara cuando Duffield volvió a sentarse–. Cormoran está investigando...

–Ya te ha oído la primera vez –la interrumpió Strike–. No es necesario.

Pensó que el actor también lo había oído. Duffield se bebió rápidamente su copa y lanzó unos cuantos comentarios al grupo que estaba a su lado. Ciara dio un sorbo a su coctel y, a continuación, le dio un codazo a Duffield.

–¿Qué tal va la película, cariño?

–Genial. Bueno. Un *dealer* suicida. No hace falta mucho esfuerzo, ¿sabes?

Todos sonrieron, excepto el mismo Duffield. Golpeteó con los dedos sobre la mesa y sacudió las piernas a la vez.

–Me aburro –anunció.

Miraba con los ojos entrecerrados hacia la puerta y el grupo lo observaba claramente deseando, según pensó Strike, que los levantara y se los llevara con él.

Duffield pasó la mirada desde Ciara a Strike.

–¿Quieren venir?

–Genial –dijo Ciara con un gritito y, lanzando una mirada felina de triunfo a la morena, se bebió la copa de un trago.

Al salir de la zona VIP, dos chicas borrachas corrieron hacia Duffield, una de ellas se descubrió el escote y le suplicó que le firmara en los pechos.

–No seas tan sucia, cariño –respondió Duffield apartándola–. ¿Traes coche, Cici? –gritó mirando hacia atrás mientras se abría paso entre la multitud sin hacer caso de los gritos y los dedos que le apuntaban.

–Sí, cariño –gritó ella–. Lo voy a llamar. Cormoran, querido, ¿tienes mi teléfono?

Strike se preguntó qué pensarían los *paparazzi* de la puerta al ver a Ciara y a Duffield saliendo juntos de la discoteca. Ella le gritaba al iPhone. Llegaron a la puerta.

–Esperen –dijo Ciara–. Me envía un mensaje cuando esté en la puerta.

Tanto ella como Duffield parecían ligeramente nerviosos, alertas, sabiendo lo que hacían, como competidores que esperan a entrar en el estadio. Entonces, el teléfono de Ciara sonó.

–Okey, ya está ahí –dijo.

Strike se apartó para dejar que ella y Duffield pasaran primero y, después, fue rápidamente al asiento de delante mientras Duffield daba corriendo la vuelta hacia la parte trasera del coche bajo las cegadoras explosiones de luz y los gritos de la cola y se metía en el asiento de atrás con Ciara, a la que Kolovas-Jones había ayudado a entrar. Strike cerró con un golpe la puerta de su asiento, obligando a los dos hombres que se habían asomado para tomar fotos de Duffield y Ciara a que dieran un salto hacia atrás para apartarse.

Kolovan-Jones pareció dedicar una desmesurada cantidad de tiempo en regresar al coche. Strike sintió como si el interior del Mercedes fuera un tubo de ensayo, a la vez cerrado y expuesto mientras se encendían cada vez más *flashes*. Apretaban lentes contra las ventanas y parabrisas, unos rostros desagradables flotaban en la oscuridad y unas figuras oscuras corrían a un lado y a otro del coche estacionado. Por detrás de las explosiones de luz, aparecían las sombras de la gente que estaba en la cola, curiosa y emocionada.

–¡Pisa el acelerador, por el amor de Dios! –le rugió Strike a Kolovas-Jones mientras encendía el motor. Los *paparazzi* que bloqueaban el camino se echaron hacia atrás tomando todavía fotografías.

–Adiós, cabrones– dijo Evan Duffield desde el asiento de atrás cuando el coche se alejó de la acera.

Pero los fotógrafos corrieron al lado del vehículo y aparecían *flashes* a ambos lados. Strike tenía todo el cuerpo bañado en sudor. De repente había vuelto a un camino polvoriento y amarillo dentro del tembloroso Viking, con un sonido parecido al de explosivos que estallaban en el aire de Afganistán. Vislumbró a un joven que salía corriendo por el camino que tenían por delante, arrastrando a un niño. Sin pensarlo, gritó «¡Frena!» y agarró a Anstis, un padre recién estrenado desde hacía dos días que estaba sentado justo detrás del conductor. Lo último que recordaba era el grito de protesta de Anstis y el sordo estruendo metálico cuando chocó contra las puertas traseras antes de que el Viking se desintegrara con un estallido ensordecedor, y el mundo se convirtiera en una imagen borrosa de dolor y terror.

El Mercedes había girado por la esquina de una calle casi desierta. Strike se dio cuenta de que había estado conteniendo tanta tensión que le dolían los músculos de la pantorrilla que le quedaba. En el espejo retrovisor de su lado pudo ver dos motocicletas, cada una con un segundo pasajero, siguiéndolos. La princesa Diana y el túnel parisino, la ambulancia con el cadáver de Lula Landry y con cámaras contra el cristal oscurecido al pasar... ambos acontecimientos pasaron por su mente mientras el coche avanzaba a toda velocidad por las calles oscuras.

Duffield se encendió un cigarro. Por el rabillo del ojo, Strike vio cómo Kolovas-Jones miraba por el espejo retrovisor a su pasajero con el ceño fruncido, aunque no protestó. Unos momentos después, Ciara empezó a hablarle a Duffield en susurros. Strike creyó oír su propio nombre.

Cinco minutos después, giraron por otra esquina y vieron por delante de ellos otra pequeña multitud de fotógrafos vestidos de oscuro que empezaban a encender sus *flashes* y a correr hacia el coche en el momento en que este apareció. Las motos se detuvieron detrás de ellos. Strike vio a los cuatro hombres corriendo para grabar el momento en el que las puertas del coche se abrieran. La adrenalina estalló: Strike se imaginó a sí mismo saliendo del coche de repente, dando puñetazos, lanzando las caras cámaras al suelo mientras sus dueños caían desplomados. Y como si hubiera leído la mente de Strike, Duffield le habló con la mano colocada en la apertura de la puerta:

—Rómpeles esas jodidas luces, Cormoran. Tienes fuerza para eso.

Las puertas abiertas, el aire de la noche y más *flashes* exasperantes. Como un toro, Strike caminaba rápido con su gran cabeza agachada y sus ojos puestos en los inestables tacones de Ciara para que no lo cegaran. Subieron los tres escalones corriendo, Strike el último, y fue él quien cerró de golpe la puerta del edificio en las narices de los fotógrafos.

Strike se sintió por un momento ligado a los otros dos por la experiencia de ser cazados. El diminuto vestíbulo mal iluminado les pareció seguro y agradable. Los *paparazzi* seguían gritándose unos a otros al otro lado de la puerta, y aquellos gritos lacónicos recordaban a soldados que están en misión de reconocimiento de un edificio. Duffield estaba manipulando una puerta interior, probando a abrir la cerradura con diferentes llaves.

—Solo llevo aquí un par de semanas —explicó abriéndola por fin, empujando con el hombro. Después de cruzar la puerta, retorció el cuerpo para quitarse el saco ajustado, lo tiró en el suelo al lado de la puerta y, a continuación, siguió avanzando, balanceando sus estrechas caderas de un modo tan solo algo menos exagerado que Guy

Somé, por un corto pasillo que daba a una sala, donde encendió las luces.

La decoración austera y elegante en gris y negro estaba llena de desorden y apestaba a humo de cigarro, cannabis y alcohol. Strike tuvo un vívido recuerdo de su infancia.

—Tengo que ir al baño —anunció Duffield y volvió la cabeza mientras desaparecía señalando con el dedo pulgar—. Las bebidas están en la cocina, Cici.

Ella lanzó una sonrisa a Strike y salió por la puerta que Duffield le había indicado.

Strike echó un vistazo por la habitación, como si unos padres de gusto impecable le hubieran dejado al cuidado de un adolescente. Todas las superficies estaban cubiertas de basura, buena parte de ella en forma de notas escritas. Había tres guitarras apoyadas contra las paredes. Una mesa de centro de cristal llena de porquerías estaba rodeada de asientos negros y bancos, puestos en ángulo mirando a una enorme televisión de plasma. Algunos de los restos habían caído de la mesita a la alfombra de pelo negro que había debajo. Al otro lado de los largos ventanales, con sus vaporosas cortinas grises, Strike pudo adivinar las sombras de los fotógrafos aún merodeando bajo los faroles.

Duffield había vuelto subiéndose el cierre. Al verse solo con Strike, soltó una risa nerviosa.

—Siéntete en tu casa, grandulón. Oye, la verdad es que conozco a tu viejo.

—¿Sí? —preguntó Strike sentándose en uno de los mullidos sillones de piel de pony en forma de cubo.

—Sí. Lo he visto un par de veces. Un tipo *cool*.

Tomó una guitarra, y empezó a tocar con ella una melodía; lo pensó mejor y volvió a dejar el instrumento contra la pared.

Ciara regresó con una botella de vino y tres copas.

—¿No puedes contratar a una sirvienta, cariño? —le preguntó a Duffield con tono reprobatorio.

—Siempre se van —contestó Duffield. Saltó por encima de un sillón y aterrizó con las piernas extendidas hacia un lado—. No aguantan, carajo.

Strike apartó el desorden de la mesita de centro para que Ciara pudiera colocar la botella y las copas.

351

–Creía que te habías ido a vivir con Mo Innes –dijo ella sirviendo el vino.

–Sí. No funcionó –respondió Duffield buscando cigarros entre los restos de la mesa–. El viejo Freddie me ha alquilado esta casa por un mes solo mientras me voy a Pinewood. Quiere mantenerme alejado de mis antiguas amistades.

Sus dedos sucios se pasearon por un cordón de lo que parecían cuentas de un rosario. Había muchos paquetes de tabaco con trozos de cartón roto encima de ellos, tres encendedores, uno de ellos con la palabra Zippo grabada en él. Papelillos de cigarros, cables enredados que no estaban unidos a ningún aparato, una baraja de cartas, un sórdido pañuelo manchado, diversos trozos de papel arrugado y sucio, una revista de música que mostraba una fotografía de Duffield en tristes tonos de blanco y negro en la portada, correo abierto y sin abrir, un par de guantes de piel negros arrugados, bastantes monedas sueltas y, en un cenicero limpio de porcelana en el borde de aquellos restos, una única mancuernilla con forma de diminuta pistola de plata. Por fin desenterró un blando paquete de Gitanes de debajo del sofá, encendió uno, lanzó al techo una larga bocanada de humo y se dirigió a Ciara, que se había acomodado en el sofá en ángulo recto a los dos hombres dándole sorbos a su vino.

–Dirán que estamos cogiendo otra vez, Ci –dijo él apuntando por la ventana hacia las sombras de los fotógrafos que merodeaban esperándolos.

–¿Y qué van a decir que está haciendo Cormoran? –preguntó Ciara mirando de soslayo a Strike–. ¿Un trío?

–Seguridad –dijo Duffield estudiando a Strike con ojos entrecerrados–. Parece boxeador. O de lucha extrema. ¿No quieres una copa de verdad, Cormoran?

–No, gracias –contestó.

–¿Porque eres de Alcohólicos Anónimos o es que estás de servicio?

–De servicio.

Duffield lo miró sorprendido y se rio disimuladamente. Parecía nervioso, lanzándole a Strike miradas fugaces mientras golpeaba la mesa de cristal con los dedos. Cuando Ciara le preguntó si había visitado otra vez a lady Bristow, pareció aliviado de que le ofrecieran un tema de conversación.

–No, carajo. Con una vez fue suficiente. Fue de la chingada. Pobre bruja. En su pinche lecho de muerte.

–Pero fue superbonito que fueras, Evan.

Strike sabía que ella estaba tratando de sacar el mejor perfil de Duffield.

–¿Conoces bien a la madre de Lula? –le preguntó a Duffield.

–No. Solo la vi una vez antes de que Lu muriera. No me dio el visto bueno. Nadie de la familia de Lu lo hizo. –Se movió inquieto–. No sé, yo solo quería hablar con alguien a quien de verdad le hubiera afectado que ella hubiera muerto.

–¡Evan! –exclamó Ciara con una mueca–. ¡Perdona, pero mí me ha afectado que haya muerto!

–Sí, claro…

Con sus extraños movimientos femeninos y fluidos, Duffield se acurrucó en el sillón en una postura casi fetal y dio una fuerte fumada a su cigarro. En una mesa que había detrás de su cabeza, iluminada con una lámpara en forma de cono, había una fotografía grande y teatral de él con Lula, claramente tomada en una sesión de fotos de moda. Estaban fingiendo una lucha sobre un fondo de árboles falsos. Ella llevaba un vestido rojo hasta los pies y él un traje negro ajustado con una máscara de lobo peludo por encima de la cabeza.

–Me pregunto qué diría mi madre si me muriera. Mis padres presentaron un requerimiento judicial contra mí –le informó Duffield a Strike–. Bueno, eso fue sobre todo mi padre. Porque les robé la tele hace un par de años. ¿Sabes una cosa? –añadió estirando el cuello para mirar a Ciara–. Llevo limpio cinco semanas y dos días.

–¡Fabuloso, cariño! ¡Es fantástico!

–Sí –dijo. Volvió a incorporarse–. ¿No vas a hacerme más preguntas? –le pidió a Strike–. Creía que estabas investigando el asesinato de Lu.

Aquella bravuconería quedó socavada por el temblor de sus dedos. Empezó a rebotar las rodillas arriba y abajo, igual que las de John Bristow.

–¿Crees que fue un asesinato? –preguntó Strike.

–No –Duffield le dio una fumada al cigarro–. Sí. Puede ser. No sé. El asesinato tiene más sentido que un maldito suicidio. Porque no se habría ido sin dejarme una nota. Sigo esperando que aparezca una nota, ¿sabes? Entonces, sabré que fue verdad. No me creo que sea verdad. Ni siquiera recuerdo el funeral. Estaba ido, carajo. Había tomado tanta mierda que ni siquiera podía dar un puto paso. Si pudiera recordar el funeral, creo que me resultaría más fácil hacerme a la idea.

Agarró el cigarro entre los labios y empezó a golpetear con los dedos sobre el filo de la mesa de cristal. Un poco después, al parecer incómodo por la mirada silenciosa de Strike, habló:

—Pregúntame algo entonces. ¿Y quién te ha contratado?

—El hermano de Lula, John.

Duffield dejó de tocar la mesa.

—¿Ese imbécil avaro y estirado?

—¿Avaro?

—Estaba encabronadamente obsesionado con cómo ella gastaba su puto dinero, como si fuera asunto suyo, chingá. La gente rica siempre cree que los demás son unos pinches aprovechados, ¿lo has notado? Toda su puta familia creía que yo era un cazafortunas y poco después —se llevó un dedo a la sien e hizo un movimiento de perforación— esa idea se le metió dentro, sembró dudas, ¿sabes?

Tomó uno de los Zippos de la mesa y empezó a darle golpes tratando de encenderlo. Strike vio cómo salían diminutas chispas azules que se apagaban mientras Duffield hablaba.

—Supongo que él pensaba que ella estaría mejor con algún pinche contador rico como él.

—Es abogado.

—Lo que sea. ¿Cuál es la diferencia? Todo consiste en ayudar a los ricos a meter sus pezuñas en todo el dinero que puedan. Él tiene su puto fondo fiduciario de papá. ¿Qué le importaba lo que su hermana hiciera con su dinero?

—Exactamente, ¿qué objeciones ponía él a que ella comprara?

—Cosas para mí. Toda la puta familia era igual. No les importaba si lo malgastaba en ellos. Si se quedaba en la puta familia, no pasaba nada. Lu sabía que eran un grupo de cabrones mercenarios. Pero, como te digo, aquello había dejado huella. Sembró ideas en su cabeza.

Volvió a lanzar el Zippo sobre la mesa, se llevó las rodillas al pecho y miró a Strike con sus desconcertantes ojos turquesa.

—Así que tu cliente sigue pensando que fui yo, ¿no?

—No. No creo que lo piense —contestó Strike.

—Entonces, ha cambiado de parecer en su estúpida mente, porque tenía entendido que iba por ahí diciéndole a todos que había sido yo antes de que dictaran que había sido un suicidio. Solo que yo tengo una coartada irrebatible, así que, que se chingue.

Agitado y nervioso, se puso de pie, se echó más vino en la copa que casi no había tocado y, a continuación, encendió otro cigarro.

—¿Qué puedes contarme del día en que murió Lula? —le preguntó Strike.

—De esa noche, querrás decir.

—El día que la precedió también podría ser bastante importante. Hay algunas cosas que me gustaría aclarar.

—¿Sí? Pues adelante.

Duffield se echó hacia atrás en su sillón y volvió a llevarse las rodillas al pecho.

—Lula te estuvo llamando repetidamente alrededor del mediodía y a las seis de la tarde, pero no contestaste el teléfono.

—No —contestó Duffield. Empezó a hurgar, como un niño, en un pequeño agujero en la rodilla de sus jeans—. Es que estaba ocupado. Estaba trabajando. En una canción. No quería detener el flujo. La vieja inspiración.

—Entonces, ¿no sabías que te estaba llamando?

—Bueno, sí. Vi su número. —Se frotó la nariz y extendió las piernas sobre la mesa de cristal con los brazos cruzados—. Quería darle una lección. Que se preguntara qué estaba haciendo.

—¿Por qué crees que necesitaba que le dieras una lección?

—Por ese puto rapero. Yo quería que se viniera a vivir conmigo mientras él estaba en su edificio. «No seas estúpido. ¿No confías en mí?». —Su imitación de la voz y la expresión de Lula era de una falsa feminidad—. Yo le dije: «No seas tú la pinche estúpida. Demuéstrame que no tengo que preocuparme de nada y ven a quedarte conmigo». Pero no lo hizo. Así que entonces pensé: «Yo también sé jugar a ese mismo juego, cariño. A ver si te gusta». Así que llamé a Ellie Carreira para que viniera a casa y estuvimos escribiendo juntos. Después, me llevé a Ellie al Uzi. Lu no podía tener una puta queja. Era solo trabajo. Solo escribir canciones. Solo amigos, como ella con ese rapero mafioso.

—Yo creía que ella no conocía siquiera a Deeby Macc.

—No lo conocía, pero él había dejado sus putas intenciones bien claras en público, ¿no? ¿Has oído esa canción que escribió? Lu se mojaba los calzones con ella.

–«Tú no tienes nada de eso, puta...» –empezó a citar Ciara con tono amable, pero una mirada iracunda de Duffield la hizo callar.

–¿Dejó algún mensaje de voz?

–Sí, un par. «Evan, ¿me puedes llamar, por favor? Es urgente. No quiero contártelo por teléfono.» Siempre era urgente cuando quería saber qué estaba haciendo yo. Sabía que yo estaba enojado. Le preocupaba que yo pudiera haber llamado a Ellie. Tenía un verdadero complejo con Ellie porque sabía que habíamos cogido.

–¿Dijo que era urgente y que no quería hablar de ello por teléfono?

–Sí, pero eso fue solo para obligarme a llamarla. Uno de sus jueguecitos. Lu podía ser una celosa de la chingada. Y encabronadamente manipuladora.

–¿Se te ocurre por qué estuvo llamando también a su tío una y otra vez ese día?

–¿A qué tío?

–Se llama Tony Landry. Es otro abogado.

–¿A ese? No lo llamaría. Odiaba más a ese cabrón que a su hermano.

–Lo llamó, repetidamente, durante el mismo tiempo en que estuvo llamándote a ti. Dejó, más o menos, el mismo mensaje.

Duffield se rascó el mentón sin afeitar con sus sucias uñas mirando a Strike.

–No sé de qué se trataba. Puede que de su madre. Que la vieja lady B se iba al hospital o algo así.

–¿No crees que le pudo pasar algo esa mañana que ella creyó que sería relevante o de interés tanto para ti como para su tío?

–No hay ningún asunto que nos pueda interesar a mí y a su puto tío al mismo tiempo –contestó Duffield–. Lo conocí. Los precios de las acciones y esa mierda son las cosas que le interesan.

–Quizá se tratara de algo de ella, algo personal.

–Si lo fuera, no llamaría a ese cabrón. No se gustaban.

–¿Por qué dices eso?

–Ella sentía por él lo mismo que yo por mi puto padre. Ambos pensaban que valíamos una mierda.

–¿Te habló ella de eso?

–Sí. Él creía que los problemas mentales de ella eran solo una forma de llamar la atención, mal comportamiento. Una invención.

Una carga para su madre. Se volvió algo más lisonjero cuando ella empezó a ganar dinero, pero a Lu no se le olvidó.

–¿Y no te dijo por qué te había estado llamando cuando llegó a Uzi?

–No –contestó Duffield. Encendió otro cigarro–. Se enojó nada más llegar porque Ellie estaba allí. No le gustaba nada. Estaba de un humor de la chingada, ¿verdad?

Por primera vez, miró a Ciara, que asintió con tristeza.

–La verdad es que no me habló –dijo Duffield–. Sobre todo, habló contigo, ¿no?

–Sí –contestó Ciara–. Y no me dijo que ocurriera nada que la estuviera perturbando ni nada de eso.

–Un par de personas me han dicho que le habían hackeado el celular… –empezó a decir Strike. Duffield le interrumpió:

–Ah, sí. Estuvieron escuchando nuestros mensajes durante varias semanas. Sabían todos los sitios en los que nos veíamos y todo. Putos cabrones. Cambiamos de número de teléfono cuando descubrimos lo que estaba pasando y, después de aquello, tuvimos mucho cuidado al dejarnos mensajes.

–Entonces, no te habría sorprendido que Lula tuviera algo importante o triste que contarte y que no quería detallar por teléfono.

–Sí, pero si era tan cabronamente importante, me lo habría dicho en la discoteca.

–Pero, ¿no lo hizo?

–No. Como he dicho antes, no me habló en toda la noche. –Un músculo se movía en la esculpida mandíbula de Duffield–. No dejaba de mirar la hora en su pinche teléfono. Yo sabía lo que estaba haciendo. Demostrarme que estaba deseando llegar a casa para ver a ese mierda de Deeby Macc. Esperó a que Ellie fuera al baño. Entonces, se puso de pie, se acercó a decirme que se iba y dijo que podía quedarme con la pulsera, la que le regalé cuando celebramos nuestra ceremonia de compromiso. La tiró sobre la mesa delante de mí mientras todos los demás miraban con la boca abierta. Así que, la agarré y dije: «¿A alguien le gusta esto? Tengo una de sobra», y ella se encabronó.

No hablaba como si Lula hubiera muerto tres meses antes, sino como si todo aquello hubiera pasado el día anterior y aún existiera la posibilidad de una reconciliación.

–Pero intentaste retenerla; ¿no? –preguntó Strike.

Duffield entrecerró los ojos.

–¿Retenerla?

–La agarraste de los brazos, según algunos testigos.

–¿Sí? No lo recuerdo.

–Pero ella se soltó y tú te quedaste allí. ¿No es así?

–Esperé diez minutos porque no iba a darle la satisfacción de ir detrás de ella delante de toda aquella gente y, luego, salí de la discoteca y le dije a mi chofer que me llevara a Kentigern Gardens.

–Con la máscara de lobo puesta –añadió Strike.

–Sí, para evitar a toda esa escoria que vende fotos mías con aspecto de borracho y furioso –dijo señalando con la cabeza hacia la ventana. Les molesta cuando te cubres la cara. Les impides ganarse su puta vida de parásitos. Uno de ellos trató de quitarme la máscara de lobo, pero yo la agarré. Me metí en el coche y les dediqué algunas fotos del lobo levantándoles un dedo por la ventanilla de atrás. Llegamos a la esquina de Kentigern Gardens y allí había más *paparazzi* por todas partes. Supe que ella ya habría entrado.

–¿Conocías la clave de la puerta?

–Diecinueve sesenta y seis, sí. Pero sabía que le había dicho al guardia de seguridad que no me dejara subir. No iba a entrar delante de todos esos y después dejar que me echaran cinco minutos después. Traté de llamarla desde el coche, pero no contestó. Pensé que probablemente había bajado a darle la bienvenida a Londres al cabrón de Deeby Macc, así que me fui a ver a un tipo para que me diera un alivio para el dolor.

Apagó su cigarro sobre una carta de la baraja que estaba suelta en el filo de la mesa y empezó a buscar más tabaco. Strike, que no quería perder el hilo de la conversación, le ofreció uno de los suyos.

–Ah, gracias. Gracias. Sí. Bueno, le dije al chofer que me dejara y fui a visitar a mi amigo, que ya ha prestado declaración a la policía «a tal efecto», como diría el tío Tony. Luego, estuve caminando un rato, y hay una grabación de una cámara de la estación para demostrarlo. Y luego, sobre las… no sé… las tres o las cuatro…

–A las cuatro y media.

–Sí, fui a pasar la noche a casa de Ciara.

Duffield dio una fumada al cigarro, observando cómo se quemaba la punta y, después, exhaló.

–Así que mi trasero está a salvo, ¿no? –dijo con tono alegre.

Duffield volvió a encoger las rodillas sobre su pecho.

–Ciara me despertó para contármelo. Yo no podía... estaba cabronamente... sí, en fin. Fue un puto infierno.

Se puso los brazos sobre la cabeza y se quedó mirando al techo.

–Carajo, no podía... no podía creerlo. No podía creerlo.

Y mientras Strike lo observaba, pensó que Duffield empezaba a ser consciente de que la chica de la que hablaba con tanta ligereza y a la que, según su propia declaración, había provocado, se había burlado de ella y la había amado, definitivamente no iba a volver, que había quedado hecha puré sobre el asfalto cubierto de nieve y que ella y su relación quedaban ya lejos de ninguna reparación posible. Por un momento, mirando al techo blanco, el rostro de Duffield se volvió más grotesco cuando pareció sonreír de oreja a oreja. Fue un gesto de dolor, del esfuerzo necesario para contener las lágrimas. Dejó caer los brazos y enterró la cara entre ellos con la frente apoyada en las rodillas.

–Oh, cariño –dijo Ciara dejando su vino con un golpe sordo en la mesa y extendiendo el brazo para colocar una mano sobre la huesuda rodilla de él.

–Esto sí que me hizo mierda –dijo Duffield con voz fuerte bajo sus brazos–. Me llevó la chingada para siempre. Quería casarme con ella. La quería, mierda. La quería. No quiero seguir hablando de esto.

Se puso de pie de un salto y salió de la habitación, sorbiendo la nariz ostentosamente y limpiándose con la manga.

–¿No te lo había dicho? –le susurró Ciara a Strike–. Está destrozado.

–No lo sé. Parece que ha sentado la cabeza. Un mes sin meterse heroína.

–Lo sé. Y no quiero que vuelva a caer.

–Esto es mucho más agradable que el trato que habría tenido de la policía. Estoy siendo educado.

–Pero tienes una mirada terrible en el rostro, como severa, como si no te creyeras una palabra de lo que dice.

–¿Crees que va a volver?

–Sí, claro. Por favor, sé un poco más agradable...

Ella volvió a sentarse rápidamente en su asiento cuando Duffield entró otra vez. Tenía el rostro triste y su pavoneo afeminado se había apagado ligeramente. Se echó en el sillón que previamente había ocupado.

–No me queda tabaco. ¿Puedo agarrar otro de los tuyos? –le preguntó a Strike.

A regañadientes, porque solo le quedaban tres, Strike se lo pasó, se lo encendió y, a continuación, le dijo:

–¿Te parece bien que sigamos hablando?

–¿Sobre Lula? Puedes hablar tú, si quieres. Yo no sé qué más puedo contarte. No tengo más información.

–¿Por qué se separaron? La primera vez, quiero decir. Ya me ha quedado claro por qué te dejó en Uzi.

Por el rabillo del ojo vio que Ciara hacía un leve gesto de indignación. Al parecer, aquello no entraba dentro de la categoría de «más agradable».

–¿Qué carajo tiene eso que ver?

–Todo es relevante –contestó Strike–. Así me hago una idea de lo que estaba sucediendo en su vida. Todo ayuda a explicar por qué podría haberse suicidado.

–Yo creía que estabas buscando a un asesino.

–Estoy buscando la verdad. Y bien, ¿por qué cortaron la primera vez?

–Chingado, ¿qué importancia tiene eso? –explotó Duffield. Su carácter, tal y como Strike había esperado, era violento e impaciente–. ¿Qué pasa? ¿Estás intentando decir que fue culpa mía que ella saltara de un balcón? ¿Qué tiene que ver el hecho de que cortáramos la primera vez con eso, pendejo? Eso fue dos meses antes de que ella muriera. Mierda. Yo también puedo decir que soy detective y hacer un montón de preguntas idiotas. Apuesto a que se gana mucho dinero cuando se encuentra a un cliente rico que ha perdido el juicio, ¿no?

–Evan, no digas eso –le recriminó Ciara, angustiada–. Dijiste que querías ayudar…

–Sí, quiero ayudar pero, ¿te parece esto justo?

–Si no quieres contestar no pasa nada –dijo Strike–. Nadie te obliga.

–No tengo nada que ocultar. Solo que se trata de asuntos personales, carajo. Cortamos –gritó– por las drogas, porque su familia y sus amigos la envenenaban en mi contra y porque no confiaba en nadie por la puta prensa, ¿de acuerdo? Por toda la presión.

Y las manos de Duffield se convirtieron en zarpas temblorosas y las apretó, como si fueran audífonos, sobre sus oídos, haciendo un movimiento de compresión.

—La presión, la puta presión. Por eso terminamos.

—¿Tomabas muchas drogas en esa época?

—Sí.

—¿Y a Lula no le gustaba?

—Bueno, la gente de su alrededor decía que no le gustaba, ¿sabes?

—¿Como quién?

—Como su familia, como el puto Guy Somé. Ese imbécil maricón.

—Cuando dices que ella no confiaba en nadie por culpa de la prensa, ¿a qué te refieres?

—Chingado, ¿no está claro? ¿No te ha contado tu viejo cómo es todo esto?

—Yo no sé una mierda de mi padre —respondió Strike con frialdad.

—Pues estaban interviniendo el puto teléfono, y eso hace que te sientas muy pinche raro. ¿Es que no te lo puedes imaginar? Empezó a ponerse paranoica con que la gente vendiera historias sobre ella, tratando de saber qué había dicho por teléfono y qué no y quién podría haberle pasado algo a la prensa y cosas así. Se le fue la cabeza.

—¿Te acusó a ti de haber vendido alguna noticia?

—No —contestó con brusquedad y, a continuación, con la misma vehemencia—: Sí, a veces. «¿Cómo sabían que íbamos a estar aquí? ¿Cómo sabían que yo te dije tal cosa? Bla, bla, bla.» Yo le dije que todo formaba parte de la puta fama, ¿no? Pero ella pensaba que podía ser una celebridad y conservar su intimidad.

—Pero, ¿tú nunca vendiste ninguna noticia sobre ella a la prensa?

Oyó cómo Ciara tomaba aire con fuerza.

—No, carajo —contestó Duffield en voz baja, mirando a Strike a los ojos sin pestañear—. No lo hice ni una puta vez. ¿De acuerdo?

—¿Y por cuánto tiempo estuvieron separados?

—Dos meses, más o menos.

—Pero volvieron, ¿cuándo? ¿Una semana antes de que muriera?

—Sí, en la fiesta de Mo Innes.

—¿Y celebraron aquella ceremonia de compromiso cuarenta y ocho horas después? ¿En la casa de Carbury de los Cotswolds?

—Sí.

—¿Y quién sabía que aquello iba a pasar?

–Fue algo espontáneo. Compré las pulseras y lo hicimos sin más. Fue increíble.

–Sí que lo fue –confirmó Ciara con voz triste.

–Así que, para que la prensa lo descubriera tan rápidamente, alguien que estaba allí debió decírselo.

–Sí, supongo que sí.

–Porque en esos momentos sus teléfonos no estaban intervenidos, ¿no? Habían cambiado de números.

–No tengo ni puta idea de si estaban intervenidos. Pregunta a la mierda de periodicuchos que lo hicieron.

–¿Te habló ella alguna vez de intentar localizar a su padre?

–Estaba muerto... ¿O te refieres al de verdad? Sí, estaba interesada, pero no había forma. Su madre no sabía quién era.

–¿Nunca te dijo si había conseguido descubrir algo sobre él?

–Lo intentó, pero no sacó nada. Así que decidió que iba a hacer un curso sobre estudios africanos. Que su padre iba a ser todo el pinche continente de África. El puto Somé estaba detrás de aquello, removiendo la mierda, como siempre.

–¿En qué sentido?

–Cualquier cosa que la apartara de mí le servía. Cualquier cosa que los uniera. Él era un cabrón posesivo con todo lo que concernía a ella. Estaba enamorado de ella. Sé que es maricón –se apresuró a añadir Duffield cuando Ciara se disponía a protestar–, pero no es el primero que conozco que se vuelve loco con una chica. Se cogería a lo que fuera que tuviera forma de hombre, pero no quería que ella se apartara de su vista. Le hacía berrinches si ella no iba a verlo. No le gustaba que Lu trabajara para ningún otro.

»Me tiene un verdadero odio. Pues yo a ti también, pinche mierda. Alentando a Lu a que estuviera con Deeby Macc. Alucinaría si ella se lo cogiera. Si me mandara a volar. Escuchando todos los putos detalles. Haciendo que ella se lo presentara, que se tomaran fotos de ese mafioso con su ropa. Somé no es ningún estúpido. La usaba para su negocio a todas horas. Trataba de tenerla barata y gratis, y ella era tonta y dejada.

–¿Te regaló Somé esto? –preguntó Strike apuntando a los guantes de piel negros que había sobre la mesa. Reconoció el logotipo diminuto de GS en el puño.

–¿Qué?

Duffield se inclinó y enganchó uno de los guantes con el dedo índice. Lo dejó colgando delante de sus ojos, examinándolo.

–Carajo, tienes razón. Entonces, van a la basura –y lanzó el guante a un rincón. Dio contra la guitarra abandonada, que dejó escapar un acorde hueco y resonante–. Los guardo de aquella sesión de fotos –explicó Duffield señalando a la portada de la revista en blanco y negro–. Somé no me regalaría ni el vapor de sus meados. ¿Tienes otro cigarro?

–Ya no me quedan –mintió Strike–. ¿Vas a decirme por qué me has invitado a tu casa, Evan?

Hubo un largo silencio. Duffield lanzó una mirada furiosa a Strike, que intuyó que el actor sabía que le había mentido sobre lo de no tener cigarros. Ciara también lo miraba, con los labios ligeramente separados, la personificación de la preciosa perplejidad.

–¿Qué te hace pensar que tengo algo que contarte? –preguntó Duffield con tono desdeñoso.

–No creo que me hayas traído aquí por el placer de mi compañía.

–No sé –dijo Duffield con una marcada insinuación de malicia–. Quizá esperaba que fueras un caliente, como tu viejo.

–Evan –intervino Ciara.

–Okey, pues si no tienes nada que contarme... –dijo Strike mientras se levantaba del sillón. Para su sorpresa, y para evidente disgusto de Duffield, Ciara dejó su copa de vino vacía y empezó a desplegar sus largas piernas, dispuesta a ponerse de pie.

–De acuerdo –espetó Duffield–. Hay una cosa.

Strike volvió a hundirse en su asiento. Ciara le lanzó uno de sus cigarros a Duffield, quien lo tomó murmurando un gracias y, a continuación, ella también se sentó mirando a Strike.

–Continúa –dijo éste mientras Duffield manipulaba el encendedor.

–Okey. No sé si es importante –dijo el actor–. Pero no quiero que digas de dónde has conseguido la información.

–Eso no puedo garantizártelo –respondió Strike.

Duffield frunció el ceño, moviendo sin parar las rodillas, fumando con los ojos fijos en el suelo. Por el rabillo de su ojo, Strike vio que Ciara abría la boca para hablar y la interrumpió levantando una mano en el aire.

–Bueno –empezó a contar Duffield–, hace dos días estuve comiendo con Freddie Bestigui. Dejó su Blackberry sobre la mesa cuando se acercó a la barra –Duffield dio una fumada y se sacudió–. No quiero que me despidan –dijo mirando a Strike–. Necesito este trabajo.

–Sigue –le animó Strike.

–Recibió un correo electrónico. Vi el nombre de Lula. Lo leí.

–De acuerdo.

–Era de su mujer. Decía algo así como «Sé que se supone que debemos hablar a través de los abogados pero, a menos que mejores ese millón y medio de libras, le contaré a todos exactamente dónde estaba yo cuando Lula Landry murió y cómo llegué exactamente hasta allí, porque estoy harta de comerme tu mierda. Esto no es una simple amenaza. Empiezo a pensar que debería contárselo a la policía». O algo así.

De forma débil, a través de la ventana cubierta con la cortina, llegó el sonido de un par de *paparazzi* de los que estaban fuera riéndose juntos.

–Es una información muy útil –le dijo Strike a Duffield–. Gracias.

–No quiero que Bestigui sepa que fui yo quien te lo dijo.

–No creo que sea necesario decir tu nombre –lo tranquilizó Strike poniéndose de nuevo de pie–. Gracias por el agua.

–Espera, cariño, me voy –dijo Ciara con el teléfono en el oído–. ¿Kieran? Salimos ya, Cormoran y yo. Ahora mismo. Adiós, Evan, querido.

Se inclinó hacia delante y lo besó en las dos mejillas mientras Duffield, casi levantado del sillón, parecía desconcertado.

–Puedes quedarte aquí si…

–No, cariño. Tengo que trabajar mañana por la tarde. Tengo que dormir bien –contestó ella.

Más *flashes* cegaron a Strike al salir, pero los *paparazzi* parecieron quedarse perplejos esta vez.

–¿Quién carajo eres tú? –le gritó uno de ellos a Strike mientras este ayudaba a Ciara a bajar los escalones y la seguía al asiento de atrás del coche.

Strike cerró la puerta con un golpe, sonriendo. Kolovas-Jones había vuelto al asiento del conductor. Empezaron a alejarse de la banqueta y, esta vez, no los perseguían.

Tras una o dos cuadras en silencio, Kolovas-Jones miró por el espejo retrovisor.

–¿A casa? –le preguntó a Ciara.

–Supongo que sí. Kieran, ¿puedes encender la radio? Quiero un poco de música –dijo–. Más fuerte, cariño. Ah, esta me encanta.

Telephone, de Lady Gaga, inundó el coche.

Se giró hacia Strike mientras el reflejo naranja de los faroles pasaba por encima de su extraordinario rostro. El aliento le olía a alcohol y la piel a aquel perfume dulce e intenso.

–¿Quieres hacerme más preguntas?

–Pues, ¿sabes qué? –contestó Strike–. Que sí. ¿Por qué quieres un forro en la bolsa?

Ella se le quedó mirando varios segundos y, a continuación, soltó una enorme carcajada, dejándose caer a un lado sobre el hombro de él y dándole un codazo. Ágil y delgada, siguió apoyada sobre él mientras hablaba:

–Eres gracioso.

–Pero, ¿para qué lo quieres?

–Bueno, eso hace que mi bolsa sea… algo así como más individual. Puedes personalizarlas, ¿sabes? Puedes comprarte un par de forros e intercambiarlos. Puedes quitarlos y usarlos como pañuelos. Son muy bonitos. Seda con preciosos estampados. El filo de cierre queda muy de *rock-and-roll*.

–Interesante –dijo Strike mientras ella movía la pierna para apoyarla ligeramente sobre la de él y soltaba una segunda y fuerte carcajada.

«Llama todo lo que quieras, pero no hay nadie en casa», cantaba Lady Gaga.

La música encubría la conversación, pero los ojos de Kolovas-Jones se movían con una regularidad innecesaria desde la calle que tenía delante hacia el espejo retrovisor.

–Guy tiene razón –dijo Ciara después de otro minuto–. Me gustan grandes. Y así como severos. Es muy sensual.

Una cuadra después, susurró:

–¿Dónde vives? –mientras frotaba su sedosa mejilla contra la de él como un gato.

–Duermo en un catre en mi despacho.

Ella volvió a reírse. Definitivamente, estaba un poco borracha.

–¿Lo dices en serio?

–Sí.

–Iremos a la mía entonces, ¿quieres?

Su lengua era fresca y dulce y sabía a Pernod.

–¿Te has acostado con mi padre? –consiguió decir Strike mientras ella apretaba sus labios contra los de él.

–No… Dios, no… –se rio un poco más–. Se tiñe el pelo… Es como púrpura de cerca… Yo le llamaba la pasa rockera…

Y luego, diez minutos después, una lúcida voz en la mente de él le instó a no dejar que el deseo le llevara a la humillación. Se apartó para tomar aire y murmurar:

–Solo tengo una pierna.

–No seas tonto…

–No soy tonto… Me la arrancaron en Afganistán.

–Pobrecito –susurró ella–. Te la masajearé.

–Sí… Esa no es la pierna… Pero me sirve…

9

Robin subió corriendo las escaleras de metal con los mismos zapatos de tacón bajo que había llevado el día anterior. Veinticuatro horas antes, incapaz de sacarse de la mente la expresión «zapato de goma», había escogido su calzado más desaliñado para un día de caminata. Ahora, emocionada por lo que había conseguido con sus viejos zapatos negros, habían alcanzado el glamur de los zapatos de cristal de Cenicienta. Deseando contarle a Strike todo lo que había descubierto, casi iba corriendo por Denmark Street a través de los escombros iluminados por el sol. Confiaba en que cualquier sensación de comodidad que quedara tras la aventura alcohólica de Strike dos noches antes quedara por completo eclipsada por su mutua excitación por los deslumbrantes descubrimientos que había hecho ella sola el día anterior.

Pero cuando llegó al segundo rellano, se detuvo en seco. Por tercera vez, la puerta estaba cerrada con llave y la oficina con las luces apagadas y en silencio.

Entró e hizo una rápida inspección en busca de pruebas. La puerta del despacho de dentro estaba abierta. El catre de Strike estaba recogido y apartado. No había restos de cena en la papelera. La pantalla de la computadora estaba apagada, el hervidor frío. Robin se vio obligada a concluir que Strike, tal y como ella misma lo expresó, no había pasado la noche en casa.

Colgó el abrigo y, a continuación, sacó de la bolsa un pequeño cuaderno, encendió la computadora y, tras unos minutos de espera ilusionada pero infructuosa, empezó a teclear un resumen de lo que había descubierto el día anterior. Apenas había dormido por la emoción de contarle todo a Strike en persona. Tener que escribirlo fue un amargo anticlímax. ¿Dónde estaba?

Mientras sus dedos volaban por el teclado, empezó a considerar una respuesta que no le gustaba mucho. Destrozado como estaba por la noticia del compromiso de su ex, ¿no era probable que hubiera ido a suplicarle que no se casara con ese hombre? ¿No había estado gritándole a todo Charing Cross Road que Charlotte no amaba a Jago Ross? Quizá, después de todo, fuera cierto. Quizá Charlotte se había lanzado a los brazos de Strike y ahora se habían reconciliado, habían dormido juntos, entrelazados, en la casa o en el departamento de donde lo habían expulsado cuatro semanas atrás. Robin recordó las indirectas y las insinuaciones de Lucy sobre Charlotte y sospechó que ese reencuentro no auguraba nada bueno con respecto a la seguridad de su trabajo. «No es que importe», se recordó a sí misma escribiendo con rabia en el teclado y cometiendo unos errores nada propios de ella. «Te vas dentro de una semana.» Aquella reflexión hizo que se sintiera aún más nerviosa.

La otra alternativa, por supuesto, era que Strike hubiera ido a ver a Charlotte y ella lo hubiera rechazado. En ese caso, el asunto de su actual paradero se convertía en una preocupación más apremiante y menos personal. ¿Y si había salido, desmedido y desprotegido, decidido a emborracharse otra vez? Los ágiles dedos de Robin se detuvieron en mitad de una frase. Se balanceó en el sillón de la computadora para mirar hacia el callado teléfono de la oficina.

Quizá fuera la única persona que sabía que Cormoran Strike no se encontraba donde se suponía que debía estar. ¿Debía llamarlo a su celular? ¿Y si no contestaba? ¿Cuántas horas debía dejar pasar antes de llamar a la policía? Se le ocurrió la idea de llamar a Matthew a su oficina para pedirle consejo, pero la rechazó.

Ella y Matthew habían discutido cuando Robin llegó a casa, muy tarde, después de acompañar a un Strike borracho a la oficina desde el Tottenham. Matthew le dijo una vez más que era una ingenua que se dejaba influenciar y que no sabía resistirse a un drama, que Strike buscaba una secretaria barata y que utilizaba el chantaje emocional para conseguir sus objetivos, que probablemente no existía ninguna Charlotte y que aquello no era más que una estratagema exagerada para conseguir la compasión de Robin y sus servicios. Entonces, Robin se puso furiosa y le dijo a Matthew que si alguien la estaba chantajeando era él, con su constante perorata del dinero que ella debía aportar y sus insinuaciones de que no estaba cumpliendo con su parte. ¿No se había dado cuenta de que le gustaba trabajar para Strike? ¿No había pasado por su insensible y obtusa mente de «contador» que quizá ella le tenía pavor a ese maldito y tedioso trabajo de recursos humanos? Matthew se asustó y, después, aunque reservándose el derecho a criticar el comportamiento de Strike, se disculpó. Pero Robin, habitualmente conciliadora y afable, siguió mostrándose distante y enojada. La tregua que hubo a la mañana siguiente estuvo salpicada de animadversión, principalmente por parte de Robin.

Ahora, en aquel silencio, mirando al teléfono, parte de su rabia por Matthew pasó a Strike. ¿Dónde estaba? ¿Qué estaba haciendo? ¿Por qué estaba actuando con la irresponsabilidad de la que Matthew le acusaba? Ella estaba allí, cuidando del fuerte, y él había salido probablemente a buscar a su antigua prometida sin importarle aquel negocio de los dos.

... de él...

Pasos en la escalera. Robin creyó reconocer la ligera falta de equilibrio de los andares de Strike. Esperó, mirando con furia hacia las escaleras, hasta que estuvo segura de que las pisadas procedían desde más abajo del primer piso. Entonces, volvió a girar la silla con decisión para mirar a la pantalla y empezó de nuevo a golpear las teclas mientras el corazón se le aceleraba.

–Buenos días.

–Hola.

Dispensó a Strike una mirada evasiva mientras seguía escribiendo. Parecía cansado, sin afeitar y estaba mejor vestido de lo que solía ir. Al instante, confirmó su idea de que había intentado una reconciliación con Charlotte. Y por lo que parecía, había tenido éxito. Las dos siguientes frases que escribió estuvieron plagadas de erratas.

–¿Qué tal todo? –preguntó Strike al ver el perfil de Robin con la mandíbula apretada y su comportamiento frío.

–Bien –contestó.

Tenía la intención de colocar delante de él su informe perfectamente redactado y, después, con una calma gélida, hablar de las condiciones de su despedida. Quizá le sugeriría que contratara a otra secretaria temporal esa misma semana para que pudiera instruir a su sustituta en la gestión diaria del despacho antes de irse.

Strike, cuya racha de mala suerte acababa de romperse a lo grande unas horas antes y que se sentía más animado de lo que había estado en muchos meses, había estado deseando ver a su secretaria. No tenía intención alguna de entretenerla con un relato de sus actividades nocturnas –al menos, no de aquellas que tanto habían hecho por restaurar su maltrecho ego–, pues por instinto mantenía la boca cerrada con respecto a esos asuntos, y esperaba apuntalar lo que aún quedara de las barreras que se habían astillado por culpa de su copioso consumo de cerveza Doom Bar. Sin embargo, se había preparado un elocuente discurso de disculpas por sus excesos de hacía dos noches, una declaración de gratitud y una exposición de todas las conclusiones interesantes a las que había llegado con las entrevistas del día anterior.

–¿Quieres una taza de té?

–No, gracias.

Miró su reloj.

–Solo llego once minutos tarde.

–El cuándo llegues es cosa tuya. Es decir –trató de dar marcha atrás, pues su tono claramente había sido demasiado hostil–, no es asunto mío lo que tú... cuándo llegas.

Tras haber ensayado mentalmente una variedad de respuestas tranquilizadoras y magnánimas a las imaginarias disculpas de Strike por su comportamiento de borracho cuarenta y ocho horas antes, ahora veía que tenía una ofensiva actitud carente de vergüenza o remordimiento.

Strike empezó a mover el hervidor y las tazas y unos momentos después dejó una taza de té humeante al lado de ella.

–Te he dicho que no...

–¿Podrías dejar ese documento tan importante durante un minuto mientras te digo algo?

Ella guardó el informe golpeteando varias teclas y se giró para mirarlo con los brazos cruzados sobre el pecho. Strike se sentó en el viejo sofá.

–Quería disculparme por lo de la otra noche.

–No es necesario –contestó ella con voz baja y tensa.

–Sí que lo es. No recuerdo mucho de lo que hice. Espero no haber sido ofensivo.

–No lo fuiste.

–Probablemente entendiste el *quid* de la cuestión. Mi exprometida acaba de comprometerse con un antiguo novio. Ha tardado tres semanas después de que rompimos en ponerse otro anillo en el dedo. Hablo en sentido figurativo. La verdad es que yo nunca le regalé ningún anillo. Nunca he tenido suficiente dinero.

Por su tono, Robin comprendió que no había ninguna reconciliación pero, en ese caso, ¿dónde había pasado la noche? Descruzó los brazos y, sin pensar, tomó su té.

—No tenías obligación de venir a buscarme como hiciste, pero probablemente impediste que cayera en una alcantarilla o que le diera un puñetazo a alguien, así que, muchas gracias.

—No hay de qué.

—Y gracias por el Alka-Seltzer —añadió Strike.

—¿Te sirvió de ayuda?

—Casi vomito encima de esto —respondió Strike dándole al hundido sofá un suave golpe con el puño—, pero una vez que hizo efecto sirvió de mucho.

Robin se rio y, por primera vez, Strike recordó la nota que ella había metido bajo la puerta mientras él dormía y la excusa que había puesto por su discreta ausencia.

—Okey. En fin, estaba deseando saber cómo te fue ayer —mintió—. No me tengas en suspenso.

Robin se abrió como un nenúfar.

—Justo estaba terminándolo...

—Hagámoslo de forma verbal y luego podrás meterlo en el expediente —dijo Strike creándose una nota mental de que sería fácil quitarlo si no era necesario.

—Okey —dijo Robin tan excitada como nerviosa—. Bueno, pues como decía en mi nota, vi que querías investigar lo del profesor Agyeman y el hotel Malmaison de Oxford.

Strike asintió, agradecido porque se lo recordara, pues no había sido capaz de mantener en la mente el contenido de la nota tras haberla leído en las profundidades de su cegadora resaca.

—Pues bien —continuó Robin algo entrecortada—, lo primero que hice fue ir a Russell Square, a la SOAS, la Escuela de Estudios Orientales y Africanos. Es lo que decía en tus notas, ¿no? Miré en el mapa. Está a poca distancia caminando del Museo Británico. ¿No es eso lo que decías en todos esos garabatos?

Strike volvió a asentir.

—Bueno, fui allí y fingí estar escribiendo una tesina sobre política africana y que buscaba más información sobre el profesor Agyeman.

Terminé hablando con una amable secretaria del departamento de Políticas que había trabajado para él y me dio un montón de información sobre él, incluyendo una bibliografía y una breve biografía. Estudió en la SOAS.

—¿Sí?

—Sí —confirmó Robin—. Y tengo una foto.

De dentro del cuaderno sacó una fotocopia y se la pasó a Strike.

Vio a un hombre negro con rostro alargado y de altos pómulos, pelo grisáceo y muy corto, barba y unos lentes de armazón dorado que se apoyaban en unas orejas muy grandes. Se quedó mirándolo durante largo rato.

—Dios mío —dijo por fin.

Robin esperó, entusiasmada.

—Dios mío —repitió Strike—. ¿Cuándo murió?

—Hace cinco años. La secretaria se alteró al hablar de él. Dijo que era muy listo y un hombre muy bueno y amable. Un verdadero cristiano.

—¿Algún familiar?

—Sí. Dejó viuda y un hijo.

—Un hijo —repitió Strike.

—Sí —confirmó ella—. Está en el ejército.

—En el ejército —dijo Strike como si fuera su profundo y lúgubre eco—. No me digas.

—Está en Afganistán.

Strike se puso de pie y empezó a caminar de un lado a otro con la foto del profesor Josiah Agyeman en la mano.

—No sabrás en qué regimiento, ¿verdad? No es que importe. Puedo buscarlo yo.

—Sí que pregunté —contestó Robin consultando sus notas—, pero no termino de entenderlo… ¿Hay algún regimiento que se llame Zapadores o algo así…?

—El Cuerpo Real de Ingenieros —respondió Strike—. Puedo comprobar todo eso.

Se detuvo junto a la mesa de Robin y volvió a mirar la cara del profesor Josiah Agyeman.

—Era de Ghana —le explicó ella—. Pero la familia vivió en Clenkerwell hasta que murió.

Strike le devolvió la fotografía.

—No pierdas eso. Lo has hecho estupendamente bien, Robin.

–Eso no es todo –dijo ella ruborizada, emocionada y tratando de contener la sonrisa–. Por la tarde tomé el tren hasta Oxford, al Malmaison. ¿Sabes que han hecho un hotel en lo que era una antigua prisión?

–¿De verdad? –dijo Strike hundiéndose de nuevo en el sofá.

–Sí. La verdad es que es bastante bonito. En fin, pensé fingir que era Alison y preguntar si Tony Landry había dejado allí algo para ella o algo parecido...

Strike le dio un sorbo a su té pensando que era muy inverosímil que enviaran a una secretaria para algo así tres meses después.

–De todos modos, fue un error.

–¿Sí? –preguntó él con un tono cuidadosamente neutral.

–Sí, porque Alison fue de verdad al Malmaison el día siete para tratar de buscar a Tony Landry. Fue muy embarazoso, porque una de las chicas de la recepción había estado allí ese día y la recordaba.

Strike bajó su taza.

–Eso sí que es interesante.

–Lo sé –dijo Robin con excitación–. Así que tuve que pensar rápido.

–¿Les dijiste que te llamabas Annabel?

–No –contestó casi con una carcajada–. Dije: «Bueno, le diré la verdad. Soy su novia». Y me puse a llorar.

–¿Lloraste?

–La verdad es que no me resultó muy difícil –dijo Robin con cierta sorpresa–. Me metí dentro del personaje. Le dije que pensaba que él estaba teniendo una aventura.

–No será con Alison. Si la han visto no se creerían que...

–No, pero dije que no me creía que él hubiera estado de verdad en el hotel... Total, que monté una pequeña escena y la chica que había hablado con Alison me llevó aparte para tratar de calmarme. Me dijo que no podían dar información sobre la gente sin un buen motivo, que tenían una política, etcétera, ya sabes. Pero solo para que dejara de llorar, al final me dijo que él se había registrado la tarde del seis y que había hecho la salida la mañana del ocho. Se quejó al salir porque le habían dado el periódico equivocado, por eso lo recordaba. Así que, definitivamente estuvo allí. Incluso le pregunté, ya sabes, en plan histérica, cómo sabía que era él y lo describió al detalle. Sé cuál es su aspecto –añadió antes de que Strike pudiera preguntar–. Lo miré antes de ir. Su fotografía aparece en la página web de Landry, May y Patterson.

–Eres magnífica –dijo Strike–. Y todo esto me huele mal. ¿Qué te dijo de Alison?

–Que fue y que pidió verlo, pero que no estaba allí. Pero confirmó que se estaba alojando con ellos. Y después, se fue.

–Muy extraño. Ella debería haber sabido que él estaba en la conferencia, ¿por qué no fue primero allí?

–No lo sé.

–¿Te dijo esta empleada del hotel tan simpática si lo vio en algún momento aparte de a la hora de registrarse y de salir?

–No –respondió Robin–. Pero sí sabemos que fue a la conferencia, ¿no? Yo lo comprobé, ¿recuerdas?

–Sabemos que se inscribió y que probablemente tomó una credencial. Y luego volvió a Chelsea para ver a su hermana, lady Bristow. ¿Por qué?

–Pues… porque estaba enferma.

–¿Sí? Acababan de hacerle una operación que supuestamente la había curado.

–Una histerectomía –aclaró Robin–. Imagino que no se debe uno sentir de maravilla después de eso.

–Así que, tenemos a un hombre al que no le gusta mucho su hermana, lo he oído de sus propios labios, que cree que ésta acaba de sufrir una operación que le ha salvado la vida y sabe que sus dos hijos están cuidándola. ¿Por qué tanta urgencia por verla?

–Bueno –contestó Robin con menos seguridad–, supongo… ella acababa de salir del hospital.

–Cosa que es posible que supiera que iba a pasar antes de irse a Oxford. Así que, ¿por qué no quedarse en la ciudad, visitarla si tanto lo deseaba y, después, salir para asistir a la sesión de la tarde de la conferencia? ¿Por qué manejar unos ochenta kilómetros, pasar la noche en esa prisión de lujo, ir a la conferencia, inscribirse y, después, volver otra vez a Londres?

–Quizá recibiera una llamada en la que le dijeron que ella estaba mal o algo así. Puede que John Bristow lo llamara para pedirle que fuera.

–Bristow no mencionó nunca que le pidiera a su tío que fuera. Yo diría que no se estaban llevando muy bien en esa época. Los dos se muestran furtivos en cuanto a esa visita de Landry a la casa. A ninguno le gusta hablar de ello.

Strike se puso de pie y empezó a caminar a un lado y a otro, cojeando ligeramente, apenas sin notar el dolor de su pierna.

–No –dijo–. Que Bristow le pidiera a su hermana, que según todos era el ojito derecho de su madre, que fuera a verla sí tiene sentido. Pedirle al hermano de la madre, que estaba fuera de la ciudad y que para nada era su mayor admirador, que tomara un enorme desvío para ir a verla... eso no huele bien. Y ahora descubrimos que Alison fue a buscar a Landry a su hotel de Oxford. Era un día laborable. ¿Lo buscaba por sí misma o la había enviado alguien?

Sonó el teléfono. Robin tomó el auricular. Para sorpresa de Strike, ella fingió de inmediato un forzado acento australiano.

–Lo siento, no está aquí... No... No... No sé dónde está... No... Me llamo Annabel...

Strike rio en voz baja. Robin le lanzó una mirada de fingida angustia. Después de casi un minuto de acento australiano entrecortado, colgó.

–Soluciones Temporales –dijo.

–Estoy conociendo a muchas Annabel. Esa parecía más sudafricana que australiana.

–Ahora quiero saber qué te pasó ayer –dijo Robin, incapaz de ocultar su impaciencia por más tiempo–. ¿Te reuniste con Bryony Radford y con Ciara Porter?

Strike le contó todo lo que había ocurrido, omitiendo solamente el resultado de su excursión al departamento de Evan Duffield. Hizo especial hincapié en la insistencia de Bryony Radford de que fue su dislexia lo que hizo que escuchara los mensajes de voz de Ursula May, en la continua aseveración de Ciara Porter de que Lula le había dicho que se lo iba a dejar todo a su hermano, en el enojo de Duffield porque Lula había estado todo el tiempo mirando la hora mientras estuvo en Uzi y en el correo electrónico amenazante que Tansy Bestigui le había enviado al marido del que se había separado.

–¿Y dónde estaba Tansy? –preguntó Robin, que había escuchado cada palabra de la historia de Strike con agradecida atención–. Si no podemos descubrir...

–Bueno, estoy bastante seguro de que sé dónde estaba –dijo Strike–. Conseguir que lo confiese, cuando con ello puede echar a perder su oportunidad de conseguir un acuerdo de varios millones de libras de parte de Freddie, va a ser lo más difícil. Tú misma podrás verlo si vuelves a revisar las fotografías de la policía.

—Pero...

—Échale un vistazo a las fotos de la fachada del edificio de la mañana que Lula murió y, luego, piensa en cómo estaba cuando la vimos nosotros. Te vendrá bien para tu formación como detective.

Robin experimentó una enorme oleada de excitación y felicidad, inmediatamente atemperada por la punzada de la pena, pues pronto se iría para trabajar en recursos humanos.

—Tengo que cambiarme —dijo Strike poniéndose de pie—. Por favor, ¿puedes volver a intentar contactar con Freddie Bestigui?

Desapareció en la habitación de dentro, cerró la puerta y cambió su traje de la suerte —como pensó que lo llamaría de ahora en adelante— por una camisa vieja y cómoda y un par de pantalones más anchos. Cuando pasó por la mesa de Robin de camino al baño, ella estaba al teléfono, con esa expresión atenta y desinteresada que indica que a esa persona la han puesto en espera. Strike se lavó los dientes en el lavabo agrietado pensando en lo mucho más fácil que sería su vida con Robin, ahora que había admitido de forma tácita que vivía en la oficina, y cuando volvió, la encontró con el teléfono separado de la oreja y aspecto de estar exasperada.

—Yo creo que ya ni se molestan en tomar mis mensajes —le dijo a Strike—. Dicen que ha salido a los Estudios Pinewood y que no se le puede molestar.

—Bueno, al menos, ya sabemos que ha vuelto al país.

Sacó el informe provisional del archivero, volvió a hundirse en el sofá y empezó a añadir notas a las conversaciones del día anterior, en silencio. Robin lo observaba por el rabillo del ojo, fascinada por la meticulosidad con la que Strike tabulaba sus hallazgos, haciendo un registro preciso de cómo, dónde y de quién había conseguido cada información.

—Supongo que tendrás que ser muy cuidadoso para no olvidar nada —dijo ella tras un largo rato de silencio, durante el cual había dividido su tiempo entre la observación encubierta de Strike mientras éste trabajaba y el examen de una fotografía de la fachada del número 18 de Kentigern Gardens en Google Earth.

—No se trata solo de eso —contestó Strike sin dejar de escribir y sin levantar la vista–. No hay que dar ningún punto de apoyo a los abogados defensores.

Habló con tanta calma, con tanta lógica que Robin pensó en lo que sus palabras implicaban durante un rato, por si no le había entendido bien.

–¿Quieres decir… en general? –preguntó, por fin–. ¿Por principio?

–No –respondió él continuando con su informe–. Lo que quiero decir es específicamente que no quiero dejar que el abogado defensor en ese juicio de la persona que mató a Lula Landry se regodee porque ha podido demostrar que yo no sé tomar las notas en condiciones y, así, poner en duda mi fiabilidad como testigo.

Strike estaba fanfarroneando de nuevo, y lo sabía. Pero no pudo evitarlo. Como él decía, estaba en una buena racha. Alguno podría haber cuestionado si era de buen gusto encontrar diversión en medio de la investigación de un asesinato, pero él encontraba el humor en los lugares más oscuros.

–No he podido salir a comprar sándwiches. ¿Podrías ir tú, Robin? –añadió a la vez que levantaba la vista hacia la agradable expresión de asombro de ella.

Terminó sus notas mientras ella estuvo ausente y estaba a punto de llamar a un antiguo compañero de Alemania cuando Robin regresó con dos paquetes de sándwiches y un periódico en la mano.

–Tu foto aparece en la portada del Standard –anunció ella jadeante.

–¿Qué?

Era una fotografía de Ciara siguiendo a Duffield al interior de su departamento. Ciara estaba impresionante. Durante medio segundo, Strike se transportó de vuelta a las dos y media de esa madrugada, cuando ella había estado acostada, blanca y desnuda, debajo de él, con su pelo largo y sedoso esparcido sobre la almohada como el de una sirena, mientras susurraba y gemía.

Strike volvió a centrarse en el presente. Salía recortado en la foto, con un brazo levantado para mantener alejados a los *paparazzi*.

–Eso está bien –le dijo a Robin encogiéndose de hombros y devolviéndole el periódico–. Creen que soy el guardaespaldas.

–Dice que salió de la casa de Duffield con su guardia de seguridad a las dos –le informó Robin pasando a la página de dentro.

–Ahí lo tienes.

Robin se quedó mirándolo. Su resumen de la noche había terminado con él, Duffield y Ciara en casa de Duffield. Ella había estado tan interesada en las pruebas que él había expuesto ante ella que había olvidado preguntarse dónde había dormido. Había supuesto que había dejado a la modelo y al actor juntos.

Y había llegado a la oficina aún con la ropa de la fotografía.

Le dio la espalda mientras leía el artículo de la segunda página. La clara conclusión del texto era que Ciara y Duffield habían disfrutado de un encuentro amoroso mientras el supuesto guardaespaldas esperaba en el vestíbulo.

–¿Es muy impresionante en persona? –preguntó Robin con una despreocupación nada convincente mientras doblaba el periódico.

–Sí que lo es –contestó Strike preguntándose si había sido imaginación suya que aquellas cuatro sílabas habían sonado a jactancia–. ¿Quieres queso y pepinillo o huevo y mayonesa?

Robin eligió al azar y volvió a su silla para comer. Su nueva hipótesis sobre el paradero de Strike durante la noche había eclipsado su excitación por los avances del caso. Iba a ser difícil conciliar la visión que tenía de él como un romántico en desgracia con el hecho –parecía increíble y, sin embargo, ella había notado su patético intento por ocultar su orgullo– de que acababa de acostarse con una supermodelo.

Volvió a sonar el teléfono. Strike, que tenía la boca llena de pan y queso, levantó una mano para detener a Robin, tragó y respondió él mismo.

–Cormoran Strike.

–Strike, soy Wardle.

–Hola, Wardle. ¿Qué tal está?

–No muy bien, la verdad. Acabamos de encontrar un cadáver en el Támesis con una tarjeta suya. Me preguntaba qué podría decirnos al respecto.

10

Aquel fue el primer taxi que Strike consideró justificado tomar desde el día en que había sacado sus cosas del departamento de Charlotte. Vio con indiferencia cómo el taxímetro iba aumentando mientras el coche avanzaba hacia Wapping. El taxista estaba decidido a contarle por qué Gordon Brown era un pinche desgraciado. Strike permaneció sentado en silencio durante todo el trayecto.

No era la primera morgue que Strike había visitado y, ni mucho menos, el primer cadáver que veía. Casi se había vuelto inmune al expolio de las heridas de bala. Cuerpos desgarrados, rasgados y destrozados con las tripas al descubierto como si fueran los contenidos de una carnicería, brillantes y sangrientos. Strike no había sido nunca delicado. Incluso los cadáveres más mutilados, fríos y blancos en sus cajones de congelación, se volvían esterilizados y estandarizados para un hombre con el trabajo de él. Fueron los cuerpos que había visto en carne viva, sin procesar y sin estar protegidos por la burocracia y los trámites oficiales los que regresaron otra vez abriéndose paso a través de sus sueños. Su madre en el velatorio, con su vestido favorito hasta los pies y de mangas acampanadas, sin marcas de jeringas a la vista. El sargento Gary Topley tirado entre la mugre salpicada de sangre de aquella carretera afgana, con el rostro ileso, pero sin cuerpo por debajo de sus costillas superiores. Mientras Strike yacía entre la suciedad, había tratado de no mirar el rostro inexpresivo de Gary, temeroso de bajar la vista y ver cuánto de su cuerpo había desaparecido… pero se dejó llevar tan rápidamente por las fauces del olvido que no lo supo hasta que despertó en el hospital de campaña…

Una serigrafía impresionista colgaba de las paredes de ladrillo descubierto de la pequeña antesala del depósito de cadáveres.

Strike fijó la mirada en ella, preguntándose dónde la había visto antes y recordando finalmente que había estado colgada de la chimenea de la casa de Lucy y Greg.

–¿Señor Strike? –preguntó el empleado de la morgue asomando la cabeza por la puerta de dentro con una bata blanca y guantes de látex–. Pase.

Aquellos conservadores de cadáveres eran casi siempre hombres alegres y agradables. Strike lo siguió al interior de aquella fría sala de luz resplandeciente y sin ventanas con sus puertas de acero de los enormes refrigeradores a lo largo de la pared de la derecha. El suelo embaldosado y ligeramente en pendiente llevaba a un desagüe en el centro. Las luces deslumbraban. Cada ruido resonaba sobre aquellas superficies duras y brillantes, de modo que parecía como si un pequeño grupo de hombres hubiera entrado en la habitación.

Una camilla de metal estaba dispuesta delante de uno de los refrigeradores y junto a ella estaban los dos oficiales del Departamento de Investigación Criminal, Wardle y Carver. El primero miró a Strike con un movimiento de la cabeza y murmuró un saludo. El segundo, panzón y de cara manchada, con los hombros de su traje cubiertos de caspa, se limitó a gruñir.

El empleado del depósito de cadáveres giró hacia abajo el grueso brazo metálico de la puerta del refrigerador. Asomó la parte superior de tres cabezas anónimas, colocadas una sobre otra y cada una envuelta con una sábana blanca desgastada y desgastada por las repetidas lavadas. El empleado del depósito comprobó la etiqueta que estaba sujeta con un alfiler a la tela que cubría la cabeza de en medio. No llevaba nombre, solo la fecha escrita a mano del día anterior. Sacó suavemente el cuerpo sobre su bandeja con su largo riel y lo depositó con eficacia sobre la camilla que esperaba. Strike notó que el mentón de Carver se apretaba mientras daba un paso atrás para dejar espacio para que el trabajador apartara la camilla de la puerta del refrigerador. Con un ruido sordo y un golpe, el resto de los cuerpos desaparecieron de la vista.

–No vamos a molestarnos en ir a una sala, pues somos los únicos que estamos aquí –dijo el empleado del depósito con tono enérgico–. Está más iluminado en el centro –añadió colocando la camilla justo al lado del desagüe y apartando la sábana.

Apareció el cuerpo de Rochelle Onifade, hinchado y dilatado, con su rostro limpio para siempre de su mirada de recelo, sustituido por una especie de asombro vacío. Por la breve descripción de Wardle por teléfono, Strike había sabido a quién iba a ver cuando apartaran la sábana, pero la espantosa vulnerabilidad de la fallecida le golpeó de nuevo a medida que iba bajando la mirada por el cuerpo, mucho más pequeño de lo que había sido cuando estuvo sentada delante de él, comiendo papas fritas y ocultándole información.

Strike les dijo su nombre, deletreándolo para que tanto el trabajador de la morgue como Wardle pudieran transcribirlo correctamente en el portapapeles y en el cuaderno, respectivamente. También les dio la única dirección que él había sabido alguna vez de ella. El albergue de Saint Elmo para los indigentes, en Hammersmith.

–¿Quién la ha encontrado?

–La policía del río la sacó anoche a última hora –respondió Carver hablando por vez primera. Su voz, con su acento del sur de Londres, tenía un marcado tono de hostilidad–. Normalmente los cadáveres tardan unas tres semanas en subir a la superficie, ¿verdad? –añadió, dirigiendo su comentario, que era más una afirmación que una pregunta, al empleado de la morgue, quien soltó una diminuta tos de prudencia.

–Eso suele ser la media, pero no me sorprendería que en este caso fuera menos. Hay ciertos indicativos…

–Sí, bueno, todo eso nos lo dirá el forense –le interrumpió Carver con desprecio.

–No pueden haber sido tres semanas –dijo Strike, y el trabajador le dedicó una diminuta sonrisa de solidaridad.

–¿Por qué no? –quiso saber Carver.

–Porque yo la invité a una hamburguesa con papas fritas hace dos semanas.

–Ah –dijo el empleado de la morgue mirando a Strike y señalando al cadáver con la cabeza–. Yo iba a decir que la ingesta de muchos carbohidratos antes de la muerte puede afectar a la capacidad del cadáver para flotar. Hay un grado de hinchazón…

–¿Fue entonces cuando le dio su tarjeta? –le preguntó Wardle a Strike.

–Sí. Me sorprende que siguiera siendo legible.

–Estaba metida con su tarjeta de transporte en una funda de plástico dentro del bolsillo de atrás de sus jeans. El plástico la protegió.

–¿Qué llevaba puesto?

–Un abrigo grande y rosa de piel sintética. Como un títere de piel. Jeans y tenis.

–Eso es lo que llevaba cuando la invité a la hamburguesa.

–En ese caso, el contenido del estómago aportará... –empezó a decir el empleado de la morgue.

–¿Sabe si tiene familiares cercanos? –le preguntó Carver a Strike.

–Tiene una tía en Kilburn. No sé cómo se llama.

A través de los párpados casi cerrados de Rochelle asomaban sus relucientes globos oculares. Tenían el brillo característico de los ahogados. Había restos de espuma sangrienta en los pliegues de sus fosas nasales.

–¿Cómo tiene las manos? –preguntó Strike al trabajador, pues Rochelle estaba descubierta solo desde el pecho.

–No se preocupe de las manos –espetó Carver–. Hemos terminado aquí, gracias –le dijo en voz alta al empleado del depósito y su voz reverberó en toda la habitación. A continuación, se dirigió a Strike–: Queremos hablar con usted. El coche está en la puerta.

Estuvo atendiendo a las preguntas de la policía. Strike recordó haber escuchado esa frase en las noticias cuando era pequeño, obsesionado con cada aspecto de la labor policial. Su madre siempre echaba la culpa de aquella temprana obsesión a su hermano, Ted, un antiguo policía militar y, para Strike, fuente de apasionantes historias de viajes, misterio y aventuras. «Atendiendo a las preguntas de la policía.» A sus cinco años, Strike se había imaginado a un ciudadano noble y desinteresado que se ofrecía como voluntario para dedicar su tiempo y energía a ayudar a la policía, que le daría una lupa y una macana y le permitiría actuar bajo una apariencia de glamuroso anonimato.

La realidad era otra: una pequeña sala de interrogatorios con una taza de café de máquina que le ofreció Wardle, cuya actitud hacia Strike estaba desprovista de la animadversión que manaba de cada poro abierto de Carver, pero sin ninguna muestra de su antigua amabilidad. Strike supuso que el superior de Wardle no sabía hasta dónde habían llegado sus anteriores interacciones.

Una pequeña bandeja negra sobre la mesa arañada tenía diecisiete peniques en monedas, una llave de seguridad y un pase de autobús con una funda de plástico. La tarjeta de Strike estaba descolorida y arrugada, pero era legible.

—¿Y su bolsa? —le preguntó Strike a Carver, que estaba sentado al otro lado de la mesa mientras Wardle estaba echado sobre un archivero de la esquina—. Gris. Barato y con aspecto de ser de plástico. ¿No ha aparecido?

—Probablemente la dejara en su casa tomada o donde carajos estuviera viviendo —respondió Carver—. Normalmente, los suicidas no preparan una bolsa para saltar.

—No creo que se suicidara —dijo Strike.

—Ah, ¿no?

—Quería verle las manos. Ella odiaba que le diera el agua en la cara. Me lo dijo. Cuando la gente forcejea dentro del agua, la posición de los dedos…

—Bueno, está muy bien que nos dé su opinión de experto —le interrumpió Carver con gran ironía—. Sé quién es usted, señor Strike.

Se echó hacia atrás en su silla colocando las manos detrás de la cabeza y dejando ver manchas secas de sudor en las axilas de su camisa. El olor fuerte y rancio y parecido al de la cebolla planeó desde el otro lado de la mesa.

—Es un antiguo miembro de la División de Investigaciones Especiales —intervino Wardle desde su posición junto al archivero.

—Ya lo sé —espetó Carver levantando unos ásperos párpados salpicados de caspa—. Anstis me ha contado todo lo de su jodida pierna y la medalla por haber salvado vidas. Un currículum muy pintoresco.

Carver apartó las manos de detrás de su cabeza, se inclinó hacia delante y entrelazó los dedos sobre la mesa. Su tez de cecina y las bolsas de color púrpura debajo de los ojos no mejoraban bajo aquella luz desnuda.

—Sé quién es su padre y todo lo demás.

Strike se rascó el mentón sin afeitar, esperando.

—Le gustaría ser igual de rico y famoso que papá, ¿no? ¿Es eso lo que pasa?

Carver tenía los ojos azules e inyectados en sangre que Strike siempre había asociado con un carácter colérico y violento, desde que conoció a un comandante en los Paracas con sus mismos ojos y que posteriormente fue apartado por daños físicos graves.

—Rochelle no saltó. Ni tampoco Lula Landry.

—Necedades —gritó Carver—. Está hablando con los dos hombres que demostraron que Landry se tiró. Peinamos todas las putas pruebas a conciencia. Sé qué es lo que se propone. Está exprimiéndole a ese pobre cabrón de Bristow todo lo que puede. ¿Por qué carajo me está sonriendo?

—Estoy pensando en la cara de estúpido que va a poner cuando esta entrevista salga en la prensa.

—No se atreva a amenazarme con la prensa, baboso.

El rostro ancho y bruto de Carver estaba contraído y sus ojos azules inyectados en sangre brillaban en aquella cara roja y púrpura.

—Tiene usted un montón de problemas, amigo, y un padre famoso, una pata de palo y una buena guerra no lo van a librar de ellos. ¿Cómo sabemos que no asustó a esa pobre zorra haciendo que se tirara? Era una enferma mental, ¿no? ¿Cómo sabemos que no le hizo creer que había hecho algo malo? Usted fue la última persona que la vio con vida, amigo. No me gustaría estar sentado donde está usted ahora.

—Rochelle cruzó Grantley Road y se alejó de mí, tan viva como lo está usted. Encontrará a alguien que la viera después de dejarme. Nadie se olvida de ese abrigo.

Wardle se apartó del archivero, arrastró una silla de plástico duro hasta la mesa y se sentó.

—Entonces, cuéntenos su teoría —le dijo a Strike.

—Estaba sobornando al asesino de Lula Landry.

—¡Váyase a la mierda! —exclamó Carver, y Wardle resopló con una risa teatral.

—El día anterior a su muerte, Landry se reunió con Rochelle durante quince minutos en una tienda de Notting Hill —les explicó Strike—. Arrastró a Rochelle directamente hasta el probador, donde hizo una llamada para suplicar a alguien que fuera a su casa la madrugada siguiente. Esa llamada la escuchó una empleada de la tienda. Estaba en el probador de al lado. Las separaba una cortina. La chica se llama Mel, pelirroja y con tatuajes.

—La gente suelta mucha mierda cuando hay implicada alguna celebridad —dijo Carver.

—Si Landry llamó a alguien desde ese probador, fue a Duffield o a su tío —intervino Wardle—. Los registros de sus llamadas muestran que fueron las únicas personas a las que llamó durante toda la tarde.

—¿Por qué iba a querer que Rochelle estuviera allí cuando hiciera la llamada? —preguntó Strike—. ¿Por qué metió a su amiga con ella en el probador?

—Las mujeres hacen esas cosas —contestó Carver—. También van a mear en grupo.

—Utilicen su jodida inteligencia: estaba llamando desde el teléfono de Rochelle —dijo Strike exasperado—. Puso a prueba a todo el que conocía para tratar de saber quién estaba hablando de ella con la prensa. Rochelle fue la única que mantuvo la boca cerrada. Se dio cuenta de que podía confiar en esa chica, le compró un celular, lo registró a nombre de Rochelle pero ella corría con todos los gastos. A ella le habían intervenido su teléfono, ¿no? Se estaba volviendo paranoica con que la gente pudiera escucharla y lo contara a la prensa, así que compró un Nokia y lo puso a nombre de otra persona, para poder tener un medio de comunicación totalmente seguro cuando lo necesitara.

»Reconozco que eso no deja fuera necesariamente a su tío ni a Duffield, porque llamarlos desde el otro número podría haber sido una señal de que se habían organizado así. Otra cosa es que estuviera usando el número de Rochelle para hablar con otra persona. Alguien que no quería que la prensa lo supiera. Yo tengo el número de Rochelle. Busquen con qué compañía estaba y podrán comprobar todo esto. El aparato en sí es un Nokia rosa cubierto de cristalitos, pero no lo van a encontrar.

—Sí, porque está en el fondo del Támesis —dijo Wardle.

—Claro que no —respondió Strike—. Lo tiene el asesino. Se lo debió quitar antes de lanzarla al río.

—¡Y una chingada! —se burló Carver, y Wardle, que parecía interesado en contra de su voluntad, negó con la cabeza.

—¿Por qué iba a querer Landry que Rochelle estuviera allí cuando hizo la llamada? —repitió Strike—. ¿Por qué no hacerla desde el coche? Si Rochelle era una indigente, prácticamente vivía en la calle, ¿por qué nunca vendió su historia con Landry? Le habrían dado un buen fajo de billetes por ella. ¿Por qué no sacó partido una vez que Landry estuvo muerta y ya no podía hacerle daño?

—¿Por decencia? —sugirió Wardle.

—Sí, esa es una posibilidad —convino Strike—. La otra es que ya estaba haciendo suficiente sobornando al asesino.

—Tonterías —gruñó Carver.

—¿Sí? Esa chamarra que llevaba puesta cuando la sacaron costaba mil quinientas libras.

Hubo una pequeña pausa.

–Probablemente Landry se la regaló –propuso Wardle.

–Si lo hizo, consiguió regalarle algo que no estaba en las tiendas ese mes de enero.

–Landry era modelo, tenía contactos... Es una idiotez –espetó Carver como si estuviera enojado consigo mismo.

Strike se inclinó hacia delante apoyándose en sus brazos y acercándose al miasma del olor corporal que rodeaba a Carver.

–¿Por qué iba Lula a ir hasta esa tienda para quince minutos?

–Tenía prisa.

–¿Y por qué iba a ir?

–No quería quedar mal con esa chica.

–Hizo que Rochelle atravesara la ciudad, esa chica sin dinero, sin casa, la chica a la que normalmente llevaba después en su coche con su chofer, la arrastró al probador y salió quince minutos después, dejando que volviera a casa ella sola.

–Era una pinche caprichosa.

–Si lo era, ¿por qué fue? Porque valía la pena, por algo que ella quería. Y si no era una bruja caprichosa, debía encontrarse en algún estado emocional que le hacía actuar de un modo que no era propio de ella. Existe un testigo vivo que presenció que Lula le estuvo suplicando a alguien por teléfono que fuera a verla, a su departamento, después de la una de la mañana. También está ese papel azul que llevaba antes de ir a Vashti y que nadie dice haber visto después. ¿Qué hizo con él? ¿Qué estaba escribiendo en el asiento posterior del coche antes de ver a Rochelle?

–Podría haber sido... –empezó a decir Wardle.

–No era ninguna pinche lista del supermercado –gruñó Strike dando un golpe en la mesa–. Y nadie escribe una nota de suicidio con ocho horas de antelación y, después, se va a bailar. Estaba escribiendo un maldito testamento, ¿no lo entienden? Lo llevó a Vashti para que Rochelle actuara de testigo...

–¡Tonterías! –exclamó Carver una vez más, pero Strike no le hizo caso y se dirigió a Wardle.

–... lo cual encaja con que le dijera a Ciara Porter que iba a dejárselo todo a su hermano, ¿no es así? Acababa de hacerlo oficial. Lo tenía en mente.

–¿Por qué hacer un testamento de repente?

Strike vaciló y se echó sobre el respaldo. Carver le lanzó una mirada maliciosa.

–¿Se le ha agotado la imaginación?

Strike dejó escapar un fuerte suspiro. Una incómoda noche de inconsciencia provocada por el alcohol, los placenteros excesos de la noche anterior, medio sándwich de queso con pepinillos en doce horas... Se quedó vacío, agotado.

–Si tuviera alguna prueba firme se la habría traído.

–Las posibilidades de que las personas que son cercanas a un acto de suicidio terminen matándose son muchas, ¿sabía eso? Esta Raquelle tenía depresión. Tiene un mal día, recuerda la salida que había tomado su amiga y hace un salto idéntico. Lo cual nos devuelve a usted, amigo, persiguiendo a la gente, empujándolas...

–... por un precipicio, sí –le interrumpió Strike–. Todo el mundo dice lo mismo. Muy mal gusto, dadas las circunstancias. ¿Y qué me dicen de la prueba de Tansy Bestigui?

–¿Cuántas veces hay que decirlo, Strike? Demostramos que ella no pudo haberlo oído –protestó Wardle–. Lo aclaramos sin ningún tipo de duda.

–No lo hicieron –dijo Strike por fin, perdiendo la paciencia cuando menos lo esperaba–. Basaron su caso en una pendejada. Si se hubieran tomado en serio a Tansy Bestigui, si la hubieran presionado para que les contara toda la puta verdad, Rochelle Onifade seguiría viva.

Lleno de rabia, Carver mantuvo a Strike allí otra hora más. Su última muestra de desprecio fue decirle a Wardle que se asegurara de que «Rokeby hijo» salía del edificio.

Wardle acompañó a Strike a la puerta de la calle, sin hablar.

–Necesito que haga una cosa –dijo Strike deteniéndose en la salida, detrás de la cual pudieron ver cómo el cielo se oscurecía.

–Ya me ha pedido bastante, amigo –contestó Wardle con una sonrisa irónica–. Voy a tener que aguantar a ese varios días por su culpa. –Señaló con el pulgar hacia atrás, hacia Carver y su mal humor–. Le dije que había sido un suicidio.

–Wardle, a menos que alguien detenga a ese cabrón, hay dos personas que corren peligro de ser eliminados.

–Strike...

–¿Y si demuestro que Tansy Bestigui no estaba en su departamento cuando Lula cayó? ¿Que estaba en otro lugar donde pudo oírlo todo?

Wardle levantó los ojos hacia el techo y cerró los ojos un momento.

–Si tiene pruebas...

–No las tengo, pero las tendré en un par de días.

Dos hombres pasaron junto a ellos riéndose. Wardle negó con la cabeza y lo miró con exasperación y, sin embargo, no se fue.

–Si quiere algo de la policía, llame a Anstis. Él es quien está en deuda con usted.

–Anstis no puede ayudarme con esto. Necesito que llame usted a Deeby Macc.

–¿Qué chingados...?

–Ya me ha oído. Él no va a contestar a mis llamadas. Pero sí hablará con usted, que tiene autoridad y, según parece, usted le gustó.

–¿Me está diciendo que Deeby Macc sabe dónde estaba Tansy Bestigui cuando Lula Landry murió?

–No, desde luego que no tiene ni puta idea. Estaba en Barrack. Lo que quiero saber es qué ropa ordenó que le enviaran desde Kentigern Gardens hasta el Claridges. Específicamente, qué cosas le regaló Guy Somé.

Strike no pronunció aquel nombre como «Gui» delante de Wardle.

–Que quiere... ¿por qué?

–Porque uno de los corredores que aparecían en la grabación del circuito cerrado de televisión llevaba una de las sudaderas de Deeby.

La expresión de Wardle, pasmado por un momento, pasó a la exasperación.

–Esas cosas se ven por todas partes –dijo un momento después–. Los regalos de Guy Somé. Ropa deportiva holgada. Pants.

–Esto era una sudadera personalizada con gorro, solo había una de ellas en el mundo. Llame a Deeby y pregúntele qué regalos le hizo Somé. Es lo único que necesito saber. ¿De qué lado quiere estar cuando al final resulte que tengo razón, Wardle?

–No me amenace, Strike...

–No lo estoy amenazando. Estoy pensando en un asesino múltiple que está por ahí planeando su siguiente crimen. Pero si es la prensa lo que a usted le preocupa, no creo que vayan a ser muy suaves con cualquiera que se haya aferrado a la teoría del suicidio cuando aparezca otro cadáver. Llame a Deeby Macc, Wardle, antes de que maten a alguien.

11

–No –dijo Strike enérgicamente esa noche al teléfono–. Esto se está volviendo peligroso. La vigilancia no entra en el ámbito de las obligaciones como secretaria.

–Tampoco la visita al hotel Malmaison de Oxford ni a la escuela del SOAS –puntualizó Robin–, pero te alegraste mucho de que hiciera las dos cosas.

–No vas a seguir a nadie, Robin. Dudo que tampoco Matthew se muestre muy conforme con ello.

Robin, sentada en camisón en su cama, con el teléfono apretado al oído, pensó en lo curioso que era que Strike recordara el nombre de su prometido sin siquiera haberlo conocido. Según su experiencia, los hombres no se molestaban normalmente en registrar ese tipo de información, pero se suponía que Strike debía estar preparado para recordar ese tipo de detalles.

–No necesito el permiso de Matthew –contestó–. De todos modos, no va a ser peligroso. No creerás que Ursula May haya matado a nadie…

Hubo un «¿verdad?» inaudible al final de aquella frase.

–No, pero no quiero que nadie sepa que estoy interesado en saber cuáles son sus movimientos. Podría poner nervioso al asesino y no quiero que nadie más termine cayendo desde ningún sitio en alto.

Robin pudo oír los latidos de su propio corazón a través del fino tejido de su camisón. Sabía que él no iba a decirle quién creía que era el asesino. Incluso sintió algo de miedo de saberlo, a pesar del hecho de que no podía pensar en otra cosa.

Había sido ella la que había llamado a Strike. Habían pasado horas desde la recepción de un mensaje que decía que se había visto obligado a ir a Scotland Yard con la policía y le pedía que cerrara con llave la oficina cuando saliera a las cinco. Robin había estado preocupada.

—Entonces, llámalo si es que vas a estar despierta —le había dicho Matthew, no hablando precisamente de forma brusca ni sugiriendo que estuviera, sin conocer los detalles, del lado de la policía.

—Oye, hay una cosa que quiero que hagas por mí —dijo Strike—. Llama a John Bristow a primera hora de la mañana y cuéntale lo de Rochelle.

—De acuerdo —contestó Robin con los ojos puestos en el gran elefante de peluche que Matthew le había regalado por su primer día de San Valentín juntos ocho años atrás. El que le había hecho el regalo estaba viendo las noticias de la noche en la sala—. ¿Qué vas a hacer tú?

—Estaré de camino a los Estudios Pinewood para tener una charla con Freddie Bestigui.

—¿Cómo? No van a dejarte entrar.

—Sí que lo harán —contestó Strike.

Después de que Robin colgara, Strike se quedó sentado sin moverse durante un rato en su oficina a oscuras. La idea de la comida de McDonald's a medio digerir dentro del cuerpo hinchado de Rochelle no le había impedido comerse dos Big Macs, una ración grande de papas fritas y un McFlurry mientras volvía de Scotland Yard. Los ruidos flatulentos de su estómago se mezclaban ahora con el golpeteo sordo del contrabajo del 12 Bar Café y que Strike apenas había oído esos días. Puede que aquel sonido fuera su propio pulso.

El departamento desordenado y femenino de Ciara Porter, su boca grande gimiendo, sus largas piernas blancas envolviendo fuertemente su espalda pertenecían a una vida vivida hacía mucho tiempo. Todos sus pensamientos, ahora, eran para la bajita y desgarbada Rochelle Onifade. La recordó hablando rápidamente por teléfono menos de cinco minutos después de que él la dejara, vestida exactamente con la misma ropa que llevaba cuando la sacaron del río.

Estaba seguro de saber qué había pasado. Rochelle había llamado al asesino para contarle que acababa de almorzar con un detective privado y habían concertado una reunión a través de su reluciente teléfono rosa. Esa noche, después de cenar o de tomar una copa, pasearon entre la oscuridad en dirección al río. Pensó en el puente de Hammersmith, de color verde salvia y dorado, en la zona donde ella había dicho que tenía su nuevo departamento. Un lugar conocido por los suicidios, con laterales bajos y el Támesis fluyendo rápido por debajo. Ella no sabía nadar. Era por la noche. Dos amantes juegan a que se pelean, un coche pasa a gran velocidad, un grito y un chapoteo. ¿Lo habría visto alguien?

No si el asesino tenía los nervios de acero y un poco de suerte. Y este era un asesino que ya había demostrado bastante de lo primero y una inquietante y temeraria confianza en lo segundo. Sin duda, el abogado defensor alegaría responsabilidad atenuada por la jactanciosa extralimitación que convertía a la presa de Strike en única. Puede ser, pensó, que hubiera en ello alguna patología, algún tipo de locura, pero él no tenía mucho interés por la psicología. Como John Bristow, quería justicia.

En la oscuridad de su despacho, sus pensamientos cambiaron de repente retrocediendo en el tiempo sin que pudiera evitarlo hasta la muerte más personal de todas, la que según suponía Lucy, erróneamente, se aparecía en toda investigación de Strike y tenía cada uno de sus casos. La muerte que había roto las vidas de él y la de Lucy en dos épocas, de modo que en sus recuerdos, todo se dividía entre lo que había ocurrido antes de que muriera su madre y lo que había ocurrido después. Lucy creía que él había corrido a unirse a las filas de la Policía Militar Real por la muerte de Leda, que había decidido ingresar en ella por una creencia no aclarada en la culpa de su padre, que cada cadáver que había visto a lo largo de su carrera profesional debía recordarle a su madre, que cada asesino que conocía debía parecer un eco de su padrastro, que había decidido investigar otras muertes como una forma eterna de exculpación personal.

Pero Strike había deseado tener aquella profesión desde mucho antes de que la última jeringa atravesara el cuerpo de Leda. Mucho antes de que comprendiera que su madre –como cualquier otro ser humano– era mortal y que los asesinatos eran algo más que rompecabezas que había que resolver. Era Lucy la que nunca se olvidaba, la que vivía en una nube de recuerdos como de moscas jorobadas, la que proyectaba en cada muerte antinatural las emociones opuestas que en ella había despertado el prematuro fallecimiento de su madre.

Sin embargo, esa noche sí que se vio haciendo exactamente lo que Lucy estaba segura que era lo habitual. Estaba recordando a Leda y la estaba relacionando con este caso. Leda Strike, grupi. Así es como rezaba siempre el pie de la fotografía más famosa de todas, la única en la que aparecían juntos sus padres. Ahí estaba, en blanco y negro, con su rostro en forma de corazón, su cabello moreno y brillante y sus ojos de tití, y allí, separados los dos por un corredor de arte, un playboy aristócrata –uno de ellos había muerto por sus propias manos y el otro de sida– y Carla Astolfi, la segunda esposa de su padre, estaba Jonny Rokeby en persona, de aspecto andrógino y salvaje, con el pelo casi tan largo como el de Leda. Copas de martini y cigarros, el humo saliendo en remolino de la boca de la modelo, pero su madre más a la moda que ninguno de ellos.

Todos menos Strike parecían ver la muerte de Leda como el resultado deplorable pero nada sorprendente de una vida vivida peligrosamente, lejos de las normas sociales. Incluso aquellos que la habían conocido mejor y durante más tiempo parecían satisfechos con la idea de que ella misma se había administrado la sobredosis que habían encontrado en su cuerpo. Su madre, según el común acuerdo de casi todos, había caminado demasiado cerca del filo desagradable de la vida y solo cabía esperar que un día se derrumbara y cayera muerta, rígida y fría, sobre una cama de sábanas mugrientas.

Nadie podía explicarse por qué lo había hecho, ni siquiera el tío Ted, callado y destrozado apoyándose en el fregadero de la cocina, ni la tía Joan, con los ojos enrojecidos pero llenos de rabia, sentada en la pequeña mesa de la cocina con los brazos alrededor de una Lucy de diecinueve años que lloraba sobre el hombro de Joan. Una sobredosis había resultado siempre coherente con la forma de vida de Leda. Con aquellas casas ocupadas, los músicos y las fiestas salvajes, con la miseria de su última relación y su último hogar, con la constante presencia de drogas a su alrededor, con su temeraria búsqueda de emociones y euforia. Strike fue el único que había preguntado si alguien sabía que a su madre le había dado por picarse, el único que había visto la diferencia entre su predilección por el cannabis y una repentina afición por la heroína, el único que tenía preguntas sin resolver y que contemplaba circunstancias sospechosas. Pero él era un estudiante de veinte años y nadie lo escuchó.

Tras el juicio y la declaración de culpabilidad, Strike había hecho las maletas y lo había dejado todo: el breve estallido de la prensa; la desesperada decepción de la tía Joan al final de su carrera en Oxford; Charlotte, desamparada y enfurecida por la desaparición de él y acostándose ya con otro; los gritos y los dramas de Lucy. Con el único apoyo del tío Ted, había desaparecido entrando en el ejército y había vuelto a encontrar allí la vida que Leda le había enseñado: constantes desplazamientos, dependencia de uno mismo y el infinito gusto por lo nuevo.

Pero esta noche no podía evitar ver a su madre como una hermana espiritual de la chica hermosa, necesitada y depresiva que había caído destrozada sobre una calle helada y de la sencilla marginada sin hogar que ahora estaba en la fría morgue. Leda, Lula y Rochelle no habían sido mujeres como Lucy ni como su tía Joan. No habían mostrado la lógica precaución ante la violencia y el azar, no se habían atado a la vida con hipotecas y trabajos voluntarios, la seguridad de un esposo y personas a su cargo de rostros limpios. Sus muertes, por tanto, no estaban catalogadas como «trágicas», del mismo modo que las de las amas de casa serias y respetables.

Qué fácil era sacar provecho de la inclinación de una persona por la autodestrucción, qué sencillo impulsarla a la no existencia y, después, alejarse, encogerse de hombros y decir que había sido el inevitable resultado de una vida caótica y catastrófica.

Casi todas las pruebas físicas del asesinato de Lula habían sido borradas hacía tiempo, se habían pisoteado y se habían cubierto bajo una gruesa capa de nieve. Al final, la prueba más convincente que Strike tenía era aquella grabación granulosa en blanco y negro de dos hombres alejándose de la escena corriendo. Una prueba comprobada rápidamente y que había sido apartada por la policía, que estaba convencida de que nadie había podido entrar en el edificio, que Landry se había suicidado y que la grabación no mostraba más que a un par de ladronzuelos que intentaban cometer un robo.

Strike volvió en sí y miró su reloj. Eran las diez y media, pero estaba seguro de que el hombre con el que deseaba hablar estaría despierto. Encendió la lámpara de su mesa, agarró su celular y marcó, esta vez un número de Alemania.

—¡Oggy! —exclamó la voz metálica al otro lado del teléfono—. Órale, ¿cómo estás?

—Necesito un favor.

Y Strike le pidió al teniente Graham Hardacre que le diera toda la información que pudiera encontrar sobre un tal Agyeman del Cuerpo Real de Ingenieros, de nombre de pila y rango desconocidos, pero haciendo especial referencia a las fechas de sus misiones en Afganistán.

12

Era solamente el segundo coche que manejaba desde que le habían cortado la pierna. Había tratado de llevar el Lexus de Charlotte, pero hoy, tratando de no sentirse mutilado en modo alguno, había alquilado un Honda Civic automático.

El trayecto hasta Iver Heath duró menos de una hora. La entrada a los Estudios Pinewood se efectuó con una mezcla de conversación rápida, intimidación y la muestra de documentación auténtica y oficial, pero desfasada. El guardia de seguridad, al principio impasible, se quedó impresionado ante el aire de seguridad y tranquilidad de Strike, las palabras «División de Investigaciones Especiales» y la licencia que llevaba su fotografía.

–¿Lo han citado? –preguntó a Strike unos centímetros por encima de él en el puesto que había al lado de la barrera eléctrica, cubriendo con la mano el auricular.

–No.

–¿De qué se trata?

–Del señor Evan Duffield –contestó Strike, y vio después cómo el guardia de seguridad fruncía el ceño, se giraba y murmuraba algo en el auricular.

Alrededor de un minuto después, le dio a Strike instrucciones de cómo llegar y le hizo un gesto para que pasara. Siguió un camino algo sinuoso por las afueras del edificio del estudio, reflexionando de nuevo sobre la cómoda utilización que podía hacerse de la reputación que algunas personas tenían con respecto al caos y la autodestrucción.

Estacionó unas cuantas filas por detrás de un Mercedes con chofer que ocupaba un espacio con un cartel en el que se leía: «PRO-

DUCTOR FREDDIE BESTIGUI», salió del coche sin apresurarse mientras el conductor de Bestigui lo observaba por el espejo retrovisor y atravesó una puerta de cristal que llevaba a unas anodinas escaleras de apariencia institucional. Por ellas bajaba corriendo un joven que tenía aspecto de ser una versión más aseada de Tuercas.

–¿Dónde puedo encontrar al señor Freddie Bestigui? –le preguntó Strike.

–Segunda planta, primer despacho a la derecha.

Era tan feo como en las fotos, con cuello corto y grueso y con el rostro picado, sentado tras un escritorio al otro lado de una pared de cristal, mirando hacia la pantalla de su computadora con el ceño fruncido. En el despacho de fuera había ajetreo y estaba abarrotado, lleno de jóvenes atractivas sentadas en mesas. Había carteles de cine colgados de las columnas y fotografías de mascotas junto a horarios de grabación. La atractiva chica que estaba más cerca de la puerta y que llevaba un micrófono de diadema delante de la boca, levantó los ojos hacia Strike.

–Hola, ¿qué desea?

–He venido a ver al señor Bestigui. No se preocupe, entraré yo solo.

Había entrado en el despacho de Bestigui antes de que ella pudiera responder.

Bestigui levantó la mirada, sus diminutos ojos entre bolsas de carne, lunares negros esparcidos por su piel atezada.

–¿Quién es usted?

Ya se estaba poniendo de pie, agarrándose con sus manos de gruesos dedos al filo de la mesa.

–Soy Cormoran Strike. Detective privado. Me ha contratado…

–¡Elena! –Bestigui tiró su taza de café, que se derramó por la madera pulida y por todos los papeles–. ¡Salga de aquí! ¡Fuera! ¡FUERA!

–… el hermano de Lula Landry, John Bristow…

–¡ELENA!

La chica guapa y delgada de los audífonos entró corriendo y se colocó nerviosa junto a Strike, aterrorizada.

–¡Llama a seguridad, imbécil!

Ella salió corriendo. Bestigui, que medía como mucho un metro setenta, había salido ya de detrás de su mesa, mostrando tan poco miedo por el enorme Strike como un pit bull cuyo jardín ha sido invadido por un rottweiler. Elena había dejado la puerta abierta. Los ocupantes del despacho exterior estaban mirando, asustados, hipnotizados.

–He tratado de contactar con usted durante varias semanas, señor Bestigui...

–Se ha metido en un buen lío, amigo –dijo Bestigui avanzando con la mandíbula apretada y sus anchos hombros en tensión.

–... para hablar de la noche en que Lula Landry murió.

Dos hombres con camisas blancas y *walkie-talkies* avanzaron corriendo por la pared de cristal que había a la derecha de Strike: jóvenes, en forma y con aspecto de estar nerviosos.

–¡Sáquenlo de aquí! –bramó Bestigui señalando a Strike mientras los dos guardias chocaban entre sí al pasar por la puerta y, a continuación, hacían fuerzas para entrar.

–Específicamente sobre el lugar donde estaba su esposa, Tansy, cuando Lula cayó... –insistía Strike.

–¡Sáquenlo de aquí y llamen a la puta policía! ¿Cómo ha entrado?

–... porque me han enseñado algunas fotografías que hacen que el testimonio de su esposa tenga sentido. Quíteme las manos de encima –añadió Strike dirigiéndose al más joven de los guardias, que ahora le agarraba del brazo– o de un puñetazo le hago atravesar esa ventana.

El guardia de seguridad no lo soltó, pero miró a Bestigui esperando instrucciones.

Los ojos oscuros del productor miraban fijamente a Strike. Apretó y relajó sus manos de matón.

–Es un mentiroso de mierda –dijo unos segundos después.

Pero no ordenó a los guardias que sacaran a Strike de su despacho.

–El fotógrafo estaba en la acera de enfrente de su casa la madrugada del día 8 de enero. El tipo que hizo las fotografías no se dio cuenta de lo que tenía delante. Si no quiere hablarlo conmigo, de acuerdo. La policía o la prensa, no me importa. Al final, se llegará a la misma conclusión.

Strike dio unos pasos hacia la puerta. A los guardias, cada uno de los cuales seguían agarrándolo por el brazo, los pescó por sorpresa y, por un momento, se vieron obligados a hacerlo retroceder de una forma absurda.

–Salgan –ordenó Bestigui bruscamente a sus subalternos–. Les avisaré si los necesito. Cierren la puerta al salir.

Se fueron.

–De acuerdo, comoquiera que se llame, le doy cinco minutos –dijo Bestigui cuando la puerta se hubo cerrado.

Strike se sentó en uno de los sillones de piel negra que estaban frente al escritorio de Bestigui mientras el productor regresaba a su asiento detrás de él, sometiendo a Strike a una mirada dura y fría que se parecía poco a la que Strike había recibido de la exmujer de Bestigui. En este caso, se trataba del escrutinio intenso de un jugador profesional. Bestigui tomó un paquete de cigarros, se acercó un cenicero negro y prendió un encendedor dorado.

–Muy bien, vamos a escuchar qué es lo que muestran esas fotos –dijo entrecerrando los ojos a través de una nube de humo acre, la imagen de un mafioso de película.

–La silueta de una mujer agachada en el balcón de su sala. Parece desnuda, pero como usted y yo sabemos, estaba en ropa interior.

Bestigui dio una fuerte fumada durante unos segundos y, a continuación, se apartó el cigarro para hablar.

–Tonterías. Eso no se podría ver desde la calle. La parte inferior del balcón es de piedra maciza. Desde ese ángulo no se puede ver nada. Está conjeturando.

–Las luces de su sala estaban encendidas. Se puede ver su silueta entre los espacios de la piedra. Por supuesto, en ese momento había espacio porque los arbustos no estaban allí. La gente no puede resistirse a pasar después por la escena, incluso cuando se han ido libres de culpa –añadió Strike con tono familiar–. Usted trataba de fingir que nunca hubo espacio para que nadie estuviera en cuclillas en ese balcón, ¿verdad? Pero no se puede volver atrás y tratar la realidad con Photoshop. Su mujer estaba en una posición perfecta para oír lo que pasaba en el balcón de la tercera planta justo antes de que Lula Landry muriera.

»Esto es lo que yo creo que ocurrió –continuó Strike mientras Bestigui seguía mirándolo con los ojos entrecerrados a través del humo que se elevaba de su cigarro–. Usted y su mujer tuvieron una discusión mientras ella se desvestía para meterse en la cama. Quizá usted encontró su contrabando del baño o la interrumpió preparándose un par de rayas. Así que decidió que un buen castigo sería encerrarla en el balcón a una temperatura bajo cero.

»La gente podría pensar cómo es que en una calle llena de *papa-*

razzi nadie se dio cuenta de que había una mujer medio desnuda encerrada en un balcón sobre sus cabezas, pero la nieve estaba cayendo con fuerza y estarían dando patadas contra el suelo tratando de mantener el flujo de la circulación, con la atención puesta en el fondo de la calle mientras esperaban a Lula y a Deeby Macc. Y Tansy no hizo ningún ruido, ¿verdad? Se agachó para esconderse. No quería que la vieran medio desnuda delante de treinta fotógrafos. Incluso puede que usted la echara al balcón al mismo tiempo que el coche de Lula llegaba por la esquina. Nadie estaría mirando hacia sus ventanas si Lula Landry acababa de aparecer con un vestidito corto.

–Todo eso es mentira –dijo Bestigui–. No tiene ninguna fotografía.

–Nunca he dicho que las tuviera. He dicho que me las han enseñado.

Bestigui se apartó el cigarro de los labios, pero decidió no hablar y volvió a colocárselo. Strike dejó pasar unos segundos, pero cuando estuvo claro que Bestigui no iba a hacer uso de su oportunidad para hablar, continuó:

–Tansy debió empezar a golpear la ventana inmediatamente después de que Landry pasara por su lado al caer. Usted no esperaba que su esposa empezara a gritar y a dar golpes en el cristal, ¿verdad? Reacio, como es comprensible, a que nadie presenciara su pequeño maltrato doméstico, abrió. Ella salió corriendo por su lado, gritando como loca, salió del departamento y bajó a donde estaba Derrick Wilson.

»En ese momento, usted se asomó por el balcón y vio a Lula Landry muerta en la calle.

Bestigui echó lentamente el humo sin apartar los ojos del rostro de Strike.

–Lo que usted hizo a continuación puede parecerle incriminatorio a un jurado. No llamó al 999. No salió corriendo detrás de su esposa medio desnuda e histérica. Ni siquiera corrió a limpiar la cocaína que estaba a la vista de todos en el baño, cosa que al jurado podría parecerle más comprensible.

»No. Lo que hizo a continuación, antes de seguir a su esposa o llamar a la policía, fue limpiar aquella ventana. No habría huellas que demostraran que Tansy había colocado las manos en la parte exterior del cristal. Su prioridad era asegurarse de que nadie pudiera demostrar que usted había encerrado a su mujer en un balcón a una temperatura de diez grados bajo cero. Con su fea reputación de abusos y malos tratos y la posibilidad de una demanda por parte de una joven empleada aún en el aire, no iba a dar a la prensa ni a un fiscal más pruebas, ¿verdad?

»Una vez que hubo conseguido quitar cualquier resto de las huellas de ella del cristal, corrió abajo y la obligó a que volviera a su casa. En el poco tiempo que tuvo antes de que llegara la policía, la intimidó para que no dijera dónde estaba cuando el cuerpo cayó. No sé qué es lo que le prometió o con qué la amenazó, pero fuera lo que fuera, funcionó.

»Pero aún no se sentía del todo a salvo, pues ella estaba tan impresionada y angustiada que usted pensó que podría desembuchar toda la historia. Así que, trató de distraer a la policía montando una bronca por las flores que habían tirado en el departamento de Deeby Macc, esperando que Tansy recobrara la compostura para ceñirse a lo que habían acordado.

»Y así hizo ella, ¿verdad? Dios sabe cuánto le habrá costado a usted, pero se dejó arrastrar por toda aquella suciedad de la prensa. Ha tolerado que la traten como una fantasiosa trastornada por la droga. Se ha ceñido al cuento chino de haber oído discutir a Landry y al asesino dos pisos más arriba, a través de unos cristales a prueba de ruidos.

»Pero una vez que ella se entere de que hay pruebas fotográficas de dónde estaba, creo que estará encantada de reconocer la verdad. Puede que su mujer piense que lo que más le gusta en el mundo es el dinero, pero su conciencia no la deja tranquila. Estoy seguro de que va a confesar pronto.

Bestigui se había fumado su cigarro hasta los últimos milímetros. Despacio, lo apagó en el cenicero de cristal negro. Pasaron unos segundos y el ruido del exterior de su despacho se filtraba a través de la pared de cristal que tenían a su lado: voces y sonidos de teléfono.

Bestigui se puso de pie y bajó la persiana de tela sobre la pared de cristal, de modo que ninguna de las chicas nerviosas que estaban en el otro despacho pudiera verlos. Volvió a sentarse y se pasó pensativamente los gruesos dedos por encima de su arrugado rostro, mirando a Strike y, a continuación, de nuevo la persiana de color crema que había extendido. Strike casi podía ver las opciones que se le iban ocurriendo al productor, como si estuviera mirando una mano de cartas.

–Las cortinas estaban corridas –dijo Bestigui por fin–. No salía suficiente luz por las ventanas como para distinguir a una mujer escondida en el balcón. Tansy no va a cambiar su versión.

–Yo no estaría tan seguro –contestó Strike extendiendo sus piernas. La prótesis seguía incomodándole–. Cuando yo le cuente a ella que el término legal para lo que ustedes dos han hecho es «asociación delictiva para obstruir a la justicia» y que una tardía muestra de remordimientos podría evitar que fuera a dar a la cárcel, cuando le hable además de la conmiseración que va a recibir por parte del público como víctima de maltrato doméstico y la cantidad de dinero que probablemente le ofrezcan por los derechos de exclusividad de su historia, cuando se dé cuenta de que la van a llamar a declarar en el juzgado y que le van a creer y que va a poder ayudar a que metan en la cárcel al hombre al que ella oyó que asesinaba a su vecina… señor Bestigui, no creo que tenga usted dinero suficiente para hacerla callar.

La áspera piel que rodeaba la boca de Bestigui vibró. Tomó su paquete de cigarros pero no sacó ninguno. Hubo un largo silencio, durante el cual dio vueltas al paquete entre sus gruesos dedos, una y otra vez.

–No voy a confesar nada –dijo por fin–. Váyase.

Strike no se movió.

–Sé que se dispone a llamar a su abogado, pero creo que está pasando por alto lo bueno de todo esto.

–Ya le he aguantado suficiente. He dicho que se vaya.

–Por muy desagradable que vaya a ser admitir lo que pasó aquella noche, sigue siendo mejor que convertirse en el principal sospechoso de un caso de asesinato. Va a ser el peor de los males de aquí en adelante. Si cuenta lo que ocurrió de verdad, quedará fuera de sospechas en el asesinato.

En ese momento, recuperó la atención de Bestigui.

–Usted no pudo hacerlo –continuó Strike–, porque si hubiera sido usted quien tiró a Landry por el balcón dos pisos más arriba, no habría podido dejar que Tansy volviera a entrar pocos segundos después de la caída. Yo creo que usted dejó a su mujer encerrada en el balcón, que se dirigió al dormitorio, se acostó, se puso cómodo, pues la policía dijo que la cama parecía desordenada y que alguien había dormido en ella, y que estuvo atento al reloj. No creo que usted quisiera quedarse dormido. Si la dejaba demasiado tiempo en ese balcón se enfrentaría a un homicidio involuntario. No me extraña que Wilson dijera que ella temblaba como un galgo inglés. Probablemente estaba sufriendo los primeros síntomas de una hipotermia.

Otro silencio, salvo por los gordos dedos de Bestigui golpeteando suavemente el filo de su mesa. Strike sacó su cuaderno.

–¿Está dispuesto ahora a responder a unas cuantas preguntas?

–¡Váyase a la mierda!

Al productor le invadió de repente la rabia que hasta ahora había contenido, apretando la mandíbula y encorvando los hombros, poniéndolos a la misma altura que las orejas. Strike pudo imaginárselo con el mismo aspecto mientras se echaba encima de su demacrada esposa hasta atrás de coca, extendiendo sus manos de dedos gruesos.

–Es usted quien está en la mierda –dijo Strike con tono calmado–, pero depende de usted cuánto quiera hundirse en ella. Puede negarlo todo, enfrentarse a su mujer en el juzgado y en los periódicos, terminar en la cárcel por perjurio y por obstrucción a la labor de la policía, o puede colaborar ahora mismo y ganarse la gratitud y la caridad de la familia de Lula. Eso servirá para demostrar su arrepentimiento y le será de ayuda cuando suplique clemencia. Si su información ayuda a dar con el asesino de Lula, no creo que reciba mucho más que una reprimenda del juez. Va a ser la policía la que reciba la verdadera paliza por parte del público y la prensa.

Bestigui respiraba ruidosamente, pero parecía estar considerando las palabras de Strike.

–No hubo ningún jodido asesino –dijo por fin con un gruñido–. Wilson no encontró a nadie allí arriba. Landry se tiró –dijo con una pequeña y desdeñosa sacudida de la cabeza–. Era una adicta a las drogas que estaba zafada, como mi pinche esposa.

–Hubo un asesino –insistió Strike–, y usted contribuyó a que se fuera libre de culpa.

Había algo en la expresión de Strike que reprimió el claro deseo de Bestigui de burlarse.

–Me han dicho que usted quería meter a Lula en una película.

Bestigui pareció desconcertado ante el cambio de conversación.

—No era más que una idea —murmuró—. Era muy excéntrica, pero encabronadamente guapa.

—¿Le atraía la idea de tenerla a ella y a Deeby Macc juntos en una película?

—Se habría ganado mucho dinero con esos dos juntos.

—¿Y qué me dice de esa película que usted ha estado pensando hacer desde que ella murió? ¿Cómo lo llaman? ¿Película biográfica? He oído que Tony Landry no estaba muy contento con ese asunto.

Para sorpresa de Strike, una sonrisa de sátiro apareció en el rostro hinchado de Bestigui.

—¿Quién le dijo eso?

—¿No es verdad?

Por primera vez, Bestigui parecía sentir que tenía el control de la conversación.

—No, no es verdad. Anthony Landry ha dado claras muestras de que una vez que lady Bristow haya muerto, estará encantado de hablar del tema.

—Entonces, ¿no estaba enojado cuando lo llamó para hablar de ello?

—Siempre que se haga con buen gusto, bla, bla, bla.

—¿Conoce bien a Tony Landry?

—Algo.

—¿En qué contexto?

Bestigui se rascó el mentón y sonrió.

—Por supuesto, es el abogado de su mujer en el divorcio.

—Por ahora, sí —contestó Bestigui.

—¿Cree que ella lo va a despedir?

—Puede que tenga que hacerlo —respondió Bestigui, y su sonrisa adoptó un tinte malicioso de pagado de sí mismo—. Conflicto de intereses. Ya veremos.

Strike miró su cuaderno y, con el imperturbable cálculo del buen jugador de póquer que calibra sus opciones, consideró si se arriesgaba mucho al llevar hasta el límite aquella línea del interrogatorio sin ninguna prueba.

—¿Debo entender que usted le dijo a Landry que sabe que se está acostando con la mujer de su socio? —preguntó volviendo a levantar la mirada.

Hubo un momento de sorpresa y, a continuación, Bestigui soltó una carcajada, un tosco y agresivo estallido de alegría.

–Lo sabía, ¿verdad?

–¿Cómo se ha enterado? –preguntó Strike.

–Contraté a uno de los suyos. Creía que Tansy me estaba poniendo los cuernos, pero resultó que lo que hacía era preparar coartadas para su maldita hermana mientras Ursula se estaba enredando con Tony Landry. Va a ser de lo más divertido ver cómo los May se divorcian. Abogados enérgicos por ambas partes. El viejo bufete familiar roto. Cyprian May no es tan blando como parece. Representó a mi segunda esposa. Voy a pasarlo genial viendo cómo se desarrolla todo. Viendo a los abogados jodiéndose unos a otros, para variar.

–Entonces, tiene algo de influencia con el abogado del divorcio de su esposa.

Bestigui sonrió maliciosamente a través del humo.

–Ninguno de ellos sabe aún que yo lo sé. He estado esperando a que llegue un buen momento para decírselos.

Pero Bestigui pareció recordar, de repente, que ahora Tansy podía estar en posesión de un arma aún más poderosa para su batalla por el divorcio y la sonrisa desapareció de su rostro arrugado dejándole una expresión seria.

–Una última cosa –dijo Strike–. La noche en que Lula murió, después de que usted siguiera a su mujer hasta el vestíbulo de abajo y volviera a llevarla arriba, ¿oyó algo fuera del departamento?

–Creía que usted decía que no se puede oír nada dentro de mi casa con las ventanas cerradas –espetó Bestigui.

–No me refiero a la calle cuando digo fuera. Estoy hablando de fuera de su puerta. Puede que Tansy estuviera haciendo demasiado ruido como para oír nada, pero me pregunto si, cuando ustedes dos estaban en la entrada de su casa… quizá usted estaba allí tratando de calmarla después de entrar… y oyó algún movimiento al otro lado de la puerta. ¿O estaba Tansy gritando demasiado?

–Estaba haciendo mucho ruido, carajo –contestó Bestigui–. No oí nada.

–Nada en absoluto.

–Nada sospechoso. Solo a Wilson corriendo al pasar junto a nuestra puerta.

–Wilson.

–Sí.

–¿Cuándo fue eso?

–Cuando usted dijo. Cuando volvimos a estar dentro de nuestro departamento.

–¿Inmediatamente después de que cerrara la puerta?

–Sí.

–Pero Wilson ya había subido corriendo cuando usted estaba todavía en el vestíbulo de abajo, ¿no?

–Sí.

Las grietas de la frente de Bestigui y alrededor de su boca se pronunciaron aún más.

–Entonces, cuando usted entró en su departamento del primer piso, Wilson ya debía estar fuera de su vista y no podría oírlo.

–Sí...

–Pero usted oyó pasos en la escalera justo después de cerrar su puerta.

Bestigui no dijo nada. Strike pudo ver cómo lo ordenaba todo en su mente por primera vez.

–Oí... sí... pasos. Corriendo. En las escaleras.

–Sí. ¿Y podría usted distinguir si eran de una persona o de dos?

Bestigui frunció el ceño, con la mirada perdida, mirando más allá del detective, hacia el pasado traicionero.

–Eran... de una persona. Así que pensé que sería Wilson, pero no podía ser... Wilson seguía arriba en la tercera planta, registrando el departamento de ella... porque lo oí bajando otra vez, después... después de que yo llamara a la policía, lo oí pasar corriendo por la puerta...

»Lo había olvidado –dijo Bestigui y por una fracción de segundo pareció casi vulnerable–. Lo había olvidado. Estaban pasando muchas cosas. Tansy estaba gritando.

–Y, por supuesto, usted estaba pensando en salvar su propio pellejo –añadió Strike rápidamente, guardándose el cuaderno y el bolígrafo de nuevo en el bolsillo y levantándose del sillón de piel–. Bueno, no le entretengo más. Estará deseando llamar a su abogado. Espero que nos volvamos a ver en el juicio.

13

Eric Wardle llamó a Strike al día siguiente.

–He llamado a Deeby –dijo bruscamente.

–¿Y? –Strike le hizo un gesto a Robin para que le pasara un bolígrafo y papel. Estaban sentados juntos en la mesa de ella, disfrutando de un té con galletas mientras hablaban de la última amenaza de muerte enviada por Brian Mathers en la que prometía, no por primera vez, abrirle las tripas a Strike y mearse en sus intestinos.

–Somé le envió una sudadera personalizada y con gorro. Con un revólver tachonado por delante y un par de versos de las letras de Deeby en la espalda.

–¿Solo una?

–Sí.

–¿Qué más?

–Recuerda un cinturón, un gorro de lana y un par de mancuernillas.

–¿Ningún guante?

Wardle hizo una pausa, quizá revisando sus notas.

–No. No ha mencionado ningún guante.

–Bueno, eso lo deja claro –dijo Strike.

Wardle no dijo nada en absoluto. Strike esperó a que el policía colgara o le diera más información.

–Las pesquisas son el jueves –dijo Wardle de pronto–. Sobre Rochelle Onifade.

–De acuerdo.

–No parece muy interesado.

–No lo estoy.

–Creía que estaba seguro de que fue un asesinato.

–Lo estoy, pero esas pesquisas no van a determinar nada. ¿Alguna idea de cuándo va a ser su funeral?

–No –contestó Wardle con tono irascible–. ¿Qué importa eso?

–He pensado que quizá vaya.

–¿Para qué?

–Tenía una tía, ¿recuerda?

Wardle colgó con lo que a Strike le pareció que sería indignación.

Bristow llamó a Strike esa misma mañana para decirle la hora y el lugar del funeral de Rochelle.

–Alison ha conseguido reunir todos los detalles –le dijo al detective por teléfono–. Es muy eficiente.

–Está claro –contestó Strike.

–Yo voy a ir. En representación de Lula. Mi deber era haber ayudado a Rochelle.

–Creo que estas cosas siempre terminan así, John. ¿Va a llevar a Alison?

–Dice que quiere ir –respondió Bristow, aunque no parecía muy contento con la idea.

–Los veré allí, entonces. Espero poder hablar con la tía de Rochelle, si es que aparece.

Cuando Strike le contó a Robin que la novia de Bristow había conseguido saber la hora y el lugar del funeral, pareció molestarse. Ella misma había estado tratando de encontrar esa información a petición de Strike y parecía pensar que Alison los había engañado.

–No me había dado cuenta de que eras tan competitiva –dijo Strike, divertido–. No te preocupes. Puede que ella te lleve ventaja en algo.

–¿Como en qué?

Pero Strike la estaba mirando de manera especulativa.

–¿Qué? –repitió Robin, un poco a la defensiva.

–Quiero que vengas conmigo al funeral.

–Ah. Okey. ¿Para qué?

Esperaba que Strike respondiera que parecería más lógico que aparecieran como pareja, lo mismo que le había parecido más lógico que fuera a Vashti acompañado de una mujer.

–Hay una cosa que quiero que hagas allí por mí –dijo él.

Después de explicarle de forma clara y concisa lo que quería que hiciera, Robin pareció completamente perpleja.

–Pero, ¿por qué?

–No puedo decírtelo.

–¿Por qué no?

–Prefiero no decirte eso tampoco.

Robin ya no veía a Strike a través de los ojos de Matthew. Ya no se preguntaba si estaba mintiendo, alardeando o fingiendo ser más listo de lo que era. Le había concedido ya el beneficio de subestimar la posibilidad de que estuviera mostrándose misterioso a propósito. Aun así, ella repitió, como si le hubiera oído mal:

–Brian Mathers.

–Sí.

–El de las amenazas de muerte.

–Sí.

–Pero, ¿qué demonios puede tener que ver ése con la muerte de Lula Landry?

–Nada –contestó Strike con sinceridad–. Todavía.

En el crematorio del norte de Londres donde se celebraba el funeral de Rochelle tres días después hacía frío, y era impersonal y deprimente. Todo era diplomáticamente aconfesional, desde los bancos de madera oscura y las paredes vacías, cuidadosamente carentes de todo artilugio religioso, hasta la vidriera de dibujo abstracto, un mosaico de pequeños cuadrados brillantes. Sentado en aquella madera dura mientras un pastor de voz estridente llamaba a Rochelle «Roselle» y la lluvia fina salpicaba la llamativa ventana de retazos que había encima de él, Strike comprendió el atractivo de los querubines dorados y los santos de yeso, de las gárgolas y los ángeles del Antiguo Testamento, de los crucifijos dorados y adornados con gemas, cualquier cosa que pudiera dar un halo de majestad y grandeza, la firme promesa de un más allá o un valor retrospectivo a una vida como la de Rochelle. La chica fallecida había atisbado el paraíso terrenal, lleno de regalos de diseñadores, famosos de los que burlarse y atractivos choferes con los que bromear. Y el deseo de todo aquello la había llevado a esto: siete dolientes y un pastor que no sabía su nombre.

Había en todo aquello algo de sórdido e impersonal, una sensación de ligera vergüenza, una anulación dolorosa de la realidad de la vida de Rochelle. Nadie parecía sentir que tenía derecho a sentarse en primera fila. Incluso la mujer negra y obesa que llevaba lentes de cristales gruesos y un gorro tejido y que Strike supuso que sería la tía de Rochelle, había preferido sentarse tres bancos más atrás del frente del crematorio, manteniendo la distancia del barato ataúd. El trabajador casi calvo al que Strike había conocido en el albergue para indigentes había ido, con una camisa abierta y una chamarra de cuero. Detrás de él estaba un hombre asiático bien vestido que Strike pensó que sería el psiquiatra que dirigía el grupo de pacientes externos de Rochelle.

Strike, con su viejo traje azul marino, y Robin, con la camisa negra y el saco que se ponía para las entrevistas, se sentaron al fondo. Al otro lado del pasillo estaban Bristow, triste y pálido, y Alison, cuya mojada gabardina cruzada de color negro relucía un poco bajo aquella fría luz.

Se abrieron unas cortinas rojas y baratas, el ataúd desapareció de la vista y la chica ahogada fue consumida por el fuego. Los silenciosos dolientes intercambiaron sonrisas de dolor e incomodidad al fondo del crematorio. Merodearon un rato por allí, tratando de no añadir a las demás deficiencias del servicio unas indecorosas prisas por retirarse. La tía de Rochelle, que proyectaba un aura de excentricidad que bordeaba el desequilibrio, se presentó como Winifred y, a continuación, anunció en voz alta y con cierto tono acusatorio:

—Hay sándwiches en el bar. Pensé que vendría más gente.

Con aspecto de no admitir oposición alguna, salió y se dirigió calle arriba hacia el Red Lion. Los seis deudos la siguieron con las cabezas agachadas ligeramente bajo la lluvia.

Los prometidos sándwiches estaban, secos y poco apetitosos, sobre una bandeja de aluminio sobre una pequeña mesa en el rincón del lóbrego pub. En algún momento del camino hacia el Red Lion, la tía Winifred se había dado cuenta de quién era John Bristow y tomó entonces posesión de él de forma abrumadora, arrinconándolo en la barra, parloteando con él sin parar. Bristow respondía cuando ella le dejaba introducir alguna palabra de costado, pero las miradas que lanzaba a Strike, que estaba hablando con el psiquiatra de Rochelle, se volvieron más frecuentes y desesperadas a medida que iban pasando los minutos.

El psiquiatra eludió todo intento de Strike de iniciar una conversación sobre el grupo de pacientes externos que dirigía, respondiendo finalmente a una pregunta sobre las revelaciones que Rochelle podría haber hecho con un cortés pero firme recuerdo de la confidencialidad de los pacientes.

–¿Le ha sorprendido que se haya suicidado?

–No, la verdad. Era una chica con muchos problemas, ¿sabe? Y la muerte de Lula Landry supuso para ella una gran conmoción.

Poco después, tras una educada despedida, se fue.

Robin, que había estado tratando de entablar conversación con una Alison monosilábica en una pequeña mesa junto a la ventana, se rindió y se dirigió al baño de señoras.

Strike atravesó sin prisa la pequeña sala y se sentó en el asiento que Robin había dejado libre. Alison le lanzó una mirada desagradable y, a continuación, retomó su contemplación de Bristow, que aún seguía acaparado por la tía de Rochelle. Alison no se había desabrochado la gabardina salpicada de lluvia. Una pequeña copa de lo que parecía ser un oporto estaba en la mesa delante de ella, y en su boca había una sonrisa ligeramente desdeñosa, como si lo que le rodeaba le pareciera destartalado y poco apropiado. Strike seguía tratando de pensar en un buen inicio de conversación cuando ella le habló inesperadamente:

–Se supone que John debería estar esta mañana en una reunión con los albaceas de Conway Oates. Ha dejado a Tony para que se reúna con ellos él solo. Tony está absolutamente furioso.

Su tono implicaba que Strike era en cierto modo culpable de aquello y que merecía saber los problemas que había causado. Dio un sorbo a su oporto. El pelo le caía sin vida sobre los hombros y sus grandes manos hacían que la copa pareciera más pequeña. A pesar de una falta de atractivo que había convertido a las demás mujeres en alhelíes, irradiaba una gran sensación de prepotencia.

–¿No le parece que ha sido un bonito gesto por parte de John venir al funeral? –preguntó Strike.

Alison pronunció un mordaz «bah» en señal de risa.

–No se puede decir que conociera a esta chica.

–Entonces, ¿porqué ha venido con él?

–Tony quería que viniera.

Strike notó la grata timidez con la que pronunció el nombre de su jefe.

–¿Por qué?

–Para que vigile a John.

–¿Es que Tony cree que es necesario vigilar a John?

Ella no respondió.

–Los dos la comparten, ¿no?

–¿Qué? –preguntó ella bruscamente.

Se alegró de haberla turbado.

–Que comparten sus servicios, como secretaria.

–Ah... Ah, no. Yo trabajo para Tony y Cyprian. Soy la secretaria de los socios mayoritarios.

–Ah. Me pregunto por qué había creído que era también secretaria de John.

–Trabajo a un nivel completamente distinto –dijo Alison–. John se sirve del personal de secretaría. Yo no tengo nada que ver con él en el trabajo.

–Pero el romance surgió atravesando los diferentes rangos de secretariado y las distintas plantas.

Ella respondió a su guasa con más silencio desdeñoso. Parecía considerar a Strike intrínsecamente ofensivo, alguien que no merecía recibir buenos modales, totalmente inaceptable.

El trabajador del albergue estaba solo en un rincón sirviéndose unos sándwiches, claramente matando el tiempo hasta que pudiera retirarse sin ser indecoroso. Robin salió del servicio de señoras y, al instante, fue asediada por Bristow, que parecía necesitado de ayuda para lidiar con la tía Winifred.

–¿Y cuánto tiempo llevan juntos usted y John? –preguntó Strike.

–Unos meses.

–¿Estaban saliendo antes de que Lula muriera?

–Él me pidió salir muy poco después de aquello –contestó.

–Debía encontrarse bastante mal, ¿no?

–Estaba completamente destrozado.

No pareció decir aquello con compasión, sino con un ligero tono despectivo.

–¿Llevaba un tiempo flirteando con usted?

Esperaba que Alison se negara a responder, pero se equivocó. Aunque ella trató de fingir lo contrario, hubo una inconfundible prepotencia y orgullo en su respuesta.

–Subió a ver a Tony, que estaba ocupado, así que John se vino a mi despacho a esperarlo. Empezó a hablar de su hermana y se emocionó. Le di pañuelos y él terminó invitándome a cenar.

A pesar de lo que parecían ser sentimientos tibios por Bristow, Strike pensó que ella se sentía orgullosa de sus proposiciones. Eran una especie de trofeo. Strike se preguntó si alguna vez, antes de que el desesperado John Bristow apareciera, alguien había invitado a cenar a Alison. Aquello había sido la colisión de dos personas con una necesidad insana: «Yo le di pañuelos y él me invitó a cenar».

El trabajador del albergue se estaba abotonando el saco. Cruzó una mirada con Strike, se despidió con la mano y se fue sin hablar con nadie.

—¿Y qué opina el gran jefe sobre que su secretaria esté saliendo con su sobrino?

—No es asunto de Tony lo que yo haga en mi vida privada —contestó.

—Eso es cierto. De todos modos, él no puede decir nada sobre mezclar negocios con placer, ¿no? Puesto que se está acostando con la esposa de Cyprian May.

Por un momento, confundida por el tono despreocupado de él, Alison abrió la boca para responder. A continuación, entendió el significado de sus palabras y su confianza en sí misma desapareció.

—¡Eso no es verdad! —exclamó con rabia y con el rostro encendido—. ¿Quién le dijo eso? Es mentira. Es una absoluta mentira. No es verdad. No lo es.

Strike oyó a una niña aterrorizada tras la protesta de aquella mujer.

—Ah, ¿sí? Entonces, ¿por qué la envió Cyprian May a Oxford para buscar a Tony el 7 de enero?

—Eso… Eso fue solo… Se había olvidado de decirle a Tony que firmara unos documentos, eso es todo.

—Y no hizo uso de un fax o de un mensajero porque…

—Porque eran documentos importantes.

—Alison, los dos sabemos que eso es mentira —dijo Strike disfrutando de verla tan agitada—. Cyprian pensaba que Tony se había escabullido a algún sitio con Ursula para pasar el día, ¿no es así?

—¡No! ¡No es así!

En la barra, la tía Winifred estaba moviendo los brazos como si fuera un molino delante de Bristow y Robin, que la miraban con sonrisas congeladas.

—¿Lo encontró en Oxford?

—No, porque…

–¿A qué hora llegó allí?

–Sobre las once, pero él…

–Cyprian debió mandarle que fuera en el momento en que usted llegó al trabajo, ¿no?

–Los documentos eran urgentes.

–Pero no encontró a Tony en su hotel ni en el centro de conferencias.

–No lo vi porque él había regresado a Londres para visitar a lady Bristow –contestó ella con furiosa desesperación.

–Ah. De acuerdo. Un poco raro que no le dijera a usted ni a Cyprian que volvía a Londres.

–No –dijo ella en un valiente intento por recobrar su desaparecida superioridad–. Podíamos contactar con él. Llevaba su celular. No importó.

–¿Llamó a su teléfono celular?

No contestó.

–¿Llamó y no obtuvo respuesta?

Dio un sorbo a su oporto en silencio.

–Para ser justos, debe sentar mal recibir una llamada de tu secretaria cuando estás cogiendo.

Pensó que aquello le parecería ofensivo, y no se decepcionó.

–Es usted desagradable. Muy desagradable –dijo ella con fuerza y con las mejillas de un rojo oscuro provocado por un remilgo que trató de disimular con un alarde de superioridad.

–¿Vive usted sola? –le preguntó él.

–¿Qué tiene eso que ver? –contestó completamente fuera de sí.

–Solo era una pregunta. Entonces, ¿no le parece raro que Tony se fuera a un hotel de Oxford a pasar la noche, volviera a Londres a la mañana siguiente y, después, regresara de nuevo a Oxford, para dejar el hotel al día siguiente?

–Volvió a Oxford para poder asistir a la conferencia de la tarde –respondió ella con tenacidad.

–¿En serio? ¿Fue usted a verlo allí?

–Estaba allí –contestó ella de forma evasiva.

–Puede probarlo, ¿verdad?

No dijo nada.

–Dígame una cosa, ¿prefiere pensar que Tony estuvo en la cama con Ursula May todo el día o que tuvo algún tipo de enfrentamiento con su sobrina?

Cerca de la barra, la tía Winifred se estaba colocando su gorro de lana y se estaba ajustando el cinturón. Parecía estar preparándose para irse.

Durante unos segundos, Alison luchó consigo misma y, después, como si soltara algo que estaba conteniendo desde hacía mucho, habló con un susurro lleno de rabia:

—No están teniendo ninguna aventura. Sé que no la tienen. Sería imposible. A Ursula solo le importa el dinero. Es lo único que le preocupa. Y Tony tiene menos que Cyprian. Ursula no querría a Tony. Para nada.

—Bueno, nunca se sabe. Quizá la pasión física haya podido más que sus tendencias mercenarias —dijo Strike observando a Alison con atención—. Puede pasar. No resulta fácil de juzgar para otro hombre, pero Tony no tiene mal aspecto, ¿no?

Vio la crudeza de su dolor, su furia.

—Tony tiene razón —dijo con un nudo de emoción en la voz—. Usted se está aprovechando. Está tratando de sacar todo lo que pueda… John se ha vuelto loco… Lula se tiró. Se tiró. Siempre estuvo desequilibrada. John es como su madre, un histérico, se imagina cosas. Lula se drogaba, era de ese tipo de personas, descontrolada, siempre causando problemas y tratando de llamar la atención. Mimada. Desperdiciaba el dinero. Podía tener todo lo que quisiera, pero para ella nada era suficiente.

—No sabía que usted la conociera.

—Yo… Tony me ha hablado de ella.

—A él no le gustaba nada, ¿verdad?

—Solo la veía por lo que era. No era buena. Algunas mujeres no lo son —dijo mientras su pecho se movía bajo su gabardina sin forma.

Una fría brisa atravesó el aire rancio del bar cuando la puerta se cerró después de que la tía de Rochelle saliera. Bristow y Robin siguieron manteniendo una débil sonrisa hasta que la puerta se cerró del todo y, a continuación, intercambiaron miradas de alivio.

El mesero había desaparecido. Solo quedaban cuatro de ellos en aquella pequeña sala. Por primera vez, Strike fue consciente de la balada de los años ochenta que estaba sonando de fondo: Jennifer Rush, «The power of love». Bristow y Robin se acercaron a su mesa.

—Creía que querría hablar con la tía de Rochelle —dijo Bristow con expresión de agravio, como si hubiera pasado por un vía crucis para nada.

–No tanto como para andar detrás de ella –respondió Strike con tono alegre–. Usted puede sustituirme.

Por la expresión en los rostros de Robin y Bristow, Strike estuvo seguro de que los dos pensaban que estaba teniendo una actitud de pereza. Alison estaba buscando algo en su bolsa, ocultando su rostro.

La lluvia había dejado de caer, las aceras estaban resbaladizas y el cielo estaba oscuro, amenazando una nueva lluvia. Las dos mujeres caminaban por delante en silencio mientras Bristow le relataba a Strike con seriedad todo lo que podía recordar de la conversación con la tía Winifred. Pero Strike no lo escuchaba. Estaba observando las espaldas de las dos mujeres, ambas de negro, casi parecidas para un observador poco atento, intercambiables. Recordó las esculturas que hay a cada lado de la Puerta de la Reina. No eran idénticas en absoluto, a pesar de lo que pudieran suponer unos ojos perezosos. Una era masculina, la otra femenina, de la misma especie, sí, pero completamente diferentes.

Cuando vio que Robin y Alison se detenían junto a un BMW, supuso que debía ser el de Bristow y él se detuvo también, interrumpiendo el incoherente recital de las tormentosas relaciones de Rochelle con su familia.

–John, tengo que preguntarle una cosa.

–Dispare.

–Dice que oyó a su tío entrar en la casa de su madre la mañana anterior a la muerte de Lula.

–Sí, así es.

–¿Está absolutamente seguro de que el hombre al que oyó era Tony?

–Sí, claro.

–Pero no lo vio.

–Yo... –El rostro de conejo de John estaba de repente desconcertado–... No. Yo... Creo que en realidad no lo vi. Pero le oí entrar. Oí su voz que venía desde la entrada.

–¿No cree que, quizá, como estaba esperando que fuera Tony, supuso que era él?

Otra pausa.

A continuación, un cambio en su voz.

–¿Está diciendo que Tony no estuvo allí?

—Solo quiero saber si está seguro de que era él.

—Bueno... hasta ahora, estaba completamente seguro. Nadie más tiene llave del departamento de mi madre. No podría ser nadie más aparte de Tony.

—Entonces, usted oyó a alguien que entraba en el departamento. Oyó una voz masculina. ¿Le hablaba a su madre o a Lula?

—Eh... —Los grandes dientes frontales de Bristow quedaron en evidencia mientras él pensaba la respuesta—. Lo oí entrar. Creo que lo oí hablar con Lula...

—¿Y oyó cómo se iba?

—Sí. Lo oí caminar por la entrada. Oí la puerta cerrándose.

—Cuando Lula se despidió de usted, ¿hizo alguna mención a que Tony acababa de estar allí?

Más silencio. Bristow se llevó una mano a la boca, pensando.

—Yo... Ella me abrazó, eso es todo... Sí, creo que dijo que había hablado con Tony. ¿O no? ¿Supuse que lo había hecho porque yo creía que...? Pero si no fue mi tío, ¿quién fue?

Strike esperó. Bristow se quedó mirando la acera, pensando.

—Pero debió ser él. Lula debió verlo, quienquiera que fuera, y no debió pensar que su presencia fuera excepcional. ¿Quién más podría haber sido aparte de Tony? ¿Quién más habría tenido una llave?

—¿Cuántas llaves hay?

—Cuatro. Tres de repuesto.

—Son muchas.

—Bueno, Lula, Tony y yo teníamos una cada uno. A mamá le gustaba que todos pudiéramos entrar y salir, sobre todo desde que está enferma.

—¿Y todas esas llaves siguen estando en poder de ustedes?

—Sí... Bueno, eso creo. Supongo que las de Lula habrán vuelto a casa de mi madre con el resto de sus cosas. Tony sigue teniendo la suya. Yo tengo la mía. Y las de mi madre... Imagino que estarán en algún lugar de la casa.

—Entonces, no tiene constancia de que se haya perdido ninguna llave.

—No.

—¿Y ninguno de ustedes le ha prestado nunca su llave a nadie?

—Dios mío, ¿por qué lo íbamos a hacer?

—No dejo de recordar ese archivo de fotografías que desapareció de la computadora de Lula estando en casa de su madre. Si hubiera otra llave por ahí...

–No puede haberla. Es decir... yo... ¿por qué dice que Tony no estuvo allí? Tuvo que estar. Dice que me vio a través de la puerta.

–Usted fue al despacho al regreso de la casa de Lula, ¿cierto?

–Sí.

–¿Para buscar unos archivos?

–Sí. Entré corriendo y los tomé. Fue algo rápido.

–Entonces, estaba de vuelta en casa de su madre...

–No podía ser más tarde de las diez.

–Y el hombre que llegó, ¿cuándo lo hizo?

–Puede... puede que media hora después. La verdad es que no me acuerdo. No miré el reloj. Pero, ¿por qué iba Tony a decir que estuvo allí si no es verdad?

–Bueno, si sabía que usted estaba trabajando en casa, le resultaba fácil decir que llegó, que no quiso molestarlo y simplemente entró por el pasillo para hablar con su madre. ¿Es probable que ella le confirmara su presencia a la policía?

–Supongo que sí. Sí, eso creo.

–Pero no está seguro.

–Creo que nunca lo hablamos. Mamá estaba mareada y dolorida. Ese día durmió mucho. Y luego, a la mañana siguiente, nos enteramos de lo de Lula...

–Pero, ¿nunca le pareció extraño que Tony no entrara en el estudio para hablar con usted?

–No era extraño en absoluto –contestó Bristow–. Estaba de muy mal humor por el asunto de Conway Oates. Me habría sorprendido más si se hubiera mostrado comunicativo.

–John, no quiero alarmarlo, pero creo que tanto usted como su madre podrían estar en peligro.

El pequeño balido de risa nerviosa de Bristow sonó débil y poco convincente. Strike podía ver a Alison a cincuenta metros de distancia con los brazos cruzados, sin hacer caso de Robin, mirando a los dos hombres.

–Usted... no puede estar hablando en serio.

–Muy en serio.

–Pero... ¿está...? Cormoran, ¿está diciendo que sabe quién mató a Lula?

–Sí, creo que lo sé. Pero aún necesito hablar con su madre antes de poner punto final a esto.

Bristow lo miró como si deseara beberse el contenido de la mente de Strike. Examinó con sus ojos miopes cada centímetro de la cara de Strike, su expresión medio temerosa, medio suplicante.

–Yo debo estar presente –dijo–. Está muy débil.

–Por supuesto. ¿Qué le parece mañana por la mañana?

–Tony se pondrá furioso si me tomo más tiempo libre durante el horario de trabajo.

Strike esperó.

–De acuerdo –dijo Bristow–. De acuerdo. Mañana a las diez y media.

14

La mañana siguiente era fresca y luminosa. Strike tomó el metro hasta el elegante y arbolado Chelsea. Aquella era una zona de Londres que apenas conocía, pues Leda, incluso en su época más despilfarradora, nunca había conseguido asegurarse un lugar en el barrio del Hospital Real de Chelsea, blanco y elegante bajo el sol de la primavera.

La de Franklin Row era una calle bonita de mucho ladrillo rojo. Había platanales y un gran espacio de césped rodeado de un barandal y dentro del cual un grupo de niños de primaria jugaban con suéteres azul claro de Aertex y shorts de color azul marino vigilados por profesores vestidos con pants. Sus gritos felices se oían en la quietud que solo interrumpían los cantos de los pájaros. No pasó ningún coche mientras Strike recorría la acera en dirección a la casa de lady Yvette Bristow con las manos en los bolsillos.

La pared que estaba junto a la puerta de cristal que quedaba en lo alto de cuatro escalones de piedra blanca, tenía un antiguo panel de baquelita lleno de timbres. Strike vio que el nombre de Yvettte Bristow estaba claramente marcado junto al Piso E, después, volvió a la acera y esperó al suave calor del día, mirando a un lado y a otro de la calle.

Dieron las diez y media, pero John Bristow no había llegado. La plaza estaba vacía, salvo por los veinte niños pequeños que corrían entre conos y aros de colores al otro lado del barandal.

A las diez cuarenta y cinco, el teléfono de Strike vibró en su bolsillo. Era un mensaje de Robin:

«Alison acaba de llamar para decir que JB no puede evitar retrasarse. No quiere que usted hable con su madre sin que él esté presente».

Strike escribió inmediatamente a Bristow:

«¿Cuánto tiempo va a retrasarse? ¿Alguna posibilidad de hacer esto más tarde?».

Acababa de enviar el mensaje cuando el teléfono empezó a sonar.

–Sí, diga.

–¿Oggy? –contestó la voz metálica de Graham Hardacre desde Alemania–. Tengo lo de Agyeman.

–No puedes ser más oportuno. –Strike sacó su cuaderno–. Dime.

–Se trata del teniente Jonah Francis Agyeman, del Cuerpo Real de Ingenieros. Veintiún años de edad, soltero, su última misión empezó el 11 de enero. Vuelve en junio. Familiar más cercano, su madre. Sin hermanos ni hijos.

Strike tomó nota de todo ello en su cuaderno sosteniendo el teléfono celular entre la mandíbula y el hombro.

–Te debo una, Hardy –dijo guardándose el cuaderno–. No tendrás una foto, ¿verdad?

–Puedo enviártela por correo electrónico.

Strike le dio a Hardacre la dirección de correo electrónico del despacho y, tras las preguntas rutinarias sobre las vidas de cada uno y las mutuas expresiones de buenos deseos, colgó.

Eran cinco para las once. Strike esperó con el celular en la mano, en la tranquila y frondosa plaza mientras los niños daban brincos y jugaban con sus aros y sus sacos rellenos de bolitas y un avión diminuto y plateado dibujaba una gruesa línea blanca en el cielo azul. Por fin, con un pequeño sonido claramente audible en aquella calle tranquila, llegó el mensaje de respuesta de Bristow.

«Imposible hoy. He tenido que salir a Rye. ¿Quizá mañana?».

Strike soltó un suspiro.

–Lo siento, John –murmuró, y subió los escalones para llamar al timbre de lady Bristow.

El silencioso, espacioso y soleado vestíbulo tenía, pese a todo, un aspecto deprimente de espacio comunal que un jarrón en forma de cubo con flores secas y apagadas, una alfombra verde y unas paredes de color amarillo claro, probablemente elegidos por su carácter ino-fensivo e insípido, no podían borrar. Como en Kentigern Gardens, había un elevador, este con puertas de madera. Strike decidió subir caminando. El edificio tenía un ligero descuido que para nada disminuía su tranquila aura de riqueza.

La puerta del departamento de arriba la abrió una sonriente enfermera caribeña de la clínica Macmillan, que le había abierto la puerta de abajo.

–Usted no es el señor Bristow –dijo ella con voz animada.

–No, soy Cormoran Strike. John viene en camino.

Lo dejó pasar. El recibidor de lady Bristow estaba agradablemente abarrotado de cosas, con papel de pared de un rojo desgastado y cubierto por acuarelas en viejos marcos dorados. Había un paragüero lleno de bastones y abrigos colgados en una fila de percheros. Strike miró a la derecha y entrevió el interior del estudio al fondo del pasillo: una pesada mesa de madera y una silla giratoria de espaldas a la puerta.

–¿Espera en la sala mientras voy a ver si lady Bristow está lista para verlo?

–Sí, por supuesto.

Atravesó la puerta que le había indicado y entró en una espléndida habitación con paredes de color amarillo pálido llenas de libreros abarrotados de fotografías. Un teléfono antiguo de disco yacía en una mesita junto a un cómodo sofá. Strike comprobó que la enfermera había desaparecido de su vista antes de levantar el auricular de su base y volver a dejarlo, discretamente torcido sobre su soporte.

Junto al ventanal y sobre una pequeña cajonera, había una fotografía grande con marco de plata que mostraba la boda de sir Alec Bristow y su esposa. El novio parecía mucho mayor que su mujer: un hombre rechoncho, sonriente y con barba. La novia era delgada, rubia y guapa, aunque insípida. Aparentemente admirando la fotografía, Strike se puso de espaldas a la puerta y abrió un pequeño cajón de aquel delicado escritorio de madera de cerezo. Dentro había elegantes hojas de carta de color azul claro y sobres a juego. Volvió a cerrar el cajón.

–¿Señor Strike? Puede pasar.

Atravesando de nuevo el recibidor empapelado de rojo, recorrió un corto pasillo y entró en un dormitorio grande, donde los colores predominantes eran el azul claro y el blanco y todo él daba una impresión de elegancia y buen gusto. Dos puertas a la izquierda, las dos entreabiertas, conducían a un pequeño baño y lo que parecía un gran vestidor. Los muebles eran delicados y afrancesados. Los accesorios de una grave enfermedad –el tripié del suero, la bacinica limpia y brillante sobre una cajonera y una colección de medicinas– eran patentes impostores.

La moribunda llevaba una bata gruesa de color marfil y estaba apoyada, empequeñecida en su cama de madera labrada, sobre muchas almohadas. No quedaba indicio alguno de la belleza juvenil de lady Bristow. Los huesos de su esqueleto estaban ahora claramente marcados por debajo de la fina piel brillante y demacrada. Tenía los ojos hundidos, lechosos y sombríos, y su pelo escaso, fino como el de un bebé, era gris por encima de su amplio y rosado cuero cabelludo. Sus esqueléticos brazos yacían débiles sobre las mantas, de donde sobresalía un catéter. Su muerte era una presencia casi palpable en aquella habitación, como si estuviera allí, esperando impaciente, cortés, detrás de las cortinas.

Un ligero olor a tila impregnaba el aire, pero no eclipsaba del todo el del desinfectante y el de la putrefacción corporal, olores que a Strike le recordaron al hospital donde había pasado meses desvalido. Un segundo ventanal estaba abierto unos cuantos centímetros, de modo que el cálido aire fresco y los lejanos gritos de los niños jugando entraban en la habitación. La vista era la de las ramas más altas de los frondosos platanales iluminados por el sol.

–¿Es usted el detective?

Su voz sonaba débil y entrecortada, sus palabras ligeramente mal articuladas. Strike, que se había preguntado si Bristow le había contado la verdad de su profesión, se alegró de que ella lo supiera.

–Sí, soy Cormoran Strike.

–¿Dónde está John?

–Lo han retenido en el trabajo.

–Otra vez –murmuró ella y, a continuación–: Tony lo hace trabajar muy duro. –Lo miró de forma borrosa y señaló una pequeña silla levantando débilmente un dedo–. Siéntese.

Había unas líneas blanquecinas alrededor de sus iris descoloridos. Al sentarse, Strike vio dos fotografías más con marcos de plata sobre el buró. Con algo parecido a una descarga eléctrica, Strike se vio mirando a los ojos de un Charlie Bristow de diez años, de rostro regordete y con su corte de pelo de casco: congelado para siempre en los años ochenta, con su camisa del colegio de cuello de puntas largas y el enorme nudo de la corbata. Estaba igual que cuando se había despedido de su mejor amigo, Cormoran Strike, esperando volver a verse de nuevo tras las vacaciones.

Junto a la fotografía de Charlie había otra más pequeña de una niña bellísima de bucles negros y largos y ojos grandes y cafés con un uniforme de colegio azul marino: Lula Landry, de no más de seis años.

–Mary –dijo lady Bristow sin levantar la voz, y la enfermera se acercó afanosamente–. ¿Puedes traerle al señor Strike...? ¿Café? ¿Té? –le preguntó a él, que había sido transportado dos décadas y media atrás, al jardín de Charlie Bristow iluminado por el sol, a su elegante madre rubia y a la limonada.

–Un café sería estupendo, muchas gracias.

–Le ofrezco disculpas por no hacérselo yo –dijo lady Bristow cuando la enfermera salió con pesados pasos–, pero como puede ver, ahora dependo por completo de la amabilidad de los desconocidos. Como la pobre Blanche Dubois.

Cerró los ojos un momento, como si se concentrara mejor en algún dolor interno. Él se preguntó si estaría muy medicada. Bajo sus modales elegantes, adivinó cierto amargor en sus palabras, lo mismo que la tila no conseguía ocultar el olor a descomposición, y se preguntó por qué sería, teniendo en cuenta que Bristow pasaba la mayor parte de su tiempo danzando alrededor de ella para atenderla.

–¿Por qué no ha venido John? –preguntó de nuevo lady Bristow con los ojos todavía cerrados.

–Le han entretenido en la oficina –repitió Strike.

–Ah, sí. Sí. Ya lo dijo.

–Lady Bristow, me gustaría hacerle algunas preguntas y quiero ofrecerle disculpas por adelantado si le parecen demasiado personales o dolorosas

–Cuando usted haya sufrido lo que yo, nada podrá hacerle ya más daño –dijo ella en voz baja–. Llámeme Yvette.

–Gracias. ¿Le importa si tomo notas?

–En absoluto –contestó mientras le veía sacar su bolígrafo y su cuaderno con una débil muestra de interés.

–Si no le importa, me gustaría empezar por el modo en que Lula llegó a su familia. ¿Sabía algo de su pasado cuando la adoptó?

Encarnaba la misma imagen de la impotencia y pasividad allí tumbada, con sus débiles brazos sobre las mantas.

–No –respondió–. No sabía nada. Alec quizá supiera algo pero, de ser así, nunca me lo dijo.

–¿Qué le hace pensar que su marido sabía algo?

–Alec siempre profundizaba en las cosas todo lo que podía –contestó con una ligera sonrisa nostálgica–. Era un hombre de negocios de mucho éxito, ya sabe.

–Pero nunca le dijo nada sobre la primera familia de Lula.

–No, nunca lo habría hecho. –Fue como si aquella sugerencia le hubiera parecido extraña–. Yo quería que fuera mía, solo mía, ¿sabe? Alec habría querido protegerme, si es que sabía algo. Yo no habría soportado la idea de que alguien ahí afuera pudiera venir por ella algún día. Ya había perdido a Charlie y estaba deseando tener una hija. La idea de perderla también...

La enfermera regresó con una bandeja con dos tazas y un plato de bombones de licor.

–Un café –dijo con tono alegre y colocándolo junto a Strike en el buró más cercano a él– y un té de manzanilla.

Volvió a salir. Lady Bristow cerró los ojos. Strike dio un sorbo a su café solo.

–Lula había empezado a buscar a sus padres biológicos un año antes de su muerte, ¿verdad?

–Así es –respondió lady Bristow con los ojos aún cerrados–. A mí acababan de diagnosticarme el cáncer.

Hubo una pausa en la cual Strike dejó la taza de café con un suave tintineo y los lejanos gritos de los niños de la plaza entraron por la ventana abierta.

–John y Tony estaban muy enojados con ella –continuó lady Bristow–. Creían que no debía empezar a buscar a su madre biológica estando yo tan enferma. El tumor ya estaba muy avanzado cuando lo encontraron. Tuve que entrar directamente en quimioterapia. John fue muy bueno. Me llevaba y me traía del hospital y se vino a vivir conmigo durante la peor época. Incluso Tony venía a ayudar, pero lo único que a Lula parecía importarle... –Soltó un suspiro y abrió sus ojos apagados, estudiando la cara de Strike–. Tony siempre decía que estaba muy consentida. Yo me atrevería a decir que fue culpa mía. Había perdido a Charlie, ¿sabe? Todo era poco para ella.

–¿Sabe cuánto pudo llegar a descubrir Lula sobre su familia?

–Me temo que no lo sé. Creo que ella sabía lo mucho que me

molestaba. No me contó mucho. Yo sabía que había encontrado a su madre, claro, pues hubo toda aquella espantosa publicidad. Era exactamente como Tony había predicho. Nunca había querido a Lula. Una mujer terrible —susurró lady Bristow—. Pero Lula siguió viéndola. Yo estuve yendo a quimioterapia durante toda aquella época. Había perdido el pelo...

Su voz se fue apagando. Strike se sintió como una persona cruel al seguir presionando, quizá como ella quería que se sintiese.

—¿Y su padre biológico? ¿Le contó a usted alguna vez si había descubierto algo de él?

—No —contestó lady Bristow con voz débil—. Yo tampoco le pregunté. Me daba la impresión de que había dejado todo eso después de encontrar a su terrible madre. Yo no quería hablar de ello, de nada de eso. Era demasiado angustioso. Creo que se daba cuenta de ello.

—¿No mencionó a su padre biológico la última vez que la vio? —insistió Strike.

—No —respondió con su voz baja—. No. No fue una visita muy larga, ¿sabe? En el momento en que llegó, recuerdo que me dijo que no podía quedarse mucho tiempo. Que había quedado con su amiga Ciara Porter.

Su sensación de maltrato planeó suavemente hacia él como el olor de los que están confinados en la cama que ella exudaba: un poco rancio, un poco pasado. Había algo en ella que le recordaba a Rochelle. Pese a que eran mujeres completamente diferentes, las dos desprendían el resentimiento de quienes se sienten defraudadas y abandonadas.

—¿Recuerda de qué hablaron Lula y usted ese día?

—Pues me habían dado muchos analgésicos, como comprenderá. Había sufrido una operación muy seria. No recuerdo todos los detalles.

—Pero, ¿recuerda que Lula vino a verla?

—Sí —respondió—. Me despertó, yo me había quedado dormida.

—¿Puede recordar de qué hablaron?

—De mi operación, claro —dijo con un toque de aspereza—. Y luego, un poco sobre su hermano mayor.

—¿Mayor...?

—Charlie —aclaró lady Bristow con tono triste—. Le hablé del día en que él murió. La verdad es que nunca antes le había hablado de ello. El peor, el día más espantoso de mi vida.

Strike pudo imaginársela, postrada, un poco adormilada, pero no menos resentida por ello, manteniendo a su renuente hija a su lado para hablarle de su dolor y de su hijo muerto.

—¿Cómo iba yo a saber que aquella era la última vez que iba a verla? —susurró lady Bristow—. No era consciente de que estaba a punto de perder a otro hijo.

Sus ojos inyectados en sangre se inundaron. Parpadeó y dos grandes lágrimas cayeron por sus mejillas hundidas.

—¿Puede mirar en ese cajón y sacar mis pastillas? —susurró apuntando con un dedo mustio al buró.

Strike lo abrió y vio dentro muchas cajas blancas de distintos tipos y distintas etiquetas.

—¿Cuál...?

—No importa. Son todas lo mismo —contestó.

Sacó una. Tenía una etiqueta clara de Valium. Tenía suficientes como para sufrir diez sobredosis.

—¿Puede sacar un par de ellas y dármelas? —le pidió ella—. Las tomaré con un poco de té de manzanilla, si es que ya está suficientemente frío.

Él le dio las pastillas y la taza. Las manos de ella temblaban y él tuvo que sostener el plato y pensó, de forma poco inapropiada, en un sacerdote dando la comunión.

—Gracias —murmuró ella volviendo a descansar sobre sus almohadas, mientras él volvía a colocar el té de manzanilla en la mesa, y lo miró con sus ojos lastimeros—. ¿Me dijo John que usted conocía a Charlie?

—Sí, así es. Nunca me he olvidado de él.

—No, claro que no. Era un niño de lo más adorable. Todo el mundo lo dice. Un niño muy dulce, el más dulce que he conocido nunca. Lo extraño cada día.

Al otro lado de la ventana los niños gritaban y se oía el susurro de los platanales y Strike pensó en cuál habría sido el aspecto de aquella habitación una mañana de invierno, unos meses atrás, cuando los árboles debían estar desnudos, cuando Lula Landry se había sentado donde él estaba ahora, quizá con sus hermosos ojos fijos en la fotografía del difunto Charlie mientras su madre adormecida le contaba aquella terrible historia.

—La verdad es que nunca antes le había hablado a Lula de ello.

Los niños habían salido con sus bicicletas. Oímos a John gritar y, después, a Tony, gritando, gritando...

El bolígrafo de Strike no había tocado el papel todavía. Observaba el rostro de aquella moribunda mientras hablaba.

–Alec no me dejó mirar, no me dejó acercarme a la cantera. Cuando me dijo lo que había pasado, me desmayé. Creía que me iba a morir. Quería morirme. No podía comprender cómo Dios había permitido que sucediera aquello.

»Pero desde entonces, he llegado a pensar que quizá me he merecido todo eso –dijo lady Bristow con voz distante, con los ojos fijos en el techo–. Me he preguntado si estoy recibiendo un castigo. Porque los he querido mucho, los he consentido. No podía decir que no. Charlie, Alec y Lula. Creo que debe tratarse de un castigo porque, de otro modo, sería demasiado cruel e inexplicable, ¿no es así? Hacerme pasar por aquello una y otra y otra vez.

Strike no sabía qué responder. Daba pena, pero no le pareció que pudiera compadecerla tanto como, quizá, se merecía. Estaba en su lecho de muerte, envuelta en un invisible traje de martirio, presentando ante él su impotencia y su pasividad como si fueran adornos y la predominante sensación de rechazo de él.

–Yo quería mucho a Lula –continuó lady Bristow con frialdad–, pero creo que ella nunca... Era una cosita encantadora. Tan guapa. Habría hecho lo que fuera por esa niña. Pero ella no me quería como Charlie y John me querían. Quizá fue demasiado tarde. Quizá la trajimos demasiado tarde.

»John se puso celoso al principio de cuando ella se vino con nosotros. Se había quedado destrozado por lo de Charlie... pero terminaron haciéndose buenos amigos. Muy buenos.

Arrugó un poco la piel de papel de su frente.

–Así que, Tony se equivocó.

–¿En qué se equivocó? –preguntó Strike en voz baja.

Ella retorció sus dedos sobre las mantas. Tragó saliva.

–Tony pensaba que no debíamos adoptar a Lula.

–¿Por qué no?

–A Tony nunca le gustaron ninguno de mis hijos –respondió Yvette Bristow–. Mi hermano es un hombre muy duro. Muy frío. Dijo cosas espantosas después de que Charlie muriera. Alec le dio un puñetazo. No eran ciertas. No era verdad... lo que Tony dijo.

Su mirada blanquecina se deslizó hacia el rostro de Strike y él creyó vislumbrar a la mujer que debió ser cuando aún era guapa: una criatura algo empalagosa, un poco infantil, un poquito dependiente y ultrafemenina, protegida y mimada por sir Alec, que aceptaba que los caprichos y deseos de ella debían garantizar la satisfacción de los dos.

–¿Qué dijo Tony?

–Cosas terribles sobre John y Charlie. Cosas espantosas –contestó con voz débil–. No quiero repetirlas. Y luego, llamó a Alec cuando se enteró de que íbamos a adoptar a una niña y le dijo que no debíamos hacerlo. Alec se puso furioso –susurró–. Le prohibió a Tony que viniera a nuestra casa.

–¿Le contó todo esto a Lula cuando ella la visitó ese día? ¿Lo de Tony y las cosas que dijo tras la muerte de Charlie y cuando la adoptaron?

Ella pareció notar cierto reproche.

–No recuerdo exactamente lo que le dije. Acababa de sufrir una operación muy grave. Estaba un poco adormilada con toda la medicación. No puedo recordar ahora con exactitud lo que le dije.

Y entonces, con un repentino cambio de conversación:

–Ese chico me recordaba a Charlie. El novio de Lula. Ese chico tan guapo. ¿Cómo se llama?

–¿Evan Duffield?

–Exacto. Vino a verme no hace mucho, ¿sabe? Recientemente. No sé exactamente... pierdo la noción del tiempo. Ahora me dan muchas medicinas. Pero vino a verme. Fue muy dulce por su parte. Quería hablar de Lula.

Strike recordó que Bristow había dicho que su madre no había sabido quién era Duffield y se preguntó si lady Bristow había estado jugando con su hijo, fingiendo estar más confundida de lo que realmente estaba para estimular su instinto de protección.

–Charlie podría haber sido así de guapo de haber vivido. Podría haber sido cantante o actor. Le encantaba actuar, ¿recuerda? Me dio mucha pena ese chico, Evan. Estuvo llorando aquí, conmigo. Me dijo que creía que ella se estaba viendo con otro hombre.

–¿Qué otro hombre era ese?

–El cantante –contestó lady Bristow distraídamente–. Ese cantante que había escrito canciones sobre ella. Cuando se es joven y hermosa, se puede ser muy cruel. Me dio pena. Me dijo que se sentía culpable. Yo le dije que no tenía que sentirse culpable de nada.

–¿Por qué dijo que se sentía culpable?

–Por no haberla seguido a su departamento. Por no estar allí para impedir su muerte.

–Yvette, ¿podemos volver atrás un poco, al día anterior a la muerte de Lula?

Ella le lanzó una mirada de reproche.

–Me temo que no me acuerdo de nada más. Le he dicho todo lo que recuerdo. Acababa de salir del hospital. Me habían dado medicinas para el dolor.

–Lo entiendo. Solo quería saber si recuerda si su hermano, Tony, vino a visitarla ese día.

Hubo una pausa y Strike vio que algo se endurecía en el débil rostro de ella.

–No, no recuerdo que Tony viniera –contestó por fin lady Bristow–. Sé que dice que estuvo aquí, pero yo no recuerdo que viniera. Quizá estaba dormida.

–Asegura que estuvo aquí cuando Lula vino a visitarla –dijo Strike.

Lady Bristow encogió ligeramente sus frágiles hombros.

–Puede que viniera, pero no lo recuerdo –y a continuación, levantando la voz–: Mi hermano está siendo mucho más bueno conmigo ahora que sabe que me voy a morir. Me visita mucho. Habla mal de John continuamente, desde luego. Siempre lo ha hecho. Pero John ha sido siempre muy bueno conmigo. Ha hecho cosas por mí mientras he estado enferma… cosas que ningún hijo debería hacer. Habría sido más propio de Lula… pero ella era una niña consentida. Yo la quería, pero ella podía ser egoísta. Muy egoísta.

–Entonces, ese último día, la última vez que vio a Lula… –dijo Strike volviendo tenazmente al asunto principal, pero lady Bristow lo interrumpió.

–Después de que ella se fuera yo estaba muy alterada –dijo–. Pero muy alterada. Hablar de Charlie siempre me produce eso. Ella vio lo consternada que yo estaba pero, aun así, se fue a ver a su amiga. Tuve que tomarme unas pastillas y me quedé dormida. No, no vi a Tony. No vi a nadie más. Podría decir que estuvo aquí, pero no recuerdo nada hasta que John me despertó con una bandeja con la cena. John estaba enojado. Me regañó.

–¿Por qué lo hizo?

–Cree que tomo demasiadas pastillas –contestó lady Bristow como una niña pequeña–. Sé que el pobre John quiere lo mejor para mí, pero no se da cuenta... no puede... He sufrido mucho en mi vida. Esa noche se quedó sentado conmigo durante mucho tiempo. Hablamos de Charlie. Charlamos hasta la madrugada. Y mientras hablábamos –dijo bajando la voz hasta convertirla en un susurro–, en ese mismo momento en el que hablábamos, Lula se caía... se caía de su balcón.

»Así que, fue John quien tuvo que darme la noticia, a la mañana siguiente. La policía había llegado a casa al amanecer. Él entró en mi habitación para decírmelo y...

Tragó saliva y negó con la cabeza, débil, apenas con vida.

–Por eso volvió el cáncer, lo sé. La gente no puede soportar tanto dolor.

Estaba empezando a arrastrar más las palabras. Él se preguntó cuánto Valium había tomado ya mientras ella cerraba los ojos adormilada.

–Yvette, ¿le parece bien que use su baño?

Ella asintió moviendo la cabeza adormecida.

Strike se puso de pie y con rapidez y de un modo sorprendentemente silencioso para tratarse de un hombre de su tamaño, entró en el vestidor.

El espacio tenía puertas de color caoba que llegaban hasta el techo. Strike abrió una de las puertas y miró en su interior, a los percheros llenos de vestidos y abrigos, con un estante para bolsas y sombreros arriba, aspiró el olor rancio de los zapatos y telas viejas que, a pesar del evidente alto precio de sus contenidos, le recordaron a una vieja tienda de ropa de segunda mano. En silencio, abrió y cerró una puerta tras otra hasta que, en el cuarto intento, vio un montón de bolsas claramente nuevas, cada una de un color diferente, que habían sido amontonadas en el estante superior.

Bajó el azul, nuevo y lustroso. Allí estaba el logotipo de GS y el forro de seda que estaba unido a la bolsa por un cierre. Pasó los dedos alrededor de él, en cada rincón y, después, volvió a dejarlo hábilmente en el estante.

A continuación, tomó la bolsa blanca. El forro tenía un estampado de estilo africano. De nuevo, pasó los dedos por el interior. Luego, abrió el cierre del forro.

Salió, tal y como Ciara le había descrito, como un pañuelo con filos metálicos, dejando a la vista el áspero interior del cuero blanco. No vio nada hasta que lo examinó con más atención y, entonces, vio una línea de color azul claro a lo largo del cartón duro y rectangular cubierto de tela que daba forma a la base de la bolsa. Levantó el cartón y, debajo de él, vio un papel azul claro doblado, escrito con letras desordenadas.

Strike volvió a dejar la bolsa rápidamente en su estante con el forro enrollado en su interior y de un bolsillo interior de su saco, sacó una bolsa de plástico dentro de la cual metió el papel azul claro, abierto, pero sin leer. Cerró la puerta de caoba y siguió abriendo otras. Tras la penúltima puerta había una caja fuerte con un teclado digital.

Strike sacó una segunda bolsa de plástico del interior de su saco, deslizó su mano en su interior y empezó a pulsar teclas, pero antes de haber terminado con su intento, oyó movimientos fuera. Metiéndose rápidamente la bolsa arrugada en un bolsillo, cerró la puerta del clóset lo más silenciosamente que pudo y volvió al dormitorio, donde vio a la enfermera de la clínica Macmillan inclinada sobre Yvette Bristow. Se dio la vuelta cuando lo oyó.

—Me he equivocado de puerta —dijo Strike—. Pensé que era el baño.

Entró en el pequeño baño del dormitorio y allí, con la puerta cerrada, antes de tirar de la cadena y abrir las llaves para que la enfermera lo oyera, leyó la última voluntad y testamento de Lula Landry, escrito en el papel de su madre y teniendo como testigo a Rochelle Onifade.

Yvette Bristow seguía tumbada con los ojos cerrados cuando volvió al dormitorio.

—Está dormida —anunció la enfermera en voz baja—. Le pasa mucho.

—Sí —contestó Strike mientras la sangre le bombeaba en los oídos—. Por favor, despídase de mi parte cuando se despierte. Voy a tener que irme ya.

Caminaron juntos por el amplio pasillo.

—Lady Bristow parece estar muy enferma —comentó Strike.

—Sí que lo está —respondió la enfermera—. Puede morir en cualquier momento. Está muy mal.

–Creo que me he dejado… –dijo Strike distraídamente, entrando a la izquierda en la sala amarilla donde había estado primero, inclinándose sobre el sofá para impedir que la enfermera viera nada y volviendo a colocar con cuidado el auricular del teléfono que había descolgado–. Sí, aquí está –dijo fingiendo tomar algo pequeño y metiéndoselo en el bolsillo–. Bueno, muchas gracias por el café.

Con la mano en la puerta, se giró para mirarla.

–Entonces, ¿su adicción por el Valium sigue siendo tan mala como siempre?

Sin mostrar recelo ni desconfianza, la enfermera lo miró con una sonrisa indulgente.

–Sí, pero ya no puede afectarle. Eso sí, yo les he dicho a esos médicos lo que pienso. Ha tenido a tres de ellos recetándoselo durante años, por lo que he visto en las etiquetas de las cajas.

–Muy poco profesionales –dijo Strike–. Gracias de nuevo por el café. Adiós.

Bajó corriendo las escaleras, con el celular ya fuera del bolsillo, tan entusiasmado que no sabía bien por dónde pisaba, así que al girar en la escalera dejó escapar un grito de dolor cuando la prótesis se le deslizó por el borde. La rodilla se le torció y cayó, con un golpe duro y pesado, a lo largo de seis escalones, aterrizando en el fondo con un dolor atroz e intenso tanto en la articulación como en el borde del muñón, como si acabaran de cortárselo, como si el tejido de la cicatriz estuviera aún curándose.

–Mierda. ¡Mierda!

–¿Está bien? –gritó la enfermera mirándolo por encima del barandal con la cara invertida.

–Estoy bien… ¡Estoy bien! –gritó–. ¡Me resbalé! ¡No se preocupe! Mierda, mierda, mierda –se quejó en voz baja mientras volvía a ponerse de pie apoyándose en el pilar del barandal con miedo a colocar todo su peso sobre la prótesis.

Bajó renqueando, inclinándose sobre el barandal todo lo que podía, casi dando saltos a través del vestíbulo y colgándose de la puerta de la calle mientras maniobraba para bajar los escalones.

Los niños que estaban jugando se alejaban como un cocodrilo de colores azul claro y marino, serpenteando mientras volvían a su colegio y a almorzar. Strike se quedó apoyado contra el caliente muro de ladrillo, maldiciéndose y preguntándose qué daños se habría provocado. El dolor era tremendo y la piel que ya antes estaba irritada la sentía ahora como si se hubiera desgarrado. Le ardía por debajo del gel que se suponía que tenía que protegerla y la idea de hacer caminando todo el recorrido hasta el metro no era nada apetecible.

Se sentó en el escalón de arriba y llamó a un taxi, después de lo cual hizo varias llamadas más. Primero, a Robin, luego a Wardle y, después, al bufete de Landry, May y Patterson.

El taxi negro apareció por la esquina. Por primera vez, mientras se ponía de pie y cojeaba cada vez más dolorido hasta la acera, Strike pensó que aquellos imponentes vehículos negros eran como coches fúnebres en miniatura.

QUINTA PARTE

Felix qui portuit rerum cognoscere causas.
«Afortunado aquel que ha podido conocer el porqué de las cosas».

Virgilio, *Geórgicas*, Libro II

1

–Creía que habría preferido enseñarle primero esto a su cliente –dijo Eric Wardle hablando despacio y mirando aquel testamento en su bolsa de plástico.

–Lo habría hecho, pero está en Rye y es urgente –respondió Strike–. Se lo he dicho. Estoy tratando de evitar dos asesinatos más. Nos estamos enfrentando a un maníaco, Wardle.

Estaba sudando por el dolor. Incluso estando allí sentado, en la soleada ventana del Feathers, instando al policía a que entrara en acción, Strike se preguntó si se habría dislocado la rodilla o se habría fracturado lo poco de tibia que le quedaba al caer por las escaleras de Yvette Bristow. No había querido hurgarse la pierna en el taxi, que ahora lo esperaba fuera, junto a la banqueta. El taxímetro seguía consumiendo el dinero que Bristow le había adelantado, el cual no le devolverían, pues hoy habría un arresto, si es que Wardle se ponía en marcha.

–Lo admito. Esto podría ser un motivo…

–¿Podría? –repitió Strike–. ¿Podría? ¿Diez millones de libras podrían constituir un motivo? Carajo…

–Pero necesito pruebas que se puedan mantener en un juicio y usted no me ha traído nada de eso.

–¡Le acabo de decir dónde las puede encontrar! ¿Es que me he equivocado? Le dije que era un puto testamento, y ahí lo tiene –Strike dio un golpe sobre el plástico–. ¡Pida una orden judicial!

Wardle se rascó el lado de su atractivo rostro como si le doliera una muela, mirando el testamento con el ceño fruncido.

–¡Dios mío! –exclamó Strike–. ¿Cuántas veces se lo voy a repetir? Tansy Bestigui estaba en el balcón, oyó que Landry decía «Ya lo he hecho»…

–Está pisando terreno pantanoso, amigo –dijo Wardle–. La defensa hace picadillo a los que mienten a los sospechosos. Cuando Bestigui descubra que no hay ninguna foto, va a negarlo todo.

–Que lo haga. Pero ella no lo negará. Está dispuesta a contarlo todo. Pero si usted es demasiado cobarde como para no hacer nada con todo esto, Wardle, y alguien más cercano a Landry resulta muerto, voy a ir directo a la puta prensa –dijo Strike sintiendo el sudor frío en su espalda y un intenso dolor en lo que le quedaba de su pierna derecha–. Les diré que le he dado toda la información que tenía y que usted tenía la puta oportunidad de arrestar a ese asesino. Conseguiré un buen dinero vendiendo los derechos de mi historia y usted puede pasarle el mensaje a Carver de mi parte.

»Aquí tiene –dijo pasando desde el otro lado de la mesa un trozo de papel sobre el que había garabateado varios números de seis cifras–. Pruebe primero con ellos. Y pida una jodida orden judicial.

Él le pasó por encima de la mesa el testamento a Wardle y se bajó del taburete de la barra. El paseo desde el pub hasta el taxi fue una agonía. Cuanta más presión hacía sobre la pierna derecha, más atroz era el dolor.

Robin había estado llamando a Strike cada diez minutos desde la una, pero no había contestado. Volvió a llamar cuando él ya estaba subiendo, con enorme dificultad, por las escaleras de metal en dirección a la oficina, ayudándose a subir utilizando los brazos. Robin oyó el sonido del teléfono en la escalera y salió corriendo al rellano..

–¡Aquí estás! No he parado de llamarte, ha habido montones de… ¿Qué te pasa? ¿Estás bien?

–Sí –mintió.

–No. Estás… ¿Qué te ha pasado?

Se apresuró a bajar las escaleras para ir con él. Estaba blanco y sudoroso y a Robin le pareció como si estuviera enfermo.

–¿Has estado bebiendo?

–¡No he estado bebiendo, carajo! –exclamó–. Yo... lo siento, Robin. Me duele un poco aquí. Solo necesito sentarme.

–¿Qué ha pasado? Déjame…

–Todo bien. No pasa nada. Yo me las arreglo.

Despacio, subió hasta el descanso de arriba y fue cojeando muy pesadamente hasta el viejo sofá, justo después de la puerta de cristal. Cuando se dejó caer sobre él, Robin pensó oír algo que crujía en la estructura y pensó: «Vamos a necesitar uno nuevo», y después: «Pero me voy».

–¿Qué ha pasado? –preguntó.

–Me he caído por unas escaleras –contestó Strike jadeando un poco y aún con el abrigo puesto–. Como un completo idiota.

–¿Qué escaleras? ¿Qué ha pasado?

Desde lo más hondo de su agonía, sonrió al ver la expresión de ella, que era en parte de terror y en parte de excitación.

–No he estado peleándome con nadie, Robin. Solo me he resbalado.

–Ah, okey. Estás un poco... Estás un poco pálido. ¿No te habrás hecho algo grave? Puedo llamar a un taxi. Quizá deberías ir al médico.

–No es necesario. ¿Sigue quedando alguno de esos analgésicos?

Ella le trajo agua y paracetamol. Él los tomó y, a continuación, estiró las piernas, estremecido por el dolor.

–¿Qué ha pasado por aquí? ¿Ha enviado Graham Hardacre una fotografía?

–Sí –respondió, acercándose corriendo a la pantalla de la computadora–. Aquí está.

Con un movimiento del ratón y un clic, la fotografía del teniente Jonah Agyeman inundó la pantalla.

En silencio, contemplaron el rostro de un joven cuyo innegable atractivo no quedaba mermado por las orejas demasiado grandes que había heredado de su padre. El uniforme escarlata, negro y dorado le sentaba bien. Tenía la sonrisa ligeramente torcida, las mejillas altas, el mentón cuadrado y la piel oscura con cierto tono rojo, como el té recién hecho. Transmitía el mismo encanto desenfadado que Lula Landry había tenido también, esa cualidad imposible de definir que hacía que el que viera la imagen se detuviera un rato en su contemplación.

–Se parece a ella –dijo Robin con voz muy baja.

–Sí. ¿Ha habido algo más?

Robin pareció volver en sí de repente.

–Dios, sí... John Bristow llamó hace media hora para decir que no podía dar contigo. Y Tony Landry ha llamado tres veces.

–Pensé que lo haría. ¿Qué dijo?

–Estaba absolutamente... Bueno, la primera vez pidió hablar contigo y, cuando le dije que no estabas aquí, colgó antes de que pudiera darle tu teléfono celular. La segunda vez me dijo que tenía que llamarte de inmediato, pero colgó antes de que pudiera decirle que aún no habías regresado. Pero la tercera vez estaba... bueno... estaba increíblemente enojado. Gritándome.

–Más le vale que no te haya insultado –dijo Strike frunciendo el entrecejo.

–La verdad es que no. Bueno, a mí no... Era todo contra ti.

–¿Qué dijo?

–No tenía mucho sentido, pero ha llamado a John Bristow «cretino estúpido» y luego ha vociferado algo de que Alison se fue, lo cual parecía creer que tenía algo que ver contigo, porque se ha puesto a gritar que te iba a demandar, que era difamación y todo tipo de cosas.

–¿Alison dejó el trabajo?

–Sí.

–¿Ha dicho adónde...? No, claro que no. ¿Por qué iba él a saberlo? –terminó de decir, más para sí mismo que para Robin.

Miró su muñeca. Su reloj barato parecía haberse golpeado con algo cuando se cayó por las escaleras, pues se había parado al cuarto para la una.

–¿Qué hora es?

–Diez para las cinco.

–¿Ya?

–Sí. ¿Necesitas algo? Puedo quedarme un rato.

–No. Quiero que te vayas.

Su tono fue tal que en lugar de ir por su abrigo y su bolsa, Robin se quedó exactamente donde estaba.

–¿Qué es lo que esperas que vaya a pasar?

Strike estaba ocupado hurgando en su pierna, justo por debajo de la rodilla.

–Nada. Últimamente has trabajado más horas de las que debes. Apuesto a que Matthew se alegrará al ver que por una vez llegas temprano.

No podía ajustarse la prótesis a través de la pernera del pantalón.

–Por favor, Robin, vete –le pidió él levantando la vista.

Ella vaciló y, a continuación, fue por su gabardina y su bolsa.

–Gracias –dijo Strike–. Nos vemos mañana.

Salió. Esperó a oír el sonido de sus pasos en las escaleras antes de subirse la pierna del pantalón, pero no oyó nada. La puerta de cristal se abrió y ella volvió a aparecer.

–Estás esperando que venga alguien, ¿no? –preguntó ella agarrada al filo de la puerta.

–Tal vez, pero no es importante.

Lanzó una sonrisa a la expresión tirante y preocupada de ella.

–No te preocupes por mí –añadió al ver que su expresión no cambiaba–: He practicado un poco de boxeo en el ejército, ¿sabes?

Robin soltó una pequeña carcajada.

–Sí, ya lo dijiste.

–¿Sí?

–En repetidas ocasiones. Esa noche en que tú... ya sabes.

–Ah. Okey. Bueno, es la verdad.

–Pero, ¿a quién...?

–Matthew no me agradecería que te lo dijera. Vete a casa, Robin. Nos vemos mañana.

Y esta vez, aunque a regañadientes, se fue. Él esperó hasta que oyó cerrarse la puerta que daba a Denmark Street, luego se subió la pernera del pantalón, se sacó la prótesis y examinó su rodilla hinchada y el extremo de la pierna, que estaba inflamado y magullado. Se preguntó qué se habría hecho exactamente, pero no tenía tiempo de consultar con un experto esa noche.

Casi deseó entonces haberle pedido a Robin que le trajera algo de comer antes de irse. Con torpeza, dando saltos, agarrándose a la mesa, a lo alto del archivero y al brazo del sofá para no perder el equilibrio, consiguió prepararse una taza de té. Se la bebió sentado en la silla de Robin y se comió medio paquete de galletas digestivas, pasando la mayor parte del tiempo contemplando el rostro de Jonah Agyeman. El paracetamol apenas le había quitado el dolor de la rodilla.

Cuando se hubo terminado todas las galletas, miró su celular. Había muchas llamadas perdidas de Robin y dos de John Bristow.

De las tres personas que Strike creyó que se presentarían en su despacho esa tarde, era Bristow quien esperaba que fuera el primero. Si la policía quería pruebas concretas de asesinato, su cliente –aunque quizá sin darse cuenta– podría proporcionárselas. Si aparecían Tony Landry o Alison Cresswell en su oficina, «tendré que...», luego Strike soltó un pequeño resoplido en su oficina vacía, pues la expresión que se le había ocurrido fue «improvisar».

Pero llegaron las seis de la tarde, y después, las seis y media y nadie llamó al timbre. Strike se puso más crema en el extremo de su pierna y volvió a colocarse la prótesis, lo cual supuso un calvario. Fue cojeando hasta el despacho de dentro soltando gruñidos de dolor, se dejó caer en su sillón y, rindiéndose, volvió a quitarse la pierna falsa y se echó hacia delante para colocar la cabeza sobre los brazos con la intención de no hacer otra cosa que dejar reposar sus cansados ojos.

2

Pasos en las escaleras metálicas. Strike se puso rígido en su asiento, sin saber si se había quedado dormido cinco minutos o cincuenta. Alguien dio unos toques en la puerta de cristal.

–¡Entre! ¡Está abierto! –gritó, comprobando que la prótesis sin ajustar quedaba cubierta por la pernera del pantalón.

Para inmenso alivio de Strike, fue John Bristow quien entró en la habitación, parpadeando a través de sus lentes de gruesos cristales y con aspecto de estar nervioso.

–Hola, John. Siéntese.

Pero Bristow se acercó hacia él, con el rostro lleno de manchas, tan cargado de rabia como el día en que Strike se negó a aceptar el caso y, en lugar de obedecerle, se agarró al respaldo de la silla que le había ofrecido.

–¡Se lo dije! –exclamó, y el color de su delgado rostro crecía y decrecía mientras apuntaba con un dedo huesudo hacia Strike–. ¡Le dejé bien claro que no quería que viera a mi madre sin estar yo presente!

–Sé que es así, John, pero...

–Está tremendamente alterada. ¡No sé qué es lo que usted le ha dicho, pero ha estado llorándome y gimoteándome al teléfono esta tarde!

–Siento oírlo. No parecía que le estuvieran afectando mis preguntas cuando...

–¡Está en un estado terrible! –gritó Bristow haciendo centellear sus dientes de conejo–. ¿Cómo se ha atrevido a ir a verla sin mí? ¿Cómo se ha atrevido?

–Porque, John, como le dije después del funeral de Rochelle, creo que estamos tratando aquí con un asesino que puede volver a matar. La situación es peligrosa y quiero ponerle fin.

–¿Que usted quiere ponerle fin? ¿Y qué cree que quiero yo? –gritó Bristow con la voz entrecortada y convertida en falsete–. ¿Tiene idea de cuánto daño ha hecho? ¡Mi madre está destrozada y ahora mi novia parece haberse desvanecido en el aire, de lo cual Tony le echa la culpa a usted! ¿Qué le ha hecho a Alison? ¿Dónde está?

–No lo sé. ¿Ha probado llamarla?

–No contesta. ¿Qué diablos está pasando? Llevo todo el día buscándola inútilmente y vuelvo y…

–¿Buscándola inútilmente? –repitió Strike, moviendo de forma disimulada la pierna para mantener la prótesis erguida.

Bristow se hundió en la silla de enfrente, respirando con dificultad y mirando a Strike con los ojos entrecerrados entre la brillante luz del sol de la tarde que se filtraba por la ventana que había detrás de él.

–Alguien ha llamado a mi secretaria esta mañana afirmando ser un cliente nuestro muy importante de Rye y pidiendo que nos reuniéramos con urgencia. He ido hasta allí y descubro que no está en el país y que no me había llamado nadie. ¿Le importaría bajar esa persiana? –añadió levantando una mano para cubrirse los ojos–. No veo nada.

Strike jaló la correa y la persiana cayó con un estrépito, dejándolos a los dos en una penumbra fría y ligeramente desnuda.

–Eso es muy extraño –dijo Strike–. Parece como si alguien quisiera mantenerlo fuera de la ciudad.

Bristow no contestó. Miraba a Strike con furia y el pecho se le movía con fuerza.

–Ya he tenido suficiente –dijo con brusquedad–. Doy por terminada esta investigación. Puede quedarse con todo el dinero que le he dado. Debo pensar en mi madre.

Strike sacó su celular del bolsillo, pulsó un par de botones y lo dejó en su regazo.

–¿Ni siquiera desea saber qué he descubierto hoy en el vestidor de su madre?

–¿Ha entrado… ha entrado en el vestidor de mi madre?

–Sí. Quería echar un vistazo dentro de esas bolsas nuevas que le regalaron a Lula el día que murió.

Bristow empezó a tartamudear.

–Usted… usted…

Esas bolsas tienen forros desmontables. Una idea estrafalaria, ¿no? Oculto bajo el forro de la bolsa blanca había un testamento escrito a mano por Lula en el papel de carta de su madre y firmado por Rochelle Onifade como testigo. Se lo he dado a la policía.

Bristow se quedó boquiabierto. Durante varios segundos parecía incapaz de hablar.

–Pero… ¿qué decía?

–Que le dejaba todo, su patrimonio completo, a su hermano, el teniente Jonah Agyeman del Cuerpo de Ingenieros Reales.

–Jonah… ¿quién?

–Vaya a mirar en la pantalla de fuera. Ahí verá una fotografía.

Bristow se levantó y se acercó caminando como un sonámbulo a la computadora de la otra habitación. Strike vio cómo la pantalla se iluminaba cuando Bristow movió el ratón. El rostro de Agyeman se encendió en la pantalla con la sonrisa sardónica de su atractivo rostro, impoluto con su uniforme.

–Dios mío –dijo Bristow.

Volvió con Strike y se hundió en la silla, mirando al detective con la boca abierta.

–Yo… no puedo creerlo.

–Es el hombre de la grabación del circuito cerrado de televisión –le informó Strike–, el que salía corriendo la noche en que Lula murió. Se estaba alojando en Clerkenwell con su madre viuda mientras estaba de permiso. Por eso iba a toda velocidad por Theobold Road veinte minutos después. Se dirigía a su casa.

Bristow contuvo la respiración con un fuerte grito ahogado.

–Todos decían que yo era un iluso –casi gritó–. ¡Pero no lo era en absoluto!

–No, John, no es ningún iluso –confirmó Strike–. Un iluso no. Más bien, un loco de atar.

A través de la ventana ensombrecida llegaban los sonidos de Londres, viva a todas horas, retumbando y rugiendo, en parte por los hombres y en parte por las máquinas. No había ruido alguno en el despacho aparte de la respiración irregular de Bristow.

–¿Perdón? –preguntó con una cortesía absurda–. ¿Qué me ha dicho?

Strike sonrió.

–He dicho que es un loco de atar. Usted mató a su hermana, se lavó las manos y, después, me pidió que volviera a investigar su muerte.

–No… no puede hablar en serio.

–Oh, sí que puedo. Desde el principio, he tenido claro que la persona que más se beneficiaba de la muerte de Lula era usted, John. Diez millones de libras, una vez que su madre dé su último aliento. No es una cifra que se pueda desdeñar. Sobre todo, porque no creo que usted tenga mucho más que su sueldo, por mucho que esté dando lata con su fondo fiduciario. Las acciones de Albris apenas valen hoy el papel sobre el que están escritas, ¿verdad?

Bristow se le quedó mirando varios segundos. Después, incorporándose un poco en su asiento, miró el catre que estaba apoyado en el rincón.

–Viniendo de alguien que prácticamente no tiene dónde caerse muerto y que duerme en su despacho, me parece esa una afirmación ridícula –la voz de Bristow sonó calmada y burlona, pero su respiración era irregular y rápida.

–Sé que usted tiene mucho más dinero que yo –dijo Strike–. Pero como muy bien dice, eso no es decir demasiado. Pero de mí puedo decir que no me ha dado por desfalcar a clientes. ¿Cuánto dinero de Conway Oates había robado usted antes de que Tony se diera cuenta de lo que estaba haciendo?

–Ah, ahora también soy un desfalcador, ¿no? –dijo Bristow con una carcajada artificial.

–Sí, eso creo. No es que eso me importe. Me da igual si usted mató a Lula porque necesitaba reponer el dinero que había robado, porque quería sus millones o porque le tenía un odio atroz. Pero el jurado sí querrá saberlo. Siempre van en busca de un móvil.

La rodilla de Bristow empezó a moverse otra vez arriba y abajo.

–Está usted trastornado –dijo con otra risa forzada–. Ha encontrado un testamento en el que lo deja todo no a mí, sino a ese hombre. –Apuntó hacia la habitación de fuera, donde había visto la fotografía de Jonah–. Me está diciendo que se trataba del mismo hombre que iba hacia la casa de Lula, como se vio en la cámara, la noche en que ella se mató cayendo del balcón y al que se le vio corriendo junto a la cámara en sentido contrario diez minutos después. Y, sin embargo, me acusa a mí. A mí.

–John, usted ya sabía antes de venir a verme que era Jonah el que salía en esa grabación del circuito cerrado. Rochelle se lo dijo. Ella estaba en Vashti cuando Lula llamó a Jonah y acordaron verse esa noche y había firmado como testigo un testamento en el que le dejaba todo a él. Rochelle acudió a usted, le contó todo y empezó a chantajearlo. Quería dinero para un departamento y para comprarse algo de ropa cara y, a cambio, le prometió mantener la boca cerrada en cuanto al hecho de que usted no era el heredero de Lula.

»Rochelle no sabía que usted era el asesino. Creía que Jonah había empujado a Lula por la ventana. Y estaba lo suficientemente resentida al ver un testamento en el que ella no recibía ni un recuerdo y porque la dejaran en aquella tienda el último día de la vida de Lula como para no preocuparse porque el asesino anduviera suelto siempre que ella recibiera el dinero.

—Esto es una completa basura. Ha perdido la cabeza.

—Me ha puesto todos los obstáculos que ha podido para impedir que yo encontrara a Rochelle —continuó Strike, como si no hubiera oído a Bristow—. Fingió no saber su nombre ni dónde vivía, actuó de forma incrédula cuando yo consideré que ella podría ser útil para la investigación y borró las fotografías de la *laptop* de Lula para que yo no pudiera ver cómo era. Cierto que ella podría haberme señalado directamente al hombre al que usted trataba de incriminar en el asesinato pero, por otra parte, ella sabía que había un testamento que podría excluirlo de su herencia y que su objetivo número uno era mantener ese testamento en silencio mientras usted trataba de buscarlo para destruirlo. Tiene algo de gracia, la verdad, que haya estado todo este tiempo en el clóset de su madre.

»Pero incluso si lo destruía, John, ¿qué pasaría después? Por lo que usted sabía, el mismo Jonah sabía que era el heredero de Lula. Y había otra testigo de que existía un testamento, aunque usted no lo sabía: Bryony Radford, la maquillista.

Strike vio cómo la lengua de Bristow se movía rápidamente alrededor de su boca mojándose los labios. Podía sentir el miedo del abogado.

—Bryony no quiere admitir que estuvo fisgoneando entre las cosas de Lula, pero vio ese testamento en su casa antes de que a Lula le diera tiempo de esconderlo. Pero Bryony es disléxica. Creía que en lugar de «Jonah», decía «John». Lo relacionó todo cuando Ciara dijo que Lula le dejaba todo a su hermano y llegó a la conclusión de que no necesitaba decirle a nadie lo que había leído a escondidas, pues usted iba a recibir el dinero igualmente. En muchos momentos ha contado con la suerte del diablo, John.

»Pero supongo que, para una mente retorcida como la suya, la mejor solución para su aprieto era hacer que Jonah cargara con el asesinato. Si le echaban cadena perpetua, no importaría si el testamento salía o no a la luz o si él o cualquier otra persona sabían de su existencia, pues el dinero iría para usted en cualquier caso.

–Ridículo –dijo Bristow entrecortadamente–. Debería dejar de trabajar como detective y probar con la literatura fantástica, Strike. No tiene la más mínima prueba de lo que está diciendo...

–Sí que la tengo –le interrumpió Strike, y Bristow dejó de hablar de inmediato, con su palidez visible a través de la penumbra–. La grabación del circuito cerrado de televisión.

–¡Esa grabación muestra a Jonah Agyeman corriendo desde el escenario del crimen, tal y como usted acaba de reconocer!

–La cámara grabó a otro hombre.

–Así que tenía un cómplice... un centinela.

–Me pregunto qué dirá el abogado defensor que le pasa a usted, John –dijo Strike en voz baja–. ¿Narcisismo? ¿Alguna especie de complejo de Dios? Cree que es absolutamente intocable, ¿verdad? Un genio que hace que los demás parezcamos chimpancés. El segundo hombre que salía corriendo del escenario del crimen no era cómplice de Jonah, ni su centinela, ni un ladrón de coches. Ni siquiera era negro. Era un hombre blanco con guantes negros. Era usted.

–No. –En aquella única palabra había un pánico latente pero, a continuación, con un esfuerzo casi visible, volvió a poner en su rostro una mirada desdeñosa–. ¿Cómo voy a ser yo? Estaba en Chelsea con mi madre. Ella misma se lo ha dicho. Tony me vio allí. Estaba en Chelsea.

–Su madre es una inválida adicta al Valium que estuvo dormida la mayor parte del día. Usted no volvió a Chelsea hasta después de matar a Lula. Creo que entró en el dormitorio de su madre de madrugada, cambió la hora de su reloj y, a continuación, la despertó, fingiendo que era la hora de cenar. Usted se cree que es un genio del crimen, John, pero eso ya se ha hecho un millón de veces antes, aunque rara vez tan fácilmente. Su madre apenas sabe qué día es por la cantidad de opiáceos que tiene en su cuerpo.

–Estuve en Chelsea todo el día –repitió Bristow meneando su rodilla arriba y abajo–. Todo el día, excepto cuando fui al despacho por unos archivos.

–Usted sacó una sudadera con gorro y unos guantes del departamento de debajo de Lula. Los llevaba puestos en las imágenes del circuito cerrado de televisión –dijo Strike sin hacer caso de la interrupción– y eso fue un gran error. Esa sudadera era única. Solo había una en el mundo. La había personalizado Guy Somé para Deeby Macc. Solamente podía haber salido del departamento de debajo del de Lula, así que ya sabemos que es ahí donde usted estuvo.

–No tiene ninguna prueba en absoluto. Estoy esperando las pruebas.

–Por supuesto que las espera –contestó Strike sin más–. Un hombre inocente no se quedaría aquí sentado escuchándome. Ya se habría ido hecho una furia. Pero no se preocupe. Tengo pruebas.

–No puede tenerlas –dijo Bristow con voz ronca.

–Móvil, medios y oportunidad, John. Contaba con todo el lote. Empecemos por el principio. Usted no niega que fue a casa de Lula a primera hora de la mañana…

–No, claro que no.

–… porque hay gente que lo vio allí. Pero creo que Lula no le dio nunca el contrato con Somé que usted utilizó para conseguir subir a verla. Creo que usted lo robó en otro momento anterior. Wilson lo dejó pasar y, momentos después, tuvo una discusión a gritos con Lula en la puerta de su departamento. No puede fingir que eso no ocurriera porque la limpiadora lo oyó. Por suerte para usted, el dominio de Lechsinka del idioma es tan malo que ella confirmó la versión de usted de la pelea: que usted estaba furioso porque Lula había vuelto con su novio drogadicto y gorrón.

»Pero yo creo que esa discusión fue en realidad porque Lula se negó a darle dinero. Todas las amistades de Lula me han contado que usted tenía cierta reputación de codiciar su fortuna, pero ese día debía estar especialmente desesperado por recibir alguna limosna para entrar a la fuerza y empezar a gritar de ese modo. ¿Había notado Tony que faltaban fondos en la cuenta de Conway Oates? ¿Necesitaba reponerlo usted con urgencia?

–Una especulación sin base alguna –dijo Bristow sacudiendo todavía la rodilla.

–Ya veremos si tiene o no alguna base cuando estemos ante un tribunal –contestó Strike.

–Yo nunca he negado que Lula y yo discutimos.

—Después de que ella se negara a darle un cheque y le cerrara la puerta en las narices, usted volvió a bajar las escaleras andando y vio abierta la puerta del piso 2. Wilson y el técnico de la alarma estaban ocupados con el teclado y Lechsinka estaba en ese momento por allí dentro... puede que pasando la aspiradora, pues eso le habría ayudado a disimular el ruido que usted hiciera entrando a hurtadillas por el recibidor detrás de los dos hombres.

»La verdad es que no era tan arriesgado. Si se giraban y lo veían, usted podía fingir que había entrado a darle las gracias a Wilson por dejarlo subir. Cruzó la entrada mientras ellos estaban ocupados con la caja de fusibles y se escondió en algún lugar de aquel departamento tan grande. Hay muchísimo espacio. Clósets vacíos, debajo de la cama...

Bristow negaba con la cabeza en silencio. Strike continuó con un tono despreocupado.

—Debió oír a Wilson diciéndole a Lechsinka que pusiera la alarma pulsando 1966. Por fin, Lechsinka, Wilson y el tipo de la alarma se fueron, y usted se quedó solo en el departamento. Sin embargo, por desgracia para usted, Lula había salido ya del edificio, así que no pudo volver arriba para tratar de amedrentarla para que soltara el dinero.

—Una absoluta fantasía —dijo el abogado—. Nunca en mi vida he puesto un pie en el piso 2. Salí de casa de Lula y fui al bufete por unos expedientes...

—De Alison. ¿No es eso lo que dijo la primera vez que repasamos sus movimientos ese día? —preguntó Strike.

Unas manchas de color rosa volvieron a hacer aparición en el cuello fibroso de Bristow. Tras una pequeña vacilación, se despejó la garganta para hablar.

—No recuerdo si... Yo solo sé que fui muy rápido. Quería volver con mi madre.

—¿Qué efecto cree que va a producir en el juicio cuando Alison suba al estrado para contar que usted le pidió que mintiera, John? Jugó al hermano destrozado y afligido delante de ella y, luego, le pidió salir a cenar. Y esa pobre bruja estaba tan encantada de tener la oportunidad de aparentar que era una mujer deseable delante de Tony, que aceptó. Un par de citas después, usted la convenció para que dijera que lo vio en el despacho la mañana anterior a la muerte de Lula. Ella creía que usted estaba demasiado preocupado y paranoico, ¿verdad? Creía que usted ya tenía una coartada irrebatible que le había contado su adorado Tony ese mismo día. No pensó que importara decir una pequeña mentira para calmarlo a usted.

»Pero Alison no estuvo allí ese día para darle ningún expediente, John. Cyprian la envió a Oxford en el momento en que llegó al trabajo para que buscara a Tony. Usted se puso un poco nervioso después del funeral de Rochelle cuando se dio cuenta de que yo ya lo sabía, ¿verdad?

—Alison no es muy brillante —dijo Bristow hablando despacio, frotándose las manos y meneando la rodilla arriba y abajo—. Debe haberse confundido de fechas. Está claro que me malinterpretó. Yo nunca le pedí que dijera que me vio en el despacho. Es la palabra de ella contra la mía. Puede que esté tratando de vengarse de mí porque rompimos.

Strike se rio.

—Elle lo abandonó a usted, John. Después de que mi ayudante le llamara esta mañana para que fuera a Rye...

—¿Su ayudante?

—Sí, claro. No quería tenerle por allí mientras yo registraba el departamento de su madre. Después de que Robin se asegurara de que usted no aparecería, llamé a Alison y le conté todo, incluido el hecho de que tengo pruebas de que Tony se acuesta con Ursula May y que usted está a punto de ser arrestado por asesinato. Eso pareció convencerla de que debía buscarse un nuevo novio y un nuevo trabajo. Espero que se haya ido a casa de su madre, en Sussex, es lo que le dije que hiciera. Usted ha estado manteniendo a Alison cerca porque creía que sería su coartada y su protección y porque constituía un conducto para saber qué era lo que pensaba Tony, a quien usted más temía. Pero últimamente, me ha preocupado que ella pudiera dejar de ser útil para usted y terminara cayendo de algún sitio en alto.

Bristow trató de soltar otra carcajada mordaz, pero el sonido resultó artificial y hueco.

—Así que, resulta que nadie lo vio entrar en su bufete para buscar unos expedientes esa mañana —continuó Strike—. Usted seguía escondido en el departamento intermedio del número 18 de Kentigern Gardens.

—No estaba allí. Estaba en Chelsea, en casa de mi madre.

–No creo que en ese momento usted estuviera planeando asesinar a Lula –continuó Strike sin hacerle caso–. Probablemente tenía idea de abordarla cuando volviera. Nadie le esperaba ese día en el despacho, porque se supone que estaría trabajando desde casa, para hacer compañía a su madre enferma. Había un refrigerador lleno de comida y sabía cómo entrar y salir sin que saltara la alarma. Tenía una visión clara de la calle, así que, si Deeby Macc y su séquito aparecían, usted tendría tiempo suficiente para salir de allí y bajar caminando con algún cuento chino de que había estado esperando a su hermana en su casa. El único riesgo improbable era la llegada de alguna entrega al departamento. Pero ese enorme jarrón de rosas llegó sin que nadie se diera cuenta de que usted estaba allí, ¿verdad?

»Supongo que la idea del asesinato empezó a germinar allí, durante todas esas horas que pasó solo, en medio de todo aquel lujo. ¿Empezó a imaginarse lo maravilloso que sería que Lula, de quien usted estaba seguro de que no había dejado testamento, muriera? Usted debía saber que su madre enferma sería una prestamista mucho más fácil, sobre todo una vez que usted se convirtiera en el único hijo que le quedara. Y esa misma idea debió de producirle una sensación estupenda, ¿verdad, John? La idea de ser, por fin y después de tanto tiempo, el hijo único y no volver a perder de nuevo esa condición por un hermano más guapo ni más adorable.

Incluso en la penumbra cada vez más pronunciada pudo ver sus dientes prominentes y la intensa mirada de sus ojos miopes.

–No importa lo servil que se haya comportado con su madre interpretando al hijo devoto, usted nunca ha sido su favorito, ¿verdad? Ella siempre quiso a Charlie más, ¿no es así? Todos lo querían más, incluso el tío Tony. Y en el momento en que Charlie desapareció, cuando usted esperaba ser por fin el centro de atención, ¿qué ocurre? Que llega Lula, y todos empiezan a ocuparse de Lula, a cuidar a Lula, a adorar a Lula. Su madre ni siquiera tiene una foto de usted junto a su lecho de muerte. Solo de Charlie y de Lula. Solo de los dos a los que quería.

–¡Váyase a la mierda! –rugió Bristow–. Váyase a la mierda, Strike. ¿Qué sabe usted de nada, teniendo una madre puta? ¿De qué fue de lo que murió? ¿De gonorrea?

–Estupendo –dijo Strike agradecido–. Iba a preguntarle si había investigado en mi vida privada cuando buscaba algún chivo expiatorio al que manipular. Apuesto a que creyó que yo me mostraría especialmente compasivo por el pobre y afligido John Bristow ya que mi propia madre había muerto joven y en circunstancias sospechosas, ¿verdad? Creyó que podría manipularme como un pinche violín...

»Pero no se preocupe, John. Si su equipo de abogados defensores no encuentra un desorden de la personalidad que se ajuste a usted, espero que aleguen que la culpa es de su educación. Sin amor. Desatendido. Eclipsado. Siempre lo han tratado injustamente, ¿no es así? Me di cuenta el primer día que lo conocí, cuando usted estalló en aquellas conmovedoras lágrimas al recordar cómo traían a Lula por el camino de entrada hacia su casa, hacia su vida. Sus padres ni siquiera lo habían llevado para ir por ella, ¿no? Lo dejaron en casa como a un perro, el hijo que no era suficiente para ellos después de que Charlie hubiera muerto, el hijo que estaba a punto de convertirse en un pobre segundón otra vez.

—No tengo por qué escuchar esto —susurró Bristow.

—Puede irse si quiere —dijo Strike mirando hacia donde ya no podía distinguir unos ojos entre las profundas sombras tras los lentes de Bristow—. ¿Por qué no se va?

Pero el abogado simplemente se quedó allí sentado, con la rodilla aún moviéndose y deslizando una mano sobre otra, esperando a oír las pruebas de Strike.

—¿Fue más fácil la segunda vez? —preguntó el detective en voz baja—. ¿Fue más fácil matar a Lula que matar a Charlie?

Vio sus pálidos dientes, revelados cuando Bristow abrió la boca, pero no salió ningún sonido de ella.

—Tony sabe que usted lo hizo, ¿no? Todas esas tonterías sobre las cosas tan duras y crueles que dijo tras la muerte de Charlie. Tony estaba allí. Lo vio a usted alejarse con la bicicleta del lugar por donde había empujado a Charlie. ¿Lo desafió para que fuera con la bicicleta por la orilla? Yo conocía a Charlie. No podía resistirse a un desafío. Tony vio a Charlie muerto en el fondo de aquella cantera y le dijo a sus padres que creía que lo había hecho usted, ¿no es así? Por eso su padre le dio un puñetazo. Por eso su madre se desmayó. Por eso echaron a Tony de la casa después de que Charlie muriera. No porque Tony dijera que su madre había criado a unos delincuentes, sino porque le dijo que estaba criando a un psicópata.

—Eso es... No. ¡No! —exclamó Bristow.

–Pero Tony no podía enfrentarse a un escándalo familiar. Se mantuvo callado. Aunque un poco angustiado cuando supo que iban a adoptar a una niña, ¿verdad? Los llamó para tratar de evitar que aquello sucediera. Tenía razón al preocuparse, ¿no es así? Yo creo que usted siempre le ha tenido un poco de miedo a Tony. Qué pinche ironía que él mismo se acorralara cuando tuvo que darle una coartada para el asesinato de Lula.

Bristow no dijo nada en absoluto. Estaba respirando muy rápido.

–Tony tenía que fingir que estaba en algún sitio, el que fuera, y no amancebado ese día en un hotel con la esposa de Cyprian May, así que dijo que volvió a Londres para ir a visitar a su hermana enferma. Entonces, se dio cuenta de que se suponía que tanto usted como Lula estarían allí al mismo tiempo.

»Su sobrina estaba muerta, así que ella no podía contradecirlo. Pero no tenía más remedio que fingir que lo vio a través de la puerta del estudio y que no habló con usted. Y usted lo corroboró. Los dos mintiendo descaradamente, preguntándose qué iba a hacer el otro, pero demasiado asustados como para preguntarlo. Creo que Tony se dijo a sí mismo que esperaría a que su madre muriera antes de enfrentarse a usted. Quizá fuera así como mantendría tranquila su conciencia. Pero seguía lo suficientemente preocupado como para terminar pidiéndole a Alison que lo vigilara. Y mientras tanto, usted me suelta esa estupidez de que Lula lo abrazó y de la conmovedora reconciliación antes de que ella volviera a casa.

–Yo estaba allí –dijo Bristow con un áspero susurro–. Estaba en casa de mi madre. Si Tony no estuvo allí, es cosa suya. Usted no puede demostrar que yo no estuviera.

–Yo no me encargo de demostrar negativas, John. Lo único que digo es que ha perdido ya cualquier coartada que no sea su madre confundida por el Valium.

»Pero por seguir hablando, supongamos que mientras Lula está visitando a su madre adormilada y Tony está por ahí cogiéndose a Ursula en algún hotel, usted sigue escondido en el piso 2 y que empieza a pensar en una solución mucho más atrevida para su problema de efectivo. Espera. En algún momento se pone los guantes de piel negra que han dejado en el clóset para Deeby, como precaución para evitar huellas. Eso ya es sospechoso. Casi como si estuviera empezando a considerar la violencia.

»Por fin, a primera hora de la tarde, Lula vuelve a casa pero, por desgracia para usted, como sin duda vio a través de la mirilla del departamento, ella está con amigas.

»Y ahora, creo que el caso empieza a ponerse serio en su contra –dijo Strike endureciendo la voz–. Podría mantenerse una defensa de homicidio involuntario, de que "fue involuntario, nos peleamos un poco y ella se cayó por el balcón", si usted no hubiera permanecido abajo todo ese tiempo mientras sabía que ella tenía invitadas. Un hombre que no tiene en su cabeza nada más que coaccionar a su hermana para que le dé un cheque con mucho dinero podría, solo podría, esperar a que se quedara otra vez sola. Pero usted ya había intentado eso antes y no había funcionado. Así que, ¿por qué no subir, quizá, cuando estuviera de mejor humor y hacer un intento con la condicionante presencia de sus amigas en la habitación de al lado? Quizá le diera algo para deshacerse de usted.

Strike casi pudo sentir las oleadas de miedo y odio que emanaban de la figura que se disipaba entre las sombras al otro lado de la mesa.

–Pero en lugar de eso, usted esperó –dijo–. Esperó toda la tarde, teniendo que ver cómo abandonaba el edificio. Para entonces, usted ya debía estar bastante tenso. No había tenido tiempo de esbozar un plan. Había estado vigilando la calle, sabía exactamente quién estaba en el edificio y quién no. Calculó que debía haber un medio de escapar sin que nadie se diera cuenta. Y no olvidemos que usted ya había matado antes. Eso hace que las cosas sean diferentes.

Bristow hizo un movimiento brusco, poco más que una sacudida. Strike se puso tenso, pero Bristow permaneció inmóvil y Strike fue muy consciente de que tenía la prótesis sin sujetar, simplemente apoyada en su rodilla.

–Estaba mirando por la ventana y vio a Lula llegar a casa sola, pero los *paparazzi* seguían allí fuera. En ese momento, debió desesperarse, ¿no? Pero entonces, milagrosamente, como si el universo no quisiera otra cosa más que ayudar a John Bristow a conseguir lo que quería, todos se fueron. Estoy bastante seguro de que el chofer habitual de Lula les dio el soplo. Es un hombre aficionado a forjar buenos contactos con la prensa.

»Así pues, la calle está ahora vacía. Ha llegado el momento. Se pone la sudadera con gorro de Deeby. Gran error. Pero debe admitir que, con toda la suerte que tuvo esa noche, algo tenía que salir mal.

»Y entonces, y en esto le tengo que dar un diez, pues me tuvo confundido mucho tiempo, usted sacó unas cuantas de aquellas rosas blancas del jarrón. Secó los extremos, no tan a conciencia como debería, y las sacó del piso 2, dejando la puerta entreabierta de nuevo y subió las escaleras hasta el departamento de su hermana.

»Por cierto, que no se dio cuenta de que dejó unas cuantas gotas de agua de las rosas. Wilson se resbaló con ellas más tarde.

»Subió al departamento de Lula y llamó a la puerta. Cuando ella observó por la mirilla, ¿qué vio? Rosas blancas. Había estado en su balcón, con las ventanas abiertas, mirando y esperando a que su hermano, perdido desde hacía tanto tiempo, viniera por la calle pero, de algún modo, parece que ha conseguido entrar sin que ella lo viera. Con su emoción, abre la puerta... y entra usted.

Bristow estaba completamente inmóvil. Incluso había dejado de menear la rodilla.

—Y la mató, del mismo modo que mató a Charlie, exactamente del mismo modo que mató después a Rochelle. La empujó, rápidamente y con fuerza, puede que usted la levantara, pero a ella la tomó por sorpresa, ¿no era igual que los demás?

»Usted le estaba gritando por no darle dinero, por excluirlo, lo mismo que le habían excluido siempre de su parte de amor paternal, ¿no es cierto, John?

»Ella le gritó que no iba a recibir ni un penique aunque la matara. Mientras peleaba con ella y la empujaba a través de su sala en dirección al balcón y a su caída, ella le dijo que tenía otro hermano, un hermano de verdad, y que venía de camino, y que había escrito un testamento a favor de él.

»"Es demasiado tarde, ya lo he hecho" —gritó ella. Y usted la llamó puta mentirosa y la lanzó a la calle, matándola.

Bristow apenas respiraba.

—Creo que a usted se le debieron de caer las flores en la puerta. Volvió a salir corriendo, las recogió, bajó las escaleras a toda velocidad y volvió a meterse en el departamento 2, donde volvió a meterlas en el jarrón. Carajo, tuvo suerte. Ese jarrón lo rompió después sin querer un policía y esas rosas eran la única pista que demostraba que había estado alguien en ese departamento. Usted no pudo volver a colocarlas del mismo modo que las compuso el florista, sin saber que tenía pocos segundos para salir del edificio.

»Para lo siguiente, hizo falta valor. Dudo que usted esperara que nadie diera la alarma tan rápidamente, pero Tansy Bestigui había estado en el balcón de debajo de ustedes. La oyó gritar y supo que usted tenía pocos minutos para salir de allí, si es que lo conseguía. Wilson salió corriendo a la calle para ver a Lula y, a continuación, esperando en la puerta, observando por la mirilla, lo vio correr escaleras arriba hasta el departamento superior.

»Volvió a conectar la alarma, salió del departamento y bajó despacio por la escalera. Los Bestigui están gritándose en su departamento. Usted corre escaleras abajo... Lo oye Freddie Bestigui, aunque él tiene otras preocupaciones en ese momento... el vestíbulo está vacío... Lo atraviesa corriendo y sale a la calle, donde cae una nieve espesa y rápida.

»Y corrió, ¿no es así? Con el gorro puesto, la cara cubierta, las manos palpitando dentro de los guantes. Y al fondo de la calle, ve a otro hombre corriendo, a toda velocidad, alejándose de la esquina en la que acaba de ver a su hermana matándose al caer. Ustedes no se conocían. No creo que usted tuviera tiempo para pensar quién era, no en ese momento. Corrió tan deprisa como pudo, con la ropa que tomó prestada a Deeby Macc, pasa junto a la sala del circuito cerrado de televisión que los graba a los dos hasta que bajan por Halliwell Street, donde la suerte vuelve a estar de su parte y no hay más cámaras.

»Imagino que usted arrojó la sudadera y los guantes a un bote de basura y tomó un taxi, ¿es así? La policía no se molestaría nunca en buscar a un hombre blanco con traje que va por la calle esa noche. Se fue a casa con su madre, le preparó la cena, cambió la hora del reloj de ella y la despertó. Ella sigue convencida de que los dos estuvieron hablando sobre Charlie, un bonito toque, John, en el momento justo en que Lula se zambullía hacia su muerte.

»Se salió con la suya, John. Podría haberse permitido seguir pagando a Rochelle de por vida. Con su suerte, Jonah Agyeman incluso podría haber muerto en Afganistán. Se ha estado haciendo ilusiones cada vez que ha visto la fotografía de un soldado negro en el periódico, ¿verdad? Pero no quería confiarse. Es usted un cabrón retorcido y arrogante y pensó que podía dejar las cosas aún mejor.

Hubo un largo silencio.

–No tiene pruebas –dijo por fin Bristow. Ahora el despacho estaba tan oscuro que apenas era algo más que una silueta para Strike–. Ninguna prueba en absoluto.

–Me temo que en eso se equivoca –contestó Strike–. La policía debe tener ya una orden judicial.

–¿Para qué? –preguntó Bristow y, por fin, se sintió lo suficientemente confiado como para reírse–. ¿Para registrar los basureros de Londres en busca de la sudadera con gorro que usted dice que tiré hace tres meses?

–No. Para registrar la caja fuerte de su madre, claro.

Strike se preguntó si podría levantarse lo suficientemente deprisa. Estaba alejado del interruptor de la luz y el despacho estaba muy oscuro, pero no quería apartar los ojos de la figura ensombrecida de Bristow. Estaba seguro de que aquel triple asesino no habría ido allí sin estar preparado.

–Les he dado unas cuantas combinaciones para que prueben –continuó Strike–. Si no funcionan, supongo que tendrán que llamar a un experto para que la abra. Pero si yo fuera un hombre dado a las apuestas, apostaría dinero por 030483.

Un crujido, la imagen borrosa de una mano pálida, y Bristow embistió. La punta del cuchillo rozó el pecho de Strike mientras éste golpeaba a Bristow de costado. El abogado se bajó de la mesa, se dio la vuelta y volvió a atacar, y esta vez, Strike cayó hacia atrás sobre su silla, con Bristow encima de él, atrapado entre la pared y la mesa.

Strike tenía una de las muñecas de Bristow, pero no podía ver dónde estaba el cuchillo. No había más que oscuridad y lanzó un puñetazo que dio con fuerza a Bristow bajo el mentón, echándole la cabeza hacia atrás y tirándole los lentes por los aires. Strike volvió a darle otro puñetazo y Bristow se dio contra la pared. Strike trató de incorporarse en la silla con la parte inferior del cuerpo de Bristow clavándole su dolorida media pierna contra el suelo y el cuchillo le dio con fuerza en el brazo. Sintió que le atravesaba la carne, que le salía la sangre caliente y también el dolor candente y agudo.

Vio que Bristow levantaba el brazo en una débil silueta contra la ventana apenas visible. Levantándose hacia el peso del abogado, evitó el segundo golpe del cuchillo y con un enorme esfuerzo consiguió sacarse de encima al abogado y la prótesis se le salió de la pernera del pantalón mientras trataba de arrinconar a Bristow, salpicando su sangre caliente por todos lados y sin saber dónde estaba ahora el cuchillo.

La mesa se dio la vuelta con el peso de Strike y, entonces, mientras se apoyaba con su rodilla buena sobre el delgado pecho de Bristow buscando a tientas con su mano sana dónde estaba el cuchillo, la luz cortó sus retinas en dos y una mujer empezó a gritar.

Desconcertado, Strike vio cómo el cuchillo se levantaba contra su estómago, agarró la prótesis de la pierna que estaba a su lado y la bajó como si fuera una macana sobre el rostro de Bristow una, dos veces...

–¡Alto! ¡Cormoran, DETÉNGASE! ¡VA A MATARLO!

Strike se giró para apartarse de Bristow, que ya no se movía, dejó caer la prótesis de la pierna y se quedó apoyado sobre su espalda, agarrándose el brazo sangrante junto al escritorio caído.

–Creía... –dijo jadeando, sin poder ver a Robin–. Te dije que te fueras a casa.

Pero ella ya estaba al teléfono.

–¡Policía y ambulancia!

–Y pide un taxi –dijo Strike desde el suelo con voz ronca, con la garganta seca después de haber hablado tanto–. No voy a ir hasta el hospital con este pedazo de mierda.

Extendió un brazo y tomó el celular, que estaba a casi un metro de distancia. Tenía la pantalla destrozada, pero seguía grabando.

DIEZ DÍAS DESPUÉS

EPÍLOGO

Nihil est ab omni
parte beatum.

«Nada es del todo dichoso».

Horacio, *Odas*, Libro II.

El Ejército Británico exige a sus soldados una subyugación de las necesidades y lazos individuales que es casi imposible de comprender por la mente de la población civil. Prácticamente, no reconoce aseveraciones más elevadas que las suyas y las impredecibles crisis de la vida humana –nacimientos y muertes, bodas, divorcios y enfermedades– no provocan generalmente más desvíos en los planes militares que los guijarros en la parte inferior de un tanque. De todos modos, existen circunstancias especiales y fue debido a estas que el segundo periodo de servicio del teniente Jonah Agyeman en Afganistán fue interrumpido.

La Policía Metropolitana solicitó urgentemente su presencia en Gran Bretaña y, aunque generalmente el ejército no considera las solicitudes de la Policía Metropolitana más importantes que las suyas, en este caso se dispuso a mostrarse servicial. Las circunstancias que rodeaban la muerte de la hermana de Agyeman estaban atrayendo la atención internacional y la tormenta de los medios de comunicación alrededor de un hasta ahora desconocido zapador se consideraba de poca ayuda tanto para el individuo como para el ejército al que servía. Así pues, subieron a Jonah a un avión de vuelta a Gran Bretaña, donde el ejército hizo todo lo que pudo y más para protegerlo de la prensa voraz.

Un número considerable de los lectores de noticias suponían que el teniente Agyeman estaría encantado, en primer lugar, por volver a casa desde el escenario del combate y, en segundo, por haber regresado con la expectativa de una riqueza que quedaba más allá de su más loca imaginación. Sin embargo, el joven soldado con el que Cormoran se reunió en el pub Tottenham a la hora del almuerzo diez días después del arresto del asesino de su hermana se mostraba casi agresivo y parecía estar aún en un estado de conmoción.

Durante diferentes periodos de tiempo, dos hombres habían vivido la misma vida y se habían arriesgado a morir del mismo modo. Se trataba de un vínculo que ningún civil podría comprender, y durante media hora no hablaron de otra cosa que no fuera el ejército.

–Tú eras de los de Inteligencia, ¿verdad? –preguntó Agyeman–. Confía en uno de esos y te joderán la vida.

Strike sonrió. No veía ingratitud en el comportamiento de Agyeman, aunque los puntos de su brazo se jalaban y le dolían cada vez que levantaba su cerveza.

–Mi madre quiere que me vaya –dijo el soldado–. No para de decir que sería bueno que me alejara de este lío.

Era la primera referencia, aunque indirecta, al motivo por el que estaban allí y al hecho de que Jonah no se encontraba en el medio al que pertenecía, con su regimiento, con la vida que él había elegido.

Entonces, de repente, empezó a hablar, como si llevara meses esperando a Strike.

–Ella nunca supo que mi padre tenía otra hija. Nunca se lo dijo. Ni siquiera estaba seguro de que esa tal Marlene le estuviera diciendo la verdad sobre que estaba embarazada. Justo antes de morir, cuando supo que solo le quedaban días, me lo contó. «No preocupes a tu madre», me dijo. «Te lo cuento a ti porque me estoy muriendo y no sé si tienes algún hermanastro o hermanastra por ahí.» Me dijo que la madre era blanca y que había desaparecido. Quizá había abortado. Carajo, si hubieras conocido a mi padre… Nunca faltaba un domingo a la iglesia. Tomó la comunión en su lecho de muerte. Yo nunca me había esperado algo así. Nunca.

»Yo no le iba a contar a ella nada sobre papá y esa mujer. Pero de repente, saliendo de la nada, recibo una llamada. Gracias a Dios que yo estaba allí, de permiso. Aunque Lula –dijo su nombre vacilante, como si no estuviera seguro de que tenía derecho a pronunciarlo– dijo que habría colgado si hubiera contestado mi madre. Me dijo que no quería hacer daño a nadie. Parecía buena gente.

–Yo creo que lo era –convino Strike.

–Sí… pero… carajo… fue raro. ¿Te lo creerías si una supermodelo te llama y te dice que es tu hermana?

Strike pensó en el historial de su propia y peculiar familia.

–Probablemente –contestó.

–Sí, bueno, supongo que sí. ¿Por qué iba a mentir? En fin, eso es lo que pensé. Así que le di mi número de celular y hablamos unas cuantas veces, cuando ella podía quedar con su amiga Rochelle. Lo había resuelto todo para que la prensa no lo descubriera. A mí me pareció bien. No quería que mi madre se molestara.

Agyeman había sacado un paquete de cigarros Lambert and Butler y le estaba dando vueltas a la cajetilla nerviosamente entre los dedos. Recordando con cierta nostalgia, Strike pensó que le habrían salido baratos en la cooperativa del ejército.

–Así que, me llama el día antes de que… sucediera –continuó Jonah– y me empieza a suplicar que vaya a su casa. Yo ya le había dicho que no podría verla durante ese permiso. Oye, aquella situación me estaba volviendo loco. Mi hermana, la supermodelo. Mi madre preocupada porque me voy a Helmand. No podía soltarle de pronto que mi padre había tenido otra hija. No en ese momento. Así que, le dije a Lula que no podía verla.

»Me suplicó que fuera a verla antes de irme. Parecía enojada. Le dije que quizá podría salir luego, ya sabes, después de que mi madre se acostara. Le diría que iba a salir a tomar una copa rápida con un amigo o algo así. Lula me pidió que fuera muy tarde, como a la una y media.

»Así que, fui –dijo Jonah rascándose la nuca con incomodidad–. Estaba en la esquina de la calle… y vi cómo pasaba.

Se pasó la mano por la boca.

–Eché a correr. Simplemente corrí. No sabía qué diablos pensar. No quería estar allí ni quería tener que dar explicaciones a nadie. Sabía que ella tenía problemas mentales y recordé lo alterada que había estado por teléfono. Así que, pensé, ¿me ha traído hasta aquí para que viera cómo se tiraba?

El pub bullía alrededor de ellos, abarrotado con los clientes del almuerzo.

–Creo que la razón por la que deseaba tanto verte era por lo que su madre le acababa de contar –dijo Strike–. Lady Bristow había tomado mucho Valium. Supongo que quería que la chica se sintiera mal por dejarla, así que le contó a Lula lo que Tony había dicho de John tantos años antes: que había empujado a Charlie, su hermano menor, por esa cantera y lo había matado.

»Por eso es por lo que Lula se encontraba en ese estado cuando salió de la casa de su madre y por eso trató de llamar a su tío, para saber si había algo de verdad en aquella historia. Y creo que estaba desesperada por verte porque quería a alguien, quien fuera, a quien poder querer y en quien poder confiar. Su madre era una mujer difícil y se estaba muriendo, odiaba a su tío y le acababan de contar que su hermano adoptivo era un asesino. Debía de estar desesperada. Y creo que tenía miedo. Bristow había intentado obligarla dos veces durante las veinticuatro horas anteriores a que le diera dinero. Se debía estar preguntando de qué sería capaz después.

En el pub se oía el estrépito y el ruido de las conversaciones y del tintineo de los vasos, pero la voz de Jonah se oía claramente por encima de todo aquello.

–Me alegro de que le partieras la mandíbula a ese cabrón.

–Y la nariz –añadió Strike con tono alegre–. Es una suerte que él me clavara el cuchillo, o quizá no habría podido alegar el criterio del uso proporcionado de la fuerza.

–Él iba armado –dijo Jonah pensativo.

–Claro que sí. Le dije a mi secretaria que le soplara en el funeral de Rochelle que yo estaba recibiendo amenazas de muerte de un loco que quería abrirme en canal. Eso plantó la semilla en su cabeza. Estaba desesperado. Pensó que, si conseguía hacerlo, intentaría que mi muerte cayera sobre el pobre Brian Mathers. Probablemente, luego se habría ido a casa, habría cambiado la hora del reloj de su madre y haría el mismo truco otra vez. No es ningún loco. Que es como decir que es un cabrón muy listo.

Parecía que quedaba poco más que decir. Cuando salieron del bar, Agyeman, que había pagado las bebidas con nerviosa insistencia, hizo lo que podría haber sido una tentadora oferta de dinero a Strike, cuya condición de indigente había ocupado buena parte de la cobertura de los medios de comunicación. Strike rechazó la oferta de inmediato, pero no se sintió ofendido. Podía imaginarse que aquel joven soldado estaba aún tratando de asumir la idea de su enorme y nueva riqueza, que estaba cediendo bajo la responsabilidad que acarreaba, sus obligaciones, el atractivo que provocaba, las decisiones que conllevaba, que estaba más intimidado que contento. Strike supuso que los pensamientos de Jonah Agyeman pasaban rápidamente desde sus compañeros de Afganistán a las imágenes de coches deportivos y las de su hermanastra muerta sobre la nieve. ¿Quién podía ser más consciente que ese soldado de los caprichos de la fortuna, de las aleatorias vueltas de los dados?

–No se va a librar, ¿verdad? –preguntó de repente Agyeman cuando estaba a punto de despedirse.

–No, claro que no –contestó Strike–. Los periódicos no lo saben aún, pero la policía ha encontrado el teléfono celular de Rochelle en la caja fuerte de su madre. No se atrevió a deshacerse de él. Había puesto otro código a la caja para que nadie pudiera abrirla aparte de él: 030483. El domingo de Pascua de 1983. El día en que mató a mi amigo Charlie.

Era el último día de Robin. Strike la había invitado a ir con él para verse con Jonah Agyeman, al que ella había ayudado tanto a encontrar, pero dijo que no. Strike tenía la sensación de que ella se estaba retirando deliberadamente del caso, del trabajo y de él. Strike tenía una cita en el Centro de Amputados del hospital Queen Mary esa tarde. Para cuando él regresara de Roehampton ella ya no estaría. Matthew la iba a llevar a Yorkshire a pasar el fin de semana.

Mientras Strike volvía cojeando al despacho a través del continuo caos de las obras del edificio, se preguntó si alguna vez volvería a ver a su secretaria temporal después de ese día, y lo dudó. No hacía mucho tiempo que la falta de permanencia de su acuerdo había sido lo único que le hacía aceptar la presencia de ella, pero ahora sabía que la iba a extrañar. Había ido con él en el taxi hasta el hospital y le había envuelto el brazo ensangrentado con su gabardina.

La explosión de la publicidad en torno al arresto de Bristow no había causado al negocio de Strike ningún daño en absoluto. Incluso era posible que necesitara una secretaria antes de lo previsto. Y de hecho, mientras subía dolorosamente las escaleras hacia su despacho, oyó la voz de Robin al teléfono.

–… una cita para el martes, me temo, porque el señor Strike va a estar ocupado todo el lunes… Sí… Desde luego… Entonces, le doy cita para las once. Sí. Gracias. Adiós.

Se dio la vuelta en la silla giratoria cuando Strike entró.

–¿Qué tal es Jonah? –preguntó.

–Un buen tipo –contestó Strike dejándose caer en el sofá hundido–. Esta situación lo está volviendo loco. Pero la alternativa es que Bristow termine con diez millones, así que va a tener que lidiar con ello.

–Han llamado tres posibles clientes mientras estaba fuera, pero me preocupa un poco el último. Podría ser otro periodista. Estaba mucho más interesado en hablar con usted que en su propio problema.

Habían recibido varias llamadas así. La prensa había recibido con alegría una historia que tenía montones de ángulos y todo aquello que más les gustaba. El mismo Strike había aparecido muchas veces en portada. La fotografía que más habían utilizado, y eso le agradaba, era de diez años atrás y se la habían hecho cuando aún era policía militar, pero también habían sacado la fotografía de la estrella del rock, su mujer y la supergrupi.

Se había escrito mucho sobre la incompetencia de la policía. A Carver lo habían sacado caminando deprisa por la calle, con su saco al vuelo y con manchas de sudor en la camisa. Pero a Wardle, el atractivo Wardle, que había ayudado a Strike a detener a Bristow, lo habían tratado hasta ahora con indulgencia, sobre todo las periodistas. Sin embargo, en general, los medios de comunicación se habían regodeado otra vez con el cadáver de Lula Landry. Cada versión de la historia iba salpicada de imágenes del inmaculado rostro de la modelo muerta y de su cuerpo ágil y esculpido.

Robin seguía hablando. Strike no la escuchaba, distraído por el dolor punzante de su brazo y de su pierna.

–… una nota de todos los expedientes y de su diario. Porque ahora vas a necesitar a alguien, ¿sabes? No vas a poder ocuparte de todo esto solo.

–No –convino él mientras trataba de ponerse en pie. Había tenido la intención de hacer aquello más tarde, en el momento en que ella se fuera, pero ahora era tan buen momento como cualquier otro y suponía una excusa para levantarse del sofá, que era tremendamente incómodo–. Oye, Robin, aún no te he dado las gracias como es debido…

–Sí que lo has hecho –se apresuró a decir ella–. En el taxi, de camino al hospital. Y de todos modos, no es necesario. Lo he pasado bien. La verdad es que me ha encantado.

Él iba renqueando hacia el despacho de dentro y no notó el tono de indirecta de su voz. El regalo estaba escondido en el fondo de su mochila. Estaba muy mal envuelto.

–Toma –dijo él–. Es para ti. No podría haberlo conseguido sin ti.

–Ah –Robin ahogó un grito y Strike se sintió tan conmovido

como ligeramente preocupado al ver lágrimas cayendo por las mejillas de ella–. No tenías por qué...

–Ábrelo en casa –dijo él, pero demasiado tarde. El paquete se estaba deshaciendo literalmente en las manos de ella. Algo de un llamativo color verde se escurrió entre el papel y cayó sobre la mesa delante de ella. Robin se quedó boquiabierta.

–Eres... Oh, Dios mío. Cormoran...

Levantó el vestido que se había probado en Vashti y que tanto le había gustado y se quedó mirando a Strike por encima de él, con la cara sonrojada y los ojos centelleantes.

–¡No puedes permitirte esto!

–Sí que puedo –dijo él apoyándose en la pared entre las dos habitaciones, pues aquello era algo más cómodo que sentarse en el sofá–. El trabajo va bien ahora. Tú has estado increíble. Tus nuevos jefes tienen suerte de contar contigo.

Ella se estaba limpiando los ojos frenéticamente con las mangas de su blusa. De su boca salió un sollozo y algunas palabras incomprensibles. Buscó a ciegas los pañuelos que había comprado con el dinero de la caja de las monedas, por si había más clientes como la señora Hook, se secó los ojos y habló con el vestido verde muerto y olvidado en su regazo.

–No quiero irme.

–Yo no puedo permitirme pagarte, Robin –dijo él con rotundidad.

No es que no lo hubiera pensado. La noche anterior se había quedado despierto en su catre haciendo cálculos mentales, tratando de conseguir pensar en una oferta que no pareciera insultante comparada con el salario que le habían ofrecido en la consultora de medios de comunicación. No era posible. Ya no podía aplazar el pago del mayor de sus préstamos, se enfrentaba a un aumento del alquiler y tenía que encontrarse algún lugar donde vivir que no fuera su despacho. Aunque el futuro a corto plazo había mejorado increíblemente, las perspectivas seguían siendo inseguras.

–No espero que iguales lo que me han ofrecido –dijo Robin con voz emocionada.

–No podría ni acercarme.

Pero ella conocía el estado de las cuentas de Strike casi tan bien como él y ya había pensado qué era lo máximo que podría esperar. La noche anterior, cuando Matthew la encontró llorado por su inminente partida, ella le había dicho lo que suponía que podría ser la mejor oferta de Strike.

—Pero no te ha ofrecido nada. ¿O sí?

—No, pero si lo hiciera...

—Bueno, eso es cosa tuya —dijo Matthew con frialdad—. Sería tu decisión. Tendrías que elegir.

Ella sabía que Matthew no quería que se quedara. Había estado sentado durante horas en Urgencias mientras le ponían los puntos a Strike, esperando para llevarse a Robin a casa. Le había dicho, en un tono bastante formal, que lo había hecho muy bien mostrando tanta iniciativa, pero se había mostrado distante y algo reprobador desde entonces, sobre todo cuando sus amigos pidieron saber los detalles ocultos de todo lo que había aparecido en la prensa.

Pero estaba segura de que a Matthew le gustaría Strike, si se conocieran. Y el mismo Matthew había dicho que era ella la que tenía que decidir qué hacer...

Robin se recompuso un poco, volvió a sonarse la nariz y le dijo a Strike, con una tranquilidad ligeramente socavada por un pequeño hipo, la cifra por la que estaría dispuesta a quedarse.

Strike tardó unos segundos en responder. Podía permitirse pagarle lo que ella había sugerido. Estaba dentro de las quinientas libras que él mismo había calculado que podría pagar. En todos los aspectos, Robin era un activo que sería imposible de sustituir por ese precio. Solo había un inconveniente...

—Eso me lo podría permitir —dijo—. Sí, podría pagártelo.

El teléfono sonó. Sonriendo, ella respondió y la felicidad de su voz fue tal que parecía como si hubiera estado días deseando recibir esa llamada.

—¡Ah, hola, señor Gillespie! ¿Cómo está? El señor Strike acaba de enviarle un cheque, yo misma lo he llevado al buzón esta mañana... Todos los atrasos, sí, y un poco más. No, el señor Strike insiste en que quiere devolver el préstamo... Bueno, es muy amable por parte del señor Rokeby, pero el señor Strike prefiere pagar. Espera poder devolver el importe íntegro en los próximos meses...

Una hora después, mientras Strike estaba sentado en una silla de plástico del Centro de Amputados con su pierna herida extendida delante de él, pensó que si hubiera sabido que Robin se iba a quedar no le habría regalado el vestido verde. Estaba seguro de que aquel regalo sería del agrado de Matthew, sobre todo cuando la viera con él puesto y supiera que se lo había probado antes delante de Strike.

Con un suspiro, tomó un ejemplar del *Private Eye* que estaba sobre la mesa a su lado. Cuando el especialista lo llamó, Strike no respondió. Estaba inmerso en la página que llevaba el título de «Las meteduras de pata en el caso Landry», lleno de los excesos periodísticos relativos al caso que él y Robin acababan de resolver. Habían sido tantos los periodistas que habían mencionado a Caín y Abel que la revista publicaba una columna especial.

–¿Señor Strick? –gritó el especialista por segunda vez–. ¿El señor Cameron Strick?

Él levantó los ojos, sonriendo.

–Strike –respondió él–. Me llamo Cormoran Strike.

–Ah, discúlpeme… Por aquí…

Mientras Strike avanzaba renqueando tras el médico, una frase apareció en su subconsciente, una frase que había leído mucho tiempo antes de ver por primera vez un cadáver, de haberse maravillado ante una catarata en la ladera de una montaña africana o de haber visto el rostro de un asesino derrumbándose mientras se daba cuenta de que le habían dado.

«Me he hecho un nombre.»

–Sobre la mesa, por favor. Y quítese la prótesis.

¿De dónde venía aquella frase? Strike se tumbó boca arriba en la mesa y miró hacia el techo con el ceño fruncido, sin hacer caso al especialista que ahora se inclinaba sobre lo que antes era su pierna, murmurando mientras miraba dándole pequeños pinchazos.

Tardó unos minutos en conseguir desenterrar los versos que tanto tiempo atrás había aprendido.

> *No puedo dejar de viajar; quiero beber*
> *la vida hasta la última gota. He disfrutado*
> *mucho, he sufrido mucho, tanto con quienes*
> *me amaron como en soledad; en tierra y cuando*
> *con veloces ráfagas las Híades de la lluvia*
> *irritaban al mar oscuro. Me he hecho un nombre…*[6]

---

[6] Fragmento del poema *Ulises*, de Alfred Tennyson (1809-1892).

Índice

Planeta

España
Av. Diagonal, 662-664
08034 Barcelona (España)
Tel. (34) 93 492 80 36
Fax (34) 93 496 70 58
Mail: info@planetaint.com
www.planeta.es
www.planetadelibros.com

Argentina
Av. Independencia, 1668
C1100 ABQ Buenos Aires
(Argentina)
Tel. (5411) 4382 40 43/45
Fax (5411) 4383 37 93
Mail: info@eplaneta.com.ar
www.editorialplaneta.com.ar

Brasil
Rua Ministro Rocha Azevedo, 346 -
8° andar
Bairro Cerqueira César
01410-000 São Paulo, SP (Brasil)
Tel. (5511) 3088 25 88
Fax (5511) 3898 20 39
Mail: info@editoraplaneta.com.br

Chile
Av. 11 de Septiembre, 2353,
piso 16
Torre San Ramón, Providencia
Santiago (Chile)
Tel. (562) 652 29 00
Fax (562) 652 29 12
Mail: info@planeta.cl
www.editorialplaneta.cl

Colombia
Calle 73, 7-60, pisos 7 al 11
Santafé de Bogotá, D.C.
(Colombia)
Tel. (571) 607 99 97
Fax (571) 607 99 76
Mail: info@planeta.com.co
www.editorialplaneta.com.co

Ecuador
Whymper, 27-166 y Av. Orellana
Quito (Ecuador)
Tel. (5932) 290 89 99
Fax (5932) 250 72 34
Mail: planeta@access.net.ec
www.editorialplaneta.com.ec

Estados Unidos y Centroamérica
2057 NW 87th Avenue
33172 Miami, Florida (USA)
Tel. (1305) 470 0016
Fax (1305) 470 62 67
Mail: infosales@planetapublishing.com
www.planeta.es

México
Presidente Masaryk 111, 2° piso
Col. Chapultepec Morales
Deleg. Miguel Hidalgo
11570 México, D.F.
Tel. (52 55) 3000 6200
Fax (52 55) 3000 6257
Mail: info@planeta.com.mx
www.editorialplaneta.com.mx
www.planeta.com.mx

Perú
Grupo Editor
Jirón Talara, 223
Jesús María, Lima (Perú)
Tel. (511) 424 56 57
Fax (511) 424 51 49
www.editorialplaneta.com.co

Portugal
Publicações Dom Quixote
Rua Ivone Silva, 6, 2.°
1050-124 Lisboa (Portugal)
Tel. (351) 21 120 90 00
Fax (351) 21 120 90 39
Mail: editorial@dquixote.pt
www.dquixote.pt

Uruguay
Cuareim, 1647
11100 Montevideo (Uruguay)
Tel. (5982) 901 40 26
Fax (5982) 902 25 50
Mail: info@planeta.com.uy
www.editorialplaneta.com.uy

Venezuela
Calle Madrid, entre New York y Trinidad
Quinta Toscanella
Las Mercedes, Caracas (Venezuela)
Tel. (58212) 991 33 38
Fax (58212) 991 37 92
Mail: info@planeta.com.ve
www.editorialplaneta.com.ve

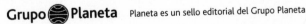 Grupo Planeta   Planeta es un sello editorial del Grupo Planeta